JÖRG S. GUSTMANN

Blutwechsel

JÖRG S. GUSTMANN

Blutwechsel

Thriller

GMEINER SPANNUNG

Dieses Buch wurde vermittelt durch
die Literaturagentur Lesen & Hören

Bisherige Veröffentlichungen im Gmeiner-Verlag:
Schattenmächte (2013), Rassenwahn (2012)

*Personen und Handlung sind frei erfunden.
Ähnlichkeiten mit lebenden oder toten Personen
sind rein zufällig und nicht beabsichtigt.*

Besuchen Sie uns im Internet:
www.gmeiner-verlag.de

Im Ehnried 5, 88605 Meßkirch
Telefon 07575/2095-0
info@gmeiner-verlag.de

1. Auflage 2015

Lektorat: Claudia Senghaas, Kirchardt
Herstellung: Mirjam Hecht
Umschlaggestaltung: U.O.R.G. Lutz Eberle, Stuttgart
unter Verwendung eines Fotos von: © zigrit – Fotolia.com
Druck: GGP Media GmbH, Pößneck
Printed in Germany
ISBN 978-3-8392-1796-2

Willst du einen Augenblick glücklich sein, räche dich.
Willst du ein Leben lang glücklich sein, schenke Vergebung.

Jean Baptiste Henri Lacordaire
(1802–1861)

Für meine Familie –

der wahre Reichtum in meinem Leben

PROLOG

Der Mann, der sich über sein Opfer beugte, entsprach ganz und gar nicht dem Prototyp eines Killers. Doch wie muss man sich gemeinhin einen Killer vorstellen? Die klischeehaft grimmige Visage, verschlagener böser Blick, kantiges und unrasiertes Kinn, eine Narbe über der Wange vielleicht? Diese oder ähnliche Vorstellungen taugen als Vorlagen für Comics, nicht jedoch für das wirkliche Leben. Ein Mensch, der zum Mörder wurde, sieht nicht anders aus als der freundliche Nachbar in der Wohnung nebenan, der attraktive Kellner, der dem weiblichen Gast zuzwinkert, der distinguierte Nachrichtensprecher jeden Abend um acht. Was weiß man schon über die Innenwelten der Menschen, ihre tiefen Abgründe, in die sie niemanden hineinblicken lassen, über die sie selbst erschrecken, wenn sie einen Blick hinunter riskieren würden? Und ab wann ist der Mensch ein Mörder? Erst nachdem er die Tat vollbracht hat oder schon, wenn er sie über Jahre in seinen Hirnwindungen hin und her bewegt hat, als habe er ein Bonbon über die Zunge von einer Seite zur anderen gerollt.

Ist der Mensch nicht eine Bestie, auch wenn sie noch angebunden ist?

Bei dem Mann, der nun am Boden kniete und sich mit einem Messer an einem Menschen zu schaffen machte, dominierten eben nicht die äußeren Merkmale, die ihn als einen erbarmungslosen Mörder identifizieren ließen, sondern es waren seine inneren Stigmata, seine Prägungen, seine vererbten oder erworbenen Neigungen und Überzeugungen. *Sie* machten ihn zu dem, was er nie sein wollte – zu einem Killer.

Häufig ist auch maßlose Gier das Motiv oder blinder Hass und Rachedurst, oder es ist pure Verzweiflung im Spiel. Psychologen sagen, dass Massenmörder und Amokläufer häufig von einer inneren Leere geprägt seien, während politisch motivierte Taten auf einem pathologischen, gar bizarren Gerechtigkeitsempfinden basierten. Eine detailliert geplante Tat hingegen spreche gegen die Theorie, dass der Mörder unter krankhaftem Realitätsverlust leide. Herr über Leben und Tod zu sein, gottesähnliche Macht auszuüben, nicht das Böse zu verkörpern, sondern das Böse von der Erde hinwegfegen zu wollen, dies sind bei vielen die wahren Motive.

Sich im Recht zu wähnen, bei dem, was man tut, ist eine sehr persönliche, subjektive Wahrnehmung, die mit *Wahrheit* indes nichts zu tun haben muss. Kennzeichnend ist jedoch, dass das Wort *Schuld* im Bewusstsein des Täters niemals auftaucht.

Wie auch immer. Seitdem der Mensch existiert, hat er sich und anderen aus verschiedenen Gründen Gewalt zugefügt. Und doch ist er in der Lage, sich für oder gegen sie zu entscheiden. Jeder Mensch beherbergt das Lamm und den Wolf in seinem Inneren. Ausschlaggebend ist, wen von beiden er füttert.

Der Mörder, der mit einem Bein im Schmutz auf den Fliesen eines finsteren Gewölbes kniete, verrichtete die Tat mit Widerwillen. Sein Entschluss stand fest, und doch kam er nun ins Wanken. Er hatte Tränen in den Augen und zitterte. Es war dunkel, nur eine einzige Kerze flackerte im Windhauch, der kaum hörbar durch die Ritzen blies. Mehr Licht, wie von den Neonröhren an der Decke, hätte ihn entlarven können, die Kerze musste genügen. Sie warf den Schatten der zittrigen Hand grotesk an die kahle Wand.

Der Boden der Halle wies mehrere Abflüsse auf. An der Wand hing ein aufgerollter Wasserschlauch, der dem Mörder dienlich sein sollte, um anschließend sämtliche Spuren zu beseitigen.

Für einen kurzen Moment bereute er die Unabänderlichkeit seiner Tat. Er sah die Konsequenzen seines Handelns vor Augen, jene, die dieses Leben betrafen, für den Fall, dass man ihm auf die Schliche käme und solche, die er im nächsten Leben würde ausbaden müssen, so zumindest hatte man es ihn vor langer Zeit gelehrt.

Und doch musste er beenden, was er begonnen hatte. Sonst hätte alles keinen Sinn gemacht. Es ging um mehr als nur um ihn selbst. Es ging um viel Größeres. Reue und Trauer hatten an diesem Ort nichts zu suchen. Dafür würde später, für den Rest seines Lebens, noch Zeit sein. Das wusste er schon jetzt, auch wenn ihm die, die hinter ihm standen, dies ausreden wollten.

Der Bewusstlose baumelte kopfüber von der Decke, die Fußgelenke an einer Eisenkette befestigt, als das Messer am Hals angesetzt wurde.

Der Mörder hasste Blut, es klebte an den Fingern und roch bereits nach Minuten unangenehm. Noch nie hatte er einen Menschen auf *diese Weise* getötet, und die Technik, die er soeben verwendete, kannte er nur vom Schächten der Tiere. Eine im Orient verbreitete Sitte, doch er war nicht mehr im Orient, sondern befand sich in der westlichen Welt, wo derartige Praktiken nur auf Abscheu und Ekel stießen, erst recht, wenn sie an einem Menschen verübt wurden. An jemandem, der nichts getan hatte, was den Tod verdient hätte, der nicht einmal ein übler Kerl gewesen war, der anderen niemals ein Unrecht zugefügt hatte, der wie ein Lamm war.

Im rein juristischen Sinn hatte sich der Mann, der noch für wenige Minuten am Leben war, nie etwas zuschulden kommen lassen, und doch hatte das, was er verkörperte, was er getan hatte und noch tun würde, in den Augen anderer genügt, ihn nicht am Leben lassen zu dürfen.

Der Schnitt wurde vollzogen.

Nun war er zu einem skrupellosen Mörder mutiert. Dies war nicht mehr rückgängig zu machen. Kein Töten in Notwehr oder um Menschen, Häuser oder Länder zu verteidigen, sondern im Dienst einer angeblich großen Sache. Entschuldigungen indes gab es zuhauf und lagen zur Besänftigung des Gewissens parat.

Nach Vollendung der Tat nahm der Mörder dem Opfer die Kette von den Füßen und hievte ihn auf einen Metalltisch, der gleich daneben stand. Das nackte, blutleere Fleisch klatschte auf das Aluminium. Er drehte ihn auf den Rücken und blickte in die offenen Augen des Mannes, der den Tod nicht verdient hatte. Ekel vor der eigenen Tat ließ ihn neben den Tisch erbrechen. Er würde es später wegspülen, zusammen mit dem Blut. Seine Arbeit war noch nicht beendet, und es fiel ihm zunehmend schwerer, nicht das Bewusstsein zu verlieren und selbst zu Boden zu fallen.

Er hatte sich überschätzt.

Gedanken und Taten sind eben zweierlei.

Er nahm den dünnen Schlauch und führte ihn in die Halsvene ein. Dann betätigte er eine Fußpumpe, die die schmierige Flüssigkeit anstatt des Blutes in jede Arterie und Vene bringen würde. Jede Kapillare wäre dann nicht mehr mit Blut gefüllt, sondern mit Öl. Das war es, worauf es hinauslaufen sollte. Öl statt Blut! Ein Symbol, eine Botschaft. Er zog den Schlauch wieder heraus und steckte ihn gleich daneben in die mittlere Öffnung unterhalb seines Schnittes. Er pumpte das Öl in den Magen und die Lungen. Abschließend nahm er das Brandeisen zur Hand, befeuerte es mit einem tragbaren Brenner bis zur Glut und drückte dem Opfer das selbst geschmiedete Siegel auf der Brust auf. Es zischte und stank nach verbranntem Fleisch.

Nun endlich war die Sache erledigt, und der Mann, der nun ein hundsgemeiner Mörder war, sackte in sich zusammen. Was getan war, konnte nicht rückgängig gemacht werden. Eines Tages würde man es verstehen. Vielleicht. Eine Tat, so widersprüchlich und mehrdeutig, die keinem bekannten Schema zugeordnet werden konnte. Wie sollte man sie ihm jemals nachweisen können?

Nein, niemals. Nicht dem Mann, der kein Mörder sein wollte.

Nicht in diesem Leben.

KAPITEL 1

27. Oktober 2013, Hamburg-Harburg

Menschen neigen dazu, obwohl sie mehrfach eines Besseren belehrt wurden, in gewohnten Verhaltensmustern zu verharren, wenngleich es für sie tödliche Konsequenzen haben könnte.

Studien belegen, dass nur wenige ihr Surf- und Konsumverhalten im Internet ändern, obgleich sie durch die Medien und unabhängige Quellen wissen, dass sie abgehört, ausspioniert und verfolgt werden. Vielleicht deswegen, weil sie ebenfalls gelesen haben, dass trotz aller Ausspähaktionen seitens NSA, CIA, BKA und anderer Behörden, die noch nicht einmal ein offizielles Kürzel besitzen, kein terroristischer Anschlag je verhindert wurde. Freizügig wie eh und je geben sie Daten und Bilder von sich preis, als gäbe es nichts Böses auf der Welt, als würde ihnen niemand nach dem Leben, ihrem Vermögen oder gar ihrer vollständigen Identität trachten.

Ein ähnlich stures und törichtes Verhalten legen Firmen an den Tag. Sie checken nicht die Aktualität ihrer Firewalls, die Unangreifbarkeit der zu schützenden Daten, geschweige denn die Sicherheitsmaßnahmen in Bezug auf die Vermeidung eben erwähnter Anschläge. Sie handeln, als habe es den 11. September nie gegeben, und wenn, dann hat er nicht in Deutschland und erst recht nicht in Hamburg stattgefunden.

Dass sich dieses Verhalten einmal rächen sollte, war vermutlich jedem in seinem Unterbewusstsein klar.

So auch an diesem schicksalhaften Tag, dem 27. Oktober 2013.

Ein unscheinbarer Junge, so um die vierzehn oder fünfzehn, spazierte genau um 17:32 Uhr in das Hauptbüro der Northern

Petrol Ag Raffinerie in Hamburg-Harburg hinein. Er trug einen bordeauxroten Pulli mit der Aufschrift eines bekannten amerikanischen Labels, die Kapuze tief ins Gesicht gezogen und somit später auf den Videoaufzeichnungen entsprechend schwer zu erkennen. Auf dem Video, das sich Experten dann ansahen, sah man aus der Vogelperspektive nur die fleckige Nase und in Vergrößerung das Kinn, an dem der erste blonde Flaum zu wachsen begann. Der Junge, dessen Identität und Wohnort nie ermittelt wurden, schlenderte unbekümmert in das Büro hinein und überreichte der Sekretärin, die ihre zehn Finger emsig über eine Tastatur huschen ließ, einen Brief.

»Den soll ich hier abgeben«, krächzte der Stimmbrüchige und unterbrach die Angestellte bei der Arbeit.

Er hatte eine schlaksige Figur, wie die meisten seines Alters, die Jeans hing weit unter dem Äquator des Hinterns, die Boxershorts ragte sichtbar heraus, er kaute bei geöffnetem Mund auf einem Kaugummi, gab sich betont lässig und hielt sich für cool.

Die Sekretärin reagierte zunächst nicht, nahm unterschwellig die Störung wahr, schrieb erst den Satz zu Ende und schielte dann über den Brillenrand hinweg, um den sonderbaren Besucher zu taxieren. Mit zusammengekniffenen Augen streckte sie eine Hand aus, in die der Junge den unfrankierten Umschlag legte.

Ihre Augen huschten schneller als der Vogelschlag eines Kolibris zu dem Brief. Er wog schwer in ihrer Hand. Dann ließ sie sich vollends ablenken. »Von wem ist der? Da steht ja gar nichts drauf.«

Der Junge zuckte mit der rechten Schulter und verzog den Mund. »Weiß nicht. Hat mir ’n Typ vor dem Tor gegeben. Soll ich hier abgeben.«

»Welcher Typ?«, fragte K. Rademann nach.

»Na irgend ’n Typ eben. So ’n bescheuerter Schlipsträger.«

Da das Schreiben, an dem die Sekretärin K. Rademann vor dem Auftauchen des Jungen gearbeitet hatte, noch bis

18 Uhr mit der Post raus musste, kümmerte sie sich zunächst weder um den Brief noch dessen Inhalt oder den Jungen. Ein großer Fehler, der sie und viele andere um Haaresbreite das Leben gekostet hätte.

*

Zehn Minuten nach sechs, nachdem das fertige Schreiben abgeholt worden war, und sie sich einen beigefarbenen Seidenschal mit braunen zarten Streifen um den Hals gelegt hatte, fiel ihr der Umschlag wieder ein. Ohne Briefmarke und ohne Absender. »Sonderbar«, hauchte sie. Unschlüssig, ob die Sache nicht doch Zeit bis zum nächsten Tag haben könnte, gab ihre Gewissenhaftigkeit den Ausschlag. Sie nahm den Brief zur Hand und hielt ihn, einer Angewohnheit folgend, gegen das Licht. Sie führte ihn sogar an ihre Nase, sie mochte keine Briefe, die nach Nikotin rochen. Bereits im Mantel, langte sie nach dem Brieföffner und ließ das bekannte ratschende Geräusch ertönen. Sie nahm einen gefalteten Zettel heraus, der für helle Aufregung in ihrem Büro, der Raffinerie und der ganzen Stadt sorgen sollte.

Sie nestelte nach der Lesebrille in ihrem Etui und las halblaut nuschelnd die Zeilen, die ohne die der Etikette gebotenen höflichen Anrede versehen war.

Auf dem Gelände der Petrol Raffinerie befindet sich eine Bombe, die so dimensioniert ist, dass sie große Teile des Geländes zerstören, in Brand setzen und viele unschuldige Menschen in den Tod reißen kann.

Sollten nicht bis zum nächsten Morgen acht Uhr Ortszeit jegliche Aktivitäten Ihrer Gesellschaft in Nigeria eingestellt werden, werden wir die Bombe zünden.

Islamischer Dschihad

Frau Rademann legte ihre Stirn in tiefe Falten und blickte über den Brillenrand aus dem Fenster, als könnte sie dort eine plausible Erklärung für das eben Gelesene finden. Es dauerte geraume Zeit, bis sie begriff, welch ungeheure Brisanz der Brief hatte, den sie in ihren Händen hielt. Noch nie zuvor hatte sie eine Botschaft dieser Art geöffnet, erfasst oder durchdacht. In diesen Sekunden verließ sie vertrautes Terrain und musste eine Entscheidung treffen. Irgendeine, idealerweise die richtige. Eine Sache, zu der sie sich nicht in der Lage sah, eine Aufgabe, die sie hoffnungslos überforderte.

Überdies sah die Planung ihres Feierabends anderes vor, als sich um das Auffinden und Entschärfen von Bomben zu kümmern. Sie war im Besitz einer der überaus gefragten Premium Sitzplatzkarten des Musicals *König der Löwen,* für sage und schreibe 143,33 €. Ein stolzes Sümmchen angesichts ihres überschaubaren Gehalts. Sie war partout nicht gewillt, dieses einmalige Event zu verpassen. Nicht heute und an keinem anderen Tag. Alle aus ihrem Bekanntenkreis waren schon dort gewesen, nur sie nicht.

Verärgert zog sie den Mantel wieder aus; es war zu heiß darin, um sinnvolle, aneinanderhängende Gedankengänge anzustrengen. Sie atmete stoßweise aus und ließ sich auf ihren Bürostuhl fallen. Ihr Blick ruhte auf den Zeilen des zutiefst beunruhigenden Briefes. Sie las ihn noch einmal durch, diesmal langsamer, um Wort für Wort den Sinn zu erfassen. Sie hob den Kopf. Ihr Blick glitt vorbei an ihrem sorgsam gepflegten Ficus benjamina, verlor sich in dem weißen Rauch, der aus Türmen, Rohren und Leitungen der Raffinerie in die Atmosphäre entwich.

Nigeria?

Um Himmels willen, wieso denn Nigeria? Was haben wir mit Nigeria zu tun?

Aktivitäten? Was für Aktivitäten?

Sie schüttelte den Kopf. Erste Tränen bahnten sich ihren Weg über die vor Stunden letztmalig gepuderte Wange. Sie konnte sich keinen Reim auf diese Zeilen machen. *Wahrscheinlich ist alles nur ein blöder Witz dieses Bengels, der mich in dieser Sekunde mit seinen Kumpels durch ein Fernglas beobachtet und mich auslacht. Doch was, wenn nicht?*

Sie wiederholte dieses magische Wort ein weiteres Mal, als würde die Wiederholung helfen, die Lösung zu bringen: *Nigeria. Kein Mensch fährt freiwillig nach Nigeria. Was gibt es auch groß dort zu sehen? Wüste, Sand und Hitze. Unerträgliche Hitze. Ein paar Eingeborene, die an dieses Leben gewohnt sind und Antilopenfleisch essen, das ist aber doch auch schon alles.*

Auch nach reiflicher Reflexion über das in dem Schreiben erwähnte Land war sie der Situation nicht im Ansatz gewachsen. Sie wusste nichts über die speziellen Aktivitäten der Northern Petrol Ag in Nigeria und nur wenig über die politischen und geologischen Zusammenhänge der Ölexploration in Afrika. Sie hatte keinen Schimmer von derzeitigen Bestrebungen, angesichts steigender Ölpreise bisher nicht intensiv untersuchte Gebiete zu erkunden und bislang wirtschaftlich nicht lohnende Lagerstätten doch noch auszubeuten. Sie erledigte nur die lokale Büroarbeit einer Raffinerie in Hamburg-Harburg und Briefe nach oder von Nigeria waren ihr nicht unter die Augen gekommen.

Sie schielte auf ihre Uhr. 18:45 Uhr. Sie musste dieses Problem loswerden. Dringend! Sie durchsuchte die Kartei nach Telefonnummern. Heinemann, Dr., Rolf. Sie drückte die Kurzwahltaste zu seinem Büro, doch das Klingeln blieb unbeachtet. Sie suchte weiter und fand die Nummer seines Privatanschlusses. *Nur im Notfall*, hatte er ihr eingebläut. *Na, wenn das kein Notfall ist, was bitte dann?*

Es klingelte. Siebenmal, zehnmal, fünfzehnmal. Sie legte auf und fluchte. Weitere Tränen bahnten sich ihren Weg. Er war noch nicht zu Hause, vermutlich gerade auf dem Weg. Die Lösung: das Handy. Heinemanns Blackberry, auf dem er pausenlos herumfingerte. Die Nummer! Hatte sie überhaupt seine Handynummer? Mit schweißnassen Fingern durchforstete sie die Kartei, griff sich fieberhaft nachdenkend an den Kopf. Eine Haarsträhne löste sich aus dem Dutt. Hatte er ihr mal seine Handynummer gegeben? *Herrgott, der Mann muss doch erreichbar sein. Leiter einer großen Firma, das geht doch nicht.*

Sie dachte nach. Aber ja, er hatte sie mal angerufen, zu ihrem Geburtstag vor vier Wochen. Und zwar von seinem Handy auf ihrem Handy, das wusste sie genau, weil ihr die Nummer fremd vorkam. Noch nie hatte er sie darauf angerufen, noch nie hatte er ihr gratuliert, doch ein runder, noch dazu der fünfzigste … Da plagte ihn wohl doch sein Gewissen, so erschien es ihr an dem Abend im Beisein ihrer Freundinnen, mit denen sie unbeschwerte Stunden bei ihrem Lieblingsitaliener verbrachte.

Hastig kramte sie in der Manteltasche nach ihrem Handy und fand es. Es war ausgeschaltet, so wie meistens. Sie hatte nichts am Hut mit SMS, WhatsApp, Facebook, Twitter und diesem ganzen Kram, erst recht nicht während der Arbeitszeit.

Sie drückte den Einschaltknopf an dem alten Nokia, dabei glitt es ihr aus der schwitzenden Hand und fiel zu Boden. Die rückwärtige Plastikabdeckung brach aus der Verankerung und der Akku polterte heraus. Sie riss die Fäuste hoch vor ihren Mund, wimmerte adrenalingepeinigt und betrachtete das Desaster. Sie bückte sich, nahm den Akku, drehte ihn zweimal herum und überlegte, wie er in das Handy hineingehörte. Sie schaffte es, klickte die Verschalung darauf und betätigte den Knopf zum Einschalten des Gerätes. Ein Symbol erschien, die PIN wurde angefordert. *Herrgott, die Pin, die Pin, die Pin, die Pin.* Sie tippte sie ein, das Handy erwachte für kurze Zeit zum Leben und erlosch gleich wieder. Der Akku war leer.

Sie fluchte erneut, doch diesmal glich es mehr einem Flehen, diesen Albtraum so schnell wie möglich zu beenden.

Ein Blick auf die Armbanduhr. Die Realisierung der unbarmherzig voranschreitenden Zeit trieb Kerstin Rademann fast in den Wahnsinn.

18:55 Uhr. Kerstin hastete aus ihrem Büro und fand die Räume auf ihrer Etage leer vor. Niemand, der Überstunden machte. *Verdammt, gibt es keine Workaholics mehr in diesem Laden?*

Ihr fiel der Pförtner ein. Er hatte bestimmt die Nummern aller wichtigen Leute, die hier arbeiteten. Sie rannte die Stufen des Treppenhauses hinunter, ihre Absätze klackerten auf den Fliesen, dann auf dem Asphalt. Zügig erreichte sie die Pförtnerloge und den übergewichtigen Glatzkopf darin, der sie in den letzten Monaten bereits zum zehnten Mal gefragt hatte, ob sie mit ihm essen gehen wolle, und dem sie mindestens zehnmal einen Korb gegeben hatte. Was auf der Welt könnte es Schlimmeres geben als mit Freddy Lichtenstein essen zu gehen? Die Vorstellung, welche Mengen dieser Mensch tagtäglich in sich hineinstopfte, ließ sie erschauern.

Atemlos erreichte sie die Kabine. Lichtenstein thronte hinter seiner BILD-Zeitung und heftete die Augen auf das Pin-up-Girl von Seite 1.

»Herr Lichtenstein, ich brauche Ihre Hilfe.«

Lichtenstein senkte die Zeitung etwas ab. »Freddy.«

»Wie bitte?«

»Für Sie Freddy, meine Schöne.«

»Na, meinetwegen Freddy. Ist mir ganz egal, ich brauche die Nummer vom Chef. Vom Handy. Es gibt eine Bombendrohung. Irgendwas mit Nigeria und Islam …«

»Herrje, Frau Rademann, nun beruhigen Sie sich erst mal. Was ist denn passiert?«

»Hören Sie, Freddy, da hab ich keine Zeit für. Irgendein Rotzlöffel, den *Sie* durchgelassen haben, hat mir einen Brief gegeben, wo drin steht, dass auf dem Gelände eine Bombe hochgeht, wenn nicht bis morgen früh um acht in Nigeria irgendwelche Aktivitäten gestoppt werden. Was weiß ich, Mensch? Nun machen Sie schon.«

Als Lichtenstein merkte, dass seine Angebetete keinerlei Interesse an einem Tête-à-tête mit ihm hatte, zumindest nicht in diesem Augenblick, erhob er sein wuchtiges Hinterteil und zog die kabellose Computermaus zu sich ran. Er schob die Maus auf der Unterfläche hin und her und tippte einige Tasten auf seiner Tastatur.

»Sie meinen es wirklich ernst, was? Nur im Notfall, hat der Chef gesagt.«

»Freddy, halten Sie einfach die Klappe und geben Sie mir die Nummer.«

Spätestens jetzt wurde Freddy klar, dass das mit ihm und dieser Kerstin nichts werden würde, obgleich er Frauen mochte, die ihm Paroli boten. Das machte sie sexy für ihn. Das Problem war, dass *er* auf niemanden sexy wirkte. »Ja, schon gut. Hab's gleich. Soll ich ihn sofort anrufen?«

»Ja bitte, geben Sie ihn mir, wenn Sie ihn am Apparat haben.«

Es klingelte. Verstohlen blickte K. Rademann auf ihre Uhr: 19:15 Uhr.

Ob sich die Karte umtauschen lässt?

Lichtenstein reichte ihr den Hörer an der Scheibe der Loge vorbei. Alle sehnsüchtigen Gedanken traten in den Hintergrund.

Aufgeregt nahm sie den Hörer zur Hand. »Ja, Chef, Rademann hier. Ich bin beim Pförtner in der Loge. Ich konnte Ihre Nummer nirgends finden. Sie müssen ganz schnell kommen. Vorhin hat ein Junge einen Brief mit einer Bombendrohung abgegeben. Sieht irgendwie echt aus, der Brief, und ich wusste nicht, wen ich anrufen …«

»Haben Sie die Polizei schon verständigt?«, unterbrach er sie.

»Nein, ich wollte erst Sie …«

»Meine Güte, sind Sie wahnsinnig? Lassen Sie Lichtenstein sofort die Polizei rufen. Das Sprengstoffkommando, das volle Programm. Ich komme sofort.« Dr. Heinemann machte eine kurze Pause und setzte dann nach. »Ach, und rühren Sie nichts an. Warten Sie auf mich! Ich mach' mich auf den Weg.«

»Gut, Chef, ich warte.« Sie gab Lichtenstein den Hörer zurück. »Scheiße«, entwich es ihr. Es war ihr peinlich, normalerweise hasste sie diese Fäkalsprache, doch in diesem Moment erschien sie ihr angemessen.

»Sie sollen die Polizei anrufen und denen von der Bombe erzählen, damit die die nötigen Leute gleich mitbringen. Ich soll wieder rübergehen.«

Ohne Lichtenstein eines Blickes zu würdigen, drehte sie sich um und ging einige Schritte. Abrupt drehte sie sich doch zu ihm um. »Und merken Sie sich ein für alle Mal, ich bin nicht *Ihre Schöne*!«

Sie überquerte den Platz und dachte an die Bombe. *Was für ein Irrsinn. Was, wenn sie nicht erst morgen um acht hochgeht, sondern schon, während ich noch …*

Sie ließ den Kopf auf die Brust sinken. Der Abend war hin. Bombe hin oder her. Seit über einem Jahr freute sie sich auf diesen Abend und nun schlich sie schmollend zu ihrem Büro zurück. Sie drehte sich zu Lichtenstein um. Er war aus seinem Häuschen getreten und blickte sich gelassen nach allen Seiten hin um. Der Schwachkopf schien der Bombendrohung keinen wirklichen Glauben zu schenken, denn nach kurzer Zeit ging er wieder hinein und schnappte sich seine Zeitung.

Kerstin Rademann betrat die Stufen zum Bürokomplex. In der Loge von Lichtenstein auf den Chef zu warten, wäre das Letzte gewesen, was ihr eingefallen wäre.

Nur zehn Minuten später rauschten drei Feuerwehrwagen, vier Polizeiwagen und der Kastenwagen einer Sprengstoff-Sondereinheit an der Pförtnerloge vorbei. Lichtenstein blickte mit offen stehendem Mund jedem einzelnen Wagen nach. Für ihn eine willkommene Abwechslung des langweiligen Jobs in seiner Glasvitrine. Er suchte in der BILD-Zeitung nach etwaigen Hinweisen zu einem Anschlag. Vielleicht war ja doch was Wahres dran an diesem albernen Brief. Aber nein, Nachrichten kamen ja immer erst *nach* einem Attentat.

Die Wagen hielten vor dem Hauptgebäude, und Kerstin Rademann erschien sogleich mit einem gefalteten Blatt in der Hand, in dem Moment, als auch ihr Chef seinen anthrazitgrauen 7er-BMW halbschräg in der Parkbucht zum Stehen brachte.

»Zeigen Sie her«, kommandierte er sie. Er trug noch denselben Anzug, den er tagsüber angehabt hatte. Der beigefarbene Kaschmirmantel lag auf den hinteren Sitzen seines Wagens. Heinemann knöpfte sich das Sakko zu. Es half nichts, der zwei Grad kalte Wind ließ ihn frösteln.

Gefasst reichte Rademann ihm den Brief. Es war 19:35 Uhr. Mit einer geringen Verspätung könnte sie es vielleicht noch schaffen. Heinemann bemerkte ihren verstohlenen Blick auf die Uhr. »Ich gehe davon aus, dass Sie nichts vorhaben heute Abend. Die Polizei wird Fragen haben …«

»Nein, habe ich nicht«, antwortete sie zögerlich. »Nichts Wichtiges jedenfalls …« Sie senkte den Kopf.

Heinemann las den Brief in Eile. *Nigeria, Aktivitäten, Dschihad.* »Was soll denn dieser Unsinn?« Er blickte auf und beantwortete sich die Frage selbst. »Was weiß ich, was gerade in Nigeria läuft. Da läuft immer irgendwas seit fünfzig Jahren.« Er bedachte seine Sekretärin mit einem vorwurfsvollen Blick, als wäre sie höchstpersönlich für den ganzen Schlamassel verantwortlich. »Ein Junge, sagen Sie? Wo ist der Kerl? Haben Sie ihn nicht festgehalten?« Rademann schüttelte kaum merklich den Kopf.

Ein Beamter von der Kripo gesellte sich dazu, ein zackiger Typ mit bürstenähnlichem rotgrauem Haar und einem buschigen angegrauten Schnurrbart à la Magnum in seinen späten Jahren. Mit Hawaiihemd hätte er ihm zum Verwechseln ähnlich gesehen. »Hentzel, Kripo Hamburg.«

Der Chef übernahm das Reden. »Heinemann.« Er schlotterte wegen der Kälte, gab dem Beamten die Hand und übergab ihm sofort den Brief. »Meinen Sie, so etwas muss man ernst nehmen? Islamischer Dschihad. Diese Moslems schon wieder. War ja klar.«

Hentzel las den Brief durch. »Nun mal langsam mit diesen klischeehaften Anschuldigungen. Nicht alle Moslems sind Terroristen.«

»Nee, aber alle Terroristen sind Moslems zurzeit. Komischer Zufall, oder?«

Hentzel nahm das Funkgerät hervor und drückte einen Knopf. »Bei allem Respekt, Herr Dr. Heinemann, aber noch ist gar nichts bewiesen. Wir sollten diesen Hinweis jedoch absolut ernst nehmen, oder wollen Sie die Verantwortung dafür übernehmen, wenn hier alles hochgeht?«

Heinemann gab sich versöhnlicher. »Nein, natürlich nicht. Warum sollte ich?« Er hob beschwichtigend eine Hand. »Sie haben ja recht. Ich bin verständlicherweise ein wenig nervös. Also, was machen wir?«

»Ich brauche von Ihnen die Pläne des gesamten Geländes. An welcher Stelle würde eine Bombe den meisten Schaden anrichten? Wo laufen die Pipelines, wo sind die Tanks und die Schaltzentrale? Richten Sie sich auf eine lange Nacht ein. Auf einem Gelände dieses Ausmaßes eine Bombe bis morgen früh um acht zu finden, dürfte nicht ganz einfach sein. Grenzt schon an ein Wunder, um es genau zu nehmen. Wenn wir sie bis sechs nicht gefunden haben, werden wir evakuieren müssen.«

Kerstin Rademann probierte einen Vorstoß und schlängelte sich an zwei Beamten und ihrem Chef zu dem leitenden Kripomann mit dem wuchtigen Schnurrbart durch. »Meinen Sie, Sie brauchen mich noch?«, fragte sie mit dem ergebensten Lächeln, zu dem sie imstande war.

»Na ja, wir bräuchten noch die Beschreibung des Jungen, die Aufzeichnungen Ihrer Kameras, et cetera, aber das ist im

Augenblick eher sekundär. Die Bombe zu finden hat oberste Priorität. Nein, wenn Ihr Chef Sie nicht mehr braucht, denke ich, können Sie gehen. Wir kommen später auf Sie zurück.« Er wandte sich ab und murmelte etwas in der Art: »… wenn der Laden dann noch steht …«

Kerstin lächelte verlegen und ging, ohne eine letzte Bestätigung Heinemanns einzuholen, in Richtung des Parkplatzes zu ihrem roten Mazda.

19:55 Uhr. Ja, sie würde zu spät kommen, doch wenn sie auf die Dusche, das Umziehen, das Schminken und einen kleinen Imbiss verzichten würde, könnte sie es noch schaffen, einen Abend voller Imagination und Abenteuer zu verleben, obgleich ihr eigentlich nicht mehr der Sinn nach *noch mehr* Abenteuer stand.

*

Hentzel wandte sich Heinemann zu. »Haben Sie eine Ahnung, was *genau* mit diesen Aktivitäten gemeint sein kann? Ich meine, falls wir die Bombe nicht finden, sollten Sie inzwischen ein paar Strippen ziehen, um den Erpressern wenigstens scheinbar zu geben, wonach sie verlangen. Man muss sie eine Weile besänftigen, damit wir mehr Zeit zum Suchen haben. Das sind Idealisten. Die wollen nicht mal Lösegeld, wie es scheint.«

»Sie glauben also, die meinen das wirklich ernst, ja? Mal eben eine Raffinerie in die Luft jagen. Haben Sie eine Ahnung, was hier alles hochgehen kann?«

»Natürlich weiß ich das. Hab' von dem Brand September 2011 in Singapur gelesen. Auch'ne Petrol Raffinerie, übrigens. War angeblich ein Unfall, aber heute wissen wir, dass es ein Anschlag war. Hat Wochen gedauert, das Feuer in den Griff zu kriegen. Okay, Hamburg ist nicht Singapur, wir kriegen es schneller hin, trotzdem. Ich will ja nichts sagen, aber es scheint 'ne Menge Leute zu geben, die Sie nicht mögen.«

»Mich?« Heinemann wirkte konsterniert. Er dachte an seinen Mantel, an sein Zuhause, seinen Whiskey am Abend, den verdienten Feierabend.

Hentzel verengte die Augenbrauen über solche Begriffsstutzigkeit. »Nein, doch nicht Sie persönlich. Diese Ölfirmen natürlich. Scheinen 'ne Menge Dreck am Stecken zu haben. Man liest ja so einiges. Und diese Spritpreise sind ja auch echt nicht mehr feierlich.«

Heinemann wandte sich ab. »Man sollte nicht alles glauben, was man so liest.«

Hentzel sah mitleidig an Heinemann herab. »Haben Sie nichts anzuziehen? Sie holen sich noch den Tod.«

Zwei Feuerwehrleute eilten auf Hentzel zu und forderten seine Aufmerksamkeit. Er drehte sich noch einmal zu Heinemann um. »Schätze, wir müssen uns später mal genauer unterhalten, über Nigeria und diese Dinge. Halten Sie sich in Reichweite, aber behindern Sie nicht die Leute.«

»Wäre es nicht besser, das Gebiet jetzt schon zu evakuieren?«

Vor allem, was soll ich noch hier?

»Ach was, viel zu früh. Vielleicht nur ein Spinner, der sich wichtig machen will.«

Heinemann nickte und stopfte die Hände in die Hosentaschen, während er zu seinem Wagen ging. Fünfzehn heroische Minuten hatte er frierend ausgehalten. Jetzt konnte und wollte er nicht mehr. Die Dunkelheit hüllte ihn ein, er klickte auf die Fernbedienung seines Wagens, der Knopf sprang hoch, er kramte seinen Mantel heraus. Am liebsten hätte er sich hinters Steuer gesetzt, den Motor gestartet und wäre losgefahren. Hätte der Raffinerie den Rücken zugekehrt, für immer. Während sich seine Sekretärin aus dem Staub gemacht hatte, sollte er sich zur Verfügung halten. Na prima. Auf einem Gelände, auf dem eine Bombe auf ihre mögliche Detonation wartete. Auf einem Gelände, auf dem so gut wie alles brennen und explodieren konnte, sobald man auch nur eine Kippe achtlos fortschnippte.

Deprimiert schlurfte er die Stufen zu seinem Büro hoch, fingerte sein Handy hervor und überlegte, ob er seine Frau anrufen sollte, dass es auf der Arbeit mal wieder später werden würde. Er ließ es, denn diesmal stimmte es tatsächlich. Zu ungewohnt, nicht lügen zu müssen.

KAPITEL 2

23. September 1993, Israel, Golanhöhen

Das Bemerkenswerte an Joshua Horowitz war, dass er die Dinge des Lebens und des Sterbens mit anderen Augen betrachtete als die meisten seiner Freunde, Verwandte oder alle Menschen, mit denen er je zusammenkam und zusammenkommen sollte und dies nicht erst im bestehenden Alter von siebenunddreißig Jahren, sondern schon seit seiner Geburt.

Das Ereignis, das Joshuas Leben für eine Weile aus dem gewohnten Tritt reißen sollte, geschah an einem Donnerstag, dem 23. September 1993, zehn Tage nachdem sich Yassir Arafat und Yitzhak Rabin auf dem Rasen vor dem Weißen Haus die Hände geschüttelt hatten.

Da die Erklärung das Ergebnis von Geheimverhandlungen war, die unter norwegischer Schirmherrschaft in Oslo stattfanden, wurde vom »Oslo-Friedensprozess« gesprochen.

Die historische Übereinkunft, die die Welt über die Maßen erstaunte, wurde in jeden Winkel der Erde ausgestrahlt. Man sei zu der Ansicht gelangt, Jahrzehnte der Konfrontation und des Konfliktes zwischen Israelis und Palästinensern beenden zu wollen. Man nannte es die *Prinzipienerklärung über vorübergehende Selbstverwaltung*. Während sich im Blitzlichtgewitter, von scheinheiligem Lächeln begleitet, Arafats und Rabins misstrauische Blicke trafen, anerkannten sie gegenseitig ihre legitimen und politischen Rechte. Sie wollten offiziell die Welt glauben machen, nach einem Leben in friedlicher Koexistenz, Würde und Sicherheit Ausschau zu halten. Dies war der Start zu einer Reihe von Gesprächen und Abkommen, die das Ende des Nahostkonfliktes einläuten sollten. Dass diese Aussöhnung nur vorläufiger Natur war, wusste jeder der beiden, denn es ging um mehr als nur um oberflächlichen Frieden. In Wahrheit ging es um die Verteilung von Macht und Reichtum, um die Sicherstellung vorhandener Ressourcen, vor allem um jene fossilen Brennstoffe unter den Golanhöhen, die dort seit Jahrmillionen schlummerten und auf ihre Exploration warteten. Ein Schatz in der Erde, um den sich der Nahe Osten noch zwanzig Jahre später zanken sollte.

An diesem Donnerstagmorgen nun begrüßte die Sonne den Tag über dem See Genezareth mit beständigem Gleichmut, als Joshua das schwere Tor beiseiteschob und hineinschlich. Neben seinen Füßen raschelte es leise, Mäuse huschten davon. Sofort wehte ihm die wohlige Duftmischung aus Stroh und Tier entgegen, nur dass sie diesmal mit einer bitteren Note angereichert war.

Mit schweren Schritten und klopfendem Herzen näherte er sich dem Tod.

Eine Abfolge rhythmischer Laute hatte ihn geweckt, wie schon in den sieben langen Nächten zuvor. Jämmerliche Töne vom Ende der Dinge.

Er hatte erst einige Minuten auf seinem Bett verharrt, die Luft für eine kurze Weile angehalten und gelauscht, ob die Geräusche verstummen würden. Er hatte es inständig gehofft, es herbeigefleht, doch stattdessen nahmen sie an Intensität zu.

Dann traf er eine Entscheidung, voller Zorn, doch wild entschlossen. Er warf sich einen Mantel über, zog eine Schublade im Flur auf und griff nach der Waffe.

Der kalte Stahl schmerzte in seiner Hand, als er das Haus verließ. Sein ausgestoßener Atem bildete feinen Nebel in der kühlen, friedlichen Morgenluft.

Nun stand er da, die *9 mm Jericho 941* schlaff in seiner Hand hängend, unschlüssig, was zu tun sei. Er zitterte leicht. Der, dem diese Waffe gehörte, nannte sie, wie die meisten Insider, *Baby Desert Eagle*. Ein netter Spitzname für die halbautomatische Selbstladepistole, die in der Lage war, sechzehn Schuss in weniger als einer Minute abzufeuern.

Ein Mann schlich herzu, und, wie es anfangs schien, voller Respekt. Er stellte sich neben Joshua und betrachtete mit ihm die Szene zu ihren Füßen.

»Ich weiß, es klingt grausam, aber ich sehne den Moment herbei, in dem er stirbt und gleichzeitig will ich ihn nicht ziehen lassen«, flüsterte Joshua, als wolle er den Tod bei seiner Arbeit nicht stören.

Samuel nickte schwach und verschränkte die Arme vor der Brust. Es wirkte überheblich. »Wird nicht mehr lange dauern, wie es aussieht.« Seine Stimme klang unbeteiligt, kalt.

»Das ist doch kein Leben mehr für ihn. Es ist die Verlängerung des Leidens, nicht des Lebens. Er hat es verdient, in Frieden zu sterben. Es tut mir weh, ihn so zu sehen.«

»Dann erlöse ihn doch einfach. *Du* hältst schließlich die Waffe in deiner Hand.«

Die Männer starrten auf das Röcheln und den flehenden Blick zu ihren Füßen. Niemand würde ihnen einen Vorwurf machen, wenn ein Schuss fallen würde. Alle auf dem Gut würden es verstehen, allen hatte es Joshua in einem persönlichen Gespräch erklärt, diese scheußliche Sache mit dem Sterben, und doch würde für die meisten nur ein kleines Maß an Trauer die Stimmung überschatten.

»Ich kann nicht. Es ist nicht meine Aufgabe, Leben zu beenden, nicht das eines Menschen und nicht das eines Tieres.«

»Warum hast du dann die Waffe mitgenommen?« Spott dominierte in Samuels Stimme.

Joshua wandte den glasigen Blick von dem Sterbenden ab. »Weil es mir eben erst wieder klar geworden ist. Ich wollte es tun, aber es liegt nicht in meiner Verantwortung, ihn zu erlösen.« Joshua deutete mit einem flüchtigen Blick nach oben. »Es ist seine Aufgabe.«

»Ach Unsinn. Das seh' ich anders. Das Töten überlässt er uns Menschen. Er delegiert gern solche Sachen, wie du weißt.« Ein Schimmer von Wut und Verbitterung huschte über Samuels Gesicht, als er sich zu der Hand seines Bruders hinunterbeugte und nach der Pistole tastete. Erst noch erwartete ihn halbherziger Widerstand, dann lockerte sich der Griff. Samuel hielt die Waffe mit der rechten Hand, die linke Hand stützend darunter gelegt, die Arme ausgestreckt. Er wusste, wie man es macht. Schnell muss es vor allem gehen. Wer zögert, hat verloren. Er schloss ein Auge, zielte kurz und drückte sechsmal hintereinander ab. Einmal hätte genügt, um das Leben fortzujagen, vielleicht zweimal.

Ein letztes Aufbäumen des ausgemergelten Körpers, und die Lider schlossen sich. Ein bizarres Schnauben ertönte, während die grellen Schüsse von den Scheunenwänden dumpf geschluckt wurden. Joshua erschrak, sechsmal durchfuhr es ihn, obwohl er auf das durchdringende Krachen vorbereitet war. Auch er wusste, wie es sich anhört, wenn eine Waffe abgefeuert wird. Nur zu gut wusste er es, schließlich lebten sie auf den Golanhöhen in sehr fragiler Koexistenz zu ihren nördlichen Nachbarn. Er zuckte, wand sich hin und her, wie von einem Marionettenspieler geführt, und wandte sich ab, als es vorbei war. Er wollte nicht länger Zeuge sein, und doch war er zum Mittäter geworden, weil er es zugelassen hatte. Die Tötung eines wehrlosen Wesens, wenn auch alt und gebrechlich und von Schmerzen gepeinigt, bereitete ihm die grausamste Pein.

»Ich war fünf, als er genau hier geboren wurde«, beteuerte er mit Tränen in den Augen. »Er war mein Freund.«

Samuel gab Joshua entschieden die gesicherte Waffe zurück. Wie Beifall spendend klatschte sie in seine Handfläche. »Nun hör schon auf mit dem rührseligen Gejammer. Du bist ein erwachsener Mann und flennst wie ein Mädchen. Er war ein alter Klappergaul, der seinen Job gemacht hat. Mit zweiunddreißig Jahren war er längst überfällig. Du hast recht, hier wurde er geboren, ich erinnere mich auch, und hier geht es für ihn zu Ende. So ist das eben.« Samuel klopfte seinem zwei Jahre jüngeren Bruder auf die Schulter. »Alles hat einen Anfang und ein Ende. Mehr muss ich nicht wissen, weil es auch nicht mehr gibt, was man wissen muss. Reine Biologie; man wird geboren, um zu sterben. Schluss, aus. Nichts davor und nichts danach. So und nun komm; lass uns hochgehen. Wir haben eine Menge Arbeit.«

Joshua hielt den Kopf gesenkt und blickte zurück auf das viele Blut, wie es aus der durchsiebten Schläfe sickerte und das Stroh tränkte. »Was geschieht mit ihm? Wir können ihn nicht so liegen lassen. Vor allem Aaron und Ruth dürfen ihn nicht so sehen.«

»Der Veterinär ist schon unterwegs. Ich hab ihn angerufen, dass er heute kommen kann, um ihn abzuholen. Bevor die beiden aus der Schule zurück sind, wird alles erledigt sein.«

Joshua hob die Brauen. »Wie konntest du wissen …?«

»Als ich die offen stehende Kommode sah, wusste ich, wo ich dich finden würde.«

»Und du wusstest auch, dass *ich* es nicht tun kann.«

»Wenn du es könntest, wärest du nicht mein kleiner, sonderbarer Bruder.« Samuel lachte auf. »Du bist eben anders als die meisten.«

*

»Ist er tot?«, fragte Judith mit Gleichmut, als Joshua zurückkam. Sie ließ dabei von ihrer Arbeit am Herd nicht ab. »Hast *du* es wirklich getan?« Ein Hauch von Polemik schwang in ihrer Frage mit.

Joshua warf ihr einen zornigen Blick zu. »Nach acht Jahren Ehe solltest du mich besser kennen. Es war natürlich Samuel. Was denkst du denn?« Joshua streifte den Mantel ab und warf ihn über einen Haken im Eingangsbereich. Er starrte zu Boden und griff sich zitternd an die Stirn. Der Schock steckte ihm tief in den Gliedern. »Er hat ihm nicht einen Gnadenschuss versetzt, sondern seinen Kopf regelrecht durchlöchert. Er hat es sichtlich genossen.« Noch in dem T-Shirt und der Unterhose, die er in der Nacht getragen hatte, schlurfte er in die Küche.

Judith wandte sich von ihrer Tätigkeit zu ihrem Mann um und tätschelte mit ihrer fleischigen Hand seine Wange. Eine halbherzige Geste des Verständnisses. »Ach, das bildest du dir nur ein.«

Joshua wich zurück. Er mochte Berührungen nicht so gern. »Tue ich nicht. Wenn er könnte, würde er öfter töten, einfach so. Tiere, Menschen, ganz gleich.« Joshua schüttelte den Kopf, bevor er sich im Bad einschloss. »Ich kann nicht glauben, dass wir denselben Vater haben. Er ist so anders als ich.«

»Jeder ist anders als du«, entgegnete Judith, doch Joshua hörte sie nicht mehr, als im Bad das Wasser über seinen Körper rauschte. Er wusch sich, nahm die Seife immer wieder, rieb damit über jede Pore seiner Haut, als wollte er sie von dem Dreck reinigen, der diese Welt meterdick bedeckte.

Nachdem er sich angezogen hatte, die Haare noch feucht, ging er in sein Arbeitszimmer. Ein einfacher Raum, zu dem niemand Zutritt hatte, nicht einmal, oder besonders nicht, seine Frau. Seine Zuflucht, sein Refugium. Er brauchte kein Licht, das dämmrige Schimmern durch die Ritzen der Jalousie genügte ihm. Mit Bedacht zog er den Stuhl zurück und doch schabte er über die Fliesen. Er setzte sich an seinen

Schreibtisch – nichts Besonderes, eine grobe Holzplatte auf vier Beinen. Die Hände legte er nebeneinander flach auf die warme Oberfläche, fühlte die Maserung darin und schloss die Augen. Ein feines, kaum hörbares Wimmern entwich ihm, als die sechs Schüsse in seinem Kopf nachhallten und das Rinnsal roten Blutes weiter und weiter ins leuchtend gelbe Stroh sickerte, bis der Boden blutgetränkt war. Joshua hielt seinen schmerzenden Kopf in den Händen, wiegte sich vor und zurück. Das Pochen hinter den Schläfen schwoll zu einem Stakkato an. Er blickte sich Hilfe suchend in der Dämmerung um, erfasste die Schemen all seiner Bücher: Physik, Mathematik, Biologie, Astronomie und vieles mehr. Bücher, von denen die meisten nicht ein Wort verstanden, die *er* indes beinahe auswendig kannte.

Er schloss wieder die Augen und ließ seinen Gedanken freien Lauf. Als würde jemand anderes die Regie über seinen Kopf übernehmen. Wirre Gedanken, schnell, ungeordnet und doch einem großen Thema untergeordnet. Er beugte sich vor und zurück, ein gleichmäßiges Wiegen. *Ein Pferd, mein Pferd, eine Pferdestärke, ein PS. Frisst Gras, Hafer und Stroh, trinkt Wasser, nimmt Nahrung auf und heraus kommt … Energie. Es schuftet und ackert, trabt, galoppiert, verrichtet Arbeit und all das nur mit einer geringen Menge zugefügter Energie in Form von aus der Erde gewachsenem Getreide und Gras. Ein Geschöpf Gottes, die perfekte Energiebilanz, so lange, bis es stirbt.*

Joshua schüttelte kurz den Kopf. Das Pochen darin blieb. Die Vision des Pferdes verschwand, und an ihre Stelle begann zum wiederholten Male ein anderes Bild hinter den Lidern lebendig zu werden. Noch wusste er nicht, um was es sich diesmal handelte. So viele Visionen waren gekommen und gegangen. Er vermochte nur so viel zu sagen, dass es eine Maschine war, die sich seinem Bewusstsein aufdrängte und den Weg heraus aus seinem Kopf ins Freie suchte. Eine sonderbare Maschine, matt leuchtend mit vielen Röhren und einer trüben grünlichen Flüssigkeit darin. Es ging natürlich um Energie, so viel stand fest. Es ging immer um Energie. Um mehr Energie, als man fassen konnte.

Nach einer Weile hatte er sich beruhigt. Das Pochen hatte nachgelassen, die Gedanken waren gedacht. Er atmete schwer, dann flacher. Er verließ sein Arbeitszimmer, verschloss die Tür, ließ den Schlüssel in seine Hosentasche gleiten und setzte sich zu Judith an den Küchentisch. Er drehte seinen Kopf in Richtung der Schlafräume. Eine halbe Stunde später würde seine Frau die Kinder für die Schule wecken. »Sag Ruth und Aaron noch nichts. Ich will es ihnen selbst erklären.« Judith nickte schwach.

»Versprichst du es mir?«, hakte Joshua nach und verengte die Brauen.

»Ja, um Himmels willen. Du hast ihnen schon tausendmal erklärt, wie es ist, wenn man stirbt. Mach bitte nicht solch ein Aufheben um dein altes Pferd. Wir haben hier schon genug Probleme. Außerdem werden sie von ganz alleine nach ihm fragen.«

»Dann überlass es mir, es ihnen zu sagen. Aaron soll es wirklich verstehen.«

»Aaron, Aaron, warum ziehst du diesen Jungen nur immer deiner eigenen Tochter vor? Warum lässt du mich nur andauernd spüren, wie sehr du mich dafür hasst, dass ich dir keinen Sohn geboren habe?« Judith stand auf und schleuderte das Geschirrtuch auf den Tisch. Mit dem Handrücken wischte sie sich eine flüchtige Träne aus dem Auge.

»Ich ziehe ihn nicht Ruth vor. Sie ist eben ein Mädchen. *Dieser Junge*, wie du ihn nennst, hat keine Eltern mehr. Ich habe Benjamin und Lea versprochen, dass wir uns um ihn kümmern, wenn ihnen etwas passiert. Allein, dass du das sagst, zeigt mir, wie kalt du wirklich bist. Sie haben ihr Leben gelassen, damit *auch du* hier bleiben kannst. Sie haben für unsere Rechte auf dem Golan gekämpft. Hast du das vergessen?« Joshua deutete mit dem Kinn auf den Herd. »Du hast doch nur deine Küche im Kopf. Essen, das ist das Einzige, was du wirklich gut kannst.«

Joshua erhob sich von seinem Stuhl und sah auf die Uhr. Es war bald Zeit, mit der Weinlese fortzufahren. »Außerdem ist er etwas Besonderes, das spüre ich genau. Gott hat noch etwas Großes mit ihm vor.«

»Etwas Besonderes? Vor allem ist er anders, so wie du mit deinen aberwitzigen Ideen. Ihr seid beide verrückt, darum versteht ihr euch so gut. Und würdest du ihn nicht ständig bestätigen in dem, was er tut, könnte er hier wie ein ganz normaler Junge aufwachsen.«

Joshua schloss die Augen und senkte den Kopf. Er war entsetzt, was er hören musste. Wie töricht diese Frau doch war. Was hatte er sich bloß dabei gedacht, sie zu heiraten? Er wusste es nicht mehr. Nichts verstand sie, rein gar nichts. Nichts von der Größe der Schöpfung, nichts von ihrem Ursprung, ihrem Zweck, ihrer Zukunft.

Joshua klatschte die flache Hand auf die Tischfläche. »Was tut er schon groß? Er liest eben viel, das ist alles. Was ist schlecht daran, nicht dumm bleiben zu wollen?« *So wie du*, wollte er hinzufügen, ließ es dann aber. Welchen Sinn hätte es gehabt, sie zu beleidigen. Dies würde auch nichts mehr ändern.

Joshua verbarg die Waffe in der Tiefe jener Schublade der Kommode, aus der er sie zuvor geholt hatte. Er ließ sie verschwinden unter alter, nie benutzter Kleidung, als wolle er sie und die Tat, die mit ihr vollbracht wurde, in die Verbannung schicken. Dann verließ er das Haus und machte sich auf den Weg zu jenem Teil des Weinbergs, für den er verantwortlich war. Das weitläufige Gelände am Rand der nordöstlichen Berglandschaft war unter drei Familien aufgeteilt, ehemals drei Freunden, die den durchlässigen, vulkanischen Basaltboden zu bestellen wussten. Das der Höhe entsprechende kühle Klima erforderte seit Mitte der 70er ihre treue Fürsorge, und mit den Jahren war aus bescheidenen Anfängen ein respektabler und lukrativer Geschäftszweig entstanden. Vor allem war es dem frischen Quellwasser der Golanhöhen zu verdanken, dass die Nährstoffe des Bodens den Weinstöcken optimal zugute kamen. Sie dankten es mit ertragreichen Ernten und ausgezeichneten Weinen, die mit den Jahren ihren Weg in viele Länder fanden.

Joshua war der Sohn von Levi und Rahel Horowitz, beide waren bereits ein Jahr zuvor, in einem Abstand von wenigen Wochen, verstorben. Levi und seine Frau waren Bauern gewesen, wie viele der anderen Bewohner der Golanhöhen auch. Als Levi und seine beiden Freunde Nathanael und Caleb Anfang der 70er nicht wussten, wie sie ihre Familien durchbringen sollten, beschlossen sie, als Winzer bei Ronnie James, dem Gründer des koscheren Weinguts Tzora Winery die Weinwirtschaft zu erlernen. Sie wählten für ihre Lehre gerade dieses Anbaugebiet, da es ähnliche klimatische Bedingungen wie auf dem Golan aufwies, insbesondere fanden sie in Shoresh auf 800 Metern Höhe ideale Bedingungen für das Erlernen ihres neuen Handwerks vor, denn neben Giv'at Hachalukim und Neve Ilan lag auch Shoresh auf Kalkstein und nicht auf vulkanischem Basalt.

Sie entwickelten sich zu Männern mit großen Visionen. Die Reben gediehen prächtig und nach einigen Jahren Durststrecke war klar, dass sie zu den Besten des Landes gehören würden. Kritikerlob, Auszeichnungen und Goldmedaillen ließen nicht lange auf sich warten. Jeder der drei Freunde entschied sich für unterschiedliche Rebsorten, um ihre Freundschaft nicht durch Konkurrenz und Neid zu gefährden. Während sich Levi und seine Frau auf rote Trauben für einen guten Merlot und Cabernet Sauvignon spezialisierten, wählten Nathanael und Caleb weiße Trauben, weil sie davon ausgingen, höhere und vor allem schnellere Erträge erzielen zu können.

Siebzehnjährig brach Joshua gelangweilt die Schule ab. Er vermittelte den Lehrern und dem Direktor den Eindruck, als sei er mit dem Unterrichtsstoff hoffnungslos überfordert. Das

Gegenteil war der Fall. Er weigerte sich, diesen Kinderkram, wie er es nannte, auch nur anzuschauen. Er wusste all dies schon lange. Er wusste es aus Intuition und aus den Büchern, die sein Vater ihm, sobald er mit fünf lesen konnte, besorgt hatte. Früh begann er, seinen Eltern im Weinberg zu helfen. Für den Militärdienst schien er wegen einer angeblichen Aufmerksamkeitsstörung und Lernschwäche ungeeignet. Experten waren sich einig, er sei nicht in der Lage, komplexen Sachverhalten und Regeln zu folgen. Man hielt ihn schlichtweg für schwachsinnig, doch dies störte ihn wenig. Ausgemustert wurde er jedoch nicht deshalb, weil man ihn für dumm hielt – auch Dumme können Waffen im Arm halten –, sondern vor allem, weil er nicht im Geringsten einsah, *auf andere* zu schießen, nur weil man das Feuer *auf ihn* eröffnet hatte. Wenn ihn eine Kugel treffen würde, so sagte er mehrfach, dann hätte Gott dies vor Urzeiten genau so geplant gehabt, und was nütze es, gegen die Pläne Gottes vorgehen zu wollen. Das sei ein gänzlich sinnloses Unterfangen. Wäre man in vermeintlicher Klugheit und Geschicklichkeit dieser Kugel ausgewichen, würde ihn eben eine andere treffen, oder der Tod würde einen früher oder später auf die eine oder andere Art doch ereilen. Möglichkeiten, aus dem Leben zu scheiden, gäbe es da ja bekanntlich reichlich.

Weiterhin gab er zu bedenken, dass er im Fall seiner erfolgreichen Tötung durch einen Feind nur ein Opfer sei. Schlimmer aber wäre es, so beharrte er, ein Täter zu sein. Ein Täter müsse sich anschließend für seine Tat rechtfertigen, sich entschuldigen bei Gott und bei allen anderen und er würde sich sein Leben und sein Gewissen ruinieren. Ein Opfer dagegen könne sich diesbezüglich zurücklehnen und entspannen. Nein, das Handwerk der Kriegstreiberei wolle er gewiss nicht erlernen. Er wolle lernen, das Leben zu bewahren, nicht, es zu zerstören.

Alles, was er dafür wissen musste, brachte ihm sein Vater bei und er erlernte die für die Pflege des Weinbergs notwendigen Kenntnisse in außergewöhnlicher Geschwindigkeit. Einstweilen hatte er gefunden, wonach er gesucht hatte – die Hingabe an die Natur in ihrer reinsten und schönsten Form. Die edelste aller Schöpfungen, wie er sie nannte.

Wenn es die Zeit zuließ, ritt er mit seinem Pferd über die Grenzen der Weinberge hinaus, bis er eines sommerlichen Nachmittags eine junge Frau vor einem Haus antraf. Sie war gestolpert, und der Inhalt ihres Eimers, den sie auf der Straße entleeren wollte, hatte sich über ihren üppigen Körper ergossen. Er war von seinem Pferd gesprungen und hatte ihr aufgeholfen. Irritiert von der Wucht, mit der sich die fülligen weiblichen Konturen in seine Gedanken einbrannten und von der Unnachgiebigkeit, mit der sie ihn anhaltend gefangen nahmen, bis er sich kaum mehr der Arbeit widmen konnte, lud er sie zu sich nach Hause ein und stellte sie seinen Eltern vor. Sie arbeitete als Köchin in einem Restaurant und es schien ihm eine günstige Fügung zu sein, eine Frau vorstellen zu können, die mit ihrer Fertigkeit dem Rest der Winzergemeinschaft dienen konnte. Er selbst machte sich nicht viel aus den mannigfaltigen Genüssen des Gaumens und war entsprechend hager von Statur. Er bemerkte häufig nicht einmal, was er gerade zu sich nahm, da er in Gedanken stets woanders war.

Die Hochzeit ließ nicht lange auf sich warten, doch schon bald merkte Joshua, dass Wollust nicht alles im Leben eines Mannes sein konnte. Eine kurzweilige Abwechslung entwickelte sich zu einer leidigen Pflicht, dann zu einer unangenehmen Störung. Die wuchtigen und unnachgiebigen Gedanken von einst, hervorgerufen durch jene großen, von Wasser übergossenen Brüste, die ihm eine kribbelnde Regung im Unterleib beschert hatten, waren längst verflogen. Er erinnerte sich nur noch vage, was ihn einst so angenehm bestürzt hatte.

Judith gebar ihm eine Tochter, Ruth, ein quirliges und lebensfrohes Mädchen mit langen gelockten Haaren. Joshua entwickelte zu ihr eine freundliche, wenn auch nicht innige

Beziehung. Er hatte sich einen Sohn gewünscht, einen männlichen Erben seiner Gene, seiner Ideen, seiner Anschauungen und seiner Träume.

Es dauerte weitere vier Jahre, bis sein Wunsch, wenn auch durch einen tragischen Unfall herbeigeführt, in Erfüllung ging. Benjamin und Lea Stern kamen bei einem Attentat in Tel Aviv ums Leben, während ihr achtjähriger Sohn Aaron bei ihnen zu Besuch war und zwischen den Weinreben herumtollen durfte. Die Sterns demonstrierten für ihr Recht, auf den Golanhöhen bleiben zu dürfen, doch sie kehrten nicht nach Hause zurück. Ein Selbstmordattentäter, der fest daran glaubte, dass siebzig Jungfrauen auf ihn warten würden, hatte die Sterns mit sich in den Tod gerissen und seine und ihre Organe auf einem öffentlichen Platz in Tel Aviv verteilt.

Ihr Sohn Aaron blieb im Haus der Horowitz' und Joshua erkannte in ihm all das, was er sich in einem Sohn gewünscht hatte. Also bestand für ihn zu keinem Zeitpunkt ein Zweifel daran, ihn wie einen Adoptivsohn bei sich im Haus aufzunehmen. Er verbrachte gleich von Beginn an viel Zeit damit, den Jungen zu trösten und ihm über den Verlust seiner Eltern hinwegzuhelfen. Obwohl Aaron in jungen Jahren komplexe Dinge noch nicht verstand, erklärte ihm Joshua das Mysterium des Universums mit all seinen bunten Facetten. Natürlich so, wie er es sah, nicht nur, wie es in den Büchern stand. Er fabulierte über all die Dinge, von denen ein acht-, später ein zehn- und nun ein dreizehnjähriger Junge wenig bis nichts verstehen konnte. Joshua betrachtete es als eine Saat, die eines Tages schon aufgehen würde. Dessen war er sich ganz sicher.

Und er sollte recht damit behalten.

KAPITEL 3

27. Oktober 2013, Hamburg-Harburg

Dr. Rolf Heinemann verschanzte sich in seinem Büro, rutschte auf seinem Sessel hin und her und wartete. Worauf, wusste er selbst nicht so genau. Er sollte sich zur Verfügung halten, das war alles, was ihm der Beamte von der Kripo gesagt hatte. Als sei er sein Leibeigener. Heinemann ärgerte sich, verschränkte die Arme vor der Brust und harrte der Dinge, die da kamen.

Bis auf die Technik seiner EDV war die Einrichtung seines Büros in den 70ern stecken geblieben. Bräunliche Farben, beige Böden, gerasterte, mittlerweile vergilbte Gipsdecken mit Poren darin, dominierten das Ambiente, in dem man sich nicht so recht wohlfühlen wollte. An diesem Abend reflektierte die Wand hinter Heinemann blaue und rote Lichter von Polizei und Feuerwehr. Diese Walzer tanzenden Glühwürmchen machten ihn nervös. Der Computermonitor zeigte die Bilanzen der letzten zwölf Monate, doch diese Zahlen imponierten ihm nicht.

Weil es ihn eigentlich nichts mehr anging.

Wenn sich tatsächlich eine Bombe auf dem Gelände befände, selbst wenn sie nicht explodieren sollte, würden ihm eine Menge Fragen gestellt werden. Damit rechnete er. Er würde seinen Kopf hinhalten müssen, so oder so, auch für Dinge, für die er nicht verantwortlich war. Die leidige Diskussion um die viel zu leichte Angreifbarkeit einer Raffinerie durch Terroristen würde in den Medien erneut aufflammen. Die Presse würde sich wie eine Meute hungriger Wölfe auf ihn und die anderen Verantwortlichen stürzen und die Anti-Öl-Lobby würde triumphieren.

Und wer weiß, vielleicht hatten sie ja recht.

Angesichts der exorbitant hohen Treibstoffpreise wurde seit einigen Monaten das Thema *fossile Brennstoffe* in der Öffentlichkeit kontrovers diskutiert. Die einen gingen von der Peak-Öl-Theorie aus, die besagte, dass der Gipfel des verfügbaren und bereits explorierten Öls seit geraumer Zeit überschritten sei und sich dem Ende zuneige. Eine durchaus schlüssige Theorie, die den stetigen Preisanstieg von Heizöl und Benzin rechtfertigen sollte.

Eine kleine Gruppe Wissenschaftler wiederum meinte, Beweise dafür anbringen zu können, dass Öl ein unbegrenzt vorhandener Rohstoff sei und die Menschheit nur einen Bruchteil aller vorhandenen Ressourcen angekratzt hätte. Diese Gruppierung gab ausschließlich den Regierungen die Schuld an der Preistreiberei. Sie seien dafür verantwortlich, den Steuerzahler immer weiter zur Kasse zu bitten, um Finanzierungslücken schließen zu können.

Der unkundige Bürger verfolgte die Diskussionen in den Medien irritiert, verärgert und unfähig, einem der Parteien recht geben zu können. Wer die schlüssigeren Argumente aufwies, machte kurzfristig Punkte, so lange bis sogenannte »Beweise« aufgetischt wurden, die das Fähnchen der Meinungsbildung in die andere Richtung flattern ließ.

Die Wahrheit hinter all diesen Propagandamaßnahmen kam dabei nicht ans Licht.

Mahnende Stimmen in freien Internet-Foren und Blogs wurden als Verschwörungstheoretiker beschimpft und durch gezielt lancierte Einträge verunglimpft. Die Energie produzierenden Weltkonzerne hielten zusammen, selbst wenn sie konkurrierende Unternehmen waren. An diesem einen Strang zogen sie gemeinsam, nämlich die Welt über die wahren Motive und Hintergründe der Energieproduktion im Unklaren zu lassen.

Käme beispielsweise ans Licht, dass jeder Haushalt mit einfachen Mitteln seine erforderliche Energie selbst produzieren könnte, würde dies in einen globalen Aufstand münden, der ein unermessliches Chaos zur Folge hätte. Bestimmte Spielregeln, die seit vielen Jahren funktionierten, mussten um jeden Preis erhalten bleiben. Dafür sorgte das weltweit gespannte Netz der Energiemafia hervorragend, weil mit Energie Milliarden verdient werden konnten, selbst wenn sie beinahe kostenlos auf einfache Weise zu produzieren war.

Nicht auszudenken, würde man Bürger mündig werden lassen!

Doch um was ging es hier gerade? *Nigeria*. Heinemann wurde mit einer Sache konfrontiert, die so unglaublich weit weg schien und doch so nah war. Hier in Hamburg-Harburg in seinem Büro. Was um alles in der Welt hatte die Petrol Ag mit Nigeria zu tun? Natürlich, er wusste, wie tief die Petrol ihre Krakenarme in dieses Land gegraben hatte. Das wussten doch alle. Was also konnte konkret gemeint sein? Er verschränkte die Hände hinter dem Kopf und lehnte sich zurück. Er blickte an die Wand ihm gegenüber, sein eigener kleiner Horizont, in dessen Grenzen man ihn wie in einen Kokon eingesponnen hatte. Plötzlich stieg dieses Gefühl wieder hoch, das er so hasste, der Eindruck der Nichtigkeit im Angesicht des globalen Energie-und Ölimperiums. Er war nichts weiter als ein winziges Sandkorn an einem endlosen Strand, das die Flut fortspülen wollte.

Heinemann beugte sich vor und ließ seine Zeigefinger auf der Tastatur hacken. Er wollte das moderne Orakel befragen, Mr Google, was man die Welt über Nigeria wissen ließ. Dieser unangenehme Mann von der Kripo würde ihn danach fragen. Also wollte sich Heinemann auf den neuesten Stand bringen, um den Beamten mit Allgemeinwissen zufriedenzustellen. Er gab in der Suchleiste die Begriffe *Petrol Ag + Nigeria* ein. 25.400.000 Einträge. Heinemann rieb sich die Augen. Er musste die Suche weiter einengen und fügte nach angestrengtem Überlegen das Wort *Katastrophe* hinzu. Nur noch 1.940.000 Einträge. Wie ermutigend. Dennoch las er die ersten Beiträge und erfasste Schlagwörter wie: Ölpest in Nigeria … Umweltkatastrophe. Und weiter unten las er: die *Petrol Ag muss Schadensersatz zahlen*. Ein Artikel vom 2.1.2009. Zu alt. Es musste etwas Aktuelles sein. Eine Sache aus den letzten Wochen oder Tagen, sonst würde es keinen Sinn machen, derart drastische Forderungen in einem Drohbrief zu stellen.

Die Eingrenzung auf den letzten Monat brachte nur noch vierstellige Treffer. Heinemann stützte das Gesicht auf den Händen auf. Was tat er hier eigentlich? Er recherchierte zu vermeintlichen Verbrechen oder Untaten in Nigeria im Zusammenhang mit seinem Brötchengeber. Hatte das irgendetwas mit *seinem* Job zu tun? Nicht wirklich. Er war für die Gehaltszuordnungen der Arbeiter und die wirtschaftliche Effizienz des Harburger Standortes zuständig. Er kannte Exceltabellen und Kalkulationen wie aus dem Effeff. Wieso also sollte er sich den Kopf darüber zerbrechen, was der Dschihad mit der Petrol Ag und deren Arbeit in Nigeria zu tun hatte? Er schüttelte den Kopf.

Gegen zehn Uhr eilte Hentzel in Heinemanns Büro. Er wirkte derart selbstgefällig, dass es Heinemann aggressiv machte. In jüngeren Jahren, etwa als Schüler auf dem Schulhof, hätte er ihm aufs Maul gehauen, doch die Zeiten hatten sich geändert. Er war nicht mehr der Jüngste, und schon gar nicht mehr der Fitteste mit fünfundfünfzig. Der Bauch spannte unangenehm über dem Gürtel, dessen Schnalle im vordersten Loch die Fülle zusammenquetschte. Er ließ sich auch nicht mehr einziehen, wenn eine attraktive Frau vorbeikam. Seiner Geliebten musste er diese Scharade nicht mehr vorspielen. Sie war ja auch nicht an ihm als Mann interessiert.

Hentzel zupfte an seinem Schnurrbart, als er das Büro betrat. Er hinterließ ölige Fußabdrücke auf dem Linoleum. »Schätze, das sollten Sie sich mal ansehen. Wir haben da was gefunden.«

Heinemann stieg die Hitze zu Kopf. »Die Bombe? Was haben Sie gefunden? Nun reden Sie schon!«

Hentzel verließ das Büro, ohne Heinemanns Neugier befriedigt zu haben. Heinemann folgte Hentzel so schnell er konnte, doch sein rechtes Knie schmerzte seit Wochen, besonders wenn er Treppenstufen hinabging. Schon wieder dieser verfluchte Meniskus.

Nachdem sie das Gelände fast vollständig durchschritten hatten, erfasste Heinemann mit zusammengekniffenen Augen eine Traube von Menschen, die um etwas herumstanden. Er konnte nicht erkennen, worauf all die Leute gafften, erst beim Näherkommen sah er einen Menschen am Boden liegen. Einen Nackten noch dazu. Einen von oben bis unten mit Ölschlamm bedeckten, männlichen Körper.

»Machen Sie mal Platz, Leute! Lassen Sie uns doch mal durch.« Hentzel schob die Umherstehenden auseinander, um sich und Heinemann Zugang zu verschaffen.

Heinemann blickte zu Boden und kämpfte mit aufkeimender Übelkeit. Dieser Leichenfund kam zu überraschend und unvorbereitet. Sogleich fror er wieder. Er hatte den Mantel im Büro vergessen.

Am Boden lag ein Mann, dem die Kehle durchgeschnitten war, ein Anblick, der ihm bisher nur mit einem Scotch in seinem Sessel sitzend auf der Mattscheibe präsentiert wurde. Die härtesten Krimiszenen war jedermann mittlerweile gewohnt, doch die Wirklichkeit berührte eigenartig anders. Diese schwarze klaffende Wunde, die bis zur Halswirbelsäule reichte, war real.

Ein weiteres Detail am Körper dieses Mannes erschreckte ihn, doch als er sich umsah, schien er der Einzige zu sein, der darüber beunruhigt war. Um die Brust herum war ein Sprengstoffgürtel geschnallt, wie ihn Selbstmordattentäter im Nahen Osten benutzten, um sich im Namen Allahs zu pulverisieren. Erst gestern hatte er gänzlich ungerührt einen Bericht im Fernsehen verfolgt, wie in einem jüdischen Dorf südlich von Jerusalem zwanzig Leute in den Tod gerissen wurden, weil sich ein radikaler Islamist nicht die Mühe gemacht hatte, den Verstand einzuschalten und die entsprechende Sure im Koran zu hinterfragen, in der zum Töten von Ungläubigen aufgefordert wurde.

»Keine Sorge, Dr. Heinemann. Ist nur 'ne Attrappe. Kein Sprengstoff weit und breit.« Hentzel lachte auf. »Hier. Dieses Plakat war an die Bombe getackert.« Er reichte Heinemann ein Plastikschild.

BUMM, las er darauf.

»Merkwürdiger Humor. Das kann ich nicht besonders lustig finden. Wer ist der arme Kerl?«

Hentzel zuckte mit den Schultern. »Das wollte ich Sie gerade fragen.«

Heinemann blickte in das im Todeskampf zu einer Fratze erstarrte Gesicht. Die Haut war blass, grau, irgendwie blutleer. Heinemann versuchte, nicht auf die klaffende Wunde am Hals zu starren, tat es aber dann doch.

»Wieso mich?«, antwortete er eine Spur zu laut. »Woher soll ich das wissen? Haben Sie eine Ahnung, wie viele Menschen hier arbeiten? Ich kenne die wenigsten persönlich. Ich muss in der Kartei nachsehen. Es gibt zu jedem Angestellten eine Akte mit einem Foto.«

»Na, das ist doch schon mal ein Anfang. Abgesehen davon, ist unser Job hier sowieso jetzt beendet. Ab hier machen die Jungs von der Mordkommission weiter.«

Heinemann blickte Hentzel hilflos an. »Was heißt das denn jetzt, *ab hier*? Wir haben immerhin einen Drohbrief und ein … wie nennen Sie das, *Ultimatum*. Morgen um acht sollen irgendwelche Aktivitäten in Nigeria beendet sein.«

Hentzel gab sich gelassen. »Die Bombe war eine Attrappe. Ein Scherz. Keine Bombe, keine ernst zu nehmende Forderung. So sehe ich das. Ist doch noch mal gut gegangen, oder?«

Heinemann sah Hentzel an, als hätte er einen Schwachsinnigen vor sich. »Ach ja, finden Sie? Hier liegt ein Toter, selbst wenn er eine Attrappe um den Bauch geschnallt hatte. Gut gegangen? In was für einer Welt leben Sie denn bitte?«

»Hören Sie, Herr Dr. Heinemann, meine Abteilung kümmert sich in erster Linie um Sprengstoffanschläge. Wir sind in ganz Deutschland unterwegs und manchmal kommen wir zu spät. Oder die Bombe ging während des Entschärfens hoch. *Das,* mein Lieber, sieht dann lecker aus. Tut mir leid, dass Sie so schockiert sind, aber die Welt ist nun mal schlecht. Friede, Freude, Eierkuchen gibt es nur bei Rosamunde Pilcher im ZDF. Willkommen in der Realität. Wie gesagt, ab jetzt übernehmen die Kollegen. Die rücken hier mit dem Amtsarzt an. Ermittlung, Obduktion, diese Dinge eben. Man wird sich wegen der Personalien dieses Mannes an Sie wenden, sofern er hier gearbeitet hat.«

»Und Sie meinen, um diese Drohung und das Ultimatum von wegen Nigeria und morgen früh um acht und so weiter, muss man sich nicht mehr kümmern?«

Hentzel zuckte mit den Schultern. »Morgen um acht wird gar nichts passieren. Sie werden sehen. Alles wird beim Alten bleiben, und wenn nicht …« Hentzel griff in seiner Tasche nach einer Visitenkarte, »… sehen wir uns wieder.«

»Ja, wenn alles schon zu spät ist …«

»Hören Sie, wir sind hier nicht beim *Minority Report,* und ich bin nicht Tom Cruise. Wir können nur Sachen versuchen aufzuklären, *nachdem* sie stattgefunden haben.«

Heinemann betrachtete die Visitenkarte des bornierten Kerls, den er eigentlich in diesem Leben auf gar keinen Fall mehr wiedersehen wollte. Am liebsten hätte er die Karte in tausend kleine Stücke zerrissen und dem Wind übergeben, doch er nahm sich zusammen. Nicht zu viel Staub aufwirbeln, das war die Sache nicht wert.

Jetzt nicht mehr.

KAPITEL 4

24. September 1993, Israel, Golanhöhen

Joshua Horowitz schlenderte zwischen den Rebstöcken entlang und hing, wie meistens, seinen Gedanken nach, bevor er mit der Lese beginnen würde. Noch war er allein, eine Stunde später würde es hier von Arbeitern nur so wimmeln. Er blieb stehen und blickte sich um. Er wollte bei dem, was er vorhatte, nicht gern gesehen werden. Wie für ein konspiratives Treffen wählte er Zeit und Ort behutsam aus.

Morgens früh, bevor die Erntehelfer kamen, war stets eine gute Zeit. Er streckte die Hand aus und strich über die Blätter und reifen Trauben mit einer Zartheit, mit der man über den Kopf eines Kätzchens oder eines Hundewelpen streicht. Mit Stolz wog Joshua die schweren dunklen Trauben in seiner Hand, roch daran und rieb mit dem Finger den Tau von den Beeren. Ganz dicht stellte er sich vor den Weinstock, wiegte sich vor und zurück, wie er es in der Synagoge zu tun pflegte, und begann leise draufloszuplappern wie zu vielen anderen Zeiten auch. Vor den Reben brauchte er sich nicht zu schämen, dessen war er sich sicher.

»Ich habe heute einen alten Freund verloren. Ich meine, es war nur ein Pferd, wie Samuel sagte, aber für mich war er ein echter Freund. Am schlimmsten ist jedoch für mich, dass er nie wiederkommt. Diese Endlichkeit ist keine gute Idee von Gott. Kaum hat man etwas zu lieben gelernt, wird es einem wieder genommen. Ich mag es eher, wenn die Dinge bleiben. So wie bei euch. Ihr wachst wieder nach, immer wieder. Der Kreislauf der Natur eben. Ja, ich weiß, was ihr sagen wollt, ihr seid auch endlich und ich bin es auch. Aber ich möchte mal etwas erschaffen, was *nicht* endlich ist, etwas das bleibt und ich weiß, dass, wenn der Zeitpunkt gekommen ist, es mir gelingen wird.« Joshua senkte den Kopf und wischte mit dem Armrücken über sein Gesicht. Er hörte ein Rascheln in seiner Nähe.

»Ach und übrigens: Ihr Trauben seid eine Wucht. Dieses Jahr habt ihr euch selbst übertroffen. Auf euch kann ich mich verlassen, das ist toll. Es wird ein guter, wenn nicht sogar der beste Jahrgang werden. Ich werde euch mit viel Freude lesen und so vorsichtig beschneiden, wie ich kann, ich versprech's.« Der aufkommende kühle Morgenwind trug ihm die Antwort seiner Reben zu, so meinte er. Lebendige Wesen mit Sinn und Verstand, die seine Fürsorge zu schätzen wussten.

Wenn er auf diesem Weinberg das alleinige Sagen gehabt hätte und es ihm technisch möglich gewesen wäre, hätte er den ganzen Berg mit Melodien von Menachem Avidom beschallt. Der begnadete Musiker war als Manuel Mendel Mahler-Kalkstein in Galizien, Kronland der westlichen Reichshälfte Österreich-Ungarns geboren, nach Palästina eingewandert und nahm dann den Namen Menachem Avidom an. Er stellte eine Kombination aus den Namen seiner Töchter dar, die er sehr geliebt hatte. Menachems Mutter war eine Cousine Gustav Mahlers. Joshua liebte diese Kompositionen, die er seit seiner Kindheit kannte, die seiner Meinung nach das Wachstum allen Lebens begünstigen würden. Doch diese Theorie stieß auf nicht allzu große Resonanz bei seinem Bruder und den anderen Mitgliedern der Winzergemeinschaft. Banausen, wie er fand, Ignoranten, für die er sich bei seinen Reben entschuldigte, wann immer sie ihn an ihren Empfindungen teilhaben ließen.

Ja, Joshua war ein wenig sonderbar. Und doch akzeptierten die Gründerfamilien und die meisten der Saisonarbeiter seine Verrücktheit, weil es letztlich auch ihm zu verdanken war, dass der Weinanbau wieder florierte. Zwei Jahre zuvor bedrohte eine heimtückische Krankheit mehr als die Hälfte aller Weinstöcke. Einer Epidemie gleich, befiel sie einen Stock nach dem anderen, bis die verzweifelten Rettungsversuche einer stumpfen Ohnmacht wichen. Niemand schien den Erreger zu kennen, die Symptome waren einzigartig und nur auf dieses Anbaugebiet beschränkt. Umliegende Winzer blieben vollständig verschont, als wolle Gott die drei Freunde und ihre Familien für irgendetwas bestrafen, aber das war natürlich Unsinn in den Augen der meisten, außer in denen von Joshua.

Joshua betete ohne Unterlass, schlief kaum und redete pausenlos mit sich, Gott und den Reben, bis er die Lösung des Problems gefunden hatte: eine seltene Bakterienart, für die er ein Gegenmittel entwickelte. Nun, er gab sich bescheiden und war davon überzeugt, dass die Lösung *ihn* gefunden hatte und nicht er sie, dass doch eigentlich alles auf der Hand gelegen hatte und nur in Demut ergriffen werden musste.

Ein erneutes Rascheln riss Joshua aus seinen Betrachtungen.

»Na, quatschst du wieder mit den Reben, Joshua?«

Joshua erschrak, ließ die Trauben aus seiner Hand gleiten und fuhr herum. Er stolperte linkisch und wäre beinahe gefallen.

Neben ihm stand ein hochnäsiger pockennarbiger Junge um die 16, der aus vollem Hals losprustete und sich dabei den Bauch hielt. Er zog an einer Zigarette, die er Joshua verächtlich vor die Füße schnippte. Der renitente Sohn eines Winzers verbarg sich zwischen den Rebstöcken, um die Schule zu schwänzen und hatte den falschesten Moment aller denkbar falschen Momente ausgesucht.

Gerade jetzt, inmitten Joshuas Trauer über den Verlust seines besten Freundes, auf dem Gipfel seiner emotionalen Labilität, gelang ihm ein seltener Ausbruch. Psychologen hätten bestätigt, ein solches *Ausrasten* sei heilsam für Zustände wie bei ihm – obwohl er im Wesentlichen friedliebend war.

Er holte tief Luft, griff sich – einer seit Ewigkeiten verinnerlichten Gewohnheit folgend – an den ehemaligen Haaransatz oberhalb der Stirn. Es folgte eine bestimmte Reaktion, seine eigenwillige Art des Sich-Wehrens, ein Hervorpreschen, bevor ihn weitere Angriffe ereilen würden. »Das geht dich gar nichts an, du … du Rotzlöffel. Ja, ich spreche mit den Pflanzen und den Reben. Na und? Warum ist das bloß für euch alle solch ein Problem? Ihr glaubt, ich sei verrückt, und wenn schon, so hat mich der Schöpfer eben gemacht. Und überhaupt, was heißt schon verrückt? Verrückt im Sinne von außergewöhnlich, außerordentlich, äußerst beachtenswert, bedeutend gar oder besonders? Du meinst erstaunlich, bisweilen extrem, in hohem Maße leidenschaftlich und maßlos, dabei aber peinlich, unbändig, beinahe unerträglich, und doch unvergleichlich, oder meinst du verrückt im Sinne von absonderlich, bizarr, grotesk oder manchmal auch komisch, für euch eher merk- und fragwürdig, für meinen Bruder sogar närrisch, für alle und vor allem meine Frau seltsam, sonderbar und überspannt? Ja? Meinst du das? Ich selbst sehe mich als ganz normal, ein bisschen überdreht vielleicht, die Dinge wundersam betrachtend, ein bisschen schräg, geringfügig außerhalb der Norm meinetwegen, verschroben vielleicht, aber bei allen Namen Gottes, die mir bekannt sind: ICH BIN NICHT VERRÜCKT!«

Joshua sackte in sich zusammen und seufzte hörbar. Dann ergriff ihn neuer Zorn. Er hampelte im Lehm zwischen den Rebstöcken von einem Fuß auf den anderen und erzeugte ein glucksendes Geräusch, während die Hände abwechselnd den Weg zur Stirn suchten. »Und du? Was bist du deiner Meinung nach? Ich sag dir, wer oder was du bist. Du bist rein gar nichts und wirst auch nie etwas sein! Du bist nichts weiter als ein dummer Schulschwänzer, der seine Faulheit und Verschlagenheit auch noch toll findet und weil ich dich nicht mag, und ich dich noch nie mochte – so jetzt weißt du's endlich –, werde ich jetzt zu deinem Vater gehen und ihm verraten, wo du dich immer versteckst. Du bist ein verantwortungsloser Flegel und jeder hat unter dir zu leiden. Du bist eine Plage für die Familie, ach was red' ich, für die ganze Gemeinschaft und ich schwöre dir, dass es mit dir eines Tages ein trauriges Ende nehmen wird.«

Eine Pause entstand, in der der Junge die wie aus einem Maschinengewehr abgefeuerten Salven nicht im Ansatz verarbeiten konnte. Er ballte die rechte Hand zu einer Faust und streckte die linke nach Joshua aus. Er wirkte bedrohlich, aber eben nur so bedrohlich, wie ein pickelgesichtiger Halbwüchsiger wirken konnte. Er verengte die Augen, seine Stimme überschlug sich und das Gesicht lief rot an. »Wenn … wenn du das tust, Joshua, dann wirst du das bereuen, das schwöre *ich* dir.«

Ein wenig konsterniert ob der mutigen Reaktion des Jungen wollte er nicht klein beigeben. Er stellte sich aufrecht hin und hob den Zeigefinger. Dennoch wirkte Joshua in keiner Weise bedrohlich, ganz gleich, wie er sich gebärdete. »Worauf du dich verlassen kannst. Ich tue das, du kleiner unbedeutender Wicht. Jetzt sofort, in diesem Moment, also ich meine, gleich nachdem ich mit dir zu Ende geredet habe, geh ich los. Ich geh jetzt, Zadek.« Joshua hob die Hand wie zum Gruß und entfernte sich einige Meter. »Ich geh jetzt«, rief er dem Jungen noch einmal hinterher.

»Du bist tot, Joshua Horowitz, das schwör ich dir. Früher oder später wird dich einer killen, darauf kannst du einen lassen. Du bist tot«, schrie der Junge wütend hinter Joshua her, der nur mit den Schultern zuckte, den alle für verrückt hielten, es aber in Wirklichkeit gar nicht war, nur ein wenig sonderlich vielleicht.

*

Am Nachmittag desselben Tages bekam Joshua von seinem Bruder Samuel Besuch. Joshua war erst vor wenigen Minuten von seiner Arbeit heimgekehrt und wusch sich Hände und Gesicht im Bad.

Samuel schlich in der Küche herum und stopfte sich eine erkaltete Falafel in den Mund. Er schmatzte hörbar und schob das Essen zwischen seinen Zahnlücken hin und her. »Du dummer Kerl. Was hast du heute zu Zadek gesagt? Du hast ihn bei seinem Vater angeschwärzt. Das war nicht besonders klug von dir.«

Joshua hob den Kopf vom Waschbecken und blickte in den vom Wasserdampf beschlagenen Spiegel. Mit einer Hand wischte er über das Glas und erfasste die erzürnten Gesichtszüge seines Bruders, der um die Ecke schaute.

Samuel fuhr kauend fort. »Malech hat Zadek von der Schule genommen und wird ihn in ein Internat für Schwererziehbare stecken. Er sei es endgültig leid. Das Fass sei nun voll. Was hast du ihm bloß erzählt? Ich hatte Zadek für die Ernte eingeteilt. Wir können hier jeden Mann gebrauchen.«

Joshua nickte erleichtert. »Er geht weg? Eine gute Entscheidung. Das wird Zadek guttun.«

»Er hasst dich dafür.«

»Malech oder Zadek?«

»Zadek natürlich. Dort, wo er hingeht, wird man nicht zimperlich mit ihm umgehen.«

»Es wird ihm guttun«, wiederholte Joshua unbekümmert und wich Samuels Blick aus.

»Drei Jahre können lang werden. Und gleich danach muss er zum Militär. Wenn er zurückkommt, wird er erwachsen sein.« Samuel kratzte sich am Kopf. »Er wird nicht gut auf dich zu sprechen sein.«

Ärgerlich wandte sich Joshua zu seinem Bruder um. »Was habe ich damit zu tun? Er hat es sich selbst eingebrockt. Habe ich ihm gesagt, er solle rauchen und die Schule schwänzen? Nein, hab' ich nicht. Hab' ich ihm gesagt, er solle seine Eltern und die Gemeinschaft belügen und betrügen? Hab' ich auch nicht. Er ist ein ungezogener Junge. Wenn er zurückkommt, wird er mir dankbar sein, wirst sehen.«

Samuel blickte verächtlich auf Joshua herab. »Warum

musst du dich nur mit allen Menschen anlegen? Was ist bloß so verrückt in deinem Kopf?« Samuel wischte sich mit dem Handrücken über die Lippen. Er fischte einen Krümel von der Zunge und schnippte ihn auf den Boden. »Ich weiß, was es ist. Dir fehlt jeglicher Sinn für Diplomatie. Du lebst in deiner eigenen kleinen Welt, in der es außer deinen albernen Erfindungen, deinen Weinreben und deinem verreckten Gaul nichts gibt. Alles ist dir wichtig, außer Menschen. Sie existieren gar nicht für dich. Du brauchst sie nicht. Du siehst nicht einmal, wie deine Frau leidet, während du sie fortwährend beschimpfst.«

»Ich beschimpfe sie nicht. Sie ist fett.«

»Ja, stimmt. Sie ist fett. Und?«

»Und dumm. Sie hat seit der Hochzeit über 50 Kilo zugenommen. Sie ist eine Tonne. Eine übel riechende Tonne.«

»Hast du dich mal gefragt, warum sie das macht? Sie kompensiert ihren Kummer mit Essen.«

»Oh, spricht jetzt der große Psychologe? Sie wog schon 80 Kilo, als wir heirateten. Damals hat es mich nicht so gestört, weil ich dachte, das sei normal. Aber jetzt stört es mich. Sie isst und isst und isst in einem fort. Hast du mal neben ihr gelegen, wenn sie sich umdreht? Sie grunzt wie ein Schwein und das Bett schaukelt, dass ich jede Nacht fürchten muss, es bricht zusammen. Und sie zieht mir die Decke weg. Ich versuche sie wieder zurückzuziehen, doch eher reißt sie, als dass sie sich einen Millimeter bewegt.« Joshua nahm ein Handtuch vom Haken und trocknete sich das Gesicht und den Bart. Er hasste Streit und wählte einen versöhnlichen Ton. »Und was meine Erfindungen betrifft, so sind wir ja wohl ganz gut damit gefahren bisher. Ist es nicht mir zu verdanken, dass wir die Maschinen mit 30 Prozent weniger Öl betreiben können? Außerdem habe ich Berechnungen angestellt, die du dir unbedingt ansehen musst. Ich habe eine Möglichkeit gefunden, wie wir in Zukunft vermutlich *ganz* auf Öl verzichten können. Wir wären wieder ein kleines Stück unabhängiger.

Dann hätte die Diskussion um höhere Ölpreise ein Ende. Alle würden auf Samuel und Joshua Horowitz schauen, was die doch für eine tolle Anlage gebaut haben. So etwas tue ich doch für Menschen, oder nicht? So etwas tue ich doch auch für dich, Samuel.«

»Keine Ahnung, ich denke, du tust es nur für dich oder weil du nicht anders kannst. Ich glaube, die Menschheit ist dir vollkommen egal.«

Joshua griff sich an die Stirn. Die Diskussion setzte ihm zu. Er war nicht darin geübt, Zorn und Wut gegen einen Menschen dosiert und wohlüberlegt gemäß einer Taktik einzusetzen. »Ach und du bist ein großer Heiliger, der sich für die Welt aufopfert, oder wie? Seitdem Vater vor einem Jahr gestorben ist, benimmst du dich wie ein Gottloser. Es scheint, als zeigtest du nun dein wahres Gesicht, jetzt, wo er nicht mehr da ist. Du säufst und gehst zu Huren, weil du keine Familie willst oder zustande bringst. Du gibst doch keinen Pfifferling auf die Leute in deiner Umgebung. Du schikanierst die Arbeiter, die hier alles für dich geben. Dich interessiert nur das Geld, das wir mit dem Berg verdienen. Du bist voller Hass. Ich habe es heute Morgen gesehen, als du mein Pferd getötet hast. In deinen Augen war dieses finstere Lodern. Du hast es gern getan. Leben auszulöschen, du hast es genossen. Und auch für mich hast du nichts übrig, sonst würdest du mich nicht ständig kritisieren und verspotten. Ach, lass mich doch in Ruhe. Ihr werdet schon sehen. Eines Tages werde ich es euch allen zeigen.«

Joshua wandte sich ab und wollte das Haus verlassen, als Samuel ihn am Arm festhielt.

»Warte noch. Ich muss mit dir reden.«

»Tun wir das nicht schon die ganze Zeit? Ich muss mich um die neue Anlage kümmern. Die Parameter müssen genauestens überwacht werden.«

»Das wird noch ein paar Minuten warten müssen.« Samuels Stimme wirkte entschlossen wie die eines älteren Bruders, der sein Erstgeburtsrecht ausreizt. »Wo ist deine Frau?«

»Keine Ahnung. Nicht hier, wie es scheint. Draußen bei den Kindern, vermute ich.«

»Gut. Lass uns in der Küche weiterreden. Setz dich.«

»Was willst du?«

»Es wird, wie du weißt, Öl unter unserem Boden vermutet.« Joshua nickte und rollte die Augen. Er wusste, was kommen würde, doch er fühlte sich matt und kraftlos. Gespräche dieser Art strengten ihn an. Er würde nach der bisherigen Diskussion dem fordernden Ansinnen seines Bruders nicht mehr gewachsen sein.

Samuel fuhr fort. Er wusste, wann der Zeitpunkt ideal war, auf Joshua einzureden. »Man plant, seismische Messungen auf unserem Berg durchzuführen, um sicherzugehen.«

»Wann?«

»Sobald wie möglich. Sobald du endlich zustimmst.«

»Was ist mit den anderen? Sind alle deiner Meinung und wollen das Land abgeben? Das kann ich nicht glauben.« Joshua stand vom Küchenstuhl auf und wandte sich ab. Er vermied es, anderen Menschen in die Augen zu sehen. Innige Blicke verwirrten ihn, manipulierten ihn. »Ich werde nie zustimmen. Darauf kannst du lange warten. Vater hat es verboten.«

»Vater, Vater. Vater ist tot. Denk doch mal nach. Wir bräuchten nie wieder zu arbeiten in unserem Leben. Wir könnten hier weg, ein Haus unten in Eilat, mit Pool und allem, was dein Herz begehrt.«

»Was ist so schlimm an der Arbeit, die wir tun? Ich liebe meine Reben. Das ist keine Arbeit. Sie geben mir mehr zurück als Geld das je könnte. Was soll ich mit einem Pool? Ich kann nicht schwimmen.«

Samuel schüttelte den Kopf. Er erinnerte sich daran, dass sich sein Bruder von Kindesbeinen an geweigert hatte, in irgendwelche Gewässer zu steigen. Kein Becken, kein See, nicht das Meer, nichts dergleichen. *Wenn Gott gewollt hätte, dass ich schwimmen und tauchen kann, hätte er mir Kiemen und Schwimmhäute gegeben.* Die Worte eines sturen Achtjährigen hallten in Samuels Kopf nach. Wenn die Freunde von Samuel und Joshua am Strand tobten, Ball spielten und baden gingen, saß Joshua auf einem Handtuch und las. Nicht etwa Abenteuerbücher oder Comics, sondern Lehrbücher der Physik und Mathematik. Er las den Talmud und sah sich Bilderbücher über die Natur an. Bisweilen auch mal ein philosophisches Buch über den Ursprung und die Bedeutung des Lebens, doch Joshua hatte diesbezüglich seine eigenen Erkenntnisse.

»Okay, du arbeitest *gern* von morgens bis abends. Aber ich tue das nicht. Wenn du es genau wissen willst, ich hasse den Weinberg.«

Joshua erschrak und konnte nicht glauben, was er hörte. Noch nie zuvor hatte Samuel Derartiges gesagt.

»Ja, du hast richtig gehört. Ich hasse diesen Weinberg und jetzt, da Vater tot ist und er nicht mehr mit der Rute hinter mir steht, um mich anzutreiben, kann ich es dir gern noch zwanzig Mal wiederholen. Ich wollte *das hier* nie und werde es nie wirklich wollen. Ich hatte für mein Leben andere Pläne und ich werde sie mit dem Geld von Modern Energy realisieren.«

Joshua war entsetzt und verstört. »Du meinst, falls ich zustimmen sollte, was ich nicht tun werde. Im Gegensatz zu dir respektiere ich Vaters Letzten Willen.« Joshua blickte Samuel direkt an. »Ich fasse es nicht. Du würdest wirklich einen Konflikt mit Syrien riskieren, um an einem Pool liegen zu können?«

»Zum Geier, das ist doch nicht mein Konflikt! Bin ich Politiker? Nun denk doch mal nach. Die nationale Ölgesellschaft schätzt das Vorkommen auf zwei Millionen Barrel. Das sind dreißig Millionen Dollar. Rabin hat alles dafür getan, um die zartbesaiteten Syrer nicht zu verärgern, obwohl er wusste, was da unter unserem Hintern brodelt. Und ich finde, es reicht jetzt.« Samuel kratzte sich am Hals. Er wusste, dass es ein schwieriges Unterfangen werden würde, seinen Bruder umzustimmen, doch dass dieser treu und ohne nachzudenken eine

Kopie seines sturen Vaters abgeben würde, damit hatte er nicht gerechnet.

Samuel redete sich in Rage. »Vaters Wille?« Er schnaubte verächtlich. »Ich gebe einen Dreck auf Vaters Willen. Es ging immer nur um *seinen* Willen. Hat er mich mal gefragt, ob ich das auch möchte? Nein, er ging einfach stillschweigend davon aus, dass alle derselben Meinung sind wie er. Selbstbestimmung im Hause Horowitz? Ich lach' mich tot. Hätte er mich mal gefragt, anstatt mich zu verprügeln. Ich hätte es ihm gesagt. Ich wollte gern ein Hotel eröffnen oder ein Restaurant. Stattdessen hat er mich verprügelt. Klar, du hast nie einen Hieb abbekommen. Sein Liebling. Man schlägt schließlich kein behindertes Kind.«

»Ich bin nicht behindert.«

»Nein, du bist nur anders, ich weiß.«

Joshua stand auf und verließ die Küche und das Haus. Er hatte Aufgaben in seinem Maschinenraum zu erledigen und ließ Samuel wutentbrannt zurück.

Samuel verstand plötzlich, wie es sein konnte, dass ein Bruder den anderen tötet.

KAPITEL 5

27. Oktober 2013, Lüneburg

Kommissar Martin Pohlmann verschränkte die Arme vor der Brust und blickte aus dem Fenster. Der norddeutsche Herbst kündigte sich mit boshaftem Grimm an. Viele Menschen betrachteten ihn – so ungewöhnlich, wie das klingen mag – mit Wohlwollen, schätzten ihn sogar, lächelten, wenn Kinder mit Gummistiefeln im Laub herumtobten und Kastanien sammelten. Die Blätter wechselten ihre schillernden Farben wie Menschen ihre Kleidung und die Natur malte kunstvolle Bilder.

Manch einer konnte alldem etwas Positives, Lebensbejahendes abgewinnen, dem gewissenhaften und steten Wechsel der Jahreszeiten mit all ihren bunten Facetten. Zumindest in diesen nordeuropäischen Breitengraden, doch für Pohlmann war dieses Szenario nur ein mit tiefer Trauer verbundenes Sterben. Jahr um Jahr derselbe Mist. Gelbe und rote Blätter mit ihren hundert farblichen Zwischenstufen stellten für ihn nichts Besonderes oder gar Bewegendes dar, ihm erschienen sie wie Propheten des baldigen Todes. Das Ausruhen nach Frühling und Sommer, den Dämmerschlaf der Natur, empfand er als das Siechtum vor dem Ende, ein letztes Halali, bevor Bäume als gespenstische Gerippe düstere Schatten in eisige Nebel warfen.

Schon immer plagte ihn die jahreszeitlich bedingte Schwermut. Mit ein Grund, warum er damals für fast zwei Jahre Ecuador für seine Flucht aus Hamburg auserkoren hatte. Diesmal jedoch schien eine tief sitzende Traurigkeit es besonders schlimm mit ihm treiben zu wollen. Sie schlug ihm ins Gesicht, kratzte und peinigte ihn wie eine Furie.

Martin blickte verstohlen auf die Uhr an seinem Handgelenk. In der Nacht zuvor war die Zeit um eine Stunde zurückgestellt worden. Das machte die Sache auch nicht besser. Vor seiner mit Regentropfen bespritzten Fensterscheibe heulte der Wind um die Hausecke, hatte sich zu einem Sturm aufgebäumt und zerrte an der Buche vor seinem Balkon, als wolle er seine unstrittige Herrschaft demonstrieren. Er schüttelte und würgte den Baum. Martin fröstelte bei diesem Anblick.

All dies wäre erträglich gewesen. Man kann sich ja bekanntlich vieles schönreden und initiiert dabei Kompensationsmechanismen: ein warmer Tee mit Rum vor dem Kamin, Kerzenschein, kuschelnd mit einer Frau des Herzens unter der wärmenden Decke und all diese Dinge – doch die Frau, die er nun in den Arm nahm, hörte einfach nicht auf zu weinen, ganz gleich zu welcher Jahreszeit. Ein tränenloses, beständiges Winseln und Jammern zog ihn mit hinunter, ließ ihn nicht fröhlich sein, selbst wenn er es entgegen den Unbilden der Natur gewollt hätte. Er, der »Sommertyp«, der die Sonne und das grelle Licht zum Leben brauchte, wie die Inuit den Schnee zum Iglubau, fand keinen Halt mehr bei seiner Frau; in ihrem sonst so unverschämt aufmunternden Optimismus, ihrem beständigen, fast schon übertriebenen Frohsinn, ihrer sprühenden Lebenslust.

Das Blatt hatte sich gewendet.

Er hätte nun derjenige sein müssen, der Trost spendete, der den Clown mimte und sie herausriss aus ihrer nicht enden wollenden Depression, doch es gelang ihm nicht mehr. Die Floskeln waren ihm ausgegangen, der Optimismus wuchs nicht mehr nach. Nicht einmal das Unkraut wuchs noch nach in dieser verhassten Jahreszeit.

Seit über zwei Jahren kämpften Catherine und Martin gegen einen Feind, dem man verschiedene Namen gab: Schwermut, Niedergeschlagenheit, Burn-out. Wie auch immer er hieß, er war tückisch und böse. Schlich sich aus dem Hinterhalt an, befiel die Sinne wie ein Raubtier und grub seine Krallen dort ein. Er kannte dies nur allzu gut, nur dass es um *ihn* in erster Linie gar nicht ging.

Einige Ärzte hatten Catherine geraten, ein Kind zu adoptieren, um über den Verlust hinwegzukommen. Sie solle sich nach vorn orientieren und das Alte vergessen, wie schlimm es auch gewesen sein mochte.

Andere rieten ihr – Ärzte sind sich ja nie einig – das Unausweichliche im Leben zu akzeptieren wie eben den Wechsel der Jahreszeiten. Das eine wollte sie nicht, das andere konnte sie nicht. Sie hätte sich wieder eine Arbeitsstelle suchen können, anstatt zu Hause zu hocken und zu grübeln, doch sie war zu keiner Aktivität fähig. Wie paralysiert, gefangen in Hoffnungslosigkeit.

Das Zimmer für den Sohn, der nur tot aus ihrem geschundenen Leib geborgen werden konnte, blieb bis zum heutigen Tag unangetastet. Es war für den ersehnten Nachwuchs rechtzeitig hergerichtet worden. Sie beließ die Möbel, die Spielsachen und Kleidung wie und wo sie waren und verbot Martin, das Allerheiligste zu betreten, geschweige denn, etwas darin zu verändern oder zu berühren. Sie fand einfach nicht die Kraft dazu, das Zimmer in ein Gäste- oder Arbeitszimmer umzuwandeln, zumal jene in ihrer großen Wohnung bereits vorhanden waren. Dieser Raum in diesem Haus mit diesem wunderschönen Spielplatz im Garten – direkt vor ihrem Balkon – war von jeher für ein Kinderzimmer bestimmt gewesen, und sie empfand es als einen Verrat an eben jener von ihr so erhofften Bestimmung, Hand daran zu legen.

Von Zeit zu Zeit schloss sie auf. Sie schlich hinein, näherte sich ehrfürchtig wie einem Schrein, strich mit zittriger Hand über Stoffe und Möbel, öffnete das Schränkchen mit Stramplern, Hemdchen und Höschen, die in überschwänglicher Freude angeschafft worden waren, als sie noch schwanger war. Während sie dort verweilte, wähnte sie sich der Seele des Ungeborenen näher, meinte sogar, den Geruch eines Babys wahrzunehmen. Den zarten Duft von Puder und Öl, von Reinheit und Unschuld, doch auch dies half ihr nicht, den beklemmenden Zustand zwischen Loslassen und der Hoffnung auf ein eigenes Kind aufzugeben.

Martin entließ Catherine aus seinen Armen, als das fordernde Miauen ertönte. Penetrant reflektierte es von den Wänden im Wohnzimmer, von der Küche ausgesandt. Martin hasste dieses Vieh mehr oder weniger schon immer, und er hätte nicht übel Lust gehabt, es vom Balkon zu werfen. Vermutlich würde es auch das überleben.

Die Katze hatte im Gegensatz zu ihrem damaligen Besitzer nicht das Zeitliche gesegnet, und dies auch nur, weil man ihn inständig darum gebeten hatte, sich um sie zu kümmern. Er hatte sie von Jerome, einem Journalisten, der sich vor Jahren mit einem Sprung in die Tiefe das Leben genommen hatte, eher unfreiwillig übernommen. Jerome hatte sechs Menschen auf dem Gewissen gehabt, bevor er sich der Justiz durch seinen Freitod entzog. Er hatte diese armen Teufel in krankem Wahn enthauptet, ihre Leichen im Keller eines leer stehenden Bürohauses verscharrt und ihre Köpfe als Vorlage für absolut realistische Silikonmasken verwendet. Die Toten halfen ihm dabei, ihre Identitäten zu übernehmen.

Jerome war ein Psychopath gewesen, keine Frage, und doch hatte Pohlmann einige Wochen mit ihm verbracht, um den größten Spionageskandal aufzuklären, den Nachkriegsdeutschland je erlebt hatte.

Die Katze lugte mit dem schwarzen Kopf um die Ecke. Sie miaute immer dann, wenn sich Martin und Catherine in den Armen hielten. Sie tat das mit Berechnung, voller Impertinenz, so schien es Martin, nicht etwa weil sie Hunger hatte. Er wandte sich ihr zu und erinnerte sich: Jerome hatte sie *Fran* genannt, vermutlich eine Abkürzung von Francis. Warum auch immer. Catherine und Martin nannten sie nur *Katze*. Schwarzes Fell mit weißen Punkten, einem weißen Streifen um die Nase herum, verschlagener Blick mit zum Boden gesenktem Kopf. Seit dieser Zeit schlich sie wie ein Dämon in ihrer Wohnung herum, ergriff von ihrem Leben Besitz, schien denselben dunklen Wesenszug wie ihr ehemaliger Eigentümer aufzuweisen, der darin bestand, viele verschiedene Gesichter aufblitzen lassen zu können. Diese Katze hatte derart viele Gemütsverfassungen, die so schnell wechselten, dass man sich nie darauf einstellen konnte.

Martin hoffte auf den Tag, an dem sie nicht mehr da sein würde.

Sie war ein Störenfried.

Ein Ersatz für ein Kind konnte sie ohnehin nie sein.

Das Telefon riss ihn aus seinen Gedanken. Er erkannte die Nummer, sie gehörte zu Werner Hartleibs Handy, seinem Partner bei der Mordkommission Hamburg-Mitte. Der, der nur selten das Handy nach Dienstschluss benutzte, tat es in der Regel aus nur zwei Gründen: Entweder wenn zu Hause die Hütte brannte, wie er es formulierte, oder wenn ihr Chef Conrad Lorenz sie zu einem Fall rufen wollte. Pohlmanns Nummer hatte Lorenz seinerzeit gelöscht, nachdem Pohlmann seinen Dienst von Hamburg nach Lüneburg verlegt hatte und als Ermittler nicht mehr offiziell zur Verfügung stand. Nachdem der Spionagefall, in den sein Chef Klaus Schöller und dessen Vater verwickelt waren, abgeschlossen war und sie nicht mehr im Präsidium herumgeisterten, war Martin Pohlmann dann doch zu seiner alten Dienststelle in Hamburg zurückgekehrt.

Der Apparat schellte und vibrierte, tanzte aufgeregt auf der Tischplatte. Ein elektronischer Sklaventreiber, den Martin in diesem Moment am liebsten aus dem Fenster auf besagten Spielplatz geworfen hätte. Es war Montagabend, er war müde und erschöpft, und es gab, in einem Satz zusammengefasst, keine nennenswerten Perspektiven in seinem Leben, weder beruflich noch privat. So zumindest empfand er seine Situation. Warum also sollte er rangehen, es nicht einfach klingeln lassen, bis es von allein verstummte?

Kaum dreieinhalb Jahre aus Ecuador zurück, wo er eine Auszeit genießen durfte, war er der emotionalen Talsohle so nahe wie schon lange nicht mehr. Er griff nach dem Telefon und wusste, was kommen würde.

Ein weiterer Mord.

Was sonst sollte dieses beschissene Klingeln bedeuten? Ein neuer Fall, der ihn in seinem Unmut bestärken würde.

*

»Was willst du?«, bellte Martin in sein Handy.

»Mann, hast du wieder eine Laune.« Werner machte eine kleine Pause und stellte Mutmaßungen an über den Grund der miesen Stimmung seines Freundes. »Wie geht es ihr?«

Martin wandte sich ab und ging mit dem Telefon außer Hörweite seiner Frau. Das Klackern von Geschirr aus der Küche war zu vernehmen. Die gefräßige Katze bekam ihren Willen. »Es wird immer schlimmer«, sagte er verhalten. »Das Problem ist, dass ich nicht weiß, wie ich ihr helfen soll. Sie lehnt alle weiteren Therapien ab. Die Sitzung, die heute Abend stattfinden sollte, hat sie abgesagt und alle anderen auch.«

Werner akzeptierte eine Pause des Schweigens am anderen Ende, obwohl der Grund seines Anrufs ihn zur Eile mahnte.

Martin war mit dem Telefon ins Arbeitszimmer gegangen und hatte die Tür hinter sich verschlossen. Dort ließ er seiner Wut freien Lauf. »Dieses verfluchte Schwein hat unser Leben kaputt gemacht. Auch wenn er längst Dünger ist, das ändert leider nichts.«

Werner atmete tief. »Ich weiß, das hast du von mir schon tausendmal gehört, aber es hätte auch anders ausgehen können. Genauso gut hätte Catherine tot sein können.«

»Ja, verdammt, genauso gut hätte ich aber auch all das verhindern können. Ich hätte ihn früher erwischen müssen. Damit hätte ich all das verhindert, was uns so quält. Dann würde unser Sohn jetzt leben und seinen dritten Geburtstag feiern. Mal abgesehen davon, wie *ich* damit umgehe, dieses *es hätte auch anders ausgehen können* hilft Catherine nicht. Um sie geht es, nicht um mich.«

»Martin, sei mir nicht böse. Wir müssen ein anderes Mal drüber reden. Ich weiß, es passt grad nicht, aber wir brauchen dich trotzdem hier.«

»Ich hab geahnt, dass du nicht aus purer Freundschaft anrufst. Nächstes Mal gehe ich nicht dran, wenn ich deine Nummer sehe, ich schwör's dir.«

»Komm reiß dich zusammen, du bist nun mal Bulle. Zur Abwechslung gibt es mal wieder was Bizarres.«

Martin blickte in die Dunkelheit, draußen vor dem Fenster seines Arbeitszimmers. »Ach und du meinst, das heitert mich jetzt auf, ja? Ein bizarrer Mord schafft gute Laune, oder wie?« Martin schüttelte den Kopf und hielt das Gerät vom Ohr weg, als könne er damit dem Unausweichlichen entfliehen.

»Mist. Okay, ich komme. Wohin?«

»Gar nicht so weit weg von dir. Die Northern Petrol Ag Raffinerie in Harburg.«

Martin stutzte und runzelte die Stirn. Er begriff nicht gleich. »Petrol? 'ne Tanke oder was?«

»Nein, Mann. Keine Tanke. Die Raffinerie. Hab ich doch gesagt. Schreib auf: Kleine-Schaar-Straße 34. Ich warte am Tor auf dich. Ist ziemlich weitläufig, das Gelände.«

»Ölraffinerie? Ist einer vom Gerüst gefallen oder gefallen worden?« Martin hoffte immer noch, den Abend zu Hause mit Catherine verbringen zu können. Sie brauchte ihn in dieser Phase mehr denn je, ihn, der ihr nicht mehr helfen konnte, außer mit seiner einfachen Anwesenheit, mit der Geduld, mit der er ihr zuhörte, wenn sie zum hundertsten Mal dieselbe Sache beklagte.

»Du würdest es mir sowieso nicht glauben, wenn ich es dir erzähle. Es gab eine Bombendrohung, aber es war nur ein Fake. Alles ist gut. Komm einfach.«

Sie beendeten das Gespräch. Martin hatte kein Wort von dem Geschwafel verstanden, und er wollte es eigentlich auch gar nicht. Warum um alles in der Welt sollte er jetzt noch einmal ausrücken, wenn es sich nur um ein Fake handelte? Martin hoffte inständig, dass es sich lohnen würde, anderenfalls würde er seinen Ärger nicht zurückhalten. Auch ein Bulle hatte ein Anrecht auf Feierabend, wie jeder andere normale Berufstätige auch. Martin blickte seufzend auf die Uhr. Es blieben ihm circa fünfundvierzig Minuten für die Fahrt. Knappe fünfzig Kilometer. Wahrscheinlich ginge es auch schneller mit Blaulicht. *Gar nicht so weit,* äffte er Werner nach.

Martin schlich in die Küche und sah der Katze zu, wie sie ihr Essen gierig verschlang. »Ich muss noch mal weg, Schatz.« Er blickte schuldbewusst zu Boden und wich dem Blick seiner Frau aus.

»Bitte nicht schon wieder, Martin«, flehte sie. »Nicht heute. Sag ihnen, du seist krank oder sonst irgendwas. Lass mich nicht schon wieder allein. Immer lässt du mich allein.«

»Ich kann es nicht ändern, Liebes. Ich muss. Ich hab's versucht, aber Werner meint, es sei wirklich wichtig. Ich versuche, schnell wieder hier zu sein. Versprochen.« Martin deutete mit dem Kinn auf das lautlos um die Ecke davonschleichende Tier. »Du hast sie doch noch.«

»Wie sollte diese schizophrene Katze mir schon helfen?« Ein angedeutetes Lächeln huschte über ihr Gesicht.

Martin strich Catherine zärtlich über die Wange. »Na bitte, geht doch. Lächle ein wenig. Ich liebe diese Fältchen um deine Augen noch wie am ersten Tag. Darum hab ich dich geheiratet, mein Engel.«

Catherine boxte ihn kraftlos auf die Brust. »Ach du liebst mich wegen meiner Falten? Du bist kein guter Ehemann, Martin Pohlmann. Weißt du das eigentlich? Man lässt seine Frau nicht immer allein.«

»Ja, mach mir noch zusätzlich ein schlechtes Gewissen.« Martin sah auf die Uhr. »Ich muss jetzt wirklich los. Nicht böse sein.«

Pohlmann löste sich von ihr und verließ nach einem Kuss auf ihre Wange die Wohnung. Eine Wohnung, die für sie beide viel zu groß war. Ein Gästezimmer, in dem keine Gäste übernachteten, ein Arbeitszimmer, in dem Martin nicht mehr arbeitete. Zu viel in diesem Raum erinnerte ihn an Carlos Rodrigues, wie er sich damals Zutritt verschafft und Catherine aufgelauert hatte. Mit dem Messer an der Kehle hatte er die Herausgabe jenes brisanten Datenchips, der die Mitglieder der Bilderberger auffliegen lassen sollte, gefordert. Danach wollte er Catherine und das Kind in ihrem Leib töten. Zwar konnte sie sich aus seinem Griff befreien, doch sie stürzte die Treppe ins Erdgeschoss hinunter, brach sich beinahe das Genick. Das Kind verletzte sich jedoch so stark, dass es an den Folgen des Sturzes starb. Aus diesem Grund gab es noch immer dieses Kinderzimmer, in dem kein Kind lebte, nur der inständige Wunsch danach.

Manchmal empfand Martin sein Leben als mit einem Fluch belastet. *Zu* oft waren Menschen seinetwegen gestorben, zumindest redete er sich dies ein. Vor allem Menschen, die er liebte, wie Sabine Tallius, seine damalige Verlobte. Sie kam bei einem Autounfall ums Leben. Er saß am Steuer, hatte zu viel getrunken und zu spät reagiert.

Martin schob, während der Fahrstuhl surrend in die Tiefe glitt, die selbstanklagenden Gedanken beiseite. Absurde Gedanken, dass womöglich manche Menschen, die mit ihm in Kontakt traten, schneller das Zeitliche segneten, als sie es tun würden, wären sie ihm nicht begegnet. Gedanken, dass er der Welt nicht guttat, dass es vielleicht besser wäre, wenn es ihn gar nicht mehr gäbe.

Er grummelte Unverständliches und sackte in sich zusammen, als sich zischend die Tür zur Welt wieder öffnete. Er hatte seine Frau in einem angeschlagenen Zustand zurückgelassen und wurde zu einem Tatort gerufen, an dem ein angeblich bizarrer Mord stattgefunden hatte. War das wirklich alles, was sein Leben zu bieten hatte, oder gab es da noch mehr? Etwas, das auf ihn seit geraumer Zeit wartete, ohne dass er davon Kenntnis hatte? Seine eigentliche Berufung, die nichts mit Mord und Totschlag, mit Leichen, mit Betrug und all der Schlechtigkeit auf der Welt zu tun hatte?

Martin Pohlmann ging mit strammen Schritten auf die fünfzig zu und dachte immer noch über den Zweck seines Daseins nach.

Martin ließ die Tür des Wohnhauses ins Schloss fallen und schlug den Kragen seiner zu dünnen Jacke hoch. Feiner Nieselregen, getrieben von listigen Böen, nahm ihm die Sicht.

Er presste die Zähne aufeinander, verengte die Augen und fluchte, als er sich gegen den Wind stemmte und zu seinem Wagen eilte.

KAPITEL 6

9. März 1996, Israel, Golanhöhen

Während der Großteil der israelischen Bevölkerung beide Oslo-Abkommen als große Chance für den israelisch-palästinensischen Frieden sah, hatten diese Abkommen und seine Inhalte auch viele Gegner. Sie provozierten Spannungen im eigenen Land, die darin gipfelten, dass kaum zwei Monate nach der Unterzeichnung von Oslo II, Yitzhak Rabin von einem rechtsradikalen jüdischen Studenten erschossen wurde.

Rabins Nachfolger wurde Schimon Peres, der bereits von 1984 bis 1986 Ministerpräsident Israels gewesen war. Doch wieder einmal konnte sich Peres nicht lange im Amt halten; er unterlag Benjamin Netanjahu vom rechtskonservativen Likud. Netanjahu versprach im Jahre 1996 dem israelischen

Volk, die Golanhöhen behalten zu dürfen und er erneuerte die Erlaubnis für die Nationale Ölgesellschaft Israels, die Explorationsrechte für diese Region freizugeben.

Doch politische Entscheidungen reichen häufig nicht aus, wenn sich Landbesitzer für ein paar Schekel nicht enteignen lassen wollen und so blieb bis auf Weiteres das so sehr ersehnte Erdöl im Inneren der Erde, direkt unter den Weinbergen der Gebrüder Horowitz.

Am 9. März 1996 machte sich Joshua Horowitz schon vor Anbruch des Tages auf, in seine Werkstatt zu flüchten. Sie lag circa 250 Meter unterhalb des Wohnhauses an einem Abhang. Die Lage war bewusst so gewählt, weil es oberhalb der Werkstatt einen Bach gab, dessen Wasser er für seine Experimente nutzte. Joshua hatte ein kleines Wasserkraftwerk an der steilsten Stelle installiert. Es war in der Lage, die Geschwindigkeit des fließenden Wassers in Strom umzuwandeln. Es reichte, um seine Werkstatt und einige seiner Geräte mit Energie zu versorgen. *Das war ein Klacks*, sagte Joshua damals, als er sie in Betrieb nahm.

An diesem Morgen, einem Samstag, hatten ihm einige Formeln keine Ruhe gelassen und den Schlaf geraubt. Seit einem Jahr schon arbeitete er an einer, wie er behauptete, bahnbrechenden Erfindung, von der er niemandem etwas erzählt hatte. Immer schon waren es *bahnbrechende Erfindungen*, doch diesmal wollte er warten, bis er sein Versprechen demonstrieren konnte. Er rückte die alte Kippa, die er seit seiner Jugend besaß, auf dem Kopf zurecht, zog sich den weißen fleckigen Kittel mit den zu kurzen Ärmeln an und begann, die neue Anlage, die er aus bescheidenen Mitteln gebaut hatte, neu zu kalibrieren. Er hatte einen Fehler gemacht und wollte ihn nun korrigieren.

Die ursprüngliche Idee, die ihn seit Jahrzehnten begleitete, war, alle Prozesse, in denen Energie für die Weinproduktion von außen für viel Geld zugeführt werden musste, aus umweltfreundlichen und vor allem kostengünstigen Quellen zu speisen. Idealerweise aus Quellen, die frei zur Verfügung standen, die keinen einzigen Schekel kosteten, die quasi von Gott wie von einem großzügigen Vater jedem einzelnen seiner Kinder kostenfrei zur Verfügung gestellt wurden.

In Joshuas Kopf herrschte stets ein geordnetes Chaos. Eine Fülle von summenden, klirrenden und raunenden Gedanken, deren Problem es war, dass sich jeder einzelne für den wichtigeren und aktuelleren hielt und um die Gunst von Joshuas Aufmerksamkeit mit den anderen stritt. Nicht, dass Joshua dies für sein Leben als hinderlich empfunden hätte. Für ihn war es normal, doch seine Umgebung erlebte ihn bisweilen zerstreut und abwesend, bis hin zu fahrig und selten auch mal aggressiv. Joshua Horowitz benötigte in der Regel keine Skizzen für die Darstellung seiner Forschungen, keine Unmengen an Papierstapeln, auf denen er seine Formeln niederschrieb. Er sah sie beständig vor Augen, sobald er die Lider schloss. Eine aufschäumende, lebendige Flut an flimmernden Daten. Blitze zuckten auf seiner Netzhaut und Bilder und Szenen aus vergangenen und – wie ihm schien – zukünftigen Tagen machten sich gegenseitig den ersten Platz in seinem Bewusstsein streitig.

Seit er denken konnte, war er fasziniert von dem unglaublichen Genie Gottes, dem Erfinder all dessen, was war, ist und es noch geben werde, fasziniert von der Größe des Weltalls mit all den Planeten, ihren Konstellationen und Einflüssen auf die Erde. In unzähligen Nächten hatte er als Kind und Jugendlicher vor dem Haus auf der Wiese gelegen und in den Himmel gestarrt. Die Namen der Planeten und Sterne fand er in Büchern, seine verlässlichsten Freunde und Ratgeber. Aus Büchern lernte er, was er in der Schule nicht hörte, was ihm nie eine Universität vermittelte, und er lernte durch ausdauernde und präzise Beobachtung seines wahrhaftigsten und anständigsten Lehrmeisters, der Natur.

Am meisten beeindruckte ihn jedoch die Sonne mit ihrer beständigen Energie, die sie kostenlos zur Erde schickte, und die seiner Meinung nach viel zu wenig genutzt wurde. Alle Tests und Forschungen, alle Erkenntnisse der Physik, Chemie und Astrologie, die von Männern mit genialen Geistern aufgeschrieben wurden, studierte er mit Inbrunst. Alle Ergebnisse, die mit dem Ziel hervorgebracht wurden, dem Menschen Energie zu schenken, waren besser und nötiger als Jahr für Jahr die Tanks mit Tausenden Litern sogenannten *schwarzen Goldes* zu füllen. Kostbares Öl, um dessen Besitz sich die Länder stritten, um dessentwillen Nationen geknechtet und in Abhängigkeiten gestoßen wurden. Joshua war zutiefst angewidert von der Idee und der Technologie, die Erde auf diese Art und Weise auszubeuten, ebenso von den unzähligen Lügen und Betrügereien, die damit einhergingen.

Und so sah er sich zu keiner Zeit genötigt, in keiner Minute und Stunde, in denen er Herr seiner geistigen Kräfte war, dem Drängen seines Bruders nachzugeben und die Explorationsrechte für das Land ihres Vaters freizugeben. Nicht, solange er lebte und es mit seiner nicht erteilten Stimme verhindern konnte.

Es klopfte an der Tür, doch er hörte es nicht. Seine Frau kam herein und sah sich um. Joshua hatte ihr verboten, ihn hier zu besuchen. Sie verstand seine Arbeiten nicht und stellte nur törichte Fragen.

»Was machst du hier, Joshua? Es ist noch nicht einmal hell.«

Joshua sah sich kurz zu ihr um. Sie stützte die Hände in die Hüften und atmete schwer. »Denkst du, du schaffst den Abhang alleine wieder rauf? Wie hast du es überhaupt geschafft, heil hier runterzukommen? Hast du nichts Besseres in der Küche zu tun als mir nachzuspionieren?«

Judith zog ein kleines Päckchen aus ihrer Tasche hervor und stellte sich neben Joshua, der sie finster durch die Gläser der Schutzbrille ansah.

»Herzlichen Glückwunsch zu deinem Geburtstag, Joshua.« Sie hielt ihm das Päckchen hin, das er zögerlich und beschämt entgegennahm. Es brauchte eine Weile, bis er begriff. Nur ungern ließ er die Gedanken los, die ihn in die Werkstatt getrieben hatten, doch ihm wurde bewusst, dass er diesmal seiner Frau gegenüber zu weit gegangen war. Der steinige und unberechenbare Untergrund des Weges musste für sie eine gehörige Herausforderung dargestellt haben und vermutlich galt ihr einziger Gedanke dem Ziel, in der Dunkelheit die Werkstatt zu erreichen und nicht, wie sie es schaffen würde, von dort wieder nach oben zu ihrem Haus zurückzukehren.

Joshua hielt das Päckchen in den Händen und blickte schuldbewusst in die Augen seiner Frau. Sie schwitzte und rang noch immer nach Atem. Ja, sie war stark übergewichtig und bewegte sich, ihre Gesundheit betreffend, an einem gefährlichen Abgrund, und selbst, wenn sie nichts von dem verstand, was der Mann, den sie mal geheiratet hatte, dort fabrizierte, liebte sie ihn noch immer. Sie zeigte es ihm mit ihren Augen, die sein Anwerben damals erwidert hatten, als er noch nicht dieser verschrobene und rastlose Narr war, der all das tat, was andere belächelten und niemand verstand.

»Danke«, sagte Joshua, zog bedächtig die Schleife ab und entfernte das vergilbte einfache Papier. Er betrachtete die braune Schachtel, einer Schatulle gleich, und drückte auf den winzigen Knopf aus Aluminium an der Seite. Der Deckel klappte auf und er erkannte nach kurzem Betrachten die Taschenuhr seines Vaters. Sogleich füllten sich seine Augen mit Tränen. Unfähig, diesen Emotionen Einhalt zu gebieten, ließ er seinem Schmerz und seiner Trauer freien Lauf. Das Gefühl des Verlassenseins vermischte sich mit seiner Schuld, die sich Judith gegenüber aufgestaut hatte, und er empfand seit Langem wieder Zuneigung zu ihr. Zu ihrer Seele, nicht zu ihrem Körper, der für ihn an Anziehungskraft verloren hatte. Joshua erhob sich schluchzend, umfing sie mit seinen Armen so gut es ging und gab ihr einen Kuss auf die glänzende Stirn. Er schob ihr den Stuhl hin, auf dem er gesessen hatte, und lud sie ein, zu verschnaufen und Kraft für den

Heimweg zu sammeln. Die Uhr hielt er in der rechten Hand und seine Finger strichen über die feine Gravur *Für Joshua.* Später, wenn er allein wäre, würde er sie genauer betrachten, sich alten Erinnerungen hingeben und vielleicht weitere Tränen vergießen, doch im Augenblick fühlte er Dankbarkeit Judith gegenüber und hatte ihr nichts anderes zu geben als seine Erkenntnisse und Träume.

Joshua deutete mit der linken Hand in die Weite des Raumes. »Möchtest du wissen, wofür das alles ist?«

Judith nickte und lächelte dankbar. Sie legte die Hände in den Schoß und sah ihn erwartungsvoll an. Sie versuchte, hinter den Vorhang zu schauen und zu ergründen, wen sie da geheiratet hatte, für wen sie ihre Eltern verlassen hatte und das Restaurant, das sie eigentlich übernehmen sollte. Wer war bloß dieser Mann, dem die wenigen Haare, die er noch besaß, wirr vom Kopf standen? Jemand, der Tag und Nacht über Dingen brütete, die sonst nur studierten Wissenschaftlern und Professoren vorbehalten waren und nicht einem einfachen Bauern und Weingärtner wie ihm. Der seinen eigenen Geburtstag, noch dazu den vierzigsten, vergessen hatte, dafür aber die planetarische Konstellation der letzten Nacht in den Sand zeichnen konnte.

Sie blickte an ihm vorbei, hin zu den verschiedensten Apparaturen mit Schläuchen, Kabeln, Tanks mit Flüssigkeiten, Rohren, die zur Decke führten und Gerätschaften, deren Namen sie nie würde aussprechen können.

»Du hast mich gefragt, was ich hier mache. Ich möchte es dir erklären, so einfach, wie ich kann. Damit du verstehst, warum ich tun *muss*, was ich tue.«

Judith nickte und wartete.

»Also das hier zum Beispiel ist eine Art Blockheizkraftwerk. Du weißt sicherlich, dass das Öl in unseren Tanks alle Maschinen antreibt, die nötig sind, um Wein herzustellen und alle Familien auf dem Berg mit Wärme und warmem Wasser et cetera zu versorgen?«

Sie nickte stumm.

»Dieses Öl stammt nicht aus Israel. Wir sind abhängig von anderen Ländern, die es uns teuer verkaufen. Es nimmt einen langen Weg aus der Erde durch Pipelines zu einer Raffinerie, wo es für die verschiedenen Heiz- und Energiezwecke verwandelt wird. Ein Stoff, der angeblich zunehmend rar und deshalb immer teurer wird. So zumindest will man es uns glauben machen.«

»Ist es denn nicht so?«, fragte sie ehrlich interessiert.

Joshua wehrte ab. »Nein, so ist es nicht, aber das würde jetzt zu weit führen. Tatsache ist, dass wegen dieses Öls Kriege geführt werden, Menschen sterben, Länder ausgebeutet und belogen werden. Und die Natur nimmt den größten Schaden in Regionen, in denen ganze Wälder gerodet werden, und Felder, die viele Menschen ernähren, werden einfach plattgemacht. Oder nimm nur mal die Arktis. Rostige und rissige Öl- und Gaspipelines schlängeln sich Hunderte von Kilometern durch die Tundra und Gebirgszüge. Und wenn es nicht durch Pipelines fließt, wird es von Tankern aufgenommen, die verunglücken können, so wie 1989 die Exxon Valdez. Vierzig Millionen Liter Rohöl sind vor der Nordküste Alaskas ausgelaufen und haben die Prince-William-Straße auf Jahrzehnte hin verseucht. Noch immer liest man in Berichten über Fischer, die nach so vielen Jahren mit den Auswirkungen dieser Katastrophe zu kämpfen haben. Und das sind nur einige Beispiele. Ich könnte stundenlang so weitermachen, aber dafür bist du nicht hier. Ich will damit nur sagen, für das Erschließen einer Ölquelle geht man im wahrsten Sinne des Wortes über Leichen. Und genauso würde es sein, wenn ich Samuel nachgebe. Nichts würde hier auf unserem Weinberg mehr sein, wie es mal war.«

»Und du glaubst, du kannst mit deinen Maschinen etwas anderes bewirken?« Unglaube und Skepsis standen ihr auf der Stirn geschrieben, während sie sich in der Halle umsah. Obgleich in diesen Dingen unkundig, erweckten all die Apparaturen nicht den Eindruck, als könnten sie Weltbewegendes vollbringen.

»Genau. Es gibt so viele Möglichkeiten, Energie zu gewinnen, ohne dass Menschen dafür sterben müssen. Frei verfügbare Energie, die Gott uns in seiner Gnade schenkt. Nehmen wir zum Beispiel die Geothermie.« Judith legte den Kopf schief.

»Erdwärme«, erklärte Joshua. »Die Erde besitzt eine Kruste, und je tiefer man bohrt, desto wärmer wird es dort. Diese Wärme ist in unendlicher Menge vorhanden und kann zum Heizen verwendet werden oder es kann elektrischer Strom daraus gewonnen werden. Schon in einem Kilometer Tiefe herrschen vierzig Grad, in manchen Gebieten in der Nähe von Vulkanen sogar viel mehr, verstehst du?«

Judith wechselte auf dem unbehaglichen Stuhl die Sitzposition, während Joshua auf und ab ging und gestikulierend referierte.

»Noch einen Kilometer weiter sind es schon achtzig Grad und so weiter. Natürlich muss man Maschinen und Geräte bauen, um diese Wärme nach oben zu leiten, aber ist diese Arbeit erst mal getan, steht eine beinahe unbegrenzte Menge zur Verfügung. Dort hinten in der Ecke steht ein etwas veralteter Prototyp einer erdgekoppelten Wärmepumpe. Man könnte damit einen Zehn-Personen-Haushalt versorgen, aber die Bohrungen auf unserem Berg wären zu mühsam. Es ist zu steinig dafür. Nehmen wir ein anderes Beispiel: Solarenergie, das kennst du. Wir fangen die Sonnenwärme ein und speichern sie in entsprechenden Kollektoren.«

Judith hob die Hände. »Joshua, ich finde es sehr lieb von dir, dass du mir das nach all den Jahren erklären willst, aber die Kinder …«

»Die Kinder schlafen heute aus. Es ist Samstag. Gut, ich mach's kurz. Nur noch mein neustes Projekt, einverstanden?«

Judith schnaufte. Sie machte sich Sorgen, wie sie den steilen Aufstieg bewerkstelligen sollte. Diese Tatsache schien Joshua vollkommen auszublenden.

»Also schau. Daran arbeite ich seit über neun Monaten. Es ist eine sogenannte Feststoffbrennanlage. Eine Zentralheizung, die ohne fremdes Öl auskommen wird. Du weißt doch, was mit unseren Rebschnitten passiert? Wir mulchen sie und geben sie als Kompost dem Boden wieder zurück, weil wir wissen, dass der Boden die Nährstoffe braucht. Das ist sicher gut, aber es ist eine Verschwendung. In diesem Heizkessel könnten unsere Rebschnitte verbrannt werden, und danach verteilen wir wieder die Asche auf dem Boden neben den Weinstöcken.«

»Ach, und das soll funktionieren?«

»Ja, das wird es, weil Rebholz mit einem geringen Restwassergehalt immerhin 4,1 Kilowattstunden pro Kilo aufweist. Also grob ein Energiewert von 6000 Kilowattstunden pro Hektar. Damit entspricht es dem Heizäquivalent von Öl. Wir könnten zusätzlich den Trester aufbewahren, ihn trocknen, pressen und verfeuern, so wie Holzpellets. In der Asche, die zurückbleibt, bleiben alle Nährstoffe bis auf den Stickstoff erhalten. Unabhängig davon, ob wir nun vollständig autark leben könnten oder nicht, ist es eine wirtschaftlich durchaus attraktive Angelegenheit.«

Judith nickte erschöpft. »Ich rufe Samuel, wenn es dir recht ist. Ich kann nicht länger bleiben, Joshua. Danke für deine Erklärungen, aber dort oben geht das Leben weiter, um das *ich* mich kümmere.«

Joshua sah sie beinahe flehend an und hob die Hände. »Wir könnten auch die Wärme benutzen, um eine Gasturbine anzutreiben, die elektrischen Strom produziert. Oder das Flussbett über meiner Werkstatt vergrößern, um …«

»Ja, Joshua …«

»In heißen Monaten kann es auch umgekehrt in einer Absorptionskälteanlage zum Kühlen genutzt werden. Hör doch, was ich sage … Wir brauchen kein Öl.«

Judith stützte sich auf der wackeligen Stuhllehne ab und kam wankend zum Stehen. Die Sonne ging auf und warf erste

Strahlen durch die Ritzen der Jalousien, die Joshua stets heruntergezogen ließ.

Joshua öffnete die rechte Hand und blickte auf das goldene Gehäuse. »Danke für die Uhr. Woher hast du sie eigentlich?«

Judith wandte sich noch einmal zu Joshua um. »Dein Vater hat sie mir gegeben, an dem Tag, als er starb. Du wirst dich erinnern, dass du nicht gekommen bist, obwohl er nach dir verlangt hatte. Du warst hier unten bei deinen Maschinen.«

Joshua erblasste und blickte zu Boden. Seine Unterlippe zitterte leicht.

»Dein Vater hat in seiner letzten Stunde über sein Leben nachgedacht, und er sagte, wenn er diese Uhr noch einmal zurückdrehen könne, würde er vieles anders machen. Kurz bevor er starb, gab er sie mir. Ich solle sie dir heute geben, an deinem 40. Geburtstag, weil er sie von seinem Vater in demselben Alter geschenkt bekommen hat. Sie soll dich daran erinnern, dass auf dieser Erde alles endlich ist und unsere Anstrengungen im Kontext der Zeit häufig fruchtlos und vergeblich sind.«

Joshua runzelte die Stirn. »*Das* hat er gesagt? Fruchtlos und vergeblich?«

Judith nickte und wandte sich zum Gehen um.

Während sie den beschwerlichen Weg zurückstapfte, dachte Joshua über die letzten Worte seines Vaters nach. *Was meinte er damit, fruchtlos und vergeblich? Betrachtete er sein Leben hier auf dem Weinberg als unnütz und sinnlos? Oder meinte er mich damit? Würdigte er meine Forschungen etwa nicht? War er zu dem Ergebnis gekommen, dass ich meine Zeit verschwende und all meine Überlegungen nur blanker Unsinn sind, so unnütz und schnell vergessen wie ein vergänglicher Hauch im Wind?* Joshua schüttelte den Kopf und rieb sich die Augen. *Nein, es ist nicht vergeblich, was ich tue, das werde ich dir beweisen.*

In der Betrachtung über sein Leben und den Sinn oder Unsinn seiner Forschungen versunken, hörte er das Geschrei außerhalb seiner Werkstatt nicht. Wie weit entferntes und verzerrtes Gekreisch aus einem Traum drangen die Hilferufe nicht zu seinem Bewusstsein vor.

Was musste noch alles passieren, um Joshua Horowitz in der Realität ankommen zu lassen?

KAPITEL 7

27. Oktober 2013, Hamburg-Harburg

Werner Hartleib stand mit dem Rücken an eine Hauswand gelehnt. Er zog den Kopf ein und verbarg sich unter einem großen schwarzen Regenschirm vor prasselndem Regen, während er auf seinen Kollegen Martin Pohlmann wartete. Er trug unter dem dunkelblauen gefütterten Mantel noch immer den schicken Anzug, den er tagsüber angehabt hatte. Eigentlich trug er immer schicke Anzüge, häufig auch am Wochenende. Die italienischen Schuhe hatte er unter dem Schirm vor der Nässe zu schützen gesucht. Ein aussichtsloses Unterfangen.

Wer die beiden Männer nebeneinander sah und sie eingehend betrachtete, hätte nicht vermutet, dass sie Arbeitskollegen waren. Unähnlicher hätten die beiden in vielerlei Hinsicht nicht sein können und doch waren sie die besten Freunde.

Längst war es zur Normalität geworden, nicht auf die Uhr zu sehen, wenn sie gerufen wurden. Mörder richteten sich leider nicht nach Stechuhren und Leichen wurden nicht nur während der Dienstzeiten gefunden. Dann musste alles plötzlich ganz schnell gehen, selbst wenn der Mord schon Monate zurücklag. Eile war angesagt, als könnte dies die Tat ungeschehen machen, als würde es irgendetwas besser machen auf der Welt.

Martin strich sich die nassen Haarsträhnen aus dem herbstbleichen Gesicht. Der kurze Weg vom Parkplatz zur verabredeten Stelle wurde vom Himmel genutzt, seine am Körper schlackernde Kleidung zu durchnässen. Schon seit einigen Monaten war er nicht mehr übergewichtig, hatte durch Sport und etliche Sorgen viele Pfunde verloren, hinkte aber stets der passenden Konfektionsgröße hinterher. Der Gürtel hielt die Hose über vorstehenden Hüftknochen, und unter die sonst engen Jacken passten nun dicke Pullover. Die Schuhe waren stets dieselben geblieben, zu jeder Kleidung unpassende Cowboystiefel, außer zu den abgewetzten Jeans, die er gerade trug.

Martin erreichte die verabredete Stelle und wunderte sich über den scheinbar emotionslosen Blick seines Kollegen. Angesichts der Arroganz, mit der er Martin vom Scheitel bis zur Sohle taxierte, hätte er ihn mit einem Fausthieb niederstrecken können.

»Du siehst schlecht aus. War wohl doch keine so gute Idee, dich anzurufen.«

»Ich kann gern wieder gehen. Auf was Bizarres steht mir ohnehin nicht der Sinn.«

Werner legte die Hand auf die Schulter seines Freundes und zog ihn unter den Schirm. Eigentlich war er ganz und gar nicht arrogant, fühlte sich nur hilflos den Problemen seines Freundes ausgeliefert und fand nicht immer die richtigen aufmunternden Worte. »Ich mach mir echt Sorgen um euch beide. Und wie du wieder aussiehst. Du wirst von Tag zu Tag dünner. Siehst älter aus mit den Falten unter den Augen.«

»Mann, du tust so, als hättest du mich den ganzen Tag noch nicht zu Gesicht bekommen. Warum sagst du mir diese Schmeicheleien nicht, wenn ich noch genug Kraft habe, mich zu wehren. Außerdem fühle ich mich wohler ohne den fetten Bauch.« Martin hob beschwichtigend die Hand. »Es geht mir gut, danke.«

»Siehst aber scheiße aus.«

»Mann, das liebe ich so an dir, diese Offenheit. Feinfühlig wie immer. Sagst du mir jetzt endlich, was wir hier sollen? Bei diesem Dreckswetter noch mal loszufahren, Catherine allein zurückzulassen … Manchmal hab ich Angst, sie tut sich was an. Weißt schon, was ich meine.«

Werner atmete tief aus und nickte. Er deutete in die Richtung des Raffineriegeländes und versuchte, Martin abzulenken. »Okay, komm mit. So etwas wie das hier hatten wir noch nie. Man hat eine Leiche gefunden. Der Doc ist fassungslos.«

Martin legte fragend die Stirn in Falten. Dr. Schygurski fassungslos zu sehen, das bedeutete schon etwas. Er schloss für wenige Herzschläge die Lider. Was würde ihn nun wieder erwarten? Bilder von zerstückelten Leichen flackerten vor seinem inneren Auge auf. Ein Moment, wie er ihn öfter in letzter Zeit erlebte. Sekunden, in denen er sich fragte, wie lange er diesen Job noch machen wollte, bevor er vollkommen verrückt werden würde.

Er wartete. Solange er trocken unter dem Schirm stand, verflog der Anspruch der Eile. Wäre es nicht nass und kalt gewesen, hätte er ewig so stehen bleiben können. Nur so dastehen, an der Wand lehnen, die Augen schließen und in ein Vakuum aus Zeitlosigkeit eintauchen. Er schüttelte unmerklich den Kopf. Nein, er brauchte eigentlich in diesem Leben keine Mordopfer mehr; kein Mensch brauchte das. Eines Tages würde er wieder verschwinden, diesmal mit Catherine, dorthin, wo es keine Morde gab.

»Erst ging man von einer Bombendrohung aus. Anonymes Bekennerschreiben. Irgendein radikales Islamding. Das volle Programm: Sprengstoffkommando, Feuerwehr. 'n Haufen Leute waren hier. Das Einzige, was man gefunden hat, ist eine männliche Leiche in einem Öltank. Er hatte einen

Sprengstoffgürtel mit einer Attrappe um den Bauch gebunden. Hat quasi den Abfluss verstopft. Alter so gegen fünfundfünfzig bis sechzig, grauer Bart, graue Schläfen, schwer zu sagen. Es ist alles … voller Öl.« Werner hielt in seinen Ausführungen inne.

»Heißt was?« Martin sah Werner scheel von der Seite an.

»Heißt, dass alles voller Öl ist, eben. Innen wie außen. Anders kann ich es nicht sagen. Ist besser, wenn du es selber siehst.«

Die Männer sprangen über etliche Pfützen und stapften durch die Dunkelheit hin zu einem größeren Platz, an dem verschiedene Tanks hintereinander – wie an einer Schnur gezogen – aufgereiht waren. Sie enthielten das noch zu raffinierende Rohöl.

Vor einem dieser Tanks stand eine Handvoll Männer in gelben Schutzjacken; sie trugen Helme und betrachteten den Mann am Boden. Offensichtlich schaulustige Arbeiter, denen man den näheren Zutritt zur Leiche verwehrte.

Zu gern hätte sich der eine oder andere in Anbetracht dessen, was sie sahen, eine Zigarette angesteckt, doch aus verständlichen Gründen war das Rauchen untersagt. Einen Toten hatte noch niemand von ihnen gesehen, zumindest nicht einen solchen.

Drei Krawattenträger von der Konzernleitung, von denen sich der eine gerade übergeben hatte, betrachteten schockiert das Geschehen. Sie hatten sonst nur mit Energiebilanzen, Erträgen auf Listen und Aktiencharts zu tun. Dies hier überforderte sie merklich. Einer der Krawattenträger stellte sich als Dr. Rolf Heinemann vor. Er sei schon seit Stunden vor Ort und hatte wegen der Brisanz der Sachlage vor wenigen Minuten Verstärkung von der Konzernleitung bekommen.

Zwei weitere Männer waren offenbar Sprengstoffexperten, leicht an ihren Schutzanzügen zu erkennen. Sie hatten dem Toten einen mit Sprengstoff beladenen Gürtel abgenommen und neben ihn gelegt. Ein Handy war mit einer Schnur an dem Sprengstoff befestigt. Sie hatten von ihrem Chef Peter Hentzel den Auftrag gehabt, so lange zu warten, bis die Mordkommission eintreffen würde, um dann abzurücken.

Neben dem Toten lag ein Plastikschild mit einer überschaubaren Botschaft. *BUMM*, las Pohlmann.

Martin bemerkte die Sorglosigkeit der beiden, sie witzelten sogar über irgendetwas, als sie ihre restlichen Sachen zusammenpackten. Pohlmann wechselte den Blick von ihrem Grinsen zu der angeblichen Bombe und erfasste schnell, dass keine unmittelbare Bedrohung mehr vorlag.

Der *Fake*, von dem Werner gesprochen hatte.

Der Mann, der am Boden lag, war nackt. Dr. Schygurski, seines Zeichens Gerichtsmediziner, war soeben mit der ersten Untersuchung fertig geworden und griff nach der Plane, mit der er die Leiche bedecken wollte. Martin trat hinzu. Er bückte sich und hielt den Arm des Arztes fest. Für einen Augenblick stand die schwarze Folie wie ein düsteres Segel im Wind.

»Warte Pawel. Was ist passiert?«, fragte er leise. Der Pathologe und Martin kannten sich gut. Eine überfreundliche Begrüßung war nicht erforderlich. Sie sahen sich mehrmals wöchentlich, immer dann, wenn in Hamburg ein Mensch unfreiwillig gestorben war.

»Man hat dem armen Teufel die Kehle durchgeschnitten. Ich weiß nur noch nicht, ob davor oder danach.«

Pohlmann blickte ihn fragend an. »War klar, dass du wieder in Rätseln sprichst.«

»Ich hatte einen langen Tag, Martin. Ich werd's kurz machen. Also es scheint, als sei der Mann in dem Öl ertrunken oder erstickt. So genau kann ich das noch nicht sagen, ich muss ihn erst genauer untersuchen. Tatsache ist, dass er 'ne Menge Öl intus hat. Öl in Magen und Lunge. Vermutlich nach dem Schnitt am Hals, aber was weiß man schon?«

Schygurski hob den Kopf ein wenig und starrte ins Leere. »Außerdem … er hat nicht nur Öl in Lunge und Magen. Ich kann es noch nicht mit Sicherheit sagen, aber ich glaube, er hat kein Blut mehr in seinen Adern. Nicht einen Tropfen. In all seinen Gefäßen ist reines Rohöl. Er scheint förmlich damit getränkt. Wie eine eingelegte Olive oder Knoblauchzehe.«

Martin bedachte den Pathologen mit einem strengen Blick. Der polnische Arzt zuckte mit den Schultern. Er fühlte sich kein bisschen schuldig ob des unpassenden Vergleichs. Rechtsmediziner gingen eben anders mit dem Tod um als andere Menschen.

»Und diese Bombe?«

»Ist nicht echt. Sei 'n makabrer Scherz, meinte ein Kripomann vorhin.«

Martin nickte, obwohl er noch keine Ahnung hatte, was dies alles zu bedeuten hatte. Eigentlich wollte er es auch gar nicht wissen. In Gedanken war er bei Catherine.

Schygurski fuhr fort. »Egal wo ich ihn punktiere. Er scheint wie konserviert zu sein, und ich bin mir nicht sicher, wie lange er schon tot ist. Wird schwer sein, das zu bestimmen.«

»Nun mal langsam, Pawel. Du willst damit sagen, dass man ihm Öl injiziert und dann in den Tank geworfen hat?«

»Injiziert, in den Magen gefüllt und in die Luftröhre. Entweder war er schon tot, als man ihn so zugerichtet hat oder er hat es Stück für Stück miterlebt und ist währenddessen gestorben.«

»Eine Folter vielleicht?«

»Möglich.«

»Und was soll diese Scheißbombe? Das ist doch krank. Passt doch alles nicht zusammen. Gibt es Spuren eines Kampfes oder so?«

Schygurski zeigte auf die stinkenden Öllachen in ihrer Umgebung. »Verwertbare Spuren kannst du hier total vergessen.«

Werner, der konzentriert zugehört hatte, schaltete sich ein. »Weiß man schon, wer es ist? Ein Mitarbeiter der Raffinerie vielleicht?«

Schygurski schüttelte den Kopf. »Woher soll ich das wissen? Das ist ja wohl euer Job. Alles kann ich euch auch nicht abnehmen. Aber eines dürfte hilfreich sein.« Schygurski drehte den Leichnam so, dass mehr Licht auf ihn fiel. Der fleischige Arm des Toten klatschte neben Martin auf den nassen Asphalt. Martin verengte die Augen, um schärfer sehen zu können. Auf der Haut knapp unter dem linken Schlüsselbein prangte ein tätowierter fremdartiger Schriftzug, etwa zehn Zentimeter lang, nicht wie ein kunstvoll tätowiertes Bild als Körperschmuck gedacht, sondern eher wie eine … makabre Botschaft.

»Scheint 'ne Art Branding zu sein. Das ist meiner Meinung nach Hebräisch. Ich hab so was schon mal gesehen, so ähnlich jedenfalls. Das hier sieht aus wie ein N und das hier ist übersetzt ein F. Den Rest muss ich nachschlagen. Ist ziemlich undeutlich zu erkennen.«

Schygurski kratzte sich am Kinn und dachte eine Ewigkeit lang nach. Zermürbende lange Sekunden in dieser unwirtlichen Umgebung.

Einer der Arbeiter, der mit den anderen dem Treiben der Beamten zusah, schälte sich aus der Menge heraus und trat vor. Unter dem Helm sah man die dunklen Augen, die buschigen Brauen, den stechenden Blick und das markante Kinn. Seine feuchte Haut glänzte im Schein der schummerigen Beleuchtung. Er war, wie die meisten der anderen Männer, kräftig gebaut und wirkte ungepflegt. Jedoch war er bedeutend größer als seine Kollegen. Das Herbstwetter schien ihm nicht das Geringste auszumachen. Er hatte eine tiefe Stimme und sprach mit einem osteuropäischen Akzent. »Dieses Wort heißt NEFT.«

Dann trat er langsam wieder in die Reihe zurück. Mehr sagte er nicht.

»NEFT?«, fragte Martin. »Was heißt das?« Martin fixierte den Mann mit einem missmutigen Blick.

Schygurski führte den Zeigefinger über die Haut des nackten Mannes und berührte die Schriftzeichen. Sie waren wulstig wie Narben, keine Arbeit eines geschickten Tätowierers, eher wie eine Art Brandzeichen. Es wirkte verhältnismäßig frisch. »NEFT. Ja, das kann stimmen«, sagte er nachdenklich. Der Pathologe erhob sich aus der unbequemen Hocke und blickte in die Gesichter der Ermittler, nahm auch den ernsten Ausdruck des Mannes wahr, der die Schriftzeichen entschlüsselt hatte. »Was das heißt …?«, sagte er zu Martin. »Ganz einfach. NEFT heißt Öl. Erdöl. Das gibt es im Russischen und im Hebräischen und was weiß ich, vielleicht noch in anderen Sprachen. Ich hab mal in einer polnischen Zeitschrift darüber gelesen. Müsste ich eigentlich noch zu Hause haben.«

»Hebräisch«, betonte der stämmige Mann barsch, der sich wieder in die Reihe zurückgestellt hatte. »Auf der Brust des Mannes hat es jedoch eine weitere Bedeutung.«

Pawel Schygurski ging auf den Mann zu. »Welche Bedeutung hat es? Sagen Sie es mir bitte.«

Der Fremde beugte sich langsam vor und flüsterte dem Pathologen etwas ins Ohr. Er schien diese Information vor den Umherstehenden verbergen zu wollen. Das Zischeln seiner Worte wirkte bedrohlich.

Pawel nahm den Kopf zurück und nickte.

Martin und Werner starrten sich an und blickten dann zu Pawel.

»Kann mir mal einer sagen, was hier los ist? Dieses konspirative Gemauschel. Was soll das? Es regnet in Strömen, und ihr tuschelt hier wie zwei Turteltäubchen.« Martin wandte sich an den Zweimetermann. »Kennen Sie ihn?« Martin deutete auf den Toten.

Der Arbeiter schüttelte langsam den Kopf.

»Kennt sonst jemand von Ihnen diesen Mann?« Martin schritt die Reihe der Arbeiter ab wie ein Feldwebel beim

Appell. Die Krawattenträger verneinten, noch ehe sie gefragt wurden. Jeder schien in Anbetracht der vorliegenden Situation eingeschüchtert und zutiefst überfordert.

Martin ließ nicht locker. »Sehen Sie ihn sich genau an, meine Herren. Irgendjemand muss ihn doch kennen. Wie ich das so sehe, kann man nicht so einfach rein- und rausmarschieren, geschweige denn, in so einen Tank hüpfen. Also – wer von Ihnen weiß, wer der Mann ist? Niemand? Ein Besucher, ein Arbeiter, ein …« Martin betrachtete den toten bärtigen Mann mit dem grauen wirren Haar. Wut über diese Tat packte ihn. Er baute sich vor dem großen Osteuropäer auf und musste zu ihm aufblicken. »Was ist mit Ihnen? Sie scheint das hier nicht im Geringsten zu schockieren. Sie wissen doch mehr, als Sie zugeben wollen. Herrgott, nun machen Sie schon den Mund auf! Wir sind von der Polizei, falls Sie das noch nicht kapiert haben sollten. Nun machen Sie schon. Ich hab nicht ewig Zeit.«

»Kenne den Mann nicht. Noch nie gesehen. Weiß nur, dass das NEFT heißt und dass es Hebräisch ist. Stamme aus Israel, bin russischer Herkunft. Arbeite hier.«

Martin senkte verärgert den Kopf. Wieder so ein Versteckspiel. Es war immer das Gleiche. Niemand der Arbeiter wollte etwas sagen, sei es, weil sie den Toten wirklich nicht kannten, oder gerade, weil sie ihn kannten und nicht in die Angelegenheit hineingezogen werden wollten. Ihr lausiger Job stand womöglich auf dem Spiel. Selbst wenn die Petrol Ag für Industriemechaniker, Chemikanten und Elektroniker ein ordentliches Gehalt zahlte, rechtfertigte dies eine Einmischung nicht und die Wahrheit schon mal gar nicht. Sollten sich doch die hohen Herren der Petrol Ag um den Mist kümmern.

Der Pathologe und sein frisch examinierter Assistenzarzt legten den Toten in einen inzwischen herbeigebrachten Leichensack und zogen den Reißverschluss zu. Das rasselnde Geräusch durchschnitt die Dunkelheit und übertönte das Prasseln der Tropfen auf dem Boden. Spätestens, als es abebbte, erkannte jeder der Anwesenden die unabänderliche Endlichkeit des Seins.

Pawel klatschte in die Hände. Die Tropfen verfingen sich in seinem dunklen flauschigen Bart. »Okay, Schluss für heute. Ich nehm ihn erst mal mit. Alles Weitere findet sich in den nächsten Tagen.«

Martin und Werner nickten sich zu und drehten sich zu der Menge der Zuschauer um. »Ihr habt es gehört, Leute. Die Show ist vorbei.«

Sieben der acht Arbeiter zögerten keine Sekunde, den Ort so schnell wie möglich zu verlassen. Bis auf den einen, den Russen, der die Schriftzeichen kannte. Dieser zögerte und sah dem Toten in dem schwarzen Sack nach, wie er im Heck des Bestattungswagens verschwand. Er wirkte unschlüssig, als hätte er sich noch nicht von ihm verabschiedet, als gäbe es noch etwas zu sagen.

Martin taxierte ihn aus dem Augenwinkel. Ein unheimlich wirkender, kräftiger Mann, der den Alten mühelos in den Tank hätte werfen können. Doch würde er dann so seelenruhig zusehen, wie man ihn fand, ihn aus dem Tank barg, wie die Polizei gerufen wurde und die Arbeiter befragt wurden? Vielleicht ja gerade deswegen. Eine Form der Täuschung vielleicht? Martin beschloss, sich in den nächsten Tagen an den Rockzipfel dieses ominösen Riesen zu heften. Möge der Kerl noch so groß, kräftig und furchterregend wirken, *er* war der Bulle mit der Marke, das machte den entscheidenden Unterschied.

*

Gegen elf war Martin wieder zu Hause. Als er das Schlafzimmer betrat, drehte Catherine sich zu ihm, hob die Bettdecke an und lud ihn ein, sich zu ihr zu kuscheln. Martin schmiegte sich an sie. »Hallo, Schatz, du solltest doch nicht auf mich warten.«

»Wie kann ich schlafen, wenn du nicht da bist?« Catherine legte ihren rechten Arm über seine Brust. »Und? War es schlimm?«

Martin antwortete nicht gleich. Seine Atmung beschleunigte sich, als sich der Tote mit der durchtrennten Kehle in seine Erinnerung drängte.

»Wie immer. Werner hatte recht, als er mich anrief. Es war tatsächlich bizarr.«

Catherine setzte sich auf und sah ihn im Halbdunkel an. »Inwiefern?«

Martin strich über ihr Haar, berührte mit dem Daumen ihre weiche Haut unterhalb des Haaransatzes. »Ach vergiss es. Ich glaube nicht, dass du das wirklich wissen willst.«

»Du musst das nicht machen, wenn du nicht willst. Du könntest aufhören, das hast du selbst gesagt. Wir haben genug Geld. Denk dran, du hast jetzt Familie.«

Martin drehte den Kopf zu ihr und blickte in die Augen, die genau das meinten, was sie sagte. Sie meinte mit Familie Martin, Catherine und ihren Sohn, nur dass Letzterer nicht existierte – nicht mehr.

Martin nickte stumm und ließ nicht nach, ihr übers Haar zu streichen. Sie mochte das, es beruhigte sie, holte sie in die Realität zurück, meistens jedenfalls.

»Komm, schlaf jetzt«, hauchte er in ihr Ohr, weil nach dem Schlaf der Morgen kommen würde. Morgens ging es ihr am besten, sie vergaß, was sie vor dem Schlaf gedacht oder gesagt hatte, dafür sorgten die Medikamente. Zum Nachmittag hin verschlechterte sich ihr Zustand, wenn sich die Dunkelheit anschlich wie die schwarze Katze. Aber er sagte es auch, um endlich in Ruhe nachdenken zu können. Eingetaucht in Schwärze wollte er in seinem Unterbewusstsein wildern, wie ein Jäger, der einer Fährte folgte. Wie einer, der seine Sinne schärfte. Er schnupperte und suchte in seinem Inneren nach der Antwort auf die Frage, die er sich stellte, wenn er einen Mordfall aufklären sollte: Was ergibt dieser

Tod für einen Sinn? Wer profitiert davon am meisten? Was sagt die Art und Weise des Tötens über den Mörder aus? Wie passen die Indizien zusammen?

Über dem regungslosen Brüten schlief er kurz nach Mitternacht ein. Das Gehirn blieb dennoch nicht tatenlos. Es quälte sich mit der Frage, dem Rätsel, dem Befehl, der stumm ausgesprochen wurde: Finde das Schwein, das das getan hat.

KAPITEL 8

9. März 1996, Israel, Golanhöhen

Aaron Stern war mittlerweile zu einem pubertierenden Jungen von hohem Wuchs mit knapp schulterlangem, lockigem Haar, beinahe schwarzen Augen und einem freundlichen, überschwänglichen Lachen herangereift. Er führte ein unbeschwertes Leben, von überschäumender Energie begleitet. Alle auf dem Weinberg liebten ihn. Man liebte dieses freche Lachen, seine Stimme, die sich derzeit schnarrend überschlug und mit jedem Jahr erkannte man mehr in ihm die Gesichtszüge seines leiblichen Vaters. Jedem, der ihn ansah, wurde aufs Neue schmerzlich bewusst, wie tragisch die Eltern verunglückt waren. Doch Aaron verlebte seine Jugend scheinbar unbekümmert. In seinem Gemüt war er kindlich geblieben, obgleich er schon sechzehn war. Er hatte Interesse an allem, was aus der Erde hervorwuchs, was darauf kroch und in der Luft flog. Kurzum, er teilte die Zuneigung zur Natur mit Joshua. Jahrelanges Impfen und Belehren hatten Früchte getragen, sehr zur Freude Joshuas. Aaron begnügte sich nicht damit, zu wissen, *dass* etwas so war, wie es war, sondern wollte wissen, *warum* es sich so und nicht anders verhielt. Er las alles, was er in die Finger bekommen konnte, saugte für ihn Verwertbares heraus und eignete sich einen stattlichen Wissensstand in allen Teilbereichen der angewandten Naturwissenschaften an.

An seine Eltern dachte er nur noch selten, die Gesichter hatten in seiner Erinnerung ihre Konturen verloren. Joshua und Judith waren nun seine Eltern, doch er vermied es, sie Vater oder Mutter zu nennen. Er rief sie beim Vornamen, zumal Joshua für ihn mit den Jahren eher zu einem Freund geworden war als zu einem Vater. Die autoritäre Vaterrolle übte Joshua, wenn überhaupt, bei seiner Tochter aus, zu der Aaron ein geschwisterliches Verhältnis pflegte. An jenem Morgen, dem 40. Geburtstag Joshuas, hatte er sich gewundert, dass ihn Judith nicht wie vereinbart geweckt hatte. Er wollte unbedingt der Erste sein, der Joshua gratulierte. Er wurde von den Vögeln auf dem Baum vor seinem Fenster aus einem sonderbaren Traum gerissen. Darin flog er durch die Luft, vollzog Schwimmbewegungen und segelte in kreisenden Bahnen wie ein Adler über ihren Weinberg. Schwerelos und frei erlebte er sich in einem ungetrübten, glückseligen Zustand. Er lachte erhaben, entrückt und wähnte sich dem Himmel als Aufenthaltsort Gottes und der Engel nahe. Es fühlte sich angenehm an, dass es ewig hätte weitergehen können, bis ihn etwas im Nacken packte. Er fühlte einen stechenden Schmerz, so intensiv, als hätte er es mit der Wirklichkeit zu tun. Dieser Jemand oder dieses Etwas grub seine Klauen tief in sein Fleisch hinein. Aaron drehte den Kopf unter Schmerzen zu seinem Peiniger herum und blickte zu Tode erschrocken in die Fratze eines Dämons, einer fliegenden Kreatur aus der Hölle mit schuppiger Haut und gelblichen echsenartigen Augen. Aus seinem Maul stank es nach beißendem Ammoniak und aus den Winkeln der Augenlider entwich grünliche Flüssigkeit. Das personifizierte Böse sprach, ohne sein Maul zu bewegen, direkt in Aarons Gehirn: *Du gehörst mir, du bist ein Anwärter der Hölle.* Mit einer Kraft, die nur als übernatürlich zu bezeichnen war, schleuderte er Aaron auf die Erde zurück. Noch während er trudelte, fragte er sich: *Wieso? Was hab ich denn getan?*

In dem Moment, in dem er aufschlug, erwachte Aaron aus seinem verstörenden Traum und schreckte schweißgebadet auf. Er atmete hastig und brauchte eine Minute, um dankbar zu begreifen, dass all dies nur ein Traum gewesen war. Die Wirklichkeit hatte ihn wieder. Er wischte sich den Schweiß von der Stirn und schaute auf seine Uhr. Es war schon spät. Er sprang aus dem Bett, rannte ins Schlafzimmer seiner *Eltern*, es war niemand zu sehen. Er suchte in der Küche nach ihnen, doch auch hier war keiner zu finden. Ungewöhnlich still schien ihm das Haus, beinahe gruselig nach dem Erleben des Traums. Er schlich zu Ruths Zimmer. Er klopfte anstandshalber und trat sogleich ein.

Sie räkelte sich zwischen den Decken und blickte unbekümmert auf.

»Was willst du? Heute ist Samstag. Ich darf ausschlafen.«

»Komm, steh auf, ich will Joshua gratulieren. Er muss schon in der Werkstatt sein.«

»Aber es ist noch so früh.«

»Hey, er wird heute vierzig. Das ist etwas Besonderes. Nun lass dich nicht so lange bitten. Er wird sich freuen. Er ist dein Vater.«

Bei diesen Worten gab sich Ruth einsichtig. »Mach, dass du rauskommst. Ich muss mich anziehen.« Während Ruth sich anzog, schlüpfte auch Aaron in seine Sachen und wartete am Eingang auf Ruth. Es begann schon hell zu werden. Der Tau lag feucht auf den Wiesen und die Luft war frisch und belebend. Ungeduldig zählte er die Atemzüge, bis Ruth endlich kam. Sie hatte ihr Haar gekämmt und sich einen Schal umgebunden, den Aaron sehr mochte. Überhaupt mochte er alles an Ruth, doch einer Neunjährigen konnte man derlei Dinge nicht sagen.

Sie rannten den Weg hinunter. Jeder Strauch und Baum, die den Weg säumten, waren ihnen vertraut, besonders Aaron, der es liebte, Joshua bei der Arbeit in der Werkstatt zuzusehen. Helfen durfte er nicht, da war Joshua eigen, doch Aaron stellte viele Fragen, die Joshua gern beantwortete. Es gab Joshua das Gefühl, eben nicht dumm und unwissend oder, wie manche meinten, *behindert* zu sein.

»Ich habe kein Geschenk«, rief Ruth aufgeregt und blieb abrupt stehen. Joshua war vorgelaufen und hörte sie kaum. Ruth verließ den Weg und machte sich auf die Suche nach einigen Blumen oder interessanten Steinen, von denen sie wusste, dass die ihrem Vater gefallen würden. Unweit der Werkstatt war die Landschaft zerklüftet und an manchen Stellen hätte man sich dorthin verirrenden Wanderern Absperrungen bauen müssen. Doch jeder, der hier lebte, wusste, wie tückisch das Gelände an dieser Stelle war. Tiefe Felskluften und messerscharfe Grate konnten dieses Areal zu einer mörderischen Falle machen. Auch Ruth gellten die Mahnungen ihrer Eltern, den Weg auf keinen Fall zu verlassen, in den Ohren. Doch heute hatte ihr Vater Geburtstag und sie wollte nicht mit leeren Händen kommen. Sie blickte sich um. In greifbarer Nähe bemerkte sie wunderschön glitzernde Steine, die das Licht der aufgehenden Sonne reflektierten. Diese Steine würde ihr Vater lieben, hoffte sie. Vielleicht würde er dann nicht mehr so streng und ungerecht zu ihr sein. Vielleicht könnte sie Frieden mit ihm schließen. Vorsichtig schob sie Fuß vor Fuß auf dem steilen Abhang vor, sich der Gefahr wohl bewusst. Feine Steinchen rutschten vor ihren Sohlen entlang und fielen lautlos in die Schlucht. Nach einigen Sekunden hörte man sie unten aufschlagen. Einen Fall in diese Schlucht könnte man, wenn man Glück hätte, sicher überleben, doch einige Knochen wären gebrochen, das war ihr klar. Die glitzernden Steine rückten immer dichter heran, sie ließ sie nicht aus den Augen. Sie ging auf die Knie und schob den Arm immer weiter vor. Kein Wunder, dass diese *Edelsteine*, wie sie fest glaubte, noch von niemandem entdeckt worden waren. Zu unwirtlich war das Gelände, niemand bei klarem Verstand würde dieses Risiko auf sich nehmen, außer ihr. Der Preis für die Anerkennung schien ihr nicht zu hoch.

Doch es kam, wie es kommen sollte; sie verlor den Halt und rutschte langsam an den Abhang heran. Verzweifelt suchte sie nach einem Ast in der Nähe, an dem sie sich hätte festhalten können, eine Kerbe im Fels für die Füße, doch der Untergrund war feucht und glitschig. Nun verloren die begehrten Steine an Bedeutung und die nackte Angst regierte. Sie wimmerte und rief nach Aaron, er hörte sie nicht, zumindest sah sie ihn nicht. Einen halben Meter vor sich blickte sie in die Tiefe. Einen Meter auf der linken Seite erspähte sie einen Vorsprung, an dem sie sich würde festhalten können. Das Problem war, auf dem rutschigen Untergrund dorthin zu gelangen. Sie nahm ihren Mut zusammen und stemmte sich mit aller Kraft mit dem rechten Fuß ab. Die linke Hand erreichte die Kante und die rechte griff nach, während der Körper abrutschte. Ihr Leben währte nur noch Minuten, vielleicht weniger, abhängig davon, wie viel Kraft in den Fingern und Händen verblieb. Ein Hochziehen war unmöglich, die Füße hätten nichts gefunden, worauf sie sich hätten abstützen können.

In dem Augenblick, als sie nach unten sah und nicht verzweifelter hätte sein können, griff Aaron nach ihrer linken Hand. Samuel, der ihn auf dem Weg getroffen hatte, als sie die Rufe Ruths hörten, hielt ihn an den Knöcheln fest.

»Greif nach meiner anderen Hand!«, schrie er sie an.

Ruth ließ den Felsen los und griff nach Aarons Hand. Aaron zog sie Stück für Stück nach oben und wunderte sich über die Kraft, die die Verzweiflung freisetzte. Oben auf der Kante angekommen, nahm er Ruth in den Arm und hielt sie fest. Sie zitterte am ganzen Leib und hörte das Herz Aarons pochen. Er hatte ihr das Leben gerettet, dies sollte sie zusammenschweißen. Für eine lange Zeit ihres Lebens.

*

In seiner Hilflosigkeit schimpfte Samuel mit Aaron, wie er so unverantwortlich sein konnte und Ruth allein den Weg hatte gehen lassen. Aaron entschuldigte sich, er sagte, er wollte Joshua gratulieren und habe geglaubt, Ruth sei direkt hinter ihm. Dann hatte er Samuel kommen sehen und Ruths Rufe gehört. Auf dem Weg zur Werkstatt schließlich hatten sie Judith getroffen, die in das Geschehen eingeweiht wurde. Sie hatte eh keine Kraft mehr, allein voranzugehen und ging mit Samuel und den Kindern den Weg zur Werkstatt wieder zurück.

Samuel stieß die Tür auf und ließ sie an die Wand krachen. Er blieb im Eingangsbereich stehen, stemmte die Hände in die Hüften und betrachtete seinen Bruder. Gekommen waren sie, um ihm zu gratulieren, stattdessen entbrannte ein Streit. Joshua war darin vertieft, eine Apparatur zu justieren. Er murmelte Unverständliches vor sich hin und hantierte mit Feingefühl und einem Schraubendreher an verschiedenen Modulen.

»Hey, Joshua, kriegst du überhaupt noch etwas mit? Deinetwegen wären deine Kinder beinahe gestorben.« Samuel ging auf Joshua zu, der abrupt innehielt.

Samuel schüttelte den Kopf. »Warum kannst du dich nicht wie ein ganz normaler Vater benehmen, an einem Samstag länger schlafen als nur bis fünf und auf deine Kinder warten, die dir gratulieren wollen? Was tust du hier in aller Herrgottsfrühe an deinem Geburtstag?«

Joshua behielt das Werkzeug in der Hand, klammerte sich daran fest und ging einige Schritte in Richtung der Kinder. »Sie wären beinahe gestorben?«, wiederholte er leise. »Wann und wieso?« Er blickte die Kinder an, das zerrissene Kleid seiner Tochter und den schmutzigen Pulli Aarons. Wem sollte er sich nun zuwenden? Ruth, seiner leiblichen Tochter, die weinend und zitternd vor ihm stand, oder Aaron, seinem Seelenverwandten, in den er die Hoffnung setzte, dass er ihn eines Tages verstehen würde? Unfähig, das Geschehene auch nur annähernd in seiner Tragweite zu erfassen und ihm angemessen zu begegnen, begann er, den Körper vor und zurück zu wiegen und griff sich an die Stirn. Die öligen Finger verschmierten den Kopf. Er merkte es nicht. *Was sagt man in solch einer Situation? Muss man jemandem die Hand geben, ihn trösten, ihn sogar in den Arm nehmen, ihn körperlich berühren?* Er wusste es nicht. Er wollte soeben die CO_2-Werte bestimmen und die Energiebilanz prüfen. Er war ganz dicht dran, Werte zu erzielen, die so unglaublich wären, dass er es allen erzählen wollte, doch nun … nun würde ihm niemand mehr zuhören wollen.

Er wandte sich um und starrte auf die leblose Maschine. Sie forderte nur Entscheidungen, die er zu treffen in der Lage war, die er gerne traf. »Ich habe ihn vergessen«, sagte Joshua mehr zu sich selbst.

»Wen hast du vergessen?«, brüllte Samuel ihn an. Er wartete noch immer auf eine Antwort.

Joshua riss den Kopf herum. »Meinen Geburtstag, ich habe ihn vergessen. Ich muss an so vieles denken, da schien er mir nicht so wichtig.«

»Und deine Kinder? Denkst du an die vielleicht auch mal zur Abwechslung?«

»Ich denke immer an sie, jeden Tag und manchmal auch in der Nacht, aber ich weiß manchmal nicht, wie ich …«

Samuel bemerkte, dass er Joshua überforderte. Der im Affekt geborene Zorn löste sich langsam wieder auf. Er hatte sich vor allem Sorgen um die Kinder gemacht. »Ja, ist schon gut, Joshua. Du kannst dich wieder umdrehen. Es ist gut. Dir tut niemand etwas.«

Joshua wandte sich um und wischte sich mit dem Handrücken Tränen aus den Augen. »Es tut mir leid. Ich weiß, ihr haltet mich für einen Narren, der … der in einer anderen Welt lebt, aber das stimmt nicht. Na ja, nicht ganz jedenfalls. Das, was ich hier tue, ist für *diese* Welt. Alles, was ich tue, mache ich nur für sie, aber ich kann es ihr nicht geben. Das müssen Ruth und Aaron machen, wenn ich nicht mehr da bin.«

»Was redest du denn da, Joshua? Was heißt, wenn du nicht mehr da bist? Du bist erst vierzig, nicht siebzig.«

Joshua schüttelte den Kopf. Seine Haare standen wirr ab. »Ich werde niemals siebzig sein.«

Samuel kam zu Joshua, hob die Hand, um ihm auf die Schulter zu klopfen, doch Joshua wich ihm aus und duckte sich.

»Ich brauche nicht mehr lange. Ich bin bald fertig. Darf ich euch dann erzählen, was ich geschafft habe?«

»Klar, Joshua, wir sind schon ganz gespannt«, erwiderte Aaron. Aaron drehte sich zu Ruth, Samuel und Judith. »Nicht? Oder? Das sind wir doch?«

Alle nickten und ließen Joshua zurück, der mit Hingabe seine Tätigkeit wieder aufnahm.

Nach einer Stunde erinnerte sich Joshua an sein Versprechen und machte sich auf den Weg zu seinem Haus. Die Sonne blendete ihn und schenkte den Golanhöhen einen herrlichen Tag. Im Haus angekommen, wollte er sogleich ins Bad, um sich zu waschen, doch eine Person, die er zunächst nicht erkannte, saß an *seinem* Küchentisch und trank Kaffee. Joshua verharrte im Türrahmen und betrachtete den Rücken des Mannes. Als gäbe es eine unsichtbare Schranke zwischen ihm und dem Tisch, ging er nicht weiter und blieb auf der Schwelle stehen.

»Hallo, Joshua«, flötete Judith. Ein deutlicher Ton an Unsicherheit in ihrer Stimme überschattete die freundlichen Worte. »Sieh mal, wer da ist. Da will dir jemand gratulieren.«

Joshua ging nicht auf den Fremden zu, freute sich nicht, blieb stehen und trat von einem Fuß auf den anderen. Der Besucher setzte die Tasse auf dem Tisch ab, stand vom Stuhl auf und blickte direkt in Joshuas Augen. Ein stechender Blick, unbestimmt. Die Lippen lächelten, aber die Augen taten es nicht. Sie spiegelten wider, was im Herzen war, und dort lauerte Bosheit.

Oder täuschte sich Joshua, dessen Menschenkenntnis gegen null ging? Sicher bildete er es sich nur ein, denn nun erkannte er ihn. Drei Jahre war er fort gewesen, in einem Internat, wo er den Schulabschluss gemacht hatte. Aus einem rotznäsigen, hasserfüllten Jungen war ein Mann geworden, ohne Zweifel. Muskulös und einen Kopf größer als Joshua schaute er auf ihn herab. Ganz dicht kam er heran und Joshua wich zurück; seine Menschenscheu hatte in den drei Jahren seit Zadeks Fortgehen noch zugenommen.

Zadeks Haarschnitt war der eines Soldaten: an den Seiten und im Nacken fast kahl rasiert und das Haupthaar auf wenige Zentimeter gestutzt. Die Brauen waren buschig, sodass der Ausdruck grimmig wirkte, selbst wenn er lächelte. Die Haut war gebräunt und makellos, nicht unrein wie damals, eine kleine Narbe neben dem linken Ohr stach ins Auge. Das Ergebnis eines Streits, wie Zadek einige Zeit später berichtete. Das Messer eines Feindes, das, nachdem es seine Wange gestreichelt hätte, zwischen den Rippen des anderen steckengeblieben war.

»Hallo, Joshua, altes Haus. Na, wie ist die Lage? Immer noch am Basteln, wie ich hörte.« Zadek streckte Joshua die Hand entgegen und grinste. Joshua nahm sie widerwillig. Der Druck der Hand wirkte entschlossen, für einen Neunzehnjährigen ungewöhnlich autoritär.

»Herzlichen Glückwunsch zu deinem Geburtstag, Joshua. Ich erspare mir die üblichen Floskeln. Schätze, du stehst eh nicht drauf. Hast ihn vergessen, hm?« Zadek lachte auf. »Das sieht dir ähnlich. Na ja, hast recht. Ist ja auch egal. 'n Jahr älter geworden, scheiß drauf. Deine Ideen und Forschungsergebnisse werden dafür ewig leben, was?«

Joshua lächelte verhalten. Dass er verhöhnt wurde, entging ihm nicht. Dieses Gefühl kannte er nur zu gut.

»Und?«, begann Joshua zaghaft. »Was hast du jetzt so vor? Bleibst du hier und hilfst uns im Weinberg?«

Zadek ging zum Tisch und kippte den Rest des erkalteten Kaffees hinunter. »Muss zum Militär, Mann. Aber ist okay. Ist bestimmt ’ne geile Sache, mit ’ner Knarre rumzumachen. Und danach … mal sehen.«

Joshua nickte. Er war erleichtert, das zu hören.

Die letzten drei Jahre hatte er weitgehend konfliktfrei verlebt, bis auf immer wiederkehrende Streitigkeiten mit seinem Bruder, doch da ging es um das Fortbestehen des Weinbergs und somit war es unumgänglich. Natürlich, da waren auch noch die Nörgeleien seiner Frau, das gelegentliche Hänseln der Kinder und vielleicht noch bestimmte Blicke der anderen, die er nie interpretieren konnte.

Aber er hatte auch Freunde: alle Tiere des Hofes, die Reben, alle Bäume und Gräser und überhaupt alles, was wuchs, mochte ihn. Und er hatte David, einen richtigen Freund aus Fleisch und Blut. Zumindest erzählte Joshua häufig von ihm, gesehen hatte ihn noch niemand. Nach seinen Erzählungen hatten sie sich zehn Jahre zuvor in der Bibliothek in Tel Aviv kennengelernt. Beide standen vor den Regalen der wissenschaftlichen Literatur, und als Joshua ein Buch über Quantenphysik hervorzog, wurde er von David angesprochen. Noch nie hätte David jemanden ein solches Buch ausleihen sehen, obgleich er schon unzählige Male dort gewesen war. Er sei normalerweise der Einzige, der so etwas mitnahm. Er fragte Joshua, wofür er es bräuchte und Joshua antwortete ihm freudig und ohne Furcht, obgleich in herkömmlicher Konversation ungeübt. David schien wie er zu sein, gleicher Gesinnung und voller Fragen. Er erzählte ihm, dass er einen Traum habe, den er nur sehr wenigen Menschen je erzählt habe, eigentlich nur einem, einem Jungen, der bei ihm auf dem Weinberg lebe. Er träume von einer Welt, in der jeder Mensch die Gaben Gottes nur entgegenzunehmen brauche, ohne zu bezahlen, ohne Gegenleistung, weil sie im Überfluss vorhanden seien. Es sei nicht vorgesehen, dass man teuer erwerben müsse, was in der Luft und im Wasser oder sonst wo zum Greifen nahe läge.

Neugierig geworden hatte David nachgefragt. Sie setzten sich an einen staubigen Holztisch, und Joshua teilte mit ihm seine Vision. Die Stunden vergingen, und sie redeten in ihrer eigenen Sprache, der Sprache der Mathematik, der Physik und der kindlichen Vernunft, ohne Argwohn und das Wissen um Korruption und Lüge. Er sei auf der Suche – und damit war die Freundschaft besiegelt – nach der göttlichen Formel. Nach dem Perpetuum mobile, dem sich ständig Bewegenden. Natürlich gäbe es da den Energieerhaltungssatz und die Hauptsätze der Thermodynamik, das wisse er und dennoch … Er wisse aber auch ganz genau, dass Gott so etwas durch ihn erschaffen könnte. Es läge quasi im Universum abrufbereit, er habe nur noch nicht die Schublade gefunden, in der es sich befände und ob er ihm nicht dabei helfen wolle, sie zu finden. Davids Augen leuchteten auf, und sie versprachen, das vermeintlich menschlich Unmögliche zu erforschen, und wer weiß, es eines Tages möglich zu machen.

So wurde das Versprechen zu einer beständigen Triebfeder für Joshua, bisweilen zu einer Besessenheit, die jedoch nur die Umgebung störte, er selbst bemerkte dies nie. Sie äußerte sich nur darin, dass er alles andere um sich herum vergaß: zu essen, zu trinken, zu schlafen, mit anderen zu reden und letztlich, was sicherlich verzeihlich war, seinen Geburtstag.

Und nun stand Zadek in seiner Küche. Häufig hatte er an ihn und seine Rückkehr gedacht, stets mit einem flauen Gefühl im Magen. Obwohl er damals recht gehabt und es Zadek verdient hatte, die Gemeinschaft verlassen zu müssen, konnte Joshua das Gefühl einer unbestimmten Schuld nicht abschütteln. Doch nun schien alles gut zu sein. Zadek war erwachsen geworden, flapsig wie alle jungen Wilden mit ihrer eigenen Sprache, und die Angst vor einer Bedrohung, die er unterschwellig mit sich herumgetragen hatte, erwies sich als nicht existent, wie so viele seiner Imaginationen.

KAPITEL 9

28. Oktober 2013, Hamburg-Harburg

Am nächsten Morgen, Punkt acht Uhr, riss eine gewaltige Detonation die Bewohner Harburgs aus der bisher funktionierenden Lüge, sie hätten mit terroristischen Anschlägen nichts zu tun. Nur am Rande vielleicht, über das Lesen der Nachrichten im Hamburger Abendblatt, bei einer Tasse Kaffee und einem Brötchen mit Himbeermarmelade bestrichen. Doch spätestens wenn Scheiben splittern, Menschen schreien, Sirenen ertönen und eine gigantische Rauchwolke am Himmel wie nach einem atomaren Anschlag zu sehen ist, ist man in der Wirklichkeit angekommen.

Zunächst war nur der Knall zu hören gewesen. Ohrenbetäubend, anders als alles, was man kannte, nicht einem bekannten Knall zuzuordnen. Dumpfer, bedrohlicher.

Wenige Sekunden später erreichte die Stoßwelle die Häuser in einem Umkreis von einem Kilometer. Wer zu dieser Zeit am Fenster stand, wünschte sich zeitlebens, er hätte an diesem Tag länger geschlafen und blaugemacht. Das von Splittern entstellte Gesicht würde noch lange an das Ereignis erinnern.

Dann sah man das Feuer, grell lodernd, eine schwarze Rußsäule in den Himmel spuckend. Die Hitze war selbst auf der Straße noch so deutlich zu spüren, als stünde man viel zu dicht vor einem Osterfeuer.

Der Berufsverkehr kam augenblicklich zum Erliegen. Die Fahrer erschraken, sie traten sofort und übertrieben heftig auf die Bremse. Das Gegenteil, nämlich Gas zu geben und schleunigst zu verschwinden, wäre vernünftiger gewesen, denn nun waren sie eingekeilt von Wagen, die aufeinander auffuhren. Kühlerhauben wurden zerdrückt, Kofferräume eingedellt, auch hier klirrten Scheiben, Airbags schossen aus Lenkrädern und Seitenverkleidungen und hüllten die entsetzten und neugierigen Fahrer in dichte weiße Kissen ein. Bruchteile von Sekunden, in denen Ruhe herrschte.

Alles geschah gleichzeitig und wurde vom Lärm der Explosion verschluckt.

Die Menschen rissen die Türen auf, verließen ihre Autos und dachten ausnahmsweise nicht zuerst an den Schaden an ihrem Wagen. Sie regten sich nicht über den Hintermann auf, der ihr neues Cabrio demoliert hatte, sondern betrachteten das Inferno am Himmel mit Entsetzen und Angst. Die Älteren unter ihnen erinnerten sich an die Zeit vor dem Krieg. So oder so ähnlich musste es in der Reichskristallnacht gewesen sein, als Synagogen brannten. Oder in den Jahren danach, als Hamburg unter schwerem Beschuss stand, Fabriken in die Luft gingen und alles vernichtet wurde, was man mühsam aufgebaut hatte.

Kurze Zeit später traf eine Armada aus Polizeiwagen, Feuerwehr und Rettungswagen ein. Die Einsatzfahrzeuge wühlten sich durch den dichten Verkehr, bis sie sich zu der ehemaligen Schranke des Betriebsgeländes der Raffinerie durchgeschlagen hatten. Das Pförtnerhäuschen aus Glas und den Mann darin, der eine halbe Stunde zuvor seinen Dienst begonnen hatte, gab es nur noch in Fetzen. Sieben Löschfahrzeuge nahmen den Kampf gegen die Flammen auf, ein Unterfangen, so aussichtslos, als wolle man einen Vulkan mit einer Gießkanne löschen.

Die Polizei riegelte den gesamten Bezirk weiträumig ab. Vielleicht vermutete sie auch, dass der Attentäter sich noch in der Nähe befand, um sich an dem Spektakel zu ergötzen. Möglicherweise hatte er die Bombe Minuten zuvor über ein Handy gezündet, womit er jetzt seinen Auftraggebern mitteilte: *Operation Nigeria ausgeführt. Es hat geklappt.*

Gleichzeitig versorgten medizinische Rettungskräfte die vielen Menschen, die mit Schnittwunden durch berstende Fensterscheiben aus ihren Häusern gerannt kamen. Geplatzte Trommelfelle, blutende Gesichter, kreischende und vor Sorge halb wahnsinnige Mütter, die ihre Kinder nur Minuten vorher auf den Schulweg geschickt hatten.

Vier Särge wurden abtransportiert, ältere Menschen, die infolge eines Herzversagens den Anschlag nicht überlebt hatten. Ein Inferno, bei dem man zunächst nicht an Terrorismus denken, sondern der Ölfirma die Schuld in die Schuhe schieben wollte. Menschliches Versagen, schlampige Sicherheitsmaßnahmen oder dergleichen. Eigentlich war es das auch, denn wie konnte es sein, dass es einer oder mehreren Personen möglich war, auf das Gelände zu kommen, um eine Bombe dieser Größenordnung zu platzieren?

Kerstin Rademann betrat in dem Moment die Zufahrt zu ihrem Arbeitsplatz, als die Bombe hochging, doch sie befand sich noch in einem gebührenden Abstand zum Brandherd. Sie hatte sich verspätet, nachdem sie am Vorabend nach der Vorstellung *König der Löwen* mit ihren Freundinnen noch ausgegangen war. Kerstin musste alles haarklein erzählen und vertrug dabei den Wein nicht, den sie auf Drängen der anderen bestellt hatte. Viel zu süß und zu hochprozentig. Noch am Morgen bereitete er ihr Kopfschmerzen. Nun, sie berichtete, da sei dieser pickelgesichtige Rotzlöffel mit seinen tief hängenden Jeans hereinspaziert, als gehöre ihm die Welt. Dieses Schmatzen beim Kauen seines Kaugummis und der sorglos überbrachte Brief, der nichts weniger als eine Bombendrohung enthielt, die von den ermittelnden Behörden offenbar nicht ernst genug genommen wurde. Gegen ein Uhr morgens lag sie im Bett und vergaß, den Wecker anzustellen. Mit einem Hämmern hinter den Schläfen erwachte sie, und ihr erster Gedanke galt Dr. Rolf Heinemann und seinen ewig nöligen Bemerkungen, wenn jemand zu spät kam. Dieselbe Standpauke für jedermann seit jeher. Albernes Machtgehabe eines untersetzten Mannes.

Nun stand sie mit zerzaustem Haar und einem hochfrequenten Klingeln in den Ohren am Eingang zur Raffinerie und war unfähig, sich vom Fleck zu bewegen. Mit zittriger Hand wischte sie über ihr Gesicht, es war schwarz von Ruß und verlaufendem Lidschatten. Ihr Kostüm war ebenfalls verdreckt, auch der graue Seidenschal mit den braunen Streifen am Rand. Sie blickte zu dem Haufen aus Glasscherben und menschlichen Überresten hinüber. Dieser Mann würde sie nie wieder um ein Abendessen mit ihm bitten. Fast bereute sie unter diesen Umständen, ihm einen Korb gegeben zu haben. Tränen liefen ihr die Wangen hinunter, sie zitterte am ganzen Leib, bis sich einer der Ärzte, der sich unter den Helfenden befand, ihrer annahm. Später, wenn sie den Schock überwunden hätte, würde sie Auskunft geben können über den Jungen, seine dämliche Kleidung, seinen schlaksigen, überheblichen Gang und den Brief, den er ihr in die Hand gedrückt hatte. Nützen würde es nichts mehr. Der Junge saß in der Klasse einer der vielen Hauptschulen in der letzten Reihe und spielte ein unsinniges Game auf seinem Handy. Von einer Explosion und dem verheerenden Brand wusste er nichts. Es interessierte ihn auch nicht. Er hatte ja die Kohle, das reichte ihm. Befragt werden würde er nie und Zeitung las er nicht. Nachrichten, die im Fernsehen gesendet wurden, sah er nicht. Er war ein Junge mit anderen Interessen; die Polizei fand ihn nie. Jungs wie ihn gab es zu viele in Hamburg.

*

Martin rieb sich die brennenden Augen. Die Nacht war unergiebig gewesen. Gleich nach dem Aufstehen hatte er die Neuigkeiten im Radio gehört. Sofort hastete er an seinen Rechner, fuhr ihn hoch und las die aktuellen Meldungen, die ihn sprachlos machten. Also war es bei der Attrappe mit dem Schild und der Aufschrift *BUMM* nicht geblieben. Ein simples Ablenkungsmanöver und er und die anderen waren darauf reingefallen. Martin stützte den Kopf in die Hände, während er weiterlas. Nach der letzten Zeile blickte er auf und ließ die Gedanken in die Buche vor seinem Fenster hinein abschweifen, die ihre letzten Blätter abwarf. Ungeschützt und nackt wirkte sie allmählich. Er rieb sich an der Schläfe und fragte sich, wo und wie er mit den Ermittlungen beginnen sollte. *Welch eine Durchtriebenheit und Arglist*, dachte er. *Man schlitzt einem Mann die Kehle auf, füllt ihn mit Öl ab, injiziert es in seine Venen und hängt ihm dieses Schild um. Ein Test, um herauszufinden, wie ernst man die Drohungen in dem Brief nehmen würde? Leider nicht ernst genug, man gab sich mit der Attrappe zufrieden. Nur diese Bombenattrappe allein könnte man als Jungenstreich bezeichnen, aber eine Leiche, die diese Attrappe am Leibe trug, war eine andere Sache.*

Wem würde man nun die Schuld an diesem Versagen in die Schuhe schieben? War es die Fehlentscheidung eines einzelnen Polizeibeamten? Von diesem Peter Hentzel, der zu früh aufgegeben hatte, der das Schlechte im Menschen nicht ernst genug genommen hatte, der die Perversion menschlichen Handelns unterschätzt hatte, trotz zwanzigjähriger Berufserfahrung? Ein schwerwiegender Fehler, der einigen Menschen das Leben gekostet und unzählige verletzt hatte.

Martin zog sich an und hing dabei seinen Gedanken nach. *Eine wirklich ungewöhnliche Vorgehensweise. Warum erst diese Mühe, eine Botschaft auf die Brust eines Mannes zu tätowieren? Warum überhaupt dieser zusätzliche Mord? Es ging doch anscheinend darum, die Aktivitäten der Petrol Ag anzuprangern, sie zu bestrafen und nicht einen einzelnen Mann dafür verantwortlich zu machen.*

Martin griff zum Telefon. »Morgen, Werner. Hast du es schon gehört?«

»Vor einer halben Stunde. Bin auf dem Weg ins Präsidium. Wo steckst du? Die Sache eilt.«

Martin blickte an sich herab. Ein Zipfel des Hemdes hing noch aus der Hose. »Ich weiß. Es eilt immer, Werner. Wie gehen wir vor?«

»Gute Frage. Wir müssen dringend herausfinden, wer der Tote war. Vermisstenanzeigen checken etc. Und was er mit der Petrol Ag zu tun hatte.«

»Das könnte ich übernehmen. Ich fahre zur Raffinerie. Falls da überhaupt einer ansprechbar ist.«

»Okay. Wir telefonieren später.«

Martin legte auf und da er gerade am Rechner saß, gab er im Suchfeld seines Internetbrowsers »Petrol Ag Hamburg-Harburg« ein. Die Homepage war bei Google als erste Seite gelistet, er klickte darauf und betrachtete den digitalen Hochglanzprospekt. Angesichts dessen, was am Morgen passiert war, erschien ihm der Titel des Artikels wie ein Hohn: *Umwelt, Gesellschaft und Sicherheit*. Er las einige Seiten quer und schloss sie wieder. Zorn stieg in ihm auf. Beschönigende Worte, die an der Realität vorbeigingen. Marketing auf hohem Niveau, Augenwischerei für die Arglosen. Welche Machenschaften verbargen sich hinter der blendend weißen Fassade der Northern Petrol Ag wirklich? Welches Spiel wurde im sogenannten *Dienst am Menschen* getrieben? Den Energiebedarf der Welt auf wirtschaftliche, ökologische und sozial verträgliche Weise zu decken, wie es hieß – war es das, was man gerade in Nigeria veranstaltete?

Catherine kam ins Arbeitszimmer geschlichen und stellte sich hinter ihren Mann. Sie legte beide Hände auf Martins Schultern und massierte sie leicht. Sie beugte sich zu ihm herab und küsste ihn auf den Hals. Martin nahm ihren unverfälschten eigenen Geruch wahr und drehte sich zu ihr um. Sie trug ein weißes durchschimmerndes Negligé, eines seiner Hochzeitsgeschenke an sie. Nicht ganz uneigennützig, wie sich Martin erinnerte. Sie sah verführerisch darin aus, ein Hauch von Nichts am Körper seiner Traumfrau. Er umfing ihre Taille, legte seinen Kopf an ihren Bauch und schloss die Augen, während sie zärtlich über sein Haar wie über das eines Kindes strich. Er liebte diese kurzen Sekunden, in denen er wie auf einen Knopf einer magischen Fernbedienung drücken konnte, um den Film seines Lebens anzuhalten. Keine Fragen, keine Sorgen, keine Trauer – nur Liebe.

Sie trat einen Schritt zurück und verschränkte frierend die Arme vor der Brust. Die Homepage der Petrol Ag erregte ihre Aufmerksamkeit. »Ich hab gehört, was passiert ist. Du warst da, gestern Abend, nicht?«

Martin nickte. »Man hat einen Toten mit einer Bombenattrappe gefunden und gedacht, das sei alles. Ein schlechter Witz oder so was. Es gab ein Bekennerschreiben, eigentlich nur einen Drohbrief, in dem man die Petrol Ag aufgefordert hat, irgendwelche Aktivitäten in Nigeria unverzüglich einzustellen. Ich schätze, da hat nicht mal jemand von der Konzernleitung zum Telefon gegriffen, um die Lage zu entschärfen.«

»Was passiert denn in Nigeria?«

Martin zuckte mit den Schultern. »Tja, wenn ich das wüsste. Das Übliche nehme ich an: Menschen werden belogen und enteignet, Ökosysteme vernichtet, Profite maximiert.«

Catherine trat einen Schritt zurück. »Und du hängst da wieder mittendrin. Wie schaffst du das nur? Warum landen in deinem Netz nur all die stinkenden Fische?«

»Stimmt ja nicht. Die letzten Jahre in Lüneburg waren so ruhig, dass sie schon wieder langweilig waren. Aber ich weiß, was du meinst. Es könnte einen verrückt machen. Gibt es nur noch Mord und Gier und Machtgeilheit auf der Welt? Auf der anderen Seite ist es auch keine Lösung, den Kopf in den Sand zu stecken und den Verbrechern das Feld zu überlassen. Wenn wir denen nicht das Handwerk legen, wer tut es dann? Von nichts kommt eben nichts.«

»Du hast schon viel mehr getan als die meisten. Du riskierst dein Leben, und wofür?« Catherine drehte sich um, um das Zimmer zu verlassen. Ihren Kopf Martin zugewandt, fügte sie noch mit einer Stimme, die ihren mittlerweile abgrundtiefen Pessimismus ausdrückte, hinzu: »Du wirst am Lauf dieser Welt nichts ändern. Deine Arbeit ist nicht einmal ein Tropfen auf dem heißen Stein. Sie ist noch weniger wert als das. Stattdessen ruiniert sie unsere Familie, unsere Ehe. Alles bleibt für deinen verfluchten Job auf der Strecke. Im Grunde ist es völlig egal, was du tust. Du wirst gar nichts ändern.«

Catherine verließ den Raum. »Nichts, gar nichts«, murmelte sie noch, als sie schon im Flur war. Sie ging zurück ins Schlafzimmer, verkroch sich dort vor der Welt und ihrer Schlechtigkeit.

Niedergeschlagen saß Martin an seinem Schreibtisch und blickte aus dem Fenster. Wie so oft in den letzten Tagen regnete es und der Wind peitschte die Tropfen an die Scheibe. Seine Stimmung war alles andere als zuversichtlich. Mit dieser Laune sollte er also seinen Tag und die Ermittlungen in der Raffinerie beginnen? Nicht gerade eine optimale Ausgangslage, sich ohne Rückendeckung seitens der eigenen Frau in Untersuchungen zu stürzen, deren Ausgang ungewiss war und seine gesamte Energie beanspruchen würde.

*

Pohlmann parkte seinen blauen BMW vor dem abgesperrten Gelände der Raffinerie. Die Szenerie hatte sich im Vergleich zum Vorabend in nur wenigen Stunden drastisch verändert. Schaulustige drängten sich in einer großen Traube an der Absperrung und hätten alles dafür gegeben, wenn noch mehr in die Luft geflogen wäre. Einerseits diskutierten sie über Sicherheitsmängel innerhalb der Raffinerie, andererseits gab es endlich eine Möglichkeit, den langweiligen Alltag mit Aufregendem aufzuwerten. Goldwerten Gesprächsstoff zu sammeln für den Kegelabend, die Skatrunde und den Kaffeeklatsch am Abend; eine Chance, die Sensationsgier zu befriedigen.

Umweltaktivisten nutzten die Gunst der Stunde und ließen sich von Kameraleuten bereitwillig interviewen. Anscheinend war zu ihnen durchgesickert, dass es ein gezielter Anschlag gewesen war, der darauf hinweisen sollte, dass für Öl ganze Länder ruiniert werden. *Es sei nur eine Frage der Zeit gewesen, bis so etwas passieren würde*, schnappte Martin im Vorbeigehen auf. *Viele Jahre hätten Umweltorganisationen wie Greenpeace und andere darauf hingewiesen, dass sich die ärmeren Länder eines Tages wehren würden. Dass sie gegen die Ausbeutung aufbegehren und nicht mehr tatenlos zusehen würden.*

Bisher kursierten über die Bombenleger und ihre Motive nur wild rankende Gerüchte. Obgleich die Journalisten gierten, gab es noch keine Fakten. Die Behörden hatten absoluten Nachrichtenstopp verhängt. Es war ja nicht einmal verlautbart worden, dass es sich wirklich um eine Bombe gehandelt hatte, bekannt war nur, dass es eine Explosion gegeben hatte, aber durch wen und warum, war für die Medien und die Bevölkerung pure Spekulation. Dennoch war dies ein willkommenes mediales Fest, das ausgekostet werden wollte. Das Unternehmen kommentierte beiläufig auf Drängen der Presse, dass man von einem Unfall ausginge. Alle Mitarbeiter seien außer Gefahr. Die werkseigene Feuerwehr und andere Sicherheitskräfte bemühten sich nach Kräften, den Brand unter Kontrolle zu bringen.

Martin bahnte sich den Weg durch die Menge. Sofort erfasste er, was passiert war. Die Bombe hatte verheerende Schäden angerichtet. Dort, wo Werner und er nur wenige Stunden zuvor entlanggegangen waren, klaffte ein großes Loch im Asphalt. Einer der Tanks war in der Mitte der Seitenwand zerborsten. Splitter von Metall und Glas, vermischt mit schmierigem Öl, waren überall verteilt. Es roch streng nach brennendem Öl, die Luft war angefüllt mit feinen schwarzen Flocken, die sich an den Nasenlöchern festsetzten. Martin hielt sich ein bereits gebrauchtes Taschentuch vor die Nase, als er den Weg zum Bürokomplex entlanghastete, auf der Suche nach einem Verantwortlichen. Sein Weg wurde von eifrigen Feuerwehrmännern und Polizisten gekreuzt, die ihn aufhalten wollten. Die Rettungsmannschaften waren mit Kühlmitteln im Einsatz, um zu verhindern, dass sich umliegende Tanks in der Nähe des Feuers überhitzten. Jedem Zweiten hielt Martin seine Marke unter die Nase, ob verlangt oder unverlangt. Er wollte nur schnell jemanden finden, mit dem er sprechen konnte. Überdies bestand jederzeit die Gefahr, dass sich aufs Neue explosives Material entzündete. Die Hitze war beträchtlich und Martin war froh, als er die Büros in der Zentrale fernab des Geschehens erreichte. Er schloss die Tür hinter sich und atmete tief durch. Er war sich darüber bewusst, dass man ihm nicht zwingend Auskunft erteilen musste. Am Abend, als sie die Leiche gefunden hatten, galt die Mordkommission für zuständig, doch nun, nach einem terroristischen Anschlag sah die Sache möglicherweise anders aus. Hier trat plötzlich das BKA auf den Plan. Ein einzelner Mord spielte eine untergeordnete Rolle, ein Kollateralschaden quasi. Nun galt es, die Weltöffentlichkeit zu beruhigen, keine Panik aufkommen zu lassen und echte Zahlen über Opfer runterzuspielen.

Pohlmann erwischte Dr. Heinemann in einem denkbar ungünstigen Moment. Minuten vorher hatte man ihn bereits in die Mangel genommen, ihn und seine Sekretärin Kerstin Rademann. Den gesamten Fragenkatalog musste er mit Nein beantworten. Nein, er könne sich nicht vorstellen, wer das getan haben könne, und nein, es habe keinerlei Anzeichen dafür in den Tagen zuvor gegeben. Auch würde er den Jungen auf dem Video nicht erkennen und nein, es wurden keine Sicherheitsvorkehrungen verletzt. Alles sei wie immer nach Plan gemäß strenger internationaler Richtlinien verlaufen, und man sei zu keinem weiteren Statement bezüglich irgendwelcher Schuldzuweisungen bereit. Man sei selbst wie vom Schlag getroffen und hoffe auf eine zügige Aufklärung seitens der Behörden. Selbstverständlich würde die Petrol Ag alles Nötige veranlassen und die Behörden unterstützen, damit die Schuldigen so schnell wie möglich gefunden werden. Eine Pressekonferenz sei für den nächsten Tag anberaumt worden.

Heinemann stützte den Kopf auf die Hände und vergrub sein Gesicht darin. Erst zwei Stunden an seinem Arbeitsplatz, und schon lagen die Nerven blank.

Kerstin Rademann saß auf ihrem Stuhl vor ihrer Tastatur und blickte starr geradeaus. Sie konnte an diesem Tag nicht ihrer gewohnten Routine folgen. Verkrampft saß sie aufrecht, die Beine eng aneinandergepresst, als gäbe ihr dies Schutz und Sicherheit. Sie sah nach draußen. Sie beobachtete nicht das hektische Treiben der Polizei und der Feuerwehr, sondern grübelte über das »Was wäre wenn« nach. Sie konnte nicht fassen, was in den letzten vierundzwanzig Stunden alles passiert war. Erst der Junge mit dem Brief, dann hatte man, während sie dem *König der Löwen* zugejubelt hatte, einen Toten im Öltank gefunden, dann die Explosion am Morgen, bei der ihr Verehrer Freddy Lichtenstein ums Leben gekommen war. Was, wenn sie an diesem Morgen pünktlich gewesen wäre, und mit Lichtenstein kurz vor acht noch einen Schwatz gehalten hätte?

Doch es war anders gekommen. Sie hatte verschlafen. War das alles nur ihre eigene Entscheidung oder ihr Versäumnis gewesen, oder wachte ein höheres Wesen über ihr Wohlergehen, und wenn ja, warum dann nur über ihres und nicht über das der anderen, wie beispielsweise Freddys oder des armen Kerls, dem man die Kehle aufgeschlitzt hatte?

Pohlmann betrat das Büro und grüßte freundlich. Es roch nach Stress und frischem Schweiß.

Heinemann nickte abwesend, wirkte eher genervt. Kerstin Rademann reagierte gar nicht. Zu versunken war sie in ihre philosophischen Betrachtungen über den tieferen Sinn ihrer Existenz. Sie fragte sich in den Sekunden, als Martin eintrat, ob sie einem höherem Wesen *Danke* sagen müsste, weil sie noch unter den Lebenden weilte. Weil es sich so gefügt hatte, *wie* es sich gefügt hatte und nicht anders. An diesem Tag würde sie diese Frage jedenfalls nicht beantworten können.

Pohlmann kannte Dr. Heinemann ja bereits. Er war einer von denen gewesen, die sich beim Anblick des Toten übergeben hatten.

Heinemann wedelte mit seiner Hand vor dem Körper herum, als wolle er ein lästiges Insekt verscheuchen. »Hören Sie, Herr Kommissar, ich habe Ihren Kollegen doch schon alles gesagt. Ich weiß nicht, wie ich Ihnen noch helfen könnte.«

Martin verbarg die Hände in den Hosentaschen. »Wie soll ich wissen, was die Jungs vom BKA Sie gefragt haben? Und es ist mir auch egal. Ich muss wissen, wer der Tote ist, der in Ihrem Tank gefunden wurde. Dieser Mann ist die Schnittstelle zu dieser Bombe. Das dürfte Ihnen doch klar sein.«

»Das ist nicht mein Tank, Herrgott noch mal. Was hab ich denn mit alldem hier zu tun?« Heinemann wischte sich den Speichel aus dem Mundwinkel und nahm die Brille ab. Er betrachtete die Schlieren gegen das Licht und setzte sie wieder auf.

»Nun, ich schätze, Sie kriegen einen Haufen Moos dafür, dass Sie hier für einen reibungslosen Ablauf der Anlage sorgen. Sie vertreten doch die Interessen der Petrol Ag. Es muss Sie doch interessieren, wer für diesen Mist verantwortlich ist.«

Heinemann ließ sich wieder auf seinen Stuhl fallen. »Ja sicher, tut es auch. Es ist nur, dass ich meinen Kopf mal wieder hinhalten muss für Sachen, die ich nicht verantworten kann und werde. Ich bin doch nicht der Einzige hier, der was zu sagen hat. Außerdem ist diese Raffinerie in Harburg nur eine von vielen. Die Northern Petrol Ag ist ein multinational tätiger Megakonzern, ich bin da nur ein winziges Licht.« Wieder nahm Heinemann die Brille ab und wischte sie mit der Krawatte halbwegs sauber. Leise fügte er hinzu: »Abgesehen davon, bin ich vermutlich die längste Zeit hier angestellt gewesen.«

Martin sah ihn fragend an.

Heinemann wiegelte ab. Ihm war nicht nach ausschweifenden Erklärungen zumute. »Ach, vergessen Sie's. Also, was kann ich für Sie tun?«

Pohlmann kramte sein Handy hervor und öffnete das Foto des am Vorabend gefundenen Toten. Eigentlich war es unnötig, Heinemann hatte die Leiche ja gesehen, doch es erneut vor die Nase gehalten zu bekommen, erhöhte den Druck zur Kooperation. Pohlmann vergrößerte das Bild und das trübgraue Gesicht füllte den kleinen Bildschirm voll aus. Am unteren Bildrand klaffte die Schnittwunde oberhalb des Kehlkopfes. »Wir müssen in Ihrer Personalkartei nachsehen, ob dieser Mann hier gearbeitet hat. Und falls nicht, müssen alle Mitarbeiter befragt werden, ob sie ihn kannten. Er hatte zwar nur eine Bombenattrappe um den Bauch geschnallt, trotzdem glaube ich, dass er eine Schlüsselrolle in der Sache spielt.«

Heinemann lachte spöttisch auf. »Ich hoffe, Sie haben sich heute nichts anderes vorgenommen. Das kann Stunden dauern. Wir haben vierhundertfünfzig Leute hier beschäftigt.«

Pohlmann verschränkte die Arme und lehnte sich an die Wand an. »Wer sagt denn, dass ich dabei sein muss, während *Sie* diesen Mann in Ihrer Kartei suchen? Ich komme in zwei Stunden wieder und dann haben Sie eine Antwort für mich. In der Zwischenzeit werde ich mit jemand anderem sprechen.«

Heinemanns Blick hätte nicht wütender sein können. Was fiel diesem Bullen eigentlich ein, so mit ihm umzuspringen?

Durfte der das überhaupt? Überschritt er nicht seine Kompetenzen?

Pohlmann blickte in die Richtung, in die Frau Rademann ohne Unterlass starrte. Was fixierte sie dort bloß die ganze Zeit? Da gab es doch gar nichts Interessantes zu sehen. Dann richtete er seine Worte wieder an Heinemann. »Können Sie sich an den Mann von gestern Abend erinnern, diesen großen Kerl, der das Brandmal auf der Leiche entschlüsseln konnte?«

Heinemann legte seine Stirn in Falten.

Pohlmann hakte nach. »'n Russe aus Israel oder so ähnlich. Kommen Sie, Sie müssen sich doch erinnern.« Heinemann schüttelte den Kopf. Es wirkte nicht besonders überzeugend.

»Gut, dann suche ich ihn eben selbst. So schwer kann das ja nicht sein. Falls ich in zwei Stunden nicht wieder hier bin, dann komme ich morgen vorbei. Und dann will ich wissen, wer der Mann hier ist.«

Martin schickte das Bild des Toten per WLAN zu einem lokalen Drucker und bannte das blutleere Gesicht auf DIN-A4, nicht zur Freude von Heinemann. Bevor Martin das Büro verließ und losstapfte, griff er sich an die Schläfe und massierte sie. Es pochte schon wieder dahinter, wie so oft in letzter Zeit. »Außerdem möchte ich von Ihnen detailliert wissen, was mit diesen Aktivitäten in Nigeria gemeint sein könnte. Anderenfalls werden wir das Gespräch auf dem Präsidium in Hamburg fortsetzen.«

Heinemann nickte nur. Am liebsten wäre er aufgestanden und nach Hause gegangen. Jeder Arzt dieser Stadt hätte ihn, nach dem, was hier vorgefallen war, krankgeschrieben, doch Heinemann wusste instinktiv, dass er Pohlmann dadurch nicht los sein würde.

Martin trat aus dem Gebäude. Sofort brannte der beißende Geruch lodernden Öls in seiner Nase. Es war nicht davon auszugehen, dass alle Arbeiten zum Stillstand gekommen waren. Schließlich handelte es sich um ein Unternehmen, das Gewinne erwirtschaften musste, und das tat es wohl kaum, wenn die Arbeit ruhte. Martin hatte nur eine ungefähre Vorstellung von den einzelnen Unterabteilungen einer Raffinerie. Klar war, dass das Öl, sobald es aus der Pipeline herausfloss, noch nicht in dieser Form verwendet werden konnte. Dank des Internets konnte er sich etwas schlaumachen, aber er kannte nur grobe Stufen der Ölverarbeitung, bis aus dem Rohmaterial jenes Produkt geworden war, das in seinem heimischen Tank landen würde. Er erinnerte sich an die Reihenfolge: Destillation, Konversion, Entschwefelung und Veredelung. Zudem war es Ausgangsmaterial für viele Erzeugnisse wie Pharmaka, Autoreifen, Kunststoffe, Straßenbeläge bis hin zu Lippenstiften und Speicherchips für Computer. Was würde die Welt tun, wenn es eines Tages kein Öl mehr geben würde? Das Chaos würde ausbrechen, zweifellos.

KAPITEL 10

12. Mai 2000, Israel, Golanhöhen

Vier Jahre waren vergangen, seit Zadek zum Militär gegangen war. Als er wiederkam, war aus ihm ein anderer Mensch geworden. Er hatte auf Menschen schießen müssen, sie sterben sehen, und was er früher für eine *geile Sache* gehalten hatte, erwies sich als irritierend und zersetzend für seine Seele. Die einstige Definition von Feind und Freund hatte einen neuen Inhalt bekommen. Die Grenzen hatten sich verschoben. Eine Prägung, die sein zukünftiges Leben bestimmen sollte.

Nichts an ihm erinnerte noch an den Jungen von damals. Nichts an seine überhebliche Schnodderigkeit, seine Lässigkeit, seine Unbeschwertheit, wenn er die Schule schwänzte und sich einen Dreck um Lehrer und Eltern scherte. Zwischendurch, noch während der Militärzeit, hatte er sich ab und zu auf dem Weinberg blicken lassen, um sich Geld von seinem Vater zu pumpen oder die Klamotten von der Mutter waschen zu lassen. Selten ließ er sich bei Joshua blicken. Er interessierte sich weder für ihn noch für seine idiotischen Spinnereien.

Dann, gegen Ende seiner offiziellen Dienstzeit, hatte er ihn doch einmal besucht. Als er in Joshuas Werkstatt kam, grüßte er ihn nicht, schlich wie ein Panther durch die Halle, verschränkte die Arme hinter dem Rücken, blickte sich nur um, sprach kein Wort und schien etwas zu suchen. Er benahm sich, obwohl er in Zivil war, wie ein Soldat, der eine Halle nach Subversivem inspizierte. Was er suchte, wusste er selbst nicht so genau. Vielleicht einen Anhaltspunkt, ob Joshua wirklich so verrückt war, wie alle meinten und ob das, was er sah, nur ein Haufen zusammengeschraubter Schrott war. Vielleicht war er aber auch ein verkanntes Genie, dessen Ideen etwas taugen könnten.

»Was tust du hier eigentlich all die Jahre?«, hatte er ihn nach einer Weile gefragt. Joshua sah Zadek nur an und reagierte nicht. »Was du hier treibst, habe ich dich gefragt«, wiederholte Zadek mit bissigem Ton. »Könntest du eigentlich auch Waffen entwickeln?«, setzte er nach.

Wieder hatte Joshua nicht geantwortet. Er öffnete den Mund, als wollte er sprechen, besann sich aber dann anders. Er wunderte sich zu sehr und konnte die Situation nicht einschätzen. Er empfand Zadek als eine Bedrohung.

»Schon gehört, sie wollen euch den Golan wegnehmen?«

Joshua nickte mit Verzögerung. Wer hatte nicht von den angekündigten Gesprächen in den USA gehört? Clinton, Außenministerin Albright, Barak und Hafez al-Assad wollten ein weiteres Mal über das Thema *Land gegen Frieden* diskutieren. Doch warum benutzte Zadek die Formulierung *euch*, nicht *uns*? Es war auch seine Heimat.

»Wie willst du dich verteidigen, wenn sie kommen? Sie werden hier alles plattmachen, ist dir das klar? Man wird dir alles wegnehmen. Bist du darauf vorbereitet?«

Joshua hielt inne. Der letzte Satz beunruhigte ihn. Er begann zu sprechen. »Ich … ich habe keine Waffen und kann sie auch nicht herstellen. Ich hasse Waffen. Ich baue Maschinen, die kein Öl brauchen. Öl bedeutet Krieg. Kein Öl mehr zu brauchen heißt Frieden, nicht nur hier, sondern überall.«

Zadek hatte sich zu Joshua umgedreht und sich drohend vor ihm aufgebaut. »Für den Frieden ist das Militär zuständig, nicht du. So weit kommt es noch, dass Spinner wie du in der Lage wären, Frieden zu schaffen.« Zadek spuckte auf den Boden neben Joshuas ausgetretene Schuhe.

Joshua begann sich zu bewegen, auf der Stelle herumzuzappeln. Der Gedanke, dass man ihm all das wegnehmen könnte, beunruhigte ihn zutiefst. Seinen Weinberg, sein Haus, seine Halle mit seinen Ideen und Erfindungen. Erregt begann er sich in dem bescheidenen Rahmen, den er besaß, zu wehren. Er sprach schnell und verhaspelte sich dabei. »Frieden wurde noch nie mit Waffen geschaffen, sondern an einem Tisch. Genauso wie Krieg an einem Verhandlungstisch beschlossen wird. Er entsteht nicht einfach so. Man will einem anderen etwas wegnehmen, was man selbst nicht hat. Also macht man Krieg, und dann kommen Leute wie du und ballern in der Gegend rum, töten Menschen und meinen, sie würden so Frieden schaffen. Es geht immer nur darum, anderen etwas zu stehlen, was man selbst nicht hat, und es dreht sich meistens um Öl und Ressourcen und da mache ich eben nicht mit.« Joshua schob die Unterlippe vor wie ein trotziger Junge.

Zadek lachte verächtlich auf. »Du hättest Politiker werden sollen. Ha, das wäre ein Bild, Joshua Horowitz schaukelnd hinter einem Rednerpult und stotternd der Welt verkündigen, dass es keinen Krieg mehr gibt, weil sie kein Öl mehr brauchen.« Zadek wischte sich mit dem Handrücken über den Mund. »Eines vergisst du bei deinem idealistischen Gefasel. Die Menschen lieben den Krieg. Sie sind total geil darauf. Das Öl ist nur einer von vielen Anlässen. Es geht um viel mehr als nur um Besitztum.« Zadek hob die Hände, als wolle er etwas Großes darstellen. »Es geht um Macht, endlose Macht und Einfluss. Klar, auch um Kohle, aber das ist nur zweitrangig. Du machst einen gewaltigen Fehler, du oberschlauer Prediger, du unterstellst den Menschen, dass sie gut sind und alle den Frieden wollen, aber das stimmt nicht. In Wirklichkeit wollen sie kämpfen und töten und nicht hergeben, was sie haben.« Zadek zeigte auf die Halle mit all ihren Geräten. »Auch du würdest das tun, wenn sie kämen, um dir all das hier wegzunehmen. Auch du würdest töten, du hirnloser Idiot.«

Joshua wich einige Schritte zurück und blickte zu Boden. Er konnte sich nicht erklären, wie ein Mensch derart intensiv hassen konnte. Solche Emotionen waren ihm fremd.

Leise konterte er. »Ich hatte gehofft, du hättest dich geändert, wärest reifer und vernünftiger geworden, aber ich habe mich getäuscht. Das Militär hat in dir nur bestärkt, was du schon immer warst: böse und berechnend. Somit passt du in diese Welt bestens hinein.«

Zadek verengte seine Augen und kam langsam auf Joshua zu. Er streckte ihm seinen Zeigefinger entgegen, als wäre es eine Waffe. »Joshua Horowitz, ich wiederhole mich gerne. Immer wieder, wenn es sein muss: Du bist ein Idiot. Ich wusste es schon immer. Es ist sogar noch schlimmer geworden, wie man sieht. Glaubst du wirklich, dass dich mal jemand ernst nehmen wird? Selbst wenn es dir gelingen sollte, die perfekte Maschine zu bauen, die alles verändern könnte, so würde es dir niemand glauben, weil du nicht in der Lage wärest, sie an den Mann zu bringen. Du bist nur ein verwirrter Geistesgestörter, ein Behinderter, der hier zwischen all seinen Maschinchen und Computern verrecken wird.« Zadek wandte sich dem Ausgang zu. »Ach, bevor ich es vergesse. Es gibt gute Nachrichten für dich, mein Alter. Du kannst dich entspannen. Ein paar Wochen bleibe ich hier bei euch und gehe euch auf die Nerven. Danach werde ich Berufssoldat und blase den arabischen Wichsern meine Kugeln in den Arsch. Ich komme nicht mehr zurück zu diesem bescheuerten Weingut, zu diesen bescheuerten Leuten wie dir. Ich werde im Gegensatz zu dir dafür sorgen, dass man *meinen* Namen nicht vergessen wird. Für die Welt in der Zukunft wird es sein, als hätte es *dich* nie gegeben. Keine Sau wird sich je an dich erinnern, an mich aber sehr wohl. Warte nur ab!«

Zadek verließ die Werkstatt und warf die Tür hinter sich zu.

Wie immer brauchte Joshua einige Zeit, Gehörtes zu verarbeiten, es einzuordnen und zu entscheiden, was er damit anstellen sollte. Er beschloss diesmal, es so schnell wie möglich zu vergessen, da er Wichtigeres im Sinn hatte. Seine Arbeit war an einem Wendepunkt angekommen, wie er fand. Revolutionäres wartete auf seine Vollendung, die der Welt ganz und gar nicht gleichgültig sein würde, dessen war er sich sicher.

*

In den Tagen, die folgten, tat Zadek genau das, was er versprochen hatte: Er ging allen auf dem Weingut auf die Nerven. Er schikanierte Joshua offen und ungehemmt, pöbelte, rauchte und trank schon tagsüber Wein in Mengen, für die andere Wochen benötigten. Die Verantwortlichen der Gemeinschaft verurteilten sein Benehmen und legten ihm nahe, sich eine Bleibe außerhalb der Siedlung zu suchen. Er vergifte die Atmosphäre und er sei nicht erwünscht, wenn er sich nicht an die Regeln der Gemeinschaft halten wolle. Traurig betrachteten seine Eltern, wie sehr sich ihr Sohn verändert hatte. Zadek lachte darüber und lebte in den Tag hinein, bis zu dem Augenblick, als er Dinge tat, die er besser gelassen hätte.

Aaron, der drei Jahre jünger war als Zadek, betrachtete Zadeks Treiben mit Wut und Verachtung. Er hatte ihn noch nie gemocht, daraus machte er keinen Hehl, und doch fühlte er sich machtlos ihm gegenüber. Zadek war ihm körperlich weit überlegen. Er war kräftiger und einen halben Kopf größer. Er war frecher, unverschämter und autoritärer. Eine sonderbare Macht ging von ihm aus. Aarons Zeit beim Militär, die auch er wie alle jungen Männer vor sich hatte, würde seine körperliche Schwäche abändern, doch noch hatte er Zadek nichts entgegenzusetzen außer seiner Intelligenz und seiner Integrität Joshua und dem Weinberg gegenüber. An einem warmen Sommerabend wankte Zadek mit einer Flasche in der Hand zwischen den Rebstöcken entlang. Er lallte ordinäre Lieder und bellte wilde Flüche in die Luft. Mit dem Glauben seiner Eltern hatte er schon lange nichts mehr am Hut.

An diesem Abend hatte Ruth noch verschiedene Arbeiten an einigen Stöcken zu erledigen. Sie war müde, und die verschwitzte Kleidung klebte an ihrem Körper. Weibliche Formen, die für eine Vierzehnjährige ungewöhnlich üppig entwickelt waren, erregten Zadeks Aufmerksamkeit, als er sie erblickte.

Stolpernd kam er auf sie zu, schwenkte die Flasche und kam lallend zum Stehen.

»Hallo, meine Süße«, begrüßte er sie. »Lange nicht gesehen, was? Hast dich ja ordentlich verändert, das muss ich schon sagen.« Zadek heftete seinen Blick auf Ruths Brüste. »Dein Freund hat bestimmt 'ne Menge Spaß mit dir.«

Ruth wandte sich angewidert ab. Zadeks Atem roch bitter nach immer wieder aufgefrischtem Rausch. Was ihr jedoch wirklich Angst machte, war dieser lüsterne Blick, die Geilheit und Boshaftigkeit in seinen Augen. Dieser drängende Wunsch in ihm, ihr etwas um jeden Preis abzuringen, zu dem sie nicht bereit war. Da sie definitiv wusste, dass sie und

Zadek allein waren und der Weg zurück zum Haus einige Minuten entfernt lag, beschloss sie, in den Angriff überzugehen. »Verschwinde, Zadek. Du stinkst aus dem Hals wie ein totes Tier. Geh nach Hause und schlafe dich aus.«

»Schlafen, Schätzchen? Genau. Du bringst es sofort auf den Punkt. Das finde ich gut. Ja, komm, lass uns miteinander schlafen, jetzt gleich und hier.« Zadek wankte auf sie zu und legte seine linke Hand auf ihre Schulter. Dabei zog er ihr T-Shirt zur Seite und entblößte einen Teil der Brust. Die weiße Haut erregte seine Begierde, und er beugte sich vor, um sie zu küssen, doch sie entzog sich ihm, wobei das Hemd zerriss. Zadek nahm einen weiteren Schluck aus der beinahe geleerten Flasche und warf sie zu Boden. Für das, was er vor sich sah, brauchte er beide Hände. Noch immer hielt er das zerrissene Hemd in seiner Hand. Sie wand sich und kratzte seinen Arm, doch nichts half, sich seinem kräftigen Griff zu entziehen.

Er würde sie davon überzeugen, dass er der Richtige für sie sei. Für ihr erstes Mal sollte sie einen richtigen Kerl bekommen. Sie würde ihm dankbar sein, dessen war er sich sicher. Dann ließ er die Halbheiten fahren und schlug ihr mit dem rechten Handrücken ins Gesicht. Sie fiel zu Boden, der Ort, an dem er sie haben wollte. Sein Ring hatte eine blutende Wunde auf ihrer Wange hinterlassen. Zadek legte sich auf sie und leckte die Blutspur ab. Er stöhnte dabei, öffnete seine Hose und machte sich an ihrer zu schaffen. Es war ihm egal, ob er sie zerriss. Ruth schrie und weinte, doch niemand hörte sie. Sie wehrte sich nach Kräften, doch Zadek war ihr weit überlegen. Die meisten der anderen würden beim Essen sein, man würde ihre Verspätung mit ihrem Pflichtbewusstsein entschuldigen. Kurz bevor sie aufgab, sich zu wehren, kurz bevor sie innerlich starb, hörte jemand ihr Rufen.

»Ach Schatz, nun sträub dich nicht so. Das macht es nur noch schwerer. Ich bin stärker als du. Ich will dir nicht wehtun, aber wenn es sein muss … So eine Stute wie du muss ordentlich zugeritten werden, das weißt du doch.«

»Geh von mir runter, du stinkst. Du bist widerlich, Zadek. Ich werde es den anderen verraten. Ich sag es den Ältesten und Samuel und Joshua.«

Zadek lachte bei der Erwähnung dieses Namens. Joshua. Was wollte der Trottel schon ausrichten? Er war keine sechzehn mehr. Diesmal hatte er das Sagen und in wenigen Tagen wäre er eh fort, auf Nimmerwiedersehen. Es kümmerte ihn einen Dreck, was man über ihn dachte.

*

»Wisst ihr, wo Ruth steckt?«, erkundigte sich Aaron. »Sie lässt doch nie eine Mahlzeit aus.« Alle am Tisch lachten. Ruths Appetit war legendär.

Judith antwortete kauend. »Sie sagte, sie wolle noch einige Stöcke beschneiden. Sie meinte, an einigen Blättern Mehltau entdeckt zu haben, und wollte es noch einmal kontrollieren. Sie macht sich Sorgen, dass es auf andere Stöcke übergreifen würde.«

»Sie setzt sich wirklich ein für den Weinberg«, kommentierte Aaron bewundernd und provozierte ein Schmunzeln auf den Gesichtern. Jedem auf dem Gelände war aufgefallen, dass er ein Auge auf Ruth geworfen hatte. Obgleich er sechs Jahre älter war als sie, hatte er ihr gegenüber eine Art Beschützerrolle eingenommen. Sie war *wie* seine kleine Schwester, aber sie war eben *nicht* seine Schwester, das machte die Sache pikant. Noch wohnten sie gemeinsam in einem Haus, doch sie trennten die Bäder strikt und achteten darauf, nicht unbekleidet herumzulaufen. Die kindliche Unbekümmertheit hatten sie abgelegt, zumal Aaron nicht entging, wie auffallend weiblich sich Ruth in den letzten zwei Jahren entwickelt hatte. Dass sie seine Zuneigung teilte, ahnte er nicht. Für ihn war sie beinahe noch ein Kind, aber eben nur beinahe.

Er wischte sich den Mund mit einer Serviette ab und stand auf. »Ich werde mal nachsehen, wo sie steckt.« Wieder grinste der eine oder andere, während Aaron den Speisesaal verließ. Tatsächlich gab es in Aaron eine feine Stimme, der er folgte. Ein unbestimmtes Gefühl der Sorge, das Erahnen einer Bedrohung. Sein Puls beschleunigte sich, als er sich auf die Suche nach ihr machte. Er kannte natürlich ihr bevorzugtes Gebiet, doch er wusste nicht, welche Rebstöcke vom Mehltau befallen sein sollten. Also schritt er die obere Linie des Hügels ab und blieb kurz zwischen den Stockreihen stehen, um sie auszumachen. Sein Gang ging in ein langsames Traben über. Das Gefühl, dass hier etwas nicht stimmte, nahm zu. Er meinte deutlich zu spüren, dass Eile angebracht war. Doch wozu? Was war passiert? Eile, um was zu erreichen, um was zu verhindern?

Nach einer Weile, als die Sicht in der Dämmerung zunehmend schlechter wurde und er sie noch immer nicht gefunden hatte, geriet er in Panik. An diesem Abend, in den Minuten der größten Sorgen, merkte er, dass er in Ruth verliebt war. Dass er sie wirklich von ganzem Herzen begehrte und sich sein zukünftiges Leben um sie sorgen wollte. In diesem Augenblick der Furcht, als er sich vorstellte, sie könnte einfach nicht mehr da sein, ihm genommen werden oder ihm käme ein anderer zuvor, der um sie warb, stand für ihn die Sache fest: Sie waren füreinander bestimmt, komme, was wolle.

Als er seine Schritte verlangsamte, hörte er ihr Rufen. Ein Wimmern, Stöhnen und Schreien, vermischt mit der Stimme eines Mannes, das vernahm er deutlich. Nur aus welcher Richtung die Geräusche kamen, war schwer zu orten. Auf diesem Gelände war alles unübersichtlich, kein freies Feld, das den Schall ungehindert zu ihm tragen konnte. Nun, da er ihre Stimme, ihre Schreie hörte, setzte das Adrenalin ungeahnte Kräfte frei. Er begann zu rennen, horchte in die Dämmerung hinein und meinte, die Richtung gefunden zu haben, aus der das verzweifelte Rufen kam. Aaron bog in eine Reihe ein, rannte den Berg zwischen den Reben hinunter und erkannte aus der Ferne zwei am Boden liegende Körper. Je näher er kam, desto größer wurde die Gewissheit. Es war Ruths Stimme und er wagte nicht zu denken, was er befürchtete.

Auf ihr lag ein Mann. Aaron hörte ihn röcheln und stöhnen. Er sah seine Bewegungen und hörte Ruths Wimmern. Wenige Meter, bevor er sie beide erreichte, erkannte er das Schwein, das eine Minderjährige vergewaltigte. Der Zorn in ihm wuchs. Er wusste, wie kräftig Zadek war und dass dieser ihn mühelos würde überwältigen können, doch er wusste auch, dass Zadek betrunken war, wie jeden Tag in den letzten zwei Wochen.

Aaron erreichte die am Boden Liegenden und riss Zadek an der Schulter herum. Irritiert sah er auf Zadeks Erektion herab und das Blut an seinem Glied. Es war Ruth peinlich, dass Aaron sie so sah, gleichzeitig war sie dankbar und rollte sich schmerzverzerrt zur Seite. Eilig zog sie die zerrissene Hose wieder hoch und knöpfte sie notdürftig zu, bevor Zadek sich erneut auf sie stürzen würde.

»Du dreckiges Schwein!«, schrie Aaron mit Tränen in den Augen. Er ballte die Fäuste und blickte voll Wut auf Zadek, der schallend lachte und sich gemächlich anzog.

»Was willst du jetzt tun, du Schlappschwanz? Ich habe es der kleinen Hure mal so richtig gegeben. Sie wird mir ewig dankbar sein, jetzt weiß sie, wie es ist, von einem richtigen Kerl gefickt zu werden.«

Aaron blickte sich um. Er suchte etwas, das er als Waffe benutzen konnte. Einen Stock oder Ähnliches. Seinen Fäusten allein konnte er nicht trauen. Er hatte sich noch nie geschlagen, bisher war es nicht nötig gewesen. Dann sah er die Flasche im Graben liegen. Er bückte sich danach und hörte die andauernden Gemeinheiten Zadeks im Hintergrund dumpfer und leiser werden. Aaron holte aus und schlug Zadek die

Flasche über den Kopf. Der Rest des Rotweins ergoss sich über dessen Gesicht und eine klaffende Wunde gab den Blick auf pulsierendes Blut frei. Zadek sackte wie ein Sack zur Seite und gab kein Lebenszeichen mehr von sich.

*

Aaron blickte auf Zadek herab. Die klaffende Wunde am Kopf blutete heftig. Er lag am Boden und rührte sich nicht mehr. Vielleicht hatte er zu fest zugeschlagen. Er ließ Zadek liegen, für einen Augenblick war es ihm egal, ob er tot war oder nicht. Zadek hätte den Tod verdient gehabt, der Vergewaltiger einer Minderjährigen. Und würde er noch leben, so würde er einige Jahre Haft bekommen, das war klar.

Aaron eilte zu Ruth, die auf dem Boden hockte und die Beine an sich zog. Sie schämte sich, weinte und krümmte sich vor Schmerzen. Aaron kniete sich neben sie und nahm sie in den Arm. Warum war er nicht schon früher gekommen? Warum nur war diese innere Ahnung so spät gekommen? Er hasste sich dafür und fühlte sich schuldig. Wieder wurde ihm klar, dass er sie beschützen wollte, schon immer, doch dass er sie liebte, wusste er erst jetzt. Doch welche Zukunft würden sie nach diesem Vorfall haben können? Würde sie überhaupt jemals einen Mann lieben können, nach dem, was Zadek ihr angetan hatte?

Zadek kam nach einigen Minuten zu Bewusstsein, und mit dem Erwachen kam die Erkenntnis, dass er sich schuldig gemacht hatte. Plötzlich war er nüchtern und realisierte die Tragweite seiner Handlung. Vorbei sein Stolz und seine Überlegenheit. Als Aaron sah, dass Zadek auf ihn zukam, griff er nach der zerborstenen Flasche und bewaffnete sich damit. Sein Hass auf Zadek war noch lange nicht verflogen, das würde er vermutlich nie sein. Zadek griff sich an den Kopf und fühlte das warme pulsierende Blut. Der Schmerz setzte allmählich ein und mit ihm überdeutlich die Erkenntnis seiner Tat. Wie als lichtete sich der Vorhang zu seinem Gewissen für einen kurzen Augenblick, wurde ihm klar, was er getan hatte. »Es tut mir leid«, jammerte er. »Ruth, ich wollte das nicht tun. Ich weiß nicht, was in mich gefahren war, aber ich wollte dir nicht wehtun, das musst du mir glauben.«

»Halt den Mund, Zadek«, schrie Aaron ihn an. »Du bist zu weit gegangen und das wird Konsequenzen haben.« Aaron warf Zadek den Flaschenhals vor die Füße und ging zu Ruth. Er versuchte sich nicht anmerken zu lassen, wie dominierend der Blutfleck an der Vorderseite ihrer Hose war. Behutsam half er ihr auf und stützte sie auf dem Weg zurück zum Haus.

Zadek erhob sich und ging ohne Umwege zu seiner Unterkunft. Der Gedanke, sich seiner Verantwortung zu entziehen, war verlockend. Er wusch sich das Blut vom Kopf, packte seine Habseligkeiten in seinen grünen Rucksack und verschwand in der Dunkelheit. Er kannte aus der Kindheit genügend Schleichwege, sodass er unentdeckt fliehen konnte. Für dieses Mal war die Nacht sein Freund, ob die Zukunft ihm freundlich gesinnt war und seiner Tat Unterschlupf gewähren würde, war indes ungewiss.

*

Die Tage danach waren von Trauer bestimmt. Der Arzt hatte die Vergewaltigung bestätigt. Zadek hatte Ruths Jungfräulichkeit geraubt, sie jedoch nicht befruchtet. Diese Zeit hatte Aaron ihm durch sein rechtzeitiges Eingreifen nicht gelassen, sodass keine Schwangerschaft zu befürchten war. Der Schmerz jedoch blieb eine ganze Weile, vor allem der seelische. Ruths Sorglosigkeit und unbeschwertes Herumtollen zwischen den Weinstöcken waren einer übertriebenen Achtsamkeit gewichen. Ständig blickte sie sich um und schreckte bei jedem Rascheln zusammen. Das Paradies hatte sich für sie in eine Hölle verwandelt. Die Erkenntnis, dass überall, wo Menschen leben, auch das Böse lauert, hatte sie eingeholt.

Aaron wich in den Tagen nach Zadeks Tat nicht von ihrer Seite. Er war ihr ein lieber Freund, zum zweiten Mal ihr Retter und dies zu einem Zeitpunkt, wo der Einberufungsbescheid nicht unpassender hätte eintreffen können. Drei lange Jahre lagen vor ihnen, in denen sie sich nur sporadisch würden sehen können, in denen sich zeigen würde, ob es sich nur um eine aus der Not geborene Gefühlsduselei oder tatsächlich um echte Liebe handeln würde. Vielleicht würde diese Tat sie auch trennen, sie einander entfremden. Wenn Gott sie füreinander bestimmt hatte, würde niemand sie trennen können, so glaubte Aaron fest. Doch warum hatte Gott überhaupt zugelassen, dass es so weit kam? Hätte er nicht deutlicher und lauter in Aarons Empfinden sprechen können? War es nicht vielleicht sogar seine eigene Eingebung gewesen, die ihn hatte nach ihr suchen lassen? Aaron würde genug Zeit haben, darüber nachzudenken, sollte nicht eine Kugel oder Granate seinen Grübeleien vor der Zeit ein Ende bereiten.

KAPITEL 11

28. Oktober 2013, Hamburg-Harburg

Martin hastete durch die Reihen der in den Himmel ragenden Tanks und Türme. Er nahm sich vor, die genaue Produktionsabfolge des in Hamburg ankommenden Rohöls von seinem Drucker zu Hause ausspucken zu lassen, sobald er Zeit dazu hätte. Vordringlich war jedoch, diesen merkwürdigen Russen zu finden. Irgendwo musste er ja bei seinen Ermittlungen anfangen. Dieser Kerl wusste vermutlich, wer der Tote war, da war er sich ziemlich sicher.

Über anderthalb Stunden irrte Martin auf dem Gelände herum. Er hätte sich einen Mitarbeiter der Firma schnappen können, jemanden, der ihn führte, doch er wollte seine Ruhe haben, wollte sich nicht zwischen seine Gedanken funken lassen. Manche der Sicherheitskräfte schüttelten die Köpfe, dass sich jemand derart fahrlässig verhielt. Einer gab ihm einen gelben Schutzhelm, den er sich bereitwillig aufsetzte. Noch immer war das Gebiet abgesperrt. Die Gefahr einer neuen Explosion und neuer Brände war noch nicht vollständig gebannt, noch immer lauerte eine latente Gefahr über dem Gebiet wie jene dunkle Wolke, die sich über ihren Köpfen ausbreitete.

Sirenen ertönten, Menschen rannten durcheinander, nicht jeder schien so wie Martin zu wissen, was er zu tun hatte. Er suchte fieberhaft nach dem großen Mann mit den dunklen Augen, der Hakennase, dem kräftigen Kinn und dem harten Dialekt. Er würde ihn sofort wiedererkennen. Der Mann, von dem er in der Nacht geträumt hatte. Dem einen oder anderen der Arbeiter zeigte er das Bild des Toten auf dem Display seines Handys. Obgleich sich die Nachricht eines in einem Öltank gefundenen Toten unter den Arbeitern wie ein Lauffeuer herumgesprochen hatte, erschauerten sie beim Betrachten des Bildes und schüttelten die Köpfe. Nicht einer der Befragten kannte ihn, sodass Martin frustriert zu dem Bürokomplex zurückkehrte. Doch welch ein Ergebnis hatte er für den ersten Tag erwartet? Das vollständige Aufklären eines »bizarren« Mordes, wie Werner es genannt hatte? Heinemann hatte eine Liste von Angestellten auf seinem PC aufgerufen und deren Fotos vergrößert ausgedruckt. Sicher hatte der Tote ja einmal anders ausgesehen als jetzt … vitaler, rosiger im Gesicht und mit geöffneten Augen.

Pohlmann kam zu Heinemann zurück und ließ sich frustriert auf den Besucherstuhl fallen. Seine Kleidung stank bestialisch nach Rauch und Öl. Er schenkte Heinemann einen zornigen Blick. »Und? Hatten Sie Erfolg?«

Heinemann schüttelte den Kopf. »Leider nicht. Ich fürchte, der Mann war keiner unserer Mitarbeiter. Es kann auch einer der vielen Besucher gewesen sein, die das Gelände besichtigen wollten. Täglich melden sich Menschen an, die unseren Betrieb kennenlernen wollen. Ganze Schulklassen werden hier durchgeführt. Wir haben nichts zu verheimlichen.«

»Das habe ich auch nie behauptet. Das erledigen schon die Umweltorganisationen zur Genüge, so wie ich das sehe.« Martin zog die ausgedruckten Fotografien zu sich heran. Niemand der Männer auf dem Foto sah dem Toten ähnlich.

»Was ist mit diesem russischen Arbeiter? Besteht die Möglichkeit, dass ich ihn in Ihrer Kartei finde?«

Heinemann drehte den Monitor zu Pohlmann herum. »Nur zu. Tun Sie sich keinen Zwang an. Hier, nehmen Sie die Tastatur. Sie brauchen nur von oben nach unten durchzuscrollen. Hat bis hierher fast zwei Stunden gedauert.« Martin zog die Nase hoch. Es war elf Uhr. Warum nicht weitere zwei Stunden hier verbringen? Er brauchte Ergebnisse und zwar schnell.

Nach vierzig Minuten fand er den Mann. Der Mann aus seinen Träumen glotzte ihn an. Der Russe wirkte auf dem Foto jünger, doch genauso hart, undurchsichtig und lauernd.

Pohlmann zitierte Heinemann vor seinen Monitor. »Hier ist er ja. Sie waren gestern doch dabei. Dieser Typ stand in der Reihe der Arbeiter, er war vorgetreten und hat mit dem Pathologen gesprochen.«

»Ja, kann sein.«

»Nicht *kann sein*. Ganz sicher sogar. Gregor Samarov. Herkunftsland Israel. Ist seit 2009 in Hamburg-Harburg. Hat erst in der Petrol Ag Raffinerie in Heide gearbeitet und ist dann umgezogen. Wohnhaft …«, Martin sah Heinemann an. »Hey, wo ist der Rest von der Akte? Seine Adresse steht nirgendwo.«

»Ach Unsinn. Das gibt es nicht. Jeder Mitarbeiter ist hier gelistet und jeder mit Anschrift.« Heinemann betrachtete die Einträge und suchte vergeblich nach Gregor Samarovs Adresse. »Tatsächlich. Das versteh ich nicht. Jemand muss den Eintrag gelöscht haben.«

»Ach, und das geht so einfach? Dieser Rechner ist doch vermutlich mit einem Server verbunden, zu dem nicht jeder ein Passwort hat. Werden keine Sicherungskopien gemacht?«

Heinemann nickte. »Doch natürlich. Nur wenige haben das Passwort. Ich denke zwar nicht, dass dort geheime und wichtige Dokumente lagern, aber trotzdem ist er abgesichert.«

»Gibt es nur diese digitale Kartei, oder haben Sie das Ganze noch in Papierform irgendwo?«

»Hatten wir mal. Das komplette Archiv ist jetzt in Schweden.«

Martin blickte Heinemann verwirrt an.

»Ach, wussten Sie das nicht? Der Standort der Petrol Ag hier in Harburg wurde von Nynas aufgekauft.«

»Nein, woher sollte ich das wissen?«

»Na ja, es stand zum Beispiel dick und fett in der Zeitung.«

»Na, so groß wird es nicht gewesen sein, sonst wäre es wohl aufgefallen.« Martin rieb sich die Stirn. Dieses alberne Geplänkel ging ihm zunehmend auf die Nerven. »Okay, erklären Sie es mir bitte kurz. Wieso wurde die Petrol Ag von Nynas aufgekauft?«

Heinemann lehnte sich zurück und blickte in eine Ecke des Raumes. Die Zukunft der Raffinerie in Harburg war auch mal seine eigene Zukunft gewesen und sie sah nicht rosig aus. »Es gibt einfach zu viele Raffinerien in Deutschland. Die Nachfrage ist nicht mehr so groß. Moderne Motoren verbrauchen nicht mehr so viel Treibstoff, und Amerika hat seine eigenen

Raffinerien. Die Produktion wird umgestellt. Ab 2016 werden hier nur noch Spezialschmierstoffe hergestellt. Andere Teile der Anlage werden zum Umschlagplatz und zu Lagerungszwecken von Mineralölprodukten umgebaut.«

»Heißt im Klartext, der Standort hat nicht genug Profit abgeworfen?« Heinemann blickte zu seiner Sekretärin und überlegte, wie viel er von den Umwälzungsplänen in Hamburg preisgeben könne.

Er nickte.

»Und den Mitarbeitern wurde gekündigt?«, hakte Martin nach.

Heinemann verschränkte die Arme vor der Brust. »Den meisten. Manche gehen in den Vorruhestand, die anderen werden versetzt oder in Schweden übernommen, für den Fall, dass man dahin will. Uns ist selbst noch nicht hundertprozentig klar, was passieren wird. Ich für meinen Teil sollte eigentlich bleiben – angeblich, bis gestern zumindest. Bis zu diesem verfluchten Attentat. Heute Morgen, bevor Sie kamen, hat man mir diesbezüglich keine großen Hoffnungen mehr gemacht.«

»Seit wann ist die Übernahme beschlossene Sache?« Pohlmann sah ihn betroffen an. Wieder Menschen, die Opfer von profitorientierter Firmenpolitik geworden waren. Er hasste diese skrupellosen Berechnungen.

»Eigentlich schon seit 2011. Für Nynas ist das hier eine Goldgrube. Hamburg ist der ideale Standort für die Produktion von naphtenischen Grundölen, also Schmiermitteln, Klebstoffen, Druckfarben, Düngemitteln und dergleichen.« Heinemann gestikulierte mit den Armen, als wolle er die Welt umfassen. »Teil ihrer globalen Wachstumsstrategie, wie es hieß. Erst sah es so aus, als würde der Deal kippen. Die EU-Kommission hat als zuständige Kartellbehörde Theater gemacht, aber dann plötzlich hatte sie keine Einwände mehr.«

»Verstehe. Ist wohl ein bisschen Geld in die richtigen Taschen geflossen. Kennt man ja.« Martin rieb sich sein unrasiertes Kinn. Der Umgangston Heinemanns war versöhnlicher geworden. Vielleicht war es die Furcht, entlassen zu werden, verbunden mit allen Sorgen und Unsicherheiten, wie es danach für ihn weitergehen würde.

»Wie können wir herausfinden, wo dieser Russe oder Israeli lebt?«

Heinemann schüttelte den Kopf. »Ich fürchte, gar nicht.«

»Das stimmt nicht«, schaltete sich Kerstin Rademann abrupt ein. »Es gibt noch ein älteres Archiv im Keller von allen Mitarbeitern, die zwischen Anfang 2006 und Ende 2009 eingestellt worden sind. Ich sollte damals Sicherungskopien herstellen, bevor die Sache mit Nynas losging. Ich könnte mir vorstellen, dass wir ihn dort finden.«

»Würden Sie mir den Gefallen tun und diesen Typen für mich ausfindig machen? Ich denke, er weiß, wer der Tote ist. Vielleicht ist er sogar der Einzige auf dem Gelände.«

»Ja, mach' ich gern, Herr Kommissar.« Martin lächelte zufrieden. Er wandte sich wieder Dr. Heinemann zu. »So. Und was hat es nun mit Nigeria auf sich?«

Heinemann hob die Augenbrauen hoch und zuckte mit den Schultern. »Nigeria, Nigeria! Was soll damit sein? Was erwarten Sie denn jetzt bloß von mir? Dass ich Ihnen unsere Firmenpolitik in Afrika erkläre? Nigeria zählt zu den größten Öl- und Gasförderländern auf der Welt. Haben Sie eine Ahnung, wie umfangreich die Petrol Ag dort involviert ist und das schon seit weit über fünfzig Jahren? Pro Tag werden dort eine Million Barrel gefördert, also wenn man das Festland, die Sumpfgebiete und die Region vor der Küste zusammenrechnet.«

»Immerhin hat es der Attentäter so ernst gemeint, um hier einiges in die Luft zu jagen. Im Prinzip weiß heute jedes Kind, dass die Ölförderung nicht ohne Schaden an Land und Leuten vonstattengeht, aber ich fürchte, es ist hier etwas anderes gemeint.«

»Hören Sie, Herr Kommissar, ich weiß es nicht, ehrlich. Und ich kann es mir auch beim besten Willen nicht vorstellen, welcher konkrete Umstand ein Bombenattentat rechtfertigen könnte.« Heinemann stand auf und ging im Büro auf und ab. »Ja, es stimmt, Nigeria ist ein Pulverfass. Achtzig Prozent der staatlichen Einnahmen stammen aus der Öl- und Gasförderung, und trotzdem lebt der Großteil der Bevölkerung in Armut. Die Arbeitslosigkeit ist so hoch wie kaum anderswo und es kommt permanent zu Unruhen und Anschlägen auf Pipelines oder zu Diebstählen von Öl. Schwer bewaffnete Banden greifen Öl-und Gasförderanlagen im Nigerdelta an, stoppen die Produktion, entführen Mitarbeiter, sabotieren die Transportleitungen. Uns wirft man Umweltschäden vor, aber ich sage Ihnen, diese Saboteure sind selbst daran schuld. Zerstörte Leitungen, Lecks durch Schüsse oder Sprengstoff, das muss alles die Petrol Ag wieder reparieren.« Heinemann verschränkte die Arme wie ein trotziges Kind vor der Brust. Zwanzig Jahre in einem Multikonzern angestellt gewesen zu sein, hinterließ seine Prägungen. So schnell würde er nicht mit belastenden Details herausrücken. Pohlmann reagierte jedoch auf die Unschuldstour mit zunehmender Wut.

»Jetzt kommen mir aber bald die Tränen, Herr Heinemann. Der arme Konzern. Wollen Sie mich auf den Arm nehmen? Die scheffeln Milliarden und beklagen sich, dass sie ein paar Löcher stopfen müssen. Das ist doch lächerlich. Man muss sich wohl eher fragen, was die Leute dort unten so dermaßen aufbringt? Ist es nicht wohl eher so, dass die Menschen kapiert haben, wie hoch der Preis für die Bevölkerung wirklich ist? Nicht nur, dass von dem Geld bei den Menschen nichts ankommt, sondern vermutlich ist es so wie in Ecuador, dass Ihrem Konzern die Umwelt und die Schäden, die Sie dort hinterlassen, vollkommen egal sind. Man belässt die Schäden wie sie sind, obwohl das Land saniert werden muss, falls dass überhaupt noch geht.«

»Was soll dieser alberne Vergleich mit Ecuador? Sie vergleichen Äpfel mit Birnen.«

Nun begann es in Martin zu kochen. »Weil ich ein paar Jahre in Ecuador gelebt und diesen Mist mit eigenen Augen gesehen habe. Ich kann das sehr wohl beurteilen. Das Spiel wiederholt sich überall und zu jeder Zeit. Damals hat Toxeco im Amazonasgebiet massiv das Grundwasser mit giftigen Abfällen verseucht und sich nicht um deren Beseitigung geschert. Ich habe damals in der Nähe eines Büros von Oilwatch International gewohnt und hatte gute Kontakte zu den dortigen Analysten. Nach deren Berechnungen ist durch die Förderaktivitäten von Toxeco allein bis 1991 ein Schaden von 709 Milliarden Dollar entstanden. Ich kann Ihnen versichern, dass diese Berechnungen absolut korrekt waren. Und nun lassen Sie sich mal diese Summe auf der Zunge zergehen: Toxeco hat allein im Amazonasgebiet Öl im Wert von 19 Mrd. $ gefördert und danach ein Schlachtfeld hinterlassen. Haben Sie mal die Menschen gesehen, die unter diesen Bedingungen aufwachsen und leben müssen? Die Leute bekommen Krankheiten, deren Namen in keinem medizinischen Wörterbuch stehen. Über Kilometer verteilt liegt dort in der Luft ein beißender Gestank, der einem die Tränen in die Augen treibt, dass man kotzen könnte. Dort wo Ihresgleichen auftauchen, haben die Menschen keine Rechte mehr. So sieht es doch aus. Machen Sie ruhig so weiter, Herr Heinemann. Da sind Sie bei mir mit diesem Thema genau an der richtigen Adresse. Ich kann verstehen, dass die Leute mittlerweile eine Stinkwut auf Ihresgleichen und Ihre Konzerne haben.«

Heinemanns Kraft neigte sich dem Ende zu. Die letzten zwei Tage waren einfach zu viel für ihn, der schon auf die sechzig zuging, gewesen. »Nun regen Sie sich nicht so auf. Ich kann doch auch nichts dafür. Ich bin hier in Hamburg nur eine ganz kleine Nummer. Die reichen Bosse sitzen woanders. Das dürfte Ihnen doch klar sein.«

»Nun, so wie ich das einschätze, sind Sie hier Ihren Job sowieso los. Man wird Ihnen und Ihrer Sicherheitsabteilung Schlamperei vorwerfen. Man wird der Weltpresse den Verantwortlichen – also Sie – vor die Füße werfen, um zu dokumentieren, dass man solcherlei Verhalten in einem sicherheitsbewussten Konzern nicht duldet. Und da die Petrol Ag eh von Nynas übernommen wird, werden Sie Ihren Hut nehmen müssen. Sonnenklar. Sie haben also jetzt und hier die Chance, zur Abwechslung mal was Gutes zu tun.«

Heinemann setzte sich wieder. »Frau Rademann, seien Sie doch so gut und lassen mich und den Kommissar mal für ein paar Minuten unter vier Augen reden.«

Die Sekretärin erhob sich. Sie wirkte ein wenig pikiert und zog davon. Sie konnte sich schon denken, was Heinemann jetzt vom Stapel lassen würde: die alte Leier von den wahren Schuldigen des Systems.

»Also, es ist so: Wir bekommen öfter Schreiben wie dieses von gestern Abend. Wir erhalten Morddrohungen von allen möglichen bekannten und unbekannten Gruppierungen. Jede noch so kleine Umweltorganisation meint, uns an den Karren fahren zu müssen. Gut, die bisherigen Briefe waren deutlich professioneller als der gestrige, nicht so kindisch wie dieser Wisch hier. In letzter Zeit ging es des Öfteren um den Ogonistamm. Schon mal gehört?«

Martin schüttelte kaum merklich den Kopf.

»Das Problem ist, dass immer alles heillos übertrieben wird. Seit über fünfzig Jahren ist die Petrol Ag in der Nigerregion in die Ölförderung involviert. Ich kenne die Zahlen ganz genau. Wir schaffen Arbeitsplätze in der gesamten Region und sind ein Segen für das Land.«

»Moment mal, langsam. Meines Wissens sind über 1,5 Millionen Tonnen Rohöl in die Umwelt geflossen. Das klingt eher nach Verwüstung als nach Segen.«

»Nein, das ist nicht wahr. Ich habe es vor ein paar Jahren mit eigenen Augen gesehen. Vier Mitarbeiter aus Hamburg sollten den Konzern vertreten und nebenbei ein bisschen Sightseeing machen. Ich hatte mich mit Reiseliteratur zugeschüttet. Hochglanzbilder von Elefanten und Giraffen, das Übliche eben. Hab' im Golfklub den Jungs davon vorgeschwärmt. Zwei Wochen Nigeria auf Kosten der Firma, mit allem Zipp und

Zapp. Na ja, und dann haben wir die Anlagen und die Umgebung besichtigt. Alles tipptopp. Man wirft uns vor, wir würden die Augen absichtlich verschließen. Es gäbe angeblich Ölteppiche, so groß wie zehn Fußballfelder, die auf den Gewässern im Ogoniland schwimmen. Die Mangrovenwälder sollen kurz vor dem Absterben sein, und solch ein Unsinn. Die Fischbestände sind keineswegs dramatisch dezimiert und den Fischern geht es bestens. Dort, wo ich war, fanden wir nur vollkommen intakte Natur vor, es war paradiesisch.«

»Hören Sie auf mit diesem Unsinn, Heinemann. Für wie bescheuert halten Sie mich? Ich hab mich schlau gemacht, bevor ich gekommen bin. Es soll überall bestialisch stinken. Die Bevölkerung leidet unter Atembeschwerden und anderen gesundheitlichen Beeinträchtigungen, die Trinkwasserversorgung ist mit enormen Schwierigkeiten verbunden. Die Belastung der Brunnen mit Benzol übersteigt das 900-fache der erlaubten Menge. Viele Menschen werden dort schwer krank. Wie können Sie mir nur solche Märchen auftischen wollen?« Pohlmann holte zweimal tief Luft, und versuchte sich zu entspannen. »Na gut, ich seh' schon, so kommen wir nicht weiter. Das, was Sie zu vertuschen versuchen, ist überall in Ländern zu beobachten, wo die Menschen so arm sind, dass sie die Ölfirmen nicht zum Teufel jagen können.«

Martin Pohlmann schickte sich an, das Büro zu verlassen. »Ich komme morgen noch mal wieder, wenn sich der Rauch verzogen hat und dann will ich von Ihnen Wahrheiten und nicht so ein Geschwafel hören.«

Pohlmann hielt die Klinke in der Hand, zog die Tür auf und stieß beinahe mit der Sekretärin zusammen. Sie barg eine Akte in ihrem Arm als hielte sie ein Kind.

»Tschüss, Frau Rademann.«

»Augenblick, warten Sie. Ich habe die Akte von diesem Herrn Samarov gefunden. Sie wollten doch die Adresse.«

Martin warf einen Blick auf die dünne Akte, schlug sie auf und erkannte den Mann auf dem Foto wieder. Kein Lächeln, blass wie die Wand hinter ihm, narbige Haut, buschige Brauen, kantiges Kinn. Dieser Mann sah nicht so aus, als verstünde er Spaß. Keiner von der Sorte, die Konflikte verbal austrugen, sondern gleich die Faust benutzten.

Auf der nächsten Seite fand sich eine Art Lebenslauf, nicht besonders umfangreich, gerade so viel, um den Mann von der Raffinerie Heide übernehmen zu können. Ein tadelloses polizeiliches Führungszeugnis, keine Vorstrafen, was nicht bedeutete, dass der Mann trotzdem kriminell sein konnte. Nicht immer sind die Augen des Gesetzes dort, wo sie sein sollten. In den seltensten Fällen eigentlich.

»Wow, das ist klasse. Wie haben Sie das so schnell hinbekommen?«

»Ich habe die Karteien damals selbst sortiert, daher war es auch kein Problem, sie wiederzufinden. Wollen Sie die Akte mitnehmen oder ist es Ihnen recht, wenn ich ein paar Seiten kopiere?«

Pohlmann überlegte kurz, während er die Frau betrachtete. Hochgeschlossene Bluse, ein unauffälliges Kostüm in Mausgrau. »Danke, Kopieren reicht vollkommen.«

Frau Rademann ging sogleich zum Kopierer, legte einen dünnen Stapel Papiere übereinander und drückte ein paar Tasten. Dr. Heinemann betrachtete ihr Treiben missmutig. Binnen kurzer Zeit hatte sie den Inhalt der Akte ein zweites Mal in den Händen, klemmte noch eine Büroklammer darüber und überreichte Martin die Papiere.

»Ich könnte Ihnen auch eine Folie …«

»Nein, danke, das ist prima so. Sehr nett. Es wird schon gehen.«

Frau Rademann nickte und hielt die Hände vor ihrer Kostümjacke verschränkt. »Viel Erfolg bei Ihren Ermittlungen«, gab sie ihm mit auf den Weg.

»Danke, den kann ich brauchen. Vielleicht werde ich Ihnen bei Gelegenheit noch ein paar Fragen stellen müssen.«

»Natürlich. Jederzeit.«

Martin verließ den Gebäudekomplex und dachte über das Gespräch mit Heinemann nach. *Dieser Mann steht kurz vor einem Abgrund, und doch hält er seinem Konzern die Stange. Sie werden ihn mit einem netten Sümmchen als Schweigegeld in den Vorruhestand schicken. Was hat er also für ein Problem?*

Als Martin auf schnellstem Weg zu seinem Auto ging, hatte die Betriebsamkeit auf dem Gelände noch zugenommen. Die Feuerwehr arbeitete weiterhin mit Hochdruck daran, das Feuer zu löschen. Noch immer stieg weithin sichtbar schwarzer Rauch über der Raffinerie in Hamburg-Harburg auf. Rund zweihundert Einsatzkräfte gaben ihr Bestes und riskierten ihre Gesundheit, während Martin zusah, dass er so schnell wie möglich das Weite suchte. Dann, als er beinahe am Ausgang war, sah er den Mann vom Vorabend zwischen zwei Tanks verschwinden. Er verengte die Augen und erfasste die breiten Schultern, die Größe des Mannes und erkannte ihn an seinem Gang. Ja, er war sich sicher. Martin drehte sich um und lief in die Richtung der Tanks, zwischen denen der Russe verschwunden war. »Hey«, rief er ihm hinterher und rannte so schnell er konnte, doch die Sache war aussichtslos. Martin hielt die zu einer Rolle gedrehten Blätter fest in seiner Hand. Hilflose Wut erfasste ihn. »Ich habe deine Adresse, du Mistkerl. Ja, lauf nur.«

Abgehetzt erreichte Martin seinen Wagen und atmete tief durch. Er nahm sein Handy hervor und las drei Hinweise auf nicht angenommene Anrufe und drei Nachrichten von Werner. Martin erinnerte sich, dass er vor dem Gespräch mit Heinemann das Handy auf lautlos gestellt hatte. Nur eigenartig, dass er nicht mal das Vibrieren in seiner Jackentasche bemerkt hatte. Er überflog die Nachrichten: *Wo steckst du? Melde dich* – war die erste. *Du sollst bei Schygurski vorbeifahren* – war die zweite. *Komm gleich danach ins Präsidium* – war die dritte.

Pohlmann hielt erstaunt das Handy von sich weg und starrte es an, als sei etwas Bedrohliches daraus entwichen.

Er schüttelte den Kopf und wählte Werners Nummer, noch ehe er den Motor gestartet hatte.

KAPITEL 12

17. August 2003, Israel, Golanhöhen

Als Aaron vom Militärdienst zurückkam, hatte er drei kräftezehrende Jahre hinter sich. Er war nun vierundzwanzig. Wie schon Zadek hatte auch ihn der Militärdienst geprägt, aus ihm endgültig einen Mann gemacht. Auch er hatte an Muskeln zugelegt, seine Gesichtszüge hatten ihre Jugend und Weichheit verloren. Die Haut war sonnengegerbt, das Kinn männlich und unrasiert, die Haare für seinen Geschmack viel zu kurz. In seinem Inneren indes hatte er den Glauben an Gott und an seine Zukunft mit Ruth im Auge behalten. Wie aus einer abschätzenden Distanz heraus, einem Schützengraben gleich, hatte er beides kritisch betrachtet und zweifelnd abgewogen.

Im ersten Jahr seines Dienstes hatte er nur sporadisch von Ruth gehört. Zu groß war ihr Trauma, als dass die Dankbarkeit ihm gegenüber sie genötigt hätte, ihm zu schreiben. Doch auch sie wurde älter und reifer, schneller als die anderen Mädchen in ihrem Alter. Nach einer Weile antwortete sie auf Aarons Briefe. Nie war darin von Liebe die Rede oder von Zuneigung, nur von Freundschaft. Beide hatten sich nicht getraut, dieses tiefe Wort leichtfertig zu gebrauchen. Es schien aus der Ferne plötzlich zu endgültig.

Ruth beschränkte sich darauf, von den Geschehnissen auf dem Weinberg zu berichten. Eine seltsame Krankheit habe manche Rebstöcke befallen, die Blätter würden sich dabei braun verfärben und die Ernte drohte entsprechend schlecht auszufallen. Sie erzählte von Joshua, der sich dieser Sache sofort angenommen habe und eine bestimmte Bakterienart dafür verantwortlich machen konnte. Er fand einen seltsamen Erreger und ein Mittel, das nicht nur wirksam gegen die Bakterien war, sondern den Pflanzen anscheinend zu einem ungewöhnlichen Wuchs verhalf. Dieses Zeug würde so effektiv wirken, dass benachbarte Weinbauern es unbedingt haben wollten. Nirgends gab es dieses Mittel zu kaufen, Joshua mische es selbst nach einer Formel, die er im Kopf habe.

Ein Brief reihte sich an den anderen, sie sprachen miteinander, als säßen sie nebeneinander auf einer Bank. Aus den Augen, aus dem Sinn; dieses Sprichwort bestätigte sich für Aaron nicht, doch Liebe? In seinen späteren Briefen an sie führte er eher einen inneren Monolog. Er begann zu philosophieren, über die Notwendigkeit oder den Unsinn des Militärs. Er hatte beobachtet, dass Menschen die Fähigkeit besitzen, einem anderen große Gewalt anzutun, ja ihn sogar zu töten, um das eigene Leben zu schützen. Doch was würde passieren, so schrieb er, wenn man sich nicht verteidigen würde. Er dachte über Erwägungen nach, die Joshua ihm im Kindesalter nahegelegt hatte. Was, wenn man Dinge einfach geschehen lassen würde? Wenn man auf sie nicht in adäquater Weise reagieren, der Gewalt eben nicht mit Gewalt begegnen würde?

Aaron hatte die Begebenheit zwischen den Rebstöcken nie vergessen, besonders, als er seine Friedfertigkeit aufgegeben und Zadek die Flasche über den Schädel gezogen hatte. Noch immer gellte das Krachen in seinen Ohren nach, das Splittern des Glases. Und wie er Zadek dort hatte liegen sehen, entblößt mit dem Blut an seinem Glied. Die Ungewissheit, ihn getötet zu haben oder nicht, hatte für wenige Minuten an Bedeutung verloren gehabt. Zu groß war das Bedürfnis nach Gerechtigkeit und Vergeltung gewesen. Er hätte den Tod von Zadek hingenommen, bis zu dem Zeitpunkt, an dem der Hass und das Gerechtigkeitsempfinden hinter einer laut werdenden Stimme zurückgewichen wären, der Stimme der Schuld, des Gewissens. War es denn überhaupt seine Aufgabe, dies zu rächen, oder war es anderen, wenn überhaupt, überlassen? War nicht Gott der Richter über alles und jeden?

In vielen folgenden Briefen analysierte Aaron die menschlichen Verhaltensweisen bis ins kleinste Detail und teilte Ruth seine Beobachtungen mit. Auf diese Weise konnte er sie an seinen Gedanken teilhaben lassen und testen, ob sie seelenverwandt waren oder nicht. Für eine gemeinsame Zukunft wollte er nicht allein auf das Körperliche setzen, er hatte beobachtet, was ihr angetan wurde. Möglicherweise würde es lange dauern, bis Ruth neues Vertrauen in die Geschlechtlichkeit fassen könnte, überhaupt neues Vertrauen in einen Mann.

Die Ältesten der Gemeinschaft hatten auf das Flehen der Eltern hin darauf verzichtet, Zadek anzuzeigen und strafrechtlich verfolgen zu lassen. Man verbannte ihn in Abwesenheit und verwehrte ihm den Zutritt zum Weinberg für alle Ewigkeiten. Fortan war er ein Ausgestoßener, ein Heimatloser, der für die meisten in Vergessenheit geraten würde, nur nie für Ruth und Aaron.

Als Aaron endlich die letzten Tage seines Dienstes hinter sich gelassen hatte und nach Hause kam, galt sein erster Gedanke, Ruth wiederzusehen. Obwohl er während der Militärzeit einige Urlaubstage gehabt hatte, war er nicht nach Hause gekommen. Er traute sich nicht, sie zu sehen. Zu groß war seine Furcht, sie würde ihn abweisen. Doch dann war der Tag gekommen, an dem es kein Zaudern mehr geben durfte. Er rannte die Stufen zu seinem Haus hoch, suchte sie in ihrem Zimmer und bekam von Judith einen Wink, dass sie draußen zwischen den Reben sei. Nach drei Jahren standen sie sich endlich wieder gegenüber. Zwei aus der Kindheit herausgewachsene Liebende. Verzückt stand er ihr gegenüber. All seine Bedenken waren unnötig gewesen. Aus ihr war inzwischen eine wunderschöne Frau geworden. Ihr Lächeln schien ihr ganzes Gesicht zu erhellen und ihre Augen reflektierten das Böse, das ihr angetan worden war, nicht im Geringsten. Und doch war sie ernst geworden, fast zu erwachsen für eine beinahe Achtzehnjährige.

Sie hatte sich in den drei Jahren rührend um ihren Vater gekümmert, der zunehmend schrulliger geworden war. Sie hatte ihm das Essen in die Werkstatt gebracht, fütterte ihn sogar manchmal. Er redete immer von derselben Sache: Es sei bald an der Zeit, der Menschheit Freiheit zu schenken, sie aus der Versklavung, dem Joch des Öls zu entlassen. Er arbeitete manchmal Tag und Nacht, und die Werkstatt ähnelte zunehmend einem futuristischen Schrottplatz, der all die Maschinen und Ersatzteile kaum mehr fassen konnte. Auf einem Tisch standen verschiedene Geräte, mit Computern und Monitoren verbunden. Kabel schwebten wie Lianen im Raum verteilt, und der Eindruck, dass inmitten dieses Chaos eine geniale Erfindung verborgen sein könnte, drängte sich nicht gerade auf. Immer, wenn er sich seinem Ziel am nächsten fühlte, gab es irgendeine Art von Rückschlag. Doch Joshua wurde von einer Vision getrieben, an der er nicht zweifelte, wohl aber seine komplette Umgebung. Man ließ ihn gewähren wie ein spielendes Kind, das seinen Träumen nachjagt. Er tat ja niemandem etwas Böses, noch nicht.

Auf gewisse Weise hatte Zadek recht behalten. Niemand nahm ihn wirklich ernst und nichts Außergewöhnliches, Bahnbrechendes geschah in all den Jahren. Die politischen Diskussionen schwelten wie ein tückisches Feuer im Hintergrund, doch eine Einigung bezüglich einer Rückgabe der

Golanhöhen an Syrien erschien immer unwahrscheinlicher. Zu lange lebten die Menschen schon dort, zu viele Siedler waren hier geboren und aufgewachsen und betrachteten diesen Landstrich als ihre Heimat. Doch die jüdischen Siedler wussten aus ihrer Geschichte, wie fragil und kurzlebig das Empfinden von »Heimat« sein konnte.

Drei Wochen waren vergangen, und Aaron lebte sich mühelos ein. Er verbrachte die meiste Zeit mit Ruth, sie schlenderten Händchen haltend und offenkundig verliebt durch die Gegend. Alles schien perfekt, und die meisten Ereignisse auf der Welt traten als bedeutungslos hinter ihren Empfindungen füreinander zurück. Wäre da nicht sein Ziehvater und Freund Joshua gewesen, der sich mehr und mehr in eine gefährliche Ecke hineinmanövrierte.

Auch Samuel machte sich Sorgen, weniger jedoch um seinen Bruder, als mehr um die Tatsache, dass Joshua der Einzige war, der sich gegen Probebohrungen auf ihrem Grund und Boden entschieden hatte. Seismische Untersuchungen verhießen eine gigantische Menge Öl. Die Unabhängigkeit Israels von importiertem Öl, noch dazu von den verhassten Arabern, schien in greifbarer Nähe zu sein.

Samuels Geduld neigte sich dem Ende zu, so auch an diesem Abend, als er zu Joshua in die Werkstatt kam. Er erschrak über das ungepflegte Erscheinungsbild seines Bruders. Die Haare klebten fettig an der Schläfe, die Brille war verschmiert, sodass Samuel sich fragte, was man durch die Gläser noch sehen könne. Auch Joshuas Körperpflege ließ mehr und mehr zu wünschen übrig, er hatte sich eh entschieden, nicht mehr neben seiner Frau zu schlafen. Ein altes Sofa in der Werkstatt tat dieselben Dienste. Er schlief, wenn es sich gar nicht mehr vermeiden ließ, trank und aß, wenn man ihn nötigte. Tages- und Nachtrhythmen existierten nicht mehr. Die Notdurft verrichtete er häufig im Freien hinter der Werkstatt, die Kleidung wurde selten gewechselt. Speisereste klebten in den wirren Büscheln seines Bartes, und auf den Schultern ruhte eine dünne Schicht seiner Schuppen wie frischer Tau.

Wie sehr ihn Judith und Ruth auch drängten, er nahm diese Nebensächlichkeiten nicht ernst. Sein Geistes- und Seelenzustand nahm bedenkliche Formen an. Dies war seiner Familie klarer denn je und eine Entscheidung musste getroffen werden.

Samuel kam dieser Umstand mehr als gelegen. Er baute sich vor seinem Bruder auf. Seine Zeit war gekommen, und auf eine gewisse Weise genoss er seine Überlegenheit. Vor allem der Gedanke an baldigen Reichtum ließ ihn skrupellos werden. Er strich das Haar nach hinten und kratzte sich an einer kleinen Warze neben der wulstigen Nase. »Joshua, würdest du bitte mal einen Moment aufhören mit dem, was auch immer du gerade machst.«

Joshua nahm Samuel wahr, reagierte jedoch nicht. Ein trotziger Blick war die einzige Antwort.

»Joshua, du machst jetzt Schluss mit dem Unsinn und hörst mir zu. Ich befehle es dir als dein älterer Bruder.« Samuel begleitete seine Ansprache mit einem Faustschlag auf den Tisch.

Joshua hob die Hände. »Nicht, Samuel, das sind empfindliche Geräte. Sie haben dir nichts getan.«

»Joshua, ich will ihnen nichts tun und dir auch nicht. Ich will nur, dass du mir einige Minuten lang zuhörst. Komm, setzen wir uns aufs Sofa. Du könntest eine kleine Pause gebrauchen.«

Joshua hielt inne und legte die Sensoren, die er gerade prüfte, ab. Das Surren ebbte ab, und die LEDs hörten auf zu flimmern. Joshua ging zu dem Sofa, auf dem er auch schlief, und setzte sich an den Rand. Er schlug ein Bein über das andere. Verstohlen blickte er zu seinem Bruder, der sich einen Stuhl nahm und in einiger Distanz ihm gegenüber Platz nahm.

»Joshua, es ist jetzt an der Zeit, dass ich deine Entscheidung nicht mehr akzeptiere. Ich habe dir viele Jahre zur Seite gestanden, wir finanzieren deine Spielereien seit geraumer Zeit, ohne dass du nennenswerte Ergebnisse vorweist.«

»Ist die Bioverbrennungsanlage etwa kein Ergebnis? Wir brauchen nur noch halb so viel Öl wie früher. Bald werden wir vollständig autark sein und die Reben sind auch gesund geworden von meinem Mittel.«

»Wir müssen gar nicht autark sein, Joshua. Du hast dich da in etwas verrannt. Wir haben 24.000 Liter Öl in unseren Fässern und können es uns mühelos leisten. Und die Rebstöcke vergammeln von deinem Mittel, Joshua. Ich konnte die Nachbarn nur mit Mühe davon abhalten, juristische Schritte gegen dich anzustrengen. Ja, es stimmt, erst sah es so aus, als könnte dein Mittel die Reben retten, aber dann … Ich habe keine Ahnung, was du ihnen da zusammengebraut hast, aber es hat ihre und unsere Ernten vernichtet. Für dieses Jahr solltest du besser die Finger von den Stöcken lassen.« Joshua blickte auf, als wüsste er nicht im Entferntesten, wovon Samuel redete.

»Aber deswegen bin ich nicht hier. Ich bin gekommen, um dir meinen Entschluss mitzuteilen.«

Joshuas Blick verlor sich in der Weite der Halle. Er sah eine Welle der Machtlosigkeit auf sich zukommen.

»Ich habe der Firma Modern Energy die Erlaubnis gegeben, weiterführende Untersuchungen anzustellen. Das bedeutet zunächst nur, dass erneute Messungen vorgenommen werden. Man will herausfinden, ob die Menge des zu explorierenden Öls wirklich groß genug ist, um es auch zu fördern. Du weißt ja, es geht immer um Profit, um wirtschaftliche Überlegungen. Diese Jungs investieren eine Menge Geld in uns, Joshua. Aber dann wird es sich für uns lohnen, glaub mir.«

»Warum lässt du dich andauernd belügen, Samuel? Du merkst es nicht einmal, wie du betrogen wirst, genauso wie der Rest der Welt mit dieser Lüge gefüttert und ruhig gehalten wird.«

»Was soll das? Welche Lüge?«

»Die Lüge, dass das Öl dieser Welt zur Neige geht, dass es knapp wird und man unbedingt die letzten Reserven aus der Erde saugen muss.«

»Ach, und was soll daran gelogen sein? Das weiß doch jedes Kind, dass fossile Brennstoffe mal aufgebraucht sein werden.«

»Wer sagt denn, dass Öl tatsächlich aus Fossilien entstanden ist? Das ist doch nur eine uralte Theorie und der größte Unsinn obendrein. Sie existiert nur aus einem einzigen Grund, nämlich damit Menschen andere Menschen beherrschen und kontrollieren können. Wer das Öl hat, hat die Macht, so einfach ist das.«

»Ja genau, jetzt kommt wieder mein schlauer Bruder und weiß alles besser.«

»Richtig, ich weiß es besser, weil es logisch ist. Wer sagt dir denn, wie viel da unten tatsächlich noch vorhanden ist? Wie will man das herausfinden, zumal die Daten unserer netten arabischen Nachbarn als Staatsgeheimnis betrachtet werden. Du behauptest, die Ölproduktion habe schon vor Längerem ihr Fördermaximum erreicht. Ihr nennt das elegant *Peak-Öl-Theorie*, aber es ist eben nur eine Theorie. Diese Theorie ist nicht ein einziges Mal wissenschaftlich bewiesen worden. Man hat es noch nie geschafft, die biologische Umwandlung von totem Tier- und Pflanzenmaterial hin zum Öl nachzuvollziehen. Du denkst, ich habe keine Ahnung, was in der Welt passiert. Denkst, ich vergrabe mich hier und habe keinen blassen Schimmer von alldem. Aber du irrst dich. Ich habe viel über diesen Irrglauben gelesen. Schon 1920 hat man diesen Unsinn verbreitet. Erst hieß es, 1970 sei das Maximum der möglichen Fördermenge erreicht, dann war es 1995 und immer hat man einen triftigen Grund gehabt, den Ölpreis in die Höhe zu treiben. Das Lügenmärchen der Verknappung funktioniert immer. Man schafft künstliche Ölkrisen, um die Preise zu stabilisieren so wie damals, 1973 auf einer Bilderberger Konferenz im schwedischen Saltsjöbaden. Der Dollar kletterte danach in astronomische Höhen. Oder was ist mit dem Attentat auf das World Trade Center? Ich sage dir, dieser Terrorakt kam den USA gerade recht. Der Irak leidet am meisten darunter, denn dort gibt es billiges Öl. Der Rest ist nur Fassade. Das US-Militär hat die Kontrolle über die irakischen Ölfelder an sich gerissen und damit war ihr eigentliches Ziel erreicht. Aber selbst wenn es stimmen sollte, dass das Öl zur Neige geht, was glaubst du, passiert danach?«

»Ja, sag du es mir. Was passiert danach?«

»Na, jedenfalls wird man nicht beginnen, saubere Energie zu verwenden oder gar kostengünstige. Man behauptet, es gäbe keine Energielösung, um den Engpass zu überbrücken. Immer wird man Energie teuer verkaufen wollen, obwohl sie im Überfluss vorhanden ist, in der Luft, im Wasser, ja sogar im Weltraum. Das alles ist nur eine Hinhaltetaktik, denn Öl gibt es so viel, dass wir die nächsten tausend Jahre locker davon leben könnten, aber das zu bestätigen würde ja bedeuten, dass man Öl billiger verkaufen müsste, und das wird nie passieren, weil es nur um Profit und Gier geht.«

»Und woher willst du wissen, dass es noch so viel Öl gibt, Klugscheißer? Was maßt du dir eigentlich an, hältst dich für einen Wissenschaftler und hast nicht mal deine Schule beendet?«

»Okay. Erster Grund: Warum findet man nach einiger Zeit, nachdem man eine Ölquelle für ausgelutscht hielt, wieder neues Öl in demselben Feld? Wie dieses gigantische Ölfeld von Romashkino in der russischen Republik Tatarstan. Seit 1943 förderte man insgesamt stolze drei Milliarden Tonnen Rohöl. Dann erklärte man es für ausgeschöpft, bis kurze Zeit später die Vorräte wieder aufgefüllt waren. Wo kommt dieses Öl denn plötzlich her, wenn es vorher Jahrmillionen gebraucht hat, um überhaupt zu entstehen? Es war aus der Tiefe nachgeflossen.«

Samuel zuckte ungeduldig mit den Schultern. Er hatte nicht vorgehabt, sich mit seinem Bruder auf einen langen anstrengenden Disput einzulassen. Er wollte ihn nur vor vollendete Tatsachen stellen.

»Zweitens: Man behauptet, Öl entstehe aus den Überresten abgestorbener Lebewesen, Meerestiere und Pflanzen, eben Fossilien. Über Jahrmillionen hinweg haben sich angeblich gigantische Mengen davon auf dem Meeresboden abgesetzt. Schicht für Schicht reihten sie sich zu Sedimenten auf. Eigentlich müsste man annehmen, es würde ein Zersetzungsprozess einsetzen, so wie alles andere auch, was stirbt. Stattdessen geht man davon aus, dass unter Sauerstoffmangel riesige Mengen an Faulschlamm entstanden sind, die sich durch zunehmenden Druck und Hitze in flüssige Kohlenwasserstoffe verwandeln konnten, sprich in Öl. Das Öl findet dann seinen Weg durch Ritzen und Spalten in Hohlräume, in denen es sich ansammeln kann und wir eines Tages *Juchhu* schreien können.« Joshua tippte sich mit dem Finger an die Stirn. »Diesen Quatsch kann man doch nicht mehr ernsthaft glauben. Diese Idee stammt erstmals von einem Russen namens Lomonossov aus dem Jahr 1711. Also Samuel ernsthaft, ich bitte dich.«

Samuel verdrehte die Augen. »Na schön, du wirst nicht eher Ruhe geben, bis du es mir erzählt hast. Wie also entsteht Erdöl, wenn nicht durch Fossilien?«

»Na ja, eben nicht aus organischem Material. Es entsteht abiotisch, durch Mineralien in der Tiefe der Erde und nicht nur in fünf bis sieben Kilometern Tiefe, sondern viel tiefer. Abgesehen davon, wie soll denn bitteschön der Biomüll in derartige Tiefen gelangt sein, ohne vorher wertlos geworden zu sein? In sieben Kilometern Tiefe herrschen schon dreihundert Grad. Samuel, du bist als Weinbauer auch eine Art Biologe. Kannst du dir das vorstellen, was bei dieser Temperatur mit biologischem Material passiert?« Joshua wartete einen Augenblick. »Die Wahrheit ist, dass Öl beständig neu gebildet wird, in sehr tiefen Schichten der Erde, und zwar unablässig und nicht nur vor Jahrmillionen: das sogenannte Tiefenöl. Oder unter dem Golf von Mexiko, Samuel.

Dort fließen unterhalb einer Tiefe von über zehn Kilometern unglaubliche Mengen Kohlenwasserstoffe an die Oberfläche. Die Erde hält Ölvorkommen für uns bereit, die tausend Jahre und mehr für die Menschheit reichen würden.«

»Joshua, dass du verrückt bist, ist ja allgemein bekannt, aber jetzt übertreibst du wirklich. Selbst wenn es wahr wäre, was du sagst, dann gäbe es noch weniger Grund, warum wir nicht unser Land dafür hergeben sollten.«

»Du begreifst das Prinzip nicht, lieber Bruder. Ich akzeptiere, dass Öl ein nützlicher Stoff ist. Wir machen alles Mögliche daraus, das weiß ich. Angefangen von Kunststoffen, Boden- und Straßenbelägen bis hin zu Medizin verwerten wir Öl. Aber selbst wenn Öl in unendlicher Menge gefördert werden könnte, wird es immer Begehrlichkeiten anderer wecken. Es wird immer Staaten geben, die gerade mal kein Öl unter ihrem Boden haben, und man wird Krieg führen, um es zu bekommen. Erst wenn es gelingt, allen Menschen klarzumachen, dass sie viel Geld für eine Sache bezahlen, die uns von Gott kostenlos zur Verfügung gestellt wird, kann es Frieden geben. Dann nämlich werden die Machthaber entmachtet sein, es gäbe kein Druckmittel mehr. Jeder denkt, Energie muss viel Geld kosten, aber das ist eine verdammte Lüge.«

Samuel stand von seinem Stuhl auf. Dieses Theater währte nun lange genug. Er sah auf die Uhr. Die Zeit war gekommen.

»Joshua, das mag ja alles richtig sein oder auch nicht. Dies alles hat jedoch nichts mit dem zu tun, warum ich hier bin.«

Joshua blickte sich erschrocken um.

»Wir alle machen uns große Sorgen um dich. Wir haben beschlossen, dass du dich für eine Weile einer ärztlichen Behandlung unterziehen solltest.«

»Was soll das heißen? Was habt ihr vor?«

»Reg dich nicht auf, es ist nicht für lange. Vielleicht ein paar Monate, vielleicht ein Jahr. Es wird dir an nichts fehlen, glaub mir.«

»Was meinst du damit? *Wo* wird es mir an nichts fehlen?«

»Nun, es gibt da ein nettes Sanatorium unten am Meer. Es ist in einen Kibbuz eingebettet, inmitten einer wunderschönen Landschaft. Du wirst es lieben, glaub mir.«

»Ich verstehe nicht. Ich soll hier weg? Ich kann hier nicht weg. Meine Reben brauchen mich und ich bin ganz dicht davor, die Formel zu knacken. Ich weiß, ich kann es schaffen.«

»Joshua, schon seit wir als Kinder nebeneinander in einem Zimmer in unseren Betten lagen und zur Schule gingen, erzählst du mir von dieser wahnwitzigen Idee, aus nichts etwas Großes zu erschaffen, aus nichts alles zu machen. Joshua, lass dir gesagt sein, das funktioniert nicht. Ich bin kein Mathematiker oder Physiker, aber jedes Kind weiß, dass man immer irgendeine Form von Energie in eine Sache hineinstecken muss, um weniger Energie am Ende herauszubekommen. Also hör mir zu und lass dir helfen. Du verfolgst eine fixe Idee, ein Phantom. *Du* bist es, der einer Lüge aufgesessen ist, einer großen sogar, und du brauchst dringend professionelle Hilfe. Sieh dich nur um, wie es hier aussieht, wie *du* aussiehst. Joshua, du bist krank, und ich werde dafür sorgen, dass du gesund wirst.«

»Das kannst du nicht tun. Ich bin kein Kind mehr. Ich bin 47. Du kannst mich nicht wegbringen.«

»Doch, kann ich. Ich bin dein Vormund.«

»Du bist nicht mein Vormund, du bist nur mein Bruder.«

Samuel holte ein Dokument hervor. »Doch Joshua, das bin ich. Seit gestern. Wir alle, Judith, die Kinder und die Ältesten sind der Ansicht, dass du eine Gefahr für dich selbst darstellst und nicht mehr in der Lage bist, zu entscheiden, was richtig und falsch ist. Du wirst gehen, und zwar schon morgen.«

KAPITEL 13

28. Oktober 2013, Hamburg-Harburg

Martin Pohlmann starrte auf sein Handy. Er war froh, dass er wieder im Wagen saß. Es goss in Strömen, doch auch der Regen würde das brennende Öl nicht löschen können.

»Hi, Werner, du hast angerufen.«

»Meine Güte, dass man dich nie erreichen kann. Lass bitte mal dein Ding an, wenn du unterwegs bist. Das kann doch nicht so schwer sein.«

Martin schloss die Augen. »Also, was gibt's?«

Werners Stimme klang genervt. »Hab ich dir doch geschrieben. Schygurski hat nach dir gefragt. Es geht um dieses eingebrannte Tattoo und ein paar andere Ergebnisse seiner Obduktion.«

Martin nickte und schaltete sein Navi ein. Noch immer konnte er sich Wege nicht merken, selbst wenn er sie schon öfter abgefahren war. *Pathologie Hamburg-Eppendorf, Uniklinik*.

Werner fuhr fort. »Wir lassen hier gerade die Rechner heißlaufen auf der Suche nach dem Toten. Es liegen keine Vermisstenanzeigen vor, die passen könnten. Auch in der Datenbank ist bisher nichts, was auf die Beschreibung und das Bild passen könnte. Den Mann scheint es offiziell in Hamburg nicht zu geben, aber ich denke, bei zwei Millionen Einwohnern geht das auch nun mal nicht so schnell.«

Martin sprach lauter, um den Lärm des Straßenverkehrs zu übertönen. »Du kannst dich doch an diesen Typen erinnern, gestern Abend, diesen großen Russen, der das Wort NEFT kannte.«

»Ja klar. Was ist mit dem?«

»Ich war in der Zentrale und hab die Personalkartei durchforsten lassen. Der Typ stand zwar drin, aber nicht seine Anschrift und Telefonnummer etc. Die Sekretärin hat ihn aber doch in einem älteren Archiv gefunden, und ich habe seine Adresse. Willst du mitkommen, wenn ich dem Kerl einen Besuch abstatte?«

Werner blätterte, während er sich das Telefon an das Ohr hielt, mit der anderen Hand Papiere durch. Das Rascheln drang als dumpfes Rauschen zu Martin durch. »Nein, keine Zeit. Mach schon mal allein. Was ist mit dem Toten? Habt ihr ihn in der Kartei der Raffinerie gefunden? Lass mich raten – keine Sau kennt den.«

»Bingo. War ja auch kein nettes Foto mit aufgeschlitzter Kehle, das ich den Leuten unter die Nase halten musste.«

»Okay, dann befrage du den Russen und vergiss Schygurski nicht«, ermahnte ihn Werner.

»Da fahre ich zuerst hin, den Russen knöpf ich mir heute Abend vor, wenn er zu Hause ist.«

Sie beendeten das Gespräch, und Martin folgte der weiblichen Stimme seines Navis. Dies gab ihm Zeit zum Nachdenken.

Warum füllt man einen Menschen komplett mit Öl ab? Was soll das? Das macht doch keinen Sinn. Eine Art Botschaft, eine Mahnung oder Warnung? Wie eine Öllampe. Hätte ihn der Brand erwischt, wäre nichts von ihm übrig geblieben. Aber er sollte gefunden werden und nicht verbrennen. Sonst hätten wir die Sprengstoffattrappe und das Schild mit der Aufschrift BUMM nicht gefunden. Wusste der Attentäter womöglich, dass wir den Toten schon gefunden hatten? Vielleicht hat er uns sogar beobachtet, als wir am Tatort waren. Vielleicht war es sogar der Russe selbst …

Martin fuhr durch eine Schranke auf das Gelände der Uniklinik und nahm den Weg zur Pathologie. Wenn Schygurski keine Vorlesungen hielt, schnippelte er an Leichen herum und nahm auch schon mal den einen oder anderen Fall für die

Kripo an. Der Mann hatte über zwanzig Jahre Erfahrung und mehr als 4000 Leichen seziert. Schygurski hatte zwischenzeitlich mit dem Gedanken gespielt, eines Tages, wenn er im Ruhestand sei, über seine Arbeit und sein Leben ein Buch zu schreiben, doch gleichzeitig war er sich sicher, dass er weder einen Verlag noch Leser dafür finden würde. Dieses Thema gehörte nicht wirklich zum Genre, aus dem Bestseller entstanden.

Der Gang in die Pathologie, den Pohlmann nun vor sich hatte, war für ihn einer der schwersten. Natürlich hatte er in seinem Job einen Haufen toter Leute gesehen, doch dieser Geruch … er hasste diesen penetranten Gestank, der sich in der Kleidung und den Haaren festsetzte; eine Mischung aus Verwesung und Konservierungsmittel, eingehüllt von einer Aura des Bösen.

»Hallo, Martin, schön, dass du kommst. Ich wollte ihn gerade wieder zumachen, aber wo du schon mal da bist …«

Martin näherte sich der aufgebahrten Leiche mit Respekt. Er wusste wohl, dass die Persönlichkeit, das, was die Person eigentlich ausgemacht hatte, längst fort war und doch hatte er stets das Gefühl, dass Schygurski und er nicht allein in diesem Sektionsraum waren. Als würden die Seelen der Ermordeten noch immer in der Nähe ihrer alten Wohnstatt verharren und nach Gerechtigkeit schreien, besonders wenn ein Bulle den Raum betrat.

Wie immer schüttelte Martin diese völlig absurden Gedanken ab und wunderte sich aufs Neue, mit welcher Begeisterung der Pathologe seinen Job machte. Wie Schygurskis Frau den Enthusiasmus ihres Mannes nach so vielen Jahren noch aushielt, war Martin schleierhaft. Vermutlich hatte sie sich den Nerv für das Geruchsempfinden durchtrennen lassen, denn ihr Mann wurde das Aroma des Todes nie los, nicht mal im Urlaub an der Küste, wo das Meer alle Gerüche forttragen könnte. Sie gehörten zu ihm wie seine Pfeife, die im Aufenthaltsraum lag und sein struppiger Bart, den er nur stutzte, wenn es gar nicht mehr anders ging.

»Also«, begann er, »so etwas hatte ich schon lange nicht mehr.« Schygurski kratzte sich mit dem stumpfen Ende eines Instrumentes am Kopf.

»Ja, hat Werner auch gesagt. Er nannte es bizarr«, bestätigte Martin Schygurskis Kommentar.

»Ja, das trifft es. Also sieh her. Es muss so gewesen sein, dass man dem armen Kerl erst eins über den Schädel gezogen hat. Dann war er bewusstlos und der Täter hat ihn mit irgendwas Scharfem wie Ketten oder Handschellen gefesselt. Hier, sieh dir die Fußgelenke an.«

»Pawel, lass gut sein. Die Fakten bitte, schnell.« Martin hielt sich das Taschentuch vor die Nase, das er schon in der Raffinerie benutzt hatte. Heute war kein guter Tag für ihn. Zu viele olfaktorische Widrigkeiten.

Schygurski fuhr ungerührt fort. »Na schön, also erst an den Füßen aufgehängt, dann die Halsschlagader mit einem scharfen Schnitt durchtrennt. Er ist verblutet oder erstickt oder beides gleichzeitig. Dann hat man ihm reines Rohöl in die Halsschlagader injiziert. Einige Liter, so viel, wie ein Mensch Blut in sich hat.« Der Arzt blickte Pohlmann an. »Krass, oder?«

Martin nickte und wandte sich ab.

»Ja, krass. Und weiter?«

»Zum Schluss hat er ihm dieses Branding auf der Brust verpasst. Ist zwar ein bisschen undeutlich geschrieben, aber ich denke, es soll NEFT heißen. Stimmt, was dieser Arbeiter gesagt hatte. Vier Buchstaben. Tja, und es heißt Öl. Schlicht und einfach Öl.«

»Und für diesen Scheiß musste der Russe so geheimnisvoll tun und dir das ins Ohr flüstern?«

»Nein, ins Ohr hat er mir was anderes geflüstert. Es war ihm unangenehm, das laut auszusprechen, so als wenn er dadurch einen Fluch aussprechen würde.«

Martin riss die Augen auf. »Und?«

»NEFT hat eine Doppelbedeutung. Zum einen heißt es

Öl, und zum anderen hat es eine weitere Bedeutung, nämlich: der Geist, der aus der Tiefe stammt.«

»*Das* hat er gesagt?«

»Genau. Als würde man das ganz gewöhnliche Öl personifizieren. Das personifizierte Böse sozusagen. Mal ehrlich, ich finde, das macht sogar Sinn.«

»Du meinst, wenn man bedenkt, dass es nicht nur Gutes hervorbringt.«

Schygurski begann den Brustkorb des Toten mit groben Stichen zuzunähen. Martin war aschfahl im Gesicht.

Schygurski murmelte hinter seinem Mundschutz weiter. »Ich muss sagen, ich finde das sogar sehr tiefsinnig. Ich hab dir doch erzählt, dass ich das mal in einer Zeitschrift gelesen habe. Ein Artikel aus Israel. Natürlich hat alles im Leben zwei Seiten, die Polarität der Dinge und so, aber in diesem Fall trifft es die Sache ziemlich gut. Vordergründig hat die Lebensqualität deutlich zugenommen, seitdem Öl gefördert wird. All die Errungenschaften und Produkte, die damit zusammengehören, aber der Preis ist ja auch nicht unerheblich. Wegen Öl musste schon so mancher ins Gras beißen, ganze Völker wurden enteignet für das Zeug.«

»Okay, aber was will uns der Mörder damit sagen? Warum macht er sich solche Mühe, einen Mann auf so einzigartige Weise umzubringen? Ich meine, er hinterlässt doch eine Menge Spuren, seine Handschrift. Was zum Henker, geht so einem durch den Kopf?«

Schygurski beendete sein Werk, zog Handschuhe, Mundschutz und Kittel aus, warf alles in einen Korb, der eigens dafür bereitstand. »Komm, lass uns einen Kaffee trinken.«

Martin war dankbar für die Idee. Er konnte es nicht erwarten, diese Abteilung zu verlassen. Sie zogen sich beide einen Kaffee aus dem Automaten.

Martin starrte auf die hellbraune Brühe und die Schaumbläschen, die an der Oberfläche zerplatzten.

Schygurski klopfte Martin ermutigend auf die Schulter. »Nicht gerade lecker, aber ein bisschen Koffein ist drin. Komm, lass uns nach nebenan gehen.«

Der Pathologe ging Martin voraus in den Sozialraum, an dessen Wand ein gut sichtbares Schild hing: Rauchen verboten. Pawel hielt sich nicht daran und zündete sich seine Pfeife an. Er hatte für diesen Tag einen Kirsch-Aroma-Tabak gewählt, ein fantastischer Duft im Vergleich zu jenem Geruch, den sie soeben hinter sich gelassen hatten.

»Also, um auf deine Frage von vorhin zurückzukommen. Als ich den Toten auf dem Metalltisch liegen sah, mit all dem Öl in den Haaren und dem Bart, sogar zwischen den, na du weißt schon da unten … da hatte ich sofort das Bild von einem dieser verendeten Vögel vor Augen. Sehen wir doch ständig im Fernsehen; wenn Strände gereinigt werden und Hunderte tote, an Öl erstickte Seevögel in Säcke gepackt werden. Ich meine, ich bin kein Bulle – Gott sei Dank –, aber vielleicht hat der Mörder genau das damit gemeint. Möglicherweise war der Tote jemand, der genau diese Art von Dreck am Stecken hat. Jemand, der für eine Ölkatastrophe verantwortlich war und nun dafür bezahlen sollte.«

»Das würde bedeuten, dass wir den Killer in den Reihen der Umweltaktivisten suchen müssten. Zumindest wäre das Bild der Tat dann stimmig. Total krank, aber stimmig.«

»Ein Fundamentalist, der die Sache sehr ernst nimmt. Jemand mit einer Mission«, fügte Schygurski hinzu, während er an seiner Pfeife schmauchte.

»Davon könnte es Tausende geben. Ein Typ bei Petrol hat mir erzählt, dass die ständig irgendwelche Briefchen und Morddrohungen kriegen. Angefangen von durchgeknallten Greenpeace-Aktivisten bis hin zu allen möglichen Schattierungen alternativer Ökofreaks.«

»Na, du pauschalisierst ja kräftig heute. Kannst doch nicht alle über einen Kamm scheren.«

»Tue ich auch nicht. Ich bin nur genervt, dass es schon wieder so kompliziert ist. Außerdem passt dann der Absender des Briefes nicht zu diesem Szenario. Islamischer Dschihad. Ist doch totaler Quatsch. Islamisten sind alles Mögliche, aber bestimmt keine Umweltaktivisten.« Martin raufte sich das Haar. »Kann es nicht mal wieder was Einfaches sein: Eifersucht, Rache, Gier, oder einfach nur ein Besoffener, der sich eines Nebenbuhlers entledigen wollte. Ich krieg immer die Sachen auf den Tisch, wo man gleich die Welt retten soll.« Pohlmann lachte über die Polemik in seiner Antwort, denn vor einigen Jahren war es tatsächlich so, dass sogar sein Chef in einer nicht gerade zimperlichen Verschwörungsclique tätig war. Wann immer ihm die schwarze Katze von Jerome, dem Journalisten, über den Weg lief, musste er unweigerlich daran denken.

»Tja dann, viel Erfolg, mein Lieber. Mein Job ist damit beendet. Deiner fängt so richtig erst jetzt an.« Martin erhob sich, so gern er noch für eine Weile den Duft aus Pawels Pfeife genossen hätte. Er war seit drei Jahren Nichtraucher, doch ab und an überkam ihn die Lust auf etwas Rauchbares. »Ich werd dann mal ins Präsidium fahren. Vielleicht ist Werner mit der Liste der Vermissten weitergekommen. Kann ja auch sein, dass man den Radius um Hamburg herum erweitern muss.«

Schygurski hob die Hand und führte sie wie ein Salutierender an die Schläfe. »Mach's gut, Martin. Wenn du was brauchst, 'ne Leber, Niere oder 'ne Schulter zum Anlehnen … weißt ja, wo du mich findest.«

Martin lächelte verzerrt. »Ja, bei den Toten. Danke fürs Angebot. Ich werd's mir überlegen.«

Im Präsidium angekommen fand Martin seinen Kollegen Werner und seinen Chef Conrad Lorenz, wie sie auf einen Bildschirm starrten. Sie brüteten über einer Liste von Personen, die im Umkreis von hundert Kilometern rund um Hamburg als vermisst gemeldet waren. Abgesehen vom Leid der Familienmitglieder war das Studium dieser Menschen durchaus interessant. Es waren nämlich nicht nur vermisste Kinder und ausgerissene Jugendliche dabei, sondern in einem hohen Prozentsatz Menschen mittleren Alters, Männer wie Frauen, die ihre Wohnungen abgeschlossen hatten und sich wer weiß wohin verdrückt hatten. Wenn die Angehörigen zu diesen Wohnungen Zugang erhielten, waren sie erstaunt, dass alles so verlassen wurde, wie sie es beim letzten Mal vorgefunden hatten. Sogar die Milch befand sich noch im Kühlschrank, aufgebläht wie eine Schwangere kurz vor der Niederkunft. Einzig die Haustürschlüssel fehlten, das Konto war leer geräumt, die Handys abgemeldet. Keine Nachricht, kein Lebenszeichen, einfach weg.

Selbst wenn diese Leute als vermisst gemeldet waren, konnte man nicht zwingend davon ausgehen, dass sie einem Gewaltverbrechen zum Opfer gefallen oder entführt worden waren. Viele auf dieser Liste hatten nur einfach die Schnauze voll von ihrem Leben, der Tristesse darin, dem Fehlen jeglicher Spannung und Aussicht auf ein Abenteuer. Sie würden zurückkommen, wenn sie sich ausgetobt hatten – vielleicht aber auch nicht.

Lorenz hob mit der rechten Hand seinen schlaffen linken Arm auf den Tisch. Er ließ ihn wie einen toten Fisch auf der kieferfarbenen Fläche neben der Tastatur aufklatschen. Seit einem Herzinfarkt mit nachfolgendem Schlaganfall einige Jahre zuvor war er zwar weitgehend genesen, aber eben nicht vollständig. Ein paar bleibende Blessuren hatte er davongetragen, außer im Kopf. Da war er wieder topfit und seitdem der griesgrämige Polizeipräsident von einem jüngeren, deutlich umgänglicheren abgelöst worden war, war die Arbeit wieder einigermaßen erträglich für ihn. Als er Martin erblickte, drehte er sich sogleich von dem Monitor weg und lächelte ihn an. »Gut, dass du kommst, Martin. Wir kommen hier nicht weiter. Ich hoffe, du hast in der Raffinerie einiges über den Toten in Erfahrung bringen können.«

Martin öffnete seine Jacke. »Ich muss euch enttäuschen. Er war weder in der Personalkartei zu finden, noch kannte ihn jemand. Ich habe keine Ahnung, welchen Bezug er zur Raffinerie hatte. Das war doch klar, dass es nicht so einfach werden würde. Was erwartet ihr nach einem halben Tag?«

Werner zog sich einen Stuhl ran und ließ sich fallen. »Wir müssen jeden, der da rumläuft, befragen. Irgendeiner muss doch etwas gesehen oder gehört haben! Der Tote ist garantiert *tagsüber* in den Tank geworfen worden, lange, bevor der Brief abgegeben wurde.«

»Das muss gar nicht sein. Schygurski hat Probleme, den genauen Todeszeitpunkt zu bestimmen. Das Öl wirkt der Zersetzung entgegen. Er kann unter Umständen schon Wochen darin geschwommen sein.«

Werner heftete seinen Blick auf den Monitor und las aktuelle Meldungen. »Die Presse konzentriert sich derzeit überwiegend auf den Bombenanschlag und das BKA auch. Der Leichenfund wird eigenartigerweise mit keiner Silbe erwähnt. Als hätte der Mord nie stattgefunden.«

»Ist doch gut«, räumte Lorenz ein. »Dann bekommt der Mörder wenigstens keine Publicity für seine Tat. Er hat sich so viel Mühe mit den Details gegeben, und niemand würdigt sie.«

Martin warf seine Lederjacke über die Stuhllehne und setzte sich dazu. »Dadurch wird aber auch niemand aus der Bevölkerung auf sein Verschwinden aufmerksam, niemand der ihn meldet. Ich denke, wenn nicht binnen der nächsten drei Tage eine Vermisstenmeldung eintrudelt, die auf ihn zutrifft, dann müssen wir das Foto veröffentlichen. Irgendjemand wird ihn schon kennen.«

»Übrigens, was hat Schygurski zu der Tätowierung gesagt?«, fragte Werner.

»NEFT? Tja, eine Mischung aus Tätowierung und Brandzeichen. NEFT bedeutet Öl, ganz simpel, aber es hat eine Doppelbedeutung im Sinne von: der Geist, der aus der Tiefe stammt, oder so ähnlich.«

»Au Backe, jetzt wird es mysteriös. Oder spirituell«, witzelte Lorenz.

»Oder beides«, sagte Werner. Er dachte nach. »Man müsste einen finden, der Hebräisch kann. Ein Jude, der in Hamburg lebt. Besser noch einen Rabbi, einen Gelehrten. Der wird wissen, was das bedeutet.«

»Schätze, den findest du in einer Synagoge«, sagte Martin und deutete auf den Monitor.

Werner, der gerade vor dem Rechner saß, gab die Begriffe *Rabbi, Hamburg* und *Synagoge* im Fenster der Suchmaschine ein. Sogleich wurde er auf die Seite der Jüdischen Gemeinde in Hamburg geleitet. »Bingo. Seht ihr, so schnell geht das.« Werner suchte die Homepage nach einem Rabbi ab und wurde schnell fündig. »Hier steht es: Rabbinat.« Er klickte darauf und ein Foto von einem Mann mittleren Alters mit stattlichem Bart erschien. »Moshe Shlomo Mordechai, vierzig Jahre alt, hat in New York studiert. Ist sogar Landesrabbiner. Hier ist die Nummer vom Sekretariat: 040-6708405.«

Martin lehnte sich vor, schnaufte dabei wie ein Gehetzter und griff zum Telefon. »Na, dann rufen wir doch gleich mal da an.« Er tippte die siebenstellige Nummer ein und wartete, bis jemand das Gespräch annahm.

Eine weibliche Stimme meldete sich: »Jüdische Gemeinde in Hamburg, mein Name ist Marlies Roge. Was kann ich für Sie tun?«

»Ja, Kripo Hamburg, Pohlmann am Apparat. Wäre es möglich, Herrn Rabbi Mordechai zu sprechen?«

»Der Rabbi ist heute in seinem Büro in der Synagoge. Wenn Sie möchten, gebe ich Ihnen die Nummer.«

»Ja, das wäre toll.«

»Das ist die 040 für Hamburg und 7770190. Dort müssten Sie ihn eigentlich noch für eine Stunde erreichen können.«

»Super. Herzlichen Dank.« Martin legte auf und wählte gleich danach die neue Nummer.

Nach nur einem Klingelton meldete sich eine freundliche männliche Stimme. Etwas Sonores lag darin. »Mordechai.«

»Kripo Hamburg, Pohlmann mein Name. Ich würde Ihnen gern eine Frage zu einem hebräischen Wort stellen. Ist das in Ordnung?«

»Selbstverständlich. In welchem Zusammenhang, wenn ich fragen darf.« Mordechai lachte. »Es kommt nicht oft vor, dass die Kripo mich in exegetischen Belangen konsultiert.«

»Wir ermitteln in einem Mordfall, und das Opfer hatte eine Art Tätowierung oder Brandmal auf dem Körper. Ein Wort mit vier Buchstaben, angeblich hebräisch oder russisch.«

»Na, dann lassen Sie mal hören«, erwiderte der Rabbi.

»Es heißt NEFT. Der Pathologe sagte mir, das hieße Öl, also Erdöl, und habe eine Doppelbedeutung in dem Sinn von: der Geist, der aus der Tiefe kommt, oder so ähnlich. Können Sie das bestätigen?«

Zunächst herrschte Schweigen am anderen Ende. Dann meldete sich der Rabbi zu Wort. »Nun, ich muss sagen, ich bin ein wenig verwirrt. Ja, natürlich, ich kenne dieses Wort, aber in diesem Zusammenhang … mit einem Toten. Das ist … schockierend.«

»Und? Was bedeutet es? Können Sie diese Doppelbedeutung bestätigen?«

Mordechai räusperte sich. »Also, ich würde vorschlagen, dass Sie mir ein wenig Zeit geben, um in meinen Kommentaren zur Thora nachzuschlagen. Wie wäre es, wenn Sie mich besuchen kommen, und bis dahin habe ich herausgefunden, wonach Sie suchen?«

Martin sah auf die Uhr an seinem Handgelenk. Mittagszeit. Der Magen knurrte, doch dieses nagende Gefühl kannte er hinlänglich. Seit seiner Ernährungsumstellung gab er dem Diktat des Hungers nicht nach, sobald er sich fordernd meldete, sondern erst dann, wenn es ihm zeitlich in den Kram passte. Er hob den Kopf und blickte auf den Monitor. »Ich sehe gerade auf Ihrer Homepage, dass es zu Ihnen gar nicht so weit ist. Grindelhof 30 ist eine Viertelstunde Fußweg vom Präsidium entfernt. Ja gut, ich komme vorbei.«

»Nein, nein, dort ist das Büro der Jüdischen Gemeinde. Die Synagoge befindet sich Hohe Weide, Ecke Heymannstraße. Ist auch nicht weit, aber zu Fuß vielleicht doch.«

»Hm, okay, dann nehme ich den Wagen. Also bis gleich.«

»Gut, dann mach ich mich an die Arbeit. Ich lasse hier zwar einiges liegen, was dringend erledigt werden muss, aber okay. Ihr Anliegen scheint mir wichtiger zu sein.«

»Danke, das ist nett.«

Martin beendete das Gespräch und lehnte sich zurück. Er verschränkte die Arme hinter dem Kopf. »Perfekt. Gleich treffe ich mich mit einem Rabbi. Das wird lustig.«

»Was soll daran lustig sein?«, spottete Werner.

»Na ja, das hab ich noch nie gemacht. Ich hab in meinem ganzen Leben kein einziges Mal mit einem Rabbi gesprochen.«

»Immer noch der ewig Suchende, was?« Werner klopfte Martin auf die Schulter. Er wusste um seine Fragen bezüglich des Lebens und des Sterbens, des Leides und der Schuld.

Martin nickte nachdenklich und blickte abwechselnd zu Lorenz und Werner. Lorenz wandte den Blick unangenehm berührt ab. Er empfand diese Fragen als zu intim, um sie in aller Öffentlichkeit zu diskutieren. In Wahrheit fürchtete er sich unsagbar vor dem Sterben. Mit seinem Herzinfarkt und dem Schlaganfall hatte er schon einmal sehr dicht an der Klippe gestanden. Werner hielt Martins Blick stand.

»Klar, du nicht? Hast du schon auf alle Fragen Antworten gefunden? Ich denke oft an Alois Feldmann. Ich vermisse die Gespräche mit ihm. Er hatte seine Sicht der Dinge, okay, er war als Priester quasi berufsmäßig ein Fragender und Antwortender, aber mit einem Rabbi zu sprechen, bedeutet für mich neues Terrain. Ich habe keinen blassen Schimmer vom Judentum, und das finde ich eigentlich schade.«

»Na dann, viel Spaß bei deinem philosophischen Exkurs.«

»Danke.« Martin zog sich die Jacke über, wickelte sich den Schal um den Hals und verschwand aus der Tür. Er hatte sich eigentlich gefreut, einige Schritte zu Fuß gehen zu können. Es klärte die Gedanken und schenkte neue Impulse, da man beim Laufen nicht so konzentriert sein musste wie beim Autofahren, erst recht in dem ewig wuseligen Verkehr Hamburgs.

KAPITEL 14

8. September 2003, Israel, Golanhöhen – Haifa

In dieser Nacht, nachdem Samuel seinem Bruder offenbart hatte, dass er ihn entmündigt und in einem Sanatorium angemeldet hatte, machte Joshua kein Auge zu. Erst hatte er sich zum Schlafen neben seine Frau gelegt, doch er ertrug es nicht lange. Auch sie war in seinen Augen zu einer Verräterin geworden. Kurz nach Mitternacht stand er auf und ging zu seiner Werkstatt hinunter. Dort verschränkte er die Arme hinter dem Rücken und ging im trüben Licht, das der Mond durch milchige Scheiben in die Halle warf, auf und ab.

Was sollte nun werden? Er wälzte die vielen Gedanken hin und her. Was würde aus seinen Forschungen werden, seinen Ideen, seinen Träumen und Visionen und seinen Weinreben? Sollte auf *diese* Weise sein Leben scheitern? Unvollendet? Weggesperrt und ausgegrenzt?

Er überlegte, heimlich das Weingut vor Anbruch des Tages zu verlassen. Doch wohin sollte er gehen? Er gehörte nun mal hierher. Jede Faser seines Seins liebte diesen Weinberg, jede

Rebe, jede Traube, jeden Grashalm, jeden Stein am Boden. Und nun schickte man ihn fort.

Gegen drei Uhr morgens stapfte er desillusioniert zu seinem Haus zurück und legte sich wieder hin.

Seine Frau hatte seine Abwesenheit nicht bemerkt. Sie schnarchte laut.

Er fühlte sich einsam und jeglichen Lebenswillens beraubt.

Am nächsten Morgen stand Joshua Horowitz mit einem Koffer in der Hand auf dem Platz vor seinem Haus. Er trug eine gebügelte Hose, ein weißes Hemd bis unters Kinn zugeknöpft mit einem Sakko darüber, dem einzigen, das er besaß. Alles war viel zu groß, hing, als gehöre es zu einem anderen Menschen, an seinem Leib. Joshua hatte in den letzten sechs Monaten 18 Kilo verloren.

Die Kleidung, die er seit Wochen nicht gewechselt hatte, lag in einem Plastiksack dicht verschnürt neben dem Hausmüll.

Frisch geduscht, das spärliche Haar unter der Kippa gescheitelt, den Bart gestutzt. Die Wangenknochen dominierten über eingefallenen Mulden. Ausdruckslos starrte er in die Weite *seines* Berges. Er wirkte so verloren wie ein Pennäler, dem soeben offenbart worden war, dass er seinen Abschluss nicht geschafft hatte und nun in die Wirklichkeit des rauen Lebens ohne die dafür notwendigen Kenntnisse entlassen werden sollte.

Gleich nach dem Aufstehen hatte Judith ihm geholfen, sich zu waschen und anzukleiden wie bei einem Kind. Nun stand sie in all ihrer Fülle vor ihm, und doch wirkte sie für ihn an diesem Morgen eigenartigerweise liebreizend und anziehend. Sie strich mit ihren Händen die letzten Schuppen von den Schultern und schenkte ihm einen Blick, als wolle sie ihn um Vergebung bitten.

Joshua war an diesem Morgen zu keiner vernünftigen Handlung fähig. Wie in einem Wachkoma erstarrt, ließ er die Umgebung tun und walten, wie ihr gefiel, er nahm es teilnahmslos hin. Er wollte nicht weg, das wusste er ganz klar, aber er hatte weder eine juristische Handhabe noch die Kraft etwas zu ändern. Ein ärgerlicher Gedanke flackerte bisweilen in ihm auf und lähmte ihn gänzlich: *Vielleicht haben ja alle recht und ich bin tatsächlich verrückt und habe keinen Anspruch auf dieses Leben in Freiheit.*

Die Worte *eine Gefahr für sich selbst*, hallten in seinem Kopf nach.

Um ihn herum hatte sich die komplette Dorfgemeinschaft eingefunden, um ihn zu verabschieden. Alle wussten, es war nicht für immer, doch wer konnte schon in die Zukunft blicken? So viel könnte passieren in der Zwischenzeit. Eine dumpfe Traurigkeit und betretenes Schweigen überlagerte den strahlenden Sonnenschein über der Anhöhe. Trotz mancher Querelen realisierte man, wie viel Joshua für den Hof und den Weinbau schon getan hatte, selbst wenn er bei der letzten Diagnose einer vermeintlichen Rebenkrankheit vollkommen danebenlag. Unter dem Strich war die Summe beachtlich, und Samuel und Judith erwogen in diesen mit Zweifeln behafteten Sekunden, ob sie einen Fehler gemacht hatten, wäre da nicht das Öl und mit ihm Millionen Dollar gewesen, die unter ihren Füßen gurgelnd lauerten.

Joshua stellte den Koffer ab und machte einige langsame Schritte. Jedem war klar, dass er nicht weglaufen wollte. Er steuerte auf die erste Reihe der Rebstöcke zu. Die Sonne spiegelte sich auf den feuchten sattgrünen Blättern, und einige noch gesunde Trauben funkelten wie Lichter explodierender Silvesterraketen. Er stellte sich dicht vor die Rebstöcke und nahm eine große Traube dunkler Beeren in seine Hände, als würde er das Gesicht einer Geliebten umfassen. Er sagte kein Wort, er war ja nicht allein, er weinte nur stille Tränen, der Menge abgewandt.

»Wir müssen los, Joshua«, rief Samuel, der Stunden später die erste von mehreren Verabredungen mit Modern Energy zur Begehung seines Grundstückes haben würde.

Zuvor müsste er jedoch seinen Bruder in der Klinik in der Nähe von Haifa abliefern. Er hatte sich um alles gekümmert und, wie er fand, die richtige Klinik ausgesucht. Er werde dort eine ganz neuartige Therapie erhalten, wie man Samuel versichert hatte. Eine Mischung aus betreutem Wohnen, eingebettet in einem blühenden Kibbuz, auf das Individuum abgestimmter Arbeit und gezielter Gesprächs- und Medikamententherapie. Gefallen werde es seinem Bruder dort, ohne Frage. Die Nähe zum Meer, die empathische Behandlung, die guten Erfolge bis hin zur vollständigen Wiedereingliederung in die Gesellschaft, in den meisten Fällen jedenfalls. Samuel erinnerte sich und bestärkte damit die Richtigkeit seiner Entscheidung. Er rief sich durchdacht formulierte Zitate aus einem Prospekt in den Sinn, die in marketing-wirksamem Layout wie ein Fünf-Gänge-Menü die Assoziation an eine Psychiatrie verhindern sollten. Psychopharmaka würden nur in Ausnahmefällen gegeben. Bei Joshua würden sie, nach Aussage des behandelnden Arztes, wohl notwendig sein, zumindest am Anfang seines Aufenthalts. Hypnotherapeutische Ansätze zeigten ebenfalls gute Ergebnisse und würden bei Joshua vermutlich wahre Wunder bewirken.

Bevor Joshua in den Wagen stieg, nahmen ihn Aaron, Ruth und Judith in den Arm. Er ließ sie unbeteiligt gewähren. Ein sonderbarer Schmerz schwebte wie eine düstere Wolke über der Szene.

Während der Fahrt sprach Joshua kein einziges Wort, dafür plapperte Samuel unaufhörlich. Er fühlte sich nicht wohl in seiner Haut. Nie hatte er damit gerechnet, dass es so weit kommen würde. Die Worte seines Vaters hallten in seinem Gedächtnis nach: *Kümmere dich um Joshua, er ist etwas Besonderes.* Wohl zu keinem Zeitpunkt hatte sein Vater diese Art des Kümmerns gemeint, ihn wegzugeben in fremde Hände. Doch Samuel meinte, keine andere Wahl als diese zu haben, zumal er bereits öfter kundgetan hatte, wie er über die Gedanken seines Vaters dachte.

Nach drei Stunden Fahrt hatten sie 225 Kilometer zurückgelegt und durchfuhren ein großes Tor, das eigens für sie geöffnet und hinter ihnen wieder verschlossen wurde. Samuel nuschelte ein paar Worte zu dem Pförtner und überreichte ihm ein Dokument. Der Pförtner gab es ihm nach einem flüchtigen Blick darauf zurück und winkte ihn durch. Während das Tor wie von Geisterhand bewegt wurde, blickte sich Joshua um und sah über seine Schulter in die ausdruckslosen Augen des Pförtners. Er setzte sich wieder gerade hin, während der Wagen langsam die Auffahrt zu seinem auf unbestimmte Zeit neuen Zuhause zusteuerte.

Samuel schielte auf seine Uhr.

Die Zeit drängte.

Modern Energy wartete.

Als sie anhielten, kamen zwei Männer auf sie zu. Beide stellten sich neben die Beifahrertür. Sie lächelten breit. Einer öffnete sie und begrüßte Samuel und Joshua über die Maßen freundlich. Der andere ging zum Kofferraum und hob das Gepäck heraus. Samuel blieb sitzen. Er wollte so schnell wie möglich zurück. Der Gedanke an einen Stau auf dem Rückweg beunruhigte ihn. Samuel lehnte sich zu der noch geöffneten Beifahrertür hinüber. Joshua war bereits ausgestiegen. Einer der Pfleger umfasste drucklos Joshuas linken Unterarm, eine sanfte Geste der unausweichlichen Autorität.

Samuel hob die rechte Hand zum Abschied, der Motor lief noch immer. »Ich komm dich besuchen, sobald ich kann, Joshua.« Joshua wandte sich um und wusste nicht, ob er seinen Bruder als Verräter oder Retter betrachten sollte. Samuel war ohnehin schon wieder auf dem Weg, zurück zu jenem Tor, das für ihn selbst für lange Zeit verschlossen bleiben würde.

*

Wenige Augenblicke lang ließ man Joshua in unschlüssiger Zögerlichkeit gewähren. Er schaute seinem Bruder nach, der dem Reichtum entgegeneilte.

Danach bekam er die volle Wucht der Einsamkeit und des Verlassenseins zu spüren. Es fühlte sich wie ungebremster Fall an. Er meinte zu bemerken, dass das Lächeln auf dem Gesicht des Pflegers erstarb. Dessen sanfter Druck an seinem Arm verstärkte sich und gab ihm unmissverständlich zu verstehen, dass er nun nicht mehr Herr seines Lebens sei, sondern die anderen, die über ihn wachten.

Ab diesem Zeitpunkt war er ein Patient mit der Nummer 197335 am rechten oberen Rand seiner taubenblauen Krankenakte. Alles schien perfekt vorbereitet worden zu sein. Man kannte bereits alle seine personenbezogenen Daten, nur das Körpergewicht musste deutlich nach unten korrigiert werden.

Nachdem er *eingecheckt* hatte, wie eine Krankenschwester es liebevoll formulierte, wurde er in ein ärztliches Behandlungszimmer gebeten. Er durfte sich auf einer Liege ausruhen und der Schwester seinen linken Arm, insbesondere seine Vene, zur Verfügung stellen. Die Anweisungen wurden sehr freundlich und langsam gesprochen, beinahe singend, stets mit einem Lächeln verbunden. Der Pieks der Nadel für die Blutentnahme tat trotzdem weh, da half auch kein dümmliches Grinsen.

Das Konzept sah vor, den Patienten in seiner Eigenart zu achten und als Mensch, als Individuum zu schätzen. Ihm, wenn nötig, höflich und geduldig den Weg zu weisen, jedoch nie im Zorn und immer mit Respekt. Man vermied tunlichst, jeden Verdacht des Eingesperrtseins und des Zwanges aufkommen zu lassen, obgleich die meisten der Patienten zu ihrer Einlieferung keinerlei Einverständnis gegeben hatten. Wie er waren sie von Angehörigen dazu genötigt worden.

Manche der *Gäste* erlangten sogar nach einer Weile des permanenten Freundlichkeit-Ausgeliefertseins den falschen, aber angenehmen Eindruck, in einem komfortablen Etablissement zu verweilen. Eine Art Dauerurlaub mit geringfügigen Einschränkungen. Wie zum Beispiel der Freiheit, sich in einen Bus zu setzen und eine Erkundungstour in umliegende Gegenden zu unternehmen oder sich an die Strandbar zu setzen und bei Johnny Cash einen Cuba libre zu genehmigen. Derartige Ansinnen wurden dann lachend kommentiert und in der Krankenakte dokumentiert.

Nachdem man sich also ein ungefähres Bild von Joshua Horowitz gemacht hatte – 47 Jahre alt, 1,78 groß, 56 Kilo schwer, dunkles schütteres Haar, intaktes Gebiss, normale Blutwerte bis auf eine erblich bedingte Hypercholesterinämie, also einer Funktionsstörung der LDL-Rezeptoren sowie der Fähigkeit, komplexe Sachverhalte verzögert oder gar nicht aufzunehmen oder nicht aufnehmen zu wollen –, wies man ihm seine Suite zu. Er wurde als nicht gefährlich eingestuft und erhielt nur Sicherheitsstufe 2. Dies bedeutete, dass er nachts nicht fixiert werden musste und seine Zimmertür nicht von außen verschlossen wurde. Natürlich durfte er in den ersten Wochen die Etage nicht verlassen und war angehalten, den freundlich und achtsam formulierten Weisungen strikt Folge zu leisten.

Überwacht wurde er eh rund um die Uhr.

Die anderen, wie er sie nannte, verfolgten mithilfe moderner technischer Ausrüstungen jeden seiner Schritte, sie interpretierten seine psychischen Impulse und regulierten die Dosis seiner Medikamente. Das wusste er bereits nach circa einer Stunde seines Genesungsaufenthaltes, ließ es sich aber nicht anmerken.

Die Gürtelschnallen wurden ihm prophylaktisch abgenommen, um einen Suizidversuch zu vermeiden. Man kannte ihn noch nicht gut genug, um einschätzen zu können, dass dies gar nicht nötig war. Joshua liebte sein Leben über alles und hätte es nie achtlos fortgeworfen.

Nach dem Verlust des Gürtels hielt die Hose nicht mehr, sodass man eigens für ihn Hosenträger organisieren musste.

Nach einer Zeit intensiven Suchens fanden sich welche in der Kleiderkammer. Die Pfleger überlegten und kamen zu dem Ergebnis, dass sie einst einem fünfundsechzigjährigen Patienten gehörten, der, und dies war sicher purer Zufall, in dem Zimmer gelebt hatte und verstorben war, in dem Joshua jetzt *logierte*. Man hatte vergessen, die Hosenträger den Hinterbliebenen mitzugeben und sie in einer Ecke, quasi einer Fundgrube in der Kleiderkammer, liegen gelassen. Nun trug sie Joshua und freute sich, dass die Hose hielt und er sie nicht beständig festhalten musste.

In den Tagen danach begannen alle für die Fürsorge von Joshua zuständigen Pfleger und Ärzte, verschiedene Sedierungsmedikamente zu testen. Es galt, seine unentwegten Selbstgespräche zu beenden, sein andauerndes Sich-an-die-Stirn-Fassen und die spontanen Weinkrämpfe bei bestimmten emotionalen Zuständen in den Griff zu bekommen. An einem Tag zum Beispiel war die Dosis so hoch gewählt, dass er morgens nicht mehr aufstand und bis zum Abend weiterschlief. Man erkannte, dass dies auch nicht Sinn seines Aufenthaltes sein könne und reduzierte die Dosis wieder.

Danach probierten sie Aufputschmittel. Die Schwestern amüsierten sich, als sie die Show Joshuas an den Überwachungsmonitoren verfolgten. Er war zwölf Stunden in seinem Zimmer unterwegs gewesen, mal stand er an der Klagemauer und betete wippend, dann sang er hebräische Lieder und tanzte dabei mit einer Kondition, die man ihm gar nicht zugetraut hätte. Anschließend lauschten sie ihm während eines Referates, das er vor einem imaginären Publikum hielt, in dem er seine durchaus profunden Kenntnisse über Sonolumiszenz zum Besten gab. Hätten sie seinen Worten Glauben geschenkt, hätten sie lernen können, wie mittels Ultraschall kleine Blasen in Flüssigkeiten erzeugt werden, die anschließend implodieren und neue Blasen entstehen lassen. Diesen Zyklus nannte er Kavitation, der von Lichtblitzen begleitet sei, in denen Temperaturen von über 10.000 Grad Celsius entstanden. Dies alleine, so referierte Joshua vor nicht versammeltem Auditorium, sei noch nicht so bedeutungsvoll. Es sei denn, man würde dadurch kontrollierte Fusionsprozesse auslösen, die eine gewaltige Energie freisetzen würden, die Häuser, Dörfer, ja ganze Städte mit Energie versorgen könnte. Gegen Abend dann legte er sich auf sein Bett und schlief augenblicklich ein. Gegessen hatte er an diesem Tag nichts. Keine Zeit.

Dies erwies sich auch nicht als optimal.

Im Grunde wusste man zu Beginn der Therapie gar nicht recht, warum Samuel und Judith Horowitz ihren Bruder, respektive Ehemann, hatten einliefern lassen, denn Joshua war lammfromm, erschien liebenswert und freundlich und fiel nur dadurch unangenehm auf, dass er unermüdlich darauf beharrte, dass es eine eklatante Vergeudung seiner kostbaren Lebenszeit sei, ihn hier festzuhalten und er sich schleunigst wieder an die Arbeit machen müsse, um der Menschheit das zu geben, dessen sie dringend bedürfe und mit Nichtwissen verlange: die Freiheit vom Joch der Energiemafia.

Wenn er diesen Satz sagte, sahen sich die Ärzte gegenseitig bestätigend und nickend an, machten sich Notizen in ihr iPad – man war ja schließlich fortschrittlich – und wussten plötzlich wieder, warum Joshua hier war.

Das Klinikkonzept sah ebenso vor, dass der Patient – Entschuldigung, *der Gast* – in den ersten sechs Monaten keinen Besuch erhalten durfte. Man ging davon aus, dass man in etwa sechs Monate brauchte, um sich von alten Strukturen zu lösen und neuen öffnen zu können. Der Besuch eines Verwandten oder Freundes, also eines Bindegliedes zum früheren Leben, wurde als gravierende Hemmung des Lösungsprozesses betrachtet, die nicht zu begrüßen sei, weil sie die Therapieresultate gefährdete. Da hierbei sowieso eine wissenschaftliche Methodik eher ausgeschlossen und die notwendige Reproduzierbarkeit außer Acht gelassen wurde, machte man hin und wieder eine Ausnahme, wie im Fall von Joshua Horowitz, mit der Nummer 197335. So auch an einem Freitag, dem 17. Dezember 2003, als sich Aaron Stern an der Pforte zu Besuch gemeldet hatte.

Der Pförtner rief im Schwesternzimmer an, die Schwester kontaktierte den Arzt, dieser seinen Vorgesetzten, und nach einer Weile, als sich vier weitere Wagen hinter Aarons Auto einfanden und drängelten, hob sich die Schranke, und Aaron konnte in seinem klapperigen Nissan Micra passieren.

Joshua erkannte Aaron trotz der Medikation auf Anhieb, und fing gleich an zu weinen, als er ihn sah. Das war es also, was man mit *Hemmung des Lösungsprozesses* meinte, doch Joshua nahm Aaron in den Arm und drückte ihn an sich, als gäbe es kein Morgen. Damit hatte Aaron nicht gerechnet, wo es doch Joshua bislang vermieden hatte, Berührungen zuzulassen. *Eine beachtliche Therapie*, mutmaßte Aaron, ließ die stürmische Begrüßung zu und entgegnete sie damit, Joshua ebenso freudig zu umarmen.

Ansonsten machte Joshua auf Aaron einen durchaus aufgeräumten Eindruck. Er hatte wieder an Gewicht zugenommen, sichtbar an den aufgepolsterten Hautarealen unter den Augen und den Jochbögen, sodass kaum mehr Fältchen zu sehen waren. Die Haare waren frisiert und der Bart sorgfältig gepflegt. Die Kleidung kannte er ebenfalls, nur die Hosenträger waren neu.

Zur Feier des Tages gestattete man Joshua, in Aarons Begleitung den hauseigenen Park außerhalb des Klinikgebäudes zu besuchen. Auch hier waren Sicherheitsvorkehrungen getroffen worden, damit niemand der *Gäste* auf die absurde Idee kommen konnte, das Gelände zu verlassen. An diesem Tag hatte man Joshuas Sedierung so weit heruntergeschraubt, dass er beinahe wie ein ganz normaler Mensch wirkte. Seine Ticks waren auf ein Minimum reduziert und er faselte auch nicht ständig vom Untergang der Welt im Rahmen einer feindlichen Übernahme Israels durch die global agierenden Energieteufel. Die Temperatur betrug angenehme 23 Grad Celsius und der Himmel war wolkenlos.

Es war für Joshua seit zwölf Wochen das erste Mal, dass er nicht an die Zimmerdecke oder die Milchglasabdeckungen der Flurbeleuchtung starren musste.

Kaum saß er auf einer Bank, hörte den Vögeln und Insekten zu, blickte in die Palmenkronen, fühlte das warme Holz der Bank unter seinen Fingerspitzen und roch die mit Spuren von Salz vermengte Luft, da kamen ihm schon wieder die Tränen. Jener Tick, den man medikamentös noch nicht in den Griff bekommen hatte. Diesmal jedoch, wie auch schon als er Aaron erblickte, weinte er vor Glück. Empfindungen, ähnlich wie im Beisammensein mit seinen Weinreben, entlockten ihm tiefe Gefühle der Dankbarkeit und Freude. Wie die Ärzte erst geraume Zeit später herausfanden, wiesen Joshuas Tränendrüsen im herkömmlichen, medizinischen Sinn keine Funktionsstörung auf. Sie waren jedoch nicht durch Willensstärke zu steuern, sondern gehorchten ausschließlich und unmittelbar seinen Emotionen. Selbst wenn er es gewollt hätte, männlich und stark zu erscheinen und nicht zu flennen, er hätte es nicht beeinflussen können. Zumindest noch nicht zu diesem Zeitpunkt.

»Wie geht es dir, Joshua?« Aaron wandte sich seinem Ziehvater zu, der sich mit aneinandergepressten Knien starr auf der Bank sitzend wie ein neugieriges Kind in der Gegend umschaute.

Er antwortete nicht.

»Wir denken oft an dich, Joshua. Du wirst sehen, die Zeit vergeht wie im Flug. Möglicherweise kannst du schon vor Ablauf eines Jahres nach Hause kommen. Weißt du, das war ja nur ein Vorschlag. Muss ja nicht heißen, dass auch du …« Aaron plapperte drauflos. Die Stille war angefüllt mit seiner Stimme und der der Vögel, die auf den Ästen über ihnen saßen. »Ich vermute, wenn du gut mitarbeitest und Interesse zeigst, es schon deutlich eher mit der Entlassung klappen wird. Oder, Joshua? Was meinst du?«

Joshua blickte in Aarons fragende Augen und lächelte. Ihm genügte das Beisammensein mit seinem *Sohn*, das Reden gelang ihm jedoch noch nicht so gut. Es hätte Sturzbäche von Tränen provoziert, die sich entlang der Wangengrübchen einen Weg gebahnt hätten. Vielleicht lag es auch an der besonderen Medikation. Hätte ihn aber Aaron gefragt, ob er sich vorstellen könne, dass es Ausnahmen vom zweiten Energieerhaltungssatz gäbe und ob tatsächlich zu jeder Zeit an jedem Ort die Menge der Energie in einem geschlossenen System unverändert groß bleibt, so hätte Joshua unter Umständen einen fachlich exzellenten Beitrag dazu leisten können. Doch einfach *nur reden* im Sinne eines Small Talks, war zu dieser Zeit nicht möglich.

Aaron erkannte die innere Not seines Gesprächspartners und half ihm, sich zu entspannen. »Joshua, bei mir kannst du ruhig schweigen, das macht nichts, aber mit den Ärzten musst du sprechen, hörst du. Ich weiß, was in dir vorgeht. Du möchtest am liebsten mit mir nach Hause kommen und in deiner Werkstatt und in deinem Weinberg arbeiten. Du möchtest, dass alles wieder so wird, wie es war, und das wird es auch, das verspreche ich dir. Aber dafür musst du mit den Ärzten reden! Du musst ihnen beweisen, dass du gar nicht hierhergehörst, zu all den Verrückten. Schließlich bist du gar nicht verrückt, du bist nur … anders. Also tu mir den Gefallen und sprich mit ihnen.«

Als nach einer Stunde gemeinsamen Aufenthaltes Joshua nicht ein Wort gesagt, Aaron stattdessen jedes Buch, das er gelesen hatte, aufgezählt und Passagen daraus zitiert und fast beiläufig erwähnt hatte, wie gute Freunde er und Ruth geworden seien, beschloss Aaron ein wenig frustriert, wieder nach Hause zu fahren. Drei Stunden Herfahrt und drei Stunden Rückfahrt für eine Stunde seines Monologs und Joshuas Schweigen. Keine besonders effektive Bilanz. Er beschloss, es in vier Wochen noch einmal zu versuchen.

Leider wusste er an diesem sonnigen Tag noch nicht, dass es bei einem Entschluss bleiben würde.

Eigentlich war er ganz froh gewesen, dass Joshua keine Fragen gestellt hatte. Unbequeme Fragen, wie es auf dem Weinberg lief, wie die Ölgesellschaft mit ihren Messungen vorankam. Er hätte ihm erzählen müssen, wie froh Samuel war, dass es endlich mit den Untersuchungen auf dem Gelände losgehe, selbst wenn die grobschlächtigen Ingenieure zwischen den Rebstöcken wie Elefanten herumtrampelten und keinerlei Rücksicht auf die Qualität der Ernte nahmen. Er hätte beichten müssen, dass sich niemand von den Bewohnern nach Joshua erkundigt und niemand darum gebeten hatte, mit Aaron nach Haifa mitzufahren. Daher brauchte Aaron auch nicht zu berichten, dass es auf dem Weingut einen ernsten Zwischenfall gegeben hatte, für den die Polizei hätte benachrichtigt werden müssen, die Gemeinschaft aber beschlossen hatte, es nicht zu tun. Später, wenn er zurückkommen würde, wäre immer noch Zeit genug, Joshua davon zu erzählen. In der Zwischenzeit würde er auf eigene Faust versuchen, denjenigen zu finden, der Joshuas Werkstatt in Brand gesteckt und sämtliche Erfindungen und alle verwertbaren Dokumente vernichtet hatte. Alles war in Rauch und Flammen aufgegangen, Brandbeschleuniger hatten ganze Arbeit geleistet. Bis auf die Wände und das für das Feuer zu hoch liegende Dach der Halle war alles vernichtet worden.

Wenn Joshua entlassen und nach Hause kommen würde, würde die Halle leer und Rauch und Dämpfe würden verflogen sein. Keine Spur mehr von dem Vandalismus eines Wahnsinnigen und dem irrsinnigen Treiben eines Feuerteufels.

KAPITEL 15

28. Oktober 2013, Hamburg-Mitte

Martin bog mit seinem blauen BMW Kombi vom Steindamm auf die Danziger Straße ein. Er hatte sich die Adresse der Synagoge eingeprägt und sein Navi ausgeschaltet. Ausnahmsweise regnete es mal nicht, doch von der Sonne war auch schon seit Wochen nichts zu sehen. Nach kurzer Zeit erreichte er die Kennedybrücke und gönnte sich den Blick über die Außenalster. Er liebte diese Aussicht, selbst wenn er sie nur für die Dauer einiger Wimpernschläge genießen konnte. Das Wasser beruhigte ihn, machte ihn nachdenklich, bisweilen melancholisch. Der Verkehr war erstaunlich ruhig, und so erreichte er zügig die Edmund-Sievers-Allee, bog links in die Bundesstraße ein. Nach vier Minuten zweigte er rechts in die Hohe Weide ab und verlangsamte das Tempo. Die Synagoge lag auf der linken Seite, direkt an die Heymannstraße grenzend. Er parkte den Wagen, und in dem Moment, als er ausstieg und den Davidstern über der Synagoge in Augenschein nahm, schoben sich zwei dicke Wolken auseinander und gaben für kurze Zeit den Blick auf blauen Himmel frei. Er hob den Kopf, zwinkerte mit den Lidern, verengte die Augen, die von der ungewohnten Intensität des Lichts geblendet waren.

Der Parkplatz vor der Synagoge war leer. Ein kleines Wachhäuschen fiel in seinen Blick, in dem zur Sicherung der jüdischen Einrichtung ein uniformierter Beamter der Hamburger Polizei abgestellt war. Martin steuerte direkt darauf zu. Die Tür öffnete sich.

Martin zog seinen Ausweis hervor. »Morgen, Kollege. Kripo Hamburg, Mordkommission. 'n langweiliger Job, den Sie da haben, oder?«

Der Beamte legte die Zeitung auf den Tisch und freute sich, einige Worte mit einem menschlichen Wesen wechseln zu können. Die Bezeichnung *langweilig* traf die Sache nicht annähernd. »Allerdings, leider aber notwendig. Die Idioten sind noch nicht ausgestorben.« Der Beamte dachte an weltweit wieder zunehmende, antisemitische Feindseligkeiten.

»Wem sagen Sie das! Wir ermitteln in einem Mordfall im Zusammenhang mit dem Bombenanschlag auf die Raffinerie.« Der Beamte nickte. »Hab' davon gehört. Na ja, wer nicht? Und was hat das mit der Synagoge zu tun? Gibt es da einen Zusammenhang?«

»Ach nein, eigentlich nicht. Ich hab eine Verabredung mit dem Rabbi bezüglich eines hebräischen Wortes.« An dieser Stelle erzählte Martin nicht weiter. Zum einen, weil er keine Lust hatte, die gleiche Geschichte immer wieder runterzuleiern, zum anderen, weil es den Kollegen schlicht und einfach nichts anging.

Auf dem Weg zu dem imposanten Bau, der äußerlich nicht an ein Gotteshaus erinnerte, jedenfalls nicht an solche, die man als Christ in Form von Kirchen mit Glockentürmen kannte, fielen ihm hebräische Schriftzeichen über dem Eingang zur Synagoge auf. Martin nahm sich vor, bei Gelegenheit den Rabbi danach zu fragen.

Rabbi Mordechai sah genauso aus wie auf dem Foto der Homepage, nur dass der Bart in Wirklichkeit deutlich grauer war. Martin schmunzelte, der Bart vereinigte drei Farben in sich. Der rötliche Oberlippenanteil ging schleichend in dunkle, fast schwarze Züge an der Seite über, bis hin zu hellgrauen Tendenzen am Ansatz des Halses.

Auf dem Hinterkopf trug der Rabbi eine einfache Kippa aus blauem Samt statt des schwarzen Hutes, den Rabbi Mordechai auf seiner Facebookseite zur Schau stellte. Die randlose Brille war auf der Nase nach unten geschoben, sodass Mordechai Martin über die Gläser hinweg ansah, als er ihn begrüßte. Er lächelte mit einem makellosen Gebiss, auch die Augen waren freundlich.

»Hallo, Herr Kommissar. Wie war noch mal Ihr Name? Meine einzige Schwäche. Ich kann mir keine Namen merken.«

»Pohlmann. Martin Pohlmann. Mordkommission, Hamburg-Mitte.« Martin schloss für einen Augenblick die Augen. Er war aus einem ihm unerfindlichen Grund nervös und plapperte zu viel.

»Ach ja, richtig. Na schön, dann kommen Sie mal rein. Ich muss zugeben, ich bin noch nicht sehr weit gekommen. Sie waren ziemlich fix.« Mordechai führte Martin durch den Eingangsflur der Synagoge.

Martin ließ seinen Blick im Versammlungssaal umherschweifen und konnte sich einer gewissen Faszination nicht erwehren. Im Inneren des Saals dominierten hohe, bunte Fenster, in denen das jüdische Symbol, wie er es am Eingangsbereich schon gesehen hatte, eingearbeitet war. Martin hatte schon einmal darüber gelesen, über den Davidstern, das zentrale Symbol der Juden und Israels. Die Stuhlreihen wirkten wie in einer modernen evangelischen Kirche.

»Waren Sie schon einmal in einer Synagoge?«

Martin schüttelte den Kopf. Er wusste, dass man an einer Besichtigung teilnehmen konnte, nun hatte er die Möglichkeit einer Privatführung. Warum sollte er diese Gelegenheit nicht beim Schopf packen? Er hatte es eigenartigerweise gar nicht mehr so eilig, dieses hebräische Wort aufzuklären.

»Möchten Sie etwas darüber erfahren?« Mordechai deutete mit dem Kinn auf den Stirnbereich des Raums.

Martin ging davon aus, in der Synagoge kein Kreuz wie in einer Kirche vorzufinden. »Sie benutzen andere Symbole als wir Christen.«

Mordechai lächelte. »Das stimmt. Die jüdische und die christliche Religion sind sich in vielen Bereichen sehr ähnlich und in anderen vollkommen verschieden. Wir gehen von unterschiedlichen Ereignissen aus.« Martin nickte geduldig.

Der Rabbi hatte eine angenehme warme Stimme, die zum Zuhören einlud. »Für euch Christen ist Jesus, der Sohn Gottes, bereits erschienen und am Kreuz für eure Sünden gestorben. Auch wir glauben an Jesus, aber als Messias, der noch kommen wird, um sein Volk zu befreien.«

Martin schaute kurz auf den Boden. »Ich habe mal einen guten Freund gehabt. Er war Priester und hat mir von Jesus erzählt. Er sagte, es sei eine geschichtliche Tatsache, dass Jesus gelebt hat, daran sei nicht zu rütteln. Die Bibel, die anderen Schriften, das kann man ja nicht leugnen, oder?«

»Nun, das mag stimmen, aber ob Jesus tatsächlich der Sohn Gottes war, das ist eine Sache des Glaubens.«

»Glaube, Glaube …«, Martin scharrte mit der Fußspitze auf dem Boden. »Mein Freund war ein echter Mann Gottes, würde ich sagen. Klar, er hatte auch seine Zweifel, seine Höhen und Tiefen, aber letzten Endes ist er im Frieden mit seinem Gott gestorben.«

»Oh, das tut mir leid.«

»Ja, mir auch. Ich hatte viele gute Gespräche mit ihm.«

»Kommen Sie, ich führe Sie ’rum.«

Martin und der Rabbi schritten durch den Mittelgang. »Das hier nennen wir den Betsaal. Gleich da vorne sehen Sie diesen blauen Vorhang mit einer Krone, der Gebotstafel, wo diese zwei Löwen abgebildet sind. Die Löwen symbolisieren den Stamm Juda, aus dem das Königshaus Davids entstand.« Mordechai deutete mit dem Finger auf eine Ablage mit einem Buch darauf. »Dies hier ist das Vorbeterpult, auf dem wir die Thora ausrollen und daraus vorlesen, ähnlich wie in Ihrer Kirche aus der Bibel vorgelesen wird.«

Pohlmann blickte sich um. »So einen Leuchter kenne ich. Den hatte mein Vater mal vom Flohmarkt mitgebracht, konnte aber nichts damit anfangen. Irgendwann ist er auf dem Sperrmüll gelandet.«

Mordechai lachte. »Der siebenarmige Leuchter, die Menora. Eines unserer wichtigsten Symbole, das Sie übrigens auch in vielen Kirchen finden.«

Martin betrachtete einen weiteren Leuchter. »Der hier hat aber neun.«

»Das stimmt, das ist unser Prachtstück, auf das wir besonders stolz sind. Der Chanukka-Leuchter, eigentlich nur achtarmig. Der in der Mitte wird nicht mitgezählt. Dieser hier stammt aus dem Jahr 1662.«

Martin schlenderte durch den Saal und kam zur Thora, dem Gebetbuch der Juden. Plötzlich wurde er von einer Woge der Traurigkeit erfasst. Juden, Christen, Moslems, Heiden, Buddhisten, Hinduisten, Schamanen … alle wähnten sich auf dem richtigen Weg zu Gott und doch befeindeten sie sich seit Jahrtausenden. Martin wollte an irgendetwas glauben, was ihm Halt gab, was seiner Frau aus dem tiefen Loch der Depression heraushelfen würde, doch an was? Was würde sich als tragfähig erweisen?

Mordechai stellte sich neben ihn und schien seine Gedanken zu erahnen. »Sie wissen nicht, welcher Religion Sie vertrauen sollen, stimmt's?«

Martin nickte und verzog einen Mundwinkel.

Mordechai klopfte Martin freundschaftlich auf die Schulter. »Folgen Sie Ihrem Herzen. Dann finden Sie den richtigen Weg.«

Mordechai ging einige Schritte weiter und lud Martin ein, ihm zu folgen. »Die Thora ist unsere Heilige Schrift, sie besteht aus den fünf Büchern Moses und ist in vierundfünfzig Wochenabschnitte eingeteilt. An jedem Sabbat wird ein Abschnitt daraus vorgelesen, sodass die Gemeinde im Laufe eines jüdischen Jahres die gesamte Schrift einmal gehört hat.« Mordechai breitete theatralisch die Arme aus. »Über der Thora hängt das ewige Licht, das uns an die beständige Gegenwart Gottes erinnern soll.«

Gegenwart Gottes, dachte Martin. Eine ihm wohlbekannte Wut stieg in ihm auf. *Immer gegenwärtig, wenn gemordet, gefoltert, vergewaltigt, gelogen und betrogen wird. Ein stummer, tauber und blinder Gott offenbar.*

Martin schob die verstörenden Gedanken beiseite. »Was bedeutet der Spruch über der Eingangstür eigentlich?«

»Es sei Friede in deiner Mitte und Ruhe in deinen Palästen.«

Martin blickte in die Augen des Rabbis, der die letzten Gedanken Martins wohl nicht gelesen hatte, denn sein Blick war nach wie vor gütig und geduldig. »Den können ja wohl alle brauchen, diesen Frieden meine ich.«

»Allerdings, innerlich wie äußerlich.« Martin wurde in dieser Unterhaltung zunehmend unruhiger. Religiöse Themen erinnerten ihn daran, dass er sterblich war und vor seinem Ende vermutlich noch einiges zu klären hatte.

Mordechai zog ihn mit sich aus dem Betsaal. »Wollen wir zu dem eigentlichen Grund Ihres Besuches kommen? NEFT hat auch eine Menge mit Frieden zu tun, wenn wir schon mal bei diesem Thema sind.«

Mordechai ging voraus, in einen Raum mit einem alten wuchtigen Eichenschreibtisch in der Mitte und zwei Regalreihen voller Bücher, vom Boden bis zur Decke. »Ich hatte gerade begonnen, zwei, drei Kommentare herauszusuchen, bevor Sie kamen. Das Wort NEFT hat nicht nur zwei Bedeutungen. Öl gibt es ja in vielerlei Hinsicht.«

»Mich interessiert eigentlich nur, was es auf der Brust eines zu Tode gequälten Opfers zu suchen hat.« Martins Stimme klang genervt. Mordechai ließ sich nichts anmerken, falls er den drängenden Unterton überhaupt wahrgenommen hatte. »Na schön, fangen wir an. Also, NEFT wird in biblischen Schriften als Olivenöl, Steinöl, Sesamöl, Palmöl, Nussöl gebraucht. In früheren Zeiten wurde Öl in Lampen verwendet. Ich habe hier einen Auszug aus einer Schrift namens Tosephta Schabbat, sehr alte rabbinische Werke von vor unserer Zeitrechnung. Interessant ist, dass der Begriff NEFT auch für die Sabbatkerzen benutzt wurde. Man stritt sich darüber, ob man eher ZEFET, also Teer verwenden sollte, was generell als unrein galt und NEFT als rein …«

Martin hob die Hand, wie ein Polizist auf der Straßenkreuzung. »Halt, Rabbi, nehmen Sie es mir nicht übel, aber das führt zu weit. Ich versteh ja, dass Sie da vollkommen in Ihrem Element sind, aber ich brauche Hintergrundfakten, die diese Gräueltat verständlich machen, und nicht, wer vor zweitausend Jahren gestritten hat.«

Mordechai blickte über seine Brille von dem Buch auf. »Okay, ich verstehe. Ich versuch's.« Er blätterte um und murmelte das Gelesene leise vor sich hin, als wolle er Pohlmann nicht mit Unnötigem quälen. »NEFT ist ursprünglich ein persisches Wort, das mit der Rückkehr der Juden aus dem babylonischen Exil Einzug in Israel gehalten hat. Beschrieben in den Büchern Esra und Nehemia. Wortverwandt mit Nephtai und Naphtha.« Mordechai beendete seinen Monolog für einen Augenblick und blätterte weiter. Dann blickte er kurz auf. »Möchten Sie sich vielleicht setzen?«

Martin betrachtete den Ledersessel und nahm dankbar die Einladung an. Während der Rabbi weitersuchte, schweiften seine Gedanken ab zu dem Bild des Toten, der wie ein in einer Ölpest verendeter Vogel erst zu seinen Füßen und später auf Schygurskis Metalltisch gelegen hatte.

»Na ja, das ist schon eigenartig, denn häufig wird statt Öl eher das Wort *Schemen* verwendet. NEFT kommt gar nicht so oft vor.« Mordechai legte das Buch zur Seite und kramte ein weiteres hervor. Martin stützte den Kopf auf die gefalteten Hände und betrachtete den Gelehrten.

Dieser war in einer Tätigkeit versunken, die er liebte, dem Graben und Suchen in alten Schriften. »Warten Sie, hier hab ich was, was auf die vermutete Doppelbedeutung hinweisen könnte.« Mordechai ließ den Zeigefinger über die klein geschriebenen Worte gleiten. »Gnomen sind Geister, die im Schoße der Erde bei den Schätzen der Tiefe wohnen und sie bewachen, also Erdgeister, Berggeister, Erdmännchen. Sie können mannigfaltige Gestalten annehmen, mal halb schön, mal halb hässlich, doch ist die letztere Gestalt die ihnen eigentümliche. Das eigentliche Vaterland der Gnomen ist der Orient und das Reich der Kabbala. Nach den Erzählungen des Talmud hatten solche Erdgeister die Gestalt eines Wurms, die, nach dieser Sage wohlgemerkt, Salomo beim Errichten des Tempels geholfen haben, indem sie die großen Felsplatten in Tafeln verwandelt haben.«

Martin hob die Brauen und schloss die Augen. Das durfte doch alles nicht wahr sein. Er recherchierte einen Mord inmitten von Fabeln und Mythen. Abrupt stand er auf. »Tut mir leid, Rabbi, dass ich Ihre Zeit gestohlen habe, aber in Hamburg läuft ein Irrer herum, der einen Menschen in einen Öltank geworfen und ihn mit Öl abgefüllt hat. Das sind leider nicht die Informationen, die mir weiterhelfen.«

Mordechai legte das Buch auf den Schreibtisch. Er wirkte irritiert. »Das tut mir leid, aber in der Kürze der Zeit … Sie haben mich gebeten, Ihnen das Wort NEFT zu erklären. Geben Sie mir doch bitte ein paar Tage Zeit und genauere Hinweise zu diesem Mord, damit ich besser verstehen kann, warum der Mörder ausgerechnet diesen Begriff auf den armen Kerl geritzt hat.«

»Okay.« Martin verschränkte trotzig die Hände vor der Brust und spreizte die Beine. Dann leierte er die Fakten zum zigsten Mal herunter und mit jedem Mal wurde ihm übler dabei. »Also, das Opfer wurde vermutlich an den Beinen an einer Kette aufgehängt, dann wurde ihm die Kehle durchtrennt, damit das Blut herausläuft und danach hat man ihm circa fünf Liter Öl in Magen, Lunge und Blutgefäße gepumpt. Er hatte keinen einzigen Tropfen Blut mehr im Körper.«

»Verstehe, und die Explosion in der Raffinerie …«

»Geht ganz sicher auch auf das Konto des Mörders oder seines Komplizen. Es gab einen Drohbrief, der mit Islamischer Dschihad unterschrieben wurde, aber es passt nicht zu dem Briefinhalt, denn darin forderte man, dass die Petrol Ag mit ihren Machenschaften in Nigeria umgehend aufhören solle. Und das ist eigentlich eher die Sprache von Umweltaktivisten. Verstehen Sie mein Dilemma? Ich hab keine Ahnung, wo ich ansetzen soll. Dazu kommt noch, dass kein Mensch den Toten zu kennen scheint.«

Es klingelte an der Tür zur Synagoge. Mordechai erwartete noch Besuch.

»Gut, machen wir es so. Ich will sehen, was ich tun kann. Ich werde heute Abend ein paar Schriften durchsehen, auch die neueren, dann rufe ich Sie an. Ist das okay?«

Martin nickte dankbar. Es war ihm unangenehm, den Rabbi so barsch angefahren zu haben. »Prima. Ich hoffe, das wird uns weiterhelfen. Das Thema Öl ist ein heißes Eisen zurzeit.« Pohlmann griff in seine Innentasche und zückte eine Visitenkarte hervor. Er griff nach einem Kugelschreiber auf dem Tisch, notierte seine Privatnummer auf der Rückseite und reichte die Karte dem Rabbi. »Sie können mich gern auch privat anrufen.«

Der Rabbi warf einen Blick auf die Nummer und nickte. »Gut, dann bis später.«

»Ja, bis später«, murmelte Martin.

Er hob die Hand zum Gruß und kam an dem Häuschen vorbei, in dem der Beamte saß, um die Synagoge zu bewachen. Er war vertieft in seine Zeitung und bemerkte nicht einmal, dass Martin an ihm vorbeiging. *Nicht sehr effektiv, diese Bewachung,* stellte er fest.

Martin setzte sich in seinen Wagen und stellte die Heizung auf volle Leistung, ebenso die Sitzheizung. Gefühlte Minusgrade, obwohl es noch keinen Frost gegeben hatte, riefen nicht gerade euphorische Gefühle in ihm hervor. Er überlegte, wohin er nun fahren solle. Zurück ins Präsidium, bei McDonald's oder an einer ihm gut bekannten Frittenbude halten und eine Currywurst mit Pommes rot/weiß bestellen? Er blickte resigniert aus dem Fenster. Fast Food behagte ihm seit einigen Monaten nicht mehr. Er hatte seine Ernährung umgestellt, manche im Präsidium spotteten, er habe sie nicht *um*-, sondern *ein*gestellt. So schlank wie er zurzeit war, kannte ihn niemand. Sogar er selbst war sich fremd, wenn er in den Spiegel sah.

Eine Eingebung, so schnell wie die Flügelschläge eines Schmetterlings, veranlasste ihn, zu Hause bei seiner Frau anzurufen. Sie war in einer mehr als schwierigen Verfassung, und dass er den ganzen Tag von früh bis spät unterwegs war, verbesserte die Sache nicht gerade. Er wählte ihre Nummer, noch während er vor der Synagoge parkte.

Es klingelte fünfmal, bis sie abnahm.

»Hallo, Schatz, wie geht es dir?«

Catherine atmete schwer, ein leises Schluchzen war zu hören. »Sie hat mich gekratzt, das Miststück.«

»Was ist passiert? Ist es schlimm?« Martin stockte der Atem, der Puls beschleunigte sich. Schon wieder etwas, das aus dem Ruder lief. In letzter Zeit häuften sich Vorfälle, mit denen Martin schlecht umgehen konnte. Er hätte ein komplettes Psychologiestudium dafür gebraucht. Sonderbare Verhaltensweisen seitens seiner Frau, eigenartige Erzählungen, mysteriöse Andeutungen. So wie auch an diesem Tag.

Sie fuhr fort. Ihre Stimme klang fremd, verzweifelt. »Ich bückte mich zu ihr und streckte ihr meine Hand entgegen. Ich wollte ihr Futter geben, wie jeden Tag, doch sie stand vor mir mit ihren bösen Augen, als wolle sie sagen: *Schön, dass wir mal allein sind und uns in Ruhe unterhalten können, Catherine.* Sie wedelte mit ihrem schwarzen Schwanz langsam von einer Seite zur anderen und fixierte mich mit ihrem verschlagenen Blick. Dann – stell dir vor Martin – ging sie leicht in die Hocke und sprang mich unvermittelt an. Aus heiterem Himmel. Ich hab ihr nichts getan. Sie hat mich im Gesicht gekratzt. Es blutet. Ich sehe fürchterlich aus.«

»Catherine, das gibt es doch gar nicht. Sie hat uns noch nie gekratzt, geschweige denn angefallen.«

»Ja, bis heute. Glaubst du mir nicht? Kannst du kommen, Martin? Bitte!«

Martin verdrehte die Augen und sah aus dem Fenster seines Wagens. »Hast du deine Medikamente genommen?«

Sie schluchzte am anderen Ende der Leitung. »Du glaubst mir nicht. Du denkst, ich bin krank. Sag es ruhig.«

Martin startete den Wagen und suchte nach Worten, sie zu beruhigen, selbst wenn er lügen musste. »Nein, Schatz, ich denke nicht, dass du krank bist und ich halte dich auch nicht für verrückt, aber der Arzt hat dir geraten, die Tabletten nicht abzusetzen.«

»Kommst du nun oder nicht?«

»Ja, ich komme. Ich weiß nicht, wie du dir das immer vorstellst. Ich haue jetzt zum vierten Mal in zwei Wochen mitten während der Arbeit ab und fahre zu dir nach Hause. Wäre Lorenz nicht so ein gutmütiger Kerl, könntest du das vergessen.«

Catherine senkte ergeben die Stimme. »Ich weiß, Schatz. Ich bin eine Last für dich. Vielleicht wäre es besser für dich, wenn du mich los wärst.«

»Um Himmels willen, nein. Das habe ich doch damit nicht sagen wollen! Okay. Bleib ganz ruhig. Ich bin auf dem Weg zu dir, okay? Rühre dich nicht vom Fleck, hast du verstanden?«

Catherine hatte aufgelegt, ohne seine Bitte zu bestätigen. Martin wählte gleich danach die nächste Nummer. Das Handy von Werner.

»Werner, hör zu. Ich muss kurz nach Hause zu Catherine.«

»Schon wieder. Ich dachte, du wolltest zu dem Rabbi. Was ist los?«

»Ich komme gerade vom Rabbi, aber es hat nichts gebracht. Danach hab ich kurz Catherine angerufen. Angeblich hat die Katze sie angefallen und im Gesicht gekratzt. Ich glaube, ich muss bald etwas wirklich Ernsthaftes unternehmen. Ich hab Angst, dass sie sich was antut. Sie macht immer öfter Andeutungen in letzter Zeit. Gestern Abend sagte sie zu mir, sie freue sich schon darauf zu sehen, ob ihr Sohn meine Augen oder ihre haben würde.«

»Wie hat sie das gemeint?« Werner nahm den Blick von den Akten, die er gerade studiert hatte und konzentrierte sich auf das Gespräch.

»Sie ist fest davon überzeugt, dass es ein Leben nach dem Tod gibt, auch für Ungeborene. Sie glaubt, dass ihr Sohn als Kind im Himmel auf sie wartet, und glaub' mir, Werner, zurzeit gäbe sie alles dafür, um diese Schwelle zu überschreiten. Es fühlt sich für mich an, als hätte sie bereits innerlich gekündigt und ihre Koffer gepackt. Als hielte sie hier nichts mehr.«

»Aber sie hat doch dich. Ihr liebt euch, das weiß ich.«

»Schon, aber sie denkt, sie sei mir ein Klotz am Bein. Als ginge es mir ohne sie besser als mit ihr.«

»Mein Gott, das ist furchtbar. Sie braucht professionelle Hilfe.«

»Die hat sie, aber sie arbeitet nicht mit. Sie lehnt alle Medikamente und Therapiesitzungen ab.«

»Okay, klar, fahr hin. Wir regeln das hier schon. Was hattest du heute noch auf dem Schirm?«

»Der Rabbi hat mir versprochen, noch ein paar Bücher zum Thema NEFT zu wälzen. Und eigentlich wollte ich noch zu dem Russen. Wohnt in Wilhemsburg, in einem dieser Klötze im Korralusviertel. Korralusstraße 34.«

»Ja, ich kenn das Ding. Schöner Ausblick auf die Bahngleise. Die Häuser gehören doch dieser Wohngesellschaft Gegfeh. Stecken keinen Cent in die Wohnungen, Hauptsache, immer nur rausholen. Die Fassaden bröckeln, nackte Stromleitungen gucken aus den Wänden und es ist alles versifft. Und kaum einer spricht mehr Deutsch auf dem Gelände. Fest in der Hand von dreißig Nationen. Wird möglicherweise schwierig sein, ihn dort zu finden. Manchmal sind drei, vier Namensschilder übereinandergeklebt.«

Martin reihte sich in dichtem Verkehr ein. Er wollte keine Zeit verlieren. »Klingt doch nach einem Abenteuer. Wäre toll, wenn du mir das abnehmen könntest. Ich schick dir sein Foto auf dein Handy.«

Martin fuhr in einer Parkbucht rechts ran, ließ den Motor laufen und suchte in seinem Handy das Foto von Gregor Samarov. »Okay, geht los. In einer Sekunde hast du es.«

»Ist angekommen. Okay, ich mach das. Und grüß Catherine von mir.«

»Mach ich. Danke.« Martin fuhr wieder an und bog auf die A1 ein. Bei zügiger Fahrt würde er in weniger als einer halben Stunde zu Hause sein. Gegen vier Uhr kam er an, parkte quer über zwei Parkflächen und hastete zum Fahrstuhl. Was würde ihn diesmal erwarten? Sollte es stimmen und die Katze hätte sie gekratzt, dann würde er sie am Kragen packen und vom Balkon werfen. Dieses verfluchte neurotische Vieh eines neurotischen Exbesitzers. Doch die Katze war nicht das eigentliche Problem in seinem Haus.

KAPITEL 16

23. November 2003, Israel, Haifa

Am Anfang der zehnten Woche seines Aufenthaltes nahm Joshua Horowitz eine Art Sonderstatus unter den Patienten des Sanatoriums ein. In all den Jahren zuvor hatte man ihm das Gefühl gegeben, sonderbar und verschroben zu sein. Sein Anderssein war bei Menschen, die ihn nicht näher kannten, stets auf Ablehnung gestoßen, nicht weil *die anderen* ihm Probleme bereitet hätten, sondern weil die Menschen nicht *mit ihm* zurechtkamen. Seltsamen Verhaltensweisen, die nicht der Norm entsprachen, wurde häufig mit Hilflosigkeit begegnet, bisweilen mit Aggression, meistens mit Ausgrenzung. Hohe Intelligenz irritierte mitunter die Menschen, ließ Neid und Missgunst aufkeimen. Hier jedoch, hinter hohen Mauern, unter all den Sonderbaren und Verschrobenen, war er der Normalste und Klügste.

Sein behandelnder Arzt, Prof. Dr. Rosenberg, dokumentierte jeden seiner Tage minutiös, vom Aufstehen bis zum Schlafengehen und stellte seine Verhaltensweisen mittels eines ausgeklügelten Medikamentencocktails auf ein bestimmtes Level ein. Nach intensivem Forschen, zig Blutentnahmen und anderen Studien an ihm kam Rosenberg zu dem Ergebnis, dass Joshua eine Art Neurotransmitter zu fehlen schien. Winzig in der Ursache, auffällig in der Auswirkung, bedeutsam für die Medizin. Wenige Moleküle eines kleinen Teils seines Gehirns waren durcheinandergeraten.

Daraufhin hatte Rosenberg in einem sehr speziellen Verhältnis eine synthetische Mischung aus neuronalen Botenstoffen und Hormonen für ihn kreiert, deren individuelle Menge er wie eine Komposition an einem Mischpult regelte. Mal gab er eine Prise mehr von dem einen und ein Quäntchen weniger von dem anderen. Mit der Zeit gelang es ihm, die emotionale Integrität Joshuas auf ein den sozialen Normen angepasstes Niveau anzuheben.

Die Folgen waren verblüffend: Joshua griff sich nicht mehr an die Stirn, führte keine Selbstgespräche, wählte auch keine Pflanzen als Gesprächspartner, sondern die Ärzte, Schwestern und Pfleger, hin und wieder auch mal den einen oder anderen Patienten.

An diesem besonderen Tag lud Rosenberg Joshua in sein Arztzimmer zu einem Plauderstündchen ein. Ein Plauderstündchen der besonderen Art.

Joshua nahm auf einem niedrigen Sessel vor dem Schreibtisch des Arztes Platz. Hinter dem Psychiater prangten diverse Zertifikate mit wuchtigen Stempeln darauf, sorgfältig gerahmt, sodass man als Besucher nicht umhinkonnte, sie beeindruckt zu studieren. Sie vermittelten dem Betrachter das Gefühl und die Hoffnung, dass der Mann, der darunter thronte, wusste, was er tat.

Rosenberg faltete die Hände, stützte die Ellenbogen auf der Tischplatte auf und grinste in Joshuas neugieriges Gesicht.

Der Professor besaß nicht das Äußere eines Mannes, mit dem man die Berufsbezeichnung *Facharzt für Psychiatrie* assoziiert hätte. Jeder, der das Wort Seelenklempner hört, denkt klischeehaft an Brillengläser, dick wie die gepanzerten Limousinenscheiben eines Staatschefs, wirres Haupt- und Barthaar, fixierender durchdringender Blick und eine gehörige Menge eigener Ticks. Rosenberg indes hatte korrekt nach hinten gegeltes volles Haar, trug den Anzug eines gut verdienenden Börsenmaklers und fuhr ein entsprechendes Auto. Er war braun gebrannt, entblößte zwei Reihen schneeweißer Zähne und trieb dreimal die Woche Sport im benachbarten Fitnesscenter. Jeder, dem er sein wahres Alter verriet, zeigte sich überrascht.

»Joshua, mein Lieber, ich habe gute Neuigkeiten für Sie.«

Joshua richtete sich kerzengerade auf und hob die Brauen. »Darf ich nach Hause?«

Rosenberg lehnte sich zurück und hob lachend die Hände. »Nicht so eilig. Nein, mein Lieber. Nach Hause geht's noch lange nicht, aber wir vergrößern Ihren Radius.« Rosenberg streckte bedeutungsvoll den Zeigefinger in die Luft. »Ab heute dürfen Sie mit einem der Pfleger nach unten an den Strand.«

Joshua sackte in sich zusammen. Gott, was für grandiose Neuigkeiten.

»Unterschätzen Sie diesen Bonus nicht. Sie sind einer der Auserwählten unter fünfzig. Ich muss nicht befürchten, dass Sie den Pfleger überwältigen und durchbrennen, dass Sie ins Wasser gehen, um sich umzubringen oder andere Dummheiten machen. Dessen bin ich mir ganz sicher.« Rosenberg lächelte. Es wirkte eine Spur zu arrogant. »Nun gut, Sie wüssten nicht, wohin Sie rennen sollten und das ist Ihnen gottlob auch klar. Glauben Sie mir, ich bin mit Ihren Fortschritten sehr zufrieden.«

Joshua nickte.

»Das wird Ihnen guttun. Vertrauen Sie mir. Schnappen Sie frische Seeluft, das wirkt wahrhaft belebend.«

Joshua nickte wieder.

Rosenberg lehnte sich wie im Zeitlupentempo vor und bedachte Joshua mit einem sonderbaren Blick. »Aber vorher haben wir beide noch etwas zu erledigen. Betrachten Sie die Freiheit, die Ihnen winkt, als Belohnung.«

»Belohnung?«, wunderte sich Joshua. »Wofür?«

»Nun, dafür, dass Sie kooperieren. Ich möchte gerne mit Ihnen einen kleinen Test machen, eine Art Experiment.«

»Aha.«

»Ja, genau. Nennt sich klinische Hypnose und hat die Aufgabe, tief Verborgenes an die Oberfläche zu befördern. Wie eine Art Tagebau.«

»Aha. Ich weiß aber gar nicht, ob ich das möchte. Ich habe Ihnen doch schon so vieles erzählt.«

Rosenberg legte die Fingerspitzen aneinander und sprach sehr langsam. »Sehen Sie, das ist genau das, was ich mit *kooperieren* meine. Möchten Sie denn nicht das Vorrecht genießen, an den Strand zu gehen?«

»Doch schon, aber …«

Rosenberg schob seinen imposanten Sessel zurück und erhob sich gemächlich. Er ging um den Tisch herum, ließ Joshua dabei nicht aus den Augen und führte ihn zu einer Liege. »Bitte, mein Lieber. Legen Sie sich doch einmal dort hin.«

Joshua dachte an die Verheißung einer oder mehrerer freier Stunden und meinte, so schlimm könne es wohl nicht werden. Er streckte sich auf der bequemen Liege aus.

»Wir werden jetzt für Ihre Hypnose ein angenehmes Bild wählen. Stellen Sie sich vor, Sie gehen baden. Wir werden jetzt gemeinsam tauchen gehen. Gefällt Ihnen der Gedanke, in schweres warmes Wasser einzutauchen?«

»Nein. Ich kann nicht tauchen. Ich hasse Schwimmengehen.«

»Hm.« Professor Rosenberg kratzte sich am Kinn. Ein neuer imaginärer Vergleich musste her. »Was mögen Sie denn lieber als das Wasser?«

»Ich mag den Himmel und die Sterne.«

Rosenberg rieb die Handflächen aneinander. »Ja, das ist auch gut. Also tauchen wir gemeinsam in die Unendlichkeit des Universums ein. Ist das besser?«

Joshua nickte.

»Gut, mein Lieber. Dann schließen Sie jetzt bitte die Augen.«

Joshua tat, wie ihm geheißen.

Mit monotoner, unaufgeregter Stimme begann Rosenberg zu sprechen. »Sie stehen auf einem hohen Berg. Es ist dunkel und die Sterne funkeln wie Diamanten am Firmament. Sie blicken hinauf und wünschten sich, ihnen nahe zu sein. Noch näher und noch näher. Ich zähle jetzt von fünf rückwärts. Wenn wir bei eins angelangt sind, schlafen Sie und tauchen tief in das Universum Ihres Bewusstseins ein. Fünf, vier, drei, zwei und … eins.«

Joshua begann augenblicklich leise zu schnarchen.

Ganz so hatte es der Professor nicht gemeint gehabt. Er begann die erste Therapiesitzung einer Tiefenhypnose. Es galt herauszufinden, wer oder was Joshua Horowitz wirklich war und was sich in seinem verqueren Kopf so alles verbarg.

Nach fünfzehn Minuten, in denen er seine Fragen wegen des Schnarchens lauter als gewohnt vortragen musste, beendete er die Sitzung. Joshua erwachte fröhlich und ausgeruht. Irritiert blickte er sich im Raum um und schmatzte. Speichel war ihm während des Nickerchens aus dem Mund gelaufen, den er nun mit dem Handrücken abwischte. »Wann geht es los, Herr Professor?«

»Nun, eigentlich war es das schon. Für heute soll es uns genügen, aber ich denke, wir sind auf einem guten Weg.« Rosenberg setzte sich wieder an seinen Schreibtisch und machte sich Notizen. »Kann ich sonst noch etwas für Sie tun? Haben Sie einen Wunsch? Ich meine, außer nach Hause fahren zu wollen.«

»Darf ich lesen? Ich würde gern ein Buch lesen.«

Rosenberg schmunzelte. »Aber sicher. Gern sogar. Ein bestimmtes?«

»Hm, was haben Sie denn alles? Physik und Mathematik interessieren mich.«

Rosenberg verengte die imposanten Brauen und sah in die obere Ecke des Raumes hinter Joshua. »Nun, wir sind hier kein Gymnasium, sondern eine Rehabilitationsanstalt. Ich glaube nicht, dass wir … Aber vielleicht schauen Sie ja mal selbst in der Bibliothek nach. Jeden Tag bis vier Uhr nachmittags geöffnet.«

»Okay. Gleich, nachdem ich vom Strand komme.«

»Ja gut.«

Sie schüttelten sich die Hände wie gute Freunde und Rosenberg entließ Joshua. Vor der Tür wartete Sam, ein kräftiger, sympathischer Pfleger und nahm Joshua in Empfang.

*

Joshua war noch nie in seinem Leben am Strand gewesen. Nicht so richtig jedenfalls. Natürlich wusste er, dass es ihn gab und was dort passierte, und auch in seiner Kindheit war er mal dort gewesen, aber er wäre nie auf die Idee gekommen, eine Tasche zu packen, mit einem Strandtuch und einer Badehose darin, auf die Haut Sonnenöl mit Kokosgeruch aufzutragen und sich in einem Einstrahlwinkel, der maximale Bräune garantiert, hinzulegen. Außerdem konnte er nicht Beachball oder Volleyball spielen, begriff den Sinn des Joggens nicht und das helle Licht schmerzte eher in den Augen, als dass es ihn glücklich machte.

Somit hatte sich ihm der Sinn des Strandlebens bisher noch nicht erschlossen.

Bis zu diesem Tag. Einem Freitag. Sam und Joshua durchquerten den klinikeigenen Park und gelangten zu einem Tor, an dessen oberem Ende spitze, nach innen gerichtete Metallzacken boshaft prangten. Kameras surrten über ihren Köpfen und zogen ihre aufmerksamen Bahnen entlang des Zauns. Hinter dem Gitter begann bereits die Promenade, von der aus das Klinikgelände wie ein Hotelkomplex wirkte. Kein Schild mit ZUTRITT VERBOTEN oder Ähnliches ließ darauf schließen, dass hier Menschen eingesperrt waren.

Der Himmel war wolkenlos, Spaziergänger patrouillierten, Kinder tobten, schrien und zankten sich, alles war vertraut. Sam und Joshua gingen wie ganz normale Strandbesucher in halblangen Hosen und ärmellosen Hemden zum Strand. Einzig die Hosenträger wirkten albern, doch Joshua hatte sich in sie verliebt und im Stillen geschworen, sie nie wieder herzugeben. So etwas Wunderbares und Praktisches hatte er noch nie besessen.

Sam war ein Mann um die dreißig, der einzige Naturblonde, den Joshua in dieser von Schwarzhaarigen dominierten Region kannte. Es sei, so erwähnte Sam, wohl mal ein Finne oder Schwede in die Gene ihrer Familie eingedrungen, aber das sei lange her. Wenn er mal Zeit hätte, würde er dem Ganzen genealogisch auf den Grund gehen, doch so eilig habe er es damit nicht.

Seit sieben Jahren arbeitete er in der Klinik und bereute es zu keinem Zeitpunkt. Gerade Menschen wie Joshua mochte er sehr. Die am Rand Lebenden, die Unangepassten, die Querdenker schätzte er am meisten.

Seine Eltern lebten in Tel Aviv. Sein Vater besaß ein Gemüsegeschäft und die Mutter stand hinter der Theke. Sie gingen noch vor Morgengrauen zum Großmarkt, dies war für sie von jeher Alltag gewesen. Sam musste sich selbstständig den Wecker für die Schule stellen, machte sich allein Frühstück, musste darauf achten, nicht den Bus zu verpassen und wärmte sich mittags das Essen vom Vorabend auf. Gegen Abend kamen beide Eltern erschöpft aus ihrem Geschäft, das zwar einen guten Umsatz abwarf, aber dem Zusammenhalt der Familie eher abträglich war. Sam beschloss früh, den Laden seines Vaters unter keinen Umständen zu übernehmen. Alles würde er machen, nur Gemüsehändler wollte er nie werden.

Nach einem Praktikum in der Klinik erhielt er ein ausgezeichnetes Zeugnis und wurde gefragt, ob er sich vorstellen könne, dort zu bleiben. Er erhielt im Unterschied zu seinen Eltern ein *geregeltes* Gehalt, unabhängig davon, wie viele Leute in einen Laden kamen und Zucchini, Orangen und Zitronen verlangten. Außerdem traf er interessante Menschen, also blieb er.

Sam und Joshua wählten einen belebten Abschnitt aus, an dem man nicht auffiel – für alle Fälle. In unregelmäßigen Abständen standen gelbe Plastikstühle am Strand verteilt. Auf manchen saßen Leute und sahen aufs Meer. Sie lachten und rauchten, einer las ein Buch, der andere die *Jerusalem Post*, wieder andere reckten nur die Gesichter gen Himmel und verfolgten den beruhigenden Zug einiger weißer Wolken von einem Ende des Horizonts zum anderen.

Eine Gruppe weiß gekleideter Leute machte eine Art sonderbarer Gymnastik, die Joshua in dieser Form noch nie gesehen hatte. Sie hoben die Arme hoch, drehten sie wie im Zeitlupentempo zur Seite und gingen dabei geschmeidig in die Knie. Dann standen sie wie eine Gruppe Flamingos auf einem Bein und winkelten das andere grazil an. Alles wirkte unangestrengt, beinahe schwerelos.

»Das ist Tai-Chi«, bemerkte Sam, »kommt aus Asien.« Doch er merkte gleich, dass diese Erklärung Joshua nichts brachte.

»Wollen wir uns dort hinsetzen?« Sam deutete auf zwei frei gewordene Stühle. Ein beleibter älterer Mann und seine Frau hatten die Plätze geräumt und watschelten Hand in Hand durch den Sand in Richtung Promenade.

»Gern«, erwiderte Joshua.

»Herrlicher blauer Himmel, nicht?«

Joshua kniff die Augen weitgehend zu, schirmte sie mit der Hand vor dem Licht ab und sah nach oben. »Haben Sie sich mal gefragt, wieso der Himmel am Tag blau und am Abend rot aussieht?«

Sam drehte seinen Stuhl ein wenig, damit er Joshua zugewandt sitzen konnte. »Ich wette, das hat irgendwas mit Physik zu tun, hm?«

Joshua nickte.

»Ja, Rosenberg erwähnte so etwas über Sie. Und? Warum ist das so? Erzählen Sie es mir?«

»Ganz einfach. Weil blaues Licht in etwa die halbe Wellenlänge hat wie rotes Licht und somit die doppelte Frequenz.«

»Ist klar.«

»Na ja, in vierter Potenz ist das Verhältnis dann schon 1:16, das bedeutet, dass die Luftatome und Moleküle vom einstrahlenden Sonnenlicht zu Schwingungen angeregt werden und dabei die Farben Rot und Blau in einem Verhältnis 1:16 abstrahlen. Blau wird dadurch stärker emittiert als Rot – ist ja logisch –, und deshalb erscheint der klare Himmel so wie heute, blau. Aber in …«, Joshua blickte auf die Uhr, »… sieben Stunden, zwanzig Minuten und plus/minus dreißig Sekunden, wenn die Sonne untergeht, ich meine, das tut sie natürlich nicht wirklich, aber wir nennen das so, muss die Sonnenstrahlung einen größeren Weg durch die Atmosphäre zu uns zurücklegen als jetzt. Das blaue Licht wird so stark gestreut, dass es Sie an Ihrem jetzigen Standort nicht mehr erreicht. Das rote hingegen nicht so stark. Ist Ihnen das so weit klar geworden?«

Sam nickte anerkennend und grinste. Er wusste wieder, warum er Joshua mochte. »Klar so weit.«

Danach schwiegen sie für eine Weile und Joshua starrte, anscheinend zufrieden, aufs Meer. Manchmal schloss er die

Augen und schien seine Sinne ganz auf das Hören zu verlegen, er lauschte dem Johlen der Kinder und dachte wehmütig an Ruth und Aaron, als sie klein waren. Ruth und Aaron, wo waren sie jetzt wohl? Was taten sie? Konnten sie wirklich ein Paar werden, wo sie doch zusammen fast wie Geschwister aufgewachsen waren? Warum kamen sie ihn nicht besuchen? Warum waren Samuel und Judith noch nicht ein einziges Mal gekommen? So weit waren 253,33 Kilometer nun auch wieder nicht. Joshua wurde von einer Woge der Wehmut erfasst, auf die er nicht vorbereitet war, doch ihm kamen keine Tränen. Ungewöhnlich. Sonst kullerten sie doch sofort die Wangen hinunter, sobald das emotionale Level geringfügig nach oben oder unten verändert wurde.

»Ich muss gar nicht heulen«, rief er in freudigem Ton aus. Der Mann, der sich drei Meter von ihnen entfernt hinter der *Jerusalem Post* verschanzt hatte, blickte kurz zu ihnen hinüber.

Sam schien verwirrt. »Nein, warum auch? Es ist doch traumhaft schön hier. Es gibt keinen Grund zum Heulen.«

»Ich vermisse meine Kinder und trotzdem heule ich nicht. Das ist neu für mich.«

»Ah, verstehe.«

»Und meine Reben und meine Werkstatt …«

Sam nickte.

»Können wir zurück? Ich habe keine Zeit mehr.«

Sam hob die Brauen und schmunzelte. »Ach. Sie haben keine Zeit mehr?« Er zuckte mit den Schultern. »Ja sicher. Kein Problem.« Sam stand auf und wartete auf Joshua, der sich mühsam aus dem Plastikstuhl herausquälte.

»Ich möchte noch in die Bücherei, ein Buch leihen. Sie schließt um vier, wissen Sie?«

Sam grinste. »Ja, weiß ich. Na dann los.«

*

»Haben Sie Bücher über angewandte Physik?«, fragte Joshua etwas verlegen eine Dame, die sich zwischen den Regalen zu schaffen machte. Er war nicht gut darin, das Alter von Menschen zu schätzen, und es war ihm auch egal. Er achtete sie weder höher noch niedriger, wenn sie jünger oder älter waren. Die Dame, die er ansprach, war um die fünfundsechzig, hatte graues lockiges Haar, eine nach unten randlose, nach oben elegant anmutend geschwungene Brille mit stattlichen Gläsern darin. Sie war nett und lächelte ihn an, das mochte Joshua.

»Ich glaube nicht«, erwiderte sie. »Es hat noch niemand nach einem Physikbuch gefragt und ich bin schon ziemlich lange hier.« Sie kam auf Joshua zu, musterte ihn dezent und reichte ihm die Hand. »Hallo, ich bin Esther«, sagte sie und lächelte erneut. Ihre Schneidezähne standen ein wenig schief übereinander und hatten in den Jahren einen bernsteinfarbenen Ton angenommen.

»Ich heiße Joshua. Joshua Horowitz«, erwiderte er und räusperte sich. »Mathematik, Astrologie oder Biochemie würde auch gehen.«

»Ich glaube, damit kann ich nicht dienen, aber vielleicht haben Sie ja Glück und finden etwas in der Kategorie SONSTIGES. Manchmal stellen Ärzte und Angestellte ältere Bücher, die sie nicht mehr brauchen, dorthin.«

Joshua nickte und wandte sich ab. Er stromerte durch die Buchreihen und sog den erdigen Duft antiquarischen staubigen Papiers ein. Er berührte die Einbände, während er den Kopf in Schräglage hielt, Schritt für Schritt weitertippelte und Band für Band die Titel las. Die meisten Bücher waren belletristischer Art. Kommerzielle Unterhaltungsliteratur, mit der er nichts anzufangen wusste. Geschichten, die sich einer mal ausgedacht hatte, im Grunde also Lügen waren. Nein, so etwas mochte er nicht.

Esther lugte um die Ecke. »Und? Haben Sie schon etwas gefunden?«

»Nein.« Joshua schüttelte den zur Seite geneigten Kopf. »Alles nur Romane«, sagte er mit Verdruss in der Stimme.

»Ach, und die mögen Sie nicht?«

»Nein.«

Esther zog einen Band heraus. »Wie wäre es denn mit dem hier? Ein Krimi. Spielt in Deutschland, in Hamburg. Ein Mann wird am Ufer eines Sees tot aufgefunden. Scheinbar ertrunken, aber niemand glaubt so recht daran, weil er der Sohn des Polizeipräsidenten ist und wahrscheinlich Dreck am Stecken hat. Und dann wird noch der Verteidigungsminister mit seinem Auto in die Luft gejagt. Es geht um einen Chip, der uns allen implantiert werden soll und ... ein Verschwörungsthriller ...«

Joshua hob gebietend die Hand. »Nein. Grauenvoll. Bitte nicht!« Joshua suchte weiter und zog ein dünnes Buch hervor mit dem Titel »Lost Horizon. *Der verlorene Horizont*«. Eine offenbar ältere Geschichte von einem sogenannten James Hilton. Engländer oder Amerikaner, mutmaßte Joshua.

»Kennen Sie das?« Joshua hielt Esther das Buch dicht vor die Brille. Sie trat einen Schritt zurück und schüttelte den Kopf. »Nein, noch nie gelesen. Zeigen Sie mal her. Was passiert denn da?« Esther nahm ihm zögerlich das Buch aus der Hand und las den Buchrückentext. »Aha, hm, aha, es geht um ein Kloster namens Shangri-La, irgendwo in Asien. Tibet, glaube ich. Klingt auch nicht schlecht. Keine Leichen, keine Morde. Scheint doch ein Treffer für Sie zu sein.« Esther gab ihm das Buch zurück und lächelte.

Joshua errötete, heftete seinen Blick auf den Einband und las den Titel noch einmal. Er wendete das Buch. *Shangri-La*. »Ja stimmt, klingt asiatisch.« Joshua dachte an die sonderbare Gymnastikgruppe vom Strand. Er nickte. »Könnte ich ja auch mal probieren. Wenn Sie meinen ... Ist zwar 'ne erlogene Geschichte, aber vielleicht ganz interessant zur Abwechslung.« Joshua wusste nicht genau, warum er dieses Buch ausgewählt hatte und nicht eins, das eine Spur wissenschaftlicher anmutete. Vielleicht war es die Verlegenheit, die Esthers ungezwungenes Lächeln in ihm auslöste, vielleicht war es eine Art medikamenteninduzierte Neugier, die ihn dazu veranlasste.

Dass dieses Buch ihn für sein künftiges Leben nachhaltig prägen sollte, ahnte Joshua zu diesem Zeitpunkt noch nicht.

Esther beglückwünschte ihn zu seiner ausgezeichneten Wahl und fuhr fort, die auf einem Metalltisch gestapelten Bücher zurück in die Regale zu sortieren.

Joshua hielt das Buch fest an die Brust gepresst, drehte sich kurz zum Abschied zu Esther um und schlenderte zu seinem Zimmer zurück. Er legte sich auf sein Bett und schlug das Buch an einer x-beliebigen Stelle in etwa der Mitte auf und begann einen Auszug daraus zu lesen. Sätze, die direkt zu ihm zu sprechen schienen.

»Ich schätze, manche Leute müssen sich an schlimmere Orte gewöhnen«, bemerkte Barnard gegen Ende seiner ersten Woche in Shangri-La, und diese Erkenntnis war zweifellos eine der vielen Lehren, die man aus dem Aufenthalt in diesem verborgensten aller Winkel der Welt ziehen konnte. Die Gesellschaft hatte sich mittlerweile auf einen festen Tagesablauf eingestellt, und mit Tschangs Unterstützung war die Langeweile nicht größer als bei so manch einem geplanten Urlaubsaufenthalt. Sie hatten sich alle an die dünne Höhenluft gewöhnt und fanden sie sogar belebend. Sie hatten gelernt, dass die Nächte kalt waren, dass das Kloster fast vollständig von Winden geschützt lag, dass im Tal eine recht gute Tabaksorte angebaut wurde, dass manche Speisen und Getränke angenehmer schmeckten als andere und dass jeder von ihnen seine ausgeprägten Vorlieben und Eigenheiten besaß.

Joshua blickte von seinem Buch auf und schaute in die Ecke seines Zimmers, in der sich eine winzige Spinne in einem Netz niedergelassen hatte: *Wie eigenartig. Denen geht es ja wie mir. Von der Außenwelt Abgeschlossene, wie sympathisch.*

*

Die Tage vergingen, und es wurde für Sam und Joshua zu einer angenehmen Abwechslung, gemeinsam an den Strand zu gehen. Diese Besuche waren die versprochene Belohnung für erfolgreiche Sitzungen bei Rosenberg, besonders weil die Visiten in Rosenbergs Sprechzimmer immer ausgeprägter, intensiver und länger währten.

Er achtete peinlich genau darauf, ungestört zu bleiben. Keine Anrufe, keine Störungen, er war quasi nicht da für den Rest der Klinik. Zu Beginn noch fühlte sich Joshua nach der Hypnosetherapie ausgeruht und erfrischt. Später änderte sich dies. Er verstand nicht, was der Professor dort außerhalb seines Bewusstseins trieb. Er argwöhnte nicht, er mochte Rosenberg und vertraute ihm. Möglicherweise ein Fehler, den Menschen begehen, die dazu neigen, zu leichtgläubig zu sein.

Wenn immer Joshua am Strand oder anderswo das Bedürfnis hatte, Sam die genauen Hintergründe zu vordergründig Sichtbarem erklären zu wollen, ließ Sam ihn gewähren. Er lernte Dinge, von denen er noch nie gehört hatte. Nach einer Weile, als Sam Joshua besser kennengelernt hatte und meinte, einschätzen zu können, wie Joshua so tickte, kam es vor, dass Sam, obwohl dies strengstens verboten war, ihn fragte, ob es in Ordnung sei, wenn er schnell mal eben baden ginge. Sam liebte es, in der Brandung unterzutauchen, sich wie ein Fisch darin zu bewegen. Joshua nickte, obwohl er diese Neigung nicht verstehen konnte, deutete ungerührt mit dem Kinn in Richtung der Wellen und versank wieder in seiner Lektüre. Sam beobachtete Joshua, sobald er wieder aufgetaucht war und kam, nachdem er sich abgekühlt hatte, zu ihm zurück und warf sich in den Sand auf sein Handtuch. Joshua hatte sich in den Minuten, in denen Sam baden war, nicht eine Handbreit von seinem Platz wegbewegt. Einzig die rechte Hand zum Umblättern der Seiten hatte sich gerührt.

Sam stützte sich auf seinen Unterarmen auf und studierte seinen lesenden Schützling. »Und? Ist es gut?« Sam schloss die Augen und reckte seinen Kopf zur Sonne.

»Bitte?«

»Na, das Buch!«

Joshua nickte schwach. »Tja, was soll ich sagen? Anfangs war ich skeptisch. Es ist eigentlich ganz und gar erstaunlich. Obwohl doch von der ersten Seite an alles gelogen und ausgedacht ist, so scheint es mir doch so wirklich zu sein wie im richtigen Leben.«

Sam lachte. »Genau so sollte es in einem guten Roman ja auch sein. Und wer weiß, vielleicht ist ja gar nicht alles nur ausgedacht. Vielleicht stimmt ja einiges, was da drin steht. In ein Buch fließen meistens die Erfahrungen, Eigentümlichkeiten und Erlebnisse des Autors mit rein. Man vermischt Fiktives mit Wahrem, und der Leser muss für sich herausfinden, was für ihn Wirklichkeit ist oder werden kann.«

Joshua sah ihn fragend an. »Das versteh ich nicht.«

Sam freute sich, zur Abwechslung mal Joshua etwas erklären zu können. »Na, ist doch ganz einfach. Du kannst nur das als tatsächlich und wirklich bezeichnen, was hinter dir liegt oder was gerade jetzt passiert. Von diesen Dingen wissen wir als Einziges genau, dass sie wahr sind. Weil wir sie selbst erlebt haben. Aber das, was in der Zukunft liegt, was noch nicht geschehen ist, gibt es nur in unseren Vorstellungen, in unserer Fantasie. Ich bin fest davon überzeugt, dass nichts im Leben einfach ohne Grund passiert, sondern weil es uns in irgendeiner Form nützt. Möglicherweise erschaffst du es sogar durch deine Gedanken und Wünsche selbst. So wie du es haben möchtest, so wird es werden.«

Joshua schüttelte energisch den Kopf. »Ist das nicht ein bisschen zu einfach? Ich kann nicht bestimmen, welche Bahnen die Wolken in fünf Minuten nehmen werden. Ich kann es berechnen, wenn du willst und ziemlich genau vorherbestimmen, wenn ich verschiedene Parameter wie den Wind, Luftdruck und Luftfeuchtigkeit kenne, aber ich kann nicht durch meinen Willen machen, dass es aus ihnen regnet. Ich kann die meteorologische Wahrscheinlichkeit des Regens bestimmen, das ist aber auch schon alles.«

Sam richtete sich auf, setzte sich Joshua im Schneidersitz gegenüber in den Sand und sah ihn eindringlich an. »Es sei denn, du würdest es unbedingt wollen, mit all deiner Kraft und deinem Verstand und du würdest alles darum geben, dass es durch deine Fähigkeit einmal regnet, dann würdest du so lange forschen und tüfteln und schließlich, mit etwas Glück, eine Maschine entwickeln, die es regnen lassen kann.« Sam erhob sich aus der Hocke und riss die Arme empor. »Stell dir nur mal vor, in der Negev Wüste würde es dank deiner Maschine regnen.«

Joshua grinste. Der Gedanke gefiel ihm.

»Und wenn du nun in einem Buch eine Geschichte liest, die für dich zunächst ganz unmöglich erscheint, kann sie doch eines Tages wahr werden, wenn du es unbedingt willst. Deine Zukunft ist noch nicht geschrieben, du hast sie in deiner Hand!«

Joshua war noch nicht ganz überzeugt. In seiner Stimme lag Trotz. »Meine Zukunft liegt in Gottes Hand.«

»Auch. Aber du bist nicht seine leblose Marionette. Er hat dir Verstand gegeben, und zwar reichlich, mehr als den meisten, die ich kenne, und er hat dir aufgetragen, etwas damit anzustellen, das die Welt ein bisschen besser macht.«

Joshua merkte sich die Seitenzahl und die Anzahl der Zeichen, die er auf dieser Seite bereits gelesen hatte, und klappte das Buch zu. Er wurde nachdenklich, ein dunkler Hauch von Traurigkeit huschte über sein Gesicht. »Eigentlich habe ich früher genauso gedacht wie du, aber dann bin ich hierhergekommen und ich war der festen Überzeugung, genau hier endet meine Zukunft. Seitdem ich hier bin, bin ich und mit mir meine Ideen jeden Tag ein Stück mehr gestorben. Ich werde gar nichts mehr erreichen. Man lässt mich ja nicht.«

»Ach Unsinn, genau hier fängt alles erst an. Lass dich nicht entmutigen. Dies hier ist nur eine Weiche für deinen Lebenszug, aber nicht die Endstation. Wenn du willst, dass etwas geschieht, dann lass es geschehen! Gott ist der Schöpfer, das stimmt, aber du bist als sein Ebenbild geschaffen, also hau rein, Joshua. Ich habe zwar keine Ahnung, was in deinem Kopf so alles vorgeht, aber ich glaube, da warten noch eine Menge Dinge auf dich, die du heute für unmöglich hältst, aber ganz sicher wahr werden lassen kannst. Denk an meine Worte: *Du* hast es in der Hand.«

Joshua nickte. Neue Hoffnung begann in ihm zu keimen.

Sam klopfte ihm auf die Schulter. »Komm, hoch mit dir, wir müssen los. Wir essen bald.«

Sam und Joshua trotteten vergnügt den Strand entlang. *Eine Weiche für meinen Lebenszug*, dachte Joshua und lächelte still in sich hinein.

KAPITEL 17

28. Oktober 2013, Lüneburg

Als Martin am späten Nachmittag die Tür zu seiner Wohnung aufschloss, wurde er von leuchtend roten Blutspuren auf dem Teppich im Flur empfangen. Sie sprangen ihn förmlich an. Düstere Erinnerungen an den Überfall krochen wie träge blubbernde, übel riechende Blasen aus dem Morast seines Unterbewusstseins empor. Damals, als der Einbrecher Catherine die Treppe hinuntergestoßen hatte, und Martin sie am unteren Absatz gefunden hatte: blutüberströmt, bewusstlos, dem Tode nahe.

Martin hastete durch die Wohnung. »Catherine? Bist du da? Schatz, ich bin zu Hause.«

Stille! Kein Mucks war zu hören. Kein Miauen der verhassten Katze, kein Schluchzen, nichts. Es war doch erst eine knappe halbe Stunde her, dass sie telefoniert hatten. War sie nicht zu Hause, oder war schon wieder etwas passiert? Die Wohnung war zwar nicht riesig, und doch gab es einige Zimmer, in die er hineinschauen musste. Martin beeilte sich, so schnell er konnte. Angst machte sich in ihm breit, und der Schweiß stand ihm auf der Stirn.

Dann, zwischen Schlafzimmer und Badezimmer sah er sie – beide. Regungslos.

Catherine saß auf dem Boden, an die Wand gelehnt, die Beine ausgestreckt. Martin sah Blut, viel Blut. An ihren Armen, im Gesicht und im Fell der Katze. Die weißen Streifen der Katze leuchteten rötlich und reflektierten das Licht der Halogenstrahler aus der Decke. Catherines Kopf war vornüber geneigt und rührte sich keinen Millimeter.

In Sekundenbruchteilen war er bei ihr, griff ihr an den Hals und fühlte gleichmäßigen und ruhigen Puls.

Sie hob den Kopf. Martin fiel ein Kratzer auf der rechten Wange auf. Sie blickte ihn mit verängstigten Augen an.

Die Katze lag friedlich neben ihr auf dem Boden und der Kopf ruhte in ihrem Schoß. Wäre sie noch am Leben gewesen, spätestens jetzt wäre sie aufgesprungen und hätte das Weite gesucht. Sie mochte Martin noch weniger als er sie.

»Was ist passiert?«, flüsterte er seiner Frau ins Ohr. Behutsam nahm er ihren linken Arm hoch und betrachtete das Blut auf der Innenseite. Es gab keine Wunde, keinen Schnitt. Es war fremdes Blut. Er atmete erleichtert auf. Dann beugte er sich langsam vor und hob den rechten Arm vorsichtig an. Auch hier klebte Blut an der Hand, aber mehr an den Fingern und als er die Hand anhob, sah er das Messer darin. Wieder stellte er fest, dass es nicht ihr Blut an den Handgelenken war. Er stieß einen sonderbaren Laut aus, als wägte er ab, ob er sich freuen oder wehklagen solle.

Catherine hatte nicht die Hand an *sich* gelegt, sondern an die Katze. Mit unzähligen Messerstichen hatte sie das Tier förmlich abgeschlachtet.

Mit wesensfremder monotoner Stimme sagte sie: »Ich habe sie in die Hölle geschickt, das Miststück. Da kann sie jetzt mit ihrem ehemaligen Herrchen schmusen.« Sie machte eine Pause und streichelte paradoxerweise das weiche Fell mit der linken Hand. Noch immer hielt sie das Messer in der Hand und krallte ihre Finger darum.

»Musste das sein?«

Catherine sah auf. »Sie war ein Teufel. Sie wollte mich umbringen. Sie oder ich.«

»Wie kann eine Katze dich umbringen wollen und warum?«

»Das weiß ich doch nicht!«, schrie sie. »Sie war eben ein Teufel oder von ihm besessen. Schau nur, wie friedlich sie jetzt ist. Jetzt, wo der Dämon aus ihr raus ist.«

Martin nahm behutsam die Katze aus ihrem Arm auf. Noch hielt sie das Messer in der Hand. »Ich bring sie weg.«

Catherine antwortete nicht. Ihr linker Arm fiel schlaff auf den blutverschmierten Teppich.

Diese Wohnung hat definitiv schon zu viel Blut gesehen, dachte Martin. Er nahm das Tier mit in die Küche, kramte eine Plastiktüte aus einem Unterschrank hervor und stülpte sie über den mit Blutkrusten übersäten Körper. Eine Woge der Übelkeit schwappte in ihm empor. Er verschloss die Tüte mit einem Knoten und legte sie beiseite. Zügig ging er zurück zu Catherine, die keine Anstalten machte aufzustehen, um ihr Leben weiterzuleben.

Er setzte sich neben sie und nahm ihr das Messer aus der Hand. »Du brauchst Hilfe, Schatz.«

Als stoben die Wolken in ihrem vernebelten Kopf auseinander, sagte sie: »Ich weiß.«

Sie stand auf, ging ins Bad, ließ das fleckige Kleid an sich herabgleiten, zog den Slip aus und stellte sich unter die Dusche. Martin nahm derweil ihre blutbeschmierten Kleidungsstücke und steckte sie in eine andere Plastiktüte. Er entschied, sie wegzuschmeißen, damit es nichts gab, das Catherine an diesen Vorfall erinnern würde.

*

Nachdem Catherine aus der Dusche kam, schien sie wie verwandelt zu sein, als habe sie die Erlebnisse der letzten Stunden einfach abgewaschen und in den Abfluss gespült. Martin hatte derweil den Futternapf der Katze entsorgt und alles andere, was an sie erinnerte. Gewiss, er war froh, dass sie weg war, aber so? Auf diese Weise?

Zwischenzeitlich war er zum Mülleimer unten im Hof gegangen und hatte der toten Katze nebst allen Utensilien ein städtisches Begräbnis angedeihen lassen. Er hatte weder Zeit, noch gab es einen Anlass für rührselige Gedanken, ob und wie man eine tote Katze angemessen beerdigte.

Der Abend verlief ruhig. Sie unterhielten sich, als sei rein gar nichts passiert. Nur das schmale Pflaster auf Catherines Wange zeugte davon, dass dem doch so war. Catherine alberte sogar ein bisschen, es schien, als fühle sie sich befreit von etwas wahrhaft Bedrückendem.

Und doch blieb für Martin dieser sonderbare Geschmack bestehen. Seine Frau hatte mit einem Fleischermesser unzählige Male auf ein Tier eingestochen. Was ging bloß in ihr vor? Was auch immer ihr die Katze angetan hatte, schien diese Reaktion nicht angemessen zu rechtfertigen. War ihr eigenes Leben noch immer gefährdet? Oder vielleicht sogar seins? Was, wenn sie in ihrer Fantasie plötzlich Martin als Aggressor betrachten würde? Würde sie dann in der Nacht auf ihn losgehen?

In einem Augenblick des intensivsten Grübelns klingelte sein Handy. Catherine schwatzte einfach weiter, obwohl er ihr schon gar nicht mehr zuhörte. Sie führte einen Monolog, ohne es zu merken.

»Pohlmann«, sagte er kurz. Die Nummer war ihm fremd. Er stand auf und verließ das Wohnzimmer. Ein schneller Blick zu Catherine, die abrupt aufgehört hatte zu reden. Sie starrte ihn verärgert an.

»Mordechai«, flötete es freundlich aus dem Handy. »Ich habe Ihnen doch versprochen, dass ich noch mal nachsehe.«

Martin griff sich an die Stirn und kratzte sich am Haaransatz. Wie von einem Sog wurde er in eine andere Realität zurückgesaugt, für seinen Geschmack etwas zu unsanft. »Oh ja, richtig. Und? Sind Sie fündig geworden?«

»Nun ja, ein bisschen. Ich habe mich eine Weile gefragt, warum man so etwas tut. Einem Menschen dieses Wort NEFT auf den Körper einbrennen.«

Warum man so etwas tut? Weil es einen Haufen kranker Arschlöcher auf dieser Welt gibt, deshalb. Martin fragte sich, was nun wieder auf ihn zukäme. Für diesen Tag hatte er wahrlich genug Überraschungen gehabt.

Der Rabbi sprach weiter. »Wenn der Mörder eine Botschaft hinterlassen wollte, ist ihm das ja auch schon geglückt, indem er den armen Kerl mit Öl abfüllt. Warum also noch etwas auf die Brust ritzen? Mir scheint fast, als wollte der Mörder den Toten ächten. Allein durch eine Tätowierung, die ja im Talmud und im mosaischen Gesetz verboten ist.«

»Ach. Tätowieren ist bei Ihnen verboten?«

»Ja, Jehova hat es sehr deutlich gesagt in 3. Mose 19, Vers 28. Es wird als heidnischer Brauch betrachtet, dem wir uns nicht anschließen möchten.«

Martin wiegelte ab. »Okay, ein anderes Mal vielleicht mehr dazu. Was haben Sie zu dem Wort NEFT gefunden?« Martin hatte keine Lust auf eine biblische Grundsatzdiskussion, obwohl ihm genau diese nun bevorstand.

»Ich habe, obwohl es als Jude nicht zu meiner Gewohnheit gehört, das Neue Testament hinzugezogen. Sie wissen ja vielleicht, dass das Neue Testament für uns nicht in dem Maße als Wort Gottes zu werten ist wie für die Christen, aber okay … Jedenfalls hab ich versucht zu verstehen, warum es dem Mörder so wichtig war, diese Doppelbedeutung hervorzuheben. *Der Geist, der aus der Tiefe stammt.* Nun, ich muss sagen, bei genauerer Betrachtung gäbe es da einen Zusammenhang.«

Und der wäre? Martin wartete geduldig.

»Nun, es gibt Verse im Buch der Offenbarung, die vielleicht passen könnten. Eine Frage zuvor, Herr Pohlmann. Glauben Sie an Geister?«

Martin schloss die Augen und massierte die Lider. Hatte nicht Minuten zuvor seine eigene Frau von Dämonen gesprochen? Er öffnete sie und verschwand in seinem Büro. Dort ließ er sich in seinen Drehstuhl fallen. »Sie meinen, an Gespenster oder so was? Nein, eigentlich nicht.«

»Nein, an Geister. An unsichtbare Wesen?«

»Keine Ahnung. Sollte ich?«

»Nun ja, ich denke schon. Wie wollen Sie sich dann all das Schlechte erklären, das Ihnen jeden Tag in Ihrem Beruf begegnet? Oder der Blick in die Zeitung …?«

Martin würgte den Redeschwall des Rabbis ab. »Ja. Und?«

»Also schön, ich lese Ihnen die wichtigsten Verse eben vor.« Martin hörte den Rabbi blättern. Der Fall begann ihm auf die Nerven zu gehen.

»Offenbarung 16,12-16. Dort heißt es: Der sechste Engel goss seine Schale auf den großen Strom Euphrat aus; da vertrocknete er, damit den Königen vom Aufgang der Sonne her der Weg offen stände. Und ich sah aus dem Maul des Tieres und aus dem Maul des falschen Propheten drei unreine Geister wie Frösche hervorkommen. Die Frösche sind Teufelsgeister, die Wunderzeichen vollbringen. Sie begeben sich zu den Königen des ganzen Erdkreises, um sie zum Kampf am großen Tage Gottes, des Allmächtigen, zu sammeln.«

Der Rabbi blätterte erneut die Seiten um. »Und weiter unten heißt es: Die unreinen Geister versammeln die Könige der Erde in der Gegend, die auf hebräisch Harmagedon heißt.«

Martin schwieg. Er spürte, wie Unmut in ihm aufstieg. Mit so etwas hatte er nicht gerechnet.

»Herr Pohlmann, sind Sie noch da?«

»Ja, bin ich. Ich versteh kein Wort.«

»Ja, das dachte ich mir. Man muss diese Verse im Kontext zu dem verstehen, was derzeit auf der Welt passiert. Konkret, was im Zusammenhang mit Öl passiert, und das ist tatsächlich nichts Gutes.«

»Okay, da gebe ich Ihnen recht.«

»Nun, diese Verse sprechen von Harmagedon, der biblischen Endzeit. Wer den Kampf um das Rohöl, entfacht durch den Geist aus dem Untergrund, betrachtet, sieht, dass unsere heutige Situation immer deutlicher in Übereinstimmung zu dem in der Offenbarung vorausgesagten Geschehen rückt. Nun, ich denke, drei Punkte dieser apokalyptischen Aussage sind besonders wichtig, erstens: Das Geschehen konzentriert sich am großen Strom Euphrat, dem Schauplatz des Irakkrieges. Damit scheidet das früher als Babylon interpretierte Rom aus, denn Rom liegt nicht am Euphrat und ist nicht Herr über NEFT, also über das Öl. Sie verstehen schon.«

Martin schüttelte am anderen Ende schweigend den Kopf.

»Das Wort für ›vertrocknet‹ heißt eigentlich ›zu Sand werden‹ genauer gesagt ›wieder zu Sand werden‹, d.h., was einmal Sand war, wird wieder zu Sand. Und damit sind wir im heutigen Nahost-Konflikt, Herr Pohlmann, denn über die Hälfte aller Erdöl- und Erdgasreserven liegen am Persischen Golf und in Saudi-Arabien. Weil diese Ressourcen als Lebensblut der Industriestaaten immer knapper werden, steuert alles auf eine kriegerische Auseinandersetzung hin, um die Erdölreserven für sich zu gewinnen. Okay, sind Sie noch bei mir?«

Martin hob den Kopf und sah aus dem Fenster. *Was für ein bescheuerter Fall*, dachte er. »Klar, bin ich.«

»Gut, zweitens: In dem Offenbarungstext werden die Könige vom ›Aufgang der Sonne‹ genannt und das sind von Babylon aus betrachtet u.a. China und Indien. Diesen Königen aus dem Osten steht der Weg nun offen. Schon jetzt werden Sanktionen der UNO gegen den Iran wertlos, weil, wenn auch die westlichen Industrienationen sich an die Sanktionen halten, China und andere asiatische Länder die UN-Sanktionen ignorieren werden, um angesichts der austrocknenden Erdölreserven ihre rasant wachsende Industrie zu versorgen. Womit China für den gesamten Westen zur Konkurrenz und damit zur sogenannten ›Gelben Gefahr‹ wird.«

»Und drittens?«, wollte Martin die Erklärungen des Rabbi beschleunigen.

»Tja, und drittens schafft der Kampf um das schwarze Gold nicht nur Konkurrenten. Sondern auch Allianzen, um die Erdöl- und Erdgasfelder vor Terroranschlägen zu schützen. Nicht nur Al-Kaida oder IS-Terroristen haben die ›Tankstelle der Welt‹ im Visier, sondern auch unberechenbare Regime. Diese aus globalen Wirtschaftsinteressen geschaffene Allianz versammelt dann alle Könige der Erde gegen Israel. Denn die Schuld an der Wirtschaftskrise wird Israel gegeben, weil sich die Welt von antisemitischen Despoten wie dem iranischen Präsidenten Ahmadinedschad erpressen lässt. Aus Panik, dass der große Strom Euphrat mit seinen Erdölvorkommen austrocknet, versammeln sich die Völker, angetrieben durch ›unreine Geister‹ im Tal von Harmagedon.«

Das war es also, was Rabbi Mordechai ihm schlüssig näherbringen wollte. Verstanden hatte er dennoch herzlich wenig von dessen Ausführungen.

»Würden Sie mir bitte noch den Gefallen tun, diese Bibelauslegung einigermaßen mundgerecht zuzubereiten.«

»Verstehe, Sie möchten ein Fazit.«

»Ja, genau, ein Fazit. Das wäre schön.«

»Tja, also, als Zusammenfassung würde ich sagen, dass der Mörder, den Sie suchen, nicht dumm sein kann. Er ist sehr genau über die aktuellen politischen Zusammenhänge und die jüdischen und biblischen Zeichen im Bilde. Zumal aktuell in Israel große Erdölvorkommen gefunden wurden, und zwar unter den Golanhöhen und vor der Küste Tarifas. Man geht davon aus, dass dort so viel Öl liegt, dass Israels Abhängigkeiten von Importländern der Vergangenheit angehören werden.«

»Ja, ich habe davon gelesen. Aber was ist schlecht daran? Israel kann sich doch freuen, autark sein zu können.«

»Das ist es auch, Herr Kommissar, doch das Problem ist, dass das neue Auffinden großer Ölmengen in unserem Land Neider auf den Plan ruft. Noch nie hat Israel nennenswerte Bodenschätze oder Reichtümer gehabt, für die es sich gelohnt hätte, aus umliegenden Ländern nach Israel einzumarschieren. Das hat sich jetzt geändert, seitdem Öl gefunden wurde! Und das ist die Erklärung für das Wort NEFT auf der Brust des Toten.«

»Sie meinen, das Wort NEFT kündigt so etwas wie einen dritten Weltkrieg an?«

»Schlimmer, es kündigt das Ende der Ihnen bekannten Zeit an.«

KAPITEL 18

27. November 2003, Israel, Haifa

An einem weiteren Tag in der Klinik wartete Joshua in der Eingangshalle auf Sam. Das Buch *Der verlorene Horizont* ruhte zusammengeklappt in seinen Händen. Diese verharrten still auf den Knien, einzig der rechte Zeigefinger tippte rhythmisch auf den Buchdeckel. Es lohnte sich nicht, das Buch aufzuschlagen, da er jede Sekunde mit dem Erscheinen des sonst sehr zuverlässigen Sam rechnete.

Joshua trug ein kurzärmeliges kariertes Hemd, hatte die Knöpfe bis zum Hals geschlossen, dazu eine knielange, ebenfalls karierte Hose in anderen Farben, die mittels der geliebten Träger an Ort und Stelle weit über dem Bauchnabel gehalten wurde. Die Socken reichten bis beinahe an die Knie, sodass nur ein circa zehn Zentimeter freies Areal an den Beinen dem Licht ausgesetzt war. Die Füße steckten in tabakbraunen Sandalen, die er sich in der Kleiderkammer von einem ehemaligen *Gast* geborgt hatte. Möglicherweise jenem, dem schon die Hosenträger gehört hatten.

Es waren fünfzehn Minuten vergangen, als Sam atemlos um die Ecke eilte und ihn erreichte. »Hi, Joshua. Wie geht's?« Sam ließ ihm keine Zeit zu antworten. Die Frage war nur Floskel. »Hör mal, Joshua. Ich hab ein Problem, ich kann heute nicht mit dir zum Strand. Jedenfalls noch nicht. Ich … ich hab eine Verabredung mit Jasmin.« Sam knetete seine Finger und blickte zu Joshua herab. Joshuas Gesicht strahlte, ein wohltuender Kontrast zu manch griesgrämigem Patientenantlitz. »Sie ist die Frau meines Lebens, das spür' ich genau und ich will es ihr unbedingt sagen, verstehst du?«

Nein, Joshua verstand nicht. Derlei Dinge wie eine große

Liebe und diesen Unfug waren ihm nicht so geläufig, obwohl er verheiratet war. Er legte den Kopf schief und starrte Sam an.

Sam beugte sich zu ihm herab und legte ihm die Hand auf die Schulter. Er sprach so leise, dass es nur noch ein Flüstern war. »Pass auf Joshua. Wenn du mir sagst, dass ich mich auf dich verlassen kann, dann darfst du heute ausnahmsweise mal allein zum Strand. Das ist unser großes Geheimnis.« Sam legte einen Finger vor die Lippen. Die Worte, die folgten, betonte er so eindringlich wie möglich, beinahe hypnotisch. »Bleib gleich vorne, dicht an der Promenade und setz dich dahin. Nimm denselben Stuhl wie immer. Stell dir einfach vor, ich wäre auch da, während du liest. Okay? Ich komme später nach, versprochen.« Sam kramte den dicken Schlüsselbund hervor und entfernte den Schlüssel für die hintere Pforte vom Ring. Er blickte sich zu allen Seiten um. »Hör zu Joshua, das hier kann mich den Job kosten, also verpfeif mich nicht. Und mach keinen Unsinn. Setz dich einfach auf deinen gelben Lieblingsstuhl mit der kleinen roten Macke an der rechten Armlehne und rühr dich nicht vom Fleck. Hast du mich verstanden?«

Joshua nickte und war sich der Brisanz der sich ihm eröffnenden Möglichkeiten nicht bewusst. Er lächelte nicht, schaute aber auch nicht traurig oder enttäuscht, bewegte nur die Lippen ein wenig. Dann nahm er den Schlüssel entgegen, verbarg ihn in seiner Faust, griff nach seinem Buch und trottete los.

Er spazierte durch den weitläufigen Park wie an jedem der vielen vorigen Tage auch. Niemand nahm von ihm Notiz. Wie selbstverständlich öffnete er das kleine Tor, das Sam stets als Abkürzung genommen hatte, schritt hindurch und verschloss es hinter sich wieder.

Es war wie immer, nur eben ohne Sam.

Er steuerte, wie ihm geheißen war, direkt auf einen der gelben Plastikstühle zu. Zu *seinem* Plastikstuhl. Er erkannte ihn gleich. Es war der richtige und er war unbesetzt. Gut.

Zufrieden ließ er sich darauf nieder. Die Möwen kreisten über ihm, und die warme Meeresbrise streichelte wohltuend seine Haut. Eine Weile blickte er in die Runde der um ihn versammelten Menschen: junge wie alte, braune und weiße, kahlköpfige und langhaarige und all jene, die irgendwo dazwischenlagen. Solange niemand mit ihm sprechen wollte, war alles gut. Man nahm ihn gar nicht wahr. Dort saß ja auch nur ein gänzlich durchschnittlicher Kerl, unscheinbar, die Beine dicht nebeneinandergestellt, aufrecht sitzend. Er nahm das Buch hervor, schlug es an der Stelle auf, wo er stehen geblieben war und begann zu lesen.

Nach vielleicht zehn Minuten erregte eine besondere Passage in dem Buch Joshuas Aufmerksamkeit. Eine Stelle, über die er nachdenken wollte, der er sich verbunden fühlte, die ihn unter einen gewissen Bann zwängte. Es ging in dieser Szene um die Verpflichtung, das Beste aus seinem Leben zu machen. Zwei Männer, ein älterer und ein jüngerer, unterhielten sich, sie stritten fast, und der ältere von ihnen beschwor den jüngeren bei allem, was ihm heilig sei, seine Talente nicht zu vergeuden. Auf gar keinen Fall dürfe er oberflächlich durchs Leben gehen. Er habe die Verpflichtung, die ihm anvertrauten Gaben nicht zu missachten, sondern sie zum Wohl der Menschheit gewinnbringend einzusetzen.

An dieser Stelle blickte Joshua von seinem Buch auf, starrte vorbei an all den Menschen, den spielenden Kindern, den Händchen haltenden Pärchen hin zu den Wellen, die mit beständigem Gleichmut an den Strand spülten. In gleichförmiger Geduld kam das Wasser schäumend herangeprescht und zischte wieder zurück. Immer wieder tat es das, unbeeindruckt vom Treiben der Menschen, unbeeindruckt vom ganzen Rest des Universums.

Joshua erhob sich gemächlich von seinem Stuhl. Es war, als habe er am Horizont etwas ganz Besonderes entdeckt, denn er wagte es nicht, seinen Blick davon abzuwenden. Das Buch legte er auf der Sitzfläche ab. Schnurstracks, wie von einer unsichtbaren Hand gezogen, ging er auf das Wasser zu. Er ignorierte alle Menschen um ihn herum, wich einem Surfer mit seinem bunten Brett aus, sah nicht den flatternden Drachen am Himmel, dessen Schnur ein Knirps mit viel zu großen Bermudashorts in beiden Händen hielt. Er achtete auch nicht auf den Bademeister, der die Flagge an seinem Stuhl wechselte, die das Badeverbot wegen zunehmenden Wellengangs verkündete.

Am Ufer blieb Joshua unschlüssig stehen. Dann zog er seine Schuhe, die Hose und Socken aus. Er knöpfte das Hemd auf und legte es ab. Alles zusammen drapierte er ordentlich etwa zwei Meter vom Ufer entfernt auf trockenem Sand und ging mit weißem Unterhemd und Unterhose bekleidet ins Wasser. Er erntete angesichts seiner ulkigen Bekleidung belustigte Blicke, den Fingerzeig eines an der Brandungslinie hüpfenden Mädchens, mehr aber auch nicht. Niemand der Strandbesucher wusste, wer Joshua Horowitz eigentlich war, wo er herkam, wo er derzeit logierte und dass er nicht schwimmen konnte.

*

Nach exakt sechs mittelgroßen Schritten stand Joshua mehr als knietief im Wasser. Hier blieb er stehen. Für die Erfahrung, die er machen wollte, reichte ihm diese Tiefe aus. Die Arme baumelten an den Seiten, die Fingerspitzen berührten kühlen Schaum. Die Gischt des Meeres umwirbelte seinen hageren Unterkörper. Er schloss die Augen, konzentrierte sich und fühlte die Kraft, mit der das einströmende und abziehende Wasser an seinen Beinen zerrte. Für die meisten Menschen eine ganz gewöhnliche, weil schon sehr oft und nicht mehr bewusst wahrgenommene Erfahrung, doch für ihn war es das erste Mal. In seinem ganzen Leben hatte er noch nie drei Meter vom Ufer entfernt im Wasser gestanden und war äußerst beeindruckt, mit welcher Gewalt seine nackten Waden umspielt wurden. Die Füße sanken mehr und mehr im Sand ein und mit jedem Kommen und Gehen der Brandung wuchs eine Formel in seinem Kopf zu einer langen These heran.

Als auch die Unterhose durchnässt war, drehte sich Joshua um und ging glücklich zum Strand zurück, wo er Hose, Socken, Hemd und Schuhe fein säuberlich übereinandergestapelt abgelegt hatte. In Gedanken versunken, wie in Trance, hob er das Paket auf und ging ein Stück am Strand entlang. Nun schaute sich wieder der eine oder andere Badegast nach ihm um. Eine durchnässte, am Hintern schlackernde weiße Feinrippunterhose entsprach nicht gerade der gängigen Bademode.

Joshua war auf der Suche nach einem menschenleeren Strandabschnitt, wo er sich niederlassen konnte. Nach dreihundert Metern fand er diesen Flecken Erde, den er als Zeichenblock benutzen wollte. Er stakste umher, hielt Ausschau nach etwas, fand einen Bambusstock im Wasser treiben, holte ihn und begann eine Skizze in den Sand zu malen. Eine sehr große Skizze, die mit jedem Strich und jeder Linie, die Joshua hinzufügte, an Genialität zunahm, ohne jedoch, dass sich Joshua – wie übrigens meistens – darüber bewusst war, wie einzigartig das war, das er gerade erschuf.

*

Sam schnaufte und schwitzte, bewegte sich schnell. Er war dem Höhepunkt nahe. Seine Atmung erhob sich unkontrolliert und stoßweise. Er fühlte die feinen Zuckungen in den naturbraunen Beinen, zwischen denen er sich abrackerte, und streichelte sie. Jasmins kleine Brüste glänzten mit feinem Schweißfilm bedeckt, im schummrigen Licht der Kleiderkammer, und die harten Knospen wirkten irritierend auf Sam wie strafend in die Höhe gerichtete Zeigefinger. Eine verhaltene Regung seines Gewissens drängte sich in sein Bewusstsein: *Joshua*.

Sie küssten sich, und in dem Moment, als Sam kam, warf er den Kopf in den Nacken und lachte glücklich. Ja, mit dieser Frau wollte er den Rest seines Lebens verbringen. Mit dieser und keiner anderen. Dankbar nahm er ihr Gesicht in seine Hände und küsste sie erneut. »Willst du meine Frau werden?«, hauchte er ihr entgegen. Ihre Augenlider flackerten, sie lächelte und nickte.

»Gut«, sagte er und zog rasch die Boxershorts hoch. Mehr musste er nicht wissen. Schnell begann er das Hemd anzuziehen.

»Heute Abend sprechen wir drüber, okay, Schatz? Ich muss nach Joshua sehen.«

Jasmin kannte Joshua. Jeder in der Einrichtung kannte Joshua.

»Wieso? Was ist mit Joshua?«

Sam hüpfte auf einem Bein herum, während er sich in die Jeans zwängte. Die schweißnasse Haut klebte am Stoff. »Er ist am Strand. Ich habe ihn schon mal vorgehen lassen.«

Jasmin hielt inne, als sie den BH auf dem Rücken verschloss. »Du hast *was*? Bist du wahnsinnig? Wann war das?«

Sam sah auf die Uhr. »Vor ’ner guten halben Stunde. Reg dich nicht auf. Er sitzt auf seinem Stuhl und liest. So wie immer.«

»Und was, wenn nicht? Er könnte überall hingehen. Wenn er nach Haifa läuft, werden wir Stunden brauchen, um ihn zu finden. Er kennt sich nicht aus.« Jasmin schlug ihn mit der flachen Hand auf die Brust. »Du bist echt verrückt geworden. Das war total verantwortungslos.«

»Komm, Süße, jetzt mach kein Drama draus. Joshua ist nicht blöd. Er haut nicht ab.«

Sam und Jasmin rannten aus der Klinik und mussten um den ganzen Block laufen, da Sam Joshua den Schlüssel für die kleine Pforte am Ende des Parks gegeben hatte. Der Wind hatte sich inzwischen zu einem leichten Sturm aufgebäumt. Badende waren längst nicht mehr im Wasser. Die ausgefranste Flagge neben dem Ausguck des Bademeisters flatterte wild. Die Schnur daran klackerte rhythmisch und mahnend gegen die Metallstange.

Sam und Jasmin liefen die Promenade entlang und kamen zu der verabredeten Stelle. Jener Ort, an dem sie immer saßen. Alle gelben Stühle waren unbesetzt, auf einem lag ein Buch mit dem Titel: Lost Horizon. Feiner Sand hatte sich auf dem Buchrücken verteilt. Sam nahm es auf und hielt es fest, als hätte er dadurch eine größere Chance, Joshua zu finden.

Erste Panik machte sich in Sam breit. »Verdammt!«, schrie er. Hektisch blickte er sich zu allen Seiten hin um, doch Joshua war nirgends zu sehen. Wohin war er gegangen? Wohin würde *jemand wie er* gehen? Er hatte fast eine Stunde Vorsprung, sofern er sich direkt nach Verlassen der Klinik aufgemacht hatte, um wer weiß wohin zu verschwinden. Vielleicht war er auch in ein Taxi gestiegen und nach Hause zu den Golanhöhen gefahren. Joshua hatte Heimweh, so viel stand fest.

Sam und Jasmin trennten sich und rannten in unterschiedliche Richtungen. Joshuas Namen rufend liefen sie den Strand entlang, bis Sam in einiger Entfernung einen Menschen im Sand knien sah, der von der Statur her Joshua hätte sein können. Ein weißhäutiger Mann in weißer Unterwäsche.

Sam rannte auf den Mann zu und mit jedem Meter, den er ihm näher kam, wuchs seine Gewissheit: Dort saß Joshua und hielt einen Stock in der Hand. Neben ihm lag ein Haufen zusammengelegter Sachen.

Schließlich erreichte er ihn. »Himmel, Joshua, was machst du denn hier? Wir suchen dich schon überall. Meine Güte, hast du mir einen Schreck eingejagt.«

Dann sah Sam, was Joshua dort trieb. Vor ihm, im harten Sand am Ufer des Mittelmeers, war eine gigantische Apparatur gezeichnet worden. Sie war maßstabsgetreu verkleinert worden und stellte … ja was stellte sie eigentlich dar?

Joshua blickte nicht zu Sam auf. »Ich weiß jetzt, was du gemeint hast«, rief er unbekümmert gegen den Wind.

»Was soll ich gemeint haben? Mann, du solltest doch nicht abhauen. Das habe ich gemeint. Du hast es mir versprochen!«

»Du hast mir erklären wollen, dass man alles erreichen kann, wenn man nur an sich glaubt. Die Weiche, weißt du noch? Und in dem Buch stand das auch.«

Sam erinnerte sich. Er deutete auf die Zeichnung zu seinen Füßen. »Was soll das sein?« Sam sah in der Ferne Jasmin auf sich zurennen und winkte ihr heftig gestikulierend zu.

Joshua deutete mit ausgestrecktem Arm auf die am Ufer auftreffenden Wellen, die alle Spuren im Sand vernichteten und jene Muscheln mit ins Meer zurücknahmen, die wenige Minuten zuvor an Land gespült worden waren. »Dies ist eine von den vielen Gaben Gottes, die kostenlos Energie liefert. Ich wusste es schon immer, aber heute ist mir klar geworden, welcher Fehler bisher in meinen Gleichungen steckte. Zwei Drittel der Erde sind von Wasser bedeckt, Sam, und dies nicht ohne Grund.«

Sam sah Joshua irritiert an. Inzwischen hatte Jasmin die beiden erreicht und betrachtete außer Atem die detaillierten Zeichnungen am Boden, die sich über sechs Quadratmeter erstreckten.

»Gezeiten, Sam. Die Gezeiten. Ich hab es an meinen Beinen gespürt, diese Energie, die ganze Kraftwerke speisen kann. Schau hier.« Joshua deutete mit seinem Bambusstock auf ein röhrenartiges Gebilde im Sand. »Eine Turbine nimmt das kommende Wasser auf und eine andere das abfließende. Wir haben hier eine nie endende Quelle kostenloser Energie. Eine zweite Möglichkeit wäre, sich den Tidenhub, also die Differenz zwischen Hoch- und Niedrigwasserstand, zunutze zu machen. Stell dir eine große Scheibe vor, die auf der Wasseroberfläche liegt und jede Bewegung der Wellen mitmacht.« Joshua hob die Arme auf und nieder und demonstrierte seine Idee. »Sie ist über eine Hydraulik mit dem Meeresboden verankert. Darin befindet sich spezielles Drucköl. Große Turbinen können angetrieben werden, die mit Generatoren gekoppelt sind. Eigentlich ganz einfach. Elektrischer Strom zum Nulltarif. Oder man bringt die Turbinen am Meeresboden an, durch die das Wasser strömen kann. Wie Windräder, nur unter Wasser, wetterunabhängig und zuverlässig. Jeden Fluss kannst du dir zunutze machen, wenn du willst. Man muss nur sicherstellen, dass keine Fische oder Meerestiere zu Schaden kommen. Ein abgegrenzter Bereich, mit feinen undurchdringlichen Netzen, in denen sich nichts verfangen kann.«

Sam stöhnte auf, erleichtert, dass Joshua nichts passiert war, und doch fasziniert, mit welcher Präzision Joshua diese Zeichnung und Berechnungen erstellt hatte. »Meinst du nicht, dass es das alles schon längst gibt?«

»Klar gibt es so etwas schon eine ganze Weile, aber nicht mit diesem Wirkungsgrad wie auf dieser Zeichnung. Außerdem wird es nicht forciert eingesetzt. Es gibt bereits seit den 60ern Gezeitenkraftwerke, aber man stellt sie als ineffektiv dar und nimmt nicht genug Anstrengungen auf, um sie zu perfektionieren. Hier, sieh dir die Formel an. Diese Berechnungen fielen mir ein, als ich im Wasser stand. Ich bin davon überzeugt, dass man mit solchen Anlagen so viel Energie produzieren könnte, um von den sogenannten fossilen Brennstoffen vollständig unabhängig zu werden.«

»Aber das wäre doch genial«, warf Jasmin ein. Sie schmunzelte, als sie Joshuas zu große und nasse Unterhose betrachtete. Dann versuchte sie wieder ernst zu werden. »Das ist doch das, was wir alle wollen. Keine Klimaschädigung mehr durch zu viel CO2-Ausstoß.« Der Wind durchsauste ihr dunkles Haar. Sie verschränkte die Arme vor der Brust und wollte Sam zur Rückkehr bewegen, doch er war fasziniert von dieser Zeichnung, von dem schrulligen Erfinder und dessen Genie.

»Ja, für uns wäre das toll«, bestätigte Joshua. Mittlerweile musste er gegen den Sturm anschreien. »Wir und viele andere wollen das, aber so einfach ist das nicht. Die großen Energiefirmen wollen nämlich nicht, dass man damit Erfolg hat. Nicht auszudenken, was passieren würde, wenn Energie kein Geld mehr kosten würde.« Dann wurde er sehr ernst und blickte in Jasmins hübsches Gesicht. »Die entscheidenden Patente werden so lange abgelehnt, konfisziert und unter Verschluss gehalten, bis irgendwelche Machthaber sicher sind, dass sie keiner energieproduzierenden Firma schaden. Vor mir hat es schon viele geniale Erfinder gegeben, deren Ideen seit Jahren in einem Archiv im Keller verstauben.«

Ein dunkles Grollen ertönte über ihren Köpfen. Jasmin machte sich Sorgen wegen des Rückwegs. »Du meinst, es werden Umweltschäden und Klimaveränderungen in Kauf genommen, um Machtpositionen zu sichern?«

»Macht, Einfluss, Reichtum, Manipulation, was immer du willst. Die werden immer irgendetwas unternehmen, um den Fortschritt zu boykottieren. Sie werden Lügen in die Welt setzen, die niemand anzweifeln und widerlegen kann. Alle Entdeckungen, die saubere und kostengünstige Energie hervorgebracht haben, scheiterten immer an schwer nachprüfbaren Problemen. Sie erfanden Getriebeschäden, Korrosionen, unmögliche Netzeinspeisung und wenn es das nicht war, dann war es zu unwirtschaftlich und ineffizient. Wisst ihr«, betonte Joshua, »wenn man es nur wirklich wollte, könnten Ingenieure Ebbe und Flut so effektiv einsetzen, dass alle Menschen auf dieser Welt Strom hätten. Bis zu 20.000 Megawatt wären locker möglich. Das entspräche ziemlich genau dreiundzwanzig Atomreaktoren.«

Sam betrachtete Joshua mit Bewunderung. Dieser Mann, der in Unterhosen vor ihm stand, der so unspektakulär wie ein Niemand wirkte, hatte eine Vision vom Ende des jetzt bestehenden Energiezeitalters.

Joshua zeigte mit dem Stock, den er in der Hand hielt, auf Sam. »Das hast du selber gesagt, dass alles möglich ist, wenn man es nur wirklich will.«

»Meine Güte, Joshua, ich wollte es nicht glauben, aber du bist völlig durchgeknallt.«

Joshua sah Sam traurig an.

»Hey, das war ein Witz. Klar bist du verrückt, aber im positiven Sinne. Du lebst für eine Idee und dafür muss man vermutlich ein bisschen verrückt sein.« Sam wandte sich um und blickte in den wolkenverhangenen Himmel. »Wir sollten aber jetzt wirklich von hier verschwinden. Wenn rauskommt, dass du allein am Strand warst und ich dich verloren hab', bin ich meinen Job los. Und bitte, Joshua, zieh dich wieder an.«

Joshua streifte die karierten Hosen über und zog das Hemd an. Zufrieden ließ er die Hosenträger auf die Schultern schnappen. »Ich erzähl nichts«, beteuerte er. »Ohne dich hätte ich heute diese Entdeckung nicht gemacht. Und durch dich hab' ich den Glauben an das Unmögliche wieder zurückerlangt.«

Es begann zu regnen, und die auf den Sand platschenden schweren Tropfen begannen Joshuas Zeichnungen zu verwischen. Nach zwei Minuten hob sich die Fläche, die sich für eine kurze Zeit rühmen durfte, die Skizze des effektivsten und effizientesten Wasserkraftwerks aller Zeiten beherbergt zu haben, von der übrigen am Strand nicht mehr ab.

»Kriegst du das noch mal hin?«, brüllte Sam gegen den Sturm an.

»Klar. Ist alles hier drin.« Joshua tippte sich an die Stirn.

*

Drei weitere Monate waren vergangen und Joshua hatte sich in dieser sonderbaren Mischung aus Klinik und Kibbuz eingelebt. Jeder kannte jeden, manche mit Namen, andere auch ohne. Sam und Jasmin hatten sich verlobt und Joshuas Alleingang am Strand war für sie als einmalige Sache vergeben und vergessen. Dennoch durfte dieser leichtsinnige Fauxpas niemals ans Licht kommen, es hätte das Ende von Sams Arbeitsverhältnis bedeutet. Sam bangte, ob Joshua dichthalten würde. Professor Rosenberg wachte mit Akribie über all seine Schützlinge, wobei Joshua mehr und mehr einen besonderen Platz in seinen Studieninteressen einnahm. Trotz der vielen Gespräche und Analysen, die gefolgt waren, hatte er von dem *Ausflug* Joshuas bisher noch keine Kenntnis, wobei die Gefahr bestand, dass sich Joshua jederzeit verplappern könnte. Spätestens unter Hypnose wäre die Wahrscheinlichkeit groß, dass er eine Beichte abliefern würde; sie brachte alles ans Licht, Wichtiges wie Nebensächliches in gleichem Maße.

Rosenberg beherrschte diesen Schlüssel zu verborgenen Informationen perfekt.

Gleich, nachdem Joshua vom Strand zurückgekommen war, hatte Sam ihm einen Zeichenblock, einen Stapel Papier und Stifte in verschiedenen Farben gebracht. Noch in derselben Nacht übertrug Joshua die Zeichnungen, die er in den feinen israelischen Sand gekritzelt, und die das Meer und die Tränen des Himmels zurückgefordert hatten, auf einen DIN-A2-Bogen. Seine erläuternden Bemerkungen und Erklärungen fügte er auf vierundsiebzig eng beschriebenen Seiten hinzu.

Das Ärzteteam, allen voran Prof. Rosenberg, achtete darauf, Joshuas Leben einem wohltuenden Gleichklang zu unterziehen. *Rituale schaffen Vertrauen und geben Sicherheit*, so war die Devise.

Joshuas Tage bestanden im Wesentlichen aus drei Eckpfeilern: lesen, denken und aufschreiben, was beim Denken herausgekommen war. Die anfangs täglichen Sitzungen mit Rosenberg und der Gruppe wurden auf dreimal wöchentlich reduziert. Gruppengespräche gab es gar nicht mehr, umso intensiver fielen die Einzelsitzungen aus. Rosenberg verfolgte Joshuas Treiben mit einer seltsamen Hingabe. Es schien, als würde er seine anderen Patienten vernachlässigen und sich ausschließlich um ihn kümmern. Er war Joshuas Drängen nachgekommen und hatte ihm wissenschaftliche

Literatur besorgt. Er beobachtete, wie Joshua aufblühte, sobald er wieder das tun konnte, was er am liebsten machte, nämlich forschen und grübeln, um eines Tages umzusetzen, was er als seine Mission betrachtete: der Menschheit die Freiheit zu schenken. Nun, diesen Punkt ließ man unkommentiert im Raum stehen. Für diese Art des Größenwahns schien die geeignete Therapie noch nicht gefunden zu sein. Die verschrobene und verzerrte Wahrnehmung der eigenen Person, begleitet von starken Gefühlen der Minderwertigkeit und des damit verbundenen Geltungsbedürfnisses, war ein gängiges Problem in der Klinik, doch bei Joshua verhielt es sich anders: Er *behauptete* nicht nur, genial zu sein, sondern er *war* es schlicht und einfach. Somit war die Wahrnehmung seiner selbst gar nicht so verzerrt. Man musste Joshua nur lange genug kennen und vor allem, man musste seine Thesen und Ideen von kompetenter Seite überprüfen lassen. Nur dann könnten Fachleute verifizieren, ob er tatsächlich unter einer Geisteskrankheit litt und somit hierhergehörte oder nicht.

Zu Beginn hielten Ärzte und Pfleger ihn für einen ganz gewöhnlichen Spinner, doch nach und nach entfachte Joshua in Rosenberg eine Art Schwärmerei für seinen Schützling. Das Problem war jedoch, dass die meisten der aus Tel Aviv oder der Universität von Jerusalem herbeizitierten Gelehrten nicht mit Joshuas Visionen von der kostenlosen Energieversorgung mithalten konnten oder wollten. Die Idee, dass Energie nichts kosten könnte, war ihnen bislang noch nie in den Sinn gekommen. Natürlich staunten sie über seine Aufzeichnungen und Formelsammlung, doch in erster Linie waren sie neidisch und missgönnten dem Insassen einer psychiatrischen Klinik (was es bei aller Beschönigung und Wortverdrehung ja auch war) das Genie. Sie mäkelten an seinen Konstruktionen herum, suchten die Nadel im Heuhaufen, die alles als Unsinn demaskieren sollte. Sie fachsimpelten über seinen Kopf hinweg, stützten ihre bärtigen oder bartfreien Kinnladen auf der Hand ab und schienen sich nicht dazu berufen zu fühlen, ihm zu helfen, sondern ihn um jeden Preis zu widerlegen.

Joshua störte dies nicht. Genau so war er es von jeher gewohnt.

KAPITEL 19

28. Oktober 2013, Lüneburg

Das Ende der Zeit, hallten die Worte des Rabbi in Martins Kopf nach. Er schluckte dreimal hintereinander, setzte sich hin und spürte ein feines Zittern in den Händen. Der Abend war für ihn gelaufen. Erst die Sache mit Catherine und der Katze und dann diese apokalyptische Verschwörungsansage, mit der er so gar nichts anfangen konnte. Ein Terrain, auf dem er nicht heimisch war. Ursprünglich hatte er den Rabbi anders eingeschätzt, nüchterner, realitätsliebender, doch er musste sich wohl getäuscht haben. *Wie viel sich von diesem metaphysischen Gerede für die Aufklärung verwerten lässt, sei mal dahingestellt. Viel wird es nicht sein*, mutmaßte er.

Für einen Tag hatte es Martin an Aufregung gereicht. Die Sache mit Catherine und der Katze war für ihn noch lange nicht aus der Welt. Er sehnte sich nach einem kühlen Bier vor der Glotze mit einem stumpfsinnigen Film, bei dem man nicht nachdenken musste. Martin erschrak. Noch immer hielt er das Telefon am Ohr. Der Rabbi meldete sich wieder zu Wort und riss ihn aus der Lethargie. »Ich kann mir vorstellen, wie es Ihnen gerade geht, nach dem, was ich Ihnen erzählt habe. Das ist für Menschen, die sich nicht oft mit geistlichen Dingen beschäftigen, ziemlich starker Tobak. Ach übrigens …«, Mordechai griff sich am anderen Ende der Leitung an die Stirn, »ich habe heute Nachmittag ganz vergessen, Sie etwas zu fragen. In dem Moment, als der Besuch an der Tür geschellt hatte, war es mir entfallen.«

»Ja? Was denn?«

»Haben Sie ein Foto von dem Toten?«

Martin erinnerte sich. Auch er hatte versäumt, dem Rabbi das nicht gerade nette Bild von dem Opfer mit durchtrennter Kehle zu zeigen. »Ja, klar. Hab ich. Wollen Sie es sehen? Sieht aber nicht sehr angenehm aus für Menschen, die sich nicht oft mit Toten beschäftigen. Ist auch starker Tobak.«

Der Rabbi lächelte. »Gut gekontert, Herr Kommissar. Schicken Sie es mir einfach aufs Handy und dann rufe ich Sie sofort zurück. In Ordnung?«

Martin beendete das Gespräch, schickte dem Rabbi das Bild und wartete. Er horchte in den Flur hinein. Er hörte Stimmen und Gelächter. Catherine hatte den Fernseher angeschaltet. Gut so, dann war sie abgelenkt.

Nach endlos langen fünf Minuten klingelte sein Handy. Die Nummer war die des Rabbi. Martin nahm das Gespräch an, und von einer Sekunde auf die andere hatte sich die Stimmung des Rabbi geändert. Die Atmung hatte sich beschleunigt, die Stimmlage war nun höher. Minuten zuvor war er noch der Gelehrte gewesen, bisweilen ernst, doch im Wesentlichen heiter. Nun sprach er die Worte, mit denen Martin ganz und gar nicht gerechnet hatte mit einem Tonfall in der Stimme, den Martin als *bestürzt* interpretierte. Mordechai schnappte förmlich nach Luft, als wolle man sie ihm rauben.

»Und, Rabbi Mordechai? Kennen Sie den Mann?«

»Herr Kommissar, ich habe eine Weile gebraucht, um mich

zu fassen. Außerdem war ein Mann an der Tür, dem ich öffnen musste. Tut mir leid. Ja, ich kenne den Toten gut. Leider. Es ist entsetzlich. Wir haben oft miteinander gesprochen. Ich bin fassungslos, glauben Sie mir.«

»Und?«, drängelte Martin. Plötzlich war er hellwach. Der Rabbi kannte das Opfer und wenn das der Fall war, konnte man endlich in dessen Umfeld anfangen zu ermitteln.

»Herr Kommissar, der Mann auf dem Foto heißt …«

Noch bevor Mordechai den Satz beenden konnte, hörte Martin ein ihm leider sehr vertrautes Geräusch. Es machte zweimal ein dumpfes *Plopp, Plopp*. Dann fiel der Körper des Rabbi mit stumpfem Krachen zu Boden. Das Handy polterte laut auf, doch das Gespräch war nicht beendet worden.

»Rabbi, sind Sie noch da? So reden Sie doch!«, brüllte Martin in sein Telefon. »Hallo, Herr Mordechai!«

Martin lauschte hilflos in die Stille hinein, er hörte jemanden schnaufen und fürchtete das Schlimmste. Der Vermutung folgte Gewissheit. Mordechai war ermordet worden. Wahrscheinlich von dem Mann, den er gerade zur Tür hereingelassen hatte. Jemand, den Mordechai kannte.

Der Killer betrachtete in diesem Moment mit einem diabolischen Grinsen die Nummer des Gesprächsteilnehmers auf dem Display. Die Nummer des Polizisten, dem der Rabbi sagen wollte, wer der Tote war. Der Mann mit dem eigenartigen Brandzeichen auf der Brust.

Dann klickte der Killer auf die Stopp-Taste von Mordechais Handy und ließ Martin leichenblass in seiner Wohnung zurück.

*

Martin zögerte nicht lange und wählte sofort Werners Nummer. Seine Stimme überschlug sich. »Hi, hier ist Martin. Ich habe gerade mit Rabbi Mordechai telefoniert. Er hat den

Toten erkannt und wollte mir sagen, wer er ist …« Martin musste kurz Luft holen.

»Ja und? Was ist los mit dir?«

»Scheiße, verdammt. Er wurde in der Sekunde ermordet, als er den Namen aussprechen wollte. Verstehst du mich, Werner? Ein Killer war in Mordechais Wohnung oder in seinem Büro, ich weiß nicht genau, von wo er angerufen hat, und dann hörte man zwei Schüsse mit Schalldämpfer, und er ist zu Boden gefallen. Ich bin mir sicher, dass er nicht mehr lebt. Ihr müsst da sofort hin.«

»Wo vermutest du, hat er sich aufgehalten?«

Martin sah auf die Uhr. Es war zehn Minuten nach neun. Draußen vor dem Fenster war es längst stockfinster. »Er hatte einen ziemlich vollen Terminkalender, musste eine Feier für eine Bar-Mizwa vorbereiten, eine Trauung und tausend andere Dinge eben. Ich schätze, er saß noch in seinem Arbeitszimmer in der Synagoge. Schick sofort einen Wagen hin und versuch, seine Wohnadresse herauszufinden. Ich kann heute Abend nicht mehr weg. Catherine hat Dummheiten gemacht.«

»Meine Güte, was ist nun schon wieder passiert? Wollte sie sich …« Werner wagte nicht, das Wort *Selbstmord* in den Mund zu nehmen.

»Nein, keine Angst, sie hat nur die Katze gekillt.« Martin beruhigte ihn. »Erzähl ich dir ein anderes Mal. Bitte halt mich auf dem Laufenden, was den Rabbi betrifft. Ich komm gleich morgen früh ins Präsidium. Wir müssen den Kerl schnappen, der das getan hat. Die Sache scheint wirklich ernst zu werden.«

»Okay, ich rufe dich an. Ich fahr gleich los. Bis dann.«

Martin beendete das Gespräch und ließ sich auf seinem Stuhl zurücksacken, von dem er für das Gespräch mit Werner aufgesprungen war. Als er das Handy in seiner Hand betrachtete, bemerkte er, wie der ganze Körper zu vibrieren schien. *Was ist bloß aus der Welt geworden? Da tötet jemand einen Rabbi, nur damit er einen Namen nicht verrät?*

Martin gesellte sich zu Catherine, die sich eine Sitcom ansah. Er setzte sich zu ihr und nahm sie in den Arm. Eine stille Träne entwich seinem linken Auge und noch ehe Catherine sie erspähte, hatte er sie mit dem Handrücken weggewischt. So sehr er sich gewünscht hätte, sich ihr mitzuteilen, diese Träne zuzulassen, seine Verzweiflung zuzugeben, musste er doch an sich halten, und das soeben Erlebte für sich behalten. Jedem hätte er es erzählen können, nicht jedoch seiner von Depressionen und Albträumen geplagten Frau. Martins Augen waren starr auf den Fernseher gerichtet und seine rechte Hand kraulte Catherines Nacken. Scheinbar anwesend und doch befand er sich ganz woanders.

*

29. Oktober 2013, Hamburg-Harburg

Der nächste Tag begann mit einer Schreckensnachricht. Auf allen Kanälen sendete man das Gleiche. Wieder war eine Bombe auf dem Gelände einer Ölraffinerie explodiert, diesmal in Heide. Der Verlust hielt sich in Grenzen, Menschen waren nicht zu Schaden gekommen. Die Tat wurde als unüberlegt und unprofessionell beschrieben. Es gab keinen Droh- oder Bekennerbrief, nur die Art des Attentats ähnelte dem in Hamburg sehr. Die Sprengkraft war dieselbe, die Art der Bombe vermutlich auch. Das brennende Öl ergoss sich über eine Fläche von dreihundert Quadratmetern, die Rauchsäule des Feuers war in dem hügellosen Land weithin zu sehen. Feuerwehr und Rettungskräfte waren bereits vor Ort und versuchten das Feuer so schnell wie möglich einzudämmen. Der zweite Anschlag in wenigen Tagen. Was würde als Nächstes passieren? Welcher Konzern würde der nächste sein, dem man deutlich zu verstehen geben wollte, dass er nicht nur Freunde hatte? Vorerst hatte es die Petrol Ag erwischt, auch die Raffinerie in Heide gehörte dazu.

Das Zittern der großen multinationalen Konzerne begann.

Die Presse reagierte mit der ihr eigenen, sehr speziellen Begeisterung. Schlechte Nachrichten waren für die Medien gute Nachrichten und je größer die Detonation, desto größer die Auflage ihrer Zeitungen. Es bot ihnen den nötigen Anlass, ihre Seiten mit dem Thema Öl erneut in den Vordergrund zu rücken. Ein dankbares Thema, wenn man bedachte, dass die Heizölpreise allmählich in astronomische Höhen schossen, wie auch die Preise für Treibstoffe. Viele Autofahrer nahmen es gelassen, stiegen auf Bus und Bahn um oder ließen mit der EC-Karte den gewünschten Betrag von ihrem üppigen Konto abbuchen. Es war ihnen egal, wie teuer ein Liter Benzin war. Sie merkten den Unterschied auf ihren Konten nicht einmal.

Wie so häufig, fungierten findige Journalisten als Detektive. Sie hinterfragten die Motive des oder der Täter. Sie gaben alles daran, die Hintergründe zu beleuchten und dazu gehörte auch die schonungslose Offenlegung aller schmutzigen Details, die die großen Konzerne bekanntermaßen nicht gern ans Tageslicht bringen lassen wollten. Es wurden die Fragen laut: Auf was wollen uns die Attentäter hinweisen? Geht es nur noch darum, die skrupellosen Machenschaften der Petrol Ag in Nigeria anzuprangern oder geht es vielmehr darum, die globalen Zusammenhänge aufzuzeigen? Wer profitiert von wem? Wer verdient an wem und auf wessen Kosten? Welche Mächte haben welche Strippen in der Hand? Welches Marionettentheater wird weltweit gespielt? Wie viel weiß der Bürger von all dem Versteckspiel, und wie viel sollte er tatsächlich wissen? Ist nicht letztlich immer der kleine Bürger derjenige, der die Zeche an den Tankstellen und beim Bestellen von Heizöl bezahlt? Die Preise wurden mit einem Fingerschnippen nach oben geschraubt, und schon hatte man die Verluste wieder eingespielt.

Die zwei Explosionen waren wie ein Weckruf, die ersten Töne eines schaurigen Liedes, das gerade erst begonnen hatte.

Martin traf gegen halb neun in seinem Büro ein. Er wollte eigentlich viel früher kommen, doch Catherine hatte am Abend heimlich drei Schlaftabletten genommen, nicht um sich ins Jenseits zu befördern, sondern um sich zu entspannen, wie sie es formulierte. Nicht lange, und Martin würde sie einweisen lassen müssen, das wusste er genau.

An diesem Morgen brachte er ihr einen starken Kaffee ans Bett. Er balancierte das Tablett in einer Hand, während er die Klinke herunterdrückte. Neben die Tasse hatte er einen Teller mit einem Toast und ihrer Lieblingsmarmelade bereitgestellt, ein hart gekochtes Ei und ein Glas Orangensaft. Sie murmelte und grunzte unwillig, als er sie weckte. Natürlich, unter normalen Umständen hätte er sie schlafen lassen, doch es herrschten keine normalen Umstände mehr. Catherine war krank und ihr Zustand verschlechterte sich täglich. Martin wollte nicht das Haus verlassen, ohne sich zu vergewissern, dass sie den Tag heil überstand, und wenn noch so viele Bomben explodierten und Menschen dabei draufgingen. Alles schien unwichtig und verschwand hinter der Sorge um das Wohlergehen seiner Frau.

Martin hatte sich zu ihr aufs Bett gesetzt, ihren Nacken gestützt und ihr den Kaffee eingeflößt. Nach einer Weile taute sie auf und lächelte ihn an. Ihre Reaktion war fröhlich, sie schien die Katze vollkommen vergessen zu haben. Als habe sie nie existiert, ebenso wenig wie ihre Hinrichtung.

»Kann ich dich alleine lassen, Schatz?«, hatte er sie gefragt, bevor er den Schlüsselbund in seiner Faust verschwinden ließ.

»Es ist alles in Ordnung. Geh nur«, hörte er sie sagen, doch er wusste genau: In Ordnung war in seinem Haus schon lange nichts mehr. Er war wie auf der Lauer und hoffte inständig, dass er, wenn er am Abend nach Hause kam, keine Blutlache oder Ähnliches vorfinden würde. Die Blutflecken auf dem Teppich hatte er bereits am Vorabend gründlich entfernt.

*

»Also, was ist los?«, fragte er in die Runde der Beamten, die sich um Lorenz herum eingefunden hatte. Auf den Monitoren flimmerten Bilder der von der Explosion zerstörten Tanks und brennenden Schloten.

»Es ist exakt dieselbe Handschrift wie in Hamburg. Ich könnte wetten, dieselben Täter.«

»Die?«, fragte Martin. »Müssen es zwingend mehrere sein?«

»Na, so etwas ist wohl kaum von einer einzelnen Person durchzuziehen. Die ganze Operation setzt eine genaue Kenntnis der Lage voraus. Du brauchst eine Menge Insiderwissen, um eine Raffinerie in die Luft zu jagen.«

»Warum sagt die Presse, die Tat sei stümperhaft ausgeführt worden? Wer hat ihnen gesagt, dass sie so einen Blödsinn schreiben sollen? Die Täter werden kochen vor Wut.«

Werner schaltete sich ein. »Das BKA übernimmt dafür die Verantwortung. Man will den oder die Täter provozieren, damit sie sich zu erkennen geben, und vielleicht einen Fehler machen.«

»Na schön. Sollen sie machen. Wir haben trotzdem einen Mord aufzuklären …«

»Zwei«, unterbrach ihn Werner. »Rabbi Mordechai ist tatsächlich in seinem Büro in der Synagoge tot aufgefunden worden. Ich bin gestern Abend mit ein paar Kollegen gleich hingefahren. Die Tür stand offen. Zwei Schüsse aus nächster Nähe. Wie der Tatort aussah, muss ich euch wohl nicht sagen. Mordechai liegt jetzt in der Pathologie mit weggesprengtem Schädel neben dem unbekannten Toten Nr. 1, dessen Namen er dir nicht mehr sagen konnte.«

»Verfluchte Scheiße«, entwich es Martin. Er schlug mit der Faust auf den Tisch. Er hatte den Rabbi auf Anhieb gemocht. Wegen seiner Recherchen musste ein Mann Gottes sterben. Martin schloss für einen Augenblick die Augen und rieb sich die Nasenwurzel zwischen Daumen und Zeigefinger.

»Es sollte wohl wie ein Einbruch aussehen«, gab Werner zu bedenken. »Alle Bücher waren aus den Regalen auf den Boden geworfen, verschiedene lose Blätter und Schriften überall verteilt, als sei ein Hurrikan durch die Räume gefegt. Natürlich keine verwertbaren Spuren, keine Fingerabdrücke, nichts. Wir haben es mit einem Profi zu tun. Einem skrupellosen Killer. Eigenartigerweise war das Türschloss intakt.«

Martin schüttelte entschieden den Kopf. »Das war kein Einbruch. Mordechai hat ihn reingelassen. Er hat mir gesagt, dass jemand an der Tür geschellt hat, als wir telefonierten. Außerdem wird die Synagoge von einem Kollegen bewacht.« Martin raufte sich das Haar. »Na ja, was man so bewachen nennt. Die meiste Zeit hat er die Nase hinter einer Zeitung versteckt und vermutlich gar nicht mitbekommen, dass jemand gekommen und wieder gegangen ist.«

»Der Mörder will um jeden Preis verhindern, dass die Identität des Toten ans Licht kommt. Je eher wir den Namen des Toten kennen, desto schneller kommen wir dem Mörder auf die Schliche. Vielleicht ist der Tote sogar ein Prominenter oder eine einflussreiche Persönlichkeit.«

Lorenz rückte einige Akten auf seinem Schreibtisch zur Seite und nahm ein leeres DIN-A4-Blatt hervor. Er legte es vor sich auf den Tisch und griff nach einem Kuli. Da die linke Hand seit dem Schlaganfall zu nichts mehr taugte, wuchtete er sie auf den Tisch und benutzte sie als Briefbeschwerer, in diesem Fall, um das Blatt zu fixieren. Auf gar keinen Fall wollte er als Kranker oder Behinderter abgestempelt werden, der seinen Job nicht mehr erledigen konnte. »Es geht also um die Fragen: Wer ist der Tote? Klar. Vor allem aber, in welcher Beziehung stand er zur Petrol Ag? Was hat er ganz allgemein mit dem Thema Öl zu tun?«

Martin nickte. »Aber der Killer hat eines übersehen: Wenn der Rabbi den Toten kannte, dann kannten ihn andere aus der Jüdischen Gemeinde mit Sicherheit auch. Der Mörder hat den Rabbi getötet, okay, aber er kann nicht die ganze

Gemeinde umbringen. Ich sage euch, wir finden den Täter und sein Opfer im Umfeld dieser Jüdischen Gemeinde, da bin ich mir sicher. Zumal er ein hebräisches Wort auf der Brust hatte. Wir müssen jeden befragen, der sonntags, oder wann auch immer, in dieser Synagoge ein- und ausgeht. Wir brauchen eine Liste sämtlicher Mitglieder.«

»Was hat das Gespräch mit ihm ergeben? Verwertbare Hinweise?«, fiel Werner Hartleib ein. »Was konnte er dir noch sagen, bevor er … na du weißt schon.«

Pohlmann atmete tief ein und aus. »Na ja, wie das so ist, wenn man mit Geistlichen spricht. Ich bin nicht so ganz schlau draus geworden. Am Ende sagte er, diese Tätowierung oder das Brandzeichen markiere das Ende der Welt oder so ähnlich.« Martin kratzte sich am Hinterkopf. Es war ihm fast peinlich, diese Dinge laut auszusprechen, so hanebüchen kamen sie ihm vor.

»Das hat er wirklich gesagt?«, fragte Werner mit ungläubigem Blick.

Martin nickte. »Und er meinte es verdammt ernst. So viel ist klar.«

»Mann, Mann, Mann. Hast du's nicht 'ne Nummer kleiner?« Lorenz schüttelte den Kopf. »Ich bin langsam zu alt für diese weltumspannenden Tragödien. Vielleicht sollte ich tatsächlich bald meinen Hut nehmen und mich zu Hause vergraben.« Er blickte in die Gesichter der ihm untergebenen Beamten. »Also, wie gehen wir vor? Wer macht was?«

Werner ergriff das Wort. »Ich finde die Idee gut, innerhalb der Jüdischen Gemeinde nach dem Toten zu fahnden. Vermutlich war der Tote auch ein Hebräer, oder Israeli, sagt man, glaube ich.«

Martin sah Werner mit düsterem Blick an. »Warst du gestern noch bei dem Russen in Wilhelmsburg?«

»Ja, war ich. Dieses Haus ist ein Drecksloch. Dass die dafür noch Miete verlangen, ist echt der Hammer. In meinen Augen sind das Verbrecher. Na, ja, jedenfalls habe ich ihn nicht gefunden. Es gab zwar eine Wohnung, unter anderem mit seinem Namen dran, aber man sagte mir, er wohne schon lange nicht mehr dort.«

»Mist! Und warum klebt der Name noch dran?«

»Hab ich die anderen Bewohner in der Bude auch gefragt, aber da kriegst du ja nur ein müdes Achselzucken. Das ist denen so was von scheißegal.«

»Wird schwer sein, ihn zu finden, außer innerhalb der Raffinerie. Wir müssten alle Mitarbeiter antanzen lassen, aber selbst da könnte er sich dem Zugriff entziehen.«

»Noch hat er nichts verbrochen. Nur weil er das Wort NEFT kannte, ist er nicht automatisch schuldig. Außerdem würde er es uns kaum auf die Nase binden, wenn er es selbst getan hätte. Dann hätte er brav die Klappe gehalten und wäre nicht aus der Reihe getanzt.«

Martin vergrub die Hände in den Hosentaschen. »Das ist ja auch nur so ein Bauchgefühl. Ich habe keine Ahnung, warum ich so scharf darauf bin, diesen Typen zu finden. Er ist halt ein möglicher Zeuge oder jemand, der den Toten kannte, auch wenn er es leugnet. Man müsste ihm mal gehörig auf die Füße treten, dann würde er schon plaudern.«

»Sofern du ihn findest. Wahrscheinlich hat er sich schon längst abgesetzt.« Martin schnaufte frustriert und nickte.

»Heute Mittag um zwölf soll die Pressekonferenz in einem Hotel in der City stattfinden. Einer von uns sollte hinfahren. Googelt das mal. Ich glaube, es war das Steigenberger Hotel.« Lorenz deutete auf einen der Punkte seines Zettels, den er sich am Morgen angelegt hatte. Er hatte die Angewohnheit, alles, was ihm einfiel, sofort auf einen kleinen Zettel zu notieren. Er sagte, Gedanken seien flüchtig wie Gas, und ohne diese Zettel hätte er keine Chance mehr. Dieser Umstand bedeutete aber auch, dass er einen ganzen Haufen bunter Blättchen hatte und in seinem Büro jeweils das richtige suchen musste, nachdem er es einmal abgelegt hatte.

»Und? Was erhoffst du dir davon?«, fragte Werner. »Allgemeines Blabla. Du glaubst doch nicht im Ernst, dass die sich in die Karten gucken lassen. Aber okay, wenn du meinst. Mache ich gern.«

»Nee, lass mich mal hin«, sagte Martin. »Könnte interessant werden, wie die Petrol Ag sich rausredet.«

»Okay, dann fahre ich zur Synagoge, und wenn ich dort niemanden antreffe, dann ganz sicher in dem Büro der Jüdischen Gemeinde.« Werner rieb sich über den Nasenflügel. »War er eigentlich verheiratet?«

Martin zuckte mit den Achseln. »Bestimmt. Warum nicht? War ja kein Priester, der das Zölibat einhalten muss. Ich meine sogar, einen Ring an seinem Finger gesehen zu haben.«

Lorenz klatschte in die Hände. Er brauchte jetzt dringend einen Kaffee. »Gut, dann machen wir es so. Martin zieht sich die Pressekonferenz rein, Werner besorgt uns die Mitgliederliste und ich, tja, ich trage die Verantwortung und lege die Beine hoch.«

Martin klopfte dem Beinahe-Rentner auf die Schulter. »Mach das, Conrad. Alles ist gut.«

KAPITEL 20

17. März 2004, Israel, Haifa

An einem der zahlreichen Nachmittage, an dem er mit Sam an den Strand ging, hatte Joshua kein Interesse an seinem gelben Stuhl. Er bat darum, ein paar Schritte gehen zu dürfen, bis sie zu einer Gegend kamen, die zu unwirtlich und zu hässlich war, als dass sich ein Badegast dorthin verirrt hätte. Ein dickes Rohr aus einer Mauer ließ eine übel riechende Brühe in das Hafenbecken von Haifa sickern. Wie so oft blieb Joshua unangekündigt stehen und heftete seinen Blick auf Dinge, die für andere gänzlich uninteressant waren. Er legte den Kopf schief, verharrte dort regungslos, betrachtete etwas, sodass Vorbeigehende sich fragten, was es denn so Interessantes gäbe, das die intensive Beobachtung verdiente. An diesem Nachmittag war es jenes gewöhnliche Abflussrohr, an dem man tunlichst schnell vorbeiging, da es in seinem Umkreis bestialisch stank. Auch Sam hielt sich die Nase zu und eilte ein paar Schritte weiter. Nur Joshua lächelte mit einem entrückten Gesichtsausdruck. Dann rief er Sam zu sich zurück, der nur widerwillig gehorchte.

»Fällt dir nichts auf, Sam?«

»Mir fällt auf, dass du verrückter bist, als ich dachte, wenn du das da toll findest.«

»Sieh genauer hin. Du musst das augenscheinlich Gewöhnliche hinterfragen und das Verborgene an die Oberfläche holen.«

»Na schön, weil du es bist. Ich sehe ein ekliges Betonrohr von einem Meter Durchmesser und beobachte die Brühe, die aus der Stadt ins Meer geleitet wird, und merke, dass ich wütend werde, weil ich wenige Hundert Meter von hier entfernt mit meinem Surfbrett in die Wellen steige und möglicherweise neben einem Scheißhaufen bade.«

»Das war schon nicht schlecht, aber es war nur das, was jeder andere auch sehen würde. Sieh genauer hin.«

»Hey, ich weiß nicht, was du meinst. Die Brühe, die Flecken an der Wand, die Algen am Rand, der Hundehaufen daneben. Was willst du von mir?«

»Bingo. Sieh dir die Algen an. Sie wachsen dort am kräftigsten und offenbar gesündesten, wo der Dreck am intensivsten ist.«

»Du meinst, sie ernähren sich von Scheiße?«

Joshua lächelte. »Genau. So scheint es. Das müssen spezielle Braunalgen sein, die von Fäkalien leben, und davon gibt es ja bekanntlich auf der Welt genug.«

»Na und? Was ist so Besonderes an Algen?«

»Sie leben von unseren Ausscheidungen und produzieren Energie, deshalb.«

Sam stemmte die Hände in die Hüften. »War ja klar. Wie konnte ich nur so dumm sein und fragen? Inwiefern Energie?«

»Zum einen scheinen diese Algen das dreckige Wasser zu reinigen. Sieh nur. Hier zu unseren Füßen kommt es deutlich sauberer an als vor dem Algenhaufen. Und zum anderen sind Algen eine Art Biomasse, aus der man Öl und Treibstoff machen kann. Biodiesel, wenn man so will. Zum Antreiben von Maschinen, Sam. Autos, Schiffen, Flugzeugen. Verstehst du jetzt?«

»Aber die Menge ist doch viel zu klein. Komm, Joshua, nun mach mal einen Punkt.«

»Ja, hier vielleicht. Du musst in größeren Dimensionen denken. Stell dir doch mal vor, jeder Haushalt leitet seine Fäkalien und Abwasser und den ganzen anderen Dreck in ein spezielles Becken mit Algen, die sich davon ernähren und vermehren. Eine biologische Kläranlage, die gleichzeitig Energie produziert. Statt kostbare Ölpalmen, Soja, Sonnenblumen, Mais oder Getreide zu verwenden, verschont man die Nahrungsmittel und nimmt stattdessen Algen. Na wie klingt das in deinen Ohren?«

»Joshua, das klingt prima, aber wir müssen jetzt weiter. Ich halte den Gestank nicht mehr aus. Ich finde die Idee ja wirklich ganz toll, aber lass uns jetzt bitte gehen.«

Sam zog Joshua mit sich mit. Auf dem Weg zurück sprach Joshua kein Wort und hätte Sam ihm nicht den Weg zurück zur Klinik gewiesen, wäre Joshua stundenlang am Strand weitergegangen. Er war schon wieder vollständig eingetaucht in eine neue Idee, so angestrengt verharrte er darin. Er blickte starr geradeaus und war kaum ansprechbar. Seine Lippen bewegten sich stumm. Er war allein mit sich und seiner Vision. Man hätte es für einen therapeutischen Rückschritt halten können, doch dies war es nicht. Joshua konnte nur nicht mehrere Sachen gleichzeitig machen und wollte es auch gar nicht, weil er dann jede Sache nur halbherzig und unvollständig verrichtete. Seine eigenen Beobachtungen an sich und an anderen bestätigten seinen Verdacht, dass es dem Menschen und seinen ihm anvertrauten Aufgaben nicht zuträglich ist, wenn er sie gleichzeitig ausführte. Er verglich die neuronalen Zellen in seinem Gehirn mit Schaltkreisen und Leitungen, die wie Verkehrspolizisten arbeiteten und nur einer bestimmter Information den Vorrang gaben und durchließen.

Also hielt er sich daran und machte immer nur eine Sache nach der anderen. Nachdenken und gleichzeitig mit Sam reden – das funktionierte nicht, auch nicht auf den Weg achten und Schilder lesen. Und da er wusste, dass ihn Sam sicher nach Hause bringen würde, schuf er in seinem Geist bereits die nächste Erfindung, diesmal jedoch eine, die eine gehörige Portion Aufmerksamkeit in der Welt auf sich ziehen sollte.

*

7. Mai 2004, Israel, Haifa – Golanhöhen

Am Ende des neunten Monats seines Aufenthaltes wurde Joshua Horowitz von Professor Rosenberg in dessen Sprechzimmer gebeten.

»Bitte nehmen Sie Platz, mein Lieber.« Rosenberg faltete die aufgestützten Hände und bedachte Joshua mit einem von Traurigkeit gezeichneten Blick. Ein langer Blick, den er nutzte, um nach passenden Worten suchte.

»Nun, es sind Umstände eingetreten, mein lieber Joshua, die es mir schwer machen, unbefangen zu Ihnen zu sprechen. Sie sind mir nämlich sehr ans Herz gewachsen und ich lasse Sie nur sehr ungern ziehen, aber es ist etwas passiert.«

»Was denn?«

»Es tut mir sehr leid, Joshua, aber Ihre Frau … sie ist gestorben und ich denke, Sie sollten jetzt bei Ihrer Familie sein.«

Joshua schwieg.

»Joshua? Haben Sie verstanden, was ich gesagt habe?«

Joshua nickte.

»Wenn es nach mir ginge, würde ich Sie gern noch weitere drei Monate hierbehalten, aber Ihre familiären Umstände lassen dies nicht zu. Ich meine, verstehen Sie mich nicht falsch, in meinen Augen sind Sie schon eine ganze Weile nicht mehr behandlungsbedürftig. Wir haben nach einer zugegebenermaßen schwierigen Anfangsphase nun die passende Medikation gefunden, und wenn Sie sich in den nächsten Jahren daran halten, werden Sie ein völlig normales Leben führen können. Ich bin nur deswegen traurig, weil ich Sie … als Freund verliere. In meinen Augen sind Sie ein ganz einzigartiger Mensch und haben Qualitäten, die sich in dieser Form nur selten finden lassen. Abgesehen davon, dass Sie mir als Patient eine wahrhaft inspirierende Quelle gewesen sind. Ich werde Sie wirklich vermissen.«

Joshua kauerte auf dem Stuhl dem Professor gegenüber und ließ es zu, dass jegliche Körperspannung von ihm wich, als gäbe es ein Ventil, aus dem all seine Lebensenergie abgelassen wurde. Still hörte er den Worten des Professors zu und dachte nach. Über seine Zukunft, seine Gefühle. Er trauerte, doch ihm schien, als gelte diese Trauer nicht so sehr dem Verlust seiner Frau, sondern dem Abschied von seiner neu gewonnenen Heimat. Obwohl er anfangs von unsäglichem Heimweh geplagt wurde und seine alte Umgebung vermisst hatte, nahmen die Bilder und Eindrücke der Vergangenheit mehr und mehr Transparenz an. Sie verloren ihre Schärfe, an manchen Tagen bis hin zur völligen Unkenntlichkeit. Hier hatte er nun alles, was er in seiner Bescheidenheit brauchte; ein Zimmer, Bücher, Freunde wie Sam, Jasmin und den Professor. Man hatte ihm im Garten einen Teil zur Bewirtschaftung überlassen, es blühte kräftiger und üppiger, als in jedem anderen Teil des Parks.

»Wie geht es Ihnen, Joshua? Kann ich irgendetwas für Sie tun? Ihr Sohn hat uns benachrichtigt und dürfte in etwa einer Stunde hier sein.«

»Ich weiß nicht, was ich denken soll. Ich sollte weinen, so wie ich es früher ständig getan habe, aber nun … Ich kann es gar nicht mehr. Es tut mir leid, dass meine Frau tot ist, aber ich weiß nicht, wie es sich anfühlen soll. Wissen Sie, woran sie …?«

»Nun, Ihr Sohn …«

»Er ist mein Adoptivsohn«, unterbrach ihn Joshua.

»Ja richtig. Aaron heißt er, nicht? Also Herr Stern meinte, es sei Herzversagen gewesen.«

Joshua schnaufte und dachte sonderbarerweise an sein Pferd, als Samuel es vor vielen Jahren erschossen hatte. Fühlte sich der Tod jetzt in diesen Sekunden genauso an wie damals? Er vermochte es nicht zu sagen. Der Professor bescheinigte ihm, dass er *gesund* sei, doch auf so eine Nachricht angemessen reagieren konnte er immer noch nicht. Er fühlte sich unfähig, etwas Kluges von sich zu geben.

»Hören Sie, Joshua, Sie sind hier jederzeit willkommen. Wann immer Sie wollen, können Sie eine ambulante Kurzzeit-Therapie machen oder einfach nur so vorbeikommen. Um zu reden. Ich habe Ihre Fortschritte die letzten Monate aufmerksam verfolgt und glaube, dass ein großer Geist in Ihnen steckt. Sie haben Visionen und Ideen wie kaum jemand vor Ihnen in unserer Einrichtung. Ihr IQ sprengt jeden mir bekannten Rahmen, und wenn Sie sich an die Medikation halten, können Sie viel Gutes bewirken. Bleiben Sie am Ball, Joshua. Lassen Sie sich nicht unterkriegen!«

Nun liefen doch ein paar Tränen die Wangen hinunter, weil er einem Menschen gegenübersaß, der an ihn glaubte.

»Wissen Sie, Herr Professor, erst habe ich meine Frau und meinen Bruder dafür gehasst, dass sie mich hierhergebracht haben, dass sie die Papiere unterschrieben haben, Sie wissen schon, die Entmündigung. Aber nach einer Weile löste sich dieser Hass auf und verwandelte sich in Dankbarkeit, weil ich nach und nach den Eindruck hatte, zum ersten Mal in meinem Leben nicht angegafft oder gehänselt zu werden. Ich meine, es ist schwer für die Leute, mich zu akzeptieren wie ich bin. Meine hohe Stimme, die Art, wie ich mich gebe, mich bewege und diese Dinge. Ich kritzle lauter verrücktes Zeug an meine Tapeten, und meine Frau hat sehr darunter gelitten, aber was soll ich sagen – für *mich* war das alles normal. Bis ich hierherkam. Hier habe ich mich zum ersten Mal selbst gesehen, wie in einem Spiegel und hab mir gedacht, Joshua, mit dir stimmt etwas nicht. Du musst was ändern in deinem Leben. Und doch wurde ich so akzeptiert, wie ich war und bin. Und jetzt … jetzt, wo ich meinte, angekommen zu sein, muss ich schon wieder weg.« Joshua schüttelte resigniert den Kopf und kratzte sich am Kinn. »Wissen Sie, Herr Professor, ich reise nicht gern.«

Nachdem Joshua Horowitz seinen Koffer gepackt und sich von allen, die er mochte, verabschiedet hatte, ging er in den Empfangsbereich der Klinik und setzte sich auf *seine* Bank. Noch immer liebte er Rituale und Gewohnheiten. Hier hatte er auf Sam gewartet, wenn dieser *irgendetwas in der Kleiderkammer zu erledigen hatte*, wie er des Öfteren sagte und dabei Jasmin verliebt von der Seite ansah. Das Buch *Lost Horizon* von James Hilton, einem Engländer, wie er inzwischen wusste, durfte er behalten. Er kannte es in weiten Teilen auswendig. Er war tief beeindruckt von der ganz und gar ausgedachten, also quasi erlogenen und somit eigentlich moralisch verwerflichen Geschichte, die dennoch etwas Faszinierendes an sich hatte. Ein fiktives Element, das er als *durchaus denkbare Möglichkeit* umschrieb: Menschen leben hoch oben in den Bergen Tibets in einer abgeschiedenen Welt, in einem Lama-Kloster namens Shangri-La. Die Menschen, Mönche wie Besucher, altern kaum, streiten nicht und sind glücklich. Sie vermissen nichts und genießen das Dasein fernab von Kriegen, Neid und Hass. Und vor allem gab es dort Bücher. Sehr viele alte und neue Bücher jedes nur erdenklichen Themas. Joshua liebte dieses Shangri-La von ganzem Herzen, wie er Sam versichert hatte, doch nicht wegen der darin beschriebenen asiatischen Lebensphilosophie, sondern wegen des unglaublichen Friedens, der diesem Ort innewohnte. Joshua stellte sich vor, dass es doch möglich sein müsse, an jedem Ort der Welt ein solches Shangri-La aufzubauen, ganz gleich, in welchem Breitengrad, auf welcher Höhe, ob am Meer oder in den Bergen oder wo auch immer. Eine Gemeinschaft von Menschen, die vollkommen in sich ruht, ungeachtet dessen, was rings um sie herum auf der Welt geschieht. Festgelegte Regeln, moralische Werte, gelebte Toleranz gegenüber Andersdenkenden. So, wie ihre Winzergemeinschaft hoch oben auf den Golanhöhen, nur edler, weiter entwickelt und vollkommener. *In der Welt, aber nicht von der Welt.* Diesen Satz hatte er in einem Neuen Testament gelesen, das er sich in der Bibliothek ausgeliehen hatte. *Was immer dieser Satz bedeutet*, sinnierte Joshua, *ich will ihn verstehen und leben.*

Als Aaron Joshua auf der Bank im Eingangsbereich der Klinik sitzen sah, war er erstaunt, wie sehr sich Joshua verändert hatte. Er hatte mehr als zehn Kilo an Gewicht zugelegt, sah erholt und entspannt aus, wie nach einem Urlaub im Paradies. Er wirkte zufrieden und ruhig. Noch zufriedener wäre er gewesen, wenn er hätte bleiben können, wie er später zugab.

Auf der Rückfahrt zu den Golanhöhen schwieg Joshua und betrachtete die Landschaft, an der sie vorbeifuhren. Er fühlte sich unwohl, hatte Angst, den Aufgaben, die auf ihn warteten, nicht gewachsen zu sein. Am liebsten wäre er umgekehrt, zurück in den schützenden Kokon der Klinik.

Stattdessen erzählte Aaron in einem fort von den Ereignissen, die beinahe alles, was sie mühsam aufgebaut hatten, zerstört hätten. Er vermied es, von Joshuas Frau zu sprechen. Er konnte nicht einschätzen, wie Joshua reagieren würde, und stellte zu seinem Bedauern fest, dass sie sich entfremdet hatten. Zu selten hatte Aaron ihn besucht, das wurde ihm nun schmerzlich klar.

Er berichtete von den Messungen und Untersuchungen, die Modern Energy angestellt hatten, von ihrer Respektlosigkeit dem Weinberg und somit ihrer Existenzgrundlage gegenüber. Von ihren übertriebenen Erwartungen, die sich bisher noch nicht einmal im Ansatz erfüllt hatten, weil man schließlich noch nicht alle Ergebnisse zusammenhatte und weiter suchen musste.

»Wie geht es Ruth?«, unterbrach ihn Joshua.

Aaron schluckte. Er reagierte verlegen. »Ich denke, gut, danke. Sie freut sich auf dich.«

»Liebst du sie?«, fragte Joshua unvermittelt und sah Aaron direkt an. Mit allem hätte Aaron gerechnet, nur nicht mit solch einer persönlichen Frage.

»Ich weiß es nicht, Joshua. Ja, ich glaube schon, dass ich sie liebe, aber woher kann ich das sicher wissen? Wie soll ich wissen, ob wir zusammengehören? Woran erkenne ich das?«

»Sam sagt immer, man solle auf sein Herz hören und ihm folgen, dann sei alles ganz einfach.«

»Sam?«

»Ja, Sam, mein Freund aus der Klinik.« Aaron bohrte nicht weiter nach. Er vermutete, Joshua meinte einen imaginären Freund wie diesen David aus Joshuas Jugend oder andere nicht sichtbare Wesen.

»Und er sagte noch, dass man an sich glauben solle, dann könne nichts schiefgehen.«

»Ein kluger Mann, dein Freund.«

Joshua nickte. Nach einer Weile fragte er: »Wie geht es Judith?«

Aaron ließ die Straße einen Moment lang aus den Augen und fixierte Joshua verwirrt vom Fahrersitz aus. Hatte ihm Rosenberg denn nichts erzählt? Was, wenn er noch gar nicht wusste, was passiert war? Konnte es sein, dass man in der Hektik eines Klinikalltags vergaß, einem Patienten vor seiner Entlassung etwas derart Wichtiges mitzuteilen? Nein, das konnte nicht sein. Der Tod seiner Frau war der eigentliche Grund für die Entlassung gewesen. Also musste er es wissen. Mit ruhiger, beinahe beschwörender Stimme sagte Aaron, den Blick wieder auf die Straße gerichtet: »Sie ist tot, Joshua. Ich denke, dort wo sie jetzt ist, geht es ihr gut.«

Joshua blickte auf den abgegriffenen Schutzumschlag seines Buches und klammerte sich daran fest. »Sie wird dort leicht wie eine Feder sein und nicht mehr unter ihrem Gewicht leiden. Ich war nicht besonders nett zu ihr. Das weiß ich jetzt.«

»Sie hat dich trotzdem geliebt. Du hast in den Grenzen deiner Möglichkeiten getan, was du konntest. Du bist eben, wie du bist. Sie war dir nicht böse, das soll ich dir sagen.«

Wieder dachte Joshua an sein Pferd und an die Pistole in Samuels Hand. »Hat sie gelitten?«

»Nein, hat sie nicht. Es ging alles ganz schnell. Sie hatte am Abend einen Infarkt und ist am nächsten Morgen friedlich eingeschlafen. Ich soll dich grüßen und dir einen Kuss auf die Stirn geben.«

»Das hat sie gesagt?«

»Ja, das hat sie. Wie als würdet ihr euch bald wiedersehen.«

Nach der Beerdigung, zu der einhundertfünfzig Leute kamen und Judith die letzte Ehre erwiesen, versuchte Joshua, sich in sein altes, neues Leben einzufinden. Die Menschen, die er von früher kannte, betrachteten ihn zunächst mit freundlichem Argwohn. Sie grüßten ihn, gaben ihm reserviert die Hand, doch sie wussten nicht, wie sie ihm begegnen sollten. Wie ging man mit Menschen um, die aus Psychiatrien entlassen wurden? Hatte man ihnen dort mit lebenstauglichen Parolen das Gehirn gewaschen? Gab es Worte, die man besser nicht aussprechen durfte, als würden sie einem Signal gleich eine bestimmte Wirkung auslösen? All diese, der menschlichen Unsicherheit entstammenden Gedanken lösten sich schnell in Luft auf. Joshua war herzlich, fröhlich, sprach gern und offen über seine Erlebnisse am Meer und machte es den Angehörigen der Gemeinschaft leicht, ihn in ihr Herz zu schließen.

Am vierten Tag nach seiner Ankunft schritt er erstmals das ganze Gelände ab. Mit Wut und Entsetzen sah er, was Modern Energy hinterlassen hatte und war versucht, seinen Reben Mut zuzusprechen, doch er ließ es. Dann, an einem Nachmittag, als die Verlockung zu groß war, ging er den Hügel hinab zu seiner Werkstatt. Er schlenderte in verhaltener Erregung den steilen Weg hinab. Er ließ sich Zeit. Alle Erinnerungen wurden mit jedem Meter, den er zurücklegte, lebendiger. Seine verrückten Ideen, die nicht zu Ende gedachten Forschungen, seine vergeudeten Jahre. Im Wahn verbrachte Zeit, deren Stunden, Tage, Monate er in dieser Halle anstatt mit seiner Familie verbracht hatte. Er kam an der Stelle vorbei, wo Ruth beinahe verunglückt wäre. Der Tag, an dem er schwere Vorwürfe über sich hatte ergehen lassen müssen. Und nun? Was hatte all das gebracht? Nichts außer einem Haufen Schrott. Aus dieser Perspektive heraus war er Judith und Samuel dankbar, dass sie ihn weggebracht hatten. Sie hatten recht gehabt. Er war nicht mehr Herr seiner Sinne gewesen, eine Gefahr für sich, hatte sich verrannt, war auf einem falschen Weg unterwegs gewesen. Hätte er doch Professor Rosenberg schon eher kennengelernt. Ja, er war krank gewesen, nun war er dank ihm geheilt. Hatte Medikamente bekommen, die das verworrene Knäuel in seinem Gehirn entflochten hatten. Er würde noch einmal ganz von vorn anfangen und den ganzen Mist aus der Halle rausschmeißen.

Als er die Tür zu seiner Werkstatt öffnete und sah, dass sie vollständig leer war, nicht ein einziges seiner Geräte und Maschinen mehr an seinem angestammten Platz stand, fing er hemmungslos an zu weinen, so wie früher, und doch war alles ganz anders.

*

11. Mai 2004, Israel, Golanhöhen

Beinahe eine Stunde lang hockte Joshua im Eingang der leeren Halle auf dem kahlen Betonboden und erfasste mühsam, was sich seinen Augen darbot: eine Weite aus *Nichts*. Einfach nur Nichts, und doch entwickelte sich vor seinem inneren Auge eine Fülle an Möglichkeiten. Welch eine unglaubliche Chance eine leere Halle bot, nahm bereits in seinem Kopf Gestalt an.

Aaron fand ihn dort sitzend und setzte sich im Schneidersitz daneben. Warmer Wind pfiff zwischen ihnen hindurch. Gemeinsam starrten sie in die bis auf wenige Regale und am Boden verstreute Schrauben gereinigte Halle.

Vorsichtig legte er einen Arm um Joshuas Schulter. »Sie wollte nicht, dass, wenn du kommst, alles wieder von vorn losgeht. Knapp zwei Monate nachdem du weg warst, hat sie alles in Schutt und Asche gelegt. Sie wusste nicht, wohin mit ihrer Verzweiflung. Sie hat diesen Ort gehasst. Sie muss gedacht haben, entweder du oder dieser Ort, aber beides …«

»Hat sie mich auch gehasst?«

»Nein, hat sie nicht, nur das, was aus dir geworden war.«

Aaron nahm Joshua mit sich und blickte über das weite Tal bis hinunter zum See Genezareth. »Und? Was hast du jetzt vor?«

Joshua zuckte mit den Schultern. »Ich weiß nicht. Jedenfalls nicht da weitermachen, wo ich aufgehört habe. Ich werde wieder im Weinberg arbeiten und ich habe eine neue Idee, wie wir in Zukunft Energie produzieren können.«

Aaron lächelte in Anbetracht dieses offensichtlichen Widerspruchs. »Ich dachte, du willst nicht da weitermachen, wo du aufgehört hast.«

»Das stimmt ja auch. Ich werde es anders machen. Mit dir zusammen. Wir werden viel Zeit miteinander verbringen. Ich hab schon zu viel Zeit vergeudet.«

»An was denkst du genau?«

»Algen«, sagte er entspannt. »Die perfekte Biomasse. Sie sind mit wenigem zufrieden, leben von unseren Fäkalien und dem Abwasser und all dem CO_2, das wir produzieren. Ein bisschen Sonne, eine Brühe voller Mist, und sie sind glücklich.« Joshua grinste Aaron schelmisch an. »Algen sind die Energieproduzenten der Zukunft, glaub mir.« Joshua griff in seine Jackentasche und nahm eine Schachtel Tabletten hervor. Er ließ eine davon in seine Handfläche purzeln und warf sie in den Mund. »Es ist alles in Ordnung, mein Sohn. Mach dir keine Sorgen. Ich bin nicht bekloppt.« Joshua klopfte Aaron auf die Schulter. Ja, er musste gesund sein, so etwas hätte er früher nicht getan.

KAPITEL 21

29. Oktober 2013, Hamburg-Mitte

Für die Pressekonferenz hatte die Petrol Ag das Steigenberger Hotel in der Hamburger City gewählt. Das luxuriöse Haus mit der Rotklinkerfassade war in Hamburg allen Geschäftsleuten wohlbekannt. Hier konnte man Gäste aus aller Welt unterbringen, ohne sich zu blamieren. In den oberen Etagen hatte man einen fantastischen Ausblick über die grandiose Innenstadt und den Alsterfleet. Da sich Hamburg mittlerweile zur drittgrößten Musicalmetropole der Welt gemausert hatte, war stets ein entsprechendes Kontingent für Besucher von Musicals wie *Rocky, Das Phantom der Oper* und *König der Löwen* reserviert.

Eines der repräsentativsten Hotels Hamburgs schien gerade gut genug, um die Presse und die Öffentlichkeit zu besänftigen, ihnen vorzuenthalten, wie ernst die Lage wirklich war. Die Konzernleitung wählte den größten und schönsten Seminarraum mit Blick auf die Alsterarkaden aus. Dreihundert Leute hätten locker Platz gehabt, um die Führungsspitze genussvoll beim Lügen beobachten zu können, doch es kamen nur hundertfünfzig.

Medienvertreter großer und kleiner Zeitungen aus dem In- und Ausland waren anwesend. Jeder, der einen gültigen Presseausweis vorzeigen konnte, wurde zugelassen, selbst wenn es nur Fachjournalisten kleiner Käseblättchen oder Blog-Schreiber waren.

Die Kameramänner verschiedener TV-Sender verteilten sich strategisch im Raum, ohne sich gegenseitig zu behindern. Eine Batterie von Hochleistungsmikrofonen stand auf den Tischen vor dem Podium, hinter denen sich die Pressesprecher der Konzernleitung verschanzen konnten.

Die Konferenz war für zwölf Uhr angesetzt, doch die meisten Pressevertreter waren schon zwischen zehn und elf Uhr gekommen, um ihre Aufnahmegeräte zu positionieren und die Gelegenheit zu nutzen, mit Kollegen über die Angelegenheit zu diskutieren. Das eine oder andere Mal ließ doch jemand Details fallen, die man seinem persönlichen Puzzle hinzufügen konnte.

Kommissar Martin Pohlmann brauchte keinen Presseausweis, er zeigte den Verantwortlichen seine Marke, wie er es nannte, und fand damit Zugang zu jedem Event, das er besuchen wollte. Bevor es losging, stellte er sich mal an einen der Tische dazu und lauschte den Gesprächen der Journalisten, dann ging er weiter und schnappte haufenweise Mutmaßungen auf. Die meisten der Presseleute hatten sich gut vorbereitet, ihre Fragen zurechtgelegt, manche waren auf Krawall gebürstet und hatten ausschließlich provokative Angriffe im Gepäck. Insgesamt war die Stimmung emotionsgeladen und gegen die Northern Petrol Ag eingeschworen. Die Zuhörer rechneten nicht ernstlich mit wahren Angaben über die Hintergründe des Anschlags, und doch waren die meisten der Fragenden in findigen Rhetorikkenntnissen geübt genug, um die Pressesprecher des Konzerns im feinen Armani- oder Boss-Zwirn aus der Reserve zu locken.

Gegen Viertel vor zwölf nahm Martin einen Platz in der dritten Reihe ein. Er hatte weder einen Block noch ein Mikro noch ein iPad oder Ähnliches dabei. Was er hören musste, konnte er sich merken. Nicht das belanglose Geplänkel, sondern das nicht Gesagte war für ihn interessant. Der Raum füllte sich, und verhaltenes Gemurmel waberte zwischen den Anwesenden umher. Martin nahm sein Handy hervor und stellte es auf Vibrationsalarm. Punkt zwölf ging es los.

Zuerst gab der Sprecher der Petrol Ag einige Statements zur Lage ab. Er erwähnte den Drohbrief einer islamistischen Gruppe, an deren Echtheit man allerdings zweifle. Er sprach von einem schlampig geplanten Anschlag, der keinerlei Professionalität und Strategie erkennen ließ und lobte das Engagement der Feuerwehr- und Sicherheitsleute. Er betonte, dass nur wenige Menschen zu Schaden gekommen seien, sich die materiellen Verluste in Grenzen hielten und bereits ein Gespräch mit entsprechenden Versicherungen anberaumt worden sei.

»Wird es Preiserhöhungen für Benzin und Heizöl in Hamburg geben?«, fragte eine Journalistin in der ersten Reihe. Sie trug ein nettes, eng anliegendes Kostüm, das ihrer zierlichen Figur schmeichelte. Eine junge Frau, die kokett ihr rechtes über das linke Bein geschlagen hatte und ihre Nervosität kaum verbergen konnte. Offenbar ihre erste Pressekonferenz, in der sie hochrangige Leute interviewte.

»Selbstverständlich nicht. Wir werden nicht die Dummheit einiger weniger von den Bürgern bezahlen lassen.«

Spöttisches Geraune und unterschwelliges Gelächter erreichte das Podium. Alle wussten: So hört sich Firmenpropaganda an.

Die Luft war angefüllt von einer gewissen Angriffslust. Der eine oder andere harrte wie ein Puma vor dem Sprung und wartete auf die erste falsche Antwort. *Gib mir einen Grund, dich in der Luft zu zerreißen.*

»Nun«, begann einer der Pressesprecher, der sich als Kurt Richter vorgestellt hatte. »Wir haben nicht die Absicht, die Spirale der Ölpreispolitik unendlich weiterlaufen zu lassen. Wir reagieren nur auf bestehende Probleme und versuchen, sie im Kontext der allgemeinen politischen Weltsituation mit den Bedürfnissen der Verbraucher in Einklang zu bringen. Die Northern Petrol Ag ist an einem vernünftigen Konsens interessiert, aber Fakt ist nun mal, dass die Zwei-Euro-Marke schon seit Langem überfällig ist und von allen ölproduzierenden Konzernen angestrebt wird. Das Fördermaximum ist seit Jahren überschritten und die letzten weltweit vorhandenen Ressourcen zu explorieren, erfordert einen höheren wirtschaftlichen Einsatz als je zuvor. Zwei Euro für einen Liter Super ist gemessen an der noch global vorhandenen Menge fossilen Brennstoffs eigentlich zu wenig, doch wir haben in langen Gesprächen mit der deutschen Regierung einen Steuervorteil ausgehandelt, der für alle Beteiligten von Nutzen sein wird.«

»Mit Beteiligten meinen Sie in erster Linie sich selbst und Ihre Kooperationspartner im Nahen Osten. Ist es nicht eher so, dass der Bürger die Zeche zahlt, ganz gleich, wie hoch Ihr finanzieller Aufwand im Umgang mit den Ölmultis ist?«

»Nun, dieses Argument hören wir ja nicht zum ersten Mal. Es wird uns vorgeworfen, dass wir eine unfaire Preispolitik betreiben, und ich kann Ihren Unmut auch verstehen. Zwei

Euro für einen Liter ist nicht mehr für jeden Autofahrer so ohne Weiteres hinnehmbar. Aber aus diesem Grund sind wir heute nicht hier. Es geht um Verlautbarungen bezüglich der Explosionen in zwei unserer Raffinerien hier im Norden, nicht um interne Firmenpolitik.«

»Gut, dass Sie diesen Punkt wieder ansprechen. Sie haben vorhin behauptet, es sei niemand zu Schaden gekommen. Offensichtlich haben Sie die dreißig Menschen, die mit einer Rauchvergiftung eingeliefert wurden, nicht mitgerechnet, und auch nicht den toten Pförtner, der bei der Explosion in Stücke gerissen wurde.«

Allgemeines Gemurmel ertönte.

Der Journalist aus Reihe fünf fuhr fort. »Warum bagatellisieren Sie diesen Vorfall schon wieder? Für Sie spielen Menschenleben offenbar keine besonders große Rolle, wenn es darum geht, Profite zu machen, das ist ja bekannt. Warum sagen Sie uns und der Welt nicht einfach die Wahrheit, worum es genau bei diesem Attentat ging? War es nicht so, dass in dem Bekennerschreiben ein Ultimatum erwähnt wurde, das von der Petrol Ag nicht eingehalten wurde? Ging es nicht in Wirklichkeit um Nigeria und Ihre verbrecherischen Aktivitäten in diesem Land? Sie fallen seit fünfzig Jahren wie Heuschrecken über Nigeria her, beuten es aus. Dabei gehen Sie über Abertausende von Leichen und lassen es verwüstet zurück, wenn Sie den Boden bis auf den letzten Tropfen ausgesaugt haben. Und reich sind nur Sie, Ihr Konzern und die Regierungsbeamten dabei geworden und nicht dieses Land, in dem Sie die Korruptionsbereitschaft aufs Vortrefflichste auszunutzen verstehen.«

»Entschuldigung, aber ich glaube nicht, dass wir uns Ihren Ton hier gefallen lassen müssen«, antwortete ein Mann um die sechzig mit spiegelblanker Vollglatze und einem Dreitagebart. Er wirkte wie Jason Statham, nur zehn Jahre älter. Er trug einen schwarzen Zweireiher mit Weste und gelber Krawatte. Er zeigte keinerlei Unsicherheit, war gut vorbereitet und gefestigt. Nicht einmal die Stirn glänzte im Schein der Scheinwerfer.

Doch auch der Angreifer von einem unabhängigen Blatt gab nicht nach. »Ist das das Einzige, was Sie dazu zu sagen haben? Ich werte Ihr Schweigen dann als ein Ja. Es ist ja nun hinreichend bekannt und dokumentiert, dass die operativen Standards in Nigeria weit unterhalb der gesetzlich vorgeschriebenen liegen. Der letzte Bericht des Umweltprogramms der Vereinten Nationen deckt unmissverständlich auf, dass die Aktivitäten der Petrol Ag in Nigeria gegen internationale Umweltnormen verstoßen. Ihr Konzern hält sich weder an die nigerianischen Vorschriften zum Schutz der Umwelt noch an die eigenen Standards.«

Der Glatzkopf streckte seinen Rücken durch und begann mit ruhiger Stimme zu antworten. »Wir wissen von keinem Ultimatum und auch nichts davon, dass es dabei um Nigeria geht, und ich weiß auch nicht, woher Sie diese Information bezogen haben. Fakt ist, dass es immer wieder auf der ganzen Welt Anschläge auf Ölförderstätten, Pipelines und Bohrtürme gibt und gegeben hat und weiterhin geben wird. Es wird immer irgendwelche Verrückten geben, die sich dazu berufen fühlen, Ölkonzerne in die Schranken zu weisen, nur letztlich profitieren auch diese Leute von unserer Arbeit. Jeder auf diesem Globus tut das. Haben Sie sich einmal gefragt, wo wir heute ohne Öl wären? Wir wären noch im Mittelalter. Das Öl ermöglicht uns seit zwei Jahrhunderten einen größeren und schnelleren Fortschritt und Mobilität. Wir reisen über Kontinente in wenigen Stunden, produzieren Dinge und Geräte aus Kunststoff, die wir täglich vollkommen selbstverständlich benutzen. Ihr Smartphone, meine Damen und Herren, Ihr Laptop, Ihr Diktiergerät, all das wäre ohne Öl gar nicht vorhanden.«

Der Journalist blieb beharrlich. »Sie weichen mir aus. Warum stehen Sie nicht zu den Gräueltaten, die im Auftrag Ihrer Gesellschaft in Nigeria verübt werden?«

»Ja, es gibt ein großes Gewalt- und Konfliktpotenzial in Afrika, doch ich versichere Ihnen, dass wir alles Menschenmögliche tun, um die Streitigkeiten nicht eskalieren zu lassen.«

»Warum verwenden wir Öl dann nicht ausschließlich zur Produktion der Dinge des täglichen Lebens …«, fragte eine andere Journalistin und würgte ihren Vorgänger damit ab, »… und bewerkstelligen die Mobilität mittels anderer Quellen wie Biosprit und Biokerosin? Wenn es denn wirklich so ist, wie Sie sagen, dass uns das Öl ausgeht, wäre es dann nicht endlich an der Zeit, der Energiewende Vorschub zu leisten, anstatt sie zu boykottieren?«

Viele im Auditorium nickten, manche applaudierten verhalten.

»Genau das tun wir auch, meine Verehrte. Wir boykottieren die Energiewende nicht, wir fördern sie, und zwar aktiv. Die Petrol Ag unterstützt eine Menge Projekte, die sich mit alternativen Energieproduktionen beschäftigen, doch diese Dinge brauchen Zeit und Geld. Hier ist natürlich auch die Politik gefragt.«

»Meines Wissens ist das Unsinn, was Sie sagen, denn aus zuverlässigen Quellen ist mir bekannt, dass viele wirklich innovative Patente schon im Ansatz behindert werden. Sie werden im Patentamt erst gar nicht zugelassen, wenn nur ansatzweise der Verdacht entsteht, dass großen Öl- und Energiekonzernen nur der kleinste finanzielle Schaden daraus erwachsen könnte. Die großen Bosse überwachen die Entwicklungen peinlich genau, dass bloß nichts zur Marktreife gelangt, was ihre Position gefährden könnte. Man wird den Erfindern und Wissenschaftlern erst dann eine Chance geben und sie anhören, wenn tatsächlich der letzte Tropfen aus der Erde geholt wurde. Doch dann wird es zu spät sein, weil neue Technologien nicht von heute auf morgen umgesetzt werden können. Sie müssen rechtzeitig vor dem Versiegen des Öls ins Leben gerufen werden und nicht erst danach.«

Obwohl die Petrol Ag mit derartigen Abschweifungen gerechnet hatte, entwickelte sich die Diskussion in eine Richtung, auf die man nicht vorbereitet war. Noch nie hatten Journalisten derart fundierte Kenntnisse vorgetragen und dabei sogar recht behalten, selbst wenn das vonseiten der Konzernleitung niemals zugegeben worden wäre.

»Nun, dann sollten Sie Ihre Quellen gründlicher aussuchen«, erwiderte der Typ mit der Glatze. Seine Stimme blieb fest und er war bemüht, die autoritäre Oberhand zu behalten. »Wir begrüßen den Fortschritt in jeder Form und unterstützen mit Millionen Fördergeldern eine Menge Projekte, die in die von Ihnen erwähnte Richtung gehen. Es ist zwar schon spät im Hinblick auf die Menge des noch vorhandenen Öls, aber es ist noch lange nicht zu spät.«

Ein Mann zwischen fünfzig und sechzig stand neben Martin auf. Er trug ein Tweedsakko, darunter ein gestreiftes Hemd mit einer Fliege. Karo und Linie vertrugen sich ganz und gar nicht. Den Kopf schmückte ein wuscheliger Schopf, der einen baldigen Haarschnitt erfordert hätte. Auch in seinem Gesicht trug er eine Menge Haare in Form eines wild wuchernden Bartes. Alles in allem wirkte der Mann auf Martin eher knuffig, als er ihn von der Seite taxierte. Der Bärtige rieb sich die feuchten Hände und rückte sich die Brille zurecht. Seine Stimme klang angenehm weich in Martins Ohren, ohne Aggression und Anklage, und als er viel zu leise zu sprechen begann, gingen seine ersten Worte in allgemeinem Geraune unter.

Er wiederholte sie geduldig und hatte schließlich die Aufmerksamkeit aller. »Ich weiß nicht, wie viele Menschen hier im Raum noch immer davon ausgehen, dass das Öl fossilen Ursprungs ist, aber ich darf Ihnen sagen, ich tue das schon lange nicht mehr und daher finde ich die ganze Diskussion hier vollkommen überflüssig.«

»Ja. Und was ist Ihre konkrete Frage?« Der Pressesprecher blickte demonstrativ auf die Uhr. Ihm stand nicht der Sinn nach pseudowissenschaftlichem Geschwafel.

»Meine Frage ist, was Sie von der Theorie halten, dass Öl eben nicht biotischen Ursprungs ist, sondern abiotischen.« Der Mann im Tweedsakko wandte sich dem Raum und den hinter ihm liegenden Sesselreihen zu. »Die Annahme, dass Öl aus Fossilien, also abgestorbenen Organismen und anderem Biomaterial über Jahrmillionen entstanden ist, ist Unsinn. Ich behaupte sogar, dass es eine instrumentalisierte Lüge ist, um Preissteigerungen plausibel durchsetzen zu können. Ich behaupte, dass es gar keine gültige Peak-Öl-Theorie gibt und damit auch kein Fördermaximum und dergleichen.«

»Wo soll es denn sonst her sein?«, rief ein ungeduldiger Zuhörer in den Raum. Er hielt seine Frage für witzig und lachte als Einziger darüber.

»Um es auf den Punkt zu bringen, es gibt eine beinahe unendlich große Menge Öls in unserer Erde und es wurde nicht erst in Jahrmillionen von Jahren durch Druck und Hitze gebildet, sondern es entsteht dauernd und fortlaufend Tag für Tag auf zuverlässige Art und Weise und es wird noch für mindestens tausend Jahre reichen, wenn nicht länger.« Gelächter mit unwissendem Staunen vermengte sich.

»Wo haben Sie denn diesen Quatsch her?«, fragte derselbe Journalist, der bereits seine Ungeduld zur Schau gestellt hatte.

»Dieser Quatsch, mein werter Kollege, ist eine wissenschaftliche Tatsache. Erdöl ist in weit tieferen Schichten unserer Erde in Unmengen vorhanden, und es entsteht ohne den Abbau von organischem Material, eben abiotisch. Und ich behaupte hier und heute, dass alle Ölkonzerne das wissen, nur vermeiden Sie es tunlichst, die Bevölkerung daran teilhaben zu lassen. Sie müssten sich die Frage gefallen lassen, warum Öl so teuer ist, wenn es doch gar keine Engpässe gibt.«

»Würden Sie uns verraten, für welche Zeitung Sie arbeiten, Herr …?«

»Ruben. Professor Dr. David Ruben. Och, ich schreibe für jede Zeitung, die mich bezahlt. In den letzten Jahren habe ich einige Artikel für *GEO* und *National Geographic* geschrieben. Zugegebenermaßen werden es leider immer weniger, weil ich die Wahrheit sage, und das mögen die meisten eben nicht so gern oder weil sie von der Regierung und ihren Hintermännern einen Maulkorb umgelegt bekommen haben.«

»Und in welcher Eigenschaft schreiben Sie?«

»Ich bin Wissenschaftler. Geologie, angewandte Physik, Mathematik und Biologie.«

»Nun, um auf Ihre Frage einzugehen, die Theorie der abiotischen Erdölentstehung ist eben nur eine Theorie …«

»Wie die biotische auch, mein Herr!«

»Ja sicher, wie die biotische auch, ganz richtig. Aber uns allen scheint doch die biotische Theorie wie auch die Peak-Öl-Theorie durchaus plausibel zu sein. Nichts, rein gar nichts auf und in unserer Erde ist unendlich vorhanden. Alle Ressourcen, die wir abbauen, gehen eines Tages ihrem Ende entgegen. Wann das genau sein wird, da gebe ich Ihnen recht, lässt sich schwer vorhersagen, doch dass dem so ist, scheint unwiderlegbar. Die Idee der Endlichkeit ist allen Menschen unbehaglich, das verstehe ich. Wir sind es gewohnt, sofortigen Nachschub im Supermarkt oder sonst wo zu organisieren. Wir mögen den Gedanken nicht, dass irgendwann mal etwas aufgebraucht sein wird. Ja, es ist richtig, so schnell wird uns das Öl nicht ausgehen, aber das *billige* Erdöl, meine Damen und Herren, ist eigentlich längst Geschichte. Das Problem ist, dass die rapide wachsende Weltbevölkerung mehr Öl verbraucht, als gefördert werden kann und wenn, dann nur mit erheblich höheren Kosten. Hinzu kommt, dass in vielen alten Erdölfeldern der Druck so stark nachgelassen hat, dass die Aufrechterhaltung dieser Felder sich nicht mehr lohnt. Es müssen also neue Quellen gefunden werden, auch das ist teuer und zeitraubend. Und nun möchte ich an dieser Stelle anderen Journalisten die Möglichkeit geben, ihre Fragen loszuwerden. Ich hoffe, dass ich Ihnen, Herr Professor, die Frage damit hinreichend beantwortet habe.« Der Pressesprecher blickte über die Köpfe der Leute hinweg. Erste

Schwitzflecken breiteten sich unter seiner Jacke, gottlob für andere unsichtbar, aus.

»Ja, dort hinten, der Herr in der letzten Reihe.«

Martin war fassungslos, wie borniert und unhöflich sein Sitznachbar zum Schweigen gebracht wurde. Einige Sekunden lang blieb dieser noch stehen. Doch als er begriff, dass seine Zeit um war, setzte er sich. Er schlug die Beine übereinander und hörte den Fragen und den unwahren Antworten zu. Er schien keineswegs verärgert oder verstimmt zu sein. Ein feines Lächeln, wie das eines Wissenden, lag auf seinem Gesicht. Er trug eine Art Dauerschmunzeln zwischen seinen unzähligen Grübchen.

Martin dachte über das Gehörte nach. Diese konzerneigenen Pressesprecher waren wirklich geschickt. Das musste er zugeben. Mit vielen Worten wenig bis gar keine Schuld einzuräumen, war schon immer eine Kunst.

Kein Wort über den Toten mit der Bombenattrappe um den Bauch. Martin kam sich als ermittelnder Beamter vor, als arbeite er an einem Fall, den es gar nicht gab oder geben durfte.

Nach der Konferenz stoben die Journalisten den zwei Ausgängen zu, um möglichst schnell in ihren Redaktionen die Artikel für den nächsten Tag zu schreiben. Professor Ruben ließ sich alle Zeit der Welt, streckte seine Glieder, sah sich im Saal um und machte sich erst dann daran, den Saal zu verlassen. Martin sprach ihn an.

»Entschuldigung, kann ich Sie einen Augenblick sprechen? Mein Name ist Pohlmann, Kripo Hamburg.«

Ruben musterte ihn und fragte sich, was ein Polizist bei einer Pressekonferenz zu suchen hatte, begriff aber schnell, dass dies Teil seiner Ermittlungsarbeit sein musste. »Ja, sicher. Was kann ich für Sie tun?«

»Ihre These war hier scheinbar nicht besonders populär, was?«

»Das ist sie nie. Die Leute glauben das Märchen von der Verknappung, weil sie es glauben wollen und weil man es ihnen so plausibel rüberbringt, dass sie sich nicht die Mühe machen, es nachzuprüfen.«

»Na ja, wie soll man das auch als normaler Durchschnittsbürger, der eigentlich nur daran interessiert ist, dass es in der Bude warm ist und er mit dem Wagen zur Arbeit fahren kann?«

»Das ist für mich keine Entschuldigung. Noch nie war es so einfach wie heute, sich Wissen anzueignen. Fragen Sie Mr Google«, scherzte er.

»Jeder ist gefordert, sich eine eigene Meinung zu bilden und das kann er nur auf der Basis ausreichender Daten.«

»Dann ist er aber immer noch kein Wissenschaftler, der diese Daten interpretieren kann.«

»Naja, das stimmt schon. Besonders im Hinblick auf die Peak-Öl-Theorie ist es wirklich schwierig. Wenn Sie die Medien durchforsten, finden Sie zwei polarisierende Lager. Nur auf so einer Veranstaltung ist es wohl klar, dass Sie nur eine bestehende Meinung als Tatsache um die Ohren gehauen bekommen. Man will ja tunlichst verhindern, dass die Menschen verunsichert sind und plötzlich auf alternative Energielieferanten umschwenken. Wo käme die Petrol Ag denn hin, wenn jeder energieeffiziente Autos kaufen und fahren würde, oder sein Haus durch Geothermie, Holz oder Wärmepumpen heizt oder seinen Strom ausschließlich durch Photovoltaik bezieht? Chaotische Zustände wären das.«

»Für die Ölkonzerne vor allem.«

»Genau. Das Problem des Autarkismus.« Professor Ruben lachte. »Dieses Wort gibt es nicht im Deutschen, oder? Ich sehe es Ihnen an. Wie sagt man bei Ihnen?«

»Hm, das Problem, vollkommen autark und unabhängig zu sein?«

»Richtig. Unabhängigkeit ist den Regierenden ein Dorn im Auge. Das war schon immer so und zu allen Zeiten der

Geschichte. Aber genau das muss passieren, um diese Giganten zu entmachten.«

»Sie haben für einen Wissenschaftler eine recht militante Gesinnung, das muss ich schon sagen.«

»Sagen wir mal so, ich habe eine Vision für diese Welt, und in dieser Vision kommt Öl nun mal nicht mehr vor. Wir stehen an der Schwelle zu einem neuen Zeitalter, ob den Leuten nun danach ist oder nicht. Jeder Einzelne wird gefragt sein, eine Entscheidung zu treffen.«

»Nicht wie die Lemminge mit der Masse streben?«

Ruben schmunzelte. Er nahm die Brille ab und putzte die Gläser. »Ich hätte es nicht besser formulieren können.«

»Hören Sie, ich habe leider keine Zeit mehr, aber ich würde mich gern noch einmal mit Ihnen unterhalten. Sie scheinen die Zusammenhänge innerhalb der Energiekonzerne ganz gut zu durchschauen. Haben Sie eine Visitenkarte dabei?«

Ruben nestelte in der Innentasche seines Sakkos und förderte einen Stapel Zettel, die mit einer Büroklammer zusammengeheftet waren, zutage. Aus der Mitte der Zettel zog er umständlich eine Karte mit seinen Kontaktdaten hervor. Die anderen Zettel entglitten ihm und segelten zu Boden. Ruben bückte sich unbeholfen und fischte jeden einzelnen Zettel vom Boden wieder auf.

Typisch Wissenschaftler, dachte Martin.

»Hier bitte.« Ruben überreichte Martin eine Karte mit einem Eselsohr. Es war ihm sichtlich peinlich. »Tut mir leid …«

»Nein, ist schon okay. Ich versteh' das. Danke. Ich meld' mich in den nächsten Tagen.«

»Wenn Sie mich nicht im Institut erreichen, probieren Sie's unter meiner Handynummer, obwohl das Ding meistens aus ist. Na ja, jetzt, da ich weiß, dass Sie anrufen wollen, kann ich es ja mal anlassen. Mein Freund und ich, wir arbeiten an einem Forschungsprojekt zum Thema alternative Energieproduktion und ich kann Ihnen verraten, wir haben die Formel gefunden, die die Welt braucht, um dem Würgegriff des Öls zu entkommen.«

Martin nickte. »Das klingt ja sehr vielversprechend.«

»Das ist es auch. Sie werden sehen.«

Der Kommissar und der Wissenschaftler verabschiedeten sich mit einem freundschaftlichen Handschlag. In Gedanken war Martin bereits auf dem Weg zur Raffinerie. *Ich muss diesen Russen finden*, hämmerte es in seinem Schädel.

KAPITEL 22

16. April 2006, Israel, Golanhöhen

Joshuas alte Werkstatt war einer neuen gewichen. Die Halle hatte eine Größe von 1200 Quadratmetern, war frisch gestrichen und mit moderner Elektrik ausgestattet worden. Der Brand hatte alles gründlich vernichtet, einzig die Grundmauern und das hohe Dach waren von den Flammen nur umspielt worden, als hätte Judith sie beauftragt, nur die Maschinen und nicht die Halle selbst zu vernichten. Die Aggressoren ihres Lebens und ihrer Ehe waren beseitigt worden, und Joshua verspürte nicht das Bedürfnis, die alten Experimente wieder aufleben zu lassen. Er begriff den Sinn hinter ihrer Vernichtungsaktion im vollen Umfang, nur dass Judith dieses Glück nicht mehr mit ihm teilen konnte.

Im Laufe des folgenden Jahres überzeugte Joshua Aaron von seiner Idee, Energie aus Algen zu gewinnen. Joshuas

Enthusiasmus war geblieben, die Ticks und das Chaos in seinem Kopf gehörten jedoch der Vergangenheit an. Judith hätte ihn nicht wiedererkannt, sie hätte alles für ihn getan, vielleicht sogar abgenommen.

Joshua war nun ein klar denkender Mensch geworden, noch immer etwas ungeduldig, bisweilen exzentrisch, aber durchaus erträglich. Zu einem Mann verwandelt, der in seinem Leben alles daran setzen wollte, sein Dasein auf der Erde so effektiv und für die Menschheit so gewinnbringend wie möglich zu nutzen. So viel, wie seine Kräfte es zuließen, ohne sich dabei in selbstzerstörerischer Manier zu opfern. Ein spitzer Pfeil wollte er sein, eine Speerspitze, die tief in verkrustete und wurmstichige Schichten der Energielobby eindrang und sie spaltete.

Dank der frühen, sehr ertragreichen Jahre auf dem Weingut hatte Joshua einen Batzen Geld auf die Seite gelegt. Er selbst hatte in all den Jahren äußerst genügsam gelebt und das Geld nicht verprasst, wie sein Bruder Samuel, der sich nach seiner Heimkehr mehr und mehr von ihm zurückzog. Samuel trank zu viel, spielte in Casinos, verbrachte die Zeit in zwielichtigen Spelunken und besuchte die Synagoge schon Jahre nicht mehr. Modern Energy hatte auch ihn an der Nase herumgeführt, ihm mit Versprechungen in Millionenhöhe wie mit würzigem Bratenduft Appetit gemacht. Geflossen war jedoch noch kein einziger Petrodollar, denn in Anbetracht dessen, dass das Gebiet der Golanhöhen nach wie vor als annektiert galt, tat sich die Leitung von Modern Energy unerwarteterweise schwer, diesen Umstand vollständig auszublenden. Zumindest war dies die fadenscheinige Begründung. Nur, wenn die Ergebnisse, die man den Winzern in den kommenden Monaten mitteilen wollte, sich als absolut profitabel erweisen würden, würde man nach einer Lösung mit Syrien streben. Dass man Samuel, Joshua und den Rest der Winzergenossenschaft indes angemessen entlohnen würde, war kaum zu erwarten.

Joshua interessierte all das nicht. Er arbeitete tagsüber im Weinberg mit den anderen und half mit, die Spuren der Verwüstungen ungeschehen zu machen. Am späten Nachmittag zog er sich mit Aaron und einigen kräftigen Arbeitern in die Werkstatt zurück, um an einem einzigen Projekt zu arbeiten, das nach dreißig, verhältnismäßig fruchtlosen Jahren des Herumtüftelns Erfolg versprechen sollte. Eine Idee, die größer war, als jeder bisher verschwendete Gedanke, die das, was er früher getan hatte, als unbedeutend und kleinkariert anmuten ließ. Er bestellte Geräte, Pumpen, durchsichtige Rohre aus Plexiglas, ließ draußen hinter der Halle ein Becken ausheben und befüllte es mit Brackwasser aus allen Haushalten. Eine wirklich übel riechende Brühe, die ihrer Bestimmung harrte.

Eine Zeit lang sah es wieder so aus, als würde Joshua in ausgetretene Pfade abgleiten, in frühere Muster schädlicher Lebensführung. Wenn er seine Medikamente vergaß, was gelegentlich vorkam, schimmerte sein altes Leben durch. Er sprach dann mit den Maschinen, vergaß sein Essen und den Schlaf erledigte er auf dem Boden oder am Schreibtisch mit auf den Armen ruhendem Kopf. Nicht immer und zu jeder Zeit konnten Ruth und Aaron sich um ihn kümmern, ihn an seine Pillen erinnern. Auch sie hatten ein eigenes Leben, das sie führen wollten, doch im Wesentlichen erwies sich die Therapie als dauerhaft funktionierend und hilfreich.

*

Natürlich konnten Joshuas edle Bestrebungen, der Menschheit eine freie Energiequelle zugänglich zu machen, von der Fachwelt nicht unbemerkt bleiben. Nicht alle Menschen, die Macht innerhalb des Energiesektors innehatten, betrachteten seine Bemühungen mit Wohlwollen. Zu Anfang belächelten sie ihn, den Irren, den man nicht ernst nehmen konnte. Später versuchten sie ihn zu ignorieren, was sich als schwierig erwies, bis zu dem Punkt, wo sie ihn als eine Gefahr für etablierte Systeme einschätzten. Abseits aller merkantiler Erwägungen begannen sich die Medien für ihn zu interessieren. Er hatte angefangen, innerhalb des geschützten Rahmens seiner Privatsphäre die Kommunikation mit der Außenwelt aufzunehmen. In einer Art Einbahnstraße veröffentlichte er Dutzende Fachartikel in diversen Zeitschriften, vor allem im Internet. Er hatte einen Blog eingerichtet, auf dem sich die Zugriffszahlen in fünf- bis sechsstellige Höhe schraubten. Wissenschaftler, die einen gewissen Ruf für sich in Anspruch nahmen, besuchten den als schrulligen Kauz verschrienen Winzer auf dem Weingut. Es ließ sich nicht leugnen, sie bewunderten sein Werk. Das Werk eines Mannes, der nicht einmal einen Schulabschluss vorweisen konnte.

An diesem Morgen des 27. August 2007 hatten Aaron und Joshua die Ergebnisse für so stichhaltig erklärt, dass sie ihr Konzept erstmalig der Presse vorstellen wollten. Fünf männliche und zwei weibliche Journalisten hatten den Weg zu den Golanhöhen auf sich genommen. Sogar die *Jerusalem Post* war vertreten.

»Meine Damen und Herren, ich danke Ihnen, dass Sie meiner Einladung gefolgt sind und meiner, beziehungsweise unserer«, Joshua zeigte auf Aaron, »Forschungsarbeit Interesse entgegenbringen.« Joshua betrachtete den Zettel, auf dem er seine Rede vorbereitet hatte, faltete ihn zu einem kleinen Würfel zusammen und steckte ihn in die Jackentasche. Derart geschwollene Worte passten nicht zu ihm, und so beschloss er, neues Terrain zu betreten: das freie Reden vor Publikum, vor Jahren noch vollkommen undenkbar.

»Also dann. Um es gleich auf den Punkt zu bringen: Diese grüne Flüssigkeit dort sind Algen in einer Nährlösung. All das hier ist der kleine Prototyp einer geplanten viel größeren Anlage. Doch diese ist bereits jetzt in der Lage, alle für die Produktion unserer Weine genutzten Maschinen sowie die

Heizungen in unseren Häusern mit Energie aus diesen Algen zu speisen. Wir verwenden seit über einem Jahr kein Erdöl mehr. Die Anlage ist in der Lage, jede Art von Motoren anzutreiben und wird ausschließlich aus Abwasser, Duschwasser, Toilettenspülungen und anderen organischen Abfällen von über zweihundertfünfzig Menschen, die auf dem Weingut leben, betrieben. Zurzeit arbeiten wir noch an einer Modifikation, um Kerosin herzustellen. Vorläufige Patente dazu haben wir bereits vorgelegt.«

Ein junger Mann hob die Hand. Aaron trat einen Schritt vor. »Wenn Sie damit einverstanden sind, würde ich Sie bitten, erst Herrn Horowitz die Gelegenheit zu geben, seinen Vortrag zu beenden und anschließend Ihre Fragen zu stellen.« Der Reporter gab sich damit zufrieden und richtete sein Mikrofon auf Joshua, der zu schwitzen begann.

»Wie Sie wissen, sind seit Jahren zahlreiche Bemühungen unternommen worden, um Brennstoffe, die aus Erdöl gewonnen werden, mit Ölen, die aus Energiepflanzen stammen, zu ergänzen. Jedoch sollte Ihnen allen klar sein, dass zur Produktion dieses Öls potenzielle Nahrungsmittel vernichtet werden. Die Möglichkeiten des Anbaus auf diesen Flächen konkurrieren mit dem Anbau deutlich notwendigerer Nutzpflanzen, und zudem werden die letzten Naturreservate dieser Erde gefährdet. Ich weiß nicht, wie genau Sie sich vor dem Interview in die Materie eingelesen haben, aber es stehen grundsätzlich zwei Möglichkeiten zur Verfügung: Entweder man produziert Biokerosin oder Biodiesel aus biologischen Abfällen wie Restholz oder Stroh, wie wir es früher jahrelang mit unseren Rebholzschnitten getan haben, oder man gewinnt es aus Algen. Sie werden sich jetzt fragen, warum wir nicht bei den Rebholzschnitten geblieben sind. Wir haben ja schließlich genug davon. Nun ja, das stimmt, aber der springende Punkt ist, die Produktion von Biosprit aus Algen ist um ein Vielfaches effektiver. Wir betreiben zurzeit zwei verschiedene Anlagen nebeneinander, die eine mit biologischen

Abfällen und die andere mit Algen. Sehen Sie selbst, meine Damen und Herren. Sie haben heute exklusiv einen Einblick in unsere Arbeit, die die Welt verändern kann.«

Die Journalisten schritten mit offensichtlicher Ehrfurcht die Anlage mit den grünen Treibstofflieferanten ab. »Außerhalb der Halle, die wir gleich noch sehen werden, befinden sich die Klärteiche, die das Schmutzwasser, die Waschmittel und die Fäkalien aufnehmen. Unsere speziell gezüchteten Algen vermehren sich darin unglaublich schnell. Sie scheinen unseren Dreck zu lieben.« Ein Lachen ging durch die Gruppe.

»Kein einziger Tropfen gelangt mehr in die Abwasserkanäle, stellen Sie sich vor, meine Damen und Herren, nichts, was der Mensch hinterlässt, müsste mehr ins Meer geleitet werden, nichts bräuchte ins Grundwasser zu sickern. Und vor allem, die Welt muss sich nicht mehr um stetig teurer werdendes Erdöl streiten. Keine Kriege wegen des schwarzen Goldes, keine Korruption, keine Invasionen, um Energie teuer verkaufen zu können. Die Machtstrukturen, liebe Zuhörer, werden sich auf diesem Planeten ändern, das garantiere ich Ihnen.«

»Sie wollen also damit sagen, dass Sie es geschafft haben, vollkommen autark zu leben. Sie sind unabhängig von den großen ölproduzierenden Firmen?«

Aaron nickte, trat einen Schritt vor und ergriff das Wort. »So ist es. Wir konnten die Kapazität so weit erhöhen, dass kein einziger Liter fossilen Brennstoffs mehr verbrannt werden muss.« Aaron lächelte. »Mein Vater mag es nicht, wenn ich *fossiler Brennstoff* sage. Sehen Sie, wie grimmig er mich anschaut?« Die Reporter blickten in Joshuas angespannte Gesichtszüge, die sich, sobald er den Spaß durchschaute, wieder entspannten. »Er ist davon überzeugt, dass diese Theorie völlig veraltet ist und nur noch aufrechterhalten wird, um die Abnehmer des Öls zu täuschen.«

Eine junge Frau warf ein: »So lernt man es nun mal in der Schule. Was soll falsch daran sein?«

Joshua erhob die Stimme. Dieses Thema erregte nach wie vor seinen Widerspruchsgeist. Er breitete auch vor diesen Journalisten seine Theorie von der Unendlichkeit der Ölmenge durch ständige Nachbildung aus und stellte sie dem Märchen, wie er es nannte, des schon überschrittenen Fördermaximums entgegen: »Alles ist falsch daran. Es geht ganzen Konsortien nur darum, sich zu bereichern!«

Die gute Stimmung unter den Journalisten verwandelte sich von einer anfänglichen Begeisterung für alternative Energieproduktion hin zu dem Unmut darüber, betrogen worden zu sein. Jeder Mensch auf diesem Planeten war abhängig davon, dass er sein Haus heizen, sein Auto mit Benzin betanken konnte, den Kerosinzuschlag seines gebuchten Fluges ärgerlich hinnehmen musste, und nun wollte man diesen Journalisten, die ihre Texte an die Redaktionen weitergaben, glauben machen, dass es auch anders ginge.

»Ich würde gerne noch einmal darauf zurückkommen, warum wir eigentlich hier sind«, begann ein älterer Reporter mit einem ergrauten Bart. »Wenn dies tatsächlich Ihr voller Ernst ist, Herr Horowitz, dann werden Sie darauf gefasst sein müssen, eine Menge Fragen gestellt zu bekommen. Glauben Sie, dass Sie das können? Ein paar mehr Fakten zu den Vorteilen und der Echtheit Ihrer Theorie müssen Sie uns schon bieten. Und vor allem müssen Sie beweisen können, dass Ihre Anlage funktioniert. Sie haben in den vergangenen Jahren ja schon einiges auf die Beine gestellt und behauptet, dass es funktioniert. Sie sind kein unbeschriebenes Blatt, bei allem Respekt, aber Ihre Vergangenheit … und Ihre Krankheit …«

Joshua schluckte schwer. Aaron hatte ihn darauf hingewiesen, dass so etwas kommen könnte.

»Na schön, fangen wir klein an. Sehen Sie sich das Wasser an, das in das erste Sammelbecken gelangt. Sie werden sich die Nasen zuhalten müssen, es stinkt wirklich erbärmlich. Kloake eben. Aber nachdem es die Algenbehälter verlassen hat, ist es so sauber wie Trinkwasser. Und weil das so ist, bewässern wir mit diesem Wasser wieder unsere Weinstöcke. Also wenn Sie zu unserer Verkostung kommen und einen fruchtigen Cabernet zum Mund führen, bedenken Sie, womit unsere Reben verwöhnt werden.« Joshua machte eine kleine Pause, die meisten der Zuhörer lächelten ihn an. Das gab ihm Mut.

»Zweitens: Beim Verbrennen von Erdöl, Diesel und Kerosin entstehen bekanntlich hohe Mengen an Treibhausgasen, das Kohlendioxid, das unsere Atmosphäre verpestet. Beim Verbrennen von Öl aus Algen wird die gleiche Menge Kohlendioxid produziert, die die Algen zuvor während der Wachstumsphase aus der Luft entnommen haben. Es handelt sich also um eine ausgeglichene CO_2-Bilanz. Schon früher habe ich Blockheizkraftwerke gebaut, die mit biologischen Abfällen betrieben wurden. Natürlich wird auch hier CO_2 frei. Heute leiten wir dieses CO_2 in die Algentanks. Der Nachtisch nach den Fäkalien.« Joshua atmete schwer. Der Vortrag machte ihm allmählich zu schaffen. »Algen binden CO_2 effektiver und wandeln es rascher als Bäume und Energiepflanzen in Biomasse um. Das Klima wird nicht aufgeheizt und Algen stellen keine Konkurrenz zu Lebensmitteln dar. Sie vermehren sich zehnmal schneller als Mais und Raps. Und zum guten Schluss lassen sich aus Algen hervorragende Medikamente herstellen. Sie bilden antivirale Substanzen. Die Pharmaindustrie wird sich freuen.«

»Wie sieht es denn mit der Energiebilanz Ihrer Anlage aus? Wie viel Geld mussten Sie investieren, um Öl für Ihre Maschinen und Heizungen zu bekommen? Lohnt sich der ganze Aufwand oder ist das nur ein idealistisches Spielchen, eine Liebhaberei, wie das Finanzamt sagen würde?«

»Nun, ich kann Ihnen heute noch nicht alle Fragen so beantworten, wie Sie es gern hätten. Wir arbeiten an diesem Projekt beinahe Tag und Nacht und eines versichere ich Ihnen: Die Mikroalgenforschung ist ein Erfolg. Algen sind ein Geschenk Gottes, und wir werden in der Lage sein, durch die Kombination anderer im Überfluss vorhandener Energielieferanten der Menschheit eine Möglichkeit an die Hand zu geben, ihren eigenen Energiebedarf auf einfache Art und Weise selbst zu produzieren. Man muss nur den Platz in seiner Wohnung haben, um ein Gerät so groß wie eine Nachtspeicherheizung oder einen Wasserboiler aufstellen zu können. Man muss einmalig eine Mikroalgenanlage kaufen, die den eigenen Energiebedarf auf die nächsten zwanzig Jahre hin deckt. Um Ihre Frage zu beantworten, ja, zurzeit ist die Herstellung von Kraftstoffen aus Algen noch relativ teuer, doch wir sind ganz dicht davor, einen Durchbruch in diese Richtung zu erzielen. Und dann werden Sie, wenn Sie mir dieses Wortspiel erlauben, Ihr *grünes Wunder* erleben. Mehr kann und darf ich Ihnen zum jetzigen Zeitpunkt aber wirklich noch nicht verraten.«

Nachdem die Journalisten das Feld geräumt hatten und wieder Ruhe eingekehrt war, merkte Joshua, wie sehr ihn diese Konfrontation erschöpft hatte. Nun gab es kein Zurück mehr. Die Weichen, die in Haifa gestellt worden waren, leiteten ihn nun in eine Zukunft, die er sich in dieser Form nicht vorgestellt hatte.

Am nächsten Tag berichteten die Medien über ihn. Seine Fürsprecher nannten ihn den neuen Heilsbringer der alternativen Energieszene, einen Guru der Algenforschung. Seine Gegner bezeichneten ihn als unlängst entlassenen Geisteskranken, dessen Therapie offensichtlich ergebnislos verlaufen war.

Das Pendel der polarisierten Meinungen schlug mehr aus, als Joshua verkraften konnte.

KAPITEL 23

29. Oktober 2013, Hamburg-Mitte – Hamburg-Harburg

Martin hatte seinen Wagen direkt vor dem Hotel geparkt, wo die Pressekonferenz abgehalten worden war. Er setzte sich hinein und rief Werner Hartleib an.

»Ich fahre noch mal zur Raffinerie. Gibt es was Neues bei euch?«

»Allerdings. Lorenz dreht allmählich durch. Er will endlich Ergebnisse. Kennst ihn ja. Der übliche Druck, doch leider meint er es ernst. Er hat beschlossen, die Bevölkerung um Mithilfe zu bitten, um die Identität des Toten herauszufinden.«

»Was?«, brüllte Martin in den Hörer. »Ihr wollt in der Zeitung das Foto eines Mannes mit einem weißgrauen Gesicht und aufgeschlitzter Kehle bringen? Das geht nicht. Das sehen auch Kinder. Habt ihr die Liste der Gemeindemitglieder der Jüdischen Gemeinde?«

»Ja, hab ich heute besorgt. Ist aber kein Mann dabei, der auf unsere Beschreibung passte. Ich habe das Foto der Sekretärin gezeigt, die gleich anfing zu würgen, aber sie hat den Mann nicht erkannt. Ich denke, dieses Foto entstellt den Mann so sehr, dass man ihn gar nicht darauf erkennen *kann*.«

»Bitte Werner, tu mir einen Gefallen und halt den Chef und die Medien noch ein bisschen hin. Ich bin auf dem Weg in die Raffinerie und ich gehe da nicht eher weg, bis ich diesen Russen gefunden habe. Ich bin mir sicher, er kannte den Toten.«

»Okay, ich will sehen, was ich tun kann, wenn es nicht schon zu spät ist.«

»Halt ihn hin, Werner. Halt ihn hin. Ich melde mich wieder, okay?«

*

Die Löscharbeiten in der Raffinerie waren beinahe abgeschlossen. Letzte Brandherde wurden von der Feuerwehr mit Pulver gelöscht. Sie pumpten Stickstoff in die Leitungen, um weitere Brände endgültig im Keim zu ersticken. Ein weiteres Aufflammen hätte der Raffinerie großen Schaden zugefügt. Jeder Tag, an dem die Arbeiten nicht nach Protokoll durchgezogen werden konnten, kosteten den Konzern fünfstellige Summen. Die Arbeiten wurden, wo ein gefahrloser Aufenthalt möglich war, wieder aufgenommen.

Martin betrat das Gelände und ließ das hektische Treiben auf sich wirken. Er wollte so unauffällig wie möglich durch die Reihen der Tanks und Aggregate schleichen. Die Hochfackel, auf die er sich zubewegte, spie Feuer wie ein monströser, schlangenartiger Drache. Dies bewies, dass die Fraktionierungsarbeiten des Rohöls wieder in vollem Gange waren. Er verbarg sich hinter einem Turm, als ihm beißende Dämpfe Tränen in die Augen trieben. Die Entschwefelungsanlage für Dieselkraftstoffe hatte während der Explosion durch einen faustgroßen Metallsplitter ein Leck erhalten, durch das Gase in die eh schon mit Giftstoffen angefüllte Luft entwichen.

Pohlmann war sich sicher, dass sich der Russe einer Konfrontation mit ihm entzogen hatte, doch warum hatte er dann nicht an dem Abend, an dem der Tote im Tank gefunden wurde, die Klappe gehalten? Warum drängte es ihn, die Bedeutung des Wortes NEFT aufzuklären? War es nur Unachtsamkeit gewesen, oder hatte man ihm nach dem Vorfall seitens höherer Stelle zu verstehen gegeben, keinerlei Auskünfte zu der Identität des Opfers zu geben? Wie dem auch sei, Martin witterte Intrigen hinter jeder Ecke. Selbst Heinemanns aalglatte Art war ihm suspekt.

Natürlich war seine Zeit in der Raffinerie vermutlich abgelaufen, doch auch er wollte ganz sicher nicht seine fürstliche Abfindung riskieren, indem er der Polizei bei Ermittlungen half, bei denen unerfreuliche Tatsachen ans Licht kamen. Gerade jetzt, in der heißen Phase der Übergangszeit, in der die Übernahme der Petrol Ag durch Nynas über die Bühne gehen sollte, kamen firmeninterne Detailoffenbarungen zum denkbar ungünstigsten Zeitpunkt. In einer Nische zwischen zwei Türmen fand Martin einen gelben Schutzhelm. Er wandte sich kurz um, sah niemanden in der Nähe und griff nach dem Helm. Nun wirkte er nicht mehr vollkommen unautorisiert.

Sein Weg führte Pohlmann zur Schaltzentrale, der Messwarte. Hier liefen alle Informationen zu den einzelnen Produktionsschritten auf verschiedenen Monitoren zusammen. Jedes Detail, jede Schraube, an der gedreht werden musste, wurde hier erfasst. Durch Berührung der Touchscreens wurde man in alle Tiefen der Anlage geführt. Auf einen Blick kontrollierten die Facharbeiter Parameter wie Fließgeschwindigkeit, Hitze und Druck.

In dem Moment, als Martin Pohlmann die Klinke zur Messwarte in der Hand hielt und sie herunterdrückte, erfasste er im rechten Augenwinkel einen Schatten. Intuitiv drehte er den Kopf, ließ die Klinke los und nahm den Mann, den er suchte, wahr. Auch dieser bemerkte den unerwarteten Besucher und trat sofort die Flucht an. Der Russe trug ebenso wie Martin einen Schutzhelm, der auf dem Kopf hin und her schwankte, während er rannte. Er riss ihn hinunter und warf ihn achtlos fort. Er behinderte beim Rennen die Sicht. Martin hatte in den letzten Monaten seine Fitness verbessert, dies kam ihm jetzt zugute. Auch er nahm den Helm ab, ließ ihn fallen und rannte zwischen den Türmen und Kühlaggregaten, bis sich der Abstand zwischen ihm und dem Verfolgten deutlich verringerte. Auf einer geraden Linie zog er seine Waffe, und als er in einem Abstand zu dem Russen war, in dem er ihn mit Leichtigkeit hätte treffen können, forderte er ihn auf, sich zu ergeben.

»Halt, stehen bleiben!«, brüllte er. Andere Arbeiter wichen ihnen aus, stoben zur Seite und betrachteten mit Panik in den Augen die Waffe in Pohlmanns Hand. Martin sah, wie einer der Arbeiter zum Funkgerät griff und vermutlich die Zentrale oder die Polizei benachrichtigte.

Der Russe verlangsamte seinen Lauf. Es war vorbei. Ein Schuss oder ein Querschläger in die falsche Richtung hätte verheerende Folgen gehabt. Der Russe hob die Hände und ergab sich. Pohlmann zückte seinen Ausweis und hielt ihn dem Arbeiter mit dem Funkgerät unter die Nase.

»Kripo Hamburg. Schon in Ordnung. Gehen Sie wieder an die Arbeit. Wir regeln das hier.« Martin steckte die Waffe zurück und riss die Hände des einen Kopf größeren Mannes auf dessen Rücken. Das Klicken der Handschellen wurde von den metallenen Wänden der Türme reflektiert.

»So, mein Guter, jetzt ist Schluss mit lustig. Jetzt wird erst mal geplaudert.« Martin griff den Russen an der Schulter und zog ihn mit sich zwischen zwei Kühltürme, wo er ungestört reden konnte. Er zog den Schlüssel für die Schellen hervor und nahm sie ihm ab.

»Wenn du brav bist, lasse ich sie ab.«

In dem Augenblick, als die zweite Handschelle von seinem Handgelenk rutschte, unternahm der Mann sofort einen weiteren Fluchtversuch, doch Martin war schneller, hatte seine Waffe gezogen und sie ihm an die Schläfe gehalten. Er umgriff das Genick des Russen wie ein Schraubstock und drückte ihn an die kalte Metallfläche eines der vielen Türme.

»Noch einmal so eine Nummer, Bürschchen, und ich nehm dich mit aufs Revier und loch dich ein, bis du mich anbettelst, mit mir reden zu dürfen.«

»Ist ja gut. Verdammt.«

»Warum wolltest du abhauen? Probleme mit deiner Aufenthaltserlaubnis, was?«

»Ich bin meinen Job los, wenn ich rede, das ist los.« Martin lockerte den Griff, nur so viel, dass der Russe schmerzfrei reden konnte.

»Also, du weißt, was ich von dir will. Wer ist der Tote mit der Tätowierung? Los rede, Mann.«

»Ja verdammt, ich kenne ihn, aber ich weiß nicht, wie er mit Nachnamen heißt. Sein Vorname ist Joshua, mehr weiß ich nicht. Er stammt aus Israel und hat irgendeine wichtige Formel gefunden. Er ist der Konzernleitung seit Monaten auf den Geist gegangen. Er wollte sie nötigen, einen anderen Weg einzuschlagen, ihnen eine Chance geben, umzukehren, solange es noch geht.«

»Ich versteh kein Wort von dem Gewäsch. Hat er die Petrol Ag erpresst?«

»Nein, nicht erpresst, aber er hat ihnen immer wieder Angebote zu einer Zusammenarbeit gemacht. Ja, ich denke, es lief darauf hinaus, dass er Geld wollte. Investitionskapital für seine Forschungen.«

»Mann, was für Forschungen? Nun lass dir doch nicht alles aus der Nase ziehen.«

»Wenn Sie loslassen, sage ich Ihnen alles, was ich weiß, aber bitte kein Wort davon im Büro des Chefs. Ich muss meine Familie ernähren.«

Martin ließ den Mann los und steckte die Waffe ein. Der Mann rieb sich den Hals.

»Also von vorn. Was ist mit diesem Joshua? Woher kennst du den und warum hat mir Heinemann nichts von ihm erzählt?«

Der Russe schnaubte. »Heinemann ist ein Idiot. Ein Schleimer, der den Bossen in den Arsch kriecht.« Der Russe senkte den Blick. »Joshua war einer dieser Idealisten, die auf einem anderen Stern lebten. Ich war bei einem Gespräch dabei, in dem er Heinemann von seinem Projekt erzählte. Er sei eigens aus Israel gekommen, um seinen Traum von kostenloser Energie zu verwirklichen, und er habe die Formel und das nötige

Equipment dazu, um zu beweisen, dass das auch möglich ist. Heinemann hatte ihn ausgelacht. Kostenlose Energie, stellen Sie sich das mal vor! Er erzählt im Büro eines multinationalen Konzerns, der an Milliardenprofite gewöhnt ist, etwas von kostenloser Energie. Das war so, als wolle man den Teufel bekehren. Das funktioniert auch nicht, oder?«

»Aber du und dieser Joshua, ihr beide habt euch gut verstanden?«

»Ja, schon. Als er in den Wochen danach eine Abfuhr nach der anderen bekommen hat, habe ich ihn am Ausgang abgefangen und ihn gewarnt. Ich mochte diesen komischen Vogel irgendwie. Er tat mir leid. Ich habe ihm gesagt, dass er sich mit den falschen Leuten einlässt, dass er ein gefährliches Spiel treibt. Er hat mir eine Menge von seinen Forschungen und Träumen erzählt. Warum auch immer. Mir schien er verzweifelt zu sein, weil niemand ihm glaubte.«

Martin nickte. »Du glaubst also, dass jemand vom Konzern ihn aus dem Weg geräumt hat?«

Der Russe lachte spöttisch und spuckte auf den Boden. »Wenn nicht die, wer dann?«

Pohlmann schüttelte den Kopf. »Warum dann noch diese Bombenattrappe und das Wort NEFT auf der Brust und den Bekennerbrief vom islamischen Dschihad?«

»Das ist meiner Meinung nach alles Unsinn. Hieran sind keine Moslems beteiligt gewesen.«

»Wo hat dieser Joshua gewohnt? Gibt es eine Handynummer oder Adresse?«

Der Russe verneinte. »Leider nicht, aber er hat mir von seinem Freund erzählt, mit dem er diese Formel entwickelt hat, ein Wissenschaftler in Hamburg, der an der Universität Vorlesungen hält.«

»Kennst du wenigstens den Namen dieses Mannes?«

»Ja, Augenblick, er hieß David. Dr. David Ruben oder so ähnlich.«

»Danke.«

Martin klopfte dem Russen auf die Schulter. Das war er ihm schuldig. Der erste wirklich wertvolle Hinweis führte ihn genau zu dem Mann, den er am Vormittag getroffen hatte. *Zufälle gibt es*, dachte er. Schon wollte er Gott dafür danken, doch welchem Gott, dem der Juden, der Christen oder der Moslems? Er war sich nicht sicher und ließ es daher.

Er verließ, so schnell er konnte, die Raffinerie. Heinemann würde er sich zu einem späteren Zeitpunkt vorknöpfen. Jetzt galt es, so fix wie möglich diesen schrulligen Professor wiederzufinden. Hatte er nicht sogar in dem Gespräch erwähnt, dass er als Freund die Forschungen mit ihm betrieb? Somit wusste er noch gar nicht, dass er tot war. *Auch das noch*. Martin hasste es, Freunden und Angehörigen derartige Nachrichten zu übermitteln.

»Werner, hier ist Martin. Hat Lorenz schon das Foto …?«

»Nein, ich konnte ihn bis jetzt davon abhalten, aber er steht neben mir. Er hat gerade das Telefon in der Hand und einen Reporter von der Redaktion des Hamburger Abendblattes in der Leitung.«

»Gut sag ihm, er soll auflegen. Ich weiß, wer der Tote ist.«

»Echt? Mann, das ist gut. Du hast den Russen gefunden.«

»Ja, und jetzt fahre ich zu einem Mann, der mit dem Toten befreundet war. Ein Professor der Geologie und noch ein paar anderer Fachbereiche. Irgendein schlaues Köpfchen. Ich zeig ihm das Foto, schlepp ihn in die Pathologie und lass ihn den Toten identifizieren.«

»Gut, dann bis später.«

KAPITEL 24

27. Juli 2008, Israel, Golanhöhen

Im Juni 2008 ergab eine Umfrage unter israelischen Bürgern, dass man sich um jeden Preis Frieden wünsche und auch im Gegenzug bereit sei, Zugeständnisse an arabische Nachbarn zu machen. Land gegen Frieden, eine Formel, die das Volk in zwei Lager spaltete. Die konfliktscheuen Menschen auf der einen Seite waren bereit, ihr Misstrauen gegenüber den Absichten der Araber zu verdrängen. Jede nur erdenkliche politische Intervention war ihnen recht, solange nur der Friedensprozess innerhalb des Nahostkonfliktes voranschritt. Wie weit der Wunsch nach Frieden gehen konnte, wurde dadurch bewiesen, dass der an Kompromisse glaubende Teil der Israelis jeden Rückzug ihrer Armee unterstützte: die Räumung der Wüste Sinai im Jahr 1982, die Aufgabe des Gazastreifens 2005 und nun, im Juni 2008, waren sie laut Umfragen zufolge sogar bereit, das Westjordanland aufzugeben und die Schaffung eines Palästinenserstaates hinzunehmen.

Doch nicht überall im Land fand sich diese Bereitschaft, Land gegen Frieden einzutauschen. Oben, im Zentrum der Golanhöhen, sahen sich einige der Siedler nicht an diese Losung gebunden. Die Golanhöhen zu räumen, hätte bedeutet, den Syrern die Möglichkeit ihrer alten Abschussrampen zurückzugeben, ganz zu schweigen von den Wasserquellen, die unentbehrlich für Israel geworden waren. Man erachtete die Rückgabe an Syrien als puren Selbstmord. Selbst wenn Damaskus hoch und heilig und mit Engelszungen säuselnd den Frieden versprach, war die Rückgabe der Golanhöhen für die meisten im Volk, das israelische Parlament und die regierende Kadima-Partei keine Option. Niemand glaubte mehr an das Märchen, dass sich das Regime des syrischen Präsidenten Baschar al-Assad an Zusagen halten würde. Niemand kam auf die Idee, dem Alligator furchtlos in die Augen zu schauen und die Hand ins Maul zu stecken und ernsthaft zu glauben, sie heil und unversehrt zurückziehen zu können.

Die Hamas hatte ihr Hauptquartier in Damaskus bezogen, und Syrien galt als enger Verbündeter des Iran. Auch nach einem Friedensabkommen würde Syrien nicht dem Iran den Rücken zukehren, eine Hoffnung, die gar nicht erst in Erwägung gezogen zu werden brauchte.

Nicht noch einmal wollten sich die Israelis blenden lassen, wie 1977, als der frühere ägyptische Präsident Sadat nach Jerusalem flog und Israel im Nahen Osten willkommen hieß. Ein psychologischer Schachzug, mit dem er ihnen weismachen wollte, dass er den Staat Israel legitimieren wollte. Das Ergebnis war, dass sich Israel vollständig von der Sinaihalbinsel zurückzog. Doch welcher Strategie der Täuschung oder des Drucks, den man auf Israel ausübte, sollte man den Vorzug geben? Etwa einem Jassir Arafat, der seinen Leuten einredete, Israel sei ein unrechtmäßiger Staat, der eines Tages wieder von der Landkarte verschwinden würde und er deswegen erst gar nicht in Geografiebüchern verzeichnet werden müsste? Wie verwundert muss die Welt auf diese Region geschaut haben, als Politiker den Palästinensern einen eigenen Staat anboten und die Reaktion darauf Selbstmordattentate in einem noch nie da gewesenen Ausmaß die Menschen vor den Fernsehgeräten erschütterten?

Die Bewohner auf den Golanhöhen waren gewarnt. Sie hatten es nicht eilig, über die Rückgabe des demografisch sensiblen Gebietes nachzudenken. Die gerade mal 20.000 Drusen und ebenso vielen Juden wollten nicht mit Assad nur über türkische Vermittler verhandeln. Mit einem Staatsmann, der sich weigerte, *persönlich* mit Israel zu sprechen. Und schon gar nicht wollten sie Assads Wunsch nachkommen, seine schmutzigen Füße im See Genezareth zu baden.

Nicht für allen Frieden dieser Welt waren sie dazu bereit, erst recht nicht das verschrobene Völkchen der Winzer, das sich dem Ziel verschrieben hatte, den besten Wein des Landes hervorzubringen. Und schon gar nicht Joshua und Aaron, die eine zweite Halle gebaut hatten, um ihre Energieproduktion aus Algen zu vervielfältigen.

Inzwischen hatten umliegende Höfe und Siedlungen ihr Interesse an dieser Technologie bekundet. Gelegentlich dachten die Winzer noch an die verdorbene Ernte zurück, die durch Joshuas Schädlingsbekämpfungsmittel entstanden war, doch diesmal schien es etwas anderes zu sein. Der Mann, den sie von früher kannten, hatte sich verändert. Den alten Joshua gab es nicht mehr, so hofften sie.

Joshua konzentrierte sich nur noch auf diese eine Sache und seine Besessenheit nahm in jenen Tagen vernünftige Formen an. Medienvertreter wurden nur dann zugelassen, wenn sie hoch und heilig versicherten, sachlich und kompetent darüber zu berichten, anderenfalls verwehrte man ihnen den Zugang zu dem Gelände oder drohte ihnen juristische Konsequenzen an.

An einem Abend, nachdem Joshua, Aaron und einige Arbeiter erschöpft von der Werkstatt nach Hause kamen, erblickten sie von ferne einen Mann in einem Rollstuhl sitzen. Es schien, als blicke er sehnsüchtig in Richtung der Tür zum Haupthaus, an dessen Zugang ihn drei Stufen hinderten. Geduldig wartete er. Der Kopf ruhte leicht geneigt auf der Schulter, als sei er zu schwer für die Muskulatur, die ihn stützen sollte. Die Hände hielt er seitlich auf den Rädern, jederzeit bereit, sie herumzureißen und den Stuhl in Bewegung zu setzen.

Joshua und Aaron waren noch zwanzig Meter entfernt, noch hatten sie keine Ahnung, wer dort auf sie wartete.

In letzter Zeit hatten sie häufiger unangekündigten Besuch bekommen. Von Journalisten, Spöttern, Neidern, aber auch von ernsthaften Gönnern und Befürwortern der Energiewende, die Joshua sehnlichst herbeisehnte. Also machten sie sich auch an diesem Abend darauf gefasst, Fragen beantworten zu müssen und Überzeugungsarbeit zu leisten. Doch es kam anders.

Der Mann, der sie erwartete, war kein Fremder, keiner, der Fragen zu einer zukunftsweisenden Technologie stellen wollte. Er war vielleicht ein Spötter gewesen, doch nun war er in erster Linie ein Hilfesuchender, ein um Vergebung Bittender.

Als er hörte, wie sich ihm jemand auf knirschendem Kies und Sand näherte, erwachte er aus seiner Lethargie. Der Kopf richtete sich ruckartig auf. Niemand wusste, wie lange er dort schon ausharren musste. Er zog das linke Rad des Rollstuhls nach hinten herum und wandte sich so den Ankömmlingen entgegen. Sofort erkannten ihn Joshua und Aaron. Ihn, den sie hier auf diesem Gelände nie wieder erwartet hätten, zumal er nicht willkommen war. Den, der Schuld auf sich geladen hatte, in einer Größenordnung, die bis zu seinem Lebensende für ein Exil außerhalb des Weingutes reichen sollte.

*

»Hallo, Zadek«, sagte Aaron kühl. Er verengte die Augen dabei, bemerkte seinen beschleunigten Puls, den brüchigen Ton in seiner Stimme, die zitternden Hände, die er hinter dem Körper verbarg. Kurzum, die Unfähigkeit, derart unvorbereitet auf die Begegnung reagieren zu können. Er hätte sich gern die Situation vorher in Gedanken zurechtgelegt, verschiedene Szenarien ausgemalt, wie er Zadek höflich, aber bestimmt den Weg runter vom Gelände wies. Was geschehen war, war geschehen und Ruth litt immer noch darunter. Dieser Umstand wurde auch nicht durch eine Behinderung oder das Los, an den Rollstuhl gefesselt zu sein, geschmälert. »Was willst du hier?«, setzte Aaron nach, als er sich gefasst hatte.

Zadek blickte ihn direkt an. »Ich bin gekommen, um Frieden mit euch zu schließen. Ich möchte euch um Vergebung bitten, für alles, was ich euch angetan habe. Es tut mir leid.«

»Ach, und du denkst, das geht so einfach? Du kommst hier an, machst einen auf reumütig und hoffst, jetzt, wo du ein Problem hast, stehen wir stramm und sagen: Schwamm drüber. War ja alles gar nicht so schlimm.«

Zadek senkte den Blick. »Nein, das erwarte ich nicht. Ich werde sofort wieder aufbrechen und zurückfahren, wenn ihr das verlangt. Ich will nur Frieden schließen, mehr nicht. Ich weiß nicht, wie viel Zeit mir noch dazu bleibt, und wollte es nicht länger aufschieben. Ich quäle mich schon lange genug damit.«

»Wie bist du hergekommen? Du wirst ja wohl nicht selbst gefahren sein.« Aaron spürte, wie der Zorn wie Feuer in ihm brannte und sich nicht durch besänftigende Worte löschen lassen wollte. So billig war Vergebung nicht zu haben. Die Hand, die vorher gezittert hatte, war nun geballt. Alles kam wieder in ihm hoch. Die Wochen und Monate, in denen Ruth Albträume gehabt hatte. Die Panik, berührt zu werden, die Schmerzen im Unterleib. Vermutlich würde sie nie Kinder bekommen können, hatten ihr die Ärzte mitgeteilt. Zu groß war die Gewalt gewesen, mit der sie Zadek genommen hatte. Abgesehen davon, dass sie noch immer Mühe hatte, echtes, tiefes Vertrauen zu ihm als Mann aufzubauen. Dieses Erlebnis war der Grund dafür, dass sie bis jetzt kein wirkliches Paar waren. Als ob seit jeher etwas Dunkles zwischen ihnen stand. Und nun hockte der Grund ihrer unglücklichen Liebe direkt vor ihm, in einem Rollstuhl. Aaron blickte auf ihn herab, den Krüppel, und er spürte, dass er ihm diesen Zustand gönnte. Er triumphierte über Zadek und dachte: *Na, wo ist nun deine überragende Stärke von damals, deine Arroganz, dein Hochmut*?

Joshua legte Aaron die Hand auf die Schulter und besänftigte mit dieser Geste Aarons Gemüt für einen Augenblick. Er wollte ihm mit dieser kurzen Berührung zu verstehen geben, dass er genau wisse, wie Aaron sich fühlte und doch müsste er nun von seinem Hass ablassen.

»Was ist passiert?«, fragte Joshua. Seine Stimme klang in Aarons Ohren viel zu versöhnlich, viel zu sanft. Aaron stellte sich auf einen Kampf ein, und nun kam ihm der Schmusekurs Joshuas in die Quere. Wie konnte er nur so ruhig bleiben? Ruth war seine Tochter. Lag es an den Medikamenten, die ihm den Hass nahmen, oder war dies der echte Charakter Joshuas, der ungehindert zum Vorschein kam?

»Ich hab ein paar Kugeln abbekommen. Ein Heckenschütze in Gaza. Ein Kamerad von mir ist dabei umgekommen.« Zadek drehte sich in dem Rollstuhl um und zog sein Hemd am Rücken hoch. »Eine traf mich direkt in den unteren Rücken, eine zweite ging durch die Schulter durch und die dritte hat mir eine Niere genommen. Ich lag drei Wochen im Koma und bin leider wieder aufgewacht. Ich spüre abwärts des Bauchnabels nichts mehr. Und um auf deine Frage zu antworten, Aaron, ein Freund hat mich hergebracht. Er wartet auf dem unteren Parkplatz auf mich. Er bringt mich zurück, falls ihr das möchtet.«

»Du wolltest also nur Hallo sagen und dich entschuldigen. Okay, das hast du jetzt getan und nun kannst du wieder verschwinden.«

Wieder hielt Joshua Aaron am Arm, vor allem aber, weil Ruth in der Tür erschienen war. Wach geworden von den Stimmen, die alles andere als friedlich klangen, wollte sie nachsehen, wer da miteinander stritt. Sie hatte damit gerechnet, Joshua Journalisten gegenüber beistehen zu müssen, in einem Disput, dem er vielleicht nicht gewachsen war. Indes hatte sie nicht damit gerechnet, unvermittelt dem Mann gegenüberzustehen, der ihr die Unschuld, die Freude und die Arglosigkeit geraubt hatte. Seine Erscheinung traf sie wie ein Schlag. Der, der in ihrer Erinnerung groß, kräftig und betrunken über sie hergefallen war, sie gedemütigt, missbraucht und brutal geschlagen hatte, saß nun verkrümmt in einem Rollstuhl. Sie war geneigt herauszuschreien: *Das hast du verdient, ja, das geschieht dir recht. Hast du deine Strafe schon in diesem Leben von Gott bekommen? Richtig so, Zadek*!

Stattdessen rührte sich Mitleid in ihr. Menschlich, unvernünftig, übernatürlich. Sie war nicht in der Lage zu hassen, wie sie es sich all die Jahre eingeredet hatte. Dort saß ein Mensch vor ihr, der seine Sünden bereute und Hilfe brauchte. Wer war sie, ihm diese Hilfe zu verwehren?

Langsamen Schrittes kam sie die Treppe hinunter und ließ Zadek dabei nicht aus den Augen. Diese in tiefen Höhlen liegenden schwarzen Augen glänzten im Schein der untergehenden Sonne, vielleicht waren es auch Tränen, sie wusste es nicht.

Viele Situationen hatte sie schon in ihrem Inneren durchgespielt, doch nun stellte sie fest, dass man sich vermutlich auf so etwas nicht vorbereiten konnte. Der Mensch sucht Sicherheit und will für bestimmte Situationen vorbereitete Lösungen parat haben, bis er feststellt, dass all die Mühe umsonst gewesen war und er sich vergeblich gequält hatte.

»Hallo, Ruth«, sagte Zadek. Es war mehr ein vorsichtiges Hauchen, demütig wie ein Hund, der vor seinem Herrn kuscht.

»Hallo, Zadek«, antwortete Ruth ohne Umschweife. »Hast du Hunger?« Aaron sah zu Ruth und begriff die Welt nicht mehr. Was war nur mit Joshua und Ruth los? Sie schienen sich darin einig zu sein, dass es keinen anderen Weg gab, als ohne weitere Diskussionen Zadek willkommen zu heißen, ihm ein neues Leben anzubieten und so zu tun, als sei gar nichts geschehen.

Plötzlich fühlte sich Aaron einsam und im Stich gelassen. Er meinte zu begreifen, warum er so unversöhnlich reagierte. Er war eben *kein* Horowitz. Er war *nur* der Ziehsohn. Traurig und zugleich wütend zog er an Joshuas Arm. »Kann ich euch mal sprechen? Nur einen Augenblick.« Er wandte sich zu Zadek. »Dauert nicht lange, okay? Du bist ja Warten gewohnt, wie es scheint.«

Aaron ging eilig voraus, außer Hörweite, außer Sichtweite, weg von dem Mann, der die Frau seines Lebens geschändet hatte.

Sie verschwanden zwischen einigen Rebstöcken.

Aaron atmete schwer. »Was soll das hier, he? Was tut ihr da? Wie könnt ihr diesem Kerl mit so viel Freundlichkeit entgegentreten? Und du fragst ihn, ob er Hunger hat. Seid ihr beide vollkommen übergeschnappt?«

»Beruhige dich, Aaron. Es ist okay«, erwiderte Joshua. »Er ist gekommen, um uns um Verzeihung zu bitten, und ich spüre, dass ich sie ihm gewähren muss. Ich spreche hier nur für mich, denn auch mir ist geholfen worden. Auch mir hat man vergeben. Ich bringe es nicht übers Herz, ihn zurückzuweisen.«

Aaron deutete auf Ruth. Zorn und Unverständnis lagen in seinem Blick. »Aber sie ist deine Tochter! Hast du vergessen, was er ihr angetan hat? So etwas verjährt nie.«

»Nein, das habe ich nicht, aber ihn zu hassen, ändert nichts. Dein Hass schadet nur dir, aber nicht ihm. *Dich* frisst er auf, nicht ihn.«

Aaron wandte sich Ruth zu und umfasste mit beiden Händen ihre Schultern. Fast hätte er sie geschüttelt. »Siehst du das auch so, Ruth? Was ist mit dir passiert? Seit Jahren versuche ich, die Wunden in dir zu heilen. Du weißt, dass ich dich liebe – so jetzt ist es endlich mal raus. Er ist schuld daran, dass wir uns nicht so lieben können, wie wir es wollen. Ja, auf dem Papier in den Briefen, aber es aufzuschreiben ist verdammt nochmal etwas anderes als in der Wirklichkeit. Wie soll es denn jetzt weitergehen? Wenn ihr ihn aufnehmt, wird hier nichts mehr so sein, wie es mal war.«

Ruth hob eine Hand und legte sie an Aarons Wange. »Du übertreibst, Aaron. Ich weiß, dass du mich liebst. Das weiß ich schon lange, aber wir haben noch so viel Zeit. Dass Zadek zurückgekommen ist, ist gut für uns. Vor allem für mich. Es gibt mir die Chance, neu anzufangen und das Alte endlich zu begraben. Bitte sei nicht mehr böse auf ihn. Er ist vielleicht ein neuer Mensch geworden.«

Aaron riss sich von Ruth los und wandte sich ab. »Pah. Menschen ändern sich nie. Erst recht nicht Zadek Kotarev. Ihr wollt einen Feind in unser Haus, in unsere Gemeinschaft aufnehmen. Er wurde verstoßen, auch von den anderen. Das wird nicht funktionieren. Glaubt mir. Ihr mögt ihm vielleicht so billig vergeben können, ich aber kann es nicht. Wenn ihr das tut, werde ich gehen müssen.«

Aaron verließ Joshua und Ruth und rannte davon. Er brauchte Abstand von ihnen, von Zadek, von allem und jedem. Von sich und seinen Gedanken, seinem gärenden, brodelnden Hass. Alles war gut gewesen, so, wie es war. Joshua war aus der Klinik zurückgekommen, gesund und voller Tatendrang. Sie waren ganz dicht davor, Geschichte zu schreiben, die Energiemafia zu entmachten, und nun kam dieser Verräter daher und beanspruchte Asyl. Wie stellte sich Ruth das denn vor? Zadek war vermutlich pflegebedürftig, konnte nicht einmal drei Stufen allein meistern. Was könnte er schon beitragen innerhalb der Gemeinschaft? Ein Klotz am Bein würde er sein, eine hilflose und winselnde Zecke, die durchgefüttert werden müsste.

Aaron schüttelte den Kopf. Ein seltsamer Schrei entwich ihm. Er ließ sich fallen und lehnte sich am Boden an einen Holzpflock. Nun war es aus und vorbei. Er konnte nicht mit Zadek zusammenleben und er wollte es auch gar nicht. Das schien ihm vollkommen klar. Er fühlte sich unfähig, sich mit Zadek zu versöhnen. Nicht so billig, nicht übereilt. Anderenfalls wäre es nur ein Lippenbekenntnis gewesen. Und er spürte, dass er gar nicht wusste, wie Vergebung überhaupt funktionierte. Wie stellte man es an, sich gegen seine jahrelang gehegten Gefühle zu stellen? War das alles nur eine Entscheidung des Kopfes? War es nicht eher nötig, das ganze Sein mit einzubeziehen? Eine innere harmonische Übereinkunft, ein vollständiges Ja ohne Zweifel, ohne Wenn und Aber? Aaron ließ den Kopf sinken. So vieles hatte man ihm in seinem Leben beigebracht. Er war beim Militär gewesen, hatte Menschen sterben sehen, kannte sich aus mit Krieg, Hass, Verteidigung von Grenzen und Ansprüchen an Land, doch Vergebung und Versöhnung? Darüber hatten sie nie gesprochen, weder zu Hause noch in der Kaserne. Ein Thema, wie es schien, zu dem niemand etwas wirklich Gültiges zu sagen hatte, sonst hätte es der eine oder andere getan.

Aaron traf eine Entscheidung, die möglicherweise im Affekt und nur rein emotional begründet war. Doch für ihn schien es die einzige Möglichkeit zu sein. Für ihn konnte es nur heißen, er oder ich. Entweder, sie würden Zadek zum Teufel jagen, oder er selbst würde gehen müssen, wenigstens für eine gewisse Zeit. Bis man ihn vermissen würde, bis man ihn bitten würde zurückzukommen. Bis sie bereit wären, Zadek fortzuschicken, um ihn zurückzugewinnen.

*

Am folgenden Tag stellte Aaron Joshua zur Rede. »Ich habe mich entschieden. Ich werde für ein Jahr nach Europa gehen. Ich habe das Gefühl, dass mir, wenn ich bleibe, der Schädel platzt.« Aaron wandte sich ab, ging ein paar Schritte. »Weißt du, gleich nachdem ich vom Militär wieder nach Hause gekommen bin, habe ich nichts anderes gesehen als Algen. Ich war mein Leben lang auf deiner Seite und bin es noch immer, aber ich halte es einfach nicht mehr aus. Ich brauche einfach mal eine Pause.«

Joshua verschränkte die Arme hinter dem Rücken und hielt dem fordernden Blick Aarons stand. »Wovon willst du leben? Ein Jahr kann lang werden. Hast du genug Geld, um dich so lange durchzuschlagen?«

»Wenn mir das Geld ausgeht, werde ich arbeiten und danach weiterziehen. Ich möchte gerne Italien sehen, Venedig vor allem, dann Frankreich, Spanien und Deutschland. Meine deutschen Wurzeln suchen.«

»Du gehst nicht fort, weil du eine Pause brauchst, sondern weil du Zadek hasst. Aber ich sage dir, dass du deine Probleme nicht löst, indem du vor ihnen wegläufst. Sie folgen dir nach, weil sie zu *dir* gehören und nicht an einen Ort gebunden sind.«

»Das mag ja alles stimmen, Joshua. Trotzdem muss ich mal weg. Nur ein Jahr. Lass mich ein einziges Jahr Ich selbst sein. Ich möchte herausfinden, wer ich wirklich bin. Ich danke dir für alles, was du und Judith für mich getan habt. Du warst für mich wie ein Vater, aber rein genetisch bist du es eben nicht. Gestern ist mir das schmerzlich klar geworden. Gib mir ein kurzes Jahr meines Lebens, um mich zu finden, okay?«

Joshua nickte stumm. Er war traurig, zeigte es aber nicht, so wie er es früher getan hätte.

Aaron setzte nach. In der Stunde seiner Abreise wollte er nichts zurückhalten. »Und ja, ich kann es nicht ertragen, Zadek um mich zu haben und ich wundere mich, dass ihr es könnt, Ruth vor allem. Ich begreife es einfach nicht. Ihr nehmt einen Vergewaltiger in eurer Mitte auf, als wäre nichts gewesen.«

»Er hat uns um Verzeihung gebeten, und wir müssen sie ihm gewähren. Das erste Mal war er sechzehn, als ich dafür gesorgt habe, dass er in ein Internat geschickt wurde. Das zweite Mal musste er gehen, nachdem er Ruth … na du weißt schon. Vielleicht soll es kein drittes Mal geben. Außerdem braucht er unsere Hilfe. Er hat sonst niemanden. Seine Eltern sind doch auch schon tot.«

Aaron warf sich den grünen Rucksack, den er von der Armee behalten hatte, über die Schultern. Gerade so viel Gepäck, wie nötig war, um über die Runden zu kommen. »Dann gewährt sie ihm eben, aber ohne mich. Er hat dich mal einen hirnlosen Idioten genannt, weißt du noch? Einen Irren, einen Spinner. Alle miesen Attribute, die ihm einfielen, hat er dir an den Kopf geschleudert, und nun kommt er daher und bittet um Gnade, als könne sich ein Mensch um 180 Grad drehen. Vergebung muss man sich verdienen, die kann man sich nicht mal so eben erbitten. Nein, Joshua, bei allem Respekt, aber für mich ist das Ganze nicht so einfach. Vielleicht bekomme ich ja in der Einsamkeit eine Eingebung. Soll alles schon vorgekommen sein.«

Aaron drehte sich zu Ruth um, die in einiger Entfernung auf ihn gewartet hatte. Die Sonnenstrahlen brachen sich in ihren lockigen Haaren, die Arme hielt sie vor der Brust verschränkt, doch als er zu ihr kam, nahm sie sie herunter und schmiegte sich an ihn. Ein leises Schluchzen drang an sein Ohr, und stille Tränen liefen ihr die Wangen hinunter. »Ich verstehe dich und ich gönne dir dieses Jahr. Es ist dein Sabbatjahr. Du hast so hart auf dem Hof gearbeitet und wirklich viel erreicht. Nur dir hat es Joshua zu verdanken, dass die Anlage läuft und Erträge erwirtschaftet. Du hast dir wirklich eine Pause verdient.« Ruth trat einen Schritt zurück und legte ihre Hand wieder an seine Wange. »Ich hoffe, dass du alle Antworten auf deine Fragen findest, vor allem hoffe ich, dass ich ein Teil deiner Antworten sein werde. Wirst du zu mir zurückkommen?«

Aaron hatte nicht mit dieser Offenheit gerechnet. Wenn er sich um sie bemüht hatte, hatte sie sich immer reserviert gegeben, und nun dieser emotionale Ausbruch. Für einige Sekunden bereute er seinen Entschluss zu gehen, doch dann dachte er an die Welt, die auf ihn wartete. »Ich komme zurück, ganz sicher und ich vermisse dich jetzt schon, aber ich muss es einfach tun. Mein Leben lang träume ich schon von dieser Reise und jetzt ist der beste und einzige Zeitpunkt. Wer weiß, wann so etwas noch möglich sein wird. Das Leben kann so kurz sein.« Aaron senkte die Stimme und versuchte, sie ernst anzusehen. »Ein Mann muss tun, was ein Mann tun muss«, und schon während er das sagte, musste er lachen und half damit auch ihr, sich ein Lächeln abzuringen.

»Ich komme zurück, versprochen. Ich muss mir nur über einiges klar werden. Mach dir keine Sorgen.« Aaron gab Ruth den ersten zarten Kuss auf ihre Lippen, der ihre Zusammengehörigkeit besiegeln sollte. Dann wandte er sich um, um zu gehen.

»Warte noch.« Joshua eilte ihm hinterher. »Hier, ich hab noch was für dich, wenn dir mal langweilig ist.«

»Was ist das? James Hilton. *Lost Horizon*. Der verlorene Horizont? Schöner Titel. Woher hast du es?«

»Ich hab es aus der Bibliothek in der … nun ja … Ich durfte es behalten. Kann es schon auswendig. Vielleicht hilft es dir.«

»Danke Joshua. Ich werde es lesen. Ganz sicher.«

Aaron hob zum letzten Mal die Hand zum Gruß und machte sich auf den Weg in ein Jahr voller Abenteuer.

KAPITEL 25

29. Oktober 2013, Hamburg-Mitte

Zurück im Wagen kramte Martin die Visitenkarte des Professors für Geologie hervor. *Professor Dr. David Ruben*. In seiner Innentasche hatte sie noch einen weiteren Knick an der anderen Ecke erleiden müssen. *Universität Hamburg, Geologisch-Paläontologisches Institut, Bundesstraße 55. Fachbereich Mikropaläontologie.* Martin tippte die Handynummer des Professors ein und wartete auf das Freizeichen. Nach dem zehnten Mal nervigen Klingelns drückte er die Stopptaste. *Er wird in einer Vorlesung sein*, dachte Martin und beschloss, sich sofort auf den Weg zu machen. Die Bundesstraße in Hamburg war ihm vertraut, sie lag in direkter Nachbarschaft zur Sedanstraße, wo die Kollegen vom Polizeikommissariat 17 ihre Füße auf den Schreibtisch legten. Nur, wo genau der Fachbereich der Mikropaläontologie lag, wusste er nicht, er würde sich durchfragen müssen. Mit deutlich überhöhter Geschwindigkeit legte Martin den Weg von Hamburg-Harburg in die Innenstadt zurück und hielt vor dem Gebäude der Universität. Studenten in typisch unbeschwerter Manier schlurften über den Vorplatz, klemmten sich Collegetaschen unter die Achseln und steckten sich Zigaretten an. Martin beneidete sie für einen Augenblick.

Eilig begab er sich in das Eingangsgebäude und studierte die Hinweistafeln. Ein Plakat darunter informierte den Besucher über die besondere Abteilung innerhalb der Geologie. Beim flüchtigen Lesen erfasste Martin einige wenige Inhalte: … Rekonstruktion der Umwelt- und Klimadynamik in der jüngeren Erdgeschichte, wobei die Ozeane und ihre Ökosysteme sowie deren kurzfristige Variabilität im Vordergrund stehen … paläontologische, geochemische, geologische und biologische Methoden kommen zum Einsatz … stabile Isotopensignale rezenter Foraminiferen, der Erforschung lang- und kurzfristiger Änderungen von Klima, Ozeanzirkulation und Meeresspiegel, der Prozesse der Land-Meer-Kopplung …

Martin verstand kein Wort von diesem Fachchinesisch, wähnte sich jedoch an der richtigen Adresse. Gegenüber der Tafel saß eine junge Dame hinter einem Schreibtisch und tippte eifrig auf einer Tastatur. Da Martin den Namen des Professors nicht auf der Tafel fand, ging er zum Schreibtisch der Angestellten und erkundigte sich nach dessen Büro.

»Professor Ruben hat kein eigenes Büro in diesem Komplex, da er nur Gastvorlesungen hält. Er leitet eine Forschungsgruppe und betreut die Bachelor- und Masterarbeiten.

Augenblick, ich sehe gerade … heute hält er eine Vorlesung in Saal 4, Thema Isotopengeochemie.« Sie blickte auf die Uhr. »Wenn Sie sich beeilen, dann erwischen Sie ihn noch.«

»Wo finde ich den Hörsaal?«

Die Dame stand von ihrem Stuhl auf, zeigte in die Richtung des Flures, der neben der Hinweistafel abging. »Den Flur bis zum Ende, dann links, hinten die zweite Tür rechts. Hörsaal 4. Nicht zu übersehen.«

Martin bedankte sich und lief in den ihm gewiesenen Weg. Zügig fand er die Tür zum Hörsaal, zog sie auf und sah sich belustigten Blicken einiger Studenten ausgesetzt. Ruben war noch nicht da. Martin atmete tief durch, er war nicht zu spät.

Eine unangenehme Aufgabe stand ihm bevor.

Nach drei Minuten unruhigen Auf- und Abgehens kam Ruben um die Ecke geschlendert. Er trug dieselbe Kleidung wie am Vormittag bei der Pressekonferenz, hatte einige Folien bei sich, die er umständlich sortierte, um Martin die Hand geben zu können. »Hallo, Herr Kommissar, so schnell hatte ich noch nicht damit gerechnet, Sie wiederzusehen. Es ist allerdings gerade ziemlich schlecht. Ich habe eine Vorlesung …«

»Herr Professor, ich weiß, es ist ungünstig, aber ich muss Ihnen dringend eine unangenehme Frage stellen und Sie mit dem Foto eines Toten konfrontieren.«

Rubens rosige Gesichtsfarbe verblasste, als hätte man einen Schleier darübergezogen. Er sah auf seine Uhr. In zwei Minuten würden sich die Studenten wundern, warum es nicht losging.

»Na schön, aber es muss schnell gehen.«

Martin zog sein Handy hervor und suchte das entsprechende Foto. Es lag ihm schwer in der Hand, die leicht zitterte. Er zögerte einige Sekunden, bevor er das Handy zu Professor Ruben herumdrehte. Als er den Blick in Rubens erstarrtem Gesicht sah, wusste er, dass dieser den Toten zweifelsfrei identifizieren würde.

Rubens Hand hielt Martins Handy, sie sank nach unten, als läge ein schweres Gewicht darin. Mit der Linken stützte er sich an der Wand ab; seine Knie drohten offenbar einzuknicken. Martin griff unter seinen Ellenbogen und half ihm, die Haltung zu bewahren.

»Natürlich kenne ich diesen Mann. Das ist mein Freund und Forschungskollege Joshua Horowitz. Oh mein Gott. Wer tut denn so etwas?«

»Möchten Sie sich setzen, Herr Professor?«

Ruben nickte stumm. Er konnte kaum fassen, was geschehen war. Joshua war nicht mehr unter den Lebenden. Wie konnte das sein? Das durfte nicht sein! Es war doch alles in bester Ordnung gewesen.

»Kommen Sie. Ich darf das Büro eines Kollegen benutzen. Ich werde ihn bitten, die Vorlesung für mich zu halten.«

Ruben schüttelte fortwährend den Kopf, während er in leicht gebückter Haltung Martin zu dem Büro seines Kollegen führte. Was mochte in dem Kopf des Mannes in diesem Augenblick vorgehen? Wer oder was war Joshua Horowitz für ihn? Welche Projekte verfolgten sie und warum musste ein Mann wie Horowitz sterben? Martin erhoffte sich dringend, Antworten auf all diese Fragen zu erhalten.

Ruben schloss die Tür hinter sich und ließ sich auf einen drehbaren Bürostuhl mit Armlehnen fallen. Er sank darin ein und stützte sich auf. Dann griff er zum Telefon, erledigte ein kurzes Gespräch mit dem Leiter des Fachbereichs und bat ihn um Vertretung.

Er hielt beide Hände vors Gesicht und rieb seinen Bart. Nicht nur der Verlust eines Freundes schmerzte ihn, eine Welt brach anscheinend für ihn zusammen. Unter normalen Umständen hätte er einem Besucher einen Kaffee oder ein Glas Mineralwasser angeboten, doch heute vergaß er diese Höflichkeiten. Er war zu sehr damit beschäftigt, die folgenschwere Information zu verarbeiten. Es schien, als mache seine Arbeit, ja sein Leben keinen Sinn mehr. Eine einzelne

Träne lief dem Mann um die sechzig die Wange hinunter. Ruben konnte sich nicht erinnern, wann er das letzte Mal geweint hatte. Es musste Jahrzehnte her gewesen sein, damals in Israel.

Ruben schniefte und versuchte, sich zu fassen. Es würde Wochen dauern, zu begreifen, dass Joshua nicht mehr da war. »Ich hätte nicht gedacht, dass mein Tag so verlaufen würde, als wir uns heute Vormittag getroffen haben. Eigentlich waren Sie mir sympathisch, und jetzt tauchen Sie hier als Todesengel bei mir auf.«

»Es tut mir leid, Herr Professor.«

»Ach verdammt, lassen Sie doch den Professor. Das hat jetzt keine Bedeutung mehr. Nichts hat mehr Bedeutung.«

»Gut. Herr Ruben. Also, wir suchen schon seit Tagen nach Hinweisen zu der Identität von Herrn Horowitz und waren kurz davor, die Bevölkerung um Mithilfe zu bitten.«

Ruben schnaufte erneut. Er schien in Minuten um Jahre gealtert zu sein. »Joshua war seit sehr vielen Jahren mein bester Freund. Ich glaube sogar, ich war sein einziger, sein wahrer Freund.«

»Sie meinen, er war nicht sonderlich beliebt …?«

»Nun, wie soll ich sagen? Hohe Intelligenz erregt bei gewöhnlichen Menschen bisweilen Neid und Missgunst. Und Joshua war außerordentlich intelligent. Das Problem war, dass er schlecht damit umgehen konnte. Er war … ziemlich speziell in seiner Art. Er hatte … eine Krankheit, die er bislang ganz gut im Griff hatte.«

»Können Sie sich vorstellen, wer ein Interesse daran gehabt haben könnte, ihn zu beseitigen?«

Der Situation unangepasst lachte Ruben kurz auf. »Allerdings. Da gäbe es eine lange Liste von Leuten. Er war für viele ein unbequemer Querulant. Er war ein Genie, ein Querdenker, ein Freigeist, aber für manche war er einfach nur eine fürchterliche Nervensäge. Nie für mich, weil ich ihn so akzeptierte, wie er war. Ich habe alle seine Stationen im Leben mitverfolgt, und ich war der Einzige, der alles vorbehaltlos von ihm wusste. Ich kannte seine Träume seit seiner Jugend, ich habe ihm geraten zu heiraten, ich habe ihm Tipps zum Umgang mit seinem trinkenden Bruder gegeben und ich habe ihn in der Anstalt besucht, als die anderen ihn schon nach kurzer Zeit vergessen hatten.« Ruben machte eine Pause, in der er zu Atem kommen musste. Dann rang er sich zu der schwersten Frage durch, die er in seinem Leben je gestellt hatte: »Wie ist er umgebracht worden, und wo haben Sie ihn gefunden?«

Martin erzählte dem Professor bis ins Detail die Art der Tötung, die Menge des Öls, die in seinem Körper, in seinen Adern floss, bis hin zu der stümperhaften Tätowierung auf seiner Brust und dem Auffinden der Leiche in einem Öltank.

Während Martins Worte einsam in dem kleinen Raum von den Wänden hallten, verzog Ruben das Gesicht, als habe er starke Schmerzen. Womöglich hatte er die auch.

»Großer Gott, wer tut so etwas?«, sagte er erneut.

»Genau das müssen und werden wir herausfinden. Ich werde Ihre Hilfe dabei brauchen. Wo hat er gelebt? Woran hat er gearbeitet? Welche Menschen haben ihn umgeben, und vor allem, wer waren seine Feinde?«

Ruben stand auf und ging zu einem Schrank. »Normalerweise trinke ich nicht am Tag, doch ich brauche jetzt dringend einen Schluck.« Ruben holte eine Flasche Rotwein hervor und zog den Korken ab. Die Flasche war noch halb voll. »Wissen Sie, was das ist?«

Martin verneinte mit einem Kopfschütteln.

»Das ist der beste Wein, den es in Israel zu kaufen gibt, und er stammt aus Joshuas ehemaliger Produktion. Aus der Golan Height Winery. Er hat ihn mir erst vor wenigen Wochen geschenkt. Ein erstklassiger Cabernet Sauvignon aus dem Jahr 2002. Der beste Jahrgang, der je produziert wurde, bevor die Ölmafia anrückte und den Weinberg auf den Golanhöhen beinahe zerstörte. Dieser Wein ist eines von Joshuas vielen Vermächtnissen.«

»Herr Horowitz war Weinbauer? Ich dachte, er war Wissenschaftler, so wie Sie?«

»Ach, Joshua war so vieles. Er war der sensibelste Mensch, dem ich jemals begegnet bin, ein Naturliebhaber, ein Kenner aller Rebsorten, ihrer Krankheiten und Pflege, kurz der begabteste Jude, den ich je kennengelernt habe. Und ja, er war ein brillanter Wissenschaftler. Ihm werden wir die Revolution in der Energiewende der nächsten Jahre zu verdanken haben. Glauben Sie mir, er hat die große Formel Gottes gefunden. Gegen ihn bin ich nur ein dummer Junge.« Ruben goss den Wein in zwei Gläser und reichte Martin eines. Er nahm es gern. Die Situation schien es zu rechtfertigen.

»In drei Wochen wollte er auf der Weltklimakonferenz sein grandioses Konzept vorstellen. Kostenlose Energie für alle Menschen, das war sein Credo. Sie können sich vorstellen, dass er sich damit nicht nur Freunde geschaffen hat. Wohltäter sind nur bei Beschenkten beliebt, nicht bei Geprellten.« Ruben hob das Glas und blickte zur Zimmerdecke, als sähe er Joshua im Himmel ihm zuprosten.

»La Chaim und auf dich, Joshua.« Ruben hob das Glas und trank es in einem Zug aus. Martin nippte daran. Der Wein schmeckte tatsächlich ausgezeichnet; vollmundig und fruchtig. Ein guter Wein zu einem guten Essen, leider in diesem Augenblick zu einem traurigen Anlass.

Ruben ließ sich wieder auf seinen Stuhl gleiten. Er entspannte sich ein wenig. »La Chaim«, sagte er und nickte in Gedanken. »Auf das Leben. Tja. Hat leider nicht funktioniert.« Eine Aura tiefer Resignation hüllte Ruben ein.

»Wissen Sie, man musste ihn nur zu nehmen wissen, dann klappte die Arbeit mit ihm sehr gut. Eigentlich hatte er ein großes Herz für die Menschen, nur mit ihnen umgehen konnte er nicht so gut. Er wusste alles über Pflanzen, Tiere und Steine und hatte ein anderes Verhältnis zur Schöpfung als die meisten Menschen. Er achtete sie, betrachtete sie als Geschenk und mahnte stets, dass es unsere Aufgabe sei, die Welt zu behüten, statt sie zu zerstören. Er redete mit Pflanzen … können Sie sich das vorstellen?« Ruben lächelte. »Er hasste Menschen, die für den Profit über Leichen gehen und die Umwelt ausbeuten. Und damit meinte er vor allem die großen Ölkonzerne, die er für den Teufel persönlich hielt. Er machte sie für alle Kriege dieser Welt verantwortlich, zumindest während der letzten zweihundert Jahre, und wenn man betrachtet, worum es letztendlich in diesen Kriegen ging, wird man zu der Erkenntnis kommen, dass er recht hatte.« Ruben wandte sich Martin zu. »Ich bitte Sie inständig, den Mörder zu finden, versprechen Sie mir das? Ich weiß aus der Zeitung, dass die Polizei einen großen Prozentsatz der Verbrechen nicht aufklären kann, warum auch immer, doch in diesem Fall müssen Sie den Täter finden. Das sind wir Joshua schuldig. Ich werde Ihnen helfen, wo ich kann.«

Martin nahm einen weiteren Schluck. »Ich verspreche Ihnen, dass ich alles tun werde, um den Kerl zu schnappen. Wie fangen wir an? Wo hat er gelebt und gearbeitet?«

»Joshua hat in einer Art Kommune im Alten Land gelebt. Ein umgebauter Bauernhof, in dem jeder seinen Freiraum hatte und doch konnte man sich in einem großen gemeinsamen Wohnraum versammeln. Es ist eine seltsame Mischung aus Kommune, Kibbuz, Glaubensgemeinschaft, ein bisschen was von einer Sekte hat es vielleicht auch, zumindest wirkt es so auf Außenstehende.« Martin sah ihn fragend an. »Wie muss ich mir das vorstellen? Gibt es einen Guru, der Predigten hält und dergleichen?«

Ruben lächelte das erste Mal in diesem Gespräch. »Nein, so funktioniert es nicht, obwohl … sein Ziehsohn Aaron entwickelt sich langsam in diese Richtung. Joshua hat Aaron in jungen Jahren zu sich genommen, nachdem dessen Eltern bei einem Sprengstoffattentat in Tel Aviv ums Leben gekommen sind. Er hat ihn nie adoptiert, aber er hat ihn geliebt wie einen Sohn. Joshua hat noch eine Tochter, Ruth. Sie ist mit Aaron verheiratet. Sie erwartet in Kürze ein Kind.« An dieser Stelle verwandelte sich Rubens Gesicht wieder in ein Abbild der Trauer. »Das wird furchtbar für die beiden, wenn sie das erfahren. Ohne Joshua wird das Projekt dort möglicherweise zusammenbrechen. Er ist der ursprüngliche Dreh- und Angelpunkt der Gemeinschaft.«

»Eigenartigerweise hat ihn aber niemand als vermisst gemeldet.«

»Nun, meines Wissens gönnte sich Joshua immer mal ein paar Tage Auszeit, in denen er zu sich finden musste.« Ruben machte eine kleine Pause. Dann sagte er: »Werden *Sie* es ihnen mitteilen? Ich bin dort nicht sonderlich erwünscht.«

»Ich denke schon, ja, obgleich ich es hasse, derartige Nachrichten zu überbringen.« Martin nahm einen letzten Schluck. »Ja, ich hasse es wirklich. Das ist etwas, was ich in meinem Job am meisten fürchte. Jemandem mitteilen zu müssen, dass eine geliebte Person nicht mehr nach Hause kommen wird.«

»Macht es Ihnen etwas aus, wenn wir das Gespräch auf einen anderen Tag verlegen? Ich gebe Ihnen noch die Anschrift, wo Sie die Angehörigen Joshuas finden können. Ich brauche jetzt ein wenig Zeit für mich.«

»Ja, das verstehe ich. Sicher.«

Ruben kritzelte mit unsicherer Hand eine Adresse auf einen Zettel und riss ihn ungelenk von der Unterlage ab.

»Kann ich Sie unter Ihrer Handynummer erreichen? Ich hatte es vorhin schon mal probiert …«

»Ja, ich hatte es in meiner Jackentasche vergessen und das Klingeln nicht gehört.« Ruben verabschiedete sich von Martin.

Martin überließ ihn seiner Trauer. Einen Teil der Depression nahm er mit sich mit.

KAPITEL 26

30. Oktober 2013, Hamburg-Harburg – Altes Land

Die Wolkendecke über Harburgs Himmel riss auf und kaum dass die Sonne hervorlugte, wärmte sie ein wenig. Menschen hoben ihre Köpfe, streckten die Gesichter empor, nahmen die Streicheleinheiten des Lichts dankbar entgegen und hielten inne in dem, was sie gerade taten. Für einen Bruchteil des Tages veränderten sich Prioritäten, die Dinge entschleunigten sich.

Aaron Stern nahm Ruth bei der Hand und hielt sie fest, während sie vom Haupthaus zu einer Werkshalle gingen, in dem ein Prototyp der Anlage unter Verschluss gehalten wurde. Sie sahen sich an und lächelten wie frisch Verliebte, obwohl sie schon seit vier Jahren verheiratet waren. Aaron blinzelte in die Sonne, als er Ruths ihm zugewandten Blick einfing. Ihre Schritte waren gemächlich, einem Schlendern gleich. Für sie beide war keine Hast mehr notwendig. Sie fühlten sich wie an jenem siebten Tag, an dem Gott ruhte, sein Werk betrachtete und es für sehr gut befand. Sie waren stolz und gleichzeitig demütig und dankbar. Sie hatten etwas geschaffen, was vor ihnen noch niemandem gelungen war. Aus nichts viel zu machen. Aus nichts alles zu erschaffen.

Die vollständige Anlage mit all ihren Komponenten hatten sie aus eigenen Mitteln und mit Spendengeldern der E.ON HANSE AG finanziert. Die israelischen Fördergelder wurden an dem Tag gestrichen, als die sechsköpfige Gruppe Israel verließ, um in Deutschland weiterzumachen. Inzwischen waren sie zu einer Gemeinschaft von zwölf Menschen herangewachsen, die die Verantwortung trugen, obwohl einer der Bewohner seit zwei Wochen vermisst wurde.

Jeder hatte in den vergangenen vier Jahren mit angepackt, all seine finanziellen Mittel, all sein Know-how zur Verfügung gestellt, alle zwölf, die hier vor den Toren Hamburgs lebten. Ein großes ehemaliges Bauernhaus mit acht Zimmern, vier Bädern und einem gemeinsamen Wohnzimmer. Es funktionierte gut, wie eine Gruppe ungleicher Symbionten, die einander brauchten.

Jeden Tag zu einer festgelegten Zeit machten Aaron und Ruth seit einem Monat diesen bedeutungsvollen Gang. Als würden sie ihre Kinder besuchen, als spürten die Algen ihre Anwesenheit, als wären sie in der Lage, mit ihrem Wachstum stolz zu prahlen.

Und warum sollte dies nicht so sein? Aaron war sich sicher, dass diese Organismen etwas spürten. »Alle Pflanzen spüren etwas, wenn man mit ihnen spricht, wenn man ihre Blätter wohlwollend streichelt und ihnen gut zuredet. Warum also nicht auch Algen? Geschöpfe Gottes wie andere auch«, sagte er oft.

Aaron verwahrte den Schlüssel zur Produktionsstätte bei sich, Tag und Nacht. Eher symbolisch, um zu demonstrieren, wer die hauptsächliche Verantwortung in dieser Angelegenheit trug. An einer Kette um den Hals gelegt, konnte er nach dem Schlüssel greifen, sich immer wieder aufs Neue die Größe ihrer Errungenschaft bewusst machen. Er schloss auf und hielt Ruth die Tür auf.

Die linke Hand unter den prallen Bauch haltend, ging sie voran und heftete, wie jeden Tag, den Blick an die bis unter die hohe Decke reichenden Röhren. Hellgrün schimmernd schwappte und gurgelte es darin, als gäbe es tatsächlich so etwas wie Bewusstsein in diesen Algen. Als seien sie in der Lage, willentliche Entscheidungen zu treffen, unter widrigen Umständen zu wachsen, aus Schlechtem Gutes zu machen.

Aus Fäkalien und Abgasen, die andere umbrachten, machten sie Energie, begleitet von Melodien von Menachem Avidom, die aus zahlreichen Lautsprechern dezent zu hören war. Tag und Nacht.

Aaron hob den Arm und deutete auf einen über ihnen aufgestellten Behälter. »Wenn unser Sohn zur Welt kommt, wird die Produktionsmenge für das ganze Dorf reichen. Für sechshundertfünfzig Menschen. Ich habe Joshuas Formel nochmal überarbeitet. Hab die CO_2-Zufuhr verändert und die Leitungen vergrößert.«

»Ich mache mir solche Sorgen, Aaron. Ich hab Angst, dass ihm was passiert ist.«

Aaron wandte sich seiner Frau zu und nahm ihr Gesicht zwischen die Hände. Mit dem Daumen wischte er ihr eine Träne ab und küsste sie auf die Stirn. »Sie finden ihn, sei ganz unbesorgt. Er hat sich schon öfter von der Gemeinschaft entfernt und sich zurückgezogen. Er braucht das, um nachzudenken.«

»Aber er war noch nie so lange fort. Ich hab kein gutes Gefühl, Aaron. Ich spüre keine Verbindung mehr zu ihm. Es ist wie abgeschnitten.«

»Ach Unsinn, red dir das nicht ein. Du kannst keine Aufregung gebrauchen, erst recht nicht so kurz vor der Entbindung. Die Geburt unseres Sohnes lässt er sich nicht entgehen, wirst sehen. Er wird rechtzeitig da sein, vertrau mir. Dein Vater war schon immer ein exzentrischer Eremit. Ohne Einsamkeit hätte er die Formel gar nicht entwickeln können. Manche Menschen brauchen das mehr als andere.«

»Ja, das weiß ich ja, aber was, wenn er einen Rückfall hatte? Wenn er seine Medikamente nicht mehr genommen hat? Was, wenn er sich wieder mit den Mächtigen anlegen und es selbst in die Hand nehmen wollte? Er wirkte so … entschlossen, sich diesmal endgültig kein weiteres Mal unterkriegen zu lassen. Nicht, nachdem klar wurde, wie weitreichend seine Forschungsergebnisse für die Welt sein würden. Und dann die Explosion in der Raffinerie. Das alles ist doch kein Zufall.« Ruth wandte sich von Aaron ab und fuhr fort. »Nicht alle

Menschen sehen das so wie du. Nicht alle sind so gutgläubige Idealisten wie du. Auf dieser Welt geht es doch immer nur um Profit. Mein Vater wusste das, und er hat sich mit gefährlichen Leuten angelegt. Was, wenn ihm was passiert ist? Wie soll es dann hier weitergehen?«

»Angenommen, du hast recht, und Joshua ist tatsächlich etwas zugestoßen, dann wird es hier genauso weitergehen, als wäre er noch unter uns. Seit so vielen Jahren arbeite ich mit ihm zusammen. Er hat mir alles gezeigt, ich kenne jede Formel auswendig. Selbst wenn sie alle Unterlagen stehlen würden, wenn sie hier alles zerstören würden, ich könnte jederzeit an jedem Ort die Anlage neu aufbauen.« Aaron tippte sich an die Stirn. »Ist alles hier oben gespeichert.«

Ruth strich über seinen Arm. »Ich weiß, du bist ein Genie, so wie er. Dafür bewundere ich euch beide. Aber was, wenn *dir* etwas geschieht? Was wäre dann? Was würde aus mir und unserem Sohn werden?«

»Das wird nicht passieren. Wo bleibt dein Glaube, Ruth? Wir sind die Auserwählten, wir sind dazu berufen, der Welt ein großes Geschenk zu machen.«

Ruth nickte. »Du hast recht. Verzeih mir. Es ist nur … Ich habe trotzdem Angst, dass der Traum platzen könnte.«

»Er kann nicht platzen. Wenn Gott sich etwas vorgenommen hat, dann lässt er es nicht einfach platzen. Er ist größer als menschliche Niedertracht, er hält alle Zügel in der Hand.«

Ruth blickte beschämt zu Boden. »Wie sicher du dir immer bist. Ich hoffe, du behältst recht. Ich bin mir überhaupt nicht mehr sicher. Es passiert so viel auf der Welt. Es gibt so viel Leid, das von Gott zugelassen wird. Wie kann er das tun, wenn er uns so sehr liebt? Wir setzen unser Kind in eine verdorbene Welt hinein. Niemand kann wissen, was Gottes Wille ist, nicht du und auch nicht mein Vater. Es ist vermessen, zu behaupten, seine Stimme unmissverständlich gehört zu haben.«

»Beruhige dich wieder, Ruth. Ich kenne deine Argumente. Es ist nicht gut, wenn du dich so aufregst. Lass uns einfach noch ein paar Tage abwarten. Dein Vater wird schon kommen, alles wird gut. Dieses Projekt *kann* nicht scheitern, vertrau mir. Es ist sein Projekt, sein Verdienst, das wird er nicht im Stich lassen. Er wird berühmt werden für das, was er hier geschaffen hat.«

»Mein Vater legt keinen Wert auf Ruhm.«

»Das weiß ich, und trotzdem wird es ihm eine Freude sein, mitzuerleben, wenn die Ölmultis bei ihm angekrochen kommen und ihn um seine Mithilfe bitten. Es ist nur noch eine Frage von Tagen, dann können wir die Petrol Ag, Taxeco, und den anderen Konzernen vor aller Welt in den Allerwertesten treten und der Welt endgültig zeigen, dass sie keine Macht über die Menschheit mehr haben werden. Das Zeitalter des Öls ist vorbei! Dein Vater hat es schon immer gewusst. Wer hätte das noch vor zehn Jahren gedacht? Alle haben ihn für vollkommen verrückt gehalten, einschließlich seines Bruder und nun sieh dir an, was aus seiner Vision geworden ist.«

»Apropos Samuel. Wusstest du, dass er in Hamburg ist? Schon seit ein paar Wochen.«

»Nein, das wusste ich nicht. Wieso weiß ich nichts davon? Wo wohnt er?«

»Vater hat darauf bestanden, dass ich dir nichts erzähle. Er wollte das mit seinem Bruder selbst regeln. Samuel ist stocksauer auf Joshua.«

»Er ist neidisch, das ist alles. Er hat alles verloren und Joshua hat alles gewonnen. Der Plan Samuels ist nicht aufgegangen. Aber was will er hier in Hamburg?«

»Er will in Joshuas Firma einsteigen. Er wittert schon wieder das große Geld.«

»Woher weißt du das?«

»Ist schon einige Tage her. Ich habe die beiden belauscht. Genau genommen haben sie so laut geschrien, dass man sie gar nicht überhören konnte. Du warst in der Werkstatt, als Samuel hier ankam.«

»Wie hat Joshua reagiert?«

»Zuerst hat er sich gefreut, seinen Bruder wiederzusehen, doch als Samuel ohne Umschweife mit seinen Forderungen rausrückte, platzte Vater der Kragen.«

»Forderungen? Was kann Samuel schon für Ansprüche stellen?«

»Na, er meinte, Joshua hätte alles nur ihm zu verdanken. Er sei es gewesen, der für den Therapieplatz gesorgt hatte und ohne die Therapie hätte Joshua niemals die Formel gefunden. Also sei er nun auch berechtigt, fünfzig Prozent der Erwerbsanteile zu erhalten.«

Aaron lachte auf. »Was für ein Unsinn. Samuel wollte deinen Vater aus dem Weg haben, damit Modern Energy ungehindert unseren Weinberg umpflügen kann. Vermutlich ist er pleite und versucht auf diese Weise, zu Geld zu kommen. Tja, so ist das mit der Gier. Ein Schuss, der nach hinten losgehen kann. Was ist dann passiert?«

»Vater hat ihn vom Hof gejagt. Jahrelang lässt Samuel nichts von sich hören, hat seinen Bruder sein ganzes Leben lang für dessen Erfindungen und Experimente verspottet, und nun kommt er hier an und wittert das große Geld. Aber Joshua ist unnachgiebig geblieben. Als wollte er sich für all die Demütigungen rächen, die ihm zugefügt wurden. So hab' ich ihn schon lange nicht mehr erlebt.«

»Wo ist er hin?«

»Keine Ahnung. Sie haben sich im Streit getrennt. Samuel ist wutentbrannt abgezogen, hat auf den Boden gespuckt und gesagt, das werde er noch bereuen.«

Aaron nahm Ruth in den Arm und nahm sie mit sich aus der Produktionshalle. Er machte sich Sorgen um sie und das Kind. Er wurde Vater, und das fühlte sich großartig an. Nichts und niemand sollte dieses Glück je zerstören.

»Glaub mir, alles ist gut. Wirst sehen. Gleich kommt er

durch das Tor, als wäre gar nichts gewesen, so wie er es schon öfter gemacht hat. Er ist halt ein sonderlicher Kauz, dein Vater.«

»Er ist auch dein Vater.«

»Ja, das ist er. Und ich wüsste nicht, was ich ohne ihn tun würde. Ihm hab ich alles zu verdanken, was mein Leben ausmacht. Alles, was ich bin und habe, stammt von ihm und dafür bin ich ihm sehr dankbar.« Aaron nahm Ruth an der Hand und lachte. »Trotzdem ist er schwierig.«

»Ich weiß. Ich gehe jetzt noch zu Zadek. Ich will sehen, wie es ihm geht. Er klagte gestern über starke Schmerzen in den Beinen.«

Aaron verzog das Gesicht. Abrupt ließ er ihre Hand los. Das Thema Zadek war eines ihrer Reizthemen. »Verständlich, wenn man den ganzen Tag im Rollstuhl rumhängt. Wer weiß, für welche Sünden er noch alles büßen muss, außer der, die er dir angetan hat.« Aaron dachte nach. »Aber wie kann er Schmerzen in den Beinen haben, wenn er vom Bauch abwärts gelähmt ist?«

»Kannst du nicht endlich die alte Sache begraben? Du lehrst uns Vergebung zu üben an allen, die uns verletzt haben, und du selbst hängst am tiefsten in alten Verbitterungen fest.«

Aaron studierte Ruth mit einem sonderbaren Blick. »Schon erstaunlich, wie du das schaffst. Du bist wirklich eine bemerkenswerte Frau.« Aaron lächelte über seine Feststellung, doch insgeheim bewunderte er sie tatsächlich für diese Stärke, den Mann zu pflegen, der sie vor vielen Jahren vergewaltigt hatte.

Auf dem Weg zurück zu ihrem Haus beobachteten sie einen Mann, der mit einem blauen BMW vor dem Haupttor scheinbar unschlüssig hielt, den Wagen wendete, dann endlich parkte und ausstieg. In letzter Zeit kamen beinahe täglich fremde Menschen auf das Gelände, sei es, um zu versuchen, ihre Technologie auszuspionieren, sei es, sie zu beschimpfen oder um mit Plakaten und Transparenten vor dem Betriebsgelände zu patrouillieren. Selbst faule Früchte wurden ihnen schon einmal über den Zaun an den Kopf geworfen. Einfach nur, weil sie anders waren, weil sie erfolgreich waren, weil sie vollkommen autark lebten, weil man ihnen nicht über den Weg traute. Für viele im Dorf galten sie als gefährliche Sektierer, religiöse Spinner, vor denen man die Kinder beschützen musste. Eine radikale Gruppe, die die perfekte Gemeinschaft darstellen wollte. Verschiedene Religionen und Kulturen unter einem Dach in Eintracht vereint. Wie sollte das funktionieren, ohne dass es mit dem Teufel zuging?

Aaron und Ruth hatten nicht den Eindruck, dass es sich bei dem Mann am Tor um einen wütenden Vater handelte, der seine Tochter vor dem Einfluss einer Sekte schützen wollte. Wie ein Journalist sah er auch nicht aus.

»Was können wir für Sie tun?«, fragte Aaron durch die Eisenstäbe des Tores hindurch. Ruth stand neben ihm und hielt beide Hände unter ihrem mächtigen Bauch gefaltet. Wieder einmal hatte sich ihr Sohn durch Tritte gegen die Bauchdecke bemerkbar gemacht. Es schien Ruth, als wolle er endlich das enge Zuhause verlassen und den Blick in die große, helle Welt riskieren.

Der Mann vor dem Tor griff in die Innentasche seiner Lederjacke, die ihm viel zu groß war. Alles an diesem Mann schien ein bis zwei Nummern zu groß zu sein. Die Wangen waren eingefallen und blass, die Augen wirkten müde und beherbergten eine gewisse Trauer. In dieser Jahreszeit hatte niemand einen besonders gesunden Teint, doch dieser Mann schien besonders bleich zu sein. Vielleicht trug er eine schwere Last mit sich herum, die er nicht durch gespielte Mimik verbergen wollte oder konnte.

»Ich bin Kommissar Martin Pohlmann«, eröffnete er das Gespräch und ließ seinen Ausweis wieder zurück in die Jacke gleiten. »Ich suche einen Mann namens Aaron Stern.«

»Ja, das bin ich.« Aaron und Ruth tauschten sorgenvolle Blicke.

»Würden Sie mir bitte öffnen. Ich muss Sie sprechen wegen eines Herrn Horowitz.«

In diesem Augenblick schrie Ruth kurz auf und hielt eine Hand vor den Mund. Sie hatte es geahnt. Die Verbindung zu ihrem Vater war abgeschnitten gewesen. Sie spürte so etwas sehr genau. »Was ist mit ihm? Hat er etwas angestellt? Wo ist mein Vater?«

»Darf ich bitte reinkommen?« Martin drehte sich zu vorbeigehenden Passanten um. »Ist vielleicht nicht so günstig, hier so auf der Straße …«

»Augenblick.« Aaron zog klimpernd seinen dicken Schlüsselbund hervor, steckte einen Sicherheitsschlüssel in das Schloss des Tores zum Werksgelände und ließ den Kommissar ein.

*

Martin begrüßte Ruth und Aaron Stern mit Handschlag. Er betrachtete den voluminösen Bauch, der sich ihm entgegenstreckte. Wie ein kurzes Blitzlichtgewitter drängten sich ihm Erinnerungen an Catherines Schwangerschaft auf, bis sie jäh und abrupt beendet worden war.

Martin wollte nicht gleich mit der unangenehmen Nachricht herausplatzen. Er wollte erst einige Worte Unverfängliches plaudern. Zum einen, weil es ihm unglaublich schwerfiel und die Zunge am Gaumen klebte, zum anderen, weil er den Moment des Schmerzes so weit wie möglich hinauszögern wollte.

Unbedacht unterlief ihm jedoch ein Fauxpas. »Ich habe Ihre Adresse von Herrn Ruben bekommen. Er sagte, Herr Horowitz hätte hier gelebt.«

»Wieso *hätte*?«, erwiderte Ruth mit einem Zittern in der Stimme. »Er tut es noch.«

Nun war die Situation nicht mehr zu retten. »Es tut mir sehr leid, aber ich muss Ihnen leider mitteilen, dass … Herr

Horowitz … tot ist.« Martin schluckte schwer. Er benutzte das Wort, das jeden Angehörigen, der es an den Kopf geworfen bekam, paralysierte.

»Was ist passiert?«, fragte Aaron und bemühte sich um Sachlichkeit. Schon um seiner Frau willen würde er jetzt der Stärkere sein müssen.

»Er ist ermordet worden.« Martins Worte glichen einem Flüstern. Er teilte den Schmerz und fühlte ihn beinahe selbst körperlich. Er war nicht mehr derselbe, seit dem Verlust seines Kindes und der Depression Catherines. Er meinte, von Tag zu Tag dünnhäutiger zu werden.

Ruth begriff sofort den Sinn der Nachricht, als hätte sie damit gerechnet. Und doch können bereits erwogene Gedanken an ein bevorstehendes Ereignis nie die Realität so perfekt widerspiegeln, wie es nötig wäre, um souverän und überlegen zu agieren. Tritt die Situation dann ein, so ist es, als habe es nie eine Vorbereitung gegeben. Weinend und schreiend brach sie zusammen, ließ sich auf den nasskalten, erst vor wenigen Tagen erneuerten Asphalt der Werkszufahrt sinken und landete auf den Knien. Sie beugte in ihrem Schmerz den Oberkörper vor, bis die Stirn beinahe den Boden berührte. Ihre lockigen Haare bedeckten das glänzende Schwarz wie ein düsterer Schleier, ihre Nase nahm den Rest des im Boden verbliebenen Bindemittels Bitumen auf, ein Stoff, der ironischerweise aus Erdöl gewonnen wird, jenem Stoff aus der Tiefe der Erde, den sie am heftigsten bekämpften.

Aaron kniete sich zu ihr auf den Boden. Für sie beide schien Martin von einem Moment auf den anderen nicht mehr existent zu sein. Natürlich würde es sie interessieren, wie er zu Tode gekommen war – das würde den nächsten Schock in ihnen auslösen –, doch bis dahin galt es, den ersten Schrecken zu überwinden.

Martin stand unschlüssig daneben und fragte sich, ob es nicht klüger wäre, sich leise durch das Tor zu schleichen und zu verschwinden. Er würde am nächsten Tag wiederkommen und seine Ermittlungen fortsetzen. Er räusperte sich. »Ich … kann ein anderes Mal wiederkommen … wenn Sie möchten.« Martin deutete ungelenk auf den Ausgang. Schon kamen einige Mitarbeiter angelaufen, die sich auf die am Boden kniende Frau keinen Reim machen konnten.

»Nein, warten Sie. Bleiben Sie bitte. Sie haben sicher Fragen und wir natürlich auch.« Aaron gab sich Mühe, ruhig und beherrscht zu reagieren. Auch er würde sich Zeit für die Trauer nehmen, doch die war nicht jetzt.

Martin nickte und wartete. Nicht er bestimmte das Tempo, sondern die Sterns, vor allem Ruth. *Man muss immer mit dem Langsameren gehen, wenn man vorankommen will.* Das hatte er schon oft beobachtet, nicht zuletzt im Umgang mit seiner eigenen Frau und ihren gemeinsamen Problemen.

Ruth erhob sich langsam vom Boden, bevor die Arbeiter bei ihnen ankamen. Aaron half ihr auf.

»Gibt es ein Problem? Können wir helfen?«, fragte ein kräftiger Mann in einem blauen Overall. Er streifte sich die Handschuhe ab und bereitete sich auf eine körperliche Auseinandersetzung vor. Er war kräftig und wirkte entschlossen zu verteidigen, was er und viele andere aufgebaut hatten.

Aaron hielt ihn mit einem Griff an die Schulter zurück. »Ist schon okay, Levi. Wir kommen klar.«

»Bestimmt?«, hakte der nach. Aaron nickte. Er hätte ihm erzählen können, dass Joshuas Verschwinden nun aufgeklärt war, doch dies würde er zu einem späteren Zeitpunkt der gesamten Gemeinschaft verkünden. »Ja, ganz bestimmt. Geht wieder an die Arbeit. Ich kümmere mich darum.«

Levi und zwei andere mit ähnlicher Schutzbekleidung traten den Rückweg zu ihrer Arbeit an. Aaron stützte seine Frau, umfing sie mit seinen Armen und führte sie zum Haus. Er warf den Blick über die Schulter zu Kommissar Pohlmann. »Kommen Sie. Wir reden drinnen weiter.«

Martin folgte den beiden in einem Abstand von einigen Metern und nahm die Gelegenheit wahr, seinen Blick über das weitläufige Gelände schweifen zu lassen. Welchem Zweck die riesigen Hallen dienten, konnte er nicht ausmachen. Sie waren nach außen vollkommen unscheinbar, es hätte sich alles Mögliche darin befinden können. Es fiel jedoch deutlich auf, dass stattliche Sicherheitsmaßnahmen ergriffen wurden, um Unbefugte fernzuhalten.

Sie gingen vielleicht zwanzig Meter auf einem gepflegten Weg zu dem herrschaftlichen alten Bauernhaus. Neben den Wegen befanden sich Wiesen, die von Rhododendronbüschen gesäumt waren. Einige Bäume standen blattleer mit starken, gewundenen Ästen wie mahnende Ritter. Frühestens im April würden sie wieder ausschlagen. Martin seufzte und sehnte sich schon jetzt danach, obwohl sie sich erst vor wenigen Wochen ihres Blattwerks entledigt hatten. Er fühlte sich zurzeit in seinem Inneren wie diese Bäume: fruchtlos und karg.

Er folgte den Sterns sieben Stufen zum Eingang ihres Hauses hinauf. Die imposante Holztür war farbig und schnörkelig verziert, strahlte Lebensfreude und Kreativität aus, wirkte nur in diesem Moment alles andere als erheiternd.

»Möchten Sie Ihre Jacke ablegen?«, fragte Aaron den Kommissar.

Martin nickte und zog sie aus. Es war angenehm warm im Haus.

»Sind Sie von der Mordkommission?«

»Genau.«

Aaron ging einen Schritt auf Martin zu. »Ich werde meine Frau in ihr Zimmer bringen. Sie darf sich nicht aufregen. Wir erwarten in Kürze unser Baby.«

»Ist gut. Ich warte hier.«

Martin wurde der Weg in den Wohnbereich gewiesen. Er trat ein und fand einen Raum ungewöhnlicher Größe und Schönheit vor. Nicht Schönheit im Sinne einer architektonischen Meisterleistung, sondern angenehm einnehmend durch die Komposition vieler harmonisch aufeinander abgestimmter Details, die den Empfindungen und Geschmäckern vieler

Menschen entsprungen sein mussten. Möbel orientalischer Herkunft vertrugen sich mit europäischer Schreinerkunst des vorigen Jahrhunderts. Die satten Farben wirkten auf Martin wie ein warmer Wind aus dem Süden, angereichert mit einem Duft, der zum Verbleiben einlud. Die Mitte der dem Eingang gegenüberliegenden Wand wurde von einem mächtigen Kamin dominiert, in dem ein behagliches Feuer brannte. Es knisterte, knackte und sandte einen gelblichen Schein auf die Terracottafliesen. Die Fenster waren zu beiden Seiten mit orangefarbenen Stores mit schmalen roten Streifen dekoriert, die Wände in gelblicher Wischtechnik getönt. So paradox, wie es Martin in Anbetracht seiner Aufgabe empfand – er fühlte sich wohl in diesem Raum. Eine beruhigende Atmosphäre streichelte seine mit Problemen beladene Seele und schien ihm Hoffnung und Zuversicht schenken zu wollen.

Nach einigen Minuten kam Aaron zurück. »Ich habe ihr ein pflanzliches Beruhigungsmittel gegeben. Sie schläft jetzt. Seit Tagen quält sie sich mit düsteren Gedanken, sie wunderte sich, warum ihr Vater so lange fortblieb und nun haben sich ihre Ahnungen, die ich ihr immer ausreden wollte, bestätigt. Ich weiß noch nicht, wie sie die Nacht überstehen soll. Vielleicht bringe ich sie ins Krankenhaus, falls die Wehen früher einsetzen sollten.«

»Auf der einen Seite drängen mich meine Ermittlungen, andererseits kann ich verstehen, wenn Sie noch nicht in der Lage sind, mir Rede und Antwort zu stehen.«

Aaron wehrte ab und setzte sich Martin gegenüber in den Sessel einer bequemen Ledergarnitur. »Nein, ist schon in Ordnung, bringen wir es hinter uns. Was ist passiert?«

»Möchten Sie das wirklich wissen? Er ist auf sehr unschöne Weise umgekommen.«

Aaron lehnte sich zurück. Er kämpfte mit seinen Gefühlen, schloss für einen Moment die Augen und rang seine Tränen nieder. »Nein, Sie haben recht. Ich will es noch nicht wissen. Wir wussten, dass er Feinde hatte, eine Menge sogar.

Aber das waren eben Feinde, so wie Politiker und Staatsmänner welche haben. Eher ideeller Art. Na ja, verschiedene Meinungen rechtfertigen ja nicht gleich einen Mord.« Aaron rieb an seinem Kinn. Dann trieb ihn doch die Neugier. Es half nichts. Die Frage, die gestellt werden musste, drängte an die Oberfläche.

»Okay, sagen Sie es mir. Wie ist er gestorben? Als meine Eltern bei einem Selbstmordattentat ums Leben gekommen sind, blieben von ihnen nur Fetzen übrig. Ich hab' sie zwar nie gesehen, aber sie mir mein Leben lang vorgestellt. Ich bin auf alles gefasst.«

Martin bewunderte die Haltung dieses Mannes. Überhaupt saß er einer Person gegenüber, deren angenehmer Ausstrahlung sich Martin nicht entziehen konnte. »Nun ja, wie soll ich anfangen? Wir haben ihn innerhalb des Geländes der Petrol Ag Raffinerie in einem Öltank gefunden. Er war über und über mit Öl bedeckt und ist vermutlich auch daran erstickt.« Martin stockte und beschloss, die Einzelheiten zunächst wegzulassen. Man musste den nächsten Angehörigen ja nicht unnötigerweise mit Details bombardieren, die ihn mehr als nötig belasteten. Schnell wechselte er in den Fragemodus. »Können Sie einen Zusammenhang seines Todes zu dem Ort sehen, an dem wir ihn gefunden haben? Ich meine, hatte er Kontakte zu Leuten aus der Raffinerie?«

Aaron Stern überlegte. »Ja, allerdings. Die hatte er. Leider. Er war wie ein Besessener davon beseelt, alle Leute, die mit der Ölförderung zu tun haben, zur Umkehr zu bewegen. Er hat erlebt, was Modern Energy mit seinem Weinberg angerichtet hatte. Kurz bevor wir Israel verlassen haben, war nur noch ödes, unfruchtbares Land zurückgeblieben. Es wurde tatsächlich Öl gefunden, aber nicht genug, damit sich die Exploration gelohnt hätte. Alle Verträge, die Modern Energy mit Joshuas Bruder geschlossen hatte, wurden aufgekündigt. Eine ganze Schar von Anwälten hat Modern Energy ohne Entschädigung und Abfindung da rausgehauen. Übrig blieben zerstörte Existenzen und ein auf Jahre nicht mehr zu bewirtschaftendes Gebiet. Hier in Hamburg wagte Joshua bei verschiedenen Ölfirmen einen letzten Versuch. Dazu gehörte auch die Petrol Ag. Er wollte sie davon überzeugen, dass sie auf dem falschen Weg seien. Er wollte einfach nicht glauben, dass er mit diesen Leuten seine Zeit und Energie vergeudet. Denen ist nicht mehr zu helfen. Da steckt eine Macht dahinter, das können Sie sich nicht vorstellen.«

»War das der einzige Grund, warum Sie nach Deutschland gekommen sind? Weil Sie Ihre Existenz verloren haben?«

»Nein, der eigentliche Grund war, dass wir unsere Forschungen in Israel nicht mehr fortsetzen konnten. Man hat uns von einem Tag auf den anderen die Fördergelder gestrichen. Auch dafür hatte die Modern Energy mit ihrem Einfluss gesorgt.«

»Was sind das für Forschungen? Herr Ruben machte auch derartige Andeutungen.«

Sofort richtete sich Aaron Stern in seinem Sessel auf. Seine Gesichtszüge verwandelten sich von weichen Zügen demütiger Trauer zu bitterem Grimm. »Vergessen Sie diesen Scharlatan. Der Mann, den Sie für eine Koryphäe halten, ist nichts weiter als ein Geist. Er ist ein Lügner und Betrüger. Er ist nur eine Einbildung Joshuas gewesen.«

»Entschuldigung, aber wie kann ein Mann, mit dem ich gesprochen habe, nur eine Einbildung sein? Ich fand ihn übrigens sehr nett. Er sagte, er sei der beste und einzige Freund von Herrn Horowitz gewesen.«

Aaron Stern hob eine Hand. »Das ist kompliziert, Herr Pohlmann. Sie müssen wissen, Joshua, also mein Ziehvater, war nicht ganz gesund. Er litt an … nun, wie soll ich sagen, an einer seltsamen Nervenkrankheit. Wir wussten nie, ob das, was er erzählte, wirklich war oder nur ein Produkt seiner Fantasie. Er nahm zwar Medikamente, die das eindämmen sollten, aber manchmal vergaß er die zu nehmen. Dann halluzinierte er, hatte imaginäre Freunde und diese Dinge. Und dazu gehörte seit seiner Kindheit eben auch dieser David Ruben. Er galt zwar als geheilt, und doch gab es hin und wieder Rückfälle.«

Martin kramte die verknitterte Visitenkarte des Mannes hervor, dem er gegenübergesessen hatte, mit dem er Wein getrunken hatte. Er reichte sie Aaron. »Hier sehen Sie. Er hat mir sogar Wein von Ihrem Weingut angeboten.«

Aaron nahm die Visitenkarte an sich und musterte sie. »Ich weiß nicht genau, wer oder was er in Wirklichkeit ist, aber er ist nie und nimmer Joshuas Freund.« Aaron gab Martin die Karte zurück. »Ich werde Joshua identifizieren müssen, nicht?«

Martin nickte. »Ja, ich glaube, das wird nötig sein.«

»Reicht es, wenn ich das allein tue? Ich würde meiner Frau gern den Anblick ersparen.«

»Natürlich. Wenn Sie sich ausweisen können und Ihren Verwandtschaftsgrad plausibel darlegen können …«

Aaron zuckte mit den Schultern. »Nun ja. Ich bin sein Schwiegersohn. Überdies ist Joshua für mich wie ein Vater. Ich bin zwar nicht offiziell adoptiert worden, aber ich habe bei ihm gelebt, seit ich acht Jahre alt war. Ruth und ich sind zusammen in einem Haus aufgewachsen, sie wird mein Verhältnis zu Herrn Horowitz bestätigen können.«

Martin dachte einen Augenblick nach. So eine Konstellation war ihm bisher noch nicht begegnet. Aber was machte es schon aus? Hauptsache, er würde weiterkommen und diesen Fall so schnell wie möglich beenden können.

Aaron beugte sich vor. »Sehen Sie einen Zusammenhang zu der Explosion in der Raffinerie?«

»Tja, wir arbeiten noch daran. Bis heute hatten wir ja nicht mal gewusst, um wen es sich bei dem Toten handelt. Unsere eigentliche Arbeit fängt jetzt erst richtig an.« Martin zögerte einen Augenblick. »Na schön, es gibt noch ein kleines Detail, das ich Ihnen noch nicht erzählt habe. Ihr, also Ihr …«

»Sagen Sie ruhig mein Vater oder einfach nur Joshua.«

»Gut, also Joshua. Er hatte die Attrappe eines Sprengstoffgürtels um seinen Leib gebunden. Sie enthielt kein einziges Gramm Sprengstoff, nur ein Schild mit der Aufschrift *BUMM*.«

Aaron verzog verächtlich das Gesicht. Was soll das sein? Ein mieser Scherz? War das lustig für irgendjemanden? Welches kranke Hirn steckte dahinter? Wenn Aaron an Sprengstoffgürtel dachte, hatte er nur die verstümmelten Leichen seiner Eltern aus seinen Albträumen vor Augen. Mit Argwohn fragte er nach. »Gibt es noch ein Detail, das Sie mir verschwiegen haben?«

Martin rieb sich die Hände. »Tut mir leid. Ich habe Mühe mit diesem Bereich der Polizeiarbeit. Ich kann das nicht gut, Angehörigen die volle Wahrheit schonungslos wie mit einem Vorschlaghammer vor den Kopf zu hauen.«

»Das spricht ja eigentlich für Sie. Verzeihen Sie mir meinen provokanten Ton.«

»Ist schon gut. Tja also, er hatte eine Art Tätowierung auf der Brust. Wir sind uns noch nicht darüber einig, ob wir es Tätowierung oder Brandmal nennen. Es ist vermutlich beides. Ein Wort aus dem Hebräischen angeblich.«

»Wie lautet es?«

»Es heißt NEFT.«

Aaron Stern erblasste. Er schien die Bedeutung sofort zu erfassen. »Der Geist aus der Tiefe. Ich kenne dieses Wort. Joshua hat es früher ein- oder zweimal im Zusammenhang mit den Auswirkungen der Ölpolitik verwendet. Es ist ein Fluch.« Aaron schüttelte den Kopf. »Ausgerechnet Joshua. Genau diesen Geist hat er sein Leben lang aus der Welt treiben wollen. Genau den hat er immer bekämpft.«

»Sie meinen, er sei der Letzte auf der Welt gewesen, der es verdient hätte, damit gebrandmarkt zu werden?«

»Ja, genau. Das ist vollkommen verkehrt. Joshua war der Gute, nicht der Böse. Wenn einer den Tod nicht verdient hatte, dann er. Ich kenne keinen Menschen, der klüger war als er. Joshua war ein Genie. Ein verrücktes und schwieriges Genie, zugegeben, aber wer ihn länger kannte, begann ihn zu respektieren, obwohl er sehr unhöflich sein konnte. Er konnte nicht so gut mit Menschen, wissen Sie.«

Das hat mir David Ruben auch gesagt, dachte Martin, behielt es aber für sich.

Martin sah auf die Uhr und dachte an Catherine. Er hätte sich längst bei ihr melden wollen, doch manchmal ließ einen der Job die wichtigsten Dinge im Leben vergessen. *Auch eine Art Fluch*, fuhr es Martin durch den Sinn. »Hören Sie, ich denke, ich kann es für heute dabei belassen. Ich bin froh, auch wenn es für Sie schmerzlich ist, herausgefunden zu haben, wer das Opfer ist und wo er gelebt hat.« Martin wandte sich zum Gehen um. »Gibt es noch andere Angehörige von Ihrem … von Herrn Horowitz, die benachrichtigt werden müssen?«

Stern nickte abwesend. »Joshua hatte einen Bruder, Samuel. Er ist damals nicht mit uns nach Deutschland gekommen. Joshua und Samuel hatten sich vor unserer Abreise gestritten. Ich weiß nicht, ob das etwas zu bedeuten hat, aber Samuel befindet sich zurzeit in Hamburg. Er war vor einigen Tagen hier und hatte mit Joshua gesprochen. Sie haben sich im Zorn wieder getrennt.«

Martin machte sich Notizen auf einem kleinen Block und ließ ihn wieder in einer Innentasche verschwinden. »Wissen Sie, wo ich ihn finden kann? Denken Sie, er wäre imstande, seinen Bruder …?« Martin zögerte einen Augenblick und beobachtete Stern.

»… umgebracht zu haben?«, fiel ihm Stern ins Wort. Er senkte den Kopf. »Was ist heutzutage noch auszuschließen.« Er schüttelte den Kopf. »Ich weiß nicht, wo er steckt und es ist mir auch egal.«

»Okay. Ich werde noch einige Male wiederkommen müssen, doch für heute soll es genügen. Ich werde alles Erdenkliche tun, um den Mörder zu finden, das verspreche ich Ihnen. Ich komme morgen wieder, wenn es Ihnen recht ist.«

Martin und Aaron Stern erhoben sich. »Ja sicher. Das muss sein, das verstehe ich.«

Aaron geleitete Martin noch bis zum Tor und schloss den Seiteneingang für ihn auf.

Martin drehte sich um und verabschiedete sich. »Gut, dann bis Morgen. Ach und übrigens …« Martin deutete mit seinem Kinn auf die vielen Hallen, deren Dächer das schwindende Licht des Tages reflektierten, »… was für Forschungen betreiben Sie hier eigentlich?«

»Nun, das ist in wenigen Worten schwer zu sagen. Wir stellen eine ganze Menge selbst her, aber im Wesentlichen dreht sich alles um Energie und ums Überleben. Wir stellen Öl aus Algen her. Biologisches Öl für alle Maschinen und Motoren, die es gibt. Und wir haben eine Möglichkeit gefunden, die frei verfügbare Energie des Universums für unsere Zwecke einfangen zu können.«

Pohlmann zog die Stirn kraus. »Energie aus dem Kosmos? Aha. Und Algen? Und? Sind Sie erfolgreich?«

Aaron nickte. Ein feines Grinsen umspielte seine von einem Bart umsäumten Lippen. »Allerdings. Das, was Sie hier sehen, wird das Erdöl auf dieser Erde in Kürze ablösen.« Aaron schloss das Tor hinter Martin und hob die Hand zum Abschied. Martin setzte sich in seinen Wagen, startete den Motor, fuhr aber nicht gleich los. Er sah Aaron nach, wie dieser mit federnden Schritten zu dem stattlichen Haus zurückging. Es glich mehr einem gemütlichen Schlendern.

Geht man so, wenn man soeben die Nachricht vom Tod des Vaters übermittelt bekommen hat?

KAPITEL 27

30. Oktober 2013, Altes Land – Hamburg

Martin Pohlmann drehte den Zündschlüssel im Schloss herum, ließ den Motor mit 230 PS aufheulen und bemerkte das gelbe Lämpchen, das ihn zum Auftanken mahnte. Restliche noch fahrbare Kilometer: 25. Es wurde Zeit. Er gab die Heimatadresse in seinem Navi ein und ließ sich die Tankstellen im Umkreis von dreißig Kilometern anzeigen. Das waren insgesamt fünf, wobei nur eine wirklich auf seinem Weg lag, ohne dass er einen Umweg nehmen musste. Die letzten Worte Aarons gingen ihm durch den Kopf. *Alle Maschinen und Motoren. Also auch Pkw-Motoren. Diesel sowie Ottomotoren? Eine interessante These, nur vermutlich höchst unwahrscheinlich.*

Nach siebzehn Kilometern erreichte er die Tankstelle. Schon von Weitem entging ihm nicht die lange Schlange, die sich davor gebildet hatte. Eine freie Tankstelle, die den Preis für Super am Mittag um drei Cent von 1.99 auf 1.96 gesenkt hatte. Anlass für viele, ihre Tanks randvoll laufen zu lassen. Sogar 5- und 10-Liter-Kanister wurden befüllt.

Es dauerte vierzig Minuten, bis Martin endlich die Zapfpistole in der Hand hielt. Er schielte auf die Uhr der Tanksäule und bemerkte das feine Surren der Kamera über ihm, die jeden Tankvorgang überwachte. Längst waren Benzindiebstähle an der Tagesordnung, doch die Nummernschilder jedes Kunden wurden sorgfältig dokumentiert. Einige Tankstellen hatten schon Schranken an der Ausfahrt bauen lassen, die erst öffneten, wenn der Kunde mittels eines speziellen Barcodes auf der Quittung den Bezahlvorgang an einem Scanner bestätigt hatte.

Martin ließ das Zapfventil arretieren und sah sich um. Die Menschen wurden allmählich nervös. Wie lange würde es noch dauern, bis die Zwei-Euro-Marke geknackt war? Tage, Wochen oder nur Stunden? Und wie würde es dann weitergehen? Einigen in der Zeitung erwähnten, uralten und aufs Neue belebten Statements der Grünen konnte man entnehmen, dass ein Liter fünf Euro kosten müsse, erst dann würden die meisten die Autos stehen lassen. Erst dann könnte sich die Erde von den in die Atmosphäre gepumpten Schadstoffemissionen effektiv erholen. Hitzige Diskussionen entstanden. Wie sollte man denn sonst die weiten Anfahrtswege ohne Auto überbrücken? Die Wirtschaft würde brachliegen. Die Gesellschaft hatte sich an das Zurücklegen des Arbeitsweges mit dem eigenen Wagen gewöhnt. Jeder tat es. Wollte man wieder vorsintflutliche Verhältnisse schaffen? Ohne Benzin würde das Chaos ausbrechen.

Martin beobachtete die Leute. Niemand griff zum E10-Kraftstoff. Jeder tankte Super oder Diesel. Die wenigsten trauten der zehnprozentigen Bioethanol-Beimischung. So sehr man auch Gemüse und andere Dinge, die sich »Bio« schimpften, begehrte. Im Tank hatte Bio offenbar nichts zu suchen, selbst wenn das Ethanol aus Zuckerrüben und Getreide stammte. Wussten doch schon die meisten, dass der im E10 enthaltene Alkohol die Kunststoffe in Schläuchen und Dichtungen im Motor angriff, dass der Wasseranteil im Benzin anstieg und zu Korrosion führte. Wer wollte schon riskieren, dass der Motor schneller verschliss? Das Märchen von der geringeren Umweltbelastung nahm der Kunde eh nicht ernst. Martin dachte wieder an Aarons kühn aufgestellte Behauptung, Öl aus Algen werde das Erdöl in Kürze ablösen, somit auch das Benzin. *Öl und Sprit aus Algen. Wie soll das erst funktionieren, wenn E10 schon nicht angenommen wird? Es sei denn, es ist richtig billig und schont die Motoren. Dann würde ich es auch nehmen.*

Nachdem Martin für fünfundsechzig Liter knapp hundertdreißig Euro bezahlt hatte, stieg er ein und fuhr deutlich gemächlicher an als sonst. Der Bleifuß war zu einem teuren Vergnügen geworden. Die meisten Autos, die vom Gelände der Tankstelle fuhren, waren Kleinwagen oder Hybridautos. Elektrofahrzeuge fuhren mit grinsenden Fahrern am Steuer an der Tankstelle vorbei. Ein einzelner Porsche-Cayenne-Fahrer sah sich Beschimpfungen zweier Frauen ausgesetzt, ob er sich nicht schäme, so viel Benzin mit seiner Spritschleuder zu vergeuden. Als er im Wagen saß und die Schimpftiraden nicht abebbten, hob er den Mittelfinger und zeigte ihn den Damen. Danach war Ruhe, für eine Weile, denn sie notierten sein Kennzeichen und zeigten ihn wenig später wegen seiner groben Beleidigung an.

Als Martin müde und gedankenverloren in die Straße seines Wohnortes einbog, kamen ihm ein Rettungswagen, ein Polizeiwagen und ein Feuerwehrwagen entgegen. Vor dem Hauseingang des Mehrfamilienhauses hatte sich eine Traube von Menschen versammelt, die offensichtlich viel zu viel Zeit hatten. Obwohl der Schauplatz längst geräumt worden war, zerrissen sie sich immer noch ihre Mäuler über einen gefühllosen und unfähigen Ehemann, der seine kranke Frau mutterseelenallein zu Hause ließ. Als Martin auf seinen Stellplatz einbog und ihn finstere Blicke trafen, merkte er, dass das Szenario, das hier stattgefunden hatte, etwas mit ihm zu tun hatte.

Er stieg aus und konnte den wirr durcheinander diskutierenden Stimmen zunächst noch keinen wirklichen Sinn entnehmen. Schnell merkte er, dass es sich um Catherine handeln musste. *Wie er es nur wagen könne, so etwas zu tun*, drang an sein Ohr.

Martin verstand kein Wort, blickte zu seinem Balkon empor und ahnte Schlimmes. *Was hat sie heute wieder angestellt?*

Er rannte ins Treppenhaus, drückte pausenlos auf den Knopf des Fahrstuhls und wartete. Es dauerte ihm zu lange, er entschloss sich für die Treppen. Sein Herz raste. Außer

Atem kam er in seinem Stockwerk an und bemerkte die offen stehende Wohnungstür. Er stürmte hinein und fand Catherine in eine Decke gehüllt auf dem Sofa liegen. Sie schien zu schlafen. Um sie herum standen zwei Nachbarinnen. Eine von ihnen hatte von Martin und Catherine einen Schlüssel für die Blumen bekommen, sofern sie mal im Urlaub oder an Wochenenden unterwegs sein sollten.

»Was ist passiert?«, rief er in den Raum hinein.

»Sie müssen besser auf Ihre Frau aufpassen! Sie wollte sich das Leben nehmen, Herr Pohlmann. Wenn ich nicht gewesen wäre …« Die Dame, die den Zweitschlüssel aufbewahrte, lechzte nach Lob und Dank. Martin sah die geöffnete Balkontür und reimte sich eins und eins zusammen. Die Feuerwehr, der Rettungswagen, die Polizei, der Stuhl vor der Brüstung.

»Danke, Frau Schmitz. Das haben Sie richtig gut gemacht.«

»Wir haben versucht, Sie anzurufen, aber Sie gehen ja nie an Ihr Handy.« *Schon wieder ein Vorwurf.* Martin dachte nach. Sein Handy lag im Wagen, als er sich zum Bezahlen seines Benzins in die Schlange eingereiht hatte. Zu der Zeit musste es passiert sein.

»Wollte sie wirklich …?« Martin deutete zum Balkon.

»Ich habe unten die Blätter zusammengerecht, damit niemand darauf ausrutscht, dann sah ich sie oben auf der Kante stehen. Im Nachthemd. Ich habe sofort hochgerufen, sie soll das nicht machen. Ganz ruhig, Frau Pohlmann, hab ich immer gerufen. Andere Nachbarn hatten schon dafür gesorgt, dass Ihre Kollegen kommen. *Sie* konnten wir ja nicht erreichen …«

Martin presste die Lippen aufeinander. »Ja, schon gut, und weiter?«

»Dann kam die Feuerwehr und breitete ein Sprungtuch aus. Derweil bin ich leise in die Wohnung geschlüpft und hab' ganz ruhig auf sie eingeredet, bis sie wieder reinkam und sich in *meinen* Armen ausgeweint hat. Der Rettungsarzt hat ihr eine Spritze zur Beruhigung gegeben. Er kommt morgen noch mal vorbei.« Streng sah sie Martin an. »Sie müssen sich besser um sie kümmern, Herr Pohlmann.«

Martin sackte auf dem Sofa neben Catherine zusammen. Wie friedlich sie dalag. »Würde es Ihnen etwas ausmachen, uns alleine zu lassen. Ich danke Ihnen für alles, was Sie für meine Frau getan haben, aber ich denke, wir kommen jetzt zurecht.«

»Bestimmt?«, versicherte sich Frau Schmitz.

»Ja bestimmt. Danke für alles.«

Die Frauen zogen nur widerwillig ab. Zu gern hätten sie Martin mit weiteren Schuldzuweisungen und Vorschlägen attackiert und eine Menge Ratschläge gegeben, wie er eine erfolgreiche Ehe zu führen habe. Obwohl sie in gewissem Sinn recht hatten, machten sie Martin wütend. *Was wissen die denn schon? Alte Jungfern*, pöbelte er still.

Catherine schlief tief und fest. Martin nahm die Gelegenheit wahr und goss sich einen doppelten Whiskey ein. Mit dem Glas in der Hand setzte er sich wieder zu ihr. Er würde etwas unternehmen müssen. So konnte es nicht weitergehen. Nicht nur, dass er sich außerstande sah, sie medizinisch so zu betreuen, wie sie es gebraucht hätte, auch er war mit seinen Nerven am Ende. Der Fall, mit dem er betraut worden war, erwies sich als schwierig. Tote pflasterten seinen Weg, und er war nie zu Hause. Die Nachbarn hatten schon recht. Er war ein mieser Ehemann.

Er beobachtete ihre gleichmäßige Atmung, ihre entspannten Gesichtszüge, ihre am Morgen frisch gewaschenen Haare, die sich seitlich am Rand des beigefarbenen Stoffes entlang schlängelten. *Sieht so ein Mensch aus, der sein Leben auf dieser Welt beenden wollte?* Sicher war diese Ruhe nur das Ergebnis der Drogen, die ihr der Arzt in die Venen gepumpt hatte. In ihrem Inneren kochte es womöglich, vielleicht träumte sie gerade vom Jenseits, vielleicht wurde sie in ihren Träumen von Dämonen aus der Tiefe der Hölle geplagt. Was war bloß im Laufe des Tages passiert, dass sie so reagierte? Wie konnte er je wieder das Haus verlassen, ohne gedanklich von den Nachbarn gesteinigt zu werden?

Nach einer Stunde erwachte Catherine.

Sie öffnete die Augen und sah nur Martin, seinen flehenden glasigen Blick, seine Liebe und Treue zu ihr.

»Hallo, Schatz«, sagte sie mit feiner Stimme und einem Grinsen, als strecke man seine Glieder aus nach einer erholsamen Nacht.

»Hallo, meine Süße«, erwiderte er und strich ihr über die Wange. »Geht es dir gut?«

»Ja sehr. Was machst du denn für ein Gesicht? Hattest du einen schlimmen Tag?« Martin sah sie von der Seite an. Er lächelte. Sie fragte *ihn* nach seinem Tag. In was für einer verkehrten Welt lebte seine Frau?

»Das wollte ich dich gerade auch fragen. Wie war *dein* Tag?«

»Danke gut. Alles in Ordnung. Was schaust du mich denn so an? Stimmt etwas nicht?«

»Du weißt nicht, was passiert ist?«

»Nein. Was soll denn passiert sein? Ist alles in Ordnung. Ich habe Wäsche gewaschen, deine Hemden gebügelt, Essen für heute Abend gekocht. Ich hoffe, du hast Hunger.«

Das Letzte, woran Martin in diesem Moment dachte, war Essen.

Unkundig in psychologischen Dingen wagte Martin einige zarte Fragen. »Erzähl mal. Was hast du, sagen wir mal, ab heute Mittag so alles gemacht? Wen hast du getroffen? Was hast du erlebt?«

»Okay«, begann sie zögerlich und wunderte sich, was für eine Art Fragespiel dies sein soll. Sie richtete sich auf dem Sofa auf und strich sich die Haarsträhnen aus dem Gesicht. »Also zuerst war ich einkaufen, dann habe ich das Gemüse geschnitten und das Fleisch angebraten. Danach hatte ich einen kleinen Schwatz mit Frau Schmitz bei einem Kaffee und dann hab ich mich eine Stunde aufs Ohr gelegt.« Sie breitete die Arme aus. »Und nun bist du da. Nicht besonders aufregend, mein Tag, aber auch nicht schlecht.«

Martin nickte. Noch am Abend würde er den Arzt anrufen, der ihr die Injektion gegeben hatte. *Was, um Himmels willen, hatte er ihr bloß verabreicht? Eine glücklich machende Droge, die alles vergessen ließ? So etwas würde er sich auch gern mal verpassen lassen, gern jeden Abend nach dem Fund einer Leiche.*

Martin stand auf und ging in die Küche. Er öffnete den Kühlschrank und fand eine Schale geschnittenes Gemüse vor, daneben auf einem Teller zwei gut angebratene Putensteaks. Sie hatte ihm die Dinge vorbereitet, die er gern aß. Leichte mediterrane Kost. Sie hatte nicht gelogen. Er kam zu ihr zurück. »War Frau Schmitz hier bei dir oder warst du drüben?«

»Ich war bei ihr drüben, dann kann ich wenigstens gehen, wann ich will. Wenn sie hier ist, quasselt sie so viel, dass ich sie kaum wieder rausbekomme.« Catherine lachte unbekümmert, als sei nichts passiert. Man hätte meinen können, es sei genau so die Wahrheit, und nicht anders. Natürlich vertraute Martin seiner Frau, er glaubte ihr. Nein, sie wollte sich niemals vom Balkon in die Tiefe stürzen. Es waren zu keiner Zeit die Feuerwehr in der Straße, keine Polizei und keine Schaulustigen, deren Langeweile effektiv Abhilfe geleistet wurde. Martin betrachtete den zusammengefalteten Arztbrief, dessen handgeschriebenes Kauderwelsch er nicht entziffern konnte. Einzig den aufgedruckten Briefkopf mit Namen, Praxisanschrift und Telefonnummer konnte man gut lesen. Darunter hatte er eine Handynummer gekritzelt, als ahnte er, dass Martin Aufklärungsbedarf haben würde.

Catherine erhob sich von ihrem Sofa und fasste sich an die Stirn. Ihr war schwindlig, und sie stützte sich am Tisch ab. Dann lächelte sie heiter. »Ich mach jetzt das Essen fertig, in Ordnung?«

Martin nickte. Der Whiskey hatte ihn ruhiger gemacht. Dennoch standen ein paar ungeklärte Fragen im Raum. Er griff nach dem Zettel des Arztes. »Ist es dir recht, wenn ich noch mal kurz telefoniere?«

»Ja, mach nur«, flötete sie aus der Küche. »In zehn Minuten können wir essen. Trinkst du einen Wein mit mir?« Martin dachte an die Injektion. »Nein, heute bitte keinen Alkohol mehr, Schatz.«

Es kam keine Reaktion aus der Küche. Martin verschwand im Arbeitszimmer, schloss die Tür hinter sich und wählte die Nummer auf dem Briefkopf.

»Internistische Praxis Dr. Kohlhaas. Monika Kularak mein Name, was kann ich für Sie tun?«

»Pohlmann hier, ich möchte bitte Ihren Chef sprechen.«

»Ist es privat oder beruflich?«

»Ich bin von der Kriminalpolizei«, erwiderte Martin. Er wollte weiteren Fragen vorbeugen.

»Gut, einen Augenblick. Sie haben Glück. Er ist nämlich schon in der Jacke.«

Einen Augenblick später meldete sich der Mediziner. »Kohlhaas.«

»Martin Pohlmann hier. Hallo, Herr Doktor. Sie waren heute Nachmittag bei meiner Frau und haben ihr ein Beruhigungsmittel gespritzt. Es hieß, sie wollte sich vom Balkon stürzen.«

»Ah, Sie sind das. Gut, dass Sie anrufen. Ich wäre sonst jetzt noch einmal vorbeigekommen. Wie geht es Ihrer Frau?«

»Tja, es geht ihr eigentlich gut, aber merkwürdig ist es trotzdem.«

»Was meinen Sie?«

»Sie kann sich an absolut nichts erinnern. Sie hat ein völliges Blackout. Als ich eintraf, waren zwei Nachbarinnen bei ihr und ich sah noch die Einsatzfahrzeuge abrücken. Sie weiß von nichts und ich habe es ihr auch nicht erzählt. Sie denkt, sie habe geschlafen, bis ich kam. Kann es so etwas geben?«

»Sie hat eine besondere Form der retrograden Amnesie. Das beobachtet man öfter in Kombination mit dem Dormicum, das ich ihr gespritzt habe. Es hilft, die posttraumatische Belastungsstörung Ihrer Frau zu reduzieren. Man sagte mir, sie habe Schlimmes erlebt.«

»Ja, das stimmt. Das hat sie leider. Das haben wir beide, aber für sie war es noch härter. Sie hat ihr Kind verloren und ist beinahe dabei gestorben. Aber das ist schon Jahre her.«

»Wurde sie nicht auch überfallen und die Treppe hinuntergestoßen?«

Martin hasste es, daran erinnert zu werden. »Ja, das ist richtig.«

»Hören Sie, Sie müssen sie behandeln lassen, ambulant oder stationär.«

»Sie ist seit zwei Jahren in Therapie, hat schon alle möglichen Medikamente bekommen, aber in letzter Zeit lehnt sie alles ab. Es wird von Tag zu Tag schlimmer. Es ist unerträglich für mich. Und dann wieder, von einem Moment auf den anderen, ist sie wie ausgewechselt und fröhlich und erinnert sich nicht. Aber ich weiß nie, wann es wieder losgeht und sie in eine tiefe Depression fällt.«

»Wie geht es ihr, wenn Sie auf Reisen sind?«

Martin dachte an den letzten Urlaub in Paris und an der Côte d'Azur. »Gut. Ja, ich glaube mich erinnern zu können, dass sie es sehr genießt.«

»Dann empfehle ich Ihnen dringend einen Tapetenwechsel. Versuchen Sie, mit ihr zu verreisen. Und wenn es nur ein paar Tage sind. Dorthin, wo die Sonne scheint und es warm ist. Das wirkt antidepressiv.«

Ach, wem sagen Sie das? »Das geht nicht. Jetzt nicht. Ich kann zurzeit aus Hamburg nicht weg. Ich arbeite an einem wichtigen Fall.«

»Dann müssen Sie sie einweisen. Sie ist sehr gefährdet, sich etwas anzutun.«

»Eine andere Möglichkeit gibt es nicht?«

Martin hörte den Arzt im Hintergrund tief ein- und ausatmen.

»Diese Krankheit ist schwer zu behandeln. Patienten, die darunter leiden, haben für sich den Grund verloren, warum sie weiterleben sollen. Oberflächliche Argumente wie: Das Leben ist schön, oder du darfst nicht sterben, was mach ich dann ohne dich … helfen diesen Menschen nicht weiter. Was sie brauchen, ist, eine tiefe Sinnhaftigkeit im Leben zu finden. Sie müssen erkennen, dass es noch mehr gibt, als das, was sie sehen und erleben. Etwas Größeres, Höheres. Das allein macht sie stark, weiterzuleben, trotz des Schlechten und Grausamen, das sie erfahren haben.«

»Sie meinen, diese Menschen suchen Halt im Glauben. Gott und diese Dinge.«

»Ja genau, aber Gott ist kein Ding, sondern eine reale Person. Nach meiner Erfahrung der letzten zwanzig Jahre die einzige Chance, zu einem erfüllten Leben zu finden. Die Patienten lernen die erlebten Ereignisse zu verarbeiten, dem Aggressor zu vergeben und innerlich frei zu werden. Diese Menschen kämpfen nicht mehr dagegen, was ihnen widerfahren ist. Sie haben sich damit ausgesöhnt.«

»Dafür kämpfen sie dann mit Zweifeln bezüglich der Wirklichkeit und Sinnhaftigkeit ihres Glaubens.«

»Oh, verstehe, Sie haben es wohl nicht so mit Gott und *diesen Dingen*?«

»Na ja, ist das ein Wunder, bei dem, was heutzutage alles passiert? Muss wohl an meinem Job liegen.« Martin Pohlmann konnte nicht umhin, seine Argumente mit einer gehörigen Portion Polemik zu würzen. »Fällt mir tatsächlich ein bisschen schwer, ja. Gestern wurde ein jüdischer Rabbi umgelegt, während er mit mir am Telefon sprach. Nett, nicht? Und letzte Woche haben wir eine mit Öl abgefüllte Leiche in einem Öltank gefunden – mit aufgeschlitzter Kehle. Auch sehr nett. Übrigens auch ein gläubiger Mensch, ebenfalls ein Jude. Und vor ein paar Jahren ist ein guter Freund an einem Prostatakarzinom elend verreckt, ein Priester im Ruhestand. So und jetzt noch mal zu Ihrer Frage, warum mir der Glaube an das Gute schwerfällt …«

»Ich kenne diese Diskussionen und Argumente in- und auswendig, aber der Ansatz ist schlichtweg falsch. Gott ist nicht dazu da, den Menschen vom Bösen abzuhalten. Das muss der Mensch schon selber tun, wir sind ja schließlich keine Marionetten. Aber Gott ebnet uns einen Weg, das Böse in unserem Leben erst gar nicht zuzulassen.«

»Ja, ja, Doktor. Ist schon gut. Ich denk drüber nach. Ich hätte auch gern einen Tapetenwechsel, das können Sie mir glauben, aber zurzeit …«

»Nun, das ist Ihre Entscheidung. Ich wollte Ihnen nur einen Rat geben. Wenn Sie möchten, sehe ich morgen noch mal nach Ihrer Frau.«

»Wird sie sich an Sie erinnern?«

»Das wird sich zeigen. Ich wünsche Ihnen noch einen schönen Abend.«

»Ja, danke. Ihnen auch.« Martin legte das Telefon zur Seite und blickte aus dem Fenster vor seinem Schreibtisch. Hagelkörner polterten vor seine Scheibe. Sie wurden von böigem Wind seitlich gegen den Rahmen gepeitscht. *Tapetenwechsel.* Ginge es nur um sie beide auf dieser Welt, er würde keine Sekunde zögern und die Koffer packen, doch leider war dem nicht so.

KAPITEL 28

30. Oktober 2013, Lüneburg

Der Abend mit Catherine war perfekt gewesen. Sie aßen und tranken Mineralwasser, obwohl Weißwein besser gepasst hätte. Catherine war fröhlich und beschwingt – die Nachwirkung der Injektion, mutmaßte Martin. Nicht mit einem Wort erwähnte sie den ereignisreichen Nachmittag, als wäre der Gedanke an ein Ausscheiden aus ihrem Leben völlig absurd und inakzeptabel. Martin nahm sich vor, die Nachbarinnen entsprechend zu impfen, dieses Thema nie wieder anzusprechen, doch wie diese Schwatzliesen nun mal waren, sie würden sich vermutlich nicht daran halten. Zu groß würde die Verlockung sein, sich als Retter in der Not in Erinnerung zu rufen.

Gegen zehn verabschiedete sich Catherine gähnend vom Tisch, gab Martin einen zärtlichen Kuss und sagte, sie sei unendlich müde und würde jetzt gerne schlafen gehen.

Martin wartete, bis sie im Bad verschwunden war, und als er das Wasser rauschen hörte, wählte er die Nummer seines Freundes und Kollegen Werner Hartleib. Kurz bevor Martin nach endlosem Klingeln wieder auflegen wollte, nahm Werner das Gespräch an. Als er sich meldete, hörte Martin albernes Gekicher im Hintergrund, und auch Werner befand sich in ausnahmslos guter Stimmung.

»Hi, Martin. Du, es ist grad etwas ungünstig.« Er lachte, nachdem er das Mikro des Handys unzureichend zuhielt. Martin hörte eine Frauenstimme, die er keiner ihm bekannten Frau zuordnen konnte und danach wieder das nervtötende teeniehafte Gegacker. Martin war kurz davor, das Gespräch zu beenden. Ihm war an diesem Abend nicht nach dummen Spielchen.

»Entschuldige Martin. Okay, jetzt geht es. Ich musste nur mal eben den Raum wechseln.«

»Wo bist du, wenn ich fragen darf?«

»Erklär ich dir ein andermal. Was gibt's?«

»Ich wollte dich bitten, mich ein paar Tage zu vertreten, geht das?«

Schweigen am anderen Ende. »Werner? Bist du noch da?«

»Entschuldige, ich war grad etwas abgelenkt.«

»Meine Güte, was ist denn los mit dir?«

»Das kann ich dir am Telefon nicht erzählen. Es ist kompliziert.«

»Na, meinetwegen. Also kannst du mich nun vertreten oder nicht?«

»Ja, theoretisch schon, wenn der Chef einverstanden ist. Warum denn? Ist was passiert?«

»Ja, ist es. Catherine wollte vom Balkon springen und gestern hat sie die Katze mit über zehn Messerstichen gekillt und kurze Zeit später weiß sie nichts mehr davon. Sie ist schwer krank, Werner, und ich kann sie nicht aus den Augen lassen.«

Plötzlich war Werner hellwach und jede Albernheit war verflogen. »Meinst du nicht, dass es besser wäre, sie ins Krankenhaus zu bringen? Willst du die Verantwortung übernehmen? Was ist, wenn sie mitten in der Nacht aufsteht, während du schläfst?«

»Ja sicher. Daran hab ich auch schon gedacht, aber ich zögere noch. Catherine hasst Krankenhäuser über alles. Ich weiß es noch nicht. Der Rettungsarzt, der ihr heute eine Beruhigungsspritze verpasst hat, hat uns eine Auszeit empfohlen. Sie hat ein posttraumatisches Belastungssyndrom. Immer noch diese Scheißgeschichte mit dem Schwein von Einbrecher und dem Kind, du weißt schon.«

»Okay, machen wir es so. Bleib morgen zu Hause und schau, wie es ihr geht. Macht einen Spaziergang, fahrt nach Timmendorf oder sonst irgendwas. Ich sag dem Chef, du bist krank, okay?«

»Ja gut, danke.«

»Lass uns die Tage mal telefonieren. Ich hab dir auch einiges zu erzählen.«

»Scheint so. Mach keinen Scheiß, Werner. Das geht nicht gut, was auch immer du da gerade treibst. Okay, ich ruf dich morgen auf dem Handy an und erzähl dir, was ich bisher rausgefunden hab.«

Martin legte das Telefon zur Seite und starrte in das in wohliges Licht getauchte Wohnzimmer. Catherine hatte dank ihres ausgezeichneten Geschmacks die Wohnung in eine kuschelige Höhle verwandelt. Sie wollte einen Bereich schaffen, in den nichts Böses eindringen konnte. Es war ihr nicht gelungen, das Böse lauerte bereits in der Nacht und wartete darauf, sie zu vernichten.

*

31. Oktober 2013, Lüneburg

Nach nur wenigen Stunden Schlaf erwachte Martin und drehte seinen Kopf zur linken Bettseite, wo er Catherine vermutete. Die Bettdecke war beiseitegeschoben, das Laken war kalt. Nachdem er am Abend zuvor mit Werner telefoniert hatte, glich sein Kopf einem Bienenstock, voller eifriger, wild durcheinandersummender Gedanken, die ihn um den Schlaf bringen wollten. Daran änderten auch der zweite und dritte Whiskey nichts. Und doch schätzte er diese Stunden der Ruhe, in denen die Welt schlief. Er lag wach, starrte an die in Schwärze gehüllte Zimmerdecke, lauschte dem gleichmäßigen Atmen seiner Frau, und versuchte die Eindrücke, die ihn umtrieben, nach Prioritäten und Richtigkeit zu sortieren. Hinzu kam ein Artikel in der *Wirtschaftswoche*, der ihn umtrieb. Kurz vor elf stach ihm der Titel ›Das Ende der Menschheit ist nahe‹ ins Bewusstsein. Ein Aufsatz, der nicht von einem jüdischen, christlichen, islamischen oder der Philosophie ergebenen Endzeitpropheten verfasst worden war, sondern von drei amerikanischen Wissenschaftlern, die das Ende der Zivilisation in einen mathematischen Algorithmus wie in Geschenkpapier eingewickelt hatten. Die Studie wurde von der NASA finanziert. Ihre These lautete, dass das Aufeinandertreffen dreier Parameter die Menschheit unweigerlich umbringen würde – daran bestand für sie kein Zweifel: der Klimawandel, die Bevölkerungszunahme und die skrupellose Ausbeutung der Ressourcen. Der Untergang sei nicht mehr aufzuhalten. Einzelne Zitate flackerten hinter Martins Lidern auf: *Der angehäufte Überfluss ist auf der Welt zu ungleichmäßig verteilt und wird von einer Elite kontrolliert. Der Großteil der Menschen, die den Wohlstand konsumieren, bekommen nur einen Bruchteil von dem, was die Elite erhält.* Diese Elite hatte er schon Jahre zuvor kennengelernt. Wirtschaftsbosse, Politiker, Banker und andere einflussreiche Persönlichkeiten, die das Zepter der Welt in den Händen hielten und das Spiel *Machtmissbrauch* perfekt beherrschten. Die Überausbeutung der Ökosysteme und der Effekt der Zweiklassengesellschaft bewirkten, dass die führende Elite den gesellschaftlichen und Umwelt-Kollaps erst viel später zu spüren bekommen würde als die arme Bevölkerung. Allein der auf wenige Menschen verteilte ungeheure Reichtum ließ sie den Untergang schlichtweg übersehen. Während die Massen sich abstrampelten, um zu überleben, würde die Elite, die den Blick abwandte, die Natur immer weiter schröpfen, bis auch der letzte Tropfen Öl aus der Erde gesaugt und ihr eigener Reichtum maximiert worden wäre. Das Ende, so die Forschergruppe, könne nur ein baldiger Zusammenbruch aller bekannten wirtschaftlichen und ökonomischen Systeme sein.

An dieser Stelle mischten sich Martins Gedankenfetzen mit der kühnen Aussage von Aaron Stern sowie jener von Professor Ruben, die beide das Gleiche behaupteten, nämlich dass das Zeitalter des Öls beendet sei und eine revolutionäre neue Technologie in den Startlöchern stehe. Und doch behauptete Stern von Ruben, er sei nur ein Geist, ein Mann, den es gar nicht geben könne. Was für eine sonderbare Aussage. Wer von beiden war nun der Betrüger oder Hochstapler? Kurz bevor Martin gegen drei Uhr morgens einschlief, hörte er das idiotische Gegacker und Gekicher einer jungen Frau in seinem Kopf nachhallen. Auf was für einem Trip befand sich sein Freund Werner? Seit über zwanzig Jahren war er mit einer Frau verheiratet, die ihn nun langweilte und ihm auf die Nerven ging, und zahlte die Hypotheken eines Reihenhäuschens ab. Zwei pubertierende Kinder, die ihren Vater mehr denn je brauchten, alles in allem ein denkbar ungünstiger Zeitpunkt, um fremdzugehen oder was Werner sonst in dieser Nacht trieb.

Die Neugier ließ er unbefriedigt zurück und schlief ein. Hinzu kamen seine eigenen Probleme mit Catherine, die ihm dringlicher erschienen als alles, was auf dem gesamten Globus passierte. Ohne die Frau an seiner Seite wäre er nicht mehr lebensfähig, das wusste er schon kurze Zeit, nachdem er sie kennengelernt hatte. Über die große Liebe hatte er stets gespottet, bis er sie am eigenen Leib erfahren hatte. Der Mythos war für ihn zur Wirklichkeit geworden, und er war nicht bereit, sie an wen auch immer zu verlieren. Keinem Dämon, mit was für medizinischen Namen er sich schmückte, würde er erlauben, sich seiner Frau zu bemächtigen.

Aufgeschreckt von der Ruhe in der Wohnung und der leeren Fläche, die er neben sich ertastete, sprang er aus dem Bett und lief durch die Wohnung. Die Augen weit aufgerissen, machte er auf Catherine einen belustigenden Eindruck. Sie hatte das Frühstück soeben fertiggestellt.

Es war alles in Ordnung. Er hatte verschlafen.

»Musst du nicht schon längst bei der Arbeit sein?«, fragte sie und sah an seinem zerknitterten Pyjama herab.

»Ich … ich hab heute frei. Lorenz weiß Bescheid. Ich nehme einen Tag frei, damit wir mal etwas Zeit füreinander haben können. Na, wie findest du das?«

Catherine sah Martin mit einem verwirrten Blick an. »Mitten in der Woche nimmst du dir frei? Das hast du doch noch nie getan. Warten denn keine Mörder auf dich?« Sie lachte unbekümmert.

Martin kam auf sie zu und nahm sie in den Arm. »Die bösen Jungs können warten.« Sie trug einen dunkelblauen Kaschmirpulli und Jeans. Ganz gleich, was sie trug, Martin liebte sie in allen Varianten, am liebsten, wenn sie nur diesen Hauch von Nichts, den er ihr zum Hochzeitstag geschenkt hatte, am Leibe trug. Er roch an ihrem Hals, direkt am Haaransatz, sog den Duft ein, der ihn betörte, und gab ihr einen Kuss. Sie schloss für einen Augenblick die Augen, dann wandte sie sich ab und gab ihm einen Klaps auf den Po. »Los, zieh dich an und dann lass uns frühstücken. Ich habe einen Bärenhunger.«

Martin ging ins Bad. »Wollen wir nach Timmendorf fahren?«, rief er in Richtung Küche. »Es ist zwar kalt, aber die Sonne scheint.« Er hörte Catherine fröhlich summen. Sie schien ihn nicht verstanden zu haben. Nichts von dem, was am Vortag geschehen war, klebte noch in ihrem Gedächtnis fest. *Retrograde Amnesie*, wiederholte Martin in Gedanken die Diagnose des Arztes. Ihm fiel ein, dass dieser im Laufe des Tages vorbeikommen wollte. Martin nahm sich vor, ihn anzurufen und die Visite auf später zu verlegen. Die ungestörte Zeit mit ihr war ihm wichtiger. Eines jedoch galt es dringend zu klären: Wie verfährt man als Angehöriger mit Erlebnissen, die von dem Patienten verdrängt werden, die für diesen gar nicht existent zu sein scheinen? Schweigt man sie tot oder konfrontiert man die betreffende Person damit offen und schonungslos? Welche Reaktionen könnte man hervorrufen? Würde sie unter spöttischem Gelächter den Vorfall vehement leugnen? Würde sie pöbeln, dass dies eine infame Lüge sei, oder würde es einen hysterischen Anfall provozieren, der gleich den nächsten Suizidversuch auslöst? Martin vermutete weder das Erstere noch hatte er Lust, das

Zweite auszuprobieren. Er spürte nur, dass Catherine gerade eine psychologische Meisterleistung vollbrachte, sich ihre eigene Welt zu erschaffen. Welche Rolle *er* indes darin spielen würde, war ihm unklar.

*

Nach dem Frühstück hatten sie sich aufgemacht, zum Timmendorfer Strand zu fahren. Binnen einer Stunde waren sie an der Ostsee und schlenderten die Strandallee entlang. Catherine trug eine dicke Pudelmütze und eine Daunenjacke, die linke Hand wärmte sie in der Jackentasche Martins, dicht in seine Hand geschmiegt. Martin hatte nur einen Wollpulli unter seiner Lederjacke an und fror. Der eisige Ostwind schnitt durch jede Naht seiner Jacke. Er ärgerte sich, dass er sich seiner wärmenden Fettschicht so drastisch entledigt hatte. Und doch war er froh, unbeschwerte Stunden mit Catherine verbringen zu können. Sie aßen Krabbenbrötchen und nahmen zwei Stücke geräucherten Lachs mit, die sie auf einer Bank mit Blick auf die Ostsee vertilgten. Alles war scheinbar wie früher, bevor Catherine überfallen worden war und das Kind verloren hatte. Der Unterschied war nur, dass etwas unter der Fassade der unbekümmerten Fröhlichkeit brodelte. Catherines Seelenzustand glich einem Schnellkochtopf, der kurz davor stand, zu explodieren. Und Martin wusste das. Er hätte alles dafür gegeben, nicht nur sie zu verstehen, sondern ihr wirklich helfen zu können, koste es, was es wolle. Den Job hätte er als Erstes für sie hingeschmissen, so wie sie es schon öfter von ihm erfleht hatte. Und ehrlich zu sich selbst musste auch er gestehen, dass er das Gefühl hatte, dass seine Tage als Bulle bei der Mordkommission gezählt waren. An jenem Tag, als sein Blick über die Weite der Ostsee schweifte und seine Frau sich gegen den eisigen Wind an ihn schmiegte, reifte ein Entschluss in ihm.

Gegen zwei Uhr mittags klingelte sein Handy. Er erkannte die Nummer von Werner.

Martin drehte sich von Catherine weg, stand von der Bank auf und ging ein paar Schritte. Catherine signalisierte ihm mit einem Lächeln, dass es schon okay sei, ein paar Minuten seines freien Tages zu opfern.

»Hallo, Martin, kannst du reden oder ist es grad schlecht?«

»Hm, geht so. Wir sind in Timmendorf und gehen am Meer entlang. Catherine ist heute wie ausgewechselt. Es tut ihr gut, nicht allein zu sein.«

»Lorenz ist total ausgerastet. Wie du jetzt in dieser heißen Phase krankfeiern könntest. Ich habe ihm nicht erzählt, worum es wirklich geht, aber er erwartet, dass wir heute noch die bisherigen Ergebnisse zusammentragen.«

Martin warf einen Blick auf Catherine. Sie inhalierte die frische Brise und genoss den Sonnenschein. »Lorenz kann mich mal. Ich bin derjenige, der sich seit Tagen einen Wolf rennt und die Identität des Opfers herausgefunden hat. Vielleicht kann er das zur Abwechslung auch mal würdigen.«

»Das hab ich ihm auch gesagt, aber die Presse geht ihm auf die Nerven. Die Nachricht von dem toten Rabbi ist durchgesickert, und heute stehen gleich drei Riesenartikel über die Petrol Ag, Taxeco und Total im Abendblatt. Die Medien scheinen die Ölkonzerne zerpflücken zu wollen. Es kommen allmählich alle ihre politischen Machenschaften ans Licht. Im Internet sind hundertzwanzig Kommentare von verärgerten Bürgern eingegangen. Es dauert nicht mehr lange und es gibt offene Krawalle wegen der letzten Preiserhöhung. Hast du heute schon getankt?«

»Nein, gestern.«

»Glück gehabt. 2,15 Euro vor einer Stunde. 20 Cent von einem auf den anderen Tag. Das ist happig, oder?«

»Allerdings. Du, ich weiß nicht, wann ich wieder zu Hause bin und ich möchte mich eigentlich auch nicht gerne wegen dieses Mists beeilen. Catherine bewegt sich gesundheitlich auf sehr dünnem Eis und ob ich nun 'ne Stunde später komme oder nicht – die Welt wird schon nicht untergehen bis dahin.«

»Da sei dir mal nicht so sicher. In der Innenstadt ist ein Waffengeschäft überfallen worden. Pistolen, Gewehre, Munition, alles durch die Scheiben rausgeklaut, am hellichten Tag.«

Erste Wolken zogen über Martins Kopf hinweg. Das Meer begann sich zu kräuseln. Martin zitterte, obwohl er seinen freien Arm vor der Brust verschränkte und sich vom Wind abwandte. »Na ja, wenn ich ehrlich bin, frier ich mir hier den Arsch ab. Hab mal wieder die falschen Klamotten an. Okay, ich sehe mal, was ich tun kann. Hör mal, können wir uns nicht gegen Abend im Arkadasch treffen? Sag Lorenz, wir besprechen den Fall beim Essen, und am liebsten wäre es mir, du kämst ohne ihn.«

»Gute Idee, haben wir schon lange nicht mehr gemacht. Wird Catherine klarkommen so lange?«

»Ich denke schon. Sie hat einen guten Tag heute.«

»Okay, dann bis später.« Die ersten dicken Schneeflocken rieselten wie kleine Daunenfedern auf sie herab.

Catherine zog ihre Kapuze über den Kopf und hakte sich bei Martin ein. Auf dem Weg zurück zum Auto sah sie ihn an. »Du musst noch mal weg, stimmt's?«

Martin nickte. »Nur kurz am Abend. Lorenz will, dass die Abteilung, also vor allem Werner und ich, alle bisherigen Ergebnisse zusammentragen, damit er sie morgen brühwarm der Presse präsentieren kann. Früher, als Schöller noch lebte, war er noch nicht so ein Despot. Man kann sich schnell an die Macht gewöhnen, die man verliehen bekommt.«

»Er steht halt unter Druck.«

»Hm, wer nicht?«, erwiderte Martin. Seine eigenen Daumenschrauben waren auch nicht gerade leicht zu ertragen. Martin bedachte Catherine mit einem zärtlichen Blick. »Wir sollten mal wieder einen längeren Urlaub planen, meinst du nicht? Ganze drei Wochen am Stück. Nur wir beide. In Frankreich oder wo du willst. Hauptsache, du bist glücklich und wir sind zusammen.«

Catherine sah ihn dankbar an und streichelte über seine Wange. »Du bist doch der richtige Mann für mich, selbst wenn du einen furchtbaren Job hast.«

»Irgendwann ist auch das vorbei, das versprech ich dir. Ich gehe stramm auf die fünfzig zu.« Martin lachte, obwohl es ihm eigentlich sehr ernst war mit dem, was er sagte.

»Ach, versprich mir nichts, was du nicht halten kannst. Das hast du schon so oft gesagt. Nur noch ein Jahr, sagst du immer, und nun sind schon wieder drei Jahre rum, seit du den Mist mit den Bilderbergern ans Licht gebracht hast.«

»Diesmal meine ich es ernst, Schatz. Glaub mir.«

»Du kannst gar nicht leben ohne deinen Job. Du würdest dich zu Tode langweilen. Ich glaub es erst, wenn ich deine Kündigung auf dem Tisch liegen sehe.«

KAPITEL 29

31. Oktober 2013, Hamburg-Mitte

Gegen sechs Uhr trafen sich Werner und Martin im Arkadasch. Das türkische Restaurant im Hamburger Grindelviertel war besonders bei Studenten beliebt. Sie verabredeten sich hier in unregelmäßigen Abständen seit über zwanzig Jahren. Eine Art Ritual, um ihre Freundschaft zu pflegen, zumal es ganz in der Nähe des Präsidiums lag, sodass man schnell zurückkonnte, wenn es irgendeinem Chef unter den Nägeln brannte.

Martin suchte mit den Augen die Tische nach Werner ab und fand ihn in der hintersten Ecke sitzen, mit einem Bier in der Hand. Das Bierglas war fast leer. Martin grinste ihn an, als sie sich trafen.

»Du siehst ja richtig erholt aus«, begann Werner. »Ich hab mir schon mal ein Bier genehmigt.«

»Offiziell bist du noch im Dienst«, sagte Martin.

»Ach, scheiß drauf. Komm setz dich. Wie geht es Catherine?«

»Es geht ihr gut, danke. Ich weiß nur nie, wie lange.« Martin zog die Jacke aus und hängte sie über seine Stuhllehne. Er setzte sich und sah Werner mit traurigem Blick an. »Ihr Zustand ist ziemlich unberechenbar, fragil wie dünnes Glas. Ich habe abends schon Angst, nach Hause zu kommen, weil ich nicht weiß, was mich erwartet. Ich schlafe kaum, weil ich auf sie aufpassen und nicht einschlafen *will*, doch dann übermannt es mich doch irgendwann. Liegt sie dann nicht neben mir beim Aufwachen, hab ich totale Panik.«

Werner trank den Rest des Glases aus. »Das ist furchtbar, Mann. Und wenn du sie doch mal ins Krankenhaus bringst? Hab ich dir gestern schon empfohlen.«

Martin kratzte sich an der Schläfe. »Ja, hast du. Was war eigentlich bei dir los?«

Werner seufzte. Eigentlich wollte er mit Rücksicht auf Catherines Depression nicht darüber sprechen, und doch drängte es ihn, Rat bei seinem besten Freund einzuholen. »Es ist etwas passiert.«

»Lass mich raten. Du hast ’ne Freundin«, sagte Martin nüchtern. Die Worte wurden vom Stimmengewirr gedämpft.

Werner hob missbilligend die Hand. Es klang so verächtlich, wie Martin es sagte. Als wäre es vollkommen abwegig, sich nach zwanzig Jahren Ehe nach einer anderen Frau umzusehen. »Augenblick. Nicht so schnell. Ganz so einfach ist das nicht. Sie ist … tja, was ist sie eigentlich? Ich weiß es nicht. Ich bin bis über beide Ohren in sie verknallt. Wie ein Schuljunge, Martin. Ich kannte dieses Gefühl schon gar nicht mehr. Es ist schrecklich.«

»Ja, was denn nun? Ist es schrecklich, oder bist du verknallt? In wen überhaupt? Kenn' ich sie?«

Werner nickte und schaute in sein leeres Glas. »Allerdings. Es ist Chantal. Du weißt schon, die Neue …«

Martin beugte sich vor. Er wirkte bedrohlich. »Die Praktikantin? Bist du bescheuert? Die ist doch keine achtzehn.«

»Sie ist vierundzwanzig«, widersprach Werner empört. »Sie will auch zur Polizei gehen, wie wir.«

»Schon klar, sonst wäre sie ja keine Praktikantin. Mensch, Werner, was hat dich da bloß geritten? Warst du schon mit ihr im Bett?«

Werner drehte sich zu den Tischnachbarn um, die gottlob in ihre eigenen Gespräche vertieft waren. »Nein, noch nicht. Gestern wäre es fast dazu gekommen, bis du angerufen hast.«

»Ach, und dann hast du ein schlechtes Gewissen bekommen, oder wie?«

»Nein, sie war müde. Sie hatte zu viel getrunken.«

»Du hättest es ausnutzen können.«

»Hab ich aber nicht. Ich will keine Affäre, Martin. Ich will sie – als Mensch, als Partnerin. Ich will mit ihr zusammen sein. Jede Minute. Ich fühl mich wohl in ihrer Nähe. Sie macht mich total verrückt. Sie macht mich lebendig.«

Martin schüttelte den Kopf. Eigentlich wollte er lächeln, doch er fand die Sache nicht witzig. »Scheiße, du bist ja echt verknallt. Das ist nicht gut, Werner.«

»Wieso? Was ist daran nicht gut? Ich hab das Gefühl, als würde ich endlich wieder richtig leben.« Werner rückte dichter an den Tisch heran. Es musste ja nicht gleich jeder ihr Gespräch mitbekommen. »Und ja verdammt, ich bin geil auf sie. Hast du mal ihre Figur gesehen?«

»Sind bestimmt nicht echt, die Dinger.«

»Das ist mir egal. Sie … sie flirtet mit mir, macht mir eindeutige Angebote. Sie ist scharf wie eine Natter. Ich hab Herzklopfen, wenn sie zur Tür reinkommt.« Werner klopfte sich an die Brust. »Es tut richtig weh. Ich kann an nichts anderes mehr denken als nur an sie, Tag und Nacht. Es macht mich wahnsinnig, aber gleichzeitig ist es schön. Verstehst du das?«

Martin verzog den Mund. »Okay, jetzt komm wieder runter. Mal angenommen, das ist echt, was du empfindest. Denkst du, dass sie in ein paar Monaten einen Mann, der doppelt so alt ist wie sie, auch noch toll findet? Jetzt blickt sie noch zu dir auf, klar, du bist ein erfahrener Bulle, kannst ihr alle Tricks zeigen, trägst schicke Anzüge, hältst dich mit Sport fit, aber reicht das aus? Und wie willst du es Susanne und deinen Kids erklären? Meinst du, sie werden Verständnis für dich haben und sagen, klar Papa, mach mal. Tob dich aus.«

Werner sah sich im Restaurant um, betrachtete die Studenten, die jung und unbeschwert ihr Leben genossen. »Kann ich nicht auch mal an mich denken? Hast du 'ne Ahnung, wie lange Susanne und ich keinen Sex mehr hatten? Ich bin doch noch keine achtzig. Ich bin in den besten Jahren. Es kriselt schon so lange zwischen uns. Sie merkt gar nicht, was in mir vorgeht, Hauptsache ihrem Gaul geht es gut und sie hat das nächste Turnier im Kalender fixiert. Mensch, Martin, ich hab vielleicht noch zehn gute Jahre vor mir. Mir rennt die Zeit davon.«

»Ja, und in ein paar Jahren nimmt sich deine Süße einen Jüngeren und schiebt dich aufs Abstellgleis. Aber vorher schnappt sie sich noch deine Kohle.«

Werner verengte die Augen. »Mann, du bist widerlich. Ich dachte, du freust dich mit mir.«

»Hör zu, Werner. Wir sind Freunde, seit ich weiß nicht wie lange, und deshalb säusel' ich hier auch nicht rum, nur weil du das gerne hättest. Wir können das hier und heute eh nicht ausdiskutieren, aber ich gebe dir einen guten Rat, wenn du möchtest.«

Werner verschränkte die Arme vor der Brust und balancierte auf den hinteren Stuhlbeinen. »Ach ja, und der wäre?«

»Bevor du mit ihr in die Kiste steigst, sieh dir besonders die Seiten an ihr an, die nicht ganz so toll sind. Denk nicht nur an ihre Silikonbrüste, sondern halte dir vor allem vor Augen, was dich an ihr stört. Wenn du tatsächlich mit ihr zusammen wärst, hättest du nach einem halben Jahr all dein Pulver verschossen, alle Stellungen dieser Welt zum x-ten Mal durchexerziert, und dann kommen mehr und mehr ihre unschönen Aspekte auf den Tisch. Und wenn dir dann nicht mehr gefällt, was du siehst, oder deine Hormone wieder im Lot sind, dann ist der Rückweg zu Susanne möglicherweise versperrt. Dann hast du keinen Bock mehr auf deine Freundin, und deine Frau will dich auch nicht mehr, weil sie kein Vertrauen in dich hat. Haus weg, die Kinder sind enttäuscht – alles kaputt. Ich sage dir, du bist so lange verheiratet, setz das nicht wegen einer Midlife-Crisis aufs Spiel. Nichts überstürzen, mein Lieber.«

»Ich wusste gar nicht, dass du so ein Moralapostel bist. Hast früher auch nichts anbrennen lassen, oder?«

»Ach Werner, du hast ja recht, aber meine Perspektive hat sich verändert. Seit ich Catherine kenne, ist es anders bei mir. Es geht mir schon lange nicht mehr nur um Sex, sondern, so blöd sich das auch anhört, es geht mir wirklich um unsere Beziehung. Um die tiefe Verbindung zwischen uns. Klar haben wir auch Sex, aber das ist es nicht, was uns in erster Linie zusammenhält. Wir sind auf andere Weise miteinander verbunden.«

Werner schaute sich nach der Kellnerin um. Er brauchte dringend ein neues Bier. »Okay, lassen wir das. Ich seh schon, das bringt heute nichts. Konzentrieren wir uns lieber auf den Fall.«

Martin und Werner bestellten ihre Lieblingsgerichte, von denen sie wussten, dass sie unverändert gut und nicht dem

Wandel der Zeit unterlegen sein würden. Werner trank ein zweites Bier, Martin ein Wasser.

»Na schön, wie weit sind wir?«, begann Werner mit hochrotem Kopf.

»Lorenz entwickelt sich zu einer Nervensäge. Er ist schwierig geworden, seitdem er wieder das Sagen hat, findest du nicht?«

Werner entgegnete: »Ach komm, Lorenz ist eine arme Sau. Kein Mensch erwartet ihn zu Hause, nur dieser Drachen von Haushälterin, seinen linken Arm kann er nicht benutzen, und in einem halben Jahr ist er weg vom Fenster. Vorzeitig in Pension geschickt.«

»Weiß er es schon?«

Werner nickte und nahm einen Schluck. »Ja, seit ein paar Tagen. Deshalb ist er so stinkig. Jetzt will er allen noch mal zeigen, dass er es noch draufhat.«

Martin nickte. Nun verstand er, was in dem sonst so gutmütigen Conrad Lorenz vorging. Alles und jedes hatte seinen Grund, man musste nur danach suchen.

»Erzähl mal, wie du herausgefunden hast, wer der Tote ist«, drängelte Werner.

»Eigentlich war es ein Zufall. Während der Pressekonferenz hat neben mir ein Zausel gesessen, Tweedjackett, Fliege und so. Du weißt schon. Ein Wissenschaftler von der Uni, der sich auf Gesteinskunde und Ölvorkommen spezialisiert hat. Er hat mir seine Karte gegeben und mir angeboten, ihn zu kontaktieren, falls ich noch Fragen hätte. Dann bin ich zur Raffinerie gefahren und hab den Russen gefunden und ihm, nachdem er zwei Mal abhauen wollte, gehörig auf die Füße getreten. Er kannte den Toten, aber nicht seinen vollständigen Namen, erzählte mir aber dann von genau diesem Professor aus der Uni. Ich also wieder hin und ihm das Foto gezeigt. Tja, und der Hammer war, das war ausgerechnet sein bester Freund und Mitarbeiter an einem gemeinsamen Forschungsprojekt.«

»Mal wieder reichlich Dusel gehabt, was?«

»Kann man so sagen. Na ja, jedenfalls soll dieser Joshua Horowitz ein ziemlich kluger Kopf gewesen sein. Der Prof hat mir seine Adresse gegeben. Ich bin hin und hab dem Schwiegersohn und der Tochter die Nachricht vom Tod ihres Vaters übermittelt. Genau genommen ist der Schwiegersohn auch gleichzeitig der Sohn, zumindest der Ziehsohn. Aaron und Ruth Stern. Die beiden sind nicht wirklich verwandt, sind aber zusammen aufgewachsen und haben geheiratet.«

»Jüdische Namen.«

»Genau. Wie Joshua Horowitz auch. Stammen aus Israel und haben eine Forschungsanlage im Alten Land aufgebaut. Sie sind felsenfest davon überzeugt, dass sie eine Möglichkeit gefunden haben, in absehbarer Zeit das teure Erdöl abzulösen.«

»Klingt interessant. Und wodurch?«

Martin legte das Besteck zur Seite, schob das halb aufgegessene Gericht zur Seite und wischte sich den Mund mit der Serviette ab. »Algen, Werner. Bio-Öl und Sprit aus Algen und dann noch irgendwelche ominöse Energie aus dem Kosmos. Ich fahr morgen noch mal hin. Vielleicht auch erst zu dem Professor. Ich weiß noch nicht so genau. Ich denke, ich sollte in erster Linie das genaue Umfeld des Toten durchforsten. Der Typ lebte dort in einer Art Wohngemeinschaft, sie sind angeblich völlig autark und produzieren alles, was sie zum Leben brauchen, in Eigenregie. Eine kleine Gruppe, die sich gegen die Übermacht der Ölkonzerne positioniert.«

»Erinnert mich an David gegen Goliath.«

»Allerdings. Nur dass Goliath heute nicht mehr mit der Steinschleuder zu besiegen ist.«

»Wenn er überhaupt noch zu besiegen ist. Ich schätze, das Blatt hat sich für ihn gewendet. Wer nicht davor zurückschreckt, kaltblütig einen Rabbi zu töten und jemanden so zuzurichten wie diesen Joshua, lässt sich von ein paar Steinen auch nicht aufhalten.«

»Lorenz hat mir den Auftrag gegeben, die beiden Explosionen untersuchen zu lassen. Ich soll dem BKA auf die Finger gucken und ein gemeinsames Muster erstellen. Welcher Sprengstoff, Zünder et cetera.«

»Als würde sich das BKA in die Karten schauen lassen. Ist nicht dieser arrogante Hentzel wieder im Spiel? War erst in Berlin und ist jetzt wieder in Hamburg. Wenn du an den gerätst, musst du dich warm anziehen.«

Martin blickte auf die Uhr und winkte die Kellnerin herbei. »Also sag Lorenz, ich hätte alles im Griff, ich sei dem Mörder auf der Spur und hätte schon erste Hinweise, selbst wenn es nicht stimmt. Wie lange können wir mit der Freigabe der Leiche noch warten? Meines Wissens sind Juden sehr darauf bedacht, den Toten in einem bestimmten Zeitraum zu beerdigen.«

»Maximal ein paar Tage. Lass uns morgen Abend telefonieren, okay?«

Martin holte einen Zwanzigeuroschein heraus und legte ihn auf den Tisch. »Bitte sei so gut und bezahl für mich. Ich muss los. Du weißt schon.«

*

Der Abend mit Catherine verlief unauffällig und ruhig. Martin begann, für seine Beschreibungen im Umgang mit seiner Frau medizinische Begriffe zu verwenden. Solche, die ihm in Gesprächen mit ihren Therapeuten um die Ohren gehauen wurden, und jene, die er bei *Dr. Google* gefunden hatte. Begriffe, die kein Mensch verstand, von denen die Mediziner annahmen, dass sie ihre Kompetenz unterstreichen würden und dem Angehörigen zuzumuten seien. Bezeichnungen wie *emotional auffällig, dysthymische Verhaltensstörung, depressiv initiierte vegetative Dauerdystonie* … Im Grunde waren die Ärzte sich nicht einig, ob zuerst die Henne oder das Ei da war, also, ob die Misshandlung Catherines eine latent vorhandene depressive Grundstimmung verstärkt und manifestiert hatte, oder ob der emotionale Fremdeingriff (ein Begriff, über den Martin sich am meisten ärgerte) seitens des Einbrechers eine dauerhafte psychische Neuorientierung ausgelöst hatte. Mit anderen Worten, dass Catherines Seelenzug auf ein neues Gleis ins Unbekannte umgeleitet worden war.

Für Martin erschien es mit den Monaten immer unerheblicher, welche Begriffe die Ärzte zu wahren fachverbalen Ergüssen führten; Fakt war, Catherine war ein Mensch aus Fleisch und Blut, und sie war krank. Sie litt, und Martin mit ihr, denn ihr beider Leben war eng miteinander verbunden. Längst war es nicht mehr das, was es einmal gewesen war. Wäre doch bloß irgendwo Land in Sicht. Martin hätte alles aufgegeben, um seiner Frau zu helfen. Jeder Strohhalm schien ihm willkommen zu sein, doch als wirklich tragfähig erwies sich bisher keine der durchgeführten Therapien. Ein Wunder musste her, falls es denn so etwas gab. Bei ihr zu sein, half, sie zu überwachen, damit sie keine Dummheiten machte. Natürlich, Werner hatte recht, man müsste sie einliefern, doch Martin fühlte sich an ein Versprechen gebunden, das er halten wollte. Catherine hatte, als sie sich kennenlernten, in jener Psychiatrie gearbeitet, in der er mal ermittelt hatte. Ein Fall, der schon Jahre zurücklag. Es ging um ungesühnte Naziverbrechen und um die betagte Insassin einer Anstalt, die ein gewaltiges Erbe zu erwarten hatte. Nach ihrer Verlobung hatte Catherine ihm ein Versprechen abgenötigt. Es war eigentlich mehr im Scherz ausgesprochen, doch gemeint hatte sie es vermutlich sehr ernst: nämlich, dass er sie niemals in eine solche Anstalt einliefern möge, ganz gleich, was mit ihr geschehen würde. Sie lachten beide darüber und witzelten, doch Martin hatte diese Bitte nie vergessen. Sie jetzt, wo sie tatsächlich krank war, dorthin abzuschieben, kam ihm wie ein Verrat vor, und er versuchte, diesen letzten Schritt so lange wie möglich hinauszuschieben. Obgleich er wusste, dass es leichtfertig und dumm war, denn hätte sie einen neuen, vielleicht erfolgreichen Suizidversuch unternommen, hätte er sich das noch weniger verziehen.

Gottlob hatte sie zwei gute Tage hinter sich. Der Himmel hatte sich im Norden aufgeklart, dies allein war für Catherine schon ein Grund zur Freude. Wie so viele Menschen reagierte sie auf die Sonne euphorisch und glücklich. Der Internist hatte recht. Sie mussten hier weg, so schnell wie möglich. Erst noch diesen Fall lösen, nahm sich Martin vor, dann würden sie …

KAPITEL 30

1. November 2013, Hamburg-Mitte

Am nächsten Morgen beschloss Martin, zuerst Professor Ruben einen Besuch abzustatten, bevor er zur Familie des Verstorbenen fuhr. Aaron Stern hatte seltsame Andeutungen über den Professor gemacht, und Martin hörte sich gern beide Seiten an. Außerdem wollte er mehr über die möglichen Hintergründe und Motive erfahren.

In Ermangelung eines Parkplatzes stellte Martin seinen BMW direkt auf dem Vorplatz der Uni ab und legte eine Polizeiplakette hinter die Scheibe. Ob die Politesse dies von ihrem Knöllchen abhalten würde, war indes ungewiss.

Ohne Mühe fand er diesmal den Weg zu jenem Büro, in dem sie zwei Tage zuvor gesessen und Wein getrunken hatten. Martin klopfte, und ein Herein! ertönte. Ruben saß an einem Schreibtisch und arbeitete unter einer schwachen Funzel mit braunem Schirm aus den 70ern. Das Chaos in dem Raum, besonders auf dem Schreibtisch, wirkte wie nach einem Einbruch: Papiere waren verstreut, Bücher kreuz und quer übereinandergestapelt, Stifte in allen Farben verteilt. Ruben schien sich an alldem nicht zu stören, anscheinend war dies für ihn normal und für seinen Geist befruchtend. Er saß vor einem Manuskript, unterstrich Passagen daraus und machte sich Zeichen am Rand. Dies war seine Art zu arbeiten.

»Guten Morgen, Herr Professor. Störe ich?«

»Hallo, Herr Kommissar. Hm, es wäre unhöflich, Ja zu sagen, aber eigentlich ist es so. Ich bereite gerade eine Vorlesung vor, die ich gleich halten muss. Ich war in den letzten zwei Tagen nicht in der Lage dazu. Der Tod von Joshua, Sie verstehen …«

Martin nickte. Klar verstand er. Erstaunlich, dass Ruben überhaupt schon wieder hier saß. Doch er schien ein gewissenhafter Mensch zu sein, der seine Verantwortungen ernst nahm. »Ist es trotzdem in Ordnung, wenn wir ein paar Minuten sprechen?«

Ruben lehnte sich zurück. Ein aufrichtiges Seufzen entwich ihm. »Ja, ich denke, das ist okay. Auch ich habe ein Interesse daran, dass die Polizei herausfindet, was passiert ist. Ich bin fest entschlossen, sein Werk und seine Thesen fortzuführen. Joshuas Arbeit darf keinesfalls vergeblich gewesen sein.«

»Haben Sie einen *konkreten* Verdacht, wer ihm nach dem Leben getrachtet haben könnte?«

Eigentümlicherweise lachte der Professor kurz auf. Es wirkte unangemessen. »Wer, ich?« Ruben schüttelte den Kopf, und doch grinste er. »Nein, leider nicht. So viele hätten einen Grund gehabt, ihn von der Bildfläche verschwinden zu lassen. Ich habe ihm oft gesagt, er soll den Mund nicht so weit aufreißen, aber er konnte nicht anders. Das hing mit seiner Krankheit und den Medikamenten zusammen. Na ja, wenn er sie denn auch nahm«, schränkte Ruben ein. »Joshua war ein hochbegabter Wissenschaftler, aber er hatte ein paar

Defizite. Um es auf den Punkt zu bringen, er kannte keinerlei Diplomatie im Umgang mit Menschen. Immer frei heraus, wissen Sie? Er hielt nichts zurück, selbst wenn es ihm schaden könnte.« Ruben tippte sich mehrfach mit dem Zeigefinger an die Schläfe. »Das war irgendwie nicht in seinem Gehirn verankert, dass man manche Dinge sagt und andere lieber verschweigt. In dieser Beziehung war er einfältig wie ein Kind, aber er war immer ehrlich und gutgläubig. Er verstand keine Witze, keine Pointen, keinen Sarkasmus, keine Ironie. Er begriff nicht, dass jemand nicht die Wahrheit sagen könnte, und wenn er es irgendwann mal kapierte, dann wurde er zutiefst traurig. Er war hochemotional. Früher, bevor er seine Therapie bekam, weinte er über alles und jedes. Wenn er sich freute, ebenso, wie wenn er trauerte oder ihn etwas belastete. Die Medikamente, die er in den letzten Jahren nahm, sollten das eindämmen, doch manchmal vergaß er über seiner Arbeit die Einnahme. Ich meine, dann vergaß er absolut alles und trieb Raubbau an seiner Gesundheit. Manchmal fand ich ihn schlafend auf dem Boden liegen, unrasiert und ungekämmt, dünn wie ein Strichmännchen. Ich weckte ihn, er strich sich die Haare aus dem Gesicht, lächelte mich an, wünschte mir einen guten Morgen und arbeitete einfach weiter.« Martin beobachtete den schrulligen Professor und beneidete ihn um seine Freundschaft zu dem Verstorbenen. So sprach kein Mörder, war er überzeugt, und schloss Ruben aus dem Kreis der Verdächtigen aus.

Martin ging in dem kleinen Raum, der kleiner als eine Zelle im Knast war, auf und ab. »Entschuldigung, aber Sie haben meine Frage nicht beantwortet. Wer hätte ein Interesse daran gehabt, Horowitz umzubringen?«

»Wissen Sie, der Grundsatz, auf dem Joshuas recht einfältiges und naives Leben aufgebaut war, lautete: Energie muss kostenlos sein, denn sie wurde uns von unserem Schöpfer quasi als nicht endendes Lunchpaket mit auf unseren Weg gegeben.«

»Unsere tägliche Energie gib uns heute«, frotzelte Martin.

»Na ja, spotten Sie nur, aber die Technologien sind längst bereit, frei verfügbare Energien anzuzapfen und sie der Menschheit zu schenken.«

Martin rieb sich über das unrasierte Kinn. »Das ist allerdings ziemlich verwegen. Wenn das das Credo von Herrn Horowitz war, begreife ich, dass es viele gegeben haben muss, die ihn mundtot machen wollten.«

»Was glauben Sie, wie oft wir anonyme Drohbriefe bekommen haben? Joshua lachte stets darüber, verstand nicht, was so schlecht daran sei, der Menschheit ein Geschenk zu machen. In mancherlei Hinsicht war er wirklich wie ein Kind; ein kluges und von Gott mit einfältigem Verstand gesegnetes Kind.«

»Na ja, tut mir leid, wenn ich das sagen muss, aber jetzt ist er tot. Es wäre vielleicht wirklich klüger gewesen, diplomatischer vorzugehen.«

Ruben zuckte mit den Schultern. »Trotzdem. Er ist nicht wirklich tot, denn er ist mit seiner Arbeit rechtzeitig fertig geworden. Er hat seine Formel vervollständigt. An sich war sein Lebenswerk abgeschlossen.«

Martin sah ihn fragend an. »Eine Formel?«

»Ja, die göttliche Formel, wie er sie nannte. Stellen Sie sich vor. Das Universum schickt uns täglich zigmal mehr Energie, als die gesamte Menschheit je verbrauchen kann und Joshua hat einen Weg gefunden, sie einzusammeln wie das Manna, das vom Himmel fällt.«

»Mir drängt sich da eher das Mädchen aus dem Märchen *Sterntaler* auf.«

»Ja, ich weiß, es klingt märchenhaft, aber es ist trotzdem wahr. Vor 100 Jahren hätten Sie mich auch für verrückt erklärt, wenn ich Ihnen unsere jetzige Technologie hätte erklären wollen, mit der wir nun vollkommen selbstverständlich umgehen.«

»Und? Was ist das für eine Formel? Geht es um Algen dabei?«

Ruben lachte. »Auch. Algen sind nur ein Rädchen im Getriebe des Ganzen. Das, mein lieber Kommissar, muss ich noch für mich behalten. Die Zeit wird kommen, glauben Sie mir. In wenigen Wochen ist es so weit.«

»Es ist für mich unglaublich schwierig zu begreifen, worum es hier eigentlich geht. Ich muss gestehen, dass ich Hilfe brauche. Ich habe keine Ahnung, wo ich ansetzen soll«, gestand er offen.

Ruben rieb sich über die Augen und blickte auf die Papiere, die er zuvor bearbeitet hatte. »Wenn Sie seinen Mörder finden wollen, müssen Sie *wirklich* verstehen, woran Joshua gearbeitet hatte. Was ihn angetrieben und wovon er geträumt hatte. Und das eine sage ich Ihnen: Joshua war ein großartiger Träumer«, schwärmte Ruben mit einem warmherzigen Lächeln. Seine Augen wurden feucht, wenn er an seinen Freund dachte. »Sie müssen viel lernen in den nächsten Tagen, das garantiere ich Ihnen.«

»Ja, scheint so. Wo fangen wir an?«

»Tja, schwer zu sagen. Joshua und ich arbeiten schon unser ganzes Leben an dieser Formel. Das in wenigen Minuten auf einen Nenner zu bringen, ist nicht ganz einfach. Ach wissen Sie was. Besuchen Sie doch einfach meine Vorlesung. Ich referiere heute über das Thema des Tiefenöls. Irgendein hohes Tier von der Uni hat mir zwar eigentlich einen Maulkorb angedroht, aber jetzt, da Joshua tot ist, können die mich mal. Das wird vermutlich eh meine letzte Vorlesung sein.«

Pohlmann wollte Ruben gerade widersprechen, er habe eigentlich keine Zeit und sei im Dienst, doch dann dachte er, dass dies eine gute Chance sein könne, Licht in diesen Fall zu bringen. Warum nicht Ermittlungstätigkeit durch eine Vorlesung?

Ruben kramte eilig die Unterlagen zusammen und klemmte sie unter den Arm. Sein ergrautes Haar wehte bei seinen flinken Bewegungen.

Martin erntete belustigte Blicke, als er sich an der Reihe der Studentinnen und Studenten vorbeizwängte. Er wollte genau in der Mitte sitzen. Wenn schon, dann richtig.

Ruben begrüßte seine Zuhörer, und Martin spürte eine traurige Erregung in Rubens Stimme. Sollte es tatsächlich seine letzte Vorlesung sein, würde dies emotional nicht spurlos an ihm vorüberziehen können. Doch der Professor war ein Profi und liebte es, über die Dinge zu sprechen, die andere verschwiegen.

Ruben stellte sich hinter sein Pult und lächelte die Studenten väterlich an. Er holte tief Luft und nahm sich vor, die vor ihm liegenden fünfundvierzig Minuten so effektiv wie möglich zu verwenden. Er wollte das Leben seiner Zuhörer verändern. »Meine Damen und Herren, heute sprechen wir über Wahrheit und Lüge. Über Wahrheiten, die Sie kennen sollten, und über Lügen, mit denen die Medien Sie tagtäglich füttern, die Sie blind und stumpf gemacht haben.« Ruben schlug mit der flachen Hand auf sein Pult. Der Schlag wurde über sein Mikro am Revers in den Hörsaal laut übertragen, sodass alle zusammenzuckten. Nun waren sie endgültig wach. Ein Raunen ging durch den Saal.

»Fangen wir mit den Lügen an: Öl ist fossiler Herkunft. Es ist fast verbraucht, das Fördermaximum liegt seit acht Jahren somit weit hinter uns. Es muss teuer sein. Es gibt keine adäquaten Alternativen. Fracking ist harmlos, und so weiter und so weiter. Die Liste könnte endlos weitergehen. Sie brauchen nichts weiter zu tun, als den steigenden Preis für Kraftstoffe und Heizöl zähneknirschend zu akzeptieren. Schränken Sie sich an anderen Stellen in Ihrem Leben ein, um zu sparen, nicht aber beim Thema Öl und Benzin.«

Ruben verließ sein Pult, verschränkte die Arme hinter dem Rücken und ging einige Schritte vor seinen Zuhörern auf und ab. Seine Stimme klang entschlossen, kraftvoll, beinahe aggressiv. »Nicht vergessen, meine Damen und Herren: Wir sind noch immer bei den Lügen. Also weiter geht's: Es gibt keine Energiemafia. Es gibt keine Ölkartelle, die geheime Preisabsprachen treffen. Man will für die Umwelt nur das Beste. Es gibt keine Ressourcenkriege. Amerikanische Truppen sind nur in Länder wie Afghanistan, den Irak, Libyen et cetera einmarschiert, um den Terror zu bekämpfen und das große Geschenk der Demokratie zu bringen. Natürlich ging es nie darum, Länder in Abhängigkeiten zu bringen, sie dreist zu belügen und ihr Öl und Gas zu stehlen und Millionen von Menschen dafür umzubringen.«

Erster Unmut machte sich im Saal unter den Studenten breit. Mit allem hatten sie gerechnet, nicht jedoch mit einer feurigen Ansprache, die mit einer aufrührerischen Politikverdrossenheit gewürzt war. Ein offener Aufruf zum Kampf gegen etablierte herrschende Systeme. Ruben entging das Gemurmel nicht und kehrte zu seinem Pult zurück. Im Gegensatz zu Joshua Horowitz war er diplomatisch und drosselte ein wenig die Luftzufuhr zu dem Feuer, das er entfacht hatte.

»Also schön, lassen wir es gemütlicher angehen.« Ruben legte eine Folie mit einem Diagramm auf. »Diese Glockenkurve veranschaulicht den rasanten Ölverbrauch unserer modernen Zivilisation. 1914 lag die Fördermenge bei einer Million Fass pro Tag, Ende 1946 waren es schon sechs Millionen Fass, die täglich auf den Markt kamen.« Ruben zeigte mit einem Laserpointer auf die ansteigende Kurve. »2010 waren es 88 Millionen Fass, heute sind wir bei 100 Millionen. Na schön, niemand von uns war in den letzten Jahrmillionen dabei, als Öl entstanden sein soll. So schlüssig es klingt, dass Öl fossiler Herkunft ist, so falsch ist es trotzdem.«

»Warum?«, rief ein ungeduldiger Student in der zweiten Reihe. Er sprach aus, was alle dachten. Niemand hatte bisher ernstlich daran gezweifelt. Fossiler Brennstoff war ein gängiger Begriff geworden, den man nie anzweifelte.

»Weil es vollkommen unlogisch ist, deshalb. Weil Öl in derartigen Tiefen nur anorganisch entstehen kann. Man behauptet, absterbende Organismen und Pflanzen seien nicht verwest und verrottet, wie sie es sonst zu tun pflegen, sondern unter Druck und Hitze allmählich zu Öl geworden. Was für ein Unsinn! Oder haben Sie schon mal erlebt, dass ein totes Kaninchen im Wald zu Öl geworden ist? Nein, ist es nicht. Es verwest viel zu schnell, wird von Maden zerfressen. Es zerfällt zu Staub, bis nichts mehr von ihm übrig geblieben ist. Es hinterlässt nicht einen einzigen Tropfen Öl. Und warum finden wir nicht diverse Zwischenstufen der allmählichen Entstehung? Untersuchungen in Seen und am Meeresboden zeigen, dass abgestorbene Pflanzen und Tiere durch die Aktivität von Bakterien innerhalb weniger Wochen oder Monate zersetzt werden. Fast nirgends sammelt sich abgestorbene Materie an. Im Gegenteil, meine Damen und Herren, die Verwesung setzt die organischen Bestandteile in kurzer Zeit um, wobei die Endprodukte *immer* Wasser und CO_2 sind. Der Grund für die schnelle Umsetzung ist, dass das gesamte Leben, wie wir es kennen, ein kontinuierlicher Kreislauf ist. Jedes tote Lebewesen steht sofort wieder als Nahrung für die nächsten zur Verfügung. Liebe Studentinnen und Studenten, Sie wissen, ich bin Jude, ich habe da nie ein Geheimnis draus gemacht, also entschuldigen Sie meinen Exkurs in die Schöpfungslehre. Hier meine These: Es gibt in Gottes weiser und perfekter Schöpfung keine Abfälle! Wir sind uns doch darin einig, dass nirgends, weder an Land noch im Wasser, abgestorbene Lebewesen nachweisbar allmählich in Erdgas oder Erdöl umgewandelt werden. Also können wir davon ausgehen, dass dies auch in der Vergangenheit der Erde nie so geschehen ist. Die einzige Möglichkeit …«, Ruben trat vor und hob den Zeigefinger, »… die einzige Möglichkeit für die Bildung von Fossilien, einschließlich fossilen Öls und fossiler Kohle, finden wir im Zusammenhang mit Katastrophen: abgestorbene Lebewesen, die innerhalb von Stunden meterhoch von Schlamm und Sand durch Erdrutsche oder Überschwemmungen luftdicht verschüttet werden. Und selbst dann werden dabei nie derartige Mengen an Öl produziert, wie wir sie in Lagerstätten unter der Erde vorfinden. Also, meine Damen und Herren, Sie werden mir beipflichten, dass solch ein Prozess nicht allmählich ablaufen kann, wenn Fossilien gebildet werden sollen. Damit also keine Verwesung einsetzt, muss durch Druck und Temperatur alles bakterielle Leben ausgeschlossen werden.« Ruben klatschte in die Hände. »Somit muss die Entstehung von Öl durch andere Umstände zu begründen sein. Die Erde hat ihren eigenen Rhythmus, sie lässt sich nicht antreiben. Sie versorgt uns, aber mit ihrer eigenen Geschwindigkeit, so wie es gut für uns wäre, nicht aber, wie wir es wollen.«

»Herr Professor, Sie wollen uns doch nicht weismachen, dass eine Theorie, die seit zweihundert Jahren Gültigkeit hat, ein Schwindel ist? Das ist doch lächerlich.«

»Ach ja, das finden Sie lächerlich? Und warum, junger Mann, füllen sich leer geglaubte Ölfelder wieder auf? Wie soll das denn so schnell möglich sein?«

»Weil das Öl von irgendwoher nachsickert.«

»Genau. Aber aus Tiefen, die jenseits unserer menschlichen Bemühungen liegen. Aus 10.000 Metern und mehr. Wie bitteschön, soll dann organische Materie dort hingelangt sein? Dinosaurier vielleicht, die sich durchs Erdreich gebuddelt haben?«

Verhaltenes Gelächter im Auditorium.

»Nicht ein einziges Experiment oder Laborversuch hat es bisher geschafft, die fossile Ölentstehungstheorie zu beweisen. Es gibt keine einzige experimentelle Versuchsanordnung, mittels der Öl aus Plankton, Fischen, Tomaten, Gurken oder urzeitlichen Geschöpfen gemacht werden kann! Glauben Sie doch bitte nicht diesen Unsinn!«

»Bitte, Herr Professor, bringen Sie doch die Sache auf den Punkt«, kam die kühne Forderung einer Studentin, deren Brillengläser so dick wie Aschenbecher waren. »Wer hat ein Interesse daran, absichtlich eine ungültige Theorie aufrechtzuerhalten?«

»Nun, meine Dame, bemühen Sie Ihren Verstand, dann kommen Sie von selbst drauf. Wir werden nicht nur von lieben, netten Menschen regiert, die nur unser Bestes wollen, die keinerlei eigennützige Interessen verfolgen, sondern die Menschheit wird betrogen und belogen, um Kriege zu rechtfertigen. Und immer schön als Projekte zur Förderung der Demokratie und Menschenrechte getarnt. Es geht darum, Reichtümer zu vermehren und Machtpositionen zu stärken. Oder glauben Sie, die USA hätte auch dann den Irak angegriffen, wenn es dort nur Tomaten und Salatgurken zu holen gegeben hätte? Sogar jeder Iraki weiß, dass es nur ums Öl ging, denn der Besitz des Öls bringt Amerika den entscheidenden Vorteil im Einfluss gegenüber Europa und Japan. Der, der das Öl kontrolliert, kontrolliert die gesamte Wirtschaft, so einfach ist das. Ich weiß, es ist unpopulär, unsere transatlantischen Beziehungen zu gefährden, doch die Abhängigkeiten, in denen sich Europa befindet, rechtfertigen eine neue Denkweise.«

Ein Student sah auf seine Uhr und meldete sich zu Wort. »Herr Professor, wir haben nur noch zehn Minuten und Sie haben uns immer noch nicht erklärt, wie das Öl tatsächlich entsteht. Ich weiß nicht, wie es meinen Kommilitonen geht, aber Sie driften immer mehr in abstruse Verschwörungstheorien ab, anstatt zum eigentlichen Punkt zu kommen.«

Ruben hob die Hand. »Ja, das stimmt. Es tut mir leid. Die Pferde sind mit mir durchgegangen. Also schön.« Ruben legte eine neue Folie auf. »Ich gebe Ihnen einige stichhaltige Argumente mit auf den Weg. Zunächst einmal wird Erdöl gemäß der Tiefenöltheorie in fast 10.000 Metern Tiefe produziert. Durch die Druck- und Temperaturbedingungen unterhalb von 6.000 Metern Tiefe werden alle organischen Strukturen zerstört, sofern wir annehmen, dass sie doch irgendwie dorthin gelangt sind. Nur eine abiotische Entstehung kann Hydrokarbone aus diesen Tiefen erklären. Zweitens: Ich erwähnte schon, dass mehrfach beobachtet wurde, dass erschöpfte Ölquellen sich wieder auffüllen. Und ein weiterer wichtiger Punkt scheint mir zu sein, dass das Gesamtvolumen des bis heute geförderten Öls, die Menge an Öl, die sich aus früher auf der Welt lebenden Tieren gebildet haben kann, bei Weitem übersteigt. Wo also, meine Damen und Herren, kommt der Rest her?« Ruben blickte in die Runde erstaunter Gesichter. »Nun, es gäbe noch eine Reihe anderer Argumente, wie zum Beispiel die unterschiedliche Beschaffenheit der Erdkruste in verschiedenen Regionen. Also die kontinentale Kruste im Unterschied zur ozeanischen Kruste, und doch behauptet man, dass das Öl, unabhängig von der unterschiedlichen geologischen Ausgangslage, stets dieselbe Qualität haben soll. Das ist wissenschaftlicher Unsinn. Im Erdmantel gibt es reichlich frei vorhandenen Kohlenstoff, der für die Ölentstehung infrage kommt.«

»Na schön, aber warum ist das überhaupt wichtig? Es spielt doch eigentlich keine Rolle, wie es entsteht, wenn man eh nach einer Alternative suchen sollte.«

Ruben rückte das Mikro am Revers zurecht. Es rauschte und kratzte unangenehm im Hörsaal. »Das ist richtig.«

»Also. Was ist Ihrer Meinung nach die beste Alternative? Jetzt haben Sie uns vierzig Minuten lang heißgemacht, aber wir sind diesbezüglich nicht schlauer als vorher.«

»Ja, Sie haben recht. Das Wichtigste habe ich Ihnen vorenthalten. Also, vergessen Sie Öl. Lenken Sie Ihr Augenmerk auf die Tatsache, dass Energie in unendlicher Menge in unserem Universum vorhanden ist. Franz Alt hat mal ein Buch mit dem treffenden Titel geschrieben: *Die Sonne schickt uns keine Rechnung*. Genau so ist es. Aber nicht nur die Sonne schenkt uns ihre Energie kostenlos, das ganze Universum tut es: die Wärme im Erdinneren, die Gezeiten, die das Meer ständig in Bewegung halten, der Wind, der uns um die Ohren weht und viele andere Aspekte, die wir als freie Energie bezeichnen. Mein Ziel ist es, Sie für nur einen einzigen Gedanken zu sensibilisieren, nämlich, dass Energie ein Geschenk Gottes ist, für das man nicht bezahlen müssen sollte.«

Professor Ruben warf einen Blick auf seine Uhr. Fünf Minuten hatte er noch, doch aus dem Augenwinkel sah er zwei Männer in dunklen Anzügen den Seiteneingang hineinkommen. Sie gingen direkt auf Ruben zu. Der eine griff ihm unmissverständlich unter die Achsel, während der andere ihm das Mikro vom Revers riss. Erst dann flüsterte er ihm etwas ins Ohr, das Ruben erbleichen ließ. Der Mann legte das Mikro auf das Pult und stellte sich an die andere Seite Rubens.

Martin beobachtete die Szene mit Spannung. Für eine kurze Weile blieb er regungslos sitzen. Wer waren diese Männer? Gehörten sie tatsächlich zur Fakultät? Waren es Sicherheitsleute der Universität, eines privaten Wachdienstes oder nur schlichtweg Kriminelle? Irgendetwas an diesen Typen passte nicht ins Bild und Martin war sich mit jeder Sekunde, die verstrich, sicherer – Professor Ruben wurde soeben vor seinen Augen entführt. Alles ging sehr schnell.

Die Männer führten Ruben unter dem bestürzten Protest der Studenten aus dem Hörsaal. Ihnen blieb nicht einmal Zeit, ihre Handys zu zücken und Fotos zu schießen, geschweige denn, den Vorfall bei Facebook und Co zu posten. Martin stand von seinem Platz auf. Er zog seine Waffe, steckte sie wieder zurück. Zog sie unschlüssig wieder heraus. Es fühlte sich besser an, wenn er sie in der Hand hielt.

»Halt, Polizei. Bleiben Sie stehen!« rief er in den Hörsaal hinein.

Bereits am Ausgang sahen sich die Männer nach ihm um. Sie grinsten arrogant, als sie sahen, wie mühsam und schwerfällig Martin sich aus der Reihe herauszwängte. Er würde es nicht schaffen, sie an ihrem Vorhaben zu hindern, das wussten sie beide.

Martin hätte seine Waffe benutzen können, um die Entführung von Ruben zu verhindern, doch zu keiner Zeit hatte er ein freies Schussfeld zwischen den Köpfen der Studenten hindurch. Ein Warnschuss hätte eine Panik ausgelöst.

Am Reihenende angelangt, rannte er die Treppe hinunter

und versuchte Ruben zu erreichen. Er eilte zu Rubens Büro, die Tür stand offen, niemand war zu sehen. Sofort lief er in Richtung des Ausgangs und sah einem schwarzen Wagen hinterher, dessen Kennzeichen er nicht mehr erkennen konnte. Schemenhaft erfasste er Ruben, er saß im Fond des Wagens und blickte über die Schulter aus dem Heckfenster. Sein verängstigter Blick sprach Bände. Normale Sicherheitsleute waren das nicht, so viel war klar.

Martin kramte in seiner Tasche und nestelte die Visitenkarte von Ruben heraus. Nur die Uni-Anschrift war dort notiert, doch er hatte Rubens Handynummer. Sogleich suchte er die Nummer heraus und drückte die grüne Taste. Nach bereits einem Rufzeichen ertönte die Mailbox. Martin stand wie verloren auf dem Vorplatz der Universität, schlurfte auf seinen Wagen zu und erkannte schon von Weitem, das nette kleine Briefchen der Stadt Hamburg, das hinter seinem Scheibenwischer klemmte.

KAPITEL 31

1. November 2013, Hamburg-Mitte

Martin Pohlmann erreichte das Präsidium während der Mittagszeit. Er warf flüchtige Blicke in die Büros von Werner und Lorenz, ein Beamter sagte ihm, er fände die beiden in der Kantine.

Die Hälfte der Beamten hockte dort und stopfte ungesunde Sachen in sich hinein. Martin machte sich ebenfalls auf den Weg dorthin, obwohl er keinen sonderlich großen Appetit verspürte. Er hörte das Klappern und Klirren, noch ehe er die Tür durchschritten hatte. Er suchte den Raum ab und fand Werner und Lorenz am Fenster sich gegenübersitzen.

Lorenz hatte die Kartoffeln mit einer Gabel zerteilt, das Fleisch hatte er sich von Werner klein schneiden lassen. Diese Momente und viele mehr ließen ihn fluchen über die Ungerechtigkeit und Willkür des Schicksals. Hätte ein Herzinfarkt allein nicht auch gereicht? Musste man noch einen Schlaganfall hinterherschieben, der ihn nicht umbrachte, aber zu einem Krüppel machte? Sein Verstand war klar geblieben, die Verbitterung hatte in den letzten Jahren jedoch zugenommen. Und nun hatte man beschlossen, ihn noch vor Erreichen der Altersgrenze in den Ruhestand zu schicken. Nur noch sechs Monate, dann war der Dienst fürs Vaterland für ihn beendet. Lorenz verdrängte den Gedanken, sooft er nur konnte. Wie sollte es bloß werden, wenn er nur noch zu Hause rumsaß? Etwa von früh bis spät der fettleibigen und bei kleinsten Belastungen aufs Übelste transpirierenden Putzfrau auf den Allerwertesten starren? Unvorstellbar der Gedanke, dass sie sein Fleisch auf dem Teller klein schneiden würde, es war schon demütigend genug, dass das Werner erledigte.

Martin warf seine Jacke über den Stuhl, der stirnseitig stand, und setzte sich zu ihnen. Auch der in Kopfhöhe wabernde Geruch von Kantinenessen erzeugte keinen Appetit, das Gegenteil war der Fall. Ihm wurde fast übel und so blickte er lieber aus dem Fenster in die Weite.

»Na, wieder gesund?«, fragte Lorenz mit gespieltem Ernst.

Martin nickte verlegen.

»Und? Bist du weitergekommen?«, fragte Werner und schob, noch kauend, das Besteck nach dem letzten Bissen zusammen.

Martin hob die Brauen. »Tja, wie man's nimmt. Ich war bei diesem Professor, von dem ich euch erzählt habe und wollte von ihm wissen, woran Horowitz gearbeitet hat. Na ja, er lud mich ein, seine Vorlesung zu besuchen. Dann würde ich verstehen, worum es Horowitz ging. Okay, also habe ich mich zu den Studenten in den Hörsaal gesetzt und Rubens Theorien über die abiotische Ölentstehung gelauscht. Gegen Ende war es eher ein Streitgespräch mit den Studenten. Kurz vor Schluss kamen zwei Typen durch einen Seiteneingang und haben den Professor aus dem Hörsaal eskortiert. Für mich sah es eher aus wie eine Entführung. Als ich es endlich rausgeschafft hatte, war er weg.«

»Und nun?«, fragte Werner. »Hast du ein Kennzeichen? Willst du eine Fahndung rausgeben?«

Martin zuckte mit den Schultern und verneinte. »Kein Kennzeichen, keine Fahndung. Warten wir erst mal ab. Ich denke, er wird wieder auftauchen. Ich habe seine Handynummer. Sollte er sein Handy einschalten, könnten wir eine Ortung versuchen.« Martin kratzte sich am Kinn. Offenbar schenkte er dem sonderbaren Abtauchen Rubens keine weitere Beachtung. Ihn beschäftigte eher das, worüber Ruben gesprochen hatte. »Wusstet ihr, dass Öl gar nicht aus Fossilien stammt?«

Lorenz zuckte die noch funktionierende rechte Schulter. »Hab ich mir eigentlich noch nie Gedanken drüber gemacht. Heißt eben fossiler Brennstoff. Tat es schon immer.«

»Der Professor war da anderer Ansicht. Er meint, diese Theorie ist total veraltet und dient nur den Ölkartellen, um ihre Preise künstlich hochhalten zu können.«

»Was hat das mit dem Preis zu tun? Ist doch egal, wo es herkommt.« Werner wischte sich die Salatsoße aus den Mundwinkeln.

»Stimmt, nur mit dem Unterschied, dass, wenn es nicht aus Fossilien stammt, es anders entsteht und Ruben meint, es ist noch für 1000 Jahre Öl vorhanden, weil es permanent in tieferen Schichten nachgebildet wird. Also, ich hab das noch nie gehört. Ich fand es spannend.«

Lorenz tippte sich an die Stirn. »Ach Martin, das ist doch Quatsch. Die denken sich das doch nicht aus. Es sind doch weltweit irgendwelche Wissenschaftler unterwegs, um neue Ölquellen zu suchen und das müssten sie ja wohl nicht, wenn noch genug da wäre. Macht, was ihr wollt, ich stell mich nicht mehr um. Ich für meinen Teil glaube, dass Öl bald alle ist. Steht jeden Tag in der Zeitung und egal ist es mir auch. Ich kneif sowieso bald den Arsch zu.«

»Mensch, Conrad, du bist ja heute mies drauf.«

»Egal. Sagt mir lieber, wer den Horowitz und diesen Rabbi umgebracht hat. Und jetzt noch 'ne angebliche Entführung. Herrgott, das ist viel wichtiger im Augenblick, als zu wissen, woher das beschissene Öl kommt.«

Martin und Werner tauschten Blicke und konnten sich ein Grinsen nicht verkneifen.

Lorenz seufzte. »Mir ist das Ganze schon wieder zu verworren. Kann es nicht mal wieder einen simplen, einleuchtenden Mord geben? Irgendwas Einfaches und vor allem schnell zu lösen. Werner sagte mir, du hättest den Mörder schon fast, also leg los. Wer ist es?«

Martin warf Werner wieder einen Blick zu, diesmal jedoch missbilligend. »Na schön. Es gibt anscheinend eine Menge Leute, denen Horowitz auf die Nerven ging. Er soll eine neue Art der Energiequelle gefunden haben, und das war irgendjemandem offenbar ein Dorn im Auge.«

»Aber dafür legt man doch nicht gleich einen um.«

»Ich denke schon, dass das Grund genug sein kann. Ihr müsst bedenken, dass es beim Thema Energie um Milliarden geht. Kann mir schon vorstellen, dass die sich nicht so gern in die Suppe spucken lassen.«

»Okay, aber dann mach ich doch nicht so ein Theater mit der Leiche. Ich bring ihn um, verbuddel ihn, wo ihn keiner findet, und gut ist.« Lorenz löffelte den Nachtisch anscheinend mit Genuss, einen labbrigen Pudding unbekannten Geschmacks.

»Das ist der Punkt, der mich auch stört«, antwortete Martin. »Es sieht eher aus wie eine Art Ritualmord, oder es ging darum, um jeden Preis eine Botschaft zu hinterlassen. Der Mörder wollte nicht nur töten, er wollte Horowitz vernichten, ihn schänden, sich rächen, so etwas in der Art. Ihn zum Schweigen zu bringen war ihm zu wenig. Die Motive müssen viel tiefer und vielschichtiger gewesen sein. Jemanden so zuzurichten, dazu gehört eine ziemlich große Portion Hass. Es dürften also auch persönliche Motive im Spiel sein.«

»Was bedeutet, dass Horowitz vermutlich seinen Mörder kannte.«

Lorenz schob die Glasschale mit den klebrigen Resten der Süßspeise von sich fort. »Oder wir dummen Polizisten sollen genau das denken. Wie sollen wir das rausfinden? Verdammt. Ich habe keinen blassen Schimmer weder von diesem Ölgeschäft noch vom Judentum. Ich glaub', es ist doch besser, wenn ich bald meinen Hut nehme. Ich bin definitiv zu alt für diesen Unsinn.«

»Dafür hast du ja uns, Chef. Wir schaffen das schon.«

Lorenz stützte den Kopf auf der rechten Hand auf. »Versprochen? Ich kann die Presse nicht mehr lange hinhalten.«

Martin wiegelte ab. »Schätze, die haben zurzeit ganz andere Probleme. Beim Vorbeifahren habe ich heute Morgen die neuen Preise an der Tanke gesehen. 2,30 Euro für 'nen Liter. Schon wieder eine Preiserhöhung, die sich gewaschen hat. *Das* sind die Nachrichten, mit denen man die Leute ködert. Ihr müsst mal die Kommentare im Netz lesen. Die Leser finden es klasse, dass die Petrol Ag einen drüberbekommen hat. Zwei Millionen Euro Schaden in Harburg und 1,5 Millionen in Heide.«

Werner wiegelte ab. »Das sind doch nur Peanuts für die. Zahlt außerdem die Versicherung. Trifft in jedem Fall keinen Armen.«

Martin sah auf die Uhr. »Okay, ich muss. Ich wollte noch mal ins Alte Land, zu dieser Wohngemeinschaft, wo Horowitz gelebt hat.«

»Ich komm mit«, sagte Werner.

Martin nickte verwundert. »Gut, dann los.«

*

Martin sah Werner mit einem Grinsen von der Seite an. »Langeweile?«

Der Wagen glitt gemächlich über die Bundesstraße. Feiner Nieselregen zerrte in ungleichmäßigen Abständen die Wischer aus ihrer Starre.

»Nee, eigentlich nicht. Zu tun hätte ich genug, aber ich wollte noch mal mir dir reden.«

»Über die neue Maus, hm?«

»Ich weiß nicht, was ich tun soll. Ich bin hin- und hergerissen. Sie ist echt süß und eigentlich möchte ich alles zu Hause hinschmeißen, aber genau das ist es, was mich wundert. Wie schnell man sich den Kopf verdrehen lässt und man bereit ist, alles aufzugeben. Alles infrage zu stellen, was man für viele Jahre im Großen und Ganzen für ziemlich okay hielt. Wenn sie sagen würde, lass uns gehen, dann wäre ich weg. Kannst du dir das vorstellen? Ich lasse mich wie ein Köter an der Leine abführen. Das ist doch nicht normal.«

Martin ließ die Landschaft an sich vorbeiziehen. Er antwortete nicht gleich. Überdies hatte er nicht den Eindruck, vorschnell etwas dazu sagen zu können. »Das ist auch nicht normal. Deine Hormone spielen verrückt. Du bist eben verliebt, das ist alles. Aber ich weiß auch, dass ihr es wirklich versucht habt. Eure unzähligen Eheseminare … und ich kenne auch Susanne. Ich weiß, wie sie sein kann.«

Martin machte eine kleine Pause. Sich auf den Verkehr konzentrieren und tiefschürfende philosophische Gespräche führen – beides gleichzeitig funktionierte nicht gut.

»Andererseits hat sie dir vor ein paar Jahren aus der Krise geholfen. Weißt du noch, wie du wie ein Häufchen Elend mit einem Nervenzusammenbruch in der Klinik gelegen hast?

Okay, Jerome hatte dir auch 'ne hübsche Menge Drogen verpasst, aber trotzdem, es war Susanne, die seit zig Jahren mit dir und deinen unregelmäßigen Dienstzeiten klarkommen musste. Deinem übertriebenen Laufwahn. Marathon, Triathlon, Ironman, was kommt als Nächstes? Hat nicht jeder von uns eine Macke, mit der der andere fertigwerden muss? Wir sind doch alle nicht perfekt, oder?«

Werner reagierte entrüstet. »Das hast du mir ja noch nie erzählt. Findest du wirklich, ich übertreibe mit dem Laufen?«

»Logisch. Frag mal die anderen. Die denken, du spinnst. Midlife-Crisis, das ganze Programm. Und mittlerweile weiß jeder von dieser Geschichte mit der Praktikantin.«

Werner errötete.

Martin fuhr fort. »Ist nur noch 'ne Frage der Zeit, bis Susanne es spitzkriegt, und dann ist sie diejenige, die dich verlässt und nicht umgekehrt. Hast du das mal in Gedanken durchgespielt, wie es sich anfühlt, wenn ihr euch trennt? Oder du die Kids nur noch am Wochenende siehst, wenn überhaupt? Alles zwischen euch aufzuteilen, das Haus, die Autos, die Kinder, die Erinnerungen. Klingt nicht witzig, oder?«

Werner blickte aus dem Fenster. »Die Frage ist, ob man das in einer neuen Beziehung, in der man glücklich ist, nicht locker wegsteckt. Schätze, man denkt nicht ständig dran, was man aufgibt, weil man das Neue genießt.«

»Wenn es denn wirklich so ist. Vielleicht hat die Kleine ja schon nach kurzer Zeit die Nase voll von dir. Und eines sag ich dir. So toll, wie sich das zunächst anhört, jeden Tag Sex zu haben, ganz ehrlich – du willst auch mal in Ruhe ein Buch lesen oder ein Spiel vom HSV sehen. Das klingt alles am Anfang zu schön, um wahr zu sein, aber die meisten, die ich in so 'ner Lage kannte, haben es spätestens nach einem Jahr bereut. Aber dann war der Weg zurück versperrt. Und dann stehst du da.«

»Okay. Was rätst du mir?«

»Was ich dir beim letzten Mal auch schon geraten hab. Du solltest sorgfältig prüfen, ob die Beziehung mit allen ihren

Ecken und Kanten tragfähig ist und sich die Trennung lohnt. Denk mal genau drüber nach, ob du etwas an ihr findest, was dir nicht gefällt. Es gibt einen Grund, warum du Susanne damals geheiratet hast. Das muss dir erst mal jemand nachmachen, zwanzig Jahre sind eine lange Zeit. Überlege dir, ob es dir das wert ist. Du hinterlässt unter Umständen zwei Kinder, die später Probleme mit Bindungen haben werden und ihren Glauben an die Ehe verloren haben. Man kann durch eine Kurzschlussreaktion viel Schmerz erschaffen.« Martin setzte den Blinker und wartete den Gegenverkehr ab. »Ich meine nur, du solltest die Kosten überschlagen, ob der Preis vielleicht zu hoch ist. Noch dazu für eine Sache, die höchst unsicher ist. Ich rate dir nur zu bedenken, was es zu verlieren gibt.«

Werner senkte den Kopf und ließ die Worte Zugang zu seinem Gewissen finden. Zu einem späteren Zeitpunkt würde er sie wieder hervorholen, wenn er mehr Zeit und Ruhe dafür hätte.

Der Wagen bog auf die Zufahrt zum Firmengelände, hinter deren Tor Joshua Horowitz gelebt und gewirkt hatte. Wo ein genialer Geist brisante Ideen gehabt hatte, so viele, dass sie ihn sein Leben gekostet hatten.

Zu klären war nun, ob diese Ideen es wert waren, dafür zu sterben. Welches Erbe hatte Horowitz der Welt hinterlassen? Welche großartigen Erfindungen hatten den Juden beseelt, dass er die herrschende Klasse derart in Aufruhr versetzen konnte? Offenbar hatte es gereicht, um ihn aus dem Weg räumen zu müssen. Oder war es doch Mord aus Eifersucht, aus Neid, aus Habsucht und Gier? Wer liebte ihn zu Lebzeiten und wer hasste ihn? Wer schätzte seine Ideen und Erfindungen und wer verspottete ihn dafür? Und schließlich: Wie viel wurde bezahlt, um solch eine grausame Tat zu kaufen?

Martin ließ die Fahrerscheibe nach unten surren. Die Stimme aus der Sprechanlage forderte ihn auf, sich zu identifizieren. Das Tor öffnete sich, und Martin lenkte den BMW über den glänzend schwarzen Asphalt.

Aaron Stern wurde über einen Wachdienst per Walkie-Talkie benachrichtigt. Stern erschien im Türrahmen des Haupthauses und hob die Hand zum Gruß. Er stolzierte die Stufen hinab und erreichte die Beamten in tadellos gekleidetem Zustand. Nichts an ihm wirkte angesichts der Tragödie, die die Familie zu bewältigen hatte, so, als wäre er verstört oder zu täglichen Verpflichtungen unfähig. Er trug eine braune Cordhose, ein blau-weiß kariertes Hemd und einen Strickblazer darüber. Um den Hals hatte er einen modischen Schal mit einem Paisleymuster gebunden. Die dunklen Haare mit ersten grauen Anzeichen am Schläfenbereich waren korrekt gescheitelt. Stern machte einen entspannten Eindruck, fast ein wenig blasiert und eben alles andere als trauernd. Eher wirkte er, als lebe er wie ein Bohemien, ein unbekümmerter Lebemann auf einem vornehmen Landsitz vor den Toren Hamburgs. Dass er diese Fassade nur seiner Frau zuliebe zur Schau trug, um den Schein von Normalität zu wahren, erklärte er im weiteren Verlauf des Gespräches. Doch was in diesem Mann wirklich vor sich ging, entzog sich den Beamten zunächst vollständig. Niemand war in der Lage, einen Menschen vom ersten Eindruck an korrekt einzuordnen. Meistens lag man mit seinen Mutmaßungen falsch, obwohl der Volksmund sagte, dass der erste Eindruck der wichtigste sei und darüber entscheidet, wenn es darum ging, einen Menschen abzulehnen oder anzunehmen.

»Guten Tag, meine Herren.« Aaron Stern blickte freundlich in Pohlmanns Augen, während er seine Hand schüttelte. »Ich hatte eigentlich gestern mit Ihnen gerechnet, doch ich bin froh, dass Sie nicht gekommen sind. Es geht meiner Frau nicht besonders gut, wie Sie sich vorstellen können.« Martin und Werner kommentierten diese Aussage mit einem verständnisvollen Nicken und einem ernsten Blick.

»Wie kann ich Ihnen helfen?«

»Können wir uns irgendwo hinsetzen, wo es weniger kalt ist?«, fragte Werner. Er trug einen grauen Anzug und darüber einen blauen Wollmantel. In Ermangelung vollen Haares und einer Kopfbedeckung, die den kahlen Kopf warmhielt, fror er.

Stern lud sie ein. »Aber natürlich. Trinken Sie einen Tee mit mir?«

»Gern«, erwiderte Martin. *Ein Tässchen Tee wird allerdings für den Haufen Fragen nicht reichen.*

Stern führte die Männer in jenen Wohnraum, den Martin schon von seinem ersten Besuch her kannte. Zunächst die imposanten Stufen hinauf, die auf einer Seite von einer Rampe bewehrt wurden. Die Frage, für wen der barrierefreie Zugang gedacht war und ob er schon immer zum Haus gehörte, gesellte sich zu den übrigen zahllosen Fragen, die Martin auf dem Herzen hatte.

»Bitte nehmen Sie doch Platz.« Werner sah sich in dem Raum um. Martin las in seinem Gesicht ab, dass ihn ein Staunen beschlich. Dasselbe Gefühl hatte Martin beim letzten Mal erfasst, als er den Raum betreten hatte: eine Art Nach-Hause-Kommen, ein angenehmes sich Wohlfühlen.

Stern gab einer Frau in einer ihnen fremden Sprache eine Anweisung, woraufhin sie sich sofort aufmachte, um den Wunsch zu erfüllen. Martin hörte emsiges Geklapper aus der Küche und das anschwellende Rauschen eines Wasserkochers.

Stern gesellte sich zu den Beamten und setzte sich. Aus dem Kamin vernahm man das behagliche Knistern von brennendem Buchenholz. Der flackernde Feuerschein verwandelte den Raum in einen von der Sorte, in dessen Aura Martin eher vor sich hindösen wollte, anstatt einen hinterhältigen Mord aufzuklären. Er hatte Mühe, sich auf seine Fragen zu konzentrieren. Stern sah ihn ermutigend an. Entweder beherrschte dieser Mann perfekt die Fähigkeit, Emotionen der Trauer und des Schmerzes über den Verlust eines geliebten Menschen zu verdrängen, oder er hatte keine.

»Es tut mir leid …«, begann Martin zögerlich, »… was geschehen ist. Wir können uns vorstellen, wie Ihnen und Ihrer Frau zumute ist. Trotzdem ist es wichtig, den Mord rasch aufzuklären. Je mehr Zeit vergeht, desto geringer werden die Chancen, den Täter zu fassen.«

»Ja, ich verstehe das. Auch wir werden erst Ruhe finden, wenn der Täter gefasst wurde. Bitte stellen Sie mir Ihre Fragen.«

»Okay. Zunächst einmal möchte ich Sie bitten, uns alles zu erzählen, worin Joshua Horowitz involviert war. Wie lange Sie hier schon wohnen und arbeiten, woran genau er gearbeitet hat, wem er möglicherweise im Wege stand, wer seine Freunde und wer seine Feinde waren. All diese Dinge eben …«

Stern nickte und lehnte sich zurück. Er atmete tief, wusste offenbar nicht, wo er beginnen sollte. In dem Moment, als er den Mund zur Antwort öffnete, wurden sie unterbrochen. Ein Tablett mit verschnörkelten Griffen wurde von der jungen Frau hereingetragen. Eine Kanne Tee mit drei Tassen, Zucker in einer Schale und Milch in einem zum Service passenden Kännchen. Ein Teller mit Keksen stand daneben. Die Frau stellte wie in einem Restaurant die Tassen vor jede Person und nahm das Tablett wieder mit. Sie verrichtete ihre Arbeit mit einem Lächeln und größter Aufmerksamkeit. Auch in ihrem Gesicht konnte Martin nicht die Spur von Betroffenheit erkennen.

»Bitte bedienen Sie sich. Es ist nicht leicht für mich, den richtigen Anfang zu finden. Ich versuche, mich kurz zu fassen. Also, Joshua Horowitz hat mich in seinem Haus aufgenommen, als ich acht Jahre alt war. Ich wuchs gemeinsam mit seiner Tochter, meiner jetzigen Frau Ruth auf. Was für Sie sonderbar klingen mag, hat fantastisch funktioniert. Jeder von uns hatte seine Privatsphäre und wir haben uns viele Jahre nicht berührt, bis uns später klar wurde, dass wir zusammengehören.«

Martin nahm einen Schluck Tee und verbrannte sich den Gaumen. Etwas barsch sagte er: »Bitte konzentrieren Sie sich nur auf die Dinge, die wir wirklich wissen müssen.«

Stern legte für einen Augenblick den Kopf schief, als reagiere er pikiert auf diese Antwort. »Gut. Joshua war wie ein Vater für mich. Seine Frau und er betrieben mit einigen Freunden ein erfolgreiches Weingut auf den Golanhöhen. Wir begannen sogar nach Europa zu exportieren, allerdings hatte Joshua neben dem Weinbau noch andere Begabungen und Interessen, denen er seit seiner Jugend nachging.«

»Energie«, unterbrach ihn Martin.

Sterns Augen weiteten sich. »Ja, genau. Er war förmlich davon besessen herauszufinden, wie man aus der Umwelt effektiv und kostengünstig Energie gewinnen kann. Eben Dinge wie Erdwärme, Solarenergie, Photovoltaik, Wasserkraft und alternative Bio-Öle als Ersatz für fossile Brennstoffe.«

»Ja, das sagte man mir schon. Er war nicht gerade ein Freund der großen Ölfirmen.«

»Nicht wirklich. Eigentlich hasste er sie zunehmend. Zum einen, weil sein Bruder Samuel es Modern Energy vertraglich ermöglicht hatte, auf unserem Grund und Boden nach Öl zu suchen und die Weinwirtschaft damit komplett zerstört hat, und zum anderen, als er sah, was auf der Welt für die Exploration des Öls mit den Menschen und Ländern angestellt wurde und noch immer wird. Sie müssen wissen, Joshua war diesbezüglich etwas empfindlicher als die meisten.«

»Inwiefern?«, schaltete sich Werner ein, der bis jetzt geschwiegen und sich Notizen gemacht hatte.

»Joshua litt an einer, nun wie soll ich sagen, sehr seltenen Nervenkrankheit, die er jedoch medikamentös seit etlichen Jahren gut therapieren konnte. Er war ein Mensch, der vermutlich intensiver mit anderen Menschen oder Tieren mitfühlen konnte. Er hatte, wenn man so will, die Begabung einer übersteigerten Empathie. Wenn er zum Beispiel einen Artikel in der Zeitung las, dass ein Kind entführt oder getötet wurde, oder wenn ganze Stämme oder Völker in einen kriegerischen Konflikt hineingezogen wurden, dann trieb ihn das in eine so tiefe Traurigkeit, als sei er selbst betroffen. Wenn andere Menschen abgestumpft die Nachrichten überflogen, war er zutiefst berührt und fühlte sich gedrängt, etwas dagegen zu tun, doch gleichzeitig spürte er seine Hilflosigkeit im Angesicht dieser riesigen Übermacht, gegen die er sich klein und nutzlos vorkam. Am meisten ärgerte ihn jedoch schon seit seiner Kindheit, dass große Firmen etwas eigentlich Kostenloses für sehr viel Geld verkaufen, obwohl sie es selbst geschenkt bekommen haben.«

»Ist das nicht ein bisschen einfältig?«, fragte Werner.

»Tja, stimmt, so sehen es die meisten, aber so war Joshua eben. Er akzeptierte die Argumente nicht, dass die Bereitstellung von Energie viel Geld kosten *muss*. Darüber konnte man mit ihm nicht diskutieren. Und letztlich hat er der Welt bewiesen, dass es auch anders geht.«

Martin hob die Hand. »Gut. Dazu kommen wir noch. Aus welchem Grund sind Sie nach Deutschland gekommen?«

Stern hob die Brauen und legte die Hände auf den Knien ab. »Ganz ehrlich? Wir waren schlichtweg pleite. Der Weinberg war ruiniert, warf keine Erträge mehr ab, Modern Energy schuldet uns bis heute die versprochene Summe von sieben Millionen Dollar, und unsere Forschungen wurden vom Staat Israel nicht mehr gefördert. Wir wurden quasi sabotiert. Ich hatte mich bereits eine Weile vor diesem Zusammenbruch entschieden, für ein Jahr quer durch Europa zu reisen, und ich kam auch hier nach Deutschland, wo meine Vorfahren lebten. Ich hörte durch Zufall, na ja, wenn es denn wirklich Zufälle gibt, von diesem Forschungsprojekt von E.ON, schaute mir das an und stellte fest, dass wir in Israel und E.ON in Deutschland an genau demselben Projekt arbeiteten, nur dass wir schon einen gewaltigen Schritt weiter waren. Joshua arbeitete seit vielen Jahren an der Produktion von Energie durch speziell gezüchtete Algen. Ich sprach mit der Betriebsleitung von E.ON, und als ich zurück in Israel war, stand der Weinberg gerade vor dem absoluten Zusammenbruch. Joshua und sein Bruder hatten sich gestritten und wollten, beziehungsweise konnten nicht mehr Seite an Seite miteinander leben. Also erzählte ich Joshua von den Forschungen, die E.ON in Hamburg anstellte und von dem Angebot, eine Forschungsstation unter deren Schirmherrschaft zu betreiben.«

»So kam es, dass Sie alle nach Deutschland auswanderten?«

»Nicht alle, nur ein paar wenige. Die meisten hatten mit Joshuas Spleen ja nichts am Hut. Sie waren Weinbauern, die ihr Land nicht verlassen wollten. Die Gemeinschaft brach komplett auseinander und viele heuerten auf anderen Weingütern an, oder fanden in anderen Bereichen einen Job. Im Grunde genommen sind mit Joshua nur zwölf Leute umgezogen.«

»Und seit wann genau?«

»Vor gut vier Jahren.«

»Und dieses Algenprojekt ist so vielversprechend, dass Ihr ...«, Martin suchte nach den richtigen Worten, »... Ihr Ziehvater vielleicht dafür sein Leben lassen musste?«

»Tja, eigentlich dürfte ich Ihnen das gar nicht erzählen, wenn Sie nicht von der Polizei wären, aber es ist viel, viel mehr als nur das. Joshua hat ein Konzept des Energieüberschusses erarbeitet, das so revolutionierend ist, dass es vermutlich viele Milliarden wert ist. Wir produzieren nicht nur Brennstoffe und Biomassen aus Algen, sondern wir sind in der Lage, die Raumenergie so effektiv für uns zu nutzen, dass wir reichlich Überschuss haben. Darüber hinaus produzieren wir alles selbst, was man zum Leben braucht. Wir sind, bis auf wenige Dinge, die auch wir kaufen müssen, vollkommen autark. Wir haben eigenes Wasser, eigenen Strom, eigenen Treibstoff, haben sogar spezielle Kraftfahrzeugmotoren entwickelt, die mit nur einem Liter Biodiesel auf hundert

Kilometer auskommen. Wir betreiben eigene Landwirtschaft, erzeugen eigene Produkte auf unserem Hof und leben gänzlich unabhängig von der Außenwelt. Joshuas Ideen waren und sind derart zukunftsweisend, dass sie eine neue Ära, ein neues Energiezeitalter einläuten werden.«

»Werden sie das? Sind Sie da nicht ein wenig zu optimistisch?«

»Nein, bin ich nicht. Ich könnte es Ihnen beweisen, aber wir sind gerade in einer kritischen Phase, wo wir den Gerätepark auf neue Berechnungen umstellen. Wir schließen derzeit sogar einige umliegende Häuser an unsere Anlage an. Kostenlos wohlgemerkt.«

»Kostenlos? Ist das überhaupt erlaubt? Zahlen Sie Steuern?«

»Genau das ist der springende Punkt, meine Herren. Sie können in Ihrem Kämmerlein so viel tüfteln, wie Sie wollen, solange Sie keinem Energieproduzenten ernsthaft in die Quere kommen. Und ja, wir zahlen Steuern, doch wir generieren ja noch keine Gewinne, da wir das meiste verschenken. Wir haben mehr als genug von allem und geben gerne ab an jene, die weniger oder nichts haben.«

»Ist das Ganze nach israelischem Vorbild entstanden, nach dem Abbild eines Kibbuz?«

»Ja, das ist es tatsächlich. Unter anderem. Wir hatten schon auf den Golanhöhen eine gut funktionierende Gemeinschaft, bis Modern Energy und die Gier von Joshuas Bruder dazwischenkamen. Hinzu kommt, dass Joshua von einem Buch fasziniert war, dessen Lebensphilosophie er wieder aufleben lassen wollte.«

»Nämlich?«

»Ach, Sie werden es nicht kennen. Es ist ein altes Buch von James Hilton mit dem Titel *Der verlorene Horizont*. Es geht darin um ein Kloster in Tibet, eine autonome Gemeinschaft, die das Treiben der Welt ignoriert und ihre eigenen Regeln zu aller Zufriedenheit befolgt.«

»Und so etwas haben Sie dann hier auch installiert?«, fragte Werner. Ein unbeabsichtigter Spott lag in seiner Stimme.

Aaron Stern nickte nachdenklich. »Ja, ich denke schon. Wir sind eine intakte Wohngemeinschaft, in der jeder seine eigenen Aufgaben und Verpflichtungen hat und zum Wohl der anderen arbeitet. Jeder hat so viel Privatsphäre, wie er braucht. Es gibt Ehepaare, Singles, einen Kriegsversehrten im Rollstuhl.«

»Irgendein bestimmter Glaube? Sind Sie alle Juden?«, fragte Martin.

»Nein, sind wir nicht. Nur einige von uns sind Juden, manche sind Christen. Zwei Atheisten und ein Buddhist sind auch dabei.«

Martin beugte sich vor und stellte die Tasse ab. »Na gut, so genau wollte ich das gar nicht wissen. Es klingt doch eher nach Begriffen wie Kommune oder Sekte, das Revival der 60er und 70er. Love and peace und so.«

Stern schmunzelte. »Ja, ich weiß, es klingt unglaubwürdig, aber nur, weil Sie sich nicht vorstellen können, dass es noch so etwas wie eine heile Welt geben kann.«

Martins Ton wurde zunehmend aggressiver. »Fällt mir tatsächlich schwer zu glauben, wenn ich einen flüchtigen Blick in die Zeitung werfe. Abgesehen davon muss ich Sie nicht daran erinnern, warum wir hier sind. So heil kann Ihre Welt also gar nicht sein.«

»Entschuldigen Sie, Herr Kommissar, aber Ihr Zynismus ist vollkommen fehl am Platz. Die Welt *da draußen* mit ihrer unbändigen Gier hat Joshua auf dem Gewissen, nicht einer von uns. Wir leben in einer Harmonie, die die meisten vor Neid erblassen ließe, das wissen wir. Wir akzeptieren einander, wie wir sind, und wenn Differenzen auftauchen, klären wir die sofort in einer gemeinschaftlichen Aussprache.«

»Das heißt, es gibt keinen Boss unter Ihnen.«

»Nicht wirklich. Joshua war für die wissenschaftlichen Belange verantwortlich und ich regle das Finanzielle.«

»Also sind Sie jetzt hier der Boss?«

»Mir gefällt Ihr Ton nicht, Herr Kommissar. Sie sind hier, um den Mord an meinem Vater aufzuklären, und nicht, um mich zu provozieren. Auch bei Ihnen spüre ich etwas wie Neid und ungläubiges Staunen, weil sich im Grunde jeder genau diesen Frieden für sein eigenes Leben wünscht.«

Martin lenkte ein. »Schon gut. Also, ich hätte gern eine Liste von allen Personen, die hier leben. Mit allem Drum und Dran, von der Sozialversicherungsnummer über die letzte Steuerbescheinigung bis hin zum Namen ihrer Krankenkasse, und zwar bis Montagmorgen.«

Aaron Stern stand abrupt auf. Er hatte den Beamten so viel Gastfreundschaft entgegengebracht wie er konnte und alle Fragen bestmöglich beantwortet, doch an diesem Punkt hatte die Freundlichkeit für ihn ein Ende. Er war nicht gewillt, das rüpelhafte Verhalten Martin Pohlmanns zu akzeptieren. Er streckte Martin die Hand zum Abschied entgegen. »Gut, dann bis Montag. Ist acht Uhr in Ordnung?«

Martin nickte. »Klar. Acht ist gut.«

KAPITEL 32

1. November 2013, Altes Land Hamburg

Der Wagen hatte noch keine zehn Meter zurückgelegt, als Werner Martin ansprach. »Was bitte war das gerade? War das die Ermittlungsarbeit eines Profis?«

Martin grummelte Unverständliches.

»Hey, was sollte das? Wir hätten ihm von dem toten Rabbi erzählen müssen, von dieser ominösen Entführung des Professors, wenn es denn wirklich eine war. Wir hätten uns mal auf dem Gelände umsehen müssen. Stattdessen hauen wir Hals über Kopf ab. Los, sag schon. Was ist dir über die Leber gelaufen?«

»Mann lass mich doch in Ruhe. Vor zwei Tagen hatte ich eigentlich einen anderen Eindruck von diesem Stern gehabt. Heute fand ich ihn einfach nur borniert und arrogant. Mir ist einfach der Kragen geplatzt.«

»Warum? Ich fand ihn ganz nett. Sehr höflich vor allem. Selbst dann noch, als du ihn angefetzt hast.«

»Ja, ich weiß, ich hab überreagiert. Ich reagiere halt zurzeit ein wenig allergisch auf dieses Heile-Welt-Gequatsche. Als hätten diese Typen die Weisheit mit Löffeln gefressen. Schotten sich vom Rest der Welt ab und spielen Shangri-La.«

»Spielen was, bitte?«

»Na, das Buch von James Hilton. Ich hab's gelesen, als ich siebzehn war. Es hat mich so dermaßen beeindruckt, dass ich von zu Hause abhauen wollte. Nach Asien oder Indien, in einen Aschram oder sonst wohin. Nur weg aus Deutschland, weg von meinen Alten und ihrem spießigen Leben.«

»Junge, Junge, das hast du mir ja gar nicht erzählt.«

»Es gibt eine Menge Dinge, die du von mir noch nicht weißt.«

»Okay, und vorhin hast du dich darüber geärgert, dass es Leute gibt, die scheinbar friedlich miteinander leben.« Werner sah Martin zwei Minuten schweigsam an. Dann begriff er, was seinen Freund beschäftigte. »Du denkst an Catherine, stimmt's? Du wünschst ihr diese Art von Frieden und Harmonie, von der du gerade gehört hast.«

Martin nickte. Ein feiner Tränenfilm legte sich über seine Pupillen. Mehr war als Antwort für Werner nicht notwendig und er beließ es dabei. Er legte für wenige Sekunden seine Hand auf Martins Schulter. Eine Geste, die mehr ausdrückte als Worte. »Trotzdem müssen wir da noch mal hin und den Laden gründlich unter die Lupe nehmen. Das ist dir klar, oder?«

Martin nickte stumm. Sie ließen die froststarre Natur an sich vorüberziehen. Er fühlte sich in den letzten Monaten, als hätte sich diese Kälte auch um sein eigenes Herz gelegt. Als hätte sie sich von draußen hineingeschlichen wie ein ungebetener Gast und sich seines Gemüts bemächtigt, ihn von allen Seiten eingekesselt, um sich seine Hoffnung mit einer kalten Faust zu schnappen, sie fest umschlossen zu halten und nun langsam zuzudrücken.

Martin rang nach Luft, blickte starr geradeaus. »Ich schaff das bald nicht mehr, Werner. All meine Überlegenheit, meine Kraft und meine Freude werden mir von Tag zu Tag mehr ausgesaugt. Ich fühl mich, als hätte ich einen dreimonatigen Urlaub nötig.« Martin nahm den Blick für einen Augenblick von der Straße. »Schon erstaunlich, wie trüb es in einem aussehen kann, wenn man keine Hoffnung mehr hat. Ich habe den Eindruck, als rennte ich gegen Mauern. Hohe Mauern, die immer näher rücken. Ich fühle mich wie in einer Autopresse. Jeden Tag muss ich damit rechnen, dass etwas Schlimmes passiert oder dass ich von einer Polizeiwache oder einem Krankenhaus angerufen werde. Ich trau mich kaum aus dem Haus, Werner. Und dann will mir dieser Typ was von heiler Welt erzählen, obwohl er vor Kurzem erfahren hat, dass man seinen Ziehvater bestialisch ermordet hat. Ist das eine normale Reaktion? Ich glaube nicht.«

»Du solltest dich bei ihm entschuldigen. Wenn er sich bei Lorenz über dich beschwert und Lorenz dich abzieht, nützt uns das wenig. Abgesehen davon wurde Lorenz Hilfe aus Berlin angeboten und er hat sie angenommen.«

»Heißt was genau?«

»Ein Profiler, der mit allen Abartigkeiten eines Serienkillers vertraut ist.«

»Verstehe. Lorenz rammt uns ein Messer in den Rücken, glaubt, wir kriegen das nicht allein auf die Reihe.«

Werner presste die Lippen aufeinander. »Na ja, ganz so theatralisch würde ich es nicht betrachten, aber im Wesentlichen … ja kann man so sagen. Er will einen ruhmreichen Abgang, bevor er in Pension geht.«

»Wann hat er bisher so einen Typen nötig gehabt? Hab ich ihm nicht immer die Dreckschweine auf einem Silbertablett serviert? Meinen Arsch hab ich für ihn riskiert, mehrfach, wenn du dich vielleicht erinnerst.«

»Na komm, beruhige dich erst mal. Lass uns wenigstens anhören, was der Typ zu sagen hat. Ich find's eigentlich gar nicht schlecht.«

*

4. November 2013, Altes Land – Hamburg

Am nächsten Montag war Martin gegen sieben Uhr aufgestanden. Er wollte um jeden Preis pünktlich bei Aaron Stern auftauchen. Catherine hatte ihn gebeten, sie schlafen zu lassen, er akzeptierte es mit einem mulmigen Gefühl im Bauch. Immer dann, wenn sich eine Krise anbahnte, wollte sie schlafen. Lange, unendlich lange schlafen, möglichst ohne wieder aufzuwachen.

Wie am Vortag öffnete sich das Tor, diesmal jedoch, ohne dass er vorher nach seiner Identität befragt wurde. Man hatte auf ihn gewartet.

Martin verließ den Wagen, schlug den Kragen seiner Jacke hoch und zog den Kopf ein. Es war noch dunkel, als wäre es Nacht und genau so fühlte er sich auch. Die wenigen Stunden des Schlafes hatten ihm einige unruhige Träume beschert. Er befand sich schon eine Weile in einem mehr als bedenklichen Zustand, in dem ihn jeder Arzt der Stadt aus dem Verkehr gezogen hätte. Und doch trieb ihn der Wunsch an, diesen Fall zu lösen. Vielleicht, weil er vorerst damit all seine Probleme nach hinten schieben konnte. Möglicherweise war er auch nur einer von diesen Träumern, der sein Heil mit der Zukunft verknüpfte. *Wenn ich erst mal diesen Fall gelöst habe, dann … Wenn ich in den Ruhestand trete, dann … Wenn dies, wenn jenes, dann …, aber nicht jetzt. Jetzt habe ich keine Zeit.*

Stern erwartete Martin und gab ihm die Hand. In der Linken hielt er ein angebissenes Croissant. In seinen Augen lag keinerlei Vorwurf oder Groll, als habe er Martins Ausrutscher vom Vortag bereits vergessen. Er schenkte ihm ein warmherziges Lächeln und lud ihn ein einzutreten. Er trug Jeans, die auf der Vorderseite der Beine ausgeblichen und beinahe durchgeschürft schienen und einen lässigen blauen Pullover mit V-Ausschnitt über einem weißen T-Shirt. An den Füßen hatte er blaue Sneakers. Im Gegensatz zu dem Outfit vom Vorabend reihte er sich an diesem Morgen kleidungsmäßig bei einer jüngeren Generation ein. Er wirkte jugendlich und aufgeschlossen, alles andere als arrogant.

Martin betrat das Haus und übergab Stern seine Jacke. Stern lud ihn ein, ihm in die Küche zu folgen. »Haben Sie schon gefrühstückt?«

»Nicht wirklich. Ich hatte einen Kaffee, also keinen richtigen … Pulverkaffee.«

Stern bot ihm einen Platz an, füllte wortlos eine Tasse mit Kaffee. »Milch, Zucker?«

»Ja bitte, beides«, entgegnete Martin verlegen. Er hatte nicht mit so viel Freundlichkeit gerechnet, stattdessen eher mit einer kalten Abfuhr und der lieblosen Übergabe einer Liste auf der Türschwelle. Die Liste aller hier wohnenden und arbeitenden Menschen, die er nach einem Mordmotiv durchforsten müsste.

»Hören Sie, es tut mir leid, wie ich gestern reagiert habe. Es war völlig unangepasst und unnötig.« Martin blickte zu Boden. »Normalerweise bin ich nicht so.«

Stern setzte sich zu Martin an den reich gedeckten Küchentisch. »Schon okay. Ich versteh das. Unsere Art und Weise zu leben, bewirkt häufig diese Reaktion. Viele Menschen sind es nicht gewohnt, und weil sie es nicht verstehen, reagieren sie verärgert.«

Martin nahm ein Croissant aus dem Korb, den Stern ihm hinhielt. Er fühlte sich beschämt und klein im Angesicht des Großmuts, der ihm von Stern entgegengebracht wurde.

Stern nahm einen herzhaften Biss, als ihm etwas Wichtiges einzufallen schien. Abrupt stand er auf, schob den Stuhl zurück und eilte zu einer alten Kommode, auf der ein dünner Stapel beschriebener Blätter lag. »Die Liste. Ich hab sie Ihnen gestern Abend noch fertig gemacht. Nur mit den Sozialversicherungsnummern bin ich auf die Schnelle nicht weitergekommen.«

Martin wiegelte ab und errötete. So hatte er das nicht gemeint. Nicht so kleinkariert und vor allem nicht so bösartig. Er nahm die Blätter entgegen und überflog stumm die Namen von über sechzig Menschen, die drei verschiedenen Listen zugeordnet waren. Stern kam ihm zu Hilfe. »Die zwölf Personen ganz oben sind die aus Israel stammenden, die das Projekt *FREE ENERGY* begonnen haben. Darunter sind deren Angehörige, also Ehepartner und Kinder. In der dritten Gruppe stehen Menschen, die für uns arbeiten und nicht hier leben. Sie kommen montags bis freitags wie in einem ganz normalen Job.«

Martin bedachte Stern mit einem fragenden Blick. »Ich dachte, Sie betreiben hier hochgeheime Forschungsarbeiten. Es könnte doch durch diese Leute eine Menge nach außen durchsickern.«

»Theoretisch schon, aber es würde niemandem etwas nützen, weil die einzelnen Arbeitsbereiche getrennt voneinander nichts anderes als simple Tätigkeiten sind. Als würden Sie sich verwundert ein Puzzleteilchen ansehen und rätseln, was es darstellen könnte. Abgesehen davon muss jeder, der hier arbeitet, eine Verschwiegenheitserklärung unterschreiben, die ihn juristisch bindet. Sollte herauskommen, dass einer der Arbeiter geplaudert hat, würde er auf eine fünf- bis sechsstellige Summe verklagt werden. Natürlich, für einen Verbrecher oder Spion stellt dies auch keinen Hinderungsgrund dar, aber immerhin ist es ein kleiner Schutz für uns.«

»Sofern man herausbekommt, *wer* geplaudert hat.«

»Ja stimmt, aber glauben Sie mir, das System ist so durchdacht, dass niemand außer mir, meiner Frau, Joshua natürlich und den wenigen anderen, denen wir bedingungslos vertrauen, etwas damit anfangen kann. Die göttliche Formel, wie Joshua sie nannte, halten wir selbstverständlich unter Verschluss.«

Martin nickte und betrachtete die Namen der zwölf Männer und Frauen, die mit einer Vision aus Israel gekommen waren und sie hier im kalten unwirtlichen Deutschland verwirklicht hatten. »Und all diesen Menschen vertrauen Sie bedingungslos?«

»Selbstverständlich. Sie sind wie Familie für mich.«

»Das heißt, sie würden unter keinen Umständen den Mörder in Ihren eigenen Reihen vermuten?«

»Niemals. Ich lege, wie sagt man bei Ihnen … für jeden Einzelnen meine Hand ins Feuer.«

»Trotzdem werden Sie verstehen, dass ich anders an die Sache herangehen muss und mich nicht nur auf Ihre Einschätzung verlassen kann. Ich muss wissen, wer welches Verhältnis zu Herrn Horowitz gehabt hat. Ich will Ihnen nicht Ihre Illusion rauben, aber ich hab schon so manches in meinem Beruf erlebt. Die besten Freunde entpuppten sich als die schlimmsten Feinde – als wahre Bestien. Ich hab bis heute nicht begriffen, wie so etwas möglich sein kann, aber es gehört für mich zum leidigen Alltag.«

Stern senkte den Blick und traute sich dann, eine persönliche Frage loszuwerden. »Sie machen Ihren Job nicht besonders gerne, was?«

»Nun, wenn ich ehrlich bin, stinkt er mir gewaltig. Besonders im Augenblick, aber das hat andere Gründe.«

»Hab ich mir schon gedacht.«

»Was haben Sie sich gedacht?«

»Dass Sie private Probleme haben müssen. Ich meine, es geht mich überhaupt nichts an, aber Ihre Reaktion gestern … Sie waren sauer, weil Sie genau das vermissen, worüber ich gesprochen habe.«

Martin stützte den Kopf auf den Händen auf. *Meine Güte, wie kann der Kerl das wissen*? »Na, will das nicht jeder?«, antwortete Martin ausweichend.

»Sollte man meinen, aber die Erfahrung zeigt ja wohl eher das Gegenteil. Frieden scheint auf dieser Welt nicht gerade das erstrebenswerteste Gut zu sein. Er wird geopfert für Macht, Geld, Einfluss.«

»Womit wir mitten in unserem Thema wären. Sie und Ihre Freunde sind militante Ölgegner, wie ich das mitbekommen habe. Professor Ruben hat mir das auch bestätigt.«

Stern schlug unerwartet heftig mit der Handfläche auf die Tischplatte. »Sie sollten nicht jedes Wort glauben, das man Ihnen erzählt, selbst wenn es aus dem Mund eines angeblichen Professors stammt. Ruben ist ein Hochstapler. Ich habe es Ihnen schon bei unserer ersten Begegnung gesagt. Sie sollten sich von ihm fernhalten.«

»Was ist mit ihm? Ich habe mir eine seiner Vorlesungen angehört. Ich fand das alles eigentlich ganz vernünftig, was er sagte.«

»Ruben ist möglicherweise schuld daran, dass Joshua tot ist. Er hat dafür gesorgt, dass er sich mit jedem angelegt hat. Anstatt ihn zu beruhigen, hat er ihn in der Konfrontation mit den Mächtigen noch bestärkt und angestachelt. Aber Joshua war nicht der Mann für derartige Auseinandersetzungen. Er war anders, ich will nicht sagen krank, obwohl es zuträfe, aber eben anders.«

»Ruben sagte mir, er sei sein Freund gewesen, vielleicht sogar sein einziger Freund.«

»Ach lassen wir das. Für mich ist Ruben nichts als ein Unruhestifter, ein Trittbrettfahrer, der sich an Joshuas Genie drangehängt hat. Ein Blender und Scharlatan.«

»Na na, so böse Worte? Ruben ereiferte sich in seiner Vorlesung so stark gegen die Staatsmacht und den Machtmissbrauch, der mit dem Öl einhergeht, dass man ihm die Lehrtätigkeit gekündigt hat. Ich denke, ich habe seine letzte Vorlesung miterlebt.« Martin überlegte, ob es klug sei, Aaron Stern von der Entführung oder Verschleppung Rubens zu erzählen. Er entschied sich dagegen. Noch zählte er diesen Stern nicht zum Kreis jener Menschen, denen er unbedacht alles erzählen könnte.

Martin sah auf die Uhr. Er wurde eigentlich um zehn im Präsidium erwartet. Der neue Profiler gab seinen Einstand. Anlass für Martin, sich einen guten Grund zu überlegen, warum er zu spät kommen musste. Dennoch wollte er Lorenz nicht verärgern, selbst wenn der ihm mit seiner üblen Laune derzeit auf den Wecker ging.

Martin nahm den Stapel Blätter an sich und klopfte die Seiten auf der Tischplatte auf, sodass sie bündig und ordentlich aufeinanderlagen. »Eine Frage hätte ich noch. Neben dem Haus ist eine Rampe für einen Rollstuhl. Hat es hier mal einen Unfall gegeben, oder für wen ist die gedacht?«

Stern stockte einen Augenblick, als gefiele ihm der Schwenk zu diesem Thema nicht. »Wir haben die Rampe für einen unserer … Freunde gebaut.« Stern zeigte auf einen Namen auf der Liste. »Zadek Kotarev. Nein, es gab keinen Unfall. Zadek ist seit einem Gefecht in Israel querschnittsgelähmt. Genauer gesagt, als er in einem Einsatz in Gaza gedient hat. Er hat drei Kugeln in den Rücken bekommen. Zadek hat es überlebt, aber um einen ziemlich hohen Preis. Er macht für uns vorwiegend Schreibtischarbeiten. Überwacht den Lagerbestand, den Wareneingang, und diese Dinge eben. Er koordiniert die Schichten der Arbeiter, kümmert sich um die Logistik und das Marketing.«

Martin nickte. Der Klang in Sterns Stimme hatte sich ein wenig geändert. Er hatte nicht mehr diese Milde. Martin gab nichts darauf. Vielleicht hatte es mal einen unbedeutenden Streit gegeben oder Ähnliches. Selbst in diesem sogenannten Paradies gab es sicher mal Missverständnisse. Martin wandte sich von Stern ab und blickte aus dem Fenster. Eine letzte Frage drängte sich ihm auf. »Haben Sie eigentlich Kontakt zu anderen Juden in Hamburg? Ich meine, treffen Sie sich regelmäßig zu Gottesdiensten?«

Stern verengte die Brauen. »Warum? Was hat das mit Ihren Ermittlungen zu tun?« Stern dachte nach, zuckte mit den Schultern und wollte Martin die Antwort nicht schuldig bleiben. »Ja, früher bin ich mal da gewesen. In letzter Zeit nicht mehr so häufig, leider. Warum ist das so wichtig für Sie?«

Martin verschränkte die Arme vor der Brust. »Kannten Sie den Rabbiner der jüdischen Gemeinde in Hamburg?«

Stern schüttelte ungeduldig den Kopf. »Mordechai. Ja sicher. Hab ihn wie gesagt eine Weile nicht mehr gesehen. Feiner Kerl. Joshua hatte regelmäßigen Kontakt zu ihm.«

Martin blieb von Stern abgewandt. Er sah in die Ferne und sprach monoton, beinahe wie zu sich selbst. »Ich war im Rahmen meiner Ermittlungen bei ihm. Hatte ein paar Fragen, auch zu diesem seltsamen Zeichen auf der Brust … des Opfers. Weil es ja schließlich hebräisch ist.« Pohlmanns Worte klangen, als wollte er sich entschuldigen. Seine Stimme wurde milder, leiser. »Ich wusste nicht, an wen ich mich sonst hätte wenden können. Nun ja, Ich muss Ihnen leider sagen … Mordechai ist auch tot. Erschossen, in dem Moment, als er uns die Identität des Toten … also Ihres Vaters mitteilen wollte.«

Martin wandte sich abrupt um. Die Neugier auf die Reaktion Sterns trieb ihn. Er fühlte sich schuldig am Tod des Rabbi. Wieder ein Mann, der gestorben war, nachdem er mit ihm Kontakt hatte. Er hoffte auf Vergebung und wenn man sie ihm nicht gewährte, dann wenigstens auf Verständnis und Nachsicht.

Stern erbleichte, hielt sich einen Moment an der Kante des Tisches fest und musste sich setzen. Schwindel und Übelkeit machten ihm zu schaffen. Seine Stimme stockte. »Ich kann Ihnen nicht helfen, Herr Kommissar. Das alles ist furchtbar für mich. Für uns alle hier.« Stern räusperte sich und erhob sich. Mit festem Blick sah er Martin an. »Im Übrigen muss ich Sie bitten, den Leichnam meines Vaters in Kürze für die Bestattung freizugeben.«

»Das habe ich nicht zu entscheiden. Tut mir leid, aber ich will sehen, was sich machen lässt.«

*

Mit den Listen aller in der Firma der Horowitz Technology involvierten Personen schlenderte Pohlmann gedankenverloren in sein Büro im Präsidium. Er ließ die Blätter zunächst auf seinen Schreibtisch flattern und ging zu jenem Kaffeeautomaten, der den ungenießbarsten Kaffee des Präsidiums aus einer halb verstopften Düse in gelbe Plastikbecher spuckte. Pohlmann war diesbezüglich kein genießerischer Kenner unterschiedlicher Bohnenqualitäten, Hauptsache, der Kaffee enthielt reichlich Koffein, und das war bei diesem Gebräu eigenartigerweise der Fall. Gerade als er eine Münze einwerfen wollte, sprach ihn Werner Hartleib von der Seite an. »Vergiss es und komm mit. Wir warten alle nur auf dich.«

Martin zuckte mit den Schultern und betrachtete noch immer den Münzschlitz. »'n Kaffee wird ja wohl noch drin sein.«

»Nee, eben nicht. Los, komm jetzt.«

Martin grollte. »Ich hole nur noch meine Unterlagen.« Martin drehte sich um, eilte zu seinem Schreibtisch und schnappte sich die Liste jener Personen, die im engeren Dunstkreis von Joshua Horowitz agiert hatten. Die würde er sogleich dem Profiler um die Ohren hauen können.

Martin erreichte den Raum, und obwohl nur er, Werner und Lorenz mit dem Fall vertraut waren, saßen dreißig Beamte in dem abgedunkelten Büro. Niemand wollte sich die Show des Tatort- und Fallanalytikers entgehen lassen. In Martin brodelte es schon, weil Lorenz es für nötig gehalten hatte, diesen Oberschlauen aus Berlin anreisen zu lassen. Für Martin war ein Platz in der ersten Reihe reserviert, auf den er sich flegelte. Er streckte die Füße aus und legte die Blätter, die er mitgebracht hatte, auf den Boden.

Martin taxierte den Burschen mit Argwohn. Er hatte nicht ein einziges Haar auf dem blank polierten Schädel, dafür vier Tage alte Bartstoppeln, die ihm ein Bruce-Willis-Image verpassen sollten. Er trug keine Brille. In seinem Gesicht dominierten beidseits des Mundes tiefe nach Süden geneigte Falten. Ein Gesicht, mit dem schon lange nicht mehr gelacht worden war, mutmaßte Martin, denn auch in der Umgebung der Augen fanden sich keine Fältchen, die sich durch stetiges Zulassen von Freude in die Haut eingegraben hätten. Der leider nicht zu vermeidende Kontakt mit diesem Mann sollte Martins Verdacht in den nächsten Tagen erhärten.

Er blickte an der mäßigen Willis-Kopie abschätzend herab: ein weißes Slim-Line-Hemd mit Button-down-Kragen, darüber eine hellgraue legere Kombination zu braunen Schuhen. Eine schlanke Statur, eher sogar als drahtig zu bezeichnen. Insgesamt gab der Mann eine stimmige Erscheinung ab, bis zu dem Zeitpunkt, als er den Mund aufmachte. Wie konnte man nur derart ernste Themen mit einem so fürchterlichen Berliner Dialekt vortragen, noch dazu mit einer Fistelstimme? Martin konnte sich ein Schmunzeln nicht verkneifen und drehte sich zu Werner um. Ihre Blicke trafen sich, Werner blieb jedoch ernst.

Spielverderber, dachte Martin.

»Meine Herren, nun da wir jetzt vollzählig sind, möchte ich mich kurz vorstellen. Mein Name ist Heinz Peter Reinsch, ich bin neununddreißig Jahre alt und seit zehn Jahren landesweit als Tatortanalyst für die Mordkommission tätig. Bevor wir uns mit dem Fall beschäftigen, wegen dem ich hier bin, gestatten Sie mir ein paar einleitende Worte zu meiner Person. Meine Kompetenz wird zum größten Teil in Berlin gefordert, doch Ihr Chef Conrad Lorenz hat mich auf dem letzten Kongress angesprochen, ob ich bereit wäre auszuhelfen, wenn Not am Mann wäre. Und, nun ja, das scheint wohl zurzeit der Fall zu sein.«

Wann bitte war Lorenz auf einem Kongress in den letzten Jahren und wieso sollten wir Verstärkung brauchen? Martin suchte Lorenz' Blick, der jedoch starr nach vorn auf die weiße Wand gerichtet blieb. Alle starrten auf ein Bild mit irgendwelchen Aufklärungsstatistiken, die von einem Beamer übertragen wurden. Martin fühlte sich verraten. Um ein Haar wäre er aufgestanden, um sich um *seinen* Fall zu kümmern. Als er merkte, wie dünnhäutig und kindisch er reagierte, beschloss er, dem Mann eine Chance zu geben.

»Wie Sie wissen, können die meisten Fälle zügig, häufig sogar in den ersten Stunden aufgeklärt werden. Simple Beziehungsdelikte, die Täter hinterlassen biologische oder materielle Spuren am Tatort und mit neuartigen DNA-Analysen haben wir binnen kurzer Zeit einen Straftäter identifiziert. Doch Sie werden mir recht geben, dass es nicht immer so einfach ist. Es gibt Tötungsdelikte, bei denen Opfer- und Täterpersönlichkeit nicht zueinanderzupassen scheinen. Das Verhalten des Täters erscheint bisweilen bizarr und unerklärlich, ein Motiv ist weder auf den ersten noch auf den zweiten Blick erkennbar. Hier, meine Herren, komme ich dann ins Spiel.«

Ein unbeabsichtigtes Gähnen entwich Martin. Er konnte es gerade noch verbergen, ohne aufzufallen.

Reinsch hob beschwichtigend die Hände. »Ich bin nicht hier, liebe Kolleginnen und Kollegen, um Ihnen Ihre Erfolge streitig zu machen, sondern um Ihren Stress zu minimieren. Während Sie auf vielen Hochzeiten gleichzeitig unterwegs sind, habe ich die Aufgabe, mich ausschließlich um einen einzigen Mord zu kümmern und über diesem intensiv zu brüten. Es ist wie mit einem Text, den man geschrieben und vielleicht fünfmal überarbeitet hat. Man ist blind geworden für die Fehler, doch kaum wirft jemand anderes einen Blick drauf, leuchten diese förmlich gelb auf. Nicht wahr, das kennen Sie? Somit werden Sie mir zugestehen, dass ich als Außenstehender distanzierter bin als Sie und daher wesentlich unbefangener an die Sache herangehe. Dies ist der Part, liebe Kollegen, an dem Sie mir entgegenkommen müssen. Sie müssen bereit sein zu erkennen, dass ich mit meinen Einschätzungen, die auf der exakten Täter- und Tatortanalyse basieren, richtig liege. Ich bin kein praxisferner Theoretiker. Meine Fehlerquote geht gegen null, und ich denke, das wird hier in Hamburg auch nicht anders sein.« Reinsch klatschte einmal in die Hände, rieb sie anschließend aneinander und zog den Presenter aus der Brusttasche hervor.

Martin kochte vor Wut. *Wie kann ein Mensch nur so borniert sein?*

Reinsch drückte auf einen Knopf, eine neue Folie wurde an die Wand geworfen. Eine hochwissenschaftliche genetische Analyse, die alle Anwesenden, wenn nicht verwirren, dann wenigstens beeindrucken sollte.

Arrogantes Arschloch. Martin drehte seinen Hintern auf dem harten Stuhl. Seit er abgenommen hatte, besaß er kein Sitzfleisch mehr.

»Das sogenannte Profiling, meine Damen und Herren, beinhaltet die genaue Analyse des Täterverhaltens, um die brennendsten Fragen beantworten zu können, die wir haben: Wer ist der Täter und wieso hat er die Tat so und nicht anders ausgeführt? Welche Sequenzen während des Tathergangs waren für *ihn* dabei besonders wichtig? Was hat er sich dabei gedacht? Ergo: Warum hat er genau so gehandelt?«

Martin drückte den Rücken durch. *Weil er eben nur ein bisschen bekloppt war, vielleicht?*

»Man muss gleich zu Beginn eine bestimmte Ermittlungsrichtung einschlagen, wie ein Hund, der eine Fährte wittert.« Martin stellte sich Reinsch auf allen vieren vor, mit der Nase dicht über dem Boden schnüffelnd. Alberne Gedanken, die ihm halfen, den Vortrag über sich ergehen zu lassen.

»Bei allem, was Sie tun, denken Sie daran, wichtig ist nicht nur die Betrachtung des einzelnen Details, sondern das gesamte Bild, die Gesamtheit aller Spuren. Dann können Sie gar nicht falsch liegen. Mich reizt stets die Frage, welches psychologische Profil hat der Täter, und wie kann ich das Tatgeschehen eins zu eins rekonstruieren. Dies führt mich dann schnell zu einem möglichen Motiv. Jeder Täter hat einen individuellen psychologischen Fingerabdruck. Die Aufklärungsstatistik in Deutschland ist eher bescheiden, darin werden Sie mir leider zustimmen. Es können eben nicht alle Fälle gelöst werden, werden Sie sagen.« Reinsch breitete wie ein Priester, der seinen Schäfchen den Segen erteilt, die Arme aus. »Nun, das ist die wichtigste Aufgabe eines Profilers, die unlösbaren Fälle zu lösen.«

Ich muss gleich kotzen. Martin drehte sich zu Werner und Lorenz um. Sein finsterer Blick war in dem abgedunkelten Raum nicht zu erkennen. War er an diesem Ort der Einzige, der zutiefst abgestoßen war von der unbeschreiblichen Arroganz dieses Berliner Typen mit seiner Scheißstimme? Anscheinend war das so, denn alle anderen hörten wie gebannt zu.

Martin drehte sich wieder nach vorn und hob die Hand wie in der Schule. Es fehlte nicht viel und er hätte mit den Fingern geschnippt. »Würde es Ihnen etwas ausmachen, zum Punkt zu kommen? Da draußen rennt mindestens ein Irrer herum, den wir finden müssen.«

Der Profiler schien irritiert. Er war es nicht gewohnt, bei seinen Ausführungen unterbrochen zu werden. »Ähm, ja sicher. Einen Augenblick noch vielleicht.« Er suchte auf seinem Laptop nach der nächsten Folie. »Also, wo war ich stehengeblieben?«

Martin verschränkte die Arme vor der Brust, lehnte sich zurück und streckte die Beine gerade aus. Er fixierte den Mann mit einem unangenehmen Blick.

Reinsch klickte die Folie mit dem Gen-Quatsch wieder weg. »Meine Damen und Herren, also was ich sagen wollte ist, selbst wenn wir nur einen einzigen Zeugen haben und der zudem noch stumm ist, nämlich unser Tatort, dann analysieren wir den noch differenzierter und penibler, als wir das sonst tun würden. Ich werde Ihrer aller Hilfe gebrauchen können und rechne mit Ihrer Unterstützung, damit wir ein interdisziplinäres Abbild des Tatgeschehens erhalten.« Reinsch sah auf Pohlmann herab. Er war vollkommen aus dem Konzept gebracht. »Die Suche nach dem Täter ist Teamwork, Kollegen.« Reinsch räusperte sich. »Vielleicht machen wir jetzt eine kleine Pause und danach würde ich vorschlagen, finden sich die Kollegen hier wieder ein, die mit dem Fall des ermordeten Wissenschaftlers betraut sind. Sagen wir, in einer Viertelstunde?« Allgemeines Gemurmel ertönte. Die Beamten verließen den Raum, bis auf Lorenz, der Reinsch noch einmal die Hand schüttelte, obwohl er dies schon ausgiebig getan hatte, als er ihn begrüßt hatte. Er konnte sich einfach nicht daran erinnern, auf welchem Kongress er Reinsch getroffen haben sollte, aber in Anbetracht seines Infarktes und der Reha danach waren ein paar Lücken durchaus denkbar.

Martin strafte ihn mit einem düsteren Blick, als er an ihm vorbeischlich.

»Ach, Kollege Pohlmann«, ertönte es, als Martin schon beinahe draußen war. Martin sah sich um und betrachtete die ihm entgegengestreckte Hand des Glatzkopfes. »Ich habe schon viel Positives über Sie gehört. Sie werden sich sicher fragen, was ich hier soll, wo Sie doch hier … Nun ja, ich wollte sagen, ich freue mich auf die Zusammenarbeit mit Ihnen.«

Martin gab ihm widerwillig die Hand. »Na klar. Wird schon klappen. Wir werden sehen.« Martin riss sich von der feuchten Hand los und rieb sie an den Jeans trocken. Wenn er etwas hasste, dann waren das Kerle, die nasse Flossen hatten.

Nun endlich durfte sich Martin einen Kaffee gönnen. Werner verabschiedete sich gerade von seiner neuen Flamme. Er versuchte, es unauffällig zu gestalten, obwohl doch jeder von seinem Techtelmechtel wusste. Er gesellte sich grinsend zu Martin.

Martin testete mit spitzen Lippen einen winzigen Schluck, ob der Kaffee schon auf eine erträgliche Temperatur abgekühlt war. »Na, dir scheint es ja gut zu gehen.«

»Klar, warum auch nicht. Interessanter Vortrag, findest du nicht?«

Martin blickte über den Dampf des Kaffees hinweg und suchte Werners Augen. »Genau so hab ich mir das vorgestellt. Wir sind seit über zwanzig Jahren bei der Mordkommission, machen nichts anderes als komplizierte Fälle zu lösen, und auf einmal kriegt Lorenz kalte Füße. Was für ein Schwachsinn. Du willst mir doch nicht erzählen, dass da irgendwas Neues für dich dabei war?«

»Na ja …«

Martin ließ ihn nicht ausreden. »Komm, erzähl mir nichts. Der hat dir ein paar Brocken Fachchinesisch um die Ohren gehauen und schon bist du beeindruckt. Mann, ich bin echt enttäuscht von dir.«

Reinsch liebte es zu klatschen. »Meine Herren, können wir dann?«

»Ach, jetzt hat er es auf einmal eilig«, murmelte Martin Werner hinterher, der schon auf dem Weg war.

In der Zwischenzeit hatte Lorenz sein Flipchart aus dem Büro über den Flur gezerrt und in einem zweiten Gang alle Unterlagen und Fotos, die sie bisher zu diesem Fall zusammengetragen hatten, mitgenommen.

Reinsch wirkte amüsiert. Er wandte sich an Martin und Werner. »Herr Lorenz erzählte mir, dass Sie gern noch mit älteren Medien arbeiten. Nun gut, es leben die 80er. Meinetwegen. Jetzt machen wir es mal so, dass *ich* mich hier hinsetze und Sie mir erzählen, zu welchen Ergebnissen Sie bisher gekommen sind. Bitte, meine Herren, bringen Sie mich auf den neuesten Stand.« Reinsch setzte sich auf den Platz, auf dem vorher Pohlmann gesessen hatte. Martin empfand diese Posse als überflüssig, doch er fügte sich diesem Spielchen und heftete die Listen, die er von Aaron Stern bekommen hatte, an die Pinnwand. Gleich daneben die Fotos der beiden Leichen, Detailaufnahmen des Brandmals auf der Brust von Horowitz und der Einschusslöcher im Schädel des Rabbi. Darunter Fotos vom Tatort und dessen Umgebung. Er verschränkte die Arme vor der Brust und trat zurück.

»Nein, bitte, fangen Sie ruhig an.« Reinsch blickte zu Lorenz und Hartleib. »Oder? Kann er doch, nicht?«

Werner konnte sich ein Grinsen nicht verkneifen. *Das wird lustig in den nächsten Tagen*, dachte er.

Lorenz setzte sich neben Reinsch und legte den schlaffen linken Arm auf sein übergeschlagenes Bein. Werner blieb stehen, für den Fall, dass er Martin zu Hilfe eilen müsste.

»Na schön. Fangen wir an. Wir haben zwei Tote. Der erste ist Joshua Horowitz, wurde mit durchschnittener Kehle in einem Öltank auf dem Gelände der Petrol Ag Raffinerie gefunden. Er trug eine Bombenattrappe um seinen Bauch, und am Abend zuvor war ein Droh- oder Bekennerbrief von einem Boten gebracht worden.«

Martin reichte Reinsch den Briefumschlag nebst Inhalt.

»Laut des rechtsmedizinischen Gutachtens hatte der Tote keinen einzigen Tropfen Blut mehr in seinen Blutgefäßen, alles war durch die externe Zufuhr von in die Adern eingebrachtem Öl ersetzt worden.« Martin bemühte sich um eine gewählte Aussprache. Glaubte der Kerl ernsthaft, dass er ihm das Wasser reichen konnte?

Er deutete auf die Ausschnittsvergrößerung, wo das Brandmal deutlich zu sehen war. »Zu allem Überfluss hat er noch ein Branding bekommen. Dieses Gekritzel soll NEFT heißen, was so viel wie Erdöl bedeutet. Es gibt auch eine, sagen wir mal, spirituelle Bedeutung, nämlich: der Geist, der aus der Tiefe kommt.«

Reinsch nickte, zog eine Augenbraue hoch und tippte Worte in sein iPad. »Irgendwelche verwertbaren Spuren am Tatort? Zigarettenkippen, Haare, Knöpfe, so etwas in der Art? Genetische Spuren?«

»Nein, nichts. Wir können mit Bestimmtheit sagen, dass er woanders gestorben ist und man ihn dorthingebracht hat. Um den Tank herum gab es Spuren desselben Öls, wie es in Horowitz' Körper gefunden wurde, aber das ist ja auch nicht verwunderlich. Das Problem ist, dass diese Art der Konservierung es schwierig macht, den exakten Todeszeitpunkt zu bestimmen.«

»Halt zurück. Nicht so schnell. Woher wissen Sie, dass er dort nicht gestorben ist?«

Martin trat von einem Fuß auf den anderen. Er wollte sagen, dass das nur seine Vermutung sei, doch er hielt diese Formulierung zurück. »Weil es nicht nachvollziehbar erscheint, einen Menschen derart ungewöhnlich und zeitraubend inmitten einer Raffinerie umzubringen.«

»Aha. Also muss er mit einem Wagen dorthingebracht worden sein. Er muss dabei Spuren hinterlassen haben. Öl im Kofferraum oder sonst wo. Haben Sie schon Anhaltspunkte, wie die Leiche auf das Gelände der Raffinerie gelangt ist? So ohne Weiteres scheint mir das schwierig zu sein.«

»Nein, noch nicht. Er ist ja erst vor wenigen Tagen gefunden …«

»Was ist mit dieser Bombenattrappe? Die kann man ja auch nicht an jedem Kiosk kaufen, oder?«

»Doch, kann man. Also nicht wortwörtlich, aber im Internet …«

Reinsch würgte die weiteren Worte mit einer Geste ab. »Schon klar, das verfluchte Internet. Und da es keine echte

Bombe war, die der Mörder zusammengebastelt hat, wird man die IP-Adresse auch nicht gesammelt haben.« Reinsch stieß ein genervtes Seufzen aus. »Keine Zeugen? Es muss doch jemand gesehen haben, wie ein Mann in einen Tank gehievt wurde.«

»Nicht morgens um drei. Die Raffinerie arbeitet nachts vollautomatisch und wird nur von einem Kontrollzentrum überwacht. Das Gelände ist unübersichtlich, und es gibt eine Menge Möglichkeiten, sich zwischen den Türmen, Leitungen und Tanks zu verstecken.«

»Aber nicht mit einem toten Mann über den Schultern, dem Öl aus jeder Pore tropft.«

»Spätestens die Explosion hat alle Spuren vernichtet.«

»Wurden die Arbeiter und Angestellten der Raffinerie vollständig befragt?«

»Na ja, zum Teil, klar. Es hat niemand etwas gesehen. Es gibt jedoch einen Mann russischer Herkunft, der uns bezüglich des Brandmals einen Hinweis geben konnte.«

»Welcher Art?«

»Nun ja, er meinte, das Wort NEFT hätte, wie gesagt, eine tiefere parapsychologische Bedeutung. Der Geist, der aus der Tiefe stammt.«

»Ach, hören Sie auf, das ist doch Unsinn. Na, ich sehe schon, wir stehen noch ganz am Anfang. Okay, machen Sie weiter.«

»Der zweite Tote ist der Rabbi der Hamburger Jüdischen Gemeinde. Er kannte Horowitz und ist vermutlich in dem Moment erschossen worden, als er mir am Telefon den Namen des Toten nennen wollte, der uns bis dahin unbekannt war. Offensichtlich war es dem Täter wichtig, um jeden Preis die Identität des Toten zu verschleiern. Gut, er konnte ja nicht jeden umbringen, der diesen Horowitz kannte, aber er hat es zumindest geschafft, die Ermittlungsarbeiten zu erschweren.«

Reinsch lachte spöttisch auf. »Na ja, ist doch klar, oder? Hat man den Namen des Toten, hat man kurz danach den Täter.«

Martin legte die Stirn in Falten. »Horowitz wohnte in einer Wohngemeinschaft im Alten Land, deren Bewohner und Mitarbeiter ich bereits ermittelt habe. Im inneren Zirkel sind es mit Horowitz zwölf Menschen, die aus Israel gekommen sind, um Forschungen anzustellen. Weitere sind Angestellte, die von extern kommen und ein ganz normales Arbeitsverhältnis zu haben scheinen.«

»Haben Sie, oder scheint es nur so?«, unterbrach ihn Reinsch. »Sie müssen in Ihren Betrachtungen schon ein bisschen präziser sein, Herr Kollege. Nur Fakten bitte, keine Vermutungen oder Andeutungen.«

Martin presste die Zähne aufeinander. *Fick dich.* »Sie haben ein festes Angestelltenverhältnis«, behauptete Martin mit kräftiger Stimme, obwohl er es nicht genau wusste.

»Geht doch«, nuschelte Reinsch, während er sich Notizen machte.

»Ich werde morgen noch mal hinfahren, nachdem ich mir die Liste angesehen habe und mit jedem Einzelnen sprechen.« Martin ließ kein Missverständnis aufkommen, wer an dem Fall maßgeblich dran war und es auch *bleiben* wollte.

KAPITEL 33

5. November 2013, Altes Land – Hamburg

Am nächsten Morgen fuhr Pohlmann gleich nach dem Aufstehen zum Gelände der *Kommune*, wie er diese Art der Lebensgemeinschaft für sich persönlich zu nennen beschlossen hatte. Vor dem Tor warf er einen Blick auf das unscheinbare Klingelschild, das ihm bisher entgangen war, da er nur auf die Nummer geachtet hatte. Mit bescheidenen Lettern las er den Namen HORTEC. Es dauerte nicht lange, bis er aus den Möglichkeiten, die sich seinem Gehirn aufdrängten, die vermutlich zutreffenden Anfangsbuchstaben gefunden hatte, aus denen sich der Name der Firma zusammensetzte. *Horowitz Technology*, mutmaßte Martin. Nun ja, das machte Sinn. Martin schellte, und nicht zwei Sekunden danach öffnete sich das Tor mit einem sonoren Summen. Zum bereits dritten Mal durchfuhr Martin nun diese Zufahrt, und es sollte nicht das letzte Mal gewesen sein.

Diesmal empfing ihn Ruth Stern, die Tochter des Firmengründers, an der Türschwelle. Sie hielt beide Hände unter ihren Bauch, als müsste sie achtgeben, ihn nicht unter der Last des Nachwuchses herunterfallen zu lassen. Nie hatte Martin verstanden, warum schwangere Frauen es für nötig hielten, diese Geste derart ausdrücklich zu betonen.

Nur ungern ließ Ruth die rechte Hand los, um sie dem Beamten zur Begrüßung zu reichen. Ihr Gang war sichtlich mühsam, ebenso ihr Lächeln, wie es schien. Martin wusste, wie es einer Schwangeren erging, nur wie sich eine Frau im neunten Monat fühlte, kannte er nur vom Hörensagen. Wie sie all ihre Gedanken auf die Niederkunft richtete, Unmengen an Glückshormonen produzierte und mit Gedanken der Furcht bezüglich möglicher Komplikationen während der Entbindung zu einem verwirrenden Cocktail vermischte. Der Blick auf Ruths Bauch trieb schmerzliche Erinnerungen wie einen Keil zwischen die Gedanken seines Tageskonzepts. *Catherine war nicht weiter als bis zum sechsten Monat gekommen, als sie das Kind verlor.*

»Hallo, Herr Kommissar. Mein Mann bat mich, Sie zu empfangen. Er hat heute eine Menge zu tun. Er ist nach Hamburg gefahren, wegen der Patente und eines anstehenden Kongresses. Ich hoffe, ich kann Ihnen auch weiterhelfen. Kommen Sie bitte rein.«

»Danke.« Für einen Augenblick war Martin verwirrt. Die Frau, die ihm die Tür geöffnet hatte, stand unmittelbar vor der Entbindung, ihr Vater war ermordet worden und der Ehemann war nach Hamburg gefahren, wegen eines Patents? Gewöhnliches und Ungewöhnliches harmonisch vereint.

»Darf ich Ihnen etwas anbieten?«

»Nein danke. Ich möchte Ihre Zeit nicht unnötig strapazieren, aber ich habe noch eine Menge Fragen, wie Sie sich denken können.«

»Natürlich.«

Martin blickte verstohlen in die ruhigen braunen Augen der ungewöhnlich schönen Frau. Obwohl sie kurz vor ihrer Entbindung stand, strahlte sie Gelassenheit und Zuversicht aus, eine Art erhabener Würde, die ihn faszinierte. Als er sie betrachtete, kam er zu dem Schluss, dass er sich in seiner ersten Einschätzung geirrt hatte.

Martin spürte den Drang, sich zuerst nach ihrem Wohlbefinden zu erkundigen, anstatt seine lästigen Fragen loszuwerden. »Und? Wie geht es Ihnen heute?« Er deutete mit dem Kinn auf den Bauch.

Sie atmete schwer und sprach gepresst, als wäre sie einige Treppenstufen hinaufgeeilt. »Ich rechne jeden Tag mit den Wehen. Nach meinem Kalender müsste es in zwei Tagen so weit sein.«

»Wissen Sie schon, was es werden wird? Junge oder Mädchen?«

»Es wird ein Junge, und wir werden ihn Joshua nennen.«

Martin nickte. »Nach Ihrem Vater. Das finde ich toll.«

Ruth ließ sich auf einen Stuhl in der Küche fallen. Verstohlen wischte sie sich eine Träne aus dem Augenwinkel, als sei es ihr peinlich, vor dem Kommissar Gefühle der Trauer zu zeigen.

»Ich finde, Sie meistern den Verlust Ihres Vaters sehr tapfer. Ich habe das leider schon sehr oft erleben müssen, dass Angehörige nicht so gut damit klarkamen.«

Ruth nickte dankbar. Der Kommissar war ihr sympathisch.

»Ich glaube, ich habe in Wirklichkeit noch gar nicht begriffen, was passiert ist. Bisher hatte ich keine Zeit, zu trauern. Wie auch? Ich fühle mich völlig außerstande, zu verstehen, wer zu so etwas fähig ist. Es kann niemand gewesen sein, der Joshua gekannt hat. Wer ihn gekannt hat, hätte es sofort bereut, Hand an ihn gelegt zu haben.«

Martin schlug die Beine über. »Ach, Sie glauben nicht, welche finsteren Gedanken Menschen antreiben können.«

»Trotzdem. Mein Vater war in mancherlei Beziehung wie ein Kind. Obwohl er auf seinem Gebiet ein Genie war, war er als Mensch eher einfältig. Er war gutgläubig und naiv, er kannte keine Falschheit, verstehen Sie. Manche Empfindungen waren ihm einfach fremd. Er war einfach nicht in der Lage, sie zu fühlen. Er hatte so eine Art genetischen Defekt, der es ihm unmöglich machte, zu hassen oder jemandem etwas Böses zu wollen.«

»Ja, ich hörte davon. Eigentlich gar kein *schlechter Defekt*. Hätte den jeder, wäre ich meinen Job los und … na ja, ich wäre nicht traurig drüber. Leider ist es aber so, dass die Gutgläubigen am ehesten betrogen werden. Die Netten sind am Ende immer die Dummen.«

»Tja, das stimmt leider, und mein Vater wusste das auch, aber es war ihm egal. Er wollte lieber ein Opfer als ein Täter sein, das hat er uns schon als Kinder eingebläut. Er sah in allen Menschen ausschließlich das Gute, ermutigte sie, ihre Gaben und Talente zu entdecken und nach dem Ratschluss Gottes zu leben. Er war davon überzeugt, dass jeder Mensch mit einem ganz konkreten Plan und Zweck auf der Welt sei, und den Sinn seines eigenen Daseins sah er darin, den Menschen ein gigantisches Geschenk zu machen.«

Martin nickte. »Ja, Ihr Mann sprach davon. Diese Energiesache.«

Ruth lächelte und zeigte ihre ebenmäßigen weißen Zähne. »Genau, diese Energiesache. Kostenlose Energie für jedermann.«

»Eigentlich schade, dass er es nicht mehr geschafft hat, sein Ziel zu verwirklichen.«

»Wieso? Das hat er doch. So herzlos das klingen mag, aber er ist diesbezüglich nicht einen Tag zu früh gestorben. Das ist das Verrückte an seinem Tod. Man könnte sagen, es ist alles rechtzeitig fertig geworden, und dann ist er von uns gegangen. Schauen Sie, das ist der Grund, warum ich jetzt so ruhig mit Ihnen sprechen kann, ohne permanent in Tränen auszubrechen. Vielleicht entspricht alles Gottes Plan, genau so, wie es gekommen ist.«

Martin rutschte unruhig auf seinem Stuhl hin und her. Er mochte diese Vorstellung der angeblich göttlichen Vorsehung nicht besonders. Menschen aus dem Hier und Jetzt herauszureißen und sie *zu sich zu rufen*, wie Pastoren und Grabredner es formulierten, wenn sie sinnlose Tode zu rechtfertigen versuchten. Vor allem, bevor die betroffenen Menschen vollendet hatten, wozu sie sich berufen fühlten. Was für einen Sinn sollte es haben, sie nicht dort leben zu lassen, wo sie glücklich waren, an der Seite ihrer Lieben, bis sie alt und lebenssatt einfach einschliefen? Der bittere Gedanke an den Unfalltod seiner damaligen Verlobten flackerte in Martins Gedanken wieder auf. Er schüttelte den Kopf. Was für ein abartiger Gedanke. Was hatte Gott davon, diese Menschen um sich zu scharen? Er hat's gegeben und er hat's genommen. Gängige Beerdigungsfloskeln, die Martin die Luft zum Atmen nahmen und die Zornesröte ins Gesicht trieben.

»Seien Sie mir nicht böse, aber diese Form der Entschuldigung, warum Menschen sterben müssen, kann ich nicht nachvollziehen. Wenn es so wäre, bräuchte ich keinen Mörder zu suchen. Alles wäre gut und der Typ könnte ungehindert weiter morden, geradezu wie er Lust hätte. Alles wäre am Ende Gottes Wille und Vorsehung. Sein wäre die Rache. Was hätte unsere irdische Rechtsprechung dann noch für einen Sinn? Es würde das Chaos ausbrechen. Nein, ich glaube, so einfach geht das nicht, obwohl ich zugeben muss, dass ich es auch gern unproblematischer hätte. Wer sehnt sich nicht nach einem Leben, von dem er weiß, dass es so richtig ist, meinetwegen auch gemäß irgendeines Plans? Jeder ist doch auf der Suche nach dem richtigen Platz im Leben, nach der Spur, in der er gehen kann. Es wäre alles ein wenig entspannter. Man müsste nicht hadern mit dem, was passiert ist.« Martin schaute zu Boden.

Ruth bedachte ihn mit einem Blick, als wüsste sie, was ihn derzeit umtrieb. Dass er jede Minute seines Tages und den meisten Teil der Nacht in Gedanken bei Catherine war und inständig hoffte, dass sie keine Dummheiten machen würde. Dass er alles dafür geben würde, Frieden für sich und seine Frau zu finden, für ihr ganzes Leben. Echten, tiefen Frieden, nicht ein billiges Plagiat in Form von oberflächlichem Spaß, der die öde Wirklichkeit nur übertünchte und nach einiger Zeit wie eine dünne Kruste aufbrach und den Verdruss wieder freiließ.

»Lassen Sie uns nun zu meinen Fragen kommen, bitte. Ihr Mann hat mir eine Liste mit den Personalien all derer gegeben, die hier leben. Glauben *Sie*, dass es in Ihrem Umfeld jemanden geben könnte, der Ihren Vater …?«

»Ausgeschlossen. Ich sagte Ihnen doch schon, es muss ein vollkommen Unbekannter gewesen sein, ein Fremder. Jemand von außen.«

»Hatte Ihr Vater Feinde?«

»Tja, ich glaube, die hat wohl jeder, der mit einer so gewaltigen Sache erfolgreich ist. Ich denke nicht, dass er *persönlich* Feinde hatte. Er hat ja keiner Fliege etwas zuleide tun können. Er brachte sogar das Ungeziefer lebendig aus dem Haus raus. Aber sicher ist, er hatte viele Neider.«

»Hören Sie, Frau Stern. Wenn es so ist, wie Sie sagen, dann stand Ihr Vater mit seinen Ideen einigen mächtigen Firmen und deren Interessen im Weg. Ich brauche Ihnen nicht zu sagen, dass es auf dieser Welt immer nur um Profit geht und wenn dieser Profit von jemandem ernsthaft gefährdet wird, lebt er gefährlich. Das wäre nicht das erste Mal, dass Menschen aus diesem Grund aus dem Weg geräumt wurden. In welcher Beziehung stand Ihr Vater zur Petrol Ag?«

Ruth Stern war erstaunt. Es schien Martin wirklich ernst zu sein. »Er war kein Freund dieser Firmen, das war kein Geheimnis, aber das sind ja bekanntlich viele zurzeit.«

»Ich habe in den vergangenen Tagen mit einem Mann namens David Ruben gesprochen. Kennen Sie ihn?«

Ruth wandte sich ab und trat an ein Fenster. »Mein Vater hatte in seiner Jugend und später noch etliche Freunde. Manche waren real, manche nicht. David Ruben, Leonard Hoffmann, Moshe Kofsman, Samuel Goldmann. Ich könnte die Liste noch endlos weiterführen. Fakt ist, dass er uns nie einen seiner Freunde vorgestellt hat, was jedoch nicht bedeutet, dass es sie nicht tatsächlich gegeben hat. Wissen Sie, die Welt meines Vaters war nicht wie Ihre oder wie meine. Reales und Irreales gingen nahtlos ineinander über, ohne dass wir in der Familie dies hätten unterscheiden können. Er trennte diesbezüglich nicht so genau.«

»Ihr Mann hat auf den Namen David Ruben sehr gereizt reagiert, als ich ihn erwähnte.«

»Das wundert mich nicht. In den letzten Jahren haben sich eine Menge Leute um meinen Vater geschart. Wissenschaftler, Pseudointellektuelle, oft auch Politiker. Sogar ein angeblicher Umweltminister hat um seine Freundschaft gebuhlt. Alle wollten ein Stück vom großen genialen Kuchen abhaben. Sie waren wie Schmeißfliegen, die sich an ihn geheftet haben. Nur hat mein Vater nie bemerkt, was sie wirklich im Schilde führten. Im Grunde wollten alle nur das eine: das ganz große Geld und einen Blick auf die Erfindung, die die Welt revolutionieren wird.«

»Wäre es möglich, dass ich mir mal diese Energieanlage ansehe, von der Sie sprechen? Ich kann mir ehrlich gesagt gar nichts darunter vorstellen. Ich habe leider von Physik keinen blassen Schimmer.«

Ruth sah auf die Uhr. »Nun, eigentlich darf ich niemandem die neue Erfindung meines Vaters zeigen, aber ich denke, in Ihrem Fall … Sie sind ja Polizist.«

»Stimmt das, dass Sie hier völlig autark leben?«

»Ja, das ist richtig. Wir produzieren von allem im Überfluss, sodass wir reichlich abgeben können.«

»Auch im Winter? Hamburg ist ja nicht gerade mit Sonne gesegnet.«

»Auch im Winter. Mein Vater und mein Mann haben hocheffiziente Gewächshäuser entwickelt, die mit sehr wenig Licht auskommen. In unseren Lagerhäusern horten wir Lebensmittel für drei Monate. Und die Energie, die wir benötigen, ist sowieso kein Problem mehr.«

Martin und Ruth zogen ihre Jacken an, verließen das Gebäude und machten sich auf den Weg zu einem Rundgang über das Gelände. Einige Arbeiter, die wie Gärtner aussahen, kamen ihnen entgegen, doch im Wesentlichen ging es eher ruhig zu.

»Es wäre mir lieb, wenn wir nicht zu Fuß gehen müssten. Ich schlage vor, wir nehmen einen *unserer* Wagen.«

Martin wunderte sich über diese Aussage. Welchen Wagen sie gemeint hatte, erschloss sich ihm mit einem Blick in eine große Garage, deren Tor Ruth aufschwang. An die zehn Elektrofahrzeuge standen in Reih und Glied nebeneinander. Sie wirkten wie eine Züchtung zwischen Smart und Fiat 500, waren alle weiß lackiert und trugen das Logo des HORTEC-Unternehmens auf den Türen. Sie boten zwei Personen Platz und hatten hinter den Sitzen noch Raum für Gepäck oder anderes Transportgut.

Martin nahm auf den einladenden Wink seitens der schwangeren Frau auf dem Beifahrersitz Platz und schloss die Tür, die mit einem soliden dumpfen Schlag ins Schloss fiel.

»Das ist im Übrigen auch eine Erfindung Joshuas. Er hat gleich am zweiten Nachmittag, nachdem wir hier eingezogen sind, damit begonnen, sie zu entwickeln.«

»Womit werden die Fahrzeuge betrieben?«

»Im Wesentlichen ist es eine neue Art Hybridfahrzeuge. Auf dem Dach sind Solarzellen angebracht, die sofort anfangen, Strom zu produzieren, sobald wir aus der Halle herauskommen, auch bei trübem Wetter. Den Start und die Fahrt bei Dunkelheit erledigen Motoren, die mit Algensprit fahren. Grundsätzlich könnten sie für den Straßenverkehr zugelassen werden, doch sie fahren nur maximal sechzig Stundenkilometer. Außerdem sind sie nur hier für unser privates Gelände gebaut worden. Jeder der Arbeiter nimmt sich nach Bedarf einen Wagen, um die mittlerweile großen Strecken des Geländes abzufahren. Sie können mit den Wagen sogar über Unebenheiten fahren und merken aufgrund einer speziellen Federung so gut wie gar nichts.«

Martin war schwer beeindruckt. Autofabrikation, mit allem, was dafür erforderlich war, fand auch noch auf dem Gelände statt? Selbst wenn es nur Prototypen waren. Wenn das der Anfang der Führung war, was würde ihn dann noch an Großartigem erwarten? Für seine Fahrerin schien es völlig normal zu sein, sich derart fortzubewegen.

»Mein Vater hat noch andere Wagen konzipiert, die für den Straßenverkehr zugelassen wurden. Echte Flitzer, sage ich Ihnen. Also, was möchten Sie zuerst sehen?«

Martin zuckte mit den Schultern. »Keine Ahnung. Sagen Sie's mir. Nach welchem Konzept läuft das Ganze denn hier ab?«

»Nun ja, wie gesagt, wir produzieren alles, was mit Energie und Lebenserhaltung zu tun hat. Benzin, Heizöl und verschiedene Derivate, wie zum Beispiel seit Kurzem auch Kerosin, erzeugen wir aus unseren speziellen Algenzüchtungen. Den Strom generieren wir aus verschiedenen Quellen wie Windenergie, Photovoltaik und Wasserkraft. Die Elbe liegt direkt hinter dem Deich, sodass wir die Fließgeschwindigkeit des Wassers zur Energieproduktion nutzen können. Den Hauptanteil erhalten wir jedoch aus dem Lieblingsprojekt meines Vaters. Das, worum sich alles dreht, die wohl gewaltigste Entdeckung des letzten Jahrhunderts: dem Einfangen freier kosmischer Raumenergie.« Martin beobachtete, mit welcher Leidenschaft die Tochter des Verstorbenen dessen Hingabe teilte, während sie den handlichen Wagen durch enge Gassen zwischen Gewächshäusern und Lagerhallen hindurchlenkte. Dennoch war er sich immer noch nicht sicher, ob er es nicht letztendlich mit einem gigantischen Schwindel zu tun hatte. Einer Variante gespielten Größenwahns, die nichts weiter zu bieten hatte als all das, was es längst schon in vielleicht anderer Form gab, nur nicht so aufwendig präsentiert.

Ruth Stern erkannte die Skepsis in seinem Ausdruck. »Ich weiß, Sie sind noch nicht überzeugt. Es klingt zu fantastisch, als dass es wahr sein könnte. Aber ich kann es Ihnen beweisen. Eigentlich sollte die Präsentation erst in wenigen Wochen im Rahmen des Kongresses stattfinden, aber okay. Heute werde ich Sie überzeugen.« Ein schelmisches Lachen umfing ihre zarten Wangengrübchen. Ihre Blicke trafen sich und klebten für Sekunden aneinander. Martin verlor sich für die Dauer weniger Herzschläge in ihren tiefen, unergründlichen Augen.

Sie schaute wieder nach vorn. »Okay, ich erklär's Ihnen: Mit der Solarenergie erhitzen wir das Wasser, das im Übrigen aus einem eigenen Brunnen gepumpt wird. Alle Maschinen und Motoren, die benötigt werden, treiben wir mit Bio-Sprit und Bio-Öl aus Algen an, die wir wiederum mit dem Abwasser und den Fäkalien aller umliegenden Häuser füttern. Zusätzlich leiten wir das CO_2 der Maschinen in die Becken. Kaum zu glauben, dass sich eine Lebensform davon ernähren kann, was?«

Martin nickte. Er spürte, dass er errötete, weil er sie nicht aus den Augen gelassen hatte. »Allerdings.«

»Sie müssen sich das Ganze wie einen logischen Kreislauf vorstellen, in dem alle Rädchen perfekt ineinandergreifen. Alles ist klug durchdacht und bis ins letzte Detail ausgereift. Mein Vater hat sein ganzes Leben darauf verwendet, diesen Traum wahr werden zu lassen.«

Martin hob die Hand. »Na schön, meinetwegen. Ich hab alles verstanden, bis auf die Sache mit der Energie, die Sie aus dem … wie haben Sie es formuliert, Kosmos gewinnen?«

Ruth Stern schwieg einen Augenblick, als sie den Wagen vor dem Tor einer der größten Hallen parkte, an denen sie vorbeigekommen waren. »Dazu kommen wir gleich, Herr Kommissar. Erst zeige ich Ihnen unsere *Babys*, wie mein Mann und ich sie nennen. Diese Algen sind sehr einfache Geschöpfe, aber hocheffektiv und wie geschaffen für uns Menschen. Danach zeige ich Ihnen die Krönung seines Werkes. Mein Vater hat die Göttliche Formel gefunden, Energie aus dem scheinbaren Nichts zu erschaffen. Niemand wollte ihm glauben, dass so etwas möglich wäre. Alle haben ihn für verrückt erklärt. Nun, das war er von jeher gewohnt, aber er hat nie aufgehört, daran zu glauben. Er meinte immer, dass solche Erkenntnisse nicht auf der Straße liegen, man müsse schon ernsthaft nach ihnen suchen, und dem ernsthaften Sucher würde Gott es auch bereitwillig zeigen.«

Martin lachte auf. Es klang unbeabsichtigt eine Spur zu spöttisch. »Sie scheinen alle ziemlich gläubig zu sein, wie?« Sogleich bemerkte Martin, dass diese Bemerkung unangemessen und ihm rein emotional herausgeplatzt war. Es entging ihm nicht, dass er die Frau in Verlegenheit gebracht hatte, sei es wegen seiner unachtsamen Bemerkung, oder weil ihr die Röte bis zu den Wangen hochgekrochen war. Etwas an ihr ließ ihn nicht unbefangen sein, machte ihn nervös, unprofessionell. Martin griff sich an die linke Stirnseite, hinter der ein mittlerweile treuer Gefährte, ein pochender Schmerz, aufkeimte. »Ich frage mich, warum es bisher noch niemandem sonst gelungen ist, all das hier auf die Beine zu stellen, diese Art der Energiegewinnung zu finden. Ich meine, Sie müssen mir recht geben, dass das alles ziemlich utopisch klingt. Das mit dem Öl aus Algen kann ich mir ja noch irgendwie vorstellen, aber freie kostenlose Energie aus dem Nichts, aus dem All, dem Kosmos. Klingt für mich eher nach Esoterik.«

»Mir ist klar, wie es auf Sie und die vielen anderen wirkt, die meinem Vater nicht geglaubt haben. Es ist aber wahr, und es hat mit Esoterik überhaupt nichts zu tun. Sie werden es gleich selbst erleben. Sie werden außer meinem Mann und den engsten Mitarbeitern der Erste sein, der die Anlage mit der vollendeten Formel in Aktion sieht.«

Martin und Ruth stiegen aus dem Wagen. Sogleich schlug ihnen eisiger Wind entgegen, der um die Ecke pfiff. Martin krempelte den Kragen hoch. »Also ist davon auszugehen, dass man Ihren Vater wegen genau dieser Berechnungen getötet hat. Halten Sie die Formel sicher unter Verwahrung? Reichen Ihre Sicherheitsvorkehrungen hier auf dem Gelände aus?« Martin drehte sich zu Ruth um. Er wirkte ernsthaft um sie besorgt, sei es in seiner Eigenschaft als Polizist oder aus ehrlicher Sympathie heraus. Auch ihm entging nicht, dass er, wie so oft, auf dem besten Weg war, seine Distanz zu verlieren. *Sei nicht albern*, ermahnte er sich. *Sie ist fast halb so alt wie du. Mach nicht den gleichen dummen Fehler wie Werner.* Schnell sprach er weiter. »Und eine letzte Frage drängt sich mir auf: Denken Sie, dass der Mörder die Formel bekommen hat?«

Ruth zog einen Schlüsselbund hervor und steckte einen davon in ein Sicherheitsschloss. »Natürlich wurde er wegen seiner Erfindung getötet, das musste früher oder später so kommen. Und ja, natürlich ist die Formel unter Verschluss. Unsere Sicherheitsvorkehrungen sind sehr gut durchdacht. Ich glaube nicht, dass der Mörder die Arbeiten meines Vaters in die Finger bekommen hat. Joshua wird sie auch unter Schmerzen nicht herausgegeben haben.«

»Aber sicher sind Sie sich nicht?«

Ruth schüttelte den Kopf. »Nein, sicher bin ich mir natürlich nicht, aber ich kann es mir nicht vorstellen.«

»Der genaue Zeitpunkt des Todes ist für uns schwer zu ermitteln, es muss schon einige Tage her sein. Fanden Sie nicht ungewöhnlich, dass Ihr Vater nicht nach Hause gekommen ist? Sie haben keine Vermisstenanzeige aufgegeben.«

»Nein, das haben wir nicht, aber ich war kurz davor, es zu tun. Es kam oft vor, dass er nicht nach Hause kam. Das war so seine Art. Er brauchte regelmäßig ein paar Tage, in denen er sich von allen Menschen zurückgezogen hat, um nachzudenken. Er stromerte dann in der Gegend herum, lief weite Strecken zu Fuß. Wer ihn traf, fand ihn murmelnd und gestikulierend, als wäre er nicht allein. Doch diesmal war es anders, das habe ich genau gespürt. Ich hatte den Eindruck, als sei das Band, das uns verbindet, gerissen.«

Ruth öffnete eine große Schiebetür, über deren Zarge der schnörkellose Schriftzug *Green Technologies* prangte. Obwohl Martin die Größe der unscheinbar wirkenden Halle von außen ermessen konnte, war er doch erstaunt, welch gigantisches Forschungsareal sie gerade betraten. Eine lichtdurchflutete Halle, so groß wie zwei Fußballfelder, ließ seinen Mund offen stehen und entlockte ihm ein jungenhaftes »Wow!«

Ein Mann um die fünfzig, volles dunkles Haar, einige graue Strähnen an den Seiten und einer randlosen Brille auf der Nase, kam ihnen entgegen. Er trug einen weißen Kittel, darunter ein hellblaues Hemd mit einer Krawatte, die nur locker gebunden war. Der oberste Knopf des Hemdes war geöffnet.

Ruth begegnete seinem kritischen Blick. »Hallo, Levi. Das ist Kommissar Pohlmann. Er ermittelt zum Tod meines Vaters. Ich möchte ihm gern zeigen, wofür mein Vater gelebt hat, wofür sein Herz geschlagen hat.«

»Nun, du bist der Boss, aber eigentlich ist das nicht im Sinne deines Mannes, Fremde hier durchzuführen.«

»Ich weiß, aber ich versichere dir, dass es bei Herrn Pohlmann gut aufgehoben ist. Es dient seinen Ermittlungen und mir ist es auch wichtig, dass er den Mörder meines Vaters so schnell wie möglich findet.«

Levi Lewinsky, der Projektleiter der Algenfarm, schaute zu Boden und nickte. »Ja gut. Das verstehe ich.« Er wandte sich an Martin. »Wenn Sie Hilfe brauchen oder es Sie interessiert, wie alles aufgebaut ist. Ich meine, falls Frau Stern unpässlich sein sollte …« Lewinsky lächelte und deutete mit dem Kinn dezent auf Ruths prominenten Bauch.

»Lieb von dir, Levi, aber ich denke, es wird gehen.«

Lewinsky wandte sich von den Besuchern ab, nahm ein zur Seite gelegtes Klemmbrett zur Hand und arbeitete eine Checkliste ab. Er verglich Werte auf seinen Papieren mit denen, die er an verschiedenen Geräten und Maschinen ablas.

Martin blickte sich staunend um. Eine vollkommen neue und unwirklich anmutende Sphäre tat sich vor ihm auf. Die Halle war, sofern er das bei langsamem Durchschreiten beurteilen konnte, in mehrere Bereiche unterteilt. Doch wohin er auch schaute, überall dominierte die Farbe *Grün*. Es leuchtete, glitzerte und strahlte *grün*, so intensiv und lebendig, als stamme es nicht von dieser Welt. In unterschiedlichen Helligkeitsstufen und Konsistenzen waberten grüne Flüssigkeiten in verschiedenen Röhrensystemen, die vom Boden bis zur Decke reichten, oder in einzelnen Blockcontainern, die wie Sicherheitsschränke nebeneinanderstanden.

»Na? Beeindruckt?« Ruth sah Martin an. Ihre Augen leuchteten, obwohl sie den Anblick all dieser Aggregate seit vielen Jahren gewohnt war.

Martin nickte. »Das kann man wohl sagen.«

»Als wir damals in Israel und später hier in Hamburg die Arbeit an der Algenbiotechnologie aufnahmen, hielten uns die meisten Leute für verrückt. Niemand glaubte ernsthaft, dass man nicht nur das Weltklima damit retten könne, sondern dass man in der Lage sein würde, wirtschaftliche Energieerträge zu erzielen. Ich meine, es geht ja immer um Wirtschaftlichkeit, und das ist ja auch okay. Am Ende muss mehr herauskommen, als man reingesteckt hat. Diese Mikroalgen, Herr Pohlmann, sind die kleinsten Pflanzen unseres Planeten und dabei die fleißigsten und nützlichsten Energieproduzenten von allen. Ihnen werden wir die Zukunft unserer Erde verdanken.«

Ruth führte Martin zu einem großen Quader. Ein unterschwelliger Fischgeruch lag in der kühlen Luft. »Was ist das für ein Apparat?«

»Das ist das Herzstück der neuen Anlage, der *HORTEC Photobioreaktor IV*. Dieser Reaktor ist nach unserer Kenntnis derzeit der einzige auf der ganzen Welt, der die Algenzucht in einem geschlossenen Bioreaktor ermöglicht und dabei diese einzigartige Energieausbeute erzielt. Jedes der acht Aggregate enthält 320 Liter, gefüllt mit fototrophen Algen, die mittels Fotosynthese Fettsäuren, Proteine, Farbstoffe, Öle und Polysaccharide produzieren. An einem Prototyp dieses Reaktors hat mein Vater schon in Israel gearbeitet und nun endlich, vor knapp einem Jahr, konnte er das Problem der Zonen unterschiedlicher Lichtintensität lösen.«

Martin runzelte die Stirn.

»Wissen Sie, bei unseren älteren Reaktoren fand bei hoher Lichteinstrahlung in der äußeren Schicht keine Fotosynthese statt, wohingegen sich die Algenmasse in der inneren Schicht selbst das Licht raubte. Das Problem war immer, dass sich nur in einer dünnen mittleren Schicht eine Zone befand, in der die Algen optimal mit Licht versorgt wurden. Also musste man erreichen, dass eine Durchmischung der Schichten stattfindet. Eines Morgens kam mein Vater ganz aufgeregt in die Küche gerannt und präsentierte uns die Lösung. Er war auf die Idee gekommen, in dem Reaktor einen speziellen Mischer einzubauen. Dieser lenkt die aufsteigenden Gasblasen in eine konstante Richtung um, sodass sich eine kreisförmige Strömung entwickelt. Allen Algenzellen wird somit die optimale Lichtversorgung zugänglich gemacht, woraus extrem hohe

Kulturdichten erreicht werden konnten. Dieser Mutterreaktor war der ganze Stolz meines Vaters. Mittlerweile haben wir sechzehn Stück davon.«

»Das ist echt beachtlich. Ich hatte ja keine Ahnung, dass außer für Sushi Algen noch zu etwas anderem gut sein können.«

Ruth lächelte amüsiert. Für eine kurze Zeit war es Martin gelungen, sie von den schmerzlichen Gedanken an den Tod ihres Vaters abzulenken.

»Tja«, sagte sie stolz, »und das ist nur ein Bruchteil. In einer anderen Anlage produzieren unsere Algen Wasserstoff, den man als Energieträger in Automotoren, Brennstoffzellen, Gasturbinen und sogar in Blockheizkraftwerken verwenden kann. Und das Beste daran, bei seiner Verbrennung fallen keine klimaschädlichen Gase an.«

Ruth verzog das Gesicht unter einem kurzen Anflug von Schmerzen. Sie krümmte sich kurz. »Ich glaube, mein Sohn hat es eilig, auf die Welt zu kommen. Kommen Sie, Herr Pohlmann, wir gehen weiter.«

Martin ließ sich an der Seite dieser bezaubernden Frau den Mikrokosmos der Algen erklären. Geschöpfe Gottes, wie sie es betonte, die dazu erschaffen worden wären, um der Menschheit zu dienen. Er begann zu begreifen, dass der Glaube dieser Leute nicht nur eine leere Worthülse war, sondern eine praktische Umsetzung im Alltag zur Folge hatte, die auf Martin authentisch und nachvollziehbar wirkte.

»Bevor wir auf dem Gelände weiterfahren, um den Rest zu sehen, möchte ich Ihnen noch eine einzige Sache zeigen, auf die ich ein bisschen stolz bin. Dort drüben ist ein Sterilbereich abgetrennt, in dem *meine* Algen liegen.«

»*Ihre* Algen?«

»Ja, *meine*«, betonte sie kokett. »Ich habe vor zwei Jahren darauf bestanden, dass ich ein eigenes Projekt bekomme. Bei meinem Vater drehte sich zeitlebens alles immer nur um Energie.« Ruth gestikulierte wild. »Energie, Energie, Energie, seit meiner Kindheit. Überall witterte er neue, unerforschte Energiequellen. Ich konnte es schon nicht mehr hören. Also habe ich ihm erzählt, dass ich aus Algen Medikamente oder Kosmetika herstellen möchte. Und da mein Vater am eigenen Leib erlebt hatte, dass gute Medikamente das Leben wieder lebenswert machen können, gab er seine Zustimmung. Er hat mir einen Teil der Halle für meine privaten Forschungen eingerichtet und voilà, hier ist er. Gut, es ist nur ein kleines Projekt, aber mit Stolz kann ich sagen, dass es funktioniert.«

Sie standen vor einem isolierten Bereich, in den sie durch Glasscheiben hineinsehen konnten. Zwei Männer und eine Frau, mit Mundschutz vermummt und in Schutzanzüge gehüllt, wuselten herum und verrichteten verschiedene Aufgaben. Die Frau saß vor unterschiedlichen Reagenzgläsern und isolierte mit Pipetten einige Proben daraus, während einer der Männer Knöpfe an einer Maschine betätigte. Der andere befüllte ein Becken mit einer grünen Brühe.

»Das sind meine Chlorella-Algen. Chlorella pyrenoidosa und Chlorella vulgaris, um genau zu sein. Man kann ohne Übertreibung behaupten, dass die Chlorella-Alge eine der besten Nahrungsergänzungen ist, die es gibt. Sie hat entgiftende Eigenschaften und unterstützt unseren Körper und unser Gehirn in nahezu allen Belangen. Keine andere Pflanze enthält mehr Chlorophyll, wodurch der Schutz und die Regenerationsfähigkeit jeder einzelnen Körperzelle erhöht wird. Auf diese Weise verlängert sich deren Lebensdauer, sodass der Alterungsprozess verlangsamt werden kann. Effektives Anti-Aging, Herr Pohlmann.«

Martin nickte beeindruckt. Diese Frau war die Tochter eines Erfinders, das merkte man gleich.

»Ich könnte Ihnen noch stundenlang von ihren Wirkungen vorschwärmen, aber ich denke, dann schaffen wir es nicht, den Rundgang zu beenden. Ich schlage vor, dass wir weitergehen.«

Martin ließ sich von Ruth zum Ausgang der imposanten Halle führen. *Unglaublich, welche Talente manche Menschen haben,* dachte er.

Seine Vorbehalte waren nach der Besichtigung der Algenanlage zum größten Teil gewichen. Das, was er mit eigenen Augen gesehen hatte, war alles andere als eine hohle Show gewesen. Er hatte miterleben dürfen, in welcher Geschwindigkeit sich diese Algen vermehrten. Er hatte sich die Produktionsschritte bis hin zu jenem Algensprit erklären lassen, den Ruth demonstrativ in den Tank eines baugleichen kleinen Wagens füllte. Nach einem Betrug sah das ganz und gar nicht aus. Es wirkte wie die Realisierung einer Vision, die nun Früchte trug. Wieder fielen ihm die endlosen Schlangen vor den Zapfsäulen ein, die horrenden Preise auf den Schildern, die Diebstähle und Aggressionen, die die angebliche Öl- und Benzinknappheit hervorrief. Wie ein Schuljunge staunte er, als die dünnflüssige grüne Emulsion in einen Autotank gluckerte und den Wagen sauber und beinahe geruchlos antrieb.

Sie verließen die Halle und stiegen in den Wagen ein. Ruth startete den Motor, der den Wagen mit erstaunlicher Kraft in Fahrt setzte.

»Nun kommt das Beste, Herr Kommissar. Die Algen sind ganz nett, aber auch E.ON hatte schon, bevor wir kamen, damit experimentiert. Im Grunde nichts Besonderes. Wir haben nur die genetische Struktur der Algen genauer entschlüsselt und eine spezielle Züchtung gewonnen. Das würde allein schon genügen, um die Welt von allen Ölquellen unabhängig zu machen, aber das, was Sie nun zu sehen bekommen, wird Ihren Horizont vermutlich sprengen.«

»Okay. Ich bin bereit. Überraschen Sie mich. Bis jetzt haben Sie mich jedenfalls schon ziemlich beeindruckt.«

Ruth warf ihm einen kecken Blick von der Seite zu. Gleich danach spürte sie wieder dieses Zwicken im Bauch. Die Abstände dieser kleinen Krämpfe wurden in den letzten Stunden immer kürzer.

Nach drei Minuten zügiger Fahrt erreichten sie ein unscheinbares rundes Gebäude, das wie ein überdimensional großer grauer Betonsilo wirkte. Oder wie eine Sternwarte auf der Höhe eines Berges. An der Stirnseite, wo Ruth den Wagen parkte, schottete ein schweres, ebenfalls graues Tor aus Metall das Innere des hässlichen Klotzes vor unliebsamen Blicken ab. Es schien den Erbauern wichtig gewesen zu sein, dem Äußeren dieses Monstrums keinerlei Aufmerksamkeit zu widmen. Im Gegenteil, es schien, als habe man es so hässlich und nichtssagend wie möglich gestalten wollen. Auch aus der Luft musste es für einen Helikopterpiloten vollkommen unscheinbar wirken. Als Ruth die Tür öffnete und sie eintraten, schlug Martin eine unangenehme Schwärze entgegen. Es roch streng nach verschmorten Kabeln und Leitungen, als habe es kurz zuvor einen gewaltigen Kurzschluss gegeben. Die Temperatur indes war nicht höher als außerhalb des Gebäudes.

Martin blickte sich um, seine Augen gewöhnten sich langsam an das dämmerige Licht. Er wurde gewahr, dass diese Halle zwar nicht sonderlich groß war, dafür aber hoch. Wie eine halbierte, in die Länge gezogene Honigmelone, deren Spitze wie der Po einer Ente beim Tauchen nach oben ragte. So hoch, dass er die Decke bei diesem schummerigen Licht nicht ausmachen konnte.

»Warten Sie bitte, Herr Kommissar. Nicht weitergehen, sonst werden Sie von den Sensoren erfasst. Bleiben Sie am Eingang stehen!«

Martin gehorchte augenblicklich und rührte sich nicht vom Fleck. »Und was passiert, wenn ich es doch tue?«

»Nicht viel. Das Tor geht sofort wieder zu und wird uns einschließen. Gleichzeitig wird ein Sicherheitsalarm in der Zentrale ausgelöst.« Ruth stand keine fünf Meter von ihm entfernt, war aber in vollkommene Finsternis getaucht. Dann, nach einigen Sekunden, leuchteten einige blaue LED-Lämpchen auf. Die Umrisse der Frau wurden erkennbar. Sie stand vor einer Art Scanner, hielt ihre Stirn an einer Glasplatte gelehnt, das Kinn ruhte auf einer weißen Ablage. Dann glitt ein feiner Lichtstrahl von der linken Seite über ihre Augen hinüber zur rechten und wieder zurück. Ein moderner Retinascanner, der, wie ihm Ruth erklärte, nicht nur die Augen scannte, sondern ihre natürliche Umgebung mit erfasste, sodass es unmöglich war, etwa mit einem aus der Augenhöhle entfernten Auge den Scanner zu täuschen. Kurze Zeit später erwachten unzählige Neonröhren in dem ganzen Areal zum Leben. Viele weitere LED-Lämpchen begannen aufzuleuchten, an Maschinen, Computern und Monitoren. Ruth ging auf eine Tastatur zu, drehte sich zu Martin um, der sich immer noch nicht bewegte, sondern diese sonderbare Halle mit geöffnetem Mund in Augenschein nahm. Seine Augen erfassten Maschinen und Geräte, die aus einem Science-Fiction-Film hätten stammen können. Vor allem klebte sein Blick auf einer mitten im Raum stehenden monströsen Kugel. Alle Kabel und Leitungen schienen in dieser einen Kugel zu verschwinden. Auch sie war vollständig aus Metall, wirkte farblich wie matter Stahl. Von außen sah man keine Schrauben oder Nieten. Keine unebenen Flächen oder Kanten, als sei das Ungetüm aus einem Block herausgeschnitten worden. Spätestens ab diesem Zeitpunkt wurde Martin klar, dass es sich bei Joshua Horowitz ganz und gar nicht um einen geistesgestörten Möchtegernwissenschaftler gehandelt hatte, sondern um einen Mann, den die Fachwelt vermutlich ernster nahm, als es der Familie Horowitz lieb war.

KAPITEL 34

5. November 2013, Altes Land – Hamburg

»Kommen Sie, Herr Kommissar. Ab jetzt kann Ihnen nichts mehr passieren.«

Martin setzte sich langsam in Bewegung und ging ein paar unschlüssige Schritte umher.

Ruth bewegte ihren Daumen über eine Scannerfläche auf der Tastatur. Ein Bild auf dem Monitor erschien und sie wurde aufgefordert, auch den Zeigefinger auf eine weitere Scannerfläche gleich danebenzulegen und für einen Augenblick dort ruhen zu lassen. Eine Liste biologischer Messwerte ratterte den Monitor hinunter. Martin trat dichter heran. Er meinte, einige der Daten erkennen zu können: Blutdruck, Herzfrequenz, Puls, ähnlich der Daten an seinem Ergometer, das in seinem Keller ungenutzt verstaubte. Doch diese Messungen, die vor seinem Auge in Sekundenschnelle abliefen, taten viel mehr als das. Sie machten den Menschen, der diesem Zeigefinger gehörte, in seiner komplexen Biologie vollkommen gläsern. Alle relevanten Daten erschienen unter- und nebeneinander.

»Meine Güte. Sind das alles Sie?«, fragte Martin.

»Ich muss mich beeilen. Meine Wehen kommen bald.«

»Das sehen Sie auf dem Monitor?«

Sie lachte. »Unter anderem. Vor allem spüre ich es in meinem Bauch. Dieser PC registriert nicht nur meine Identität, sondern erfasst gleichzeitig mein biologisches Profil, meinen Stress zum Beispiel, wie eine Art Lügendetektor.«

»Wozu soll das gut sein? Ist das nicht ein bisschen übertrieben?« »Nein, ist es nicht. Das ist kein gewöhnlicher Scanner, sondern ein biologischer Vitalscanner. Stellen Sie sich vor, ich würde mit vorgehaltener Waffe dazu gezwungen werden, meinen Finger scannen zu lassen, dann würde die Analyse der Daten derart ausfallen, dass keine Freigabe erteilt werden würde. Der Retinascanner erfasst ja nur zweifelsfrei, *ob* ich es bin, doch das Programm in diesem PC erkennt, ob ich es *lebendig und freiwillig* bin.«

»Wow. Das ist echt stark. Wirklich sehr beeindruckend.«

»Die anderen biologischen Daten sind eigentlich eher eine Spielerei meines Vaters gewesen. Für die Sicherheit nicht wirklich vonnöten, aber, nun ja, wie Männer eben so sind.«

»Eine Spielerei?«, rief Martin enthusiastisch. »Ich finde das großartig. Dieses Programm macht einen kompletten Arztbesuch überflüssig.«

»Eigentlich war es nur ein Versuch. Mein Vater hat auf seinem persönlichen Rechner noch eine verbesserte Version, weil er Arztbesuche gehasst hatte. Alles, was er über seine Gesundheit wissen musste, lieferte ihm das Programm mit allen Empfehlungen bezüglich Herz-Kreislauf, Vitaminen, Mineralien und Spurenelementen. Er brauchte nur einen einzigen Tropfen Blut dafür.«

Hat ihm leider nur nicht geholfen, dem Mörder zu entkommen, dachte Martin. Dennoch begriff er, welch unglaubliches Genie sich in den Gehirnwindungen von Joshua Horowitz verborgen haben musste.

Ruth sah ihn herausfordernd an. »Okay, sind Sie bereit?«

Martin nickte. »Absolut. Legen Sie los.«

Ruth Stern saß auf einem gewöhnlichen Bürosessel und tippte einen zwölfstelligen Code ein. Weitere Fenster auf weiteren Monitoren öffneten sich so schnell, dass er Ruths flinken Fingerbewegungen kaum folgen konnte. Ein ums andere Mal wurde klar, dass sie nicht nur die Frau Aaron Sterns war, die sich um das Haus und die zukünftigen Kinder kümmerte, sondern vor allem war sie die leibliche Tochter Joshuas. Seine Gene blitzten in ihren auf.

Nach einer Weile begann sich die graue Melone in der Mitte zu teilen. Das halbkugelförmige Dach spaltete sich und glitt, von einem tiefen Brummen begleitet, auseinander. Der Himmel erschien über ihren Köpfen, kühle Luft strömte herein. Wie von Zauberhand bewegt, stoben die Wolken auseinander und ließen die Sonne auf ihre Köpfe, vor allem aber auf das Innere der Halle scheinen.

»Wir nennen es nur die *Kuppel.*« Ruth fuhr fort, den Rechner zu bedienen. Zeitgleich, während sich das Metalldach zu beiden Seiten hin öffnete, schob sich ein schwarzer Mast in die Höhe. Aus einem meterdicken Rohr kamen, wie bei einer Antenne, weitere, dünnere Rohre heraus. Das Rohr erreichte eine beachtliche Länge, sodass es das Dach der Kuppel bei Weitem überragte. Als die futuristische Antenne voll ausgefahren war, schloss sich nahtlos eine andere Kuppel aus Glas daran an. Somit war das Dach wieder dicht.

Ruth folgte Martins Blick in die Höhe. »Aus der Luft kann man das Glas nicht als solches erkennen. Es hat eine spezielle Silikatbeschichtung, die nicht reflektiert. Wenn Sie über einen Satelliten auf die Erde herunterschauen und die Kuppel suchen, sehen Sie nichts als unscheinbar wirkende Materie wie einen Acker, ein Feld oder Ähnliches. Wir haben es mehrfach getestet.«

»Wie konnten sie so etwas testen?«

Ruth grinste. »Na ja, offiziell kann ich Ihnen das nicht sagen, aber inoffiziell haben wir uns in entsprechende Rechner gehackt. Nicht besonders schwer, wenn man weiß, wie es geht.«

»Was passiert jetzt? Was tut dieses Ding?«

»Aus diesem Grund habe ich Ihnen gesagt, dass die Algen nur *ganz nett* sind. Das hier, Herr Kommissar, ist das größte Geheimnis dieses Jahrhunderts. So etwas hat es vorher noch nie gegeben. Es sammelt die in der Atmosphäre im Übermaß vorhandene Raumenergie ein, konvertiert sie in ein verwertbares Format und schickt sie zu dem größten Speicher, der je gebaut wurde. Schon viele Wissenschaftler kannten diese Art der Energiegewinnung, aber es ist bisher noch niemandem gelungen, sie so einzufangen …«, Ruth drehte sich zu Martin um und blickte ihn ernst an, »… dass sie einem nicht um die Ohren fliegt, sondern dass sie, wie soll ich sagen, gezähmt und gespeichert werden kann. Die enorme Explosivität und die Speicherung großer Mengen Energie war bisher das Hauptproblem aller Akkus gewesen, doch wir haben es gelöst. Und selbst, wenn die Menge der gespeicherten Energie für verbrauchende Prozesse nicht ausreicht, mit dieser Methode füllen sie in Minuten alle Speicher wieder auf.« Ruth tippte einige Befehle in die Tastatur. »Wir saugen in der Kuppel während einer halben Stunde so viel Energie aus der Umgebung heraus, dass fünfhundert Menschen einen ganzen Tag Strom haben. Eine recht gute Bilanz, finden Sie nicht?«

Martin zog anerkennend die Brauen hoch. »Ganz ehrlich? Ich kann es nicht glauben! Ich verstehe zu wenig von diesen Dingen, aber wenn es stimmt, was Sie sagen – und ich denke eigentlich nicht, dass Sie mich anlügen –, dann hat diese … diese Kuppel tatsächlich das Potenzial, die Welt zu verändern. Dann wundern mich Ihre massiven Sicherheitsvorkehrungen wie diese Scanner ganz und gar nicht mehr.« Martin nickte. »Ich schätze, dann sind sie mehr als gerechtfertigt.«

»Darf man fragen, wer Sie sind?« Eine tiefe Stimme ertönte hinter Martin, sodass er erschrak.

Der Mann fuhr fort. »Ruth! Wer ist dieser Typ? Er hat hier absolut nichts zu suchen.«

Ruth wandte sich um, ebenso wie es Martin tat. Sie blickten auf einen Mann herab, der im Eingangsbereich der Kuppel in einem Rollstuhl saß. Sein Blick war fest und entschlossen, seine Hände ruhten auf den Rädern, die er unruhig wenige Zentimeter vor und zurück fuhr, als säße er in einem Wagen und würde rhythmisch seinen Motor aufheulen lassen. Es hatte etwas von einer Drohgebärde. Ruth ging auf den Behinderten zu und legte ihre Hand sanft auf seine Schulter. Sie lächelte ihn an, und Martin fragte sich, wie er dieses Lächeln interpretieren sollte. War es echt oder gespielt? War das dieser Mann, von dem Aaron gesprochen hatte, der Kriegsversehrte, der sich um den Bürokram kümmerte?

Martin ging ein paar Schritte auf ihn zu. Er war kein bisschen eingeschüchtert, obwohl dies beabsichtigt gewesen war. »Ich ermittle zum Tod von Joshua Horowitz, und zu diesem Zweck hat mir Frau Stern das Lebenswerk ihres Vaters gezeigt. Und Sie sind ...?«

Zadek rollte den Stuhl einen halben Meter zurück. Er mochte es nicht, wenn jemand direkt vor ihm stand und er aufschauen musste. »Ich heiße Zadek Kotarev. Aber Zadek reicht. Auch für Sie.«

Martin nahm sich die Zeit, den Mann in eine ihm bekannte Schublade einzusortieren. Zadek imponierte Martin, weil er trotz seiner Behinderung ein wildes Äußeres zur Schau stellte, als triebe er sich hauptsächlich in Wäldern oder als Guide auf Survivaltouren herum. Er trug einen dunklen dichten Bart, langes, fast schwarzes, im Nacken mit einem Band gebändigtes lockiges Haar. Trotz der Kälte war er nur mit einem weißen, eng anliegenden T-Shirt bekleidet und schien kein bisschen zu frieren. Sein Oberkörper war schlank und muskulös, und er beherrschte seinen Rollstuhl mit flinker Behändigkeit. Die Beine indes wirkten wie zur Seite hin abgelegt, einander parallel, unnütz und überflüssig. Er trug eine graue Jogginghose, die vor allem bequem zu sein hatte.

Zadek strafte Ruth mit strengem Blick. »Es war nicht nötig, dass du ihm die Kuppel zeigst. Der Rest hätte genügt. Wir waren uns da einig, Ruth.«

Ruth hob den Kopf, pikiert, nicht verängstigt. Sie verschränkte die Arme über dem prallen Bauch. »Nun, ich denke, der Kommissar ist zur Verschwiegenheit verpflichtet wie ein Arzt oder Priester.« Ruth lächelte, diesmal verlegen wegen der unangemessenen Unhöflichkeit Zadeks.

Martin kam ihr zu Hilfe und fixierte den Mann im Rollstuhl, der offenbar nicht unter mangelndem Selbstbewusstsein litt. »Nein, das bin ich eigentlich nicht, aber ich sehe keinen Anlass, warum ich Ihre Erfindung hinausposaunen sollte. Ich bin Polizist, kein Priester. Ich suche nach Hinweisen und Motiven, wer Frau Sterns Vater umgebracht hat. Wie steht es mit Ihnen? Haben Sie vielleicht eine Idee?«

Zadek senkte den Kopf und lenkte ein. »Es tut mir leid, Herr Kommissar, ich konnte ja nicht wissen … Sie glauben ja nicht, wie viele Schnüffler sich hier herumtreiben. Alle wittern ein großes Geheimnis auf diesem Gelände, und anstatt sich zu freuen, dass wir den umliegenden Höfen und Häusern kostenlos Energie zur Verfügung stellen, nehmen sie es nur mit Widerwillen entgegen, weil sie uns nicht trauen. Wir sind ihnen zu fremd, zu anders. Das ist, was man in der Welt deutsche Neidkultur nennt. Ich las davon, bevor wir nach Deutschland kamen, und fand es leider bestätigt.«

»Nun ja, Sie haben ja offensichtlich auch Geheimnisse. So ganz ungerechtfertigt ist das Misstrauen nun nicht. Das müssten Sie als Israeli doch am ehesten verstehen.« Martin kam dichter auf Zadek zu. Hinter seinem Rollstuhl stand der Elektrowagen, sodass Zadek nicht weiter zurückfahren konnte. Martin trieb ihn in die Enge, doch dieser ließ sich weder von Martins Beruf noch von seiner Persönlichkeit einschüchtern. Eigentlich lobenswert für einen Menschen in seiner Situation und doch, irgendetwas störte Martin an ihm. War es diese unbändige Wildheit, um die er ihn fast beneidete, oder die gebieterische Macho-Art, mit der er mit der Tochter des Verstorbenen sprach. »Aber jetzt, wo Sie schon mal da sind, können wir uns ja auch ein wenig unterhalten. Oder?«

Zadek legte den Kopf schief und verengte die Augen kaum merklich. Er war auf der Hut. »Klar. Sicher. Sie haben Fragen, das verstehe ich.«

»In welchem Verhältnis standen Sie zu Herrn Horowitz? Was war er für Sie?«

Zadek verengte die Augen noch weiter. »Was er für mich war? Wie soll ich das verstehen?« Zadek zuckte mit den muskulösen Schultern. »Er war … er war unser aller Vorbild. Ihm haben wir all das hier zu verdanken. Er war ein Genie.«

»Stopp, stopp. Das wollte ich nicht wissen.« Martin verschränkte die Arme und ging ein paar Schritte. Er fror, wollte es sich aber nicht anmerken lassen. Er wunderte sich, wie der Mann im T-Shirt so tun konnte, als sei Sommer. »Ich habe Sie gefragt, wie *Sie* zu ihm standen.«

Zadek ruckelte an den Rädern. »Hören Sie, ich habe keine Ahnung, worauf Sie hinauswollen. Ich habe ihn sehr geachtet. Er hat sich dafür eingesetzt, dass ich mit nach Hamburg kommen konnte. Ich hatte nicht immer ein gutes Verhältnis zu Joshua, das stimmt, aber wir haben uns versöhnt. Er hat mir vergeben und dafür bin ich ihm dankbar.« Zadek konnte nicht umhin, Ruth einen schnellen Blick zuzuwerfen. Er wirkte beschämt. »Ich habe mal großen Mist gebaut, und Joshua hat mir eine zweite Chance gegeben. Das habe ich ihm nicht vergessen.«

In Martin begann es zu kochen. Schon wieder einer, der auf heile Welt machte und über Versöhnung lamentierte. Eine unbeabsichtigte Wut gab seinen Fragen die falschen Worte. »Können Sie sich vorstellen, wer ihn vielleicht *nicht* so inständig geliebt hat, wie es hier jeder zu tun scheint? Wenigstens *einer* muss ihn gehasst haben.« Martin redete sich in Rage. Bisher liefen seine Ermittlungen nur träge dahin. Er brauchte Antworten, wenigstens Hinweise. Ohne zu merken, wie sehr, erhob er seine Stimme. »Jemand, der es nur auf die Technologie und diese Formel abgesehen hatte, hätte sich wohl kaum so viel Mühe gegeben, ihn derart bestialisch zuzurichten.« Zadek sah zu Ruth, die wie versteinert neben Pohlmann stand und fassungslos zuhörte.

»Jetzt vergreifen *Sie* sich aber im Ton, Herr Kommissar. Neben Ihnen steht die Tochter des Toten.« Martin wurde gewahr, dass Zadek recht hatte. Verflucht. Was war nur in ihn gefahren? War er noch Herr seiner Sinne? Konnte er noch unbefangen ermitteln, ohne dass ihm permanent sein privates Päckchen zu schaffen machte? Er wandte sich um. »Tut mir leid, Frau Stern. Ich hab es nicht so gemeint. Es ist nur … ich komme in meinen Ermittlungen nicht voran. Ich scheine nur immer an Mauern zu stoßen.«

Zadek beugte sich vor. Für einen kurzen Augenblick verzog er, wohl unter Schmerzen, das Gesicht. »Vielleicht liegt das daran, dass Sie immer nur die falschen Leute befragen. Sie unterstellen seiner Familie und seinen Freunden einen Mord. Sie sollten sich vielleicht mal seinen Feinden zuwenden. Der Energiemafia, der Öllobby, den Leuten, die Joshua den Erfolg nicht gegönnt haben.«

Martin nickte spöttisch. »So? Meinen Sie? Das sind große Firmen, dürfte schwer sein, dort einen herauszupicken.«

»Irgendwo muss man ja schließlich anfangen. Schnappen Sie sich doch mal diesen selbst ernannten Professor. Diesen Scharlatan Ruben. Hält sich für den größten Wissenschaftler aller Zeiten, dabei ist er nur ein Spinner. Er ist uns nach Deutschland gefolgt, ist plötzlich wie aus dem Nichts hier aufgetaucht und hat behauptet, er sei der beste und älteste Freund Joshuas. Sie würden sich seit ihrer Jugend schon kennen, und Joshua hätte ihm ungehinderten Zugang zu seinen Forschungsergebnissen versprochen. Doch seltsam war, dass ihn niemand von *uns* kannte. Niemand hatte ihn je zuvor in Israel zu Gesicht bekommen. Ist doch merkwürdig, oder?«

Martin kramte in seiner Jackeninnentasche herum. Er suchte nach der Visitenkarte Rubens. »Was haben Sie bloß alle gegen Professor Ruben? Ich war schon bei ihm. Er hat mir gesagt, wo Herr Horowitz gelebt hat. Von ihm habe ich wertvolle Hinweise erhalten. Ich wüsste nicht, was er mit dem Tod von Joshua zu tun haben sollte. Außerdem dürfen Sie die Ermittlungen getrost mir überlassen.«

Zadek hob sich ergebend die Hände. »Okay, okay, Sie müssen es ja wissen. Trotzdem, Ruben ist nichts weiter als ein Blender, ein Trittbrettfahrer, der sich mit Joshuas Genie schmücken wollte.«

Martin nickte nur. Er fühlte sich elend. Als hätten sich alle abgesprochen, was sie sagen würden, wenn sie von der Polizei befragt wurden. Eine in sich ruhende, sich gegenseitig Alibis verschaffende Gemeinschaft, in der alle gegen den Rest der Welt zusammenhielten? Aber vielleicht hatten sie ja auch recht. Wer war dieser Joshua Horowitz wirklich? Was in diesem Theater war nun gespielt und was war echt? Martin hielt seine Hand an die pochende Schläfe, dann stopfte er die Hände in die Taschen. Am Nachmittag würde ein Meeting im Präsidium sein, und er hatte eigentlich vorgehabt, den Profiler mit seinen Ermittlungsergebnissen an die Pinnwand zu nageln. Ihn ein bisschen bloßzustellen, ihn nach Berlin zurückzuschicken. Doch vielleicht war er es ja, der ein kompletter Versager war. Vielleicht hatte Lorenz ja recht und man brauchte einen besseren Mann als ihn, um diesen Fall zu lösen. Martin wusste es nicht mehr und schüttelte den Kopf. Ihm wurde schwindlig, und er musste sich an einer Stahlstrebe festhalten.

»Geht es Ihnen nicht gut, Herr Kommissar? Sie sehen blass aus.«

Martin rang sich ein gequältes Lächeln ab, wollte keine Schwäche zeigen, nicht in Anwesenheit Kotarevs. »Danke, geht schon. Ich bin nur etwas müde. Ich denke, wir belassen es für heute dabei. Ich komme morgen oder übermorgen noch mal wieder, wenn Ihr Mann zurück ist.« Martin warf Zadek einen kühlen Blick zu. »Bitte halten Sie sich in den nächsten Tagen noch für weitere Fragen zur Verfügung.«

Zadek nickte und riss an den Rädern seines Rollstuhls.

Martin beobachtete ihn, wie er sich entfernte, so zügig und entschlossen. Die Muskeln an den Armen schwollen an, während er den Rollstuhl vorwärtstrieb. Der Oberkörper dieses Mannes war beeindruckend gut trainiert. Ein verwegener Gedanke huschte in Martins Gehirn. *Ein starker Mann. Würde er nicht im Rollstuhl sitzen, wäre er durchaus in der Lage, einen Menschen über die Schulter zu hieven und in einen Tank zu werfen.* Ein absurder Gedanke. Die Kopfschmerzen waren schuld. Er drehte sich zu Ruth um, die den Raum-Energie-Konverter abschaltete und die Rechner herunterfuhr. Seine Drehung geschah zu schnell, ihm wurde erneut für Sekunden schwindelig.

Würde er seinen Finger auf den Vitalscanner legen und den Bio-Scan an sich durchführen lassen, würde er sich in Anbetracht der Daten, die er zu Gesicht bekäme, größere Sorgen um sich selbst machen, als einen sadistischen Mörder finden zu wollen.

KAPITEL 35

5. November 2013, Altes Land – Hamburg

»Wie krank ist dieser … Zadek eigentlich? Ich meine, was hat er genau?«

Ruth fuhr fort, die Anlage zu bedienen. »Er ist vom Becken abwärts gelähmt. Ihm wurde in den Rücken geschossen. Ist schon ein paar Jahre her. Er hat seine Röntgenbilder in seinem Zimmer hängen wie andere Menschen Poster von Landschaften. Ich denke, er ist ein schwer kranker Mann, nicht nur körperlich.«

»Wie meinen Sie das?«

»Er hat tiefe seelische Wunden von seinem Dienst in der Armee davongetragen. Er schaut immerzu diese grauen Bilder in seinem Zimmer an, zählt die kaputten Wirbel und die Schrauben, die alles zusammenhalten. Mir tut er leid.«

Martin nickte schwach. »Auf mich macht er nicht gerade den Eindruck, als würde er sehr darunter leiden. Na ja, ich kann mich irren. Ach und noch etwas. Wissen Sie, wo ich Ihren Onkel finden kann? Samuel heißt er wohl. Ihr Mann sagte mir, dass er sich derzeit auch in Hamburg aufhält.«

Ruth schüttelte den Kopf. Sie legte noch einige Schalter um und verschloss dann energisch das Tor. »Nein, das weiß ich nicht und es interessiert mich ehrlich gesagt auch nicht. Er tut unserer Familie nicht gut.«

»Aber immerhin ist er der Bruder Ihres Vaters. Vielleicht könnte er zur Aufklärung des Mordes beitragen. Ich werde ihn auf alle Fälle befragen müssen.«

Ruth stellte sich dicht vor Martin und sah ihm in die müden Augen. Fast tat er ihr leid. Er wirkte auf sie verloren wie ein Mann, der keinen Halt in dieser Welt fand. »Das stimmt, er ist mein Onkel, aber er ist nicht unser Freund. Ihm geht es nicht um die Familie, sondern nur um Geld. Womöglich hofft er nun, dass es etwas zu erben gibt, aber da muss ich ihn enttäuschen. Mein Vater hinterlässt nichts als seine Ideale, aber kein großes Vermögen, das man versaufen kann. Entschuldigung, Herr Kommissar, aber ich mache kein Geheimnis aus meinen Gefühlen. Es würde mich nicht wundern, wenn Samuel seine Rechte an *HORTEC* gerichtlich geltend machen will.«

Ruth und Martin fuhren mit dem leise schnurrenden Kleinwagen zum Haupthaus zurück. Als sie hinter dem letzten Gewächshaus einbogen, sah Martin Aaron Sterns Wagen vor dem Haus parken. Auch Ruth schien erstaunt zu sein. So schnell hatte sie ihn wohl nicht zurückerwartet.

Sie stiegen aus. Martin sah auf die Uhr. Er wurde von seinen Kollegen längst erwartet. Bei dem Gedanken an den schleimigen Reinsch durchfuhr ihn eine Woge der Abscheu. Er griff nach seinem Handy, suchte Werners Nummer heraus und zögerte einen Augenblick. Ruth Stern stand unschlüssig an der unteren Treppenstufe des Hauses und wartete. Sie war sich plötzlich nicht mehr sicher, ob es wirklich so eine gute

Idee gewesen war, dem Kommissar das Allerheiligste ihres Energieprojektes zu offenbaren. Wie würde ihr Mann darauf reagieren, wenn Zadek es ihm erzählen würde? Zadek hatte recht gehabt. Sie hatte unbedacht, zu unbekümmert gehandelt und eine feste Absprache missachtet. Doch immerhin war Pohlmann nicht irgendein neugieriger Journalist, sondern ein Mann von der Kripo, noch dazu wollte er den Mörder ihres Vaters finden. Sie musste seinen Anweisungen Folge leisten. Nun stand sie da und hatte ein schlechtes Gewissen. Sie wollte Martin fragen, was er nun zu tun gedachte. Martin hielt das Handy in der Hand und beobachtete sie. Sie drehte sich zu ihm um, ihre Blicke trafen sich, als ihr Mann unvermittelt in der Tür erschien. Sie erschrak sichtlich. Aaron wirkte niedergeschlagen und entmutigt. Möglicherweise trauerte er aber auch noch.

»Hallo, Herr Pohlmann. Wie geht es Ihnen?«

»Danke, es geht. Und Ihnen? Haben Sie Ihr Patent anmelden können?«

Stern strich seiner Frau über die Schulter, lächelte sie an und gab ihr einen flüchtigen Kuss. Er schlurfte den Weg hinunter, kam Martin entgegen und gab ihm die Hand. »Es wurde abgelehnt, zum vierten Mal. Diesen Termin heute hätte Joshua eigentlich wahrnehmen sollen. Ich habe ihn vertreten.« Aaron blickte zu Boden, kickte einen kleinen Stein weg. »Es ist immer das Gleiche. Man glaubt uns nicht, und selbst wenn, dann hätten sie Angst vor den Energiekartellen. Es wird uns nichts anderes übrig bleiben, als die Medien mit ins Boot zu nehmen. Das Problem ist, dass auch denen von der Redaktionsleitung ein Maulkorb umgelegt wird, wenn es zu heikel wird. Freie Berichterstattung gibt es doch schon lange nicht mehr.«

Pohlmann dachte an den Fall zurück, mit dem er vor Jahren zu tun hatte und an den er täglich bis vor Kurzem durch seine neurotische Katze erinnert wurde. »Ja, ich weiß. Die Mächtigen kontrollieren alles, doch es gibt andere Möglichkeiten. Unabhängige kleine Blätter, Internetforen, Blogs …«

»Das machen wir schon eine ganze Weile. Aber wenn wir bei offiziellen Stellen nichts erreichen, weiß ich nicht, wie es hier weitergehen soll. Wir sind auf baldige Verträge angewiesen, benötigen Fördergelder et cetera.«

»Haben Sie keine Angst, dass Sie Opfer von Anschlägen werden könnten? Der Täter scheint ja keinerlei Skrupel zu haben. Immerhin hat er auch den Rabbi … Ich könnte Personenschutz für Sie beantragen.«

»Danke, aber ich denke, das wird nicht nötig sein. Ich kann mich ganz gut selbst verteidigen.«

»Bei allem Respekt, Herr Stern, aber in Anbetracht dessen, dass Ihre Frau ihr erstes Kind erwartet, sollten Sie nicht so leichtsinnig sein. Warum nur lehnen alle Leute Personenschutz ab? Ich begreife das nicht.«

»Unser Gelände ist sehr gut gesichert, Herr Kommissar. Wir haben an jeder Ecke Kameras angebracht, erst letzte Woche, einen Tag, bevor Joshua verschwunden ist, sind weitere hinzugekommen.«

Martin wurde hellhörig. »Hat sich die Aufnahmen mal jemand angesehen? Vielleicht ist darauf etwas zu sehen, was im Zusammenhang mit seinem Verschwinden steht.«

»Sicher nicht. Das würde bedeuten, dass jemand den Sicherheitsbereich passiert hat und dann wäre der Alarm losgegangen. Glauben Sie mir, das ist ausgeschlossen.«

Martin rieb sich über die Stoppeln am Kinn und machte eine ausladende Geste. »Es gibt immer noch die Möglichkeit, dass Joshua innerhalb Ihrer Festung ums Leben gekommen ist. Selbst wenn es niemand aus Ihrem inneren Kreis gewesen ist, gibt es noch eine Menge Arbeiter, die ganz legitim von außen hier reinkommen. Ich weiß, dass diese Option Ihnen nicht gefällt, aber ich ziehe sie durchaus in Erwägung. Ich will Sie wirklich nicht kränken, aber dadurch, dass Sie hier Mauern ziehen und sich eine norddeutsche Kopie von Shangri-La herbeisehnen, halten Sie das Böse noch lange nicht fern.«

Stern rieb sich die kalten Hände und stockte einen Augenblick. Er konnte sich nicht erinnern, *Shangri-La* dem Kommissar gegenüber erwähnt zu haben. Es sei denn, er kannte dieses Buch. Ein sehr unwahrscheinlicher Fall. Jeder, der dieses Buch gelesen hatte, war fasziniert und wollte das Gefühl tiefen Friedens nicht mehr aus seinem Leben verbannen. Seine Neugier an diesem Mann war geweckt. »Wollen Sie nicht reinkommen? Oder haben Sie keine Zeit?«

Martin hielt noch immer das Handy in der Hand. Er dachte an Reinsch. »Doch, ich habe Zeit. Unendlich viel Zeit«, fügte er leise hinzu. »Ich müsste nur mal telefonieren, dann komme ich nach.«

»Gut.« Stern wandte sich ab, nahm seine Frau am Arm und begleitete sie die Treppen zum Haupthaus hinauf. Mit Stolz und gleichzeitiger Sorge schaute er ihren Bauch an. Jeden Moment könnte es so weit sein, dass die Wehen losgingen. Ausgerechnet jetzt. Nichts passte zusammen. Zum einen die Vollendung der Formel nach jahrzehntelanger Arbeit, zum anderen Joshuas Tod und die dringend zu vollziehende Überführung und Beisetzung seines Leichnams.

*

Martin ging auf und ab, wartete ungeduldig auf das Freizeichen. »Hi, Werner. Ich weiß, ihr wartet auf mich, aber ich stecke hier noch in Ermittlungen fest.«

»Mensch, Martin, es dauert nicht mehr lange, dann zieht dich Lorenz von dem Fall ab. Reinsch meint …«

Martin ließ Werner nicht ausreden. »Scheiße, Werner. Lass mich mit Reinsch in Ruhe.«

»Ja, schon gut. Trotzdem. Reinsch hat eine neue Theorie. Präziser gesagt, hat er zwei. Er denkt, es könnte auch der Anschlag einer rechtsradikalen Gruppe sein, weil zwei Juden …«

»Schwachsinn«, polterte Martin dazwischen.

»Oder der Anschlag wurde von Israel aus gezielt lanciert. Der Mossad wurde schon kontaktiert.«

»Werner, wie kommt der Mann bloß auf solch abstruse Ideen? Liest der zu viele Krimis? Das ist doch Mist. Ich dachte, er ist ein Profiler, ein Profi. Für mich klingt das nach Bullshit. Hat er nichts Besseres zu tun, zum Beispiel den Tatort zu analysieren und diese Dinge?«

»Hör zu, Martin, denk was du willst. Er hat wenigstens einige überzeugende Argumente, im Gegensatz zu dir. Du solltest zusehen, dass du deinen Arsch so schnell wie möglich hierherbewegst, sonst …«

»Sonst was? Ach, rutsch mir doch den Buckel runter und nerv mich nicht. Ich hab' zu tun.« Martin legte auf. Wütend schaltete er das Handy aus und steckte es in seine Innentasche. Dann machte er sich auf, der Einladung Sterns zu folgen. *Von Israel aus lanciert, was für ein Quatsch.*

Stern wartete am Eingang auf Martin und hielt ihm die Tür auf. Es war gerade Mittag. »Haben Sie Hunger? Ich würde mich freuen, Sie zum Essen einladen zu dürfen. Es ist nichts Opulentes, aber dafür typisch israelisch. Wir haben eine Köchin, die hervorragend koscher kochen kann. Sie hat bei Joshuas Frau kochen gelernt.«

Warum eigentlich nicht?, dachte Martin. »Ja gern. Ich habe zwar noch nie israelisch gegessen, aber ich bin davon überzeugt, dass ich es mögen werde.«

»Wir nehmen das Essen stets gemeinsam ein. Leider ist Joshua nicht mehr dabei. Das ist für uns alle nicht ganz einfach.«

Martin nickte. »Ich finde, Sie meistern das erstaunlich gut, besonders Ihre Frau.«

»Das scheint nur so. Sie ist eine starke Persönlichkeit. Sie reißt sich zusammen, aber abends weint sie sich die Seele aus dem Leib. Kommen Sie, wir haben noch zwanzig Minuten bis zum Essen. Wir setzen uns solange vor den Kamin. Der ist eigentlich Tag und Nacht an, nicht weil wir ihn zum

Heizen bräuchten, sondern weil er einfach gemütlich ist. Ich liebe diesen Kamin.«

Martin und Aaron Stern nahmen im Schein der glimmenden Scheite Platz. Aaron legte frisches Holz nach.

»Macht es Ihnen etwas aus, wenn wir die Zeit nutzen, und ich Ihnen ein paar Fragen stelle?«

»Ganz und gar nicht. Ich habe damit gerechnet.«

»Gut. Eine Sache ist mir noch nicht klar. Als ich den Rabbi zu den Schriftzeichen auf Joshuas Brust befragt habe, hat er merkwürdige Andeutungen gemacht und aus der Bibel zitiert. Er sagte etwas in der Art, dass NEFT, also der Geist aus der Tiefe, das Ende der Welt ankündigen würde. Wie ernst muss ich solche Andeutungen nehmen? Wie relevant ist diese Aussage, um den Mörder zu finden? Ich muss gestehen, dass mich solche Aussagen ein wenig überfordern.«

Aaron verstand, was Martin meinte. »Ich glaube, ich weiß, was der Rabbi meinte. Es gibt schon im Alten Testament Prophezeiungen über das Ende der Zeit, über das Einmarschieren von Gog und Magog nach Israel. Damit sind Russland, die Türkei und andere umliegende Völker gemeint. Nach dieser Prophezeiung werden sie wie die Heuschrecken über Israel herfallen, um seine Schätze zu stehlen. Ich glaube, dass der Rabbi von dem Ende der Zeiten sprach, weil es bisher in unserem Land keine nennenswerten Schätze gab, wegen denen es sich gelohnt hätte, Israel zu überfallen. Uns ins Meer zu treiben, allein weil wir existieren, das kennen wir seit der Staatsgründung 1948, aber wegen irgendwelcher Schätze …« Aaron bedachte Martin mit einem sorgenvollen Blick. »Das hat sich seit dem Auffinden neuer Ölvorkommen allerdings geändert. Es wurde mittlerweile so viel Öl gefunden, dass Israel keinen Import aus anderen Ländern mehr braucht. Im Gegenteil, es kann zusätzlich andere Länder beliefern.«

»Denken Sie, Israel muss mit einem Angriff aus Russland und der Türkei rechnen?«

»Ich denke schon, ja. Das neu gefundene Öl weckt leider Begehrlichkeiten. Es ist sogar erneut die Freigabe der Ölbohrungen auf den Golanhöhen erteilt worden. Nicht auf unserem Grundstück, aber in umliegenden Gebieten ist schon begonnen worden. Das wird für die Beilegung des Konflikts mit Syrien nicht gerade förderlich sein. Wissen Sie, das Verrückte ist, Joshua hat das alles vorausgesehen, schon vor vielen Jahren, aber ihm hat niemand geglaubt. Selbst ich hatte meine Zweifel. Ich dachte immer, er übertreibt maßlos.«

»In dem Bekennerschreiben ist die Rede von irgendwelchen Aktivitäten in Nigeria. Können Sie sich vorstellen, was damit gemeint sein kann? Und was könnte Ihr Vater damit zu tun gehabt haben?«

Stern legte die Hände wie zum Gebet aneinander. »Nun, was konkret damit gemeint ist, kann ich Ihnen nicht sagen. In Nigeria passiert genau das, was in allen armen Ländern passiert, die über reiche Ölvorkommen verfügen. Sie werden ausgebeutet und das Land wird ökologisch zerstört.«

»Ja, das weiß ich. Aber warum gerade Nigeria? Irgendetwas muss aktuell dort passieren. Erst findet man die Leiche und Stunden später geht die Bombe in Harburg hoch, das ist doch kein Zufall. Es muss einen Zusammenhang geben. Denken Sie noch mal nach. Hat Herr Horowitz mal Andeutungen gemacht?«

Stern lächelte verhalten und lehnte sich zurück. »Joshua machte rund um die Uhr *Andeutungen*. Sie kannten ihn ja nicht. Je nach Medikation redete er mal wirr, dann wieder ganz vernünftig. An manchen Tagen, wenn ihn etwas beschäftigte, und das war meistens der Fall, ging er auf und ab und murmelte unablässig vor sich hin. Er schimpfte über irgendetwas, gestikulierte, schlug mit der Faust auf imaginäre Tische, sortierte neue Formeln im Kopf und redete dabei pausenlos. Ja sicher, da waren auch Andeutungen zu den Verbrechen der Ölfirmen dabei, unter anderem in Nigeria. Aber wir haben nicht jeden Satz, den er sprach, kommentiert oder hinterfragt, was er damit meinte.«

Martin wunderte sich. »Ich dachte, er war wieder vollkommen gesund?«

»Krank, gesund. Wer definiert so etwas? Wo sind da die Grenzen? Die sind ja eher fließend.«

»Ja schon, aber wenn man ernst genommen werden will, muss man das durch *normales* Verhalten untermauern.«

Stern lachte wieder. »Und was ist *normal*? Sind Sie normal, bin ich normal? Ist unsere Arbeit hier normal, unsere Träume und Visionen? Ich glaube nicht, dass man an das Leben derartige Maßstäbe anlegen kann. So einfach ist das nicht. Joshua passte nicht in die Ihnen bekannten Schubladen hinein. Vielleicht war er nicht so gesund, wie man es allgemein definiert, aber er war auch nicht wirklich krank …«

»Ja, ich weiß, er war nur anders. Das macht die Sache jedoch für mich nicht einfacher.« Martin fielen die Andeutungen ein, die Werner am Telefon zu ihm gesagt hatte. »Können Sie sich vorstellen, dass die Planung des Mordes und der Attentate von Rechtsextremisten stammen könnte oder eher von Israel aus gestartet wurde? Könnte Ihre Energierevolution vielleicht für das Militär interessant sein?«

Stern betrachtete das Flammenspiel. »An einen Anschlag von Neonazis glaube ich nicht, obwohl für uns der Antisemitismus deutlich spürbar ist. Aber warum sollten die die Petrol Ag in die Luft jagen wollen? Das macht keinen Sinn. Und das Militär? Unsere Technologie ist für alle interessant. Für jeden Menschen dieser Welt. Den einen wird sie zum Segen gereichen, den anderen zum Fluch. Sie wird die vorherrschenden Machtstrukturen ins Wanken bringen, dessen können Sie sicher sein.«

Martin äußerte seine Zweifel. »Falls man Sie lässt und danach scheint es ja nicht gerade auszusehen. Wenn Ihre Patente andauernd abgelehnt werden …«

»Dann machen wir eben ohne sie weiter. Entscheidend ist, dass die Bevölkerung davon Wind bekommt. Uns geht es gar nicht um die Milliarden, die man damit verdienen könnte. Joshua wollte es der Welt *schenken.*«

»Na ja, Joshua. Ich schätze, er war der Einzige, dem Geld und Macht gleichgültig waren. Dem Rest der Welt dürfte es da wohl anders ergehen.«

»Wissen Sie was?« Aaron schüttelte den Kopf. »Ich habe langsam meine Zweifel, dass es Ihnen gelingt, den Mörder von Joshua zu finden, so sehr ich es mir auch wünsche, aber ich halte es für unwahrscheinlich. Ihr Netz ist einfach zu klein für dieses Haifischbecken. Jeder könnte es gewesen sein, absolut jeder.«

»Na, Sie machen mir ja Mut.«

»Und, ich muss Ihnen leider mitteilen, dass die Pathologie die Leiche nicht mehr länger festhalten kann. Eigentlich hätte Joshua nach unseren jüdischen Bestattungsregeln schon längst beigesetzt werden müssen. Ich denke, Ihre Ermittlungen werden ohne den Körper meines Vaters auskommen müssen. In zwei Tagen fliege ich mit einigen Brüdern und Schwestern nach Tel Aviv. Er wollte in der Nähe seines Weinbergs beigesetzt werden und ich möchte ihm seinen letzten Wunsch erfüllen. Er soll neben seiner Frau liegen.«

»Und Ihre Frau? Sie verpassen die Geburt Ihres Sohnes. Sie wird ja in ihrem Zustand kaum mitkommen können.«

»Nein, ich bringe sie heute Abend ins Krankenhaus nach Harburg. Es werden liebe Freunde bei ihr sein. Ich komme ja in wenigen Tagen wieder zurück. Ich muss den Nachlass von Joshua regeln und einige Formulare in Tel Aviv unterschreiben.« Aaron dachte nach und fing an zu lachen. »Was halten Sie davon, wenn Sie mich begleiten? Und nehmen Sie Ihre Frau mit. Es wird Ihnen gefallen.«

Martin rutschte unruhig auf dem Sessel herum. »Ich soll Sie nach Israel begleiten? Einfach so?« Er lachte. »Ich weiß nicht, ob man mich weglässt, andererseits, ich könnte es meinem Chef schon einleuchtend verklickern.« Martin kratzte sich am Kinn. »Wir haben einen neuen Profiler im Büro, der den Verdacht geäußert hatte, dass die ganze Aktion von Israel aus gesteuert sein könnte. Somit hätte ich einen plausiblen Grund. Aber wie kann ich so schnell einen Flug bekommen? Wo werden wir wohnen? Mir bleibt kaum Zeit für Vorbereitungen.«

»Das regle ich für Sie, wenn Sie möchten. Ich habe gute Kontakte. Wohnen werden wir in unserem Haus auf dem Golan. Es ist zwar dort nichts mehr wie früher, aber das Haus gehört uns nach wie vor und daran wird sich auch nichts ändern.«

Martin versank in Gedanken an Catherine. Hatte ihr nicht der Arzt einen Tapetenwechsel empfohlen? Gleichzeitig könnte er sie im Auge behalten, sie wäre beschäftigt, hätte anständige Menschen um sich. Martin überlegte. »Nun ja, ich denke, das könnte klappen. Meiner Frau würde ein kleiner Urlaub guttun. Sie ist … im Moment etwas angeschlagen.« Martin wurde verlegen, hatte aber den Eindruck, vor Aaron die Wahrheit sagen zu können. Vielleicht war es auch die wohlige Wärme, die ihn einhüllte, die ihn sich öffnen ließ, das unerwartete Gefühl von Geborgenheit innerhalb dieser Mauern. »Nun ja, eigentlich ist sie sehr krank. Ich mache mir große Sorgen um sie.«

Aaron Stern beugte sich zu Martin vor. Trotz seiner eigenen Situation voller Trauer und Ungewissheit wollte er Anteil an Martins Leben nehmen. Er legte seine Hand auf Martins Unterarm und zog sie aus Höflichkeit gleich wieder zurück. Es sollte nur eine Geste sein. »Wollen Sie drüber reden? Es ist ziemlich offensichtlich, dass Sie etwas massiv belastet.«

Martin seufzte. »Ach … wir haben unser ungeborenes Kind vor ein paar Jahren verloren, und sie kommt nicht drüber hinweg. Na ja, es ist eigentlich noch mehr. Sie wurde überfallen und leidet seitdem unter massiven Ängsten. Die Ärzte nennen es posttraumatisches Belastungssyndrom oder so ähnlich. Sie hatte Therapien, aber sie will da nicht mehr hin. Manchmal denke ich, sie will einfach nicht mehr leben.«

»Meine Güte, das ist wirklich hart. Und das bei Ihrem Job. Da haben Sie es auch nicht leicht.« Stern lehnte sich vor und berührte wieder Martins Arm. »Kommen Sie beide mit uns. Lernen Sie die Art und Weise kennen, wie wir leben, und vielleicht hilft es Ihrer Frau. Wir Juden haben ein wenig Erfahrung mit der Bewältigung von posttraumatischen Belastungen, glauben Sie mir. Einen Versuch wäre es wert.«

»Ja, das ist möglich. Wenn es Ihnen recht ist, würde ich allerdings darauf verzichten, sie zur Beerdigung Ihres Vaters mitzunehmen. Das reißt eher alte Wunden auf.«

»Natürlich, das ist verständlich. Machen Sie einfach ein paar Tage Urlaub, während ich die Formalitäten regle.«

Kurze Zeit später saß Kommissar Martin Pohlmann an einer langen, reich gedeckten Tafel, nachdem er gebeten wurde, sich die Hände zu waschen und die Schuhe auszuziehen. Es war kein gewöhnliches Händewaschen, sondern ein rituelles. Dabei wurde mit klarem, reinem, frischem Wasser aus einem Glas dreimal die rechte und dreimal die linke Hand übergossen. Die Zeit nach Joshuas Tod war der intensiven Trauer vorbehalten, die einige Regeln beinhaltete. Hier in Hamburg jedoch wich man in wenigen Punkten von den Regeln ab. Ansonsten trugen Trauernde keine Schuhe, die aus Leder hergestellt waren. Hausschuhe, Stoff- oder Gummischuhe durften als Alternative zu nur bestrumpften Füßen getragen werden. Die Männer rasierten sich nicht in dieser Zeit und ließen sich die Haare nicht schneiden. Frauen benutzten keine Kosmetika.

Aaron Stern saß am Kopfende des Tisches, neben ihm seine Frau, daneben ein Platz, der nach Joshuas Tod unbesetzt blieb. Zu den beiden Seiten saßen zehn andere Personen, die Martin nicht kannte, bis auf einen, Zadek, dessen Rollstuhl in eine Lücke der Stuhlreihe passte. Er quittierte die Anwesenheit Martins mit offensichtlichem Missfallen.

Alle am Tisch schwiegen eine Minute. Martin blickte verstohlen in einige Gesichter, die Augen der meisten waren geschlossen. Der Tod ihres Vorbildes war trotz aller Betriebsamkeit nicht abgehakt worden. Man achtete die *Schiw'a*, die einwöchige Trauerzeit. In diesen sieben Tagen sitzen Trauernde nicht in normaler Höhe, sondern auf niedrigen Schemeln oder einer anderen niedrigen Sitzgelegenheit. Martin atmete flach. Eine Minute der Stille kann sehr lang sein.

Aaron öffnete die Augen, nahm ein Stück Brot, tauchte es in eine Schale mit Salz und sprach ein jüdisches Segensgebet. Danach aßen alle schweigend, und doch mit Genuss. Man schwieg, um Joshua Ehre zu erweisen, seiner zu gedenken. Aaron erklärte nur kurz, worum es sich bei den Speisen handelte.

Martin war nicht wählerisch, doch es schmeckte ihm ausgezeichnet, nicht nur, weil er die Küche mochte, sondern weil er sich in der Gesellschaft dieser Leute eigenartig wohlfühlte. Als Vorspeise wurde ihm eine Suppe serviert, mit Namen Rassolnik, eine Saure-Gurken-Suppe mit Oliven. Danach aß er Jarkoye, ein Ofengericht mit Rindfleisch und Gemüse und zum Nachtisch gab es Lebach, einen extrem süßen Honigkuchen mit einer fruchtigen Soße darüber. Martin wischte sich verstohlen mit der Serviette die verbliebenen Reste aus den Mundwinkeln. Das Essen lag ihm wohlig im Magen, der Duft der Gewürze lullte ihn ein. Die Zeit, die er sich für das Essen und das Schweigen nahm, befreite ihn für eine kurze Zeit von Verpflichtungen und Sorgen. Er blendete aus, dass einer von der Tischgesellschaft bestialisch umgebracht worden war, womöglich durch die Hand eines Mörders, den sie alle kannten, der vielleicht sogar mit am Tisch saß.

KAPITEL 36

7. November 2013, Hamburg-Fuhlsbüttel – Tel Aviv, Israel

Zwei Tage später kramte Martin sein Handy erstmals wieder hervor. Er hielt Catherine an der linken Hand, mit der rechten zog er seinen Trolley hinter sich her. Sie standen bereits in der Abflughalle in der Reihe vor dem Check-in. Es gab kein Zurück mehr. Wie eine günstige Fügung war alles schneller und reibungsloser gegangen, als er es vermutet hätte. Neue Türen öffneten sich plötzlich für ihn. Catherine hatte begeistert zugestimmt, Aaron Stern hatte die Flugtickets besorgt. Er warf einen Blick auf das Display: dreizehn Anrufe in Abwesenheit, fünf SMS. Er hatte, nachdem er das Gespräch mit Werner wütend abgewürgt hatte, die Abteilung über seine Reisepläne im Unklaren gelassen. Er war immer noch sauer auf Werner, auf Lorenz und diesen neuen Vogel, diesen Stümper von Profiler. Sollten sie ihn doch von dem Fall abziehen, wenn sie der Meinung waren, dass er es nicht mehr draufhatte. Es war ihm egal. Seine Tage bei der Mordkommission schienen sowieso gezählt zu sein, das fühlte er. Doch in diesen Minuten, kurz vor dem Abflug nach Tel Aviv, wollte er es sich nicht nehmen lassen, eine kleine Show abzuziehen.

»Chef, ich bin's, Pohlmann.«

Lorenz nahm das Gespräch an und riss den Hörer sogleich wieder von seinem Ohr weg. Pohlmanns Handy rauschte, gepaart mit lauten Ansagen aus dem Abflugterminal des Flughafens Fuhlsbüttel. »Martin, Menschenskind, wo steckst du denn die ganze Zeit?«

Martin ließ seine Stimme gehetzt klingen. »Conrad, ich bin einer ganz heißen Sache auf der Spur. Ich glaube, Reinsch hatte recht. Werner sagte mir, dass er die Drahtzieher in Israel vermutet, und ich habe ein wenig recherchiert und … ich denke, er hatte den richtigen Riecher. Na, jedenfalls bin ich gerade auf dem Weg nach Tel Aviv und in ein paar Tagen wieder zurück.«

»*Du bist was?* Mensch, Martin, das geht doch so nicht. Das musst du mit mir absprechen. Spesen beantragen et cetera. Das muss ich dir doch nach so vielen Jahren nicht extra erklären, oder?«

»Ach, geschenkt. Die nehm ich auf meine Kappe. Macht euch keinen Kopf. Und wenn es nur eine falsche Spur war, hattest du keine Ausgaben und brauchst keine Verantwortung zu übernehmen.«

»Na ja gut, aber trotzdem. Einen Augenblick, Martin …« Lorenz hielt die Muschel zu und wisperte etwas am anderen Ende zu jemand anderem. Dann meldete er sich wieder. »Na schön, Martin, ich bin ja deine Extratouren gewohnt, und meistens lagst du ja gar nicht so falsch. Ich soll dich von Werner übrigens grüßen und dir sagen, es täte ihm leid, was immer er damit auch meint. Hattet ihr Süßen mal wieder Zoff?«

»Nicht so wichtig, Chef. Alles klar. Ich meld' mich dann, sobald ich zurück bin.«

Nach einer ausgesprochen aufwendigen Personenkontrolle bezüglich Grund und Dauer der Reise nach Israel sowie einem umfangreichen Fragenkatalog, den sich jeder Passagier gefallen lassen musste, nahmen sie endlich auf ihren gebuchten Plätzen in einer Maschine der EL AL Platz. Aaron Stern saß am Fenster, neben ihm Martin und neben diesem seine Frau, die kurz nach dem Start ihr erstes Nickerchen machte. Das endlos lange Warten in der Menschenschlange, die vielen Fragen, all das hatte sie so sehr ermüdet, dass sie sich von dem sonoren Brummen der Turbinen in einen tiefen Schlaf hatte mitnehmen lassen. Zudem profitierte sie von den Beruhigungstabletten, die sie kurz vor dem Flug eingenommen hatte.

Erste Erfrischungen wurden gebracht. Martin ließ Catherine schlafen. Er beugte sich vorsichtig zu ihrer linken Armlehne und drückte den Knopf für die Rückenlehne. Behutsam ließ er ihren Sitz mit sanftem Druck auf ihre Schulter in eine entspannte Position gleiten, danach seinen eigenen.

Er genoss die Aussicht auf einige freie Tage, obwohl er sich vorgenommen hatte, die Zeit sinnvoll zu nutzen. Es gab einfach noch zu viele Ungereimtheiten, die sich in seinem Hirn auftürmten. Er plante, dass, während Catherine sich von einigen der Mitreisenden aus der Wohngemeinschaft Tel Aviv und die Sehenswürdigkeiten zeigen ließ, er einigen Unklarheiten auf den Grund gehen würde. Fragen wie: Wo war Joshua aufgewachsen, zu wem hatte er früher Kontakt gehabt? Gab es tatsächlich einen Freund namens David Ruben? Könnte er endlich Samuel Horowitz kennenlernen und sein Verhältnis zu Joshua klären und würde er die wichtige Frage, die ihn umtrieb, klären können, nämlich: Wer war dieser undurchsichtige Zadek Kotarev wirklich?

Nach einer kurzen Zeit des Schweigens begannen Martin und Aaron ein Gespräch. Martin hatte sich einen Whiskey mit Eis bestellt, Aaron trank eine Cola. Aaron hatte sich für Martin zu einem angenehmen Gesprächspartner entwickelt, so angenehm, dass er ihn aus dem Kreis der Verdächtigen viel zu früh herausnahm. Dies war eine von Martins vielen Schwächen: Er hielt in seiner Eigenschaft als Ermittler die Distanz zu Menschen, die er mochte, nicht lange genug aufrecht. Er verlor den Blick für die berufliche Professionalität, freundete sich mit den Leuten an, bot ihnen das Du an. Er wollte nur das Gute im Menschen sehen, obwohl ihn über zwanzig Jahre Berufserfahrung eines Besseren hätten belehren sollen.

»Wird Samuel auch auf der Beerdigung sein? Gewissermaßen ist er wie ein Onkel für Sie, oder?«

»Stimmt. Das ist er immer für mich gewesen.« Aaron nahm einen Schluck Cola und lachte spöttisch auf. »Onkel Samuel.

Ja, er ist hier im Flugzeug. Ich habe ihn gesehen, aber er hat mich nicht gegrüßt. Er ignoriert mich.« Aaron schüttelte den Kopf. »Ich denke nicht, dass er zur Beerdigung kommt. Schätze, er hat andere Motive, nach Israel zu reisen. Er will garantiert seine Ansprüche an dem Erbe sichern, darauf könnte ich wetten.«

»Ich bin zwar kein Experte in Sachen Erbrecht, aber er ist nur der Bruder des Verstorbenen. Eigentlich ist Ihre Frau Alleinerbin.«

»Ich weiß, aber ich denke, er wird es dennoch versuchen. Und wenn er Joshua doch noch die letzte Ehre geben will, dann tut er es, wenn alle anderen weg sind. Er schämt sich oder er ist ein Feigling. Ich weiß es nicht. Er hat sich sehr verändert. Er war zwar immer schon vollständig anders als sein Bruder, aber nun ist er wie besessen von Reichtum und Macht. Ruhm interessiert ihn nicht. Sein Leben ist verpfuscht. Er will nur das Geld. Eine Art Schmerzensgeld oder Entschädigung wegen der ungerechten Schläge des Schicksals, die er einstecken musste. So zumindest sieht er es.«

»Gäbe es denn realistisch etwas zu holen? Ihre Frau sagte, Joshua hätte kein Vermögen gehabt.«

»Hatte er auch nicht. Alles, was er je besaß, hat er in seine Firma gesteckt. Da ist sein Kapital gebunden, doch sollte seine Technologie einmal Früchte tragen, und davon sind wir alle fest überzeugt, wird Samuel beteiligt sein. Samuel war schon immer scharf auf die Formel, aber Joshua hat sie ihm nie gegeben, nicht einmal, als er eigens nach Hamburg gereist kam.«

Martin war erstaunt. »Joshua hat seinem eigenen Bruder nicht seine Arbeit gezeigt? Hey, das ist stark.«

Aaron schüttelte entschieden den Kopf. »Warum auch? Samuel hat ihn immer verlacht, ihn einen Behinderten genannt, seine Forschungen verspottet. Er hat ihn sogar entmündigen und für knapp ein Jahr in eine Anstalt einweisen lassen. Joshua hat ihm seitdem nicht mehr vertraut. Er hat ihm verziehen, ja, aber nicht vertraut.«

Pohlmann sah sich über die Schulter im vollbesetzen Flugzeug nach Samuel Horowitz um. »Ich werde ihn dringend sprechen müssen, am besten gleich, nachdem wir das Flugzeug verlassen haben.«

»Wer wusste noch alles von dieser Formel, beziehungsweise, wer ist in ihrem Besitz?«

Aaron lehnte sich zurück. Auch ihn schien der Flug zu ermüden. »Dass Joshua ein ganz großer Durchbruch geglückt war, davon wussten viele, alle Arbeiter und alle engen Vertrauten. Das war kaum zu verheimlichen, als die Raumenergiewerte eines Morgens eine Größenordnung annahmen, die zuvor von niemandem auch nur erhofft worden war. Wir haben gejubelt und gefeiert, uns vor Glück in den Armen gelegen. Endlich den Abschluss geschafft zu haben, nach so vielen Jahren der Entbehrung.« Aaron nickte stolz. Seine Augen glänzten. »Das blieb niemandem verborgen, aber die eigentliche Essenz der Formel, tja, die kannten eigentlich nur Joshua, Ruth und ich. Er hatte in seinem Leben schon viele Formeln geschrieben und sie mit der Fachwelt geteilt, aber er war selbst ja noch auf der Suche nach der Vollendung der Berechnungen. Auf der Suche nach der Vollkommenheit. Erst vor wenigen Wochen, kurz bevor Joshua verschwunden war, hatte er sie fertiggestellt und mir gezeigt. Ich habe über all die Jahre mit ihm daran gearbeitet. Wir haben versucht, sie zu optimieren, die letzten Ungereimtheiten auszumerzen, sie für alle Menschen verständlich und praktisch zugänglich zu machen. Dann eines Nachts, hatte er den Durchbruch, den letzten genialen Funken, der noch fehlte.«

»Und wo ist sie jetzt?«

»Nun ja, ich habe sie an einem sicheren Ort verwahrt. Und zur Not habe ich sie in meinem Kopf. Ich könnte sie rekonstruieren, falls sie verloren geht. Es wäre zwar mühsam, aber ich würde es hinbekommen.«

Martin wollte sichergehen. »Und niemand hat Zugang zu diesem Versteck, einem Safe, nehme ich an?«

»Nein, niemand. Es sei denn, jemand würde Ruth oder mich mit vorgehaltener Waffe dazu auffordern.« Aaron blickte Martin entschlossen an. »Aber glauben Sie mir, ich war auch beim Militär und habe Nahkampferfahrung. Ich wüsste mich durchaus zu wehren.«

Martins Stimme nahm einen bedrohlichen Tonfall an. »Sie schon, aber Ihre Frau nicht, und sie ist jetzt allein in Hamburg.«

Aaron wirkte irritiert. »Sie liegt im Krankenhaus und entbindet. Sie ist in guten Händen.« Seine Worte klangen wenig überzeugend.

Martin sah einige Sekunden aus dem Fenster, beobachtete die kuriosen Wolkenformationen. Sie wirkten wie dichte Watte, auf der man herumspazieren konnte. Dann drängte sich ihm ein anderer Gedanke auf. »Sagen Sie, wer ist Zadek Kotarev für Sie persönlich? Ich meine, wie stehen Sie zu ihm? Sie haben es mir schon mal erklärt, er macht die Bücher und so weiter, aber trauen Sie ihm uneingeschränkt?«

Aaron seufzte und heftete starr seinen Blick auf den Monitor, der die aktuellen Flugdaten und ihren Standort bekannt gab. Die Alpen lagen unter ihnen, scheinbar in greifbarer Nähe. »Das ist ein heißes Eisen für mich. Zadek Kotarev hat mal eine große Schuld auf sich geladen, die Joshua und Ruth ihm vergeben haben.«

»Und Sie nicht, nehme ich an? Was genau hat er getan, wenn ich fragen darf?«

»Wenn es Ihnen recht ist, würde ich gerne diese Information für mich behalten. Es steht mir nicht zu, Dinge als unrecht zu bezeichnen, die mein Vater ihm vergeben hat.«

»Verstehe, dann sagen Sie mir wenigstens, wie genau das mit seinen Verletzungen passiert ist.«

»Ach, Herr Pohlmann. Können wir nicht dieses Thema ruhen lassen? Ich spreche nicht gern über Zadek, außerdem habe ich es Ihnen schon erklärt. Er ist ein Krüppel und muss seine letzten Tage im Rollstuhl verbüßen. Das ist alles. Ob ich ihm traue oder nicht, spielt gar keine Rolle. Er kann und wird nichts mit der Sache zu tun haben, glauben Sie mir.«

»Gibt es noch Unterlagen zu seinem *Unfall*?«

»Na, Sie lassen aber auch nicht locker, was? Fragen Sie im Militärkrankenhaus in Tel Aviv, wenn Sie mir nicht glauben.«

»Wo ist Zadek jetzt?«

Aaron antwortete zögerlich. Wurde er tatsächlich blass oder war es dieses kalte Licht der Strahler über ihnen? »Wie Sie schon richtig vermuteten. Er ist in Hamburg geblieben.«

*

Nach einer bedrückenden Pause, in der die Stille fast schmerzhaft erschien, wechselte Martin das Thema. »Na schön, reden wir über etwas anderes. Sprechen wir über Sie.«

»Über mich? Ach, da gibt es nicht viel zu erzählen. Was ich bin und habe, bin ich durch Joshua.«

»Na, mal nicht so bescheiden. Sie sind ein kluger Kopf, sonst könnten Sie diese Forschungen gar nicht bewerkstelligen. Erzählen Sie mir, was Sie gemacht haben, als sie für ein Jahr nach Europa gegangen sind. Vor allem, warum sind Sie gerade zu dieser Zeit abgehauen?«

»Ich verstehe ja, dass Sie alles wissen möchten, aber können wir nicht mal für eine Weile den Flug genießen? Ich muss morgen meinen Vater beisetzen lassen, und meine Frau entbindet vielleicht genau in diesem Moment. Ich würde mich ganz gerne ein wenig entspannen.«

Martin nickte, akzeptierte es aber nicht. »Ich weiß, dass Sie gerade viel um die Ohren haben, aber das habe ich auch. Ich kann diesen Fall nur lösen, wenn ich so viel wie möglich von Ihnen, Ihrem Leben, dem Leben Joshuas und allem Drum und Dran weiß. Ich stochere noch immer in einer trüben Suppe herum. Hinzu kommt ein für mich fremder Kulturkreis, widersprüchliche Lebensanschauungen und ein Haufen Gedanken, die ich noch nicht auf die Reihe bekomme.

Glauben Sie mir, ich würde nichts lieber tun, als nur hier so dazusitzen, auf den Monitor über mir zu starren, die Positionen des Fliegers zu verfolgen, einen Whiskey nach dem anderen zu trinken und Bugs Bunny zum dritten Mal auf Video zu sehen, aber ich kann nicht. Ich brauche diese Zeit hier mit Ihnen, solange meine Frau noch schläft. Also, lassen Sie mich nicht hängen.«

»Na schön. Meinetwegen.« Aaron gab sich geschlagen und antwortete trotzig. »Ich bin abgehauen, weil Zadek in seinem Rollstuhl vor der Tür stand und gewissermaßen um Asyl gebeten hatte. Er war früher ein Teil unserer Gemeinschaft, aber er war renitent, aufsässig und rebellisch. Zu allem Übel hat er meine Frau vergewaltigt, als sie vierzehn war und ich habe ihm fast den Schädel dafür eingeschlagen, dass ich einen Moment lang dachte, er sei tot. Und gewünscht hab ich es mir auch. Ich habe ihn wirklich gehasst für das, was er ihr angetan hat. Er hat sich still und heimlich seiner Verantwortung entzogen, ist einfach abgehauen und nicht wiedergekommen. Die Gemeinschaft hat ihn für alle Zeiten verstoßen. Dafür haben wir ihn nicht bei der Polizei angezeigt. Nach Jahren dann kam er vom Militär zurück und saß im Rollstuhl. Hat uns um Vergebung gebeten und sie auch bekommen.«

»Aber nicht von Ihnen?«

»Nee, nicht von mir. Jahrelang lebten Ruth und ich mit dem festen Gedanken, dass sie keine Kinder bekommen kann. Können Sie sich vorstellen, wie lange ich kämpfen musste, bis sie Berührungen von mir zuließ? Jahre! Und dann stand er plötzlich auf der Matte. Vermutlich wusste er nicht mehr, wo er hinsollte. Das Militär hatte ihn zwar ehrenhaft entlassen, aber einen Job hatten sie für einen Krüppel eben auch nicht.«

»Wie hatte Ihre Frau das aufgenommen, als er wiederkam?«

»Sie hat es Ihrem Vater gleichgetan. Für mich war das absolut nicht nachvollziehbar, dass sie so tun konnte, als sei nichts gewesen. Sie hat sich sogar bereit erklärt, ihn zu versorgen. Na ja, und da war ich an einem Punkt angelangt, an dem ich gehen musste. Ich war verletzt und dachte, er oder ich. Ich wollte nur weg, über alles nachdenken, ein Jahr frei sein, mir über alles klar werden.« Aaron sah Martin von der Seite an. »Ein Sabbatjahr einlegen, kennen Sie das? Ich brauchte einfach eine Pause von allem, von dem Weinberg, von Zadek und auch von Joshua. Ich musste wieder zu mir kommen, mir klar werden, wer ich bin und was ich überhaupt will im Leben.«

Martin schloss für einen Moment die Augen. »Das klingt spannend. Ich hatte auch mal eine Auszeit. In Ecuador. Ist aber nicht so toll gelaufen. Na egal. Kamen Sie mit Joshua denn nicht mehr zurecht?«

»Doch schon, aber wissen Sie – wie soll ich sagen –, er ist ziemlich anstrengend gewesen. Liebenswert, genial, aber hochgradig anstrengend. Er redete pausenlos, hatte stets neue Ideen, konnte keine fünf Minuten still sitzen, wusste auf alle Fragen des Universums eine Antwort. Mir platzte einfach der Schädel. Können Sie das nachvollziehen? Ich wollte endlich aus seinem großen Schatten heraustreten, einfach nur ich selbst sein. Allein mit mir und der Welt klarkommen; dafür habe ich mir ein Jahr Zeit genommen.«

»Echt? Das klingt toll. Natürlich kann ich das nachvollziehen. Wie gerne wollte ich das immer wieder einmal machen. Und? Wie ist es gelaufen?«

»Ziemlich gut. Ich hab meine Freiheit genossen, solange das Geld reichte. Ich habe in Italien angefangen, jeden Winkel Venedigs zu Fuß erkundet, gepennt, wo man mich ließ, wenn es sein musste, auch mal unter Brücken. Ich habe Frankreich mit dem Zug und per Anhalter durchquert, Teile Österreichs gesehen und dann beschlossen, nach Spanien zu fahren, runter an die Küste bis nach Andalusien. Dort war ich am längsten, weil ich kein Geld mehr hatte. Ich hab alle Jobs angenommen, die man mir gegeben hat: auf dem Bau, in der Küche, als Erntehelfer für Oliven, Orangen und alles, was es irgendwo zu pflücken gab. Das war toll. Die Spanier haben mich echt gut behandelt.«

»Wo genau waren Sie da? Ich kenne Andalusien ein wenig.«

Aaron grinste. »Ein verschlafenes Kaff in der Nähe von Nerja. Nennt sich Maro.«

Martin schüttelte den Kopf. »Nerja kenne ich, na ja, was heißt kennen. Bin für einen Tag mal da gewesen.«

Aarons Gedanken verloren sich in der Weite seiner Erinnerungen. »Es gab dort eine Schlucht zwischen Nerja und Maro, ein grünes Tal, das war einfach magisch. Wie ein kleiner Dschungel. Die allerwenigsten kannten den Weg dorthin, und es lebten nur ein paar kauzige Einsiedler und Hippies in Höhlen und selbst gebauten Hütten. Eines Nachmittags, als ich mich erschöpft an die weiße Mauer einer kleinen Kirche lehnte und nicht mehr wusste, wo ich bleiben und was ich anfangen sollte, hat mich eine Frau angesprochen. Sie wirkte rein äußerlich ziemlich runtergekommen, war aber vollkommen zufrieden und glücklich. Sie fragte mich, ob sie mir helfen könne. Nun ja, ich erzählte ihr von meiner bescheidenen Situation, und sie bot mir an, ihr kleines Häuschen für einige Monate zu bewohnen, bis sie wieder zurück wäre. Sie müsste für eine Weile in den Norden, um irgendwelche Dinge mit ihrer Familie zu regeln und es wäre ihr lieber, wenn jemand darin wohnen würde, als dass es von anderen geplündert würde.«

»Und Sie haben natürlich angenommen?«

»Klar. Für mich schien das wie eine Fügung des Himmels. Sie zeigte mir das, was sie ihre Burg nannte, und für eine kurze Zeit bereute ich meine Zusage. Ich meine, es war idyllisch gelegen, keine Frage, an einem Bergabhang inmitten eines paradiesischen Tals, aber es gab dort nichts außer Wasser aus einer nahe gelegenen Quelle und ein paar Bananen. Kein Strom, keine richtige Toilette, nichts. Und ihren Gemüsegarten hatte sie kurz zuvor abgeerntet.«

»Klingt doch sehr romantisch.« Martin grinste verschmitzt.

Aaron lachte. »Ja, wahnsinnig romantisch. Ich hab es trotzdem geschafft, mich dort einzuleben. Ich wusste ja von unserem Weinberg einiges über Saat und Ernte und hatte schon nach kurzer Zeit einen stattlichen neuen Gemüsegarten. Wie gesagt, es gab keine Elektrizität, keinen Kühlschrank, kein Licht außer einer Öllampe, dafür reichlich Ruhe und Zeit zum Nachdenken. Ich war in der Zeit davor viel herumgekommen, doch als ich mich für ein paar Monate dort niederließ und rein äußerlich außer einer wunderschönen Natur nichts mehr hatte, begann für mich die Reise ins Innere. Glauben Sie mir, das ist die schwierigste Reise, ins eigene Ich hinein.«

»Keine warme Dusche, keine Toilette?«

Aaron schmunzelte. »Die meisten Menschen kommen mit dem Gedanken an einen Ausstieg aus der Zivilisation nicht gut zurecht. Geduscht und meine Klamotten gewaschen habe ich am Strand oder an einem kleinen Wasserfall südlich der Quelle. Sie glauben gar nicht, mit wie wenig man auskommen kann, wenn man sich der größeren Wünsche einmal entledigt hat. Komfortabel leben ohne Komfort. Eine Weile kam ich mir vor wie ein Mönch, der die größte Freiheit darin gefunden hat, nichts mehr zu wollen. Keine Wünsche, keine ehrgeizigen Ziele, keine unerreichbaren Pläne. Natürlich, es gab hin und wieder auch Auseinandersetzungen mit den anderen Eremiten, sie kannten mich noch nicht und misstrauten mir. Selbst wenn man nichts hat, fürchtet man immer noch, dass einem das Wenige auch noch weggenommen wird, aber nach kurzer Zeit haben sie mich toleriert. Ich wollte ja gar keinen Kontakt zu ihnen, ich wollte nur meine Ruhe haben.«

Martin sah aus dem Fenster, dann wieder zurück in Aarons dunkle Augen. »Was tut man den ganzen Tag, wenn plötzlich die Zeit dafür vorhanden ist?«

»Lesen. Und nachdenken. Stundenlang hab ich mit offenen Augen geträumt.« Aaron sah Martin beinahe streng an. »Glauben Sie nicht, dass das so angenehm und einfach ist. Sie müssen sich auch unangenehmen Gedanken stellen, müssen lernen, ehrlich zu sich selbst zu sein. Nach einer Weile begann ich, Selbstgespräche zu führen. Hätte mir jemand zugehört, hätte er mich für bekloppt gehalten.« Aaron lachte. »Irgendwann kam ein Hund angelaufen, befand mich anscheinend als sein Lebensabschnitts-Herrchen für ganz okay und blieb. Dann hatte ich jemanden, mit dem ich reden konnte. Nur ihn durchzufüttern, war nicht so einfach. Er hat meine Vorliebe für Rohkost nicht geteilt.« Wieder ließ Aaron dieses sympathische, jungenhafte Lachen hören. Es erleichterte ihn sichtlich, die Trauer für eine Weile auszuklammern und sich mit Martin zu unterhalten. Wenn er noch Minuten vorher schläfrig war, so schenkten ihm diese Erinnerungen neue Kraft. Dann fuhr er fort. »In dieser Zeit habe ich übrigens meine Kenntnisse über Wildkräuter und essbare Pflanzen vervollständigt. Das, was alle landläufig *Unkraut* nennen, sind häufig absolute Vitaminbomben. Das ist ja ein Trend heutzutage, den ich sehr begrüße. Grüne Smoothies. Sollten Sie probieren. Ich könnte Ihnen an die 50 Rezepte geben.«

»Hm ja. Mal sehen. Und die übrige Zeit haben Sie gelesen? Klingt ziemlich entspannend.«

»Absolut. Eigentlich hatte ich nur ein einziges Buch dabei, das mir Joshua geschenkt hatte. Er selbst kannte es auswendig, wissen Sie, dieses Buch von James Hilton.«

»Lost Horizon. Shangri-La. Ja, ich kenne es. Hab es in meiner Jugend gelesen und wäre am liebsten gleich auf und davon.«

Sterns Augen leuchteten auf. Er drehte sich zu Martin um. »Sie kennen es? Alle Achtung! Ja genau. Auf und davon. Das war ja das Großartige. Ich *war* auf und davon. Ich lebte wie ein Einsiedler und habe es genossen. Man kann es sich nicht vorstellen, aber nach einer Weile, wenn all die unzähligen lauten Stimmen verstummt sind, dann kommen die leisen wieder zum Vorschein. Sie hören die Natur viel intensiver. Wie die Vögel durch unterschiedliche Stimmlagen miteinander kommunizieren, die summenden Insekten, das Rascheln von Mäusen und Eidechsen, das Wehen des Windes zwischen den Zweigen des Bambus. Jedes Blatt klingt anders, wenn es bewegt wird. Wussten Sie das?«

Martin schwieg, hörte gespannt zu.

Aaron fuhr fort, ganz in Gedanken versunken. »Aber auch die eigenen leisen Stimmen quellen aus Ihrem Inneren zu Ihnen hoch. Die Kreativität steigt an die Oberfläche, und irgendwann, endlich, kann auch die Stimme Gottes zu einem durchdringen.«

»Die Stimme Gottes?« Der im Hintergrund lauernde Zweifel meldete sich wieder zu Wort. Wann immer Martin etwas über Gott hörte, hatte er zig Argumente dagegen auf Lager. Er hätte sich gewünscht, frei und unbefangen über Gott reden zu können, doch das Thema schien für ihn unerreichbar und unzugänglich zu sein. Er wurde den Eindruck nicht los, als wolle ihn Gott gar nicht.

Aaron selbst hatte kein Problem damit, sich diesem Thema zu stellen. »Ja genau, die Stimme Gottes.«

»Sie meinen, was *Sie* für die Stimme Gottes halten?«

»Nun, meinetwegen. Ich habe jedenfalls die Erfahrung gemacht, dass seine Stimme die leiseste von allen ist. Er flüstert nur, wenn alles still ist. Unaufdringlich, fast schon schüchtern, und nur, wenn Sie es zulassen, wenn Sie es wirklich wollen.«

»Was hat er zu Ihnen gesagt?«

Stern lächelte jungenhaft. »Dass ich Ruth heiraten werde und wir Kinder haben werden. Stellen Sie sich vor, die Ärzte haben Ruth bescheinigt, dass sie unfruchtbar ist, und ich sehe sie mit einem Kind im Arm so lebendig vor mir, als würde es gerade jetzt passieren.«

»Meinen Sie nicht, dass das vielleicht nur intensives Wunschdenken war?«

»Na ja, immerhin ist sie schwanger, oder? So falsch kann ich also nicht gelegen haben. Doch ich muss zugeben, es gab auch traurige Offenbarungen. Ich bekam eine Ahnung, dass mit Joshua etwas passieren wird, aber diesen Gedanken hab' ich irgendwie nicht zugelassen. Ich konnte nicht glauben, dass das die Stimme Gottes gewesen sein sollte. Eine Weile dachte ich sogar, ich würde verrückt.« Aaron hob die Augenbrauen. »Ich wäre nicht der Erste gewesen, der in der Einsamkeit durchgedreht ist.«

»Sie wollen mir erzählen, dass Gott Ihnen die Geburt Ihres Sohnes und den Tod Ihres Vaters angekündigt hat?«

»Tja, klingt unglaublich, ich weiß, aber für ihn sind diese Dinge anders als für uns. Er hat die Ewigkeit im Blick, wir nur einen winzig kleinen Ausschnitt daraus. Das weiß ich jetzt, viele Jahre nach diesem Erlebnis.«

»Aber zu welchem Zweck hat er Sie das wissen lassen? Wozu soll das gut sein?«

»Das hab ich mich auch andauernd gefragt, vor allem in den letzten Tagen, nachdem Sie uns die Nachricht vom Tod Joshuas überbracht haben. Plötzlich kamen die Gedanken von damals wieder hoch, als wäre es erst gestern gewesen, so real und intensiv. Vielleicht sollte ich es wissen, damit ich mich innerlich darauf vorbereiten konnte, damit es mich nicht wie ein Keulenschlag trifft. Vielleicht hat mir Gott aber auch all das erzählt, weil ich sein Freund bin und er mir ein Geheimnis verraten wollte.« Aaron sah in Martins Augen und konnte nicht deuten, was er darin las. »Sie glauben mir nicht, was? Es fällt Ihnen schwer, das nicht Sichtbare zu akzeptieren?«

Martin sah in die Weite der Kabine, beobachtete die schlafenden oder lesenden Fluggäste, beobachtete, wie sich Catherines Brust friedlich hob und senkte. »Ich habe schon Mühe genug, das Sichtbare zu akzeptieren. Das allein überfordert mich gewaltig, all das, was ich in meinem Job zu sehen kriege und den Mist, den ich in der Zeitung lese. In solchen Momenten möchte ich sofort wieder aufbrechen und abhauen. Nur weg, meinetwegen nach Maro in dieses Tal in die kleine Hütte oder zurück nach Ecuador, egal. Aber ich kann einfach nicht weg. Ich habe meine Arbeit und Catherine. Ich bin an sie gebunden, und das ist gut so.«

»Sie lieben sie sehr. Das habe ich lange nicht mehr gesehen, in einer Zeit, wo doch jede zweite Ehe geschieden wird.«

Über Martins Pupillen legte sich ein feiner feuchter Schleier. »Ja, sie ist wunderbar. Sie hat es wirklich verdient, geliebt zu werden. Das Problem ist, ich kann ihr nicht helfen. Sie leidet an diesem Leben, dabei konnte sie früher so fröhlich sein. Sie hätten sie sehen müssen. Ihr Lachen war ansteckend. Sie hatte das mitreißendste Lachen, das ich je gesehen und gehört habe. Es hat mich vollkommen verzaubert. Bis zu dem Tag, an dem sie … na ja, lassen wir das. Genau genommen bin ich schuld an ihrem Zustand. Ich hätte es vermutlich verhindern können.«

»Quälen Sie sich nicht mit Schuldgefühlen. Was passiert ist, ist passiert. Schauen Sie nach vorn, nicht nach hinten. Vielleicht tun ihr die Tage in Israel ja gut. Wir haben zwar eine Menge Probleme im Land, aber trotzdem ist es ein magisches Land voller Geschichte und Spiritualität. Ich denke, Sie werden es lieben.«

Catherine erwachte und streckte sich. Sie brauchte eine Weile, sich zu orientieren, sich zu besinnen, ob der Ort, an dem sie sich befand, tatsächlich real war, oder ob es sich vielleicht nur um eine Projektion ihrer Träume handelte, eine Botschaft ihres Unterbewusstseins. Sie blickte suchend in die ihr unbekannten Gesichter der Passagiere, entdeckte den vertrauten Geruch Martins neben sich und wähnte sich in der Wirklichkeit.

Martin lächelte Catherine an und nickte dann Aaron zu. »Wir werden sehen.«

KAPITEL 37

7. November 2013, Israel, Golanhöhen

Die Boeing 737 setzte samtweich gegen 23 Uhr auf israelischem Boden auf. Dem Piloten war eine perfekte Landung geglückt, was mit gebührendem Respekt von den Passagieren beklatscht wurde.

Nach weiteren zwanzig Minuten schob das Förderband wie eine zu nachtschlafender Zeit träge Raupe die Gepäckstücke auf ihrem Rücken rumpelnd Stück für Stück voran.

Martin blickte sich um und betrachtete verwundert die unglaubliche Vielfalt an Menschen, die um die sich windende, schuppige Raupe versammelt waren. Er musterte eine Gruppe orthodoxer Juden in schwarzen Mänteln, mit schwarzen Hüten auf den Köpfen und meist vollen Bärten, die von einer, bei jedem Luftzug hin und her wedelnden dünnen Haarlocke an den Schläfen umspielt wurden. Er sah israelische Familien mit müden und doch aufgedrehten Kindern, die von einem Besuch aus Deutschland zurückkamen. Er hörte Arabisch von Männern mit schwarzen Augen und ihren Kopftuch tragenden Frauen im Gefolge. Er beobachtete Geschäftsleute in Anzügen, die ihre Krawatten am Hals gelockert hatten und hoffnungsvoll ihren Unterschriften auf wichtigen Papieren entgegensahen. Und er schmunzelte über jene eindeutig als deutsche Touristen auffallenden Senioren, die ihre Neugier auf die in Jerusalem zu erwartenden historischen Stätten kaum bändigen konnten.

Wieder einmal hatte die Maschine der EL AL ein schillerndes Publikum wie aus dem Bauch eines Wals auf heiligen Boden gespuckt, von denen sie die meisten nach zwei Wochen wieder einsammeln würde. Viele würden verändert zurückkehren, beeindruckt von der Macht der Geschichte, die ihnen jeder Dornbusch, jeder uralte Olivenbaum, jeder Quader, auf dem sie herumgetrampelt waren, zugeraunt hatte. Manche würden verwirrt sein von der Fülle der Eindrücke, die auf sie eingestürmt war, ratlos und fragend, was denn nun in der Zukunft zu glauben und zu denken sei. Wer hatte denn nun recht, wen es anzubeten galt: Jesus, Allah oder Jahwe? Wessen Partei sollte man ergreifen im Streit der undurchschaubaren Nahostkonflikte? Wessen Propaganda sollte man glauben?

Martin zog Catherines und seinen Koffer vom Band. Nicht wissend, welche Kleidung der Jahreszeit und der Umgebung angepasst wäre, hatten sie von allem etwas mitgenommen. Wie sich am Ende herausstellte, hätten sie die Hälfte der Kleidung in Hamburg lassen können, aber so war es ja meistens.

Sie folgten der Gruppe der aus Israel stammenden Wissenschaftler und all derer an dem Projekt der sensationellen Energiegewinnung beteiligten Visionäre. Drei Frauen und vier Männer, die ihren Freund Joshua Horowitz zur ewigen Ruhe betten wollten. Der, der niemandem je ein noch so winziges Leid in seinem Leben zugefügt hatte, war den grausamsten aller Tode gestorben, und jeder aus dieser kleinen Gruppe dachte unentwegt daran. Sie konnten nicht unbeschwert sein, nicht laut über einen Witz lachen. Sie wussten selbst nicht, wie sie sich verhalten sollten, solange nicht klar war, wer zu einer solchen Tat fähig gewesen war. War der Mörder einer von ihnen oder war er von außerhalb in ihr beschauliches Leben eingedrungen? Ungefragt, boshaft lauernd, ihnen den Erfolg nicht gönnend, hatte er ihr fragiles Glück angegriffen. Und wo, um Himmels willen, steckte Samuel Horowitz? Pohlmann hatte ihn im Gedränge aus den Augen verloren, als sie die Maschine verlassen hatten und ihn am Gepäckband nicht finden können. Er schien wie vom Erdboden verschluckt.

In einem kleinen Reisebus ließen sich die neun Personen von einem kundigen Fahrer zu den Golanhöhen bringen. Es war bereits nach Mitternacht, als sich Catherine an Martins

Schulter schmiegte und die Augen schloss. Solange er bei ihr war und sie sich an diese Schulter lehnen konnte, fühlte sie sich geborgen und in Sicherheit, als könnten Menschen Schicksale verhindern.

Eine Annahme, die verlockend und doch so falsch ist.

Als sie auf dem alten Weingut ankamen, hielt der Wagen vor dem Haupthaus. Trotz der Dunkelheit konnte Aaron im Licht der Scheinwerfer und der Sterne erkennen, dass hier nichts mehr so war wie vor Jahren, als sie Israel verlassen hatten. Obwohl noch einige Weinbauern zurückgeblieben waren und versucht hatten, das von Modern Energy angerichtete Chaos rückgängig zu machen, wucherte nun das Unkraut zwischen den Kieselsteinen empor. Die, die sich gegen die Reise nach Deutschland entschieden hatten, hatten gleichzeitig beschlossen, das Haus der Auswanderer der Macht der Natur zu überlassen: Efeu, der die Regenrinne emporkletterte und über das Dach zu den Fenstern gelangte und die Zimmer dahinter verdunkelte; abblätternde Farbe an den Säulen, die die Giebel stützten. Graffiti an den Hauswänden, anklagende Mahnmale für die Verräter, die in das Land ausgewandert waren, aus dem einst das Übel in Form eines schnurrbärtigen Tyrannen über ihr Volk hereingebrochen war.

Am nächsten Morgen, wenn die Sonne versuchen würde, die Welt in ein friedliches goldenes Licht zu tauchen, würde Aaron das wahre Ausmaß des Verfalls beweinen. Er würde es sich Martin und Catherine gegenüber nicht anmerken lassen, wie schrecklich er sich fühlte, zweifelnd, ob sie damals das Richtige getan hatten. Würde Joshua noch leben, wenn sie geblieben wären – oder spielten diese menschlichen Erwägungen keine Rolle? Geschieht, was geschehen muss, ganz gleich, was der Mensch dagegen zu unternehmen versucht?

*

8. November 2013, Israel, Golanhöhen

Am nächsten Morgen regnete es. Dicke, düstere Tropfen fielen schnurstracks herunter, es wehte kein Lüftchen. Der Himmel schüttete ungehemmt alles aus, was er zu bieten hatte, voller Häme, als wolle er die Ankömmlinge aus Deutschland für irgendetwas strafen, für eine jener Sünden, die sie noch nicht bekannt hatten.

Aaron und die anderen aus der Gemeinschaft hatten an diesem Tag einen schweren Gang vor sich. Die Beisetzung nach jüdischen Bestattungsregeln war für zwölf Uhr angesetzt. Längst nicht alle der ehemaligen Bewohner würden erscheinen, eher die wenigsten. Sie verbanden mit ihren Erinnerungen an Joshua den Verrat an ihrem Weinberg, obwohl sie Samuel dafür hätten verantwortlich machen müssen. Er hatte ihnen die Aktivitäten der Ölfirma so verkauft, als sei es auf Joshuas Drängen hin erfolgt und einige hatten ihm geglaubt.

Aaron hatte vorher noch einige Formalitäten zu erledigen. Sich von seinem *Vater*, wie er Joshua in den letzten Tagen nur noch nannte, endgültig hier in Israel und nicht in Deutschland zu verabschieden, ließ seine Souveränität kläglich zusammenschmelzen. Die Vergangenheit drückte ihm aufs Gemüt, so lebendig und nah wie selten zuvor.

Es war ja eigentlich eine schöne Vergangenheit gewesen, eine erfüllte Zeit auf diesem Berg. Seine Kindheit, seine Jugend, seine erste und einzige Liebe hatte er hier gefunden. Und doch hatte er den Eindruck, dass etwas fehlte. War denn schon alles gesagt worden? War der letzte Satz schon gesprochen? Hatte er sich Joshua gegenüber eigentlich schon bedankt, für alles, was er für ihn getan hatte, was er in ihn investiert hatte an Wissen, Liebe und Vertrauen? Kann es diesen letzten Satz überhaupt geben, ein *Lebewohl* nach gemeinsam verbrachter Zeit? Das wäre nur möglich, sofern der Mensch Zeit und Ort, an dem er sich trennen muss, bestimmen kann. Und selbst dann würde er es nicht wollen, er würde der Unabänderlichkeit der Geschicke nicht zustimmen.

Aaron sprach an diesem Morgen nur wenig, er würgte mit Mühe einige barsche Sätze heraus. Er brachte seine Kleidung in Ordnung, frisierte das Haar, befestigte die Kippa daran, die er schon lange nicht mehr getragen hatte, und verrichtete alle Aufgaben mit einer Langsamkeit, als könne dies auch nur einen Bruchteil der Gefühle bändigen, die ihm auflauerten und ihn überfallen wollten.

Martin und Catherine verstanden ihn gut und hielten sich still und unsichtbar im Hintergrund. Sie blieben im Haus zurück, so war es vereinbart. Als der Nachschub des Himmels ausblieb, zogen sie ihre Jacken über und machten einen Spaziergang über den ehemaligen Weinberg. Sie nahmen sich an die Hand, in dieser fremden Gegend, in der so viel passiert war. Überall fanden sie Spuren des Lebens, das hier einst stattgefunden hatte: Weinstöcke, die wie verdorrte Finger mahnend aus der Erde herausragten. Spuren der Verwüstung, die man einfach belassen hatte, so wie Ölfirmen es meistens taten. Stinkende schwarze Pfützen, die nicht versickerten, nicht in hundert Jahren.

Sie gingen einen Hügel hinab, der bisweilen recht steil verlief, rutschig nach dem Regen. Rechts von ihrem Weg blickten sie einen Abhang hinunter, in dem der Nebel träge verharrte. In jene kleine Schlucht, von der sie nicht wussten, dass sie Ruth, Aarons Frau, als Mädchen beinahe verschluckt hätte. Weiter unten kamen sie an Teichen, Tümpeln und Becken vorbei, mit schmierigem, grünlich-fauligem Wasser darin, gleich neben einer Art Lagerhalle, die vollkommen verwittert und baufällig wirkte. Graue Betonplatten, an denen schwarze Streifen wie von einem Brand gezeichnet, von Wetter und Zeit verwischt worden waren. Der Ort, an dem Joshua die meisten Stunden seines Lebens verbracht hatte, gab seine Geheimnisse nicht mehr preis.

Dort, wo er eine Ahnung davon bekommen hatte, dass er nicht als alter Mann enden würde.

Nichts war übrig geblieben von dem Genie, das diese baufällige Ruine beherbergt hatte. Nichts außer einer langen Formel, deren Keim genau hier vor vielen Jahren gepflanzt und nach ihrer Vollendung einige tausend Kilometer entfernt, auf eine CD gebrannt worden war und in einem Safe darauf wartete, der Menschheit dienlich sein zu können.

Martin ließ Catherines warme Hand los. Er schlenderte umher, ziellos, sah sich um, nahm den feuchten, modrigen Geruch in sich auf und ließ die Eindrücke in seinem Unterbewusstsein einsinken wie belebendes Wasser in trockene Erde. Wenn Steine sprechen könnten – vielleicht tun sie es ja, doch wir hören nicht hin –, hätte Martin es in seinen Ermittlungen leichter gehabt. Sie hätten ihm zugeflüstert, wer Joshua wirklich war und wer ihm nach dem Leben getrachtet hatte.

Doch so war er darauf angewiesen herumzulaufen, Leute zu befragen und zu hoffen, dass man ihm gegenüber ehrlich sein würde. Ein mühsames Katz-und-Maus-Spiel, das er mehr und mehr zu hassen begann, dieses Ringen um Wahrheit. Und doch wollte er dieses Spiel gewinnen, ein letztes Mal, und er wusste, dass es genau an diesem Ort, hier im *Heiligen Land*, seinen Anfang genommen hatte, und vielleicht sogar entschieden werden würde.

Er ergriff wieder Catherines Hand. Sie lächelte dankbar. Er hatte Entscheidungen für die nächsten Tage getroffen. Er war nicht zum Spaß hier, sondern um zwei Morde aufzuklären und es würde ihm gelingen, das schwor er sich, bei allem, was *ihm* heilig war.

*

»Und? Wie sehen Ihre Pläne aus? Ich würde mich freuen, Ihnen einige beeindruckende Sehenswürdigkeiten zeigen zu können. Wir könnten nach Jerusalem, nach Massada, Beer

Sheva fahren oder einfach nur in Tel Aviv über den Markt schlendern.« Stern hob begeistert die Hände. »Ich kenne dort einen Gemüsestand mit Oliven. Ich versichere Ihnen, so viele Olivensorten haben Sie garantiert noch nie in Ihrem Leben gesehen.« Aaron blickte bemüht entspannt in die Gesichter seiner beiden Gäste. Nachdem er von der Beerdigung zurückgekommen war, hatte er sich auf sein Zimmer zurückgezogen und war erst am Abend wieder herausgekommen. Martin und Catherine hatten sich nach ihrem Ausflug über das Gelände die Zeit vertrieben; in einem Reiseführer geblättert, ein wenig geschlafen und einfach gewartet, bis sich die Situation wieder entspannte. Martin hatte Catherine nichts von seinen Plänen erzählt. Sie ahnte natürlich, wie es in seinem Kopf rumorte, doch er wollte sie nicht mit seinen Sorgen behelligen. Die Zeit drängte, doch er spürte, dass es kein Zufall war, dass sie hier waren. Eine fiebrige Ahnung beschlich ihn, dass er dreitausend Kilometer von Hamburg entfernt in der Lage sein könnte, Probleme zu lösen, die ihn zu Hause fast zum Wahnsinn trieben. Nur an diesem Tag, dem Tag der größten Trauer, würde er nichts mehr ausrichten können. Er hatte zu wenig Informationen, wie und womit er zu den beiden Orten gelangen könnte, die seine Ermittlungen einen entscheidenden Schritt vorantreiben könnten.

»Herr Stern, wenn es Ihnen nichts ausmacht, würde ich gern auf eigene Faust etwas unternehmen.«

Aaron sah ihn verwundert an. Empfand er es als unhöflich, wenn Martin sich nicht für sein Land interessierte? Was beabsichtigte er zu tun? Doch er schien zu begreifen, was ihn beschäftigte, und nickte. »Wir könnten Ihre Frau zu einem sehr interessanten Beduinenmarkt hier in der Nähe mitnehmen, während Sie sich anderweitig umsehen.«

»Herr Stern, könnte ich Sie einen Augenblick unter vier Augen sprechen?« Martin blickte zu Catherine. Sie stand sogleich auf. »Bleibt ruhig sitzen. Ich versteh schon: Männergespräche. Ich geh mich solange frisch machen.«

Catherine machte einen zufriedenen Eindruck, nahm es Martin nicht übel, dass er sie ausschloss. Sie war hier für einen Tapetenwechsel, nicht, um sich in die Interna seiner Ermittlungen hineinziehen zu lassen.

Kaum war sie aus der Tür, wandte sich Martin Aaron zu. »Ich finde es sehr nett von Ihnen, dass Sie sich um uns kümmern, und ich hoffe, Sie empfinden es nicht als unhöflich, aber ich habe zwei Anliegen, bei denen Sie mir helfen müssen. Ich möchte gern zu dieser Anstalt fahren, in der Ihr Vater für beinahe ein Jahr gelebt hat, und ich muss wissen, in welchem Krankenhaus Zadek Kotarev zusammengeflickt wurde. Ich weiß noch nicht genau wieso, aber ich möchte Näheres über die Umstände seines Unfalls wissen.«

»Er ist ein Krüppel, das ist doch offensichtlich«, antwortete Aaron unerwartet barsch. »Was muss man da noch wissen? Den Weg können Sie sich sparen.« Aaron bemerkte seinen misstrauischen Unterton in der Stimme und korrigierte sich. »Aber natürlich gebe ich Ihnen die Adressen, die Sie wünschen. Wie möchten Sie dort hinkommen? Die Anstalt ist in Haifa und das Krankenhaus liegt am Stadtrand von Tel Aviv, ganz in der Nähe des Stützpunktes, wo Zadek stationiert war. Es ist eigentlich ein Militärkrankenhaus, aber meines Wissens werden dort seit fünf Jahren auch zivile Personen behandelt und operiert.«

Martin wunderte sich, dass Aaron so gut darüber Bescheid wusste, wo er doch die letzten Jahre in Deutschland gelebt hatte. »Da gibt es noch ein Problem. Ich brauche einen fahrbaren Untersatz. Ein Taxi über diese Entfernungen …«

»Verstehe. Ja, vielleicht kann ich Ihnen aushelfen. Erwarten Sie aber nicht zu viel.«

KAPITEL 38

8. November 2013, Israel, Golanhöhen – Tel Aviv

Eine Stunde später hatte Aaron Stern einen Wagen für Martin organisiert und parkte ihn vor dem Haus. Einen weißen, eher grauen, Daihatsu Cuore aus dem Jahr 1998 mit 42 PS und 167.000 Kilometern auf dem Buckel. Einige Beulen an vorderen und hinteren Kotflügeln zeugten von grober Lieblosigkeit und mangelndem Respekt. Zeugen einer bewegten Vergangenheit inmitten des israelischen Verkehrs. Der Wagen parkte vor dem Haus, an dem der Verfall ebenfalls nagte. Dichte schwere Wolken trieben Unheil verkündend über den Berg, nicht gerade die Art von Wetter, die er sich für Catherine für den Bummel über einen orientalischen Markt gewünscht hatte. Doch für Israel war jeder Tropfen nach dem heißen regenarmen Sommer ein Geschenk.

Martin nahm sein Handy mit integriertem Navigationssystem und die Adressen, die Aaron ihm gegeben hatte, und steckte sie in die Hosentasche seiner Jeans. Als er den Wagen genauer inspizierte, begann er an seinem Plan zu zweifeln. Er hätte doch ein Taxi nehmen sollen, dachte er. Kein Stress mit dem Finden des Weges, nicht die Gefahr des Verreckens dieser Schrottlaube in einem ihm gänzlich unbekannten Land. Martin seufzte. Nicht in diesen Wagen einzusteigen, wäre unhöflich Aaron gegenüber gewesen, also steckte er den Schlüssel in das Schloss der Fahrertür und schloss auf. Eine Fernbedienung gab es für dieses Modell noch nicht. Die Tür ächzte, ein muffiger Geruch abgestandener Luft schlug ihm entgegen. Martin stieg ein und zog die Tür hinter sich zu. Der Motor startete mit einem hochtönigen Pfeifen und verhieß Martin eine interessante Fahrt.

In Ermangelung einer Haltevorrichtung legte er sein Handy in eine Konsole, in der einst ein Radio gesteckt hatte. Einige Kabel lugten ihm noch entgegen.

Die Route, die er sich für diesen Tag zurechtgelegt hatte, sollte ihn zuerst in das Militärkrankenhaus nach Tel Aviv und vielleicht in die Kaserne führen und erst danach nach Haifa in die Anstalt. Es war weniger die kluge Überlegung, wie er diese Unzahl an Kilometern mit dem klapprigen Japaner ohne nennenswerte Probleme bewerkstelligen konnte, als vielmehr die bohrende Stimme seiner Neugier, die ihn antrieb. Warum und was ihn an diesem Zadek Kotarev interessierte, konnte Martin gar nicht mit Bestimmtheit sagen, es war mehr ein Gefühl, eine Intuition, die auch nach über 20 Jahren als Bulle noch nicht erloschen war.

Natürlich konnte er falschliegen, besonders in jenen Tagen, wo seine Sinne und Gedanken darauf gerichtet waren, wie er das Leben seiner Frau wieder in den Griff bekommen könnte. Würde sie hier neue Impulse für ihr Leben finden, neue Hoffnung und Perspektiven? Würde etwas von der jüdischen und speziell von Aarons Spiritualität auf sie überschwappen?

Aaron. Dieser seltsame, ambivalente Mann, der Martin faszinierte, obgleich es schien, als hätte er ein Problem damit, dass Martin die Vergangenheit von Zadek durchleuchten wollte. Was verbarg Aaron vor ihm? Wie stand er zu Zadek wirklich? Was wusste er über ihn, was er vor anderen verbarg? Gab es vielleicht ein gut gehütetes Geheimnis, das selbst seine eigene Frau nicht kannte?

Martin brannte darauf, diesen Tag so effektiv wie möglich zu verbringen. Die Wolkendecke riss auf, und seine Stimmung hellte sich auf. Sonne! Wie abhängig er doch war von diesem gelborangefarbenen Ball am Himmel. Er liebte die Sonne. Schoben sich Wolken zwischen ihn und sie, verfinsterte sich sofort sein Gemüt. Das konnte doch nicht sein, dass man sich derartig abhängig machte von ihren divenhaften Launen. Ein weiteres Mal kam er zu dem Schluss, dass Catherine und er im falschen Land lebten.

Vielleicht würde es ja doch noch mal eine zweite Chance geben …

Martin hatte eine Route gewählt, die ihn vorbei an Al-Saliba und dem See Genezareth führte. Sein Abenteuersinn erwachte nun endgültig. Links von ihm spiegelte sich das Licht in dem niedrigen Wasserstand, und obwohl der See danach lechzte, vom Himmel gefüllt zu werden, wirkte er ruhig und entspannt, als würde ihn der Segen genau zur richtigen Zeit erreichen und mit ihm alle Menschen, die das Wasser der Golanhöhen so nötig zum Leben brauchten.

Der Wagen lief ruhig und schien zuverlässig. Zu Anfang jedenfalls.

In Tiberias ließ er den See hinter sich und bog auf die 77, auf der er eine Weile nur geradeaus zu fahren brauchte. Er folgte ihrem Verlauf, ließ seinen Gedanken etwas Freiraum und fand sich nach knapp zwei Stunden an einer Weggabelung wieder, wo es entweder nach links zum Beit She'arim Nationalpark in Richtung Tel Aviv, oder nach rechts über Kiryat Tiv'on in Richtung Haifa ging. Noch könnte er seine Route und seine Prioritäten ändern. Der Wagen hatte tapfer durchgehalten, er hatte die Geschwindigkeit von 80 km/h auch nicht überschritten, zumal ihm die zeitweilig auftretenden Geräusche aus dem Motorraum suspekt erschienen. Er bog links ab. Erst nach Tel Aviv.

Nach einer weiteren Stunde fand er sein erstes Ziel. Das Tel Aviv Sourasky Medical Center. Er parkte auf dem Besucherparkplatz und durchschritt die Tür ins Innere einer Institution, die ihm die Luft zum Atmen nahm. Die Klinik wirkte wie jede moderne europäische Klinik auch: steril und angsteinflößend. Es roch nach Desinfektionsmittel, an jeder Säule konnte man sich an einem Handspender bedienen, die Schuhe knatschten auf dem Linoleum, sein Herz pochte schweißtreibend. Nichts hatte sich für Martin in den letzten Jahren geändert. Im Gegenteil, seine Phobie vor derartigen Etablissements hatte noch zugenommen.

An der Auskunft bemühte er sein bestes Englisch und fragte nach der Krankenakte von Zadek Kotarev. Sein internationaler Dienstausweis half ein wenig, er nahm ihm jedoch nicht die Arbeit ab. Die Dame an der Rezeption verwies ihn an die Krankenhausverwaltung, die die Akten der Patienten der letzten Jahre unter Verschluss hielt. Martin verließ den Trakt.

Ein graues schmuckloses Nebengebäude erwartete ihn. Abseits moderner Technik und zur Seite zischender Glastüren roch es hier nicht mehr so intensiv nach Krankheit, Siechtum und Tod, sondern nach Staub und altem Papier. Hier wurde für die Nachwelt in den Akten ein Abbild der Schicksale bewahrt, welche im Nebengebäude einst lebendig waren.

Mit nichts als einem Namen und dem Anliegen, die Person zu diesem Namen mit der tatsächlichen Vergangenheit zu füllen, klopfte er an verschiedenen Türen. Viermal wies man ihm einen neuen Weg, bis sich am Ende seiner Geduld jemand erbarmte und sein Anliegen zu seinem eigenen machte. Ein Mann um die siebzig, kauzig und blass, mit gütigen Fältchen um die Augen herum, rückte die schweren Brillengläser zurecht und antwortete zu Martins großer Überraschung auf Deutsch. Ja gern, er würde ihm helfen und nein, natürlich könne er sich nicht an Kotarev erinnern. Er sei schließlich nur der Archivar und kein Arzt, aber er könne ihm lückenlosen Zugang zu seinen Krankenunterlagen ermöglichen, sofern er sein Anliegen durch ein entsprechendes Papier oder einen Ausweis untermauern könne. Martin besaß kein offizielles Schreiben der Kripo Hamburg, nur seinen abgewetzten Ausweis. Auf Martins Frage, woher er so gut Deutsch könne, erntete er nur einen traurigen und doch vielsagenden Blick, der Martin ahnen ließ, dass es mit der trüben Episode deutscher Vergangenheit zu tun haben müsse. Der Archivar trug einen hellgrauen Kittel, auf dem vor vielen Jahren über der Brusttasche der Name K. Birnbaum eingenäht worden war. Martin beließ es dabei. Er musste nicht alle Geheimnisse dieser Welt ergründen, nur die, die für ihn am wichtigsten waren, zum Beispiel, warum zwei unschuldige Menschen auf grausame Weise ihr Leben lassen mussten.

Birnbaum führte Martin durch eine Vielzahl unterirdischer Gänge. Es ging alles sehr langsam vonstatten, da Birnbaum ein steifes Bein nachzog und auch sonst keine Eile zu haben schien. Er hatte akzeptiert, dass übertriebene Eile die Geschicke der Menschheit nicht beschleunigen oder verhindern kann. Also könne man es auch ruhig angehen lassen.

Martin folgte dem schlurfenden Mann durch die engen Gänge und passte sich seinem Rhythmus an. Obgleich die niedrigen Decken, das trübe Licht, die graue Farbe an Böden, Wänden und Decken etwas Bedrückendes hatten, entspannte ihn das Schlurfen des alten Mannes. Sein Puls verlangsamte sich, der Schweiß in den feinen Härchen im Nacken trocknete, obwohl die Zeit gnadenlos voranschritt.

Endlich, natürlich am *Ende* eines langen Flures, öffnete Birnbaum eine Tür, neben deren Rahmen ein Schild angebracht war mit der sinnigen Aufschrift: I-N. Einige hebräische Zeichen standen noch darunter. Birnbaum sprach die ganze Zeit über kein Wort. Er war es gewohnt zu schweigen, ob in Gesellschaft oder allein.

Nach zehn Minuten des Hantierens, Kramens und Selektierens in diversen Schubfächern klatschte Birnbaum eine weiße Karteikarte, einen DIN-A5-Umschlag mit dem Etikett Kotarevs und einen großen braunen Umschlag aus der Röntgenabteilung auf einen ehemals weißen, nun eher vergilbten Tisch, an dessen Rändern die Farbe abgeschürft war. Unter einem Bein lagen drei Pappecken, um den Tisch zu stabilisieren.

»Was genau brauchen Sie denn?« Birnbaum, der einen Kopf kleiner als Martin war, schaute zu ihm auf.

Martin zuckte mit den Schultern. »Alles, was Sie haben. Der Mann ist angeblich von drei Kugeln getroffen hier eingeliefert worden. Er hat überlebt, sitzt aber im Rollstuhl.«

Birnbaum nickte wissend. »Ja, Schussverletzungen hatten wir häufig.«

»Wieso *hatten*?«

»Na ja, heute auch noch, aber die werden nicht mehr in diesem Krankenhaus versorgt. Zu der Zeit, als Kotarev hier eingeliefert wurde, operierte diese Sachen ein Spezialist. Professor Finkelstein«, sagte Birnbaum mit Verachtung in der Stimme. »Sie haben ihn alle vergöttert, die Assistenten und die Schwestern. Eine Koryphäe mit magischen Händen«, spottete er. »Man sagte damals, er könne die Kugeln quasi auch ohne Röntgenbild sehen. Na ja, was die Leute so reden. Man sagte, er könne sogar erkennen, ob irgendwelche Nerven oder Adern in der Nähe seien.« Birnbaum schüttelte den Kopf, während er den Blick in die Ferne lenkte.

Martin wartete auf weiterführende Erklärungen, die jedoch nicht kamen. »Und? Konnte er?«

Birnbaum schlug sich an das Bein. Nun hörte Martin den Klang von Holz statt von Muskeln, Sehnen und Knochen. »Bei mir hat er sie nicht gesehen, der Stümper.«

Birnbaum wandte sich den Akten zu und überreichte sie Martin. Er schlug die erste weiße Akte auf und fand zu seinem Entsetzen nur hebräische Schriftzeichen vor.

Birnbaum lachte erheitert. »Na, was haben Sie denn erwartet?«

»Ich werde Ihre Hilfe brauchen. Würden Sie das für mich tun?«

Birnbaum wandte sich ab, sortierte irgendetwas Unwichtiges, nur um etwas zu tun. »Finkelsteins Klaue ist unleserlich, selbst wenn ich Ihnen helfen wollte.«

Martin begriff nun vollends. Birnbaum hatte ein gewaltiges Problem mit Finkelstein, eines, mit dem er noch nicht abgeschlossen hatte. Finkelstein hatte sein Bein verpfuscht. »Dieselbe Schrift ist in Ihrer Akte, habe ich recht?«

Birnbaums Blick verfinsterte sich. Kaum merklich nickte er. »Lächerlich. Er war alles andere als ein Gott. Am Tag meiner OP war er betrunken, berauscht von seinem grandiosen Ruhm. Ich hab's gerochen, als er vor der OP großspurig zu mir ans Bett trat. Vielleicht hat er es auch extra gemacht, weil ich in Deutschland …« Birnbaum brach ab und schien sich zu besinnen. »Na schön, lassen wir das. Sie können ja nichts dafür. Sie machen auch nur Ihren Job. Also, was wollen Sie wissen?«

»Danke, Herr Birnbaum. Okay. Ich habe Kotarev in Hamburg getroffen. Er sitzt, wie gesagt, in einem Rollstuhl. Er erzählte, dass ihn drei Kugeln im Rücken getroffen hätten. Eine im oberen Teil unterhalb der Schulter, eine zweite in der linken Niere und die dritte hätte ihn in den Rollstuhl gebracht. Querschnittslähmung.«

»Und Sie glauben ihm nicht?«

»Ich weiß es nicht. Ist nur so ein Gefühl. Ich meine, auf der anderen Seite, warum sollte er mir nicht die Wahrheit sagen?«

Birnbaum rückte die schwere Brille zurecht und schlug die Kartei auf. Er begann zu lesen. Er murmelte Worte auf Hebräisch, fixierte die unleserlichen Buchstaben, während der Kopf wie bei einem Tennismatch von links nach rechts und zurück wanderte. Dann nahm er die Brille ab. »Stimmt so weit. Drei Kugeln. Vier Stunden OP-Zeit, linke Niere entfernt, linker Lungenflügel nach Kollaps stabilisiert und die dritte Kugel aus dem Rückenmark Region L4 entfernt. Inkomplette Parese bei Restmotorik und Restvitalität.«

»Heißt was genau?«

Birnbaum setzte die Brille wieder auf. »Keine Ahnung. Bin kein Arzt. Aber so wie ich das verstehe, ist damit gemeint, dass Kotarev nach dem Eingriff eben *keine* komplette Lähmung zurückbehalten hat. Aber sicher bin ich mir natürlich nicht.« Birnbaum las weiter und murmelte dabei unablässig vor sich hin. »Hm, hab ich mir gedacht.« Wieder nahm er die Brille ab, mit der er nicht in Martins Gesicht hätte blicken können. Er hätte mit ihr auf der Nase nicht mal erkennen können, ob ihm eine Frau oder ein Mann gegenüberstand.

»Was haben Sie sich gedacht?« Eine erste Vorahnung schien sich zu bestätigen.

»Bei Verletzungen in Höhe der Lendenwirbelsäule sind die Beine und ein paar der Beckenorgane und der Rumpf betroffen. Dann würde man von einer Paraparese sprechen. Wenn das Rückenmark in Brusthöhe beschädigt wurde, kommt es bei einer Tetraplegie oder Tetraparese zu einer Beeinträchtigung aller Gliedmaßen. Verletzungen des 4. oder 5. Halswirbels sind allerdings so gravierend, dass der gesamte Körper vom Hals an abwärts komplett gelähmt ist. Wie Superman, Christopher Reeve, wissen Sie noch? … Simpler Reitunfall.«

Martin staunte. »Na, für einen Archivar verstehen Sie aber eine ganze Menge von diesem medizinischen Kram.«

Birnbaum gab sich bescheiden. »Ich hab viel Zeit, wissen Sie. Ab und an lese ich in den Akten, nehme ein Lexikon zur Hand und danach bin ich dankbar, dass ich überhaupt noch lebe. Hätte mich schlimmer treffen können. Wenn ich sehe, was die anderen alles hatten …« Birnbaum schüttelte energisch den Kopf. »Nein wirklich, mit denen wollte ich nicht tauschen.«

»Okay, um das kurz zusammenzufassen: Kotarev hat drei Kugeln abbekommen, so weit richtig. Finkelstein hat die Kugeln entfernt und in die Kartei geschrieben, dass keine Lähmung der Beine zu erwarten wäre. Sehe ich das richtig?«

»Absolut. Zumindest steht das hier. Genaues wüsste man natürlich erst, wenn man den Mann heute untersuchen würde. Reflexe, Schmerzen, wenn man ihm mit 'ner Nadel ins Bein reinsticht, und so was in der Art. Keine Ahnung, bin kein Arzt. Weiß nicht, wie man das rauskriegt, aber irgendwie wird man es testen können, ganz klar.«

Martin drehte sich um und dachte nach. Was, wenn sich sein Verdacht oder seine vage Vermutung bestätigen würde? Was würde daraus resultieren? Was hatte ihn überhaupt auf diesen Gedanken gebracht?

»Was ist mit den Röntgenbildern? Können Sie die auch so gut deuten wie den Rest?«

Birnbaum zog den großen braunen Umschlag hervor. »'n Blick drauf können wir ja mal riskieren. Schadet ja nicht, oder?« Birnbaum zog vier Röntgenbilder hervor, auf denen, auch für den Laien sichtbar, in verschiedenen Schichten eine Wirbelsäule erkennbar war. Birnbaum hielt sie gegen die schwache Funzel, die von der Decke baumelte. »Hier, das Weiße sind die Kugeln. Sahen bei mir genauso aus, nur eben im Bein, bevor er es mir abgenommen hat. Eine oben links, eine unten links, wo die Niere saß und eine unten in der Mitte.« Birnbaum bedachte Martin mit einem Blick, der Enttäuschung verriet. »Oh, ich schätze, ich muss alles wieder zurücknehmen. Diese Kugel hier hat definitiv die unteren Wirbel zerschossen. Sehen Sie sich das an. Wenn man so etwas überlebt, was schon an ein Wunder grenzt, dann landet man garantiert im Rollstuhl.«

Martin studierte die Bilder eingehend. Er erinnerte sich an die Worte Ruths, dass Kotarev die Röntgenbilder wie eine Tapete in seinem Zimmer anstarre. »Also, das sind ganz sicher die Röntgenbilder, die zu Kotarev gehören? Warum steht dann in der Kartei, dass er quasi geheilt ist?«

»Keine Ahnung. Aber sehen Sie sich diese sonderbaren Zacken am Knochen an. Das sind Knochensplitter. Die hier sehen aus wie Schwerter und Säbel. Ich hab so was schon oft gesehen und ich denke immer, wie schmerzhaft das sein muss, so etwas in seinem Körper zu haben. Der Kerl kann einem leidtun.«

»Sie meinen, mit so einem Befund ist man komplett taub im unteren Bereich?«

»Der, der diese Splitter im Rücken hatte, spürt nach der

OP garantiert nichts mehr, das gebe ich Ihnen schriftlich. Dem können Sie ohne Betäubung das Bein abschneiden, das kriegt der nicht mehr mit.«

Martin blickte auf den alten Mann herab, der voller Häme und Verbitterung seine pseudomedizinischen Kommentare abgab, und fragte sich, was der Alte wohl alles erlebt haben mochte.

Birnbaum nahm zwei andere Bilder zur Hand, drehte sie im Uhrzeigersinn mal nach rechts, mal nach links und hielt sie wieder Richtung Decke. »Eines nur macht mich stutzig. Auf dem Umschlag steht doch Zadek Kotarev drauf, oder?«

Martin nahm den braunen Umschlag zur Hand, las den Namen, das Geburtsdatum und die Nummer, die identisch war mit jener Nummer auf der weißen Karteikarte. »Ja, stimmt. Ist dieselbe. Warum?«

»Weil hier unten auf den Bildern ein anderer Name steht. Ganz klein. Hier, sehen Sie durch meine Brille.« Martin nahm die Brille mit den dicken Gläsern und dem schwarzen Gestell und hielt es vor winzige Ziffern am unteren Rand der Röntgenbilder. Die Gläser wirkten wie starke Lupen. Martin traute seinen Augen nicht. Er las den Namen eines anderen Menschen, wie eingraviert in das Bild. Der Name eines Gregor Wassiljev, geboren 13.07.1958. Martin gab Birnbaum die Brille zurück. »Was hat das nun wieder zu bedeuten? Auf dem Aufkleber steht Kotarevs Name und unten drunter in winziger Schrift der von diesem Wassiljev. Was ist nun richtig?«

Birnbaum schmunzelte. Nun freute er sich doch, dass er sich nützlich machen konnte. So viel spannende Abwechslung hatte er in seinem Verlies schon lange nicht mehr gehabt. »Tja, das nennt sich QM. Qualitätsmanagement. Damit Irrtümer ausgeschlossen sind. Der untere Name ist der richtige. Er wird direkt beim Entwickeln auf das Bild gebracht. Die Schwester oder der Arzt bringt zur Sicherheit noch einen Klebestreifen auf, wo noch einmal die wichtigen Daten draufstehen. Name, Geburtsdatum, der Tag der Aufnahme und die

Strahlungsstärke. Und außerdem, weil es so winzig geschrieben ist. Kann ja kein Mensch lesen.«

»Okay, korrigieren Sie mich, wenn ich falsch liege, aber dann handelt es sich bei diesen Bildern in Kotarevs Akte um die Bilder eines anderen Patienten? Wie kann das sein? Sie sagten doch gerade, die Klinik hätte ein Qualitätsmanagement.«

Birnbaum gab sich unbekümmert. »Na, das liegt doch auf der Hand. Es stimmt, was in der Karteikarte steht. Kotarev ist vermutlich nicht gelähmt. Ja, wie es aussieht, bedient er sich der Bilder eines anderen Patienten, von diesem Wassiljev. Keine Ahnung, wie er da drangekommen ist. War vielleicht in derselben Einheit, ein Freund, was weiß ich. Drei Schüsse in den Rücken, wie bei ihm selbst. Er könnte die Bilder vertauscht haben. Ganz schön clever, nur mit dem Unterschied, dass der eine noch laufen kann und der andere vermutlich schon zu Staub geworden ist.«

Martin musste sich setzen. Er hatte es geahnt. Was genau hatte ihn bloß stutzig gemacht? Kotarev wirkte bei ihrem letzten Treffen vital und kräftig. Einzig die Beine hingen schlaff herum. Einen durchtrainierten Oberkörper sieht man häufig bei derartigen Behinderungen. Ein notwendiges Übel, um den Rollstuhl wendig und kraftvoll bewegen zu können. Martin rief sich das Bild dieses Mannes in sein Gedächtnis zurück und meinte, den Grund für seinen Argwohn gefunden zu haben. Die Beine hingen zwar schlaff zur Seite, aber sie waren nicht dünn, nicht atrophisch. Ihre Muskeln zeichneten sich durch die Hose ab. War so etwas möglich? Konnten Muskeln, die nicht gebraucht wurden, dennoch so aussehen, als wären sie trainiert? Er wusste, dass man in der Reha Elektrostimulation einsetzte, um untrainierte Muskeln aufzubauen.

Martin schüttelte den Kopf und sah Birnbaum an. »Nein, das ist zu abwegig. Ich glaube, ich laufe einem Hirngespinst hinterher.«

Birnbaum zog einen einfachen Stuhl heran und streckte das steife Bein aus. »Wissen Sie, in welcher Einheit Kotarev gedient hatte? Fragen Sie doch einfach seinen Kompanieführer. Irgendjemand wird ihn vermutlich noch kennen.«

»Meines Wissens war er an der Grenze zu Gaza stationiert. Als auf ihn geschossen wurde, war er bei einem Einsatz in Gaza.«

Birnbaum zog ein Heft mit Sudoku-Aufgaben aus der Tasche seines Kittels hervor und einen Bleistift, der bis zu einem kleinen Stummel heruntergestutzt war. Er riss eine Seite heraus, auf der er bereits erfolgreich gewesen war. Er schrieb einige Zeilen am oberen Rand des Blattes auf und reichte es Martin. »Hier. Mein Sohn war ebenfalls an der Grenze stationiert, bevor er … Na ja, er hat nicht so viel Glück gehabt wie dieser Kotarev. Probieren Sie es in dieser Kompanie.«

Martin sah in das bleiche Gesicht des alten Mannes, die tiefen Furchen, die sich auf der Stirn eingegraben hatten. Jede Falte eine Sorge, ein Relief aus Kummer.

»Ich war nicht immer Archivar. Auch ich hatte mal ein Leben, bevor wir …« Birnbaum stockte in seinen Erzählungen, und fuhr sich mit der Hand durch das lockige graue Haar. »Ach, was rede ich? Mehr müssen Sie gar nicht wissen, Herr Kommissar. Vielleicht können Sie ja einen winzigen Teil der Vergangenheit wiedergutmachen.«

Martin faltete den Zettel zusammen und verabschiedete sich. Der Archivar hob nur die Hand und schlurfte in sein winziges Büro zurück, wo er sich Gedanken über ein merkwürdiges Rätsel machen wollte, nicht jedoch eines aus seinem Sudokuheft.

KAPITEL 39

8. November 2013, Israel, Tel Aviv – Haifa

Verwirrt verließ Martin das Klinikgelände. Er hatte mit seinem Handy einige Fotos von den Unterlagen gemacht. Die Unterlagen selbst musste er im Archiv zurücklassen, ebenso wie die Röntgenbilder, die bewiesen, zumindest andeuteten, dass Kotarev aller Welt vorgaukelte, er sei behindert. Doch was sagen schon Röntgenbilder aus? Sie spiegeln keine Gefühle wieder, sie können nicht den Schmerz beschreiben, den ein Patient erleidet. Sie machen keine Aussagen darüber, an welchen Stellen im Körper Muskeln bewegt werden können oder nicht.

Wie dem auch sei, Kotarev war vermutlich ein Schwindler. Doch welches Motiv trieb ihn, diese Scharade zu spielen? Ein sehr aufwendiges Spiel, Jahre im Rollstuhl zu verbringen, obwohl man eigentlich laufen könnte. Welch ein Verlust an Lebensqualität. Peinlich darauf zu achten, sich nicht als Gehender zu verraten, sich pflegen zu lassen als ein in den Beinen Gefühlloser. Keine Regung zu zeigen, wenn man berührt wurde. Wenn er *von Ruth* berührt wurde. Ein hoher Einsatz, aber zu welchem Zweck?

Martin beschloss, der Sache auf den Grund zu gehen. Was genau war damals passiert? Was wurde ihm bisher verschwiegen? War dieser deutsche Abklatsch eines Shangri-La am Ende doch nur eine Show? Doch um was genau zu verbergen?

Martin setzte sich in den alten Daihatsu und kramte den Zettel von Birnbaum und die Landkarte hervor. Die Kaserne, in der Zadek stationiert gewesen war, lag nur circa sieben Kilometer entfernt. Er drehte den Zündschlüssel herum, der Anlasser spuckte und gurgelte, doch der Motor startete nicht. Martin probierte es ein weiteres Mal, doch der Wagen sprang nicht an. Es roch eigenartig im Inneren des Schrotthaufens, ein Geruch, den er vorher nicht wahrgenommen hatte. Zumindest bildete sich Martin dies ein. Unschlüssig blieb er einen Augenblick sitzen. Er befand sich auf einem Parkplatz in einem fremden Land, konnte sich außer mit bescheidenen Englischkenntnissen nicht verständigen und hatte keine Ahnung von Autos, die nicht ansprangen. Er beschloss, dennoch die Motorhaube zu öffnen und nachzusehen. Er befestigte sie mit der Stange, die in der Arretierung klemmte, lehnte sich vor und betrachtete das schrottreife Elend. Ein laienhaftes Rütteln an den Steckern der Zündkerzen zur Überprüfung ihres korrekten Sitzes würde auch nichts ändern. Alles schien okay zu sein. Auch sonst wirkte alles, soweit er das beurteilen konnte, weitgehend normal, und doch beschleunigte sich Martins Puls spürbar.

Er kroch aus dem Motorraum heraus, stieß sich den Hinterkopf an der Motorhaubenkante und fluchte. *Verdammte Scheißkarre.* Gerade, als Martin in seine Innentasche griff, um sein Handy hervorzufingern, trat ein arabisch wirkender Mann an seine Seite und sprach ihn auf Hebräisch oder Arabisch an. Er trug einen langen weiß-beigefarbenen Mantel, eine Art Kaftan, hatte auf dem Kopf eine Kopfbedeckung in derselben Farbe. Seine Art, den Bart zu tragen, ließ Martin vermuten, dass er es mit einem moslemischen Zeitgenossen zu tun hatte. Juden kleideten sich anders, so viel wusste er nun auch schon. Der Mann redete unaufhörlich und gestikulierte dabei auf den Motor hindeutend. Er wirkte freundlich. Martin verstand kein Wort und versuchte dem Fremden auf Englisch begreiflich zu machen, dass die alte Gurke ihren Geist aufgegeben hatte. Er suchte sein Handy, fand es in der anderen Innentasche aber auch nicht. Dann fiel ihm ein, dass er es auf dem Tisch im Archiv abgelegt hatte, nachdem er Fotos von den Röntgenbildern gemacht hatte. Er musste wieder hineingehen, um es zu holen. All seine Kontakte, wichtigen Adressen und Nummern, zudem Notizen, die er sich über Spracherkennung gemacht hatte, befanden sich auf dem Chip. Noch dazu seine Navigations-App, ohne die er in diesem Land aufgeschmissen wäre. Er musste sich beeilen. Die Zeit drängte, sie war eh schon zu weit fortgeschritten.

Der Mann, der Martin Hilfe anbot, gestikulierte und faselte unbeirrt weiter. Er machte Anstalten, das Problem in den Griff kriegen zu wollen, deutete auf sich selbst, wollte testen, den Motor zu starten. Martin zuckte mit den Schultern und signalisierte ihm sein Okay. Sollte er es doch versuchen. Würde er tatsächlich anspringen, würde er den Wagen garantiert nicht stehlen wollen. So einen Wagen nahm man nicht mal geschenkt.

Martin antwortete auf Englisch, dass er gleich wieder käme. Er gestikulierte mit der rechten Hand das Zeichen eines Telefons am Ohr und machte sich auf den Weg zurück zum Archiv. Er begann zu laufen.

Er fand Birnbaum am Tisch sitzend, grübelnd, vor sich das Handy des deutschen Polizisten.

Zurück auf der Straße, näherte er sich seinem Leihwagen. Bereits von Weitem sah er, dass die Haube unverändert offenstand und dass der Araber hinter dem Lenkrad saß. Je näher er kam, desto intensiver hörte er das erfolglose Gurgeln der Lichtmaschine, bis ihn ein ohrenbetäubender Knall zu Boden riss. Martin hielt die Arme über den Kopf. Die Hitze von der Explosion, die die Druckwelle hinüberwehte, erreichte ihn. Er richtete sich auf und blickte in züngelnde Flammen und eine schwarze Wolkensäule, die über seinem Wagen zum Himmel schossen. Fassungslos musste er mit ansehen, wie die zerfetzten Überreste des Mannes auf dem Vordersitz verbrannten. Die Explosion hatte die Haube, die Frontscheibe und einen Teil des maroden Daches abgesprengt. Dies war definitiv kein explodierender Tank, der mit einer defekten Benzinleitung verbunden war. Dies war eine detonierende Bombe, und sie hatte ihm gegolten und nicht dem armen

Kerl, der seine Hilfsbereitschaft und Mechanikerkenntnisse unter Beweis stellen wollte.

Martin verharrte wie gelähmt auf der Stelle, wo er sich zu Boden geworfen hatte. Menschen kamen aus allen Richtungen hinzugeeilt. Sie hatten Feuerlöscher in der Hand und gaben ihr Bestes. Frauen schrien, verdeckten mit ihren Händen die Augen ihrer Kinder. Sirenen heulten und Ärzte aus dem Krankenhaus rannten hinzu. Martin rührte sich nicht vom Fleck. Er schien der Einzige zu sein, der sich nicht bewegte, wie eine Statue, die schon immer dort stand. Niemand wusste, wer er war. Und dass er sich gerade jetzt hier befand, wusste nur Aaron, dem er von seinen Plänen erzählt hatte. Oder war ihm jemand gefolgt? Martin blickte sich nach allen Seiten hin um. Gab es einen Verdächtigen in der Nähe, der nach ihm Ausschau hielt, der prüfen wollte, ob er auch wirklich tot war? Er wischte sich den Schweiß von der Stirn und bemerkte, wie seine Glieder zitterten. Er klopfte sich den Dreck von der Hose. Eines war ihm klar: So viele Zufälle, die sich geballt auf einen Zeitpunkt konzentrierten, konnte es nicht geben. Jemand wollte ihn ausschalten, hier und jetzt, und an weiteren Ermittlungen hindern. Doch, wessen Arme reichten bis nach Israel? Wer überwachte ihn, möglicherweise per Satellit, so effektiv, dass man die Zeit perfekt kalkulierte, um die Bombe zu installieren, oder zu aktivieren?

Martin musste verschwinden. Sofort. Er schlenderte unauffällig wie ein Tourist an den Reihen der parkenden Wagen vorbei. Polizisten und Soldaten, die hinzueilten, vermuteten ein Selbstmordattentat. Unsinnig wie alle Attentate, diesmal sogar – wie ein Wunder – ohne dass Unschuldige mit in den Tod gerissen wurden. Kurze Zeit später erschien die Feuerwehr, die den Brand löschte.

Martin bewegte sich noch immer unschlüssig hin und her. Was sollte er nun tun? Wohin sollte er gehen? Sich der Szene nähern, ein Hallo sagen zu den Beamten vor Ort, seinen Ausweis zücken und vielleicht dem, der es auf ihn abgesehen hatte, zu erkennen geben, dass er ihn gar nicht erwischt hatte, um ihm eine Chance zu geben, es gleich noch einmal zu versuchen? Er trat einige Schritte zurück, blickte sich vorsichtig um. Niemand nahm Notiz von ihm. Langsam entfernte er sich von dem Parkplatz, dem noch qualmenden Auto, das ihn zur Kaserne und nach Haifa bringen sollte. Alles, was er benötigte, trug er bei sich. Sein Handy, seine Brieftasche, seine Lederjacke. Er hatte nichts im Wagen zurückgelassen, was auf ihn als Fahrer schließen ließ. Der Wagen war nicht offiziell ausgeliehen gewesen. Sein Name war nirgendwo verzeichnet. Sicher, es würde Befragungen geben, Zeugen würden sich erinnern, ein Wächter vielleicht. Man würde aussagen, dass da noch ein anderer Mann war, nämlich der, der den Wagen ursprünglich gefahren hatte. Ein Fremder mit sehr blasser Haut. Doch in diesem Augenblick war er noch wie unsichtbar und beschloss, es vorerst dabei zu belassen.

Vor dem Krankenhaus standen einige Taxis, er stieg hinten zu einem der Fahrer ein und gab ihm die Adresse der unweit gelegenen Militärbasis. Der Fahrer nickte stumm und fuhr los.

Martin blickte sich um. Als sie losfuhren, erspähte er seinen verkohlten Wagen zwischen den parkenden Reihen. Feiner Rauch stieg noch auf, die Gegend um den Wagen herum war abgesperrt. Ein Kameramann von einem Fernsehsender war bereits vor Ort und filmte die Szene. Wie um alles in der Welt war der so schnell dort hingekommen? Eine halbe Stunde später berichtete man bereits über einen vermutlich misslungenen Anschlag. Das Taxi fuhr langsam an der Absperrung vorbei. Der Fahrer war neugierig, wollte die letzten Bilder erhaschen, sah entsetzt die verkohlten Umrisse eines Menschen hinter dem Steuer, murmelte Unverständliches und schüttelte den Kopf.

Der Kameramann umrundete die Szene, erfasste für einen kurzen Augenblick ein langsam vorbeifahrendes Taxi mit einem hellhäutigen Touristen auf dem Rücksitz, der entsetzt aus dem Fenster blickte. Martin würde in den Mittagsnachrichten zu sehen sein, doch niemand würde sich um ihn Gedanken machen – sofern man jenen außer Acht ließ, der die Bombe in dem Wagen installiert hatte, genau zu der Zeit, als Martin im Archiv der Klinik medizinische Unterlagen von Zadek Kotarev und einem gewissen Gregor Wassiljev in den Händen hielt.

Das Taxi hielt vor dem Tor der Kaserne. Martin bezahlte in Euro. Der Fahrer akzeptierte, da es dem Doppelten des Wertes in Schekel entsprach.

Dem wachhabenden Offizier zeigte er seinen Ausweis. Dieser drehte und wendete den abgegriffenen deutschen Ausweis und nahm ihn mit sich ins Innere des Wachhäuschens. Der Offizier griff zum Telefon, ließ Martin dabei nicht aus den Augen und wechselte mit seinem Kommandanten einige Worte. Er nickte, beendete das Gespräch, gab Martin ohne eine Spur des Lächelns den Ausweis wieder und ließ ihn passieren.

Die Flagge der israelischen Verteidigungsstreitkräfte flatterte von einem Mast, den er links liegen ließ. Nach vielen Fragen und vielen abweisenden Antworten fand Martin schließlich das Büro der Kaserne, in dem die Akten aller Soldaten der letzten Jahre verwahrt wurden, und wo er Leute antraf, deren Abzeichen auf den Schultern bewiesen, dass sie schon etliche Jahre ihres Lebens beim Militär verbracht hatten. Männer, die sich an ihre Truppen und Untergebenen erinnern konnten. Soldaten, die in Erinnerungen an gelungene Einsätze schwelgten oder darüber grübelten, warum manche davon verpatzt wurden.

»Ich suche Unterlagen zu einem ehemaligen Soldaten aus Ihrer Einheit. Zadek Kotarev. Ich möchte wissen, ob er bei einem Schusswechsel verwundet und als Versehrter ehrenhaft entlassen wurde.«

Der Offizier lachte spöttisch auf. »So, möchten Sie das?« Kotarev war genau einer jener Männer, an die er nicht gern erinnert werden wollte. Einer jener, die etwas *verpatzt* hatten. »Denken Sie, Sie können hier reinspazieren und von jedem Soldaten Unterlagen einsehen? Das unterliegt der Geheimhaltung, das muss ich Ihnen doch wohl nicht sagen, oder?«

Martin errötete. So einfach würde er sich nicht abspeisen lassen. »Selbstverständlich weiß ich das, aber der Fall liegt hier etwas anders. Ich will nicht von *jedem* Soldaten Informationen, sondern nur von besagtem Zadek Kotarev. Es ist für mich von oberster Priorität, dass Sie kooperieren. Ich komme extra aus Deutschland für diese Ermittlungen.«

Der Offizier verschränkte die Arme vor der breiten Brust. Er liebte dieses selbstgefällige Machtspielchen. »Und wieso haben Sie keine offiziellen Papiere dabei, wenn es so dringend ist? Auf mich wirken Sie nicht besonders vertrauenserweckend.«

Martin suchte verzweifelt nach einer Notlüge. »Herrgott, weil ich verdeckt ermittle. Wir sind in Deutschland einem Killer auf der Spur und für mich liegt der Verdacht nahe, dass es sich bei dem Mann um Kotarev handelt. Also, was ist jetzt? Helfen Sie mir nun oder muss ich mich an eine Ihnen übergeordnete Instanz wenden?«

Der Offizier wandte sich grinsend ab. »Ich muss Ihnen nicht helfen, das ist Ihnen klar, oder? Wenn ich Ihnen Auskunft erteile dann nicht, weil Sie mir so sympathisch sind, sondern weil ich Kotarev auf den Tod nicht leiden konnte. Diesen Burschen vergisst man leider nicht so schnell.« Der Offizier rieb sich über das Kinn. »Was sagen Sie? Ehrenhaft entlassen? Dass ich nicht lache. Wer hat Ihnen denn diesen Mist erzählt?«

»Er selbst.«

Der Offizier lachte kurz auf und hustete dabei. »Das passt zu diesem Blender. Was hat er Ihnen noch erzählt? Vielleicht dass er ein Held ist? Dass er seine Kameraden gerettet hat?« Der Offizier kam dicht an Martin heran und tippte ihm mit dem Zeigefinger auf die Brust, als trüge Martin Schuld an einem nicht wiedergutzumachenden Desaster. »Ich sag Ihnen was über Kotarev. Er hat damals in Gaza die ganze Operation gefährdet. Er ist ein elender Feigling. Ein verfluchter Scheißfeigling. Hat seinen Kameraden im Stich gelassen und im entscheidenden Moment die Hosen voll gehabt.«

Martin wich nicht zurück. Warum sollte er auch? Nur weil der Kerl ein breites Kreuz hatte, eine hässliche Narbe unter dem rechten Auge, einen Bürstenhaarschnitt und finstere Augen, die viele zerfetzte Leiber gesehen hatten? Das hatte er schließlich auch. »Würden Sie sich trotzdem die Mühe machen, mir die ganze Geschichte zu erklären? Ich habe nicht viel Zeit.«

Der Offizier holte ein Päckchen Zigaretten hervor, bot Martin eine an, Martin schüttelte den Kopf. Der Soldat zündete sich eine blaue Gauloise an und blies Martin den Rauch ins Gesicht. »Kotarev war ein Großmaul. Hat gerne rumgeballert, war voller Aggressionen, hat sich ständig geprügelt, ein Heißsporn, zumindest am Anfang, als er zu uns kam. Nach einer Weile wurde er ruhiger, hat sich mehr und mehr von der Mannschaft zurückgezogen und sich für eine Spezialeinheit beworben. Meines Wissens hatte er nur noch einen echten Freund.«

»Lassen Sie mich raten: Gregor Wassiljev.«

Dem Offizier entwich der Rauch aus Mund und Nase. »Das stimmt. Woher wissen Sie das?«

Martin überlegte, wie viel er dem Soldaten verraten sollte. Mittlerweile war ihm nicht mehr klar, wer Freund und wer Feind war. »Das spielt keine Rolle. Ich weiß es eben.«

»Kotarev trägt die Schuld am Tod Gregors. Wassiljev war ein guter Mann, der leider auf die falschen Freunde gehört hat. Er hat den Kopf für Kotarev hingehalten, während sich Kotarev aus dem Staub gemacht hat. Na ja, dann haben sie ihn aber doch noch erwischt, jedoch nicht so schlimm wie Gregor.«

»Beiden wurde in den Rücken geschossen, oder?«

Der Offizier nickte und zog an seiner Zigarette. »Sie waren in einen Hinterhalt geraten, doch wenn Kotarev seinen Job vernünftig gemacht hätte, wären sie wieder heil dort rausgekommen. Wir haben sie angeschossen aus dem Schlamassel rausholen können. Wassiljev ist drei Wochen später im Krankenhaus gestorben, Kotarev wurde wieder gesund.«

»Sie meinen, *ganz* gesund? Behielt er nicht eine Rückenverletzung zurück, die ihn an den Rollstuhl fesselte?«

Wieder lachte der Offizier kehlig auf. Er nahm einen letzten kräftigen Zug, bevor er die Kippe ausdrückte. »Gelähmt? Kotarev? Nein. Wassiljev wäre es sein Leben lang geblieben, sofern er es geschafft hätte, am Leben zu bleiben. Zadek wurde wegen seiner Feigheit unehrenhaft entlassen. Er schimpfte und pöbelte sogar, wollte das Militär auf Schadensersatz verklagen. Hatte immer noch eine große Klappe, als er die Kaserne hinter sich ließ. Meinte, er würde es allen noch zeigen und solche Sprüche.« Der Offizier kratzte sich am Kopf. »Warum interessiert Sie das bloß alles? Was ist mit dem Kerl?«

»Kotarev lebt in Hamburg und sitzt mit einer Querschnittslähmung im Rollstuhl.«

»Na, die hat er dann aber nicht von den Schüssen damals. Eine Niere weg, okay, Probleme mit der Lunge vielleicht, aber nie im Leben gelähmt. Ich weiß noch genau, dass die Ärzte ihn zusammengeflickt haben. Irgendein hochkarätiger Chirurg höchstpersönlich hat versucht, die Kugeln rauszuholen. Bin mir ziemlich sicher, dass es gut gegangen ist. Mir persönlich wäre lieber gewesen, wenn Wassiljev durchgekommen wäre und nicht dieser Hund Kotarev.«

Martin nickte. »Eine letzte Frage hätte ich noch. Sie erwähnten, er sei in einer Spezialeinheit gewesen. In welcher war er genau?«

»Kotarev hat sich zum Scharfschützen und Sprengstoffexperten ausbilden lassen.« Der Offizier wandte sich ab und Martin den Rücken zu. Er blickte nachdenklich aus dem Fenster. »Er wurde einer der Besten sogar. Leider, muss man sagen. Er hat diesen Job geliebt.« Der Offizier legte ein imaginäres Gewehr an seiner Schulter an, kniff ein Auge zu, legte den Kopf schief, als wolle er auf etwas zielen. »Paff, paff. Ja, das war Zadek. Das war genau sein Ding, jemanden aus der Ferne zu liquidieren, ohne sich die Finger schmutzig zu machen. Eiskalt.« Der Offizier schnalzte mit der Zunge und fingerte einige Tabakreste von der Zungenspitze. »Ich habe diesen Menschen nie durchschauen können. Mal wirkte er empfindsam und gequält wie ein verängstigtes Reh, dann wieder war er berechnend und meinte, die ganze Welt zum Feind zu haben. Sie glauben gar nicht, wie oft ich diesen Schritt bereut habe, Kotarev dieses Sonderkommando übertragen zu haben. Ich habe in meinem Leben nicht viele Fehler gemacht, aber das war definitiv einer davon. Ein Mann mit einer undurchsichtigen Vergangenheit und sehr gefährlichen Neigungen.«

Martin nickte und bedankte sich. Das Puzzle hatte einige Teilchen hinzugewonnen.

*

Draußen vor der Kaserne schaute sich Martin nach dem Taxifahrer um, den er gebeten hatte, auf ihn zu warten. Er war verschwunden. Offensichtlich hatte er es nicht nötig gehabt, gutes europäisches Geld zu verdienen. Unschlüssig verharrte Martin vor den Toren der *Israel Defense Forces.* Die Fahne flatterte hektisch im milden Novemberwind. Bewaffnete Soldaten beobachteten ihn mit Argwohn. Nicht täglich kamen deutsche Polizisten in die Kaserne, um sich nach einem ihrer Kameraden zu erkundigen. Martin ging einige Schritte auf und ab. Wie sollte es nun weitergehen? Zadek, der in Hamburg geblieben war und vermutlich seine Lähmung nur vortäuschte, hielt seine gesamte Umgebung zum Narren, einschließlich der Polizei, einschließlich Aaron und seiner Frau Ruth, die er vor Jahren vergewaltigt hatte. Doch warum spielte er dieses Spielchen? Entweder weil er, wenn er gesund und munter von der Armee zurückgekommen wäre, niemals von Joshua, Aaron und Ruth in ihrer Mitte aufgenommen worden wäre oder weil er ein anderes, durchtriebenes Spiel mit ihnen trieb. In seinem Rollstuhl war er nur der arme Krüppel, der Held, der sein Leben für die Sicherheit der israelischen Nation aufs Spiel gesetzt hatte. Jemand, dem man Mitleid zollte, keinen Argwohn gegen ihn hegte. Jemand, um den man sich kümmern musste, den man nicht unter Mordverdacht nahm. Und nun war dieser Mann allein in Hamburg mit der hochschwangeren Tochter des Verstorbenen, derjenigen, die Zugang zu dieser sagenhaften Formel hatte. War es die Rache, die ihn antrieb? Was, wenn er genau auf diesen Moment hingearbeitet hatte, nur darauf gewartet hatte, diese Gelegenheit zu bekommen?

Martin griff sich an den Kopf. Die Schmerzen hinter seinem linken Auge nahmen in den letzten Tagen stetig zu. Erst war es nur ein gelegentliches Pochen, doch dann kam ein undefinierbarer Druck dazu. Mittlerweile warf er sich Schmerztabletten wie Erdnüsse ein und die ernste Sorge, dass womöglich etwas in seinem Kopf heranwuchs, was nicht dorthin gehörte, grub ihre Krallen in ihn ein. Martin neigte nicht zur Hypochondrie, doch wenn er vor etwas wirklich Angst hatte, dann war es ein inoperabler Tumor. Etwas, was er nicht kontrollieren konnte, was sich seinem Zugriff entzog.

Er zog sein Handy aus der Jacke hervor und erwog, die Nummer von Werners Handy anzuklicken. Dann entschied er, zuerst Aaron anzurufen und ihn zu bitten, ihn abzuholen und nach Haifa zu begleiten. Er hätte dann eine knappe Stunde, während er auf Aaron wartete, um mit Werner den aktuellen Stand zu besprechen.

Martin wartete den Klingelton ab, dann meldete sich die Mailbox von Aaron. Nach dem Signalton sprach Martin in sein Handy. »Hallo, Herr Stern, ich muss Sie bitten, mich in Tel Aviv abzuholen. Der Wagen ist … nun wie soll ich sagen, weitgehend defekt. Einzelheiten erkläre ich Ihnen später. Ich stehe hier vor der Kaserne Ramat Gan in der Nähe von Tel Aviv. Wenn ich in der nächsten Viertelstunde nichts von Ihnen höre, mache ich mich auf den Weg nach Haifa. Sie erinnern sich, wir haben heute Morgen darüber gesprochen. Ich möchte in die Anstalt, in der Ihr Vater gelebt hat. Also, bis dann.« Martin beendete die Ansage und wählte gleich danach Werners Nummer.

»Hi, Werner, hier ist Martin.« Werner saß gerade in der Kantine, gemeinsam mit Lorenz und dem Profiler. Werner hatte seinen Teller von sich geschoben, die Hälfte des Essens darauf erkaltet zurückgelassen. Reinsch referierte wort- und gestenreich über seine bisherigen Erfolge. Es wirkte wie einstudiert. Werner war dankbar, den Tisch verlassen zu können.

»Martin! Wo bist du gerade? Ich hoffe sehr für dich, dass du mit Ergebnissen nach Hause kommst. Außer dem vollmundigen Geschwafel von Reinsch passiert hier nämlich nicht viel.«

Martin freute sich, zu hören, dass Werner wieder auf seiner Seite war. Der imposante Glanz von Reinsch schien allmählich zu verblassen. »Deswegen rufe ich dich an. Du musst etwas in Hamburg erledigen. Zunächst einmal habe ich herausgefunden, dass Kotarev nicht der ist, für den ihn alle halten.« Ein Rauschen und Kratzen in der Leitung unterbrach das Gespräch. »Hallo Werner? Werner, bist du noch dran?«

Nach einem lauten Kratzen wurde die Verbindung wieder hergestellt. Werner Hartleib meldete sich. »Was soll das heißen, er ist nicht der, für den ihn alle halten?«

»Er ist vermutlich gar nicht gelähmt, und zum anderen war er Sprengstoffexperte und Präzisionsschütze in der israelischen Armee. Ich habe seine Röntgenbilder und Krankenakten gesehen, nach denen er zwar ein paar Schüsse in den Rücken abbekommen hat, sie haben ihn aber nicht zum Krüppel gemacht. Die Bilder, die in Hamburg an seiner Wand kleben, sind nicht seine eigenen, sondern die eines Soldaten, der an seiner Seite in Gaza gekämpft hat und dabei draufgegangen ist.«

»Denkst du, er hat Horowitz getötet? Und was ist mit dem Rabbi?«

»Das weiß ich noch nicht. Zuzutrauen wäre es ihm vermutlich. Er hat keine besonders rühmliche Vergangenheit. Hatte die Tochter vom Horowitz mal vergewaltigt. Ist schon ewig her, aber trotzdem. Und bei der Armee ist er wegen Feigheit und Befehlsverweigerung rausgeflogen.«

»Aber warum sollte er die beiden umgebracht haben? Wir brauchen sein Motiv.«

»Schon klar, das finden wir auch noch raus. Außerdem glaube ich nicht, dass er das Ding allein durchgezogen haben kann. Für einen alleine ist das eine Nummer zu groß. Häng dich an ihn dran. Verfolge ihn auf Schritt und Tritt. Er ist zurzeit unser einziger Anhaltspunkt.«

»Okay, mach ich. Was gibt es sonst Neues bei dir?«

Martin rechnete jeden Moment damit, wieder unterbrochen zu werden. Er wandte sich von dem lärmenden Straßenverkehr ab. »Einige Freunde von Horowitz und die nächsten Angehörigen außer der schwangeren Frau von Stern, sind zur Beerdigung nach Israel gekommen. Den Bruder von Horowitz hab' ich noch nicht zu Gesicht bekommen, obwohl er auch im Flugzeug war.«

»Was hast du jetzt vor?«

»Ich will in diese Anstalt fahren, wo Horowitz therapiert wurde. Nun, wo ich schon mal hier unten bin, nehme ich alles mit, was ich kriegen kann. Ich kann nicht mehr so lange sprechen. Ich warte auf den Rückruf von Stern.«

»Was ist mit Stern? Vertraust du ihm?«

»Ich glaub schon, ja. Ich meine, ich kenne ihn nicht so gut, aber ich müsste mich schon sehr täuschen, wenn er was damit zu tun hat. Es war immerhin sein eigener Ziehvater. Er muss mich hier abholen. Mein Leihwagen ist abgefackelt.«

»Dein Wagen ist *was*? Hey, was ist los da unten? Sei bloß vorsichtig!«

»Entspann dich, Werner. Ich bin okay.« Martins Worte wurden lauter. Sie glichen unter der Wolke der Umgebungslautstärke einem Schreien. »Ich habe von Stern einen alten Wagen ausgeliehen bekommen. Während ich im Klinikarchiv war, muss jemand eine Bombe installiert oder eine, die schon drin war, aktiviert haben.«

»Herrgott, Martin, was redest du denn da? Welche Bombe? Mensch, wie kannst du das so locker nebenbei erzählen?«

»Mir ist nichts passiert. Ich habe es von Weitem beobachtet. Vermutlich sollte ich drinsitzen, als die Bombe hochging.«

»Aber von deinem Trip nach Israel weiß doch keiner.«

»Wie es scheint, wissen etliche davon. Ich habe Stern erzählt, wo ich heute hinwill, welche Recherchen ich anstellen will. Doch ich kann mir nicht vorstellen, dass er für den Anschlag verantwortlich ist. Dann hab ich natürlich Lorenz gesagt, dass ich in Israel einer heißen Spur nachgehe und er wird es Reinsch und dir erzählt haben.«

»Klar, hat er.«

»Also Werner, Reinsch ist der Zweite, den du nicht aus den Augen lassen darfst. Check seine Telefonate, seinen Browserverlauf, einfach alles. Lass den Jäger zum Gejagten werden. Vielleicht hat er etwas mit diesem Anschlag auf mich zu tun.«

»Ist das nicht ein bisschen zu abwegig? Vielleicht steckt auch dieser Zadek dahinter?«

»Auch möglich. Denkbar wäre, dass er noch Kontakte zu irgendwelchen miesen Typen in Israel hat. Was weiß ich? Ich rufe dich heute Abend wieder an.«

»Gut, aber sei vorsichtig. Und sei Stern gegenüber nicht zu vertrauensselig. Erzähl ihm die Sache mit Kotarev erst mal nicht.«

»Okay. Versprochen. Dann bis heute Abend.«

Martin ging unruhig vor dem Kasernentor weitere zehn Minuten auf und ab, doch sein Handy blieb stumm. Die Zeit rannte ihm davon. Er achtete auf den Verkehr, der an ihm vorbeirauschte, und blickte in Gesichter, die ihn misstrauisch musterten. War man ihm auf den Fersen, verfolgte man jeden seiner Schritte von der anderen Straßenseite aus? Er musste sich zwingen, nicht paranoid zu werden und atmete mehrere Male tief ein und aus. Er brauchte einen klaren Kopf und beschloss, sich auf einen Steinquader am Rand der Straße zu setzen und auf Stern zu warten.

Er beobachtete die Umgebung, die zu einem inhomogenen Ganzen verschmolz, unwirklich, wie aus einem Traum: verschleierte Frauen, unbeschwerte Kinder, Männer, die in ihrer selbst erschaffenen Erhabenheit in einigem Abstand vorausgingen, orthodoxe Juden in typisch schwarzer Kleidung, Soldaten mit Gewehren im Anschlag. Eine bunte Mischung unterschiedlichster Menschen, Repräsentanten verschiedenartigster Völker, die in scheinbar friedlicher Koexistenz mal miteinander, mal gegeneinander lebten und wie durch ein Teleskop von der Menschheit beobachtet und in ihrem Verhalten beurteilt wurden. Als würde die Welt Israel in ein Puppenhaus einsperren und durch die Fensterchen sein Treiben beobachten. Auch jene, die von der Nahostproblematik nichts verstanden, beteiligten sich an der Diskussion, welche Landstriche nun wem letztendlich zustanden und wem nicht. Auch Martin musste sich eingestehen, dass er sich nie ernsthaft darüber Gedanken gemacht hatte, ob die Existenz Israels und ihre Anerkennung seitens ihrer arabischen Nachbarn unanfechtbare Gültigkeit hatte oder nicht. Er vermutete, dass mehr dazugehöre, als gelegentlich den Auslandsteil der Zeitung zu überfliegen und den Journalisten in ihrer vom Sender aufoktroyierten Ansicht uneingeschränkt Glauben zu schenken, um dieses Problem in seiner Ganzheit überblicken und erfassen zu können. Es würde bedeuten, Bücher zu wälzen, die Geschichte zu studieren, genügend Zeit im Land zu verbringen, mit Menschen aller beteiligten Nationen zu sprechen, Meinungen abzuwägen und sich im Anschluss ein Urteil zu bilden, zu dem man stehen und es verteidigen könnte. Doch zunächst, bevor er diesen weiten Bogen spannen konnte, musste Martin einen viel engeren Radius beleuchten: Wer war ihm an diesem Tag auf den Fersen? Wer wollte auf so radikale Weise seine Ermittlungen behindern, sein Leben auslöschen? War es überhaupt eine Autobombe, die ihm galt, oder war doch lediglich ein abwrackreifes Auto mit defekter Benzinpumpe zur falschen Zeit am falschen Ort in die Luft geflogen? Unglücklicherweise mit einem Menschen am Steuer, der ihm nur helfen wollte und nichts Böses im Sinn hatte? Eine Kette unglücklicher Zufälle oder ein perfide gesponnenes Netz, dessen Fäden bis nach Deutschland reichten?

KAPITEL 40

8. November 2013, Israel, Tel Aviv – Haifa

Martin sah auf die Uhr. Er hatte es satt, auf den Rückruf Sterns zu warten. Es war bereits früher Nachmittag. In einer Stunde könnte er mit einem Taxi in Haifa sein und seine Ermittlungen zu Joshuas Krankheit und seinen Errungenschaften fortsetzen. Im ungünstigsten Fall müsste er ein weiteres Taxi zurück zu den Golanhöhen in Anspruch nehmen. Warum um alles in der Welt meldete sich Stern nicht zurück? Sie wollten gemeinsam mit Catherine einen Beduinenmarkt besuchen. Möglich also, dass Aaron im Gedränge der Menschen sein Telefon nicht gehört hatte. Möglich auch, dass er längst seine Mailbox abgehört hatte und Schritte unternahm, um Martins Recherchen zu behindern. Wie genau kannte er diesen Mann eigentlich? Abgesehen von dessen Erzählungen im Flieger kannte er ihn gar nicht. Hatte ihn seine Menschenkenntnis verlassen? Hatte er sich in Stern getäuscht? Ja, Werner hatte recht. Martin war zu vertrauensselig, eine Eigenschaft, die ihm zur Gefahr werden könnte.

Martin stand auf und hielt Ausschau nach einem Taxi. Er winkte, doch niemand schien Notiz von ihm zu nehmen. Ein Gefühl von Ohnmacht wollte sich seiner bemächtigen. Plötzlich fühlte er sich einsam. Warum bloß hatte er diesen Fall angenommen, warum war er mit nach Israel gereist und hatte seine Frau in die Obhut wildfremder Menschen übergeben, von denen er nicht mehr wusste, ob sie Freunde oder Feinde waren?

Ein weißes Taxi, ein alter Mercedes, hielt am Straßenrand. Der Fahrer ließ die Beifahrerscheibe nach unten gleiten und beugte sich zu Martin vor. »Ben Gurion?«, fragte er. »Ben Gurion, Ben Gurion. Airport?«, ein zweites und drittes Mal. Martin wunderte sich, wieso man davon ausging, dass er zum Flughafen wollte. Sah er aus, wie jemand, der fluchtartig das Land verlassen wollte, ohne Gepäck?

»No, to Haifa, please? Is this okay?«

Der Fahrer zögerte erst, dachte nach und nickte schließlich. Haifa war natürlich noch besser, obwohl er nur die Strecke hin und nicht wieder zurück bezahlt bekommen würde. Er würde auch nicht binnen einer Stunde wieder in Tel Aviv sein können, um einen Fahrgast wie versprochen vom Flughafen abholen zu können. Sei's drum. Er würde diesem unwissenden Touristen so viel Geld für die Fahrt nach Haifa abnehmen, dass sich der Tag für ihn dreimal gelohnt hatte. In Zeiten wie diesen musste man nehmen, was man kriegen konnte.

Martin stieg ein und reichte ihm den Zettel mit der Anschrift dieser besonderen Klinik. Der Fahrer drehte sich zu Martin um und wollte sich rückversichern, ob die Angaben tatsächlich stimmten. »Really? To this place you want to go?«

»Yes, of course. Why not?«

Der Fahrer hob ergeben beide Hände und fuhr los. Im Radio dudelte arabische Musik, vom Spiegel baumelte eine blaue Misbaha, das typische Gebetskettchen mit den dreiunddreißig Perlen. Neben dem Armaturenbrett klebte das vergilbte Bild einer Frau und drei Kindern.

Martin lehnte sich zurück, und versuchte sich zu entspannen. Was würde ihn an diesem Tag noch alles erwarten? Er drehte sich um und blickte aus dem Heckfenster. Wurden sie verfolgt? Autos in der Schlange hinter ihnen kamen hinzu, andere bogen ab. Alles schien normal zu sein. Andererseits wusste er, dass es heutzutage einfacher ging, Menschen zu verfolgen. Man musste nicht mit einem schwarzen unscheinbaren Wagen dahinterkleben und darauf achten, den Verfolgten nicht aus den Augen zu verlieren. Heute verfolgten der Mossad und andere Geheimdienste Menschen eleganter: über GPS, Handyortung, einem Chip am Revers der Jacke oder mittels eines unter die Haut implantierten Chips. Die neue Generation von Chips, solche, die nur für einen Tag, maximal zwei Tage ihren Dienst tun sollten, wurden mit der Nahrung verschluckt. Sie waren klein wie ein Reiskorn, nur nicht so zerbrechlich, und folgten unbeschädigt dem normalen Gang der Verdauung. Danach, wenn der vermeintliche Delinquent aufgespürt und verhaftet worden war, verließ der Chip den Körper auf natürliche Weise.

Sofern das Objekt der Überwachung noch nicht eliminiert worden war.

Der Fahrer summte die Melodien aus dem Radio mit und schien mit sich, dem Fahrgast und überhaupt seinem Leben zufrieden zu sein. Was ging es ihn an, wo genau dieser Typ, der sich nervös auf seinem Rücksitz wand und den er ganz genau im Auge behielt, hinwollte? Martin wirkte auf ihn nicht gefährlich. Verwirrt? Ja, ein wenig vielleicht. Möglicherweise sogar verrückt – warum sonst wollte er in dieses sehr spezielle und landesweit bekannte Krankenhaus.

Vielleicht war er auf dem Weg dorthin, um eine ambulante Therapie anzutreten, das Jerusalem-Syndrom zu kurieren oder eine andere im Zusammenhang mit dem Heiligen Land in Verbindung gebrachte Verrücktheit. Nicht selten drehten die Menschen, die erstmalig in diesem Land waren und heilige Stätten besucht, berührt, sich vor ihnen hingekniet und den Boden geküsst hatten, einfach durch. Sie meinten, den Messias gesehen zu haben, hielten sich bisweilen selbst für einen oder warteten, in weiße Gewänder gehüllt, auf ebenjenen, um seine Ankunft nicht zu verpassen. Und hin und wieder kam es eben vor, dass sich ein solcher in ein Taxi verirrte und zu sonderbaren Plätzen fahren ließ.

Nach einer knappen Stunde, in der Martin das Meer stets zu seiner Linken wusste und es gelegentlich auch sah, hielt der Wagen vor den Toren eines weiteren Krankenhauses. Es war für ihn das zweite an diesem Tag, und somit für einen Mann, der für gewöhnlich einen großen Bogen um Kliniken machte, eine überdurchschnittliche Herausforderung. Noch dazu handelte es sich bei diesem von hohen Zäunen umgebenen Komplex um eine Institution, in der Geisteskrankheiten aller Art therapiert wurden. Häufig erfolgreich, wie Aaron ihm versichert hatte, häufig eben aber auch nicht.

Was genau Martin hier suchte, war ihm selbst nicht so ganz klar. Er war nun mal in Israel und wollte die Gelegenheit nicht verstreichen lassen, alles nur Erdenkliche über das Mordopfer in Erfahrung zu bringen. Je besser er das Opfer, seine Vergangenheit, sein Leben und sein Werk kannte, desto besser kam er den Motiven des Mörders auf die Spur. Wie sonst wollte er den Ursachen für einen Mord auf den Grund kommen, wenn er gar nicht wusste, um wen es sich beim Opfer handelte?

Martin nahm sich vor, das zu tun, was er immer tat: sich durchzufragen, Fakten und Informationen zu sammeln, Einsicht in Unterlagen zu nehmen und Einschätzungen zu möglichen Tatmotiven abzuklopfen. Die Befragten konnten in diesem Fall jedoch nur Pfleger und Ärzte sein, nicht Patienten. Deren Aussagen würden wohl kaum zur Erhellung des Sachverhalts dienen können, obwohl – wer weiß, auch ein Verrückter sagt gelegentlich mal etwas Wahres.

Man ließ ihn ein. Nun stand er unschlüssig in der geräumigen Empfangshalle. Er sah sich um, vorsichtig, wie eine scheue Katze, die am liebsten wieder verschwinden wollte. Es beruhigte ihn, dass die Örtlichkeiten nicht wie jene wirkten, die er von Hamburg oder anderen Städten kannte. Gottlob fand er keine sterilen milchiggrauen Wände, Böden und Decken vor, sondern eine Einrichtung, wie man sie in vornehmen Hotels genoss: eine helle, freundliche Rezeption statt einer Glaskabine, in der Angestellte abgeschottet vor ihren Monitoren hockten. Martin blickte auf mediterrane Terrakottafliesen unter seinen Füßen und Palmen in anthrazitfarbenen kubischen Töpfen zu beiden Seiten der vom Eingangsbereich abgehenden Flure. Kronleuchter an den Decken statt langweiliger Neonröhren. Alles wirkte heiter, entspannend und für Martin äußerst beruhigend. Sein Puls verlangsamte sich, seine Atmung wurde wieder flacher. Einzig die Schwitzflecken, die sich unter der Jacke ausbreiteten, würden nicht so schnell trocknen.

Martin schluckte dreimal und machte sich auf den Weg zur Rezeption, hinter der zwei adrette Damen ihre Arbeiten verrichteten. Er entschied, zu jener zu gehen, die ihm mit hochgestecktem schwarzem Haar lächelnd entgegenblickte. Die andere wirkte zu beschäftigt.

Martin kam näher. Ihre Augen waren mit dunklem Kajal ummalt, ihre dunklen Pupillen wirkten tiefgründig und lebendig. Ja, ihm gefiel dieses Klinikkonzept. Wenn er mal verrückt werden würde, und häufig wähnte er sich gar nicht so weit davon entfernt, dann würde er sich gerne in solch einer Umgebung therapieren lassen.

Er blickte in die erwartungsvollen Augen der orientalischen Schönheit. Sie schien alle Zeit dieser Welt nur für ihn reserviert zu haben.

Er räusperte sich, der Gaumen fühlte sich trocken an.

Für seine Ermittlungsfragen hatte Martin nicht viel vorzuweisen. Seinen Ausweis, den Namen des ehemaligen Patienten und jetzigen Mordopfers und den Zeitraum von Joshuas Aufenthalt, den Aaron ihm präzise vor seiner Abfahrt benennen konnte. Weiterhin ein unschönes Foto des Toten mit durchtrennter Kehle, das er auf seinem Handy gespeichert hatte.

Die Dame lächelte ihn auch weiterhin an, als er sein Anliegen vorbrachte, ganz anders, als er es gewohnt war. Meistens reagierten die Befragten unwirsch. Ihnen entgleisten die Gesichtszüge, sie versteiften sich und ihre gute Laune war dahin, weil die Beantwortung der Fragen für sie mit Arbeit und Unannehmlichkeiten verbunden und weil die Konfrontation mit dem Tod an sich schon unangenehm war.

Diese Dame jedoch behielt ihre wunderschöne Fassung und Martin war ihr dankbar dafür. Nachdem er endlich, von Nervosität begleitet, sein Anliegen herausgebracht hatte und schließlich den Namen des Patienten nannte, um den es ging, veränderten sich ihre Gesichtszüge doch. Sie verwandelten sich von professioneller Beherrschung in ehrliches Interesse. »Joshua Horowitz, sagen Sie? Ja natürlich, ich kann mich gut erinnern.« Sie lächelte, als sie in Gedanken zurückreiste. »Er war ein wirklich verrückter Kerl. Na ja, ein wenig sonderbar sind ja die meisten in unserer Einrichtung, aber Joshua war etwas ganz Besonderes. Mein Mann hat damals viel mit ihm gearbeitet.«

»Ihr Mann ist also … Arzt?«

»Nein, mein Mann ist Pfleger. Er heißt Sam und er wird Ihnen gern weiterhelfen.«

»Es würde mir helfen, auch mit seinem behandelnden Arzt zu sprechen. Dem Leiter der Klinik vielleicht. Wie hieß er noch? Rosenberg. Ja genau. Professor Rosenberg.«

»Das tut mir leid, Herr Pohlmann. Ich bedaure sehr, aber Herr Professor Rosenberg steht für Ihre Fragen leider nicht mehr zur Verfügung. Er arbeitet nicht mehr an diesem Institut.«

Martin blickte hilfesuchend zu Boden. Seine hellbraunen Schuhe waren über und über mit israelischem Staub bedeckt. Sollte er vollkommen umsonst hierhergekommen sein? Es musste doch einen Weg geben, die Hintergründe für das Genie Joshuas und seinen Tod zu beleuchten. »Gibt es vielleicht außer Ihrem Mann jemand anderen, der sich an Herrn Horowitz erinnern könnte? Andere Ärzte oder Therapeuten? Ist es möglich, Krankenunterlagen einzusehen? Die Klinik wird doch eine Aufbewahrungspflicht für all diese Dinge haben.«

Die Dame streckte ihren Rücken. »In der Regel heben wir alle Unterlagen unserer Gäste auf, gelegentlich kam es jedoch vor, dass Professor Rosenberg sie an die weiterbehandelnde Klinik schickte, wenn der betreffende Klient uns verließ.«

Gäste, Klienten, welch sonderbare Bezeichnung für kranke Menschen. Doch Martin verstand. Man war bestrebt, die Würde des Patienten aufrechtzuerhalten. »Macht es Ihnen etwas aus nachzuschauen, ob die Unterlagen von Herrn Horowitz noch vorhanden sind?«

»Nein, ganz und gar nicht. Wenn ich Ihnen damit helfen kann.« Die Dame mit dem hochgesteckten Haar ging zu einem PC-Terminal und ließ ihre schlanken Finger über die Tastatur gleiten.

Martin konnte nicht anders, als sie anzustarren. Ihr Hals war überdurchschnittlich lang und schlank, der Teint zartbraun. Ihre Adern traten an der Seite deutlich hervor, eine zierliche Kette reflektierte das Licht der in die Halle einfallenden Sonnenstrahlen. An ihrer weißen Bluse waren die obersten beiden Knöpfe geöffnet und gaben den Blick auf ein makelloses Dekolleté frei. Ihre Haut war perfekt und überhaupt, nicht die kleinste Unregelmäßigkeit war zu erkennen.

Martin begriff nicht, wie ihm geschah. Schöne Frauen machten ihn von jeher nervös, doch diese tat es besonders. Sie ließen ihn nicht frei und unbefangen sein in ihrer Gegenwart. Eine sonderbare mystische Macht ging von ihnen aus. Doch nie zuvor hatte er eine so intensive Ausstrahlung, eine so unverschämt einnehmende Aura wie von dieser Frau ausgehend erlebt. Eine Verzauberung auf allen Ebenen seines Seins, seiner Gedanken und Gefühle, seiner körperlichen Reaktionen, die nicht in Richtung einer Erregung in der Körpermitte gingen, sondern ganz im Gegenteil alles in ihm zur Ruhe brachten. Er schaute auf ihr Namensschild: Jasmin. Ein schöner Name, wie er fand, absolut passend zu dieser anmutigen Frau. Welch ein Glückspilz dieser Sam doch war.

Sie blickte vom Monitor zu Martin auf. »Sie haben mir noch nicht gesagt, warum Sie diese Unterlagen benötigen. Ich meine, das müssen Sie auch nicht, Sie sind ja Polizist, aber es interessiert mich persönlich. Wie geht es Joshua? Ist er wohlauf?«

Martin zuckte zusammen und atmete schwer. Ihre Worte zerrten ihn zurück in die raue Realität, in der er über den Tod sprechen musste. »Nein, eigentlich nicht. Er ist nicht wohlauf. Er ist … nicht mehr am Leben.«

Jasmin erschrak, als sie diese Nachricht hörte. Sie hatte Joshua als einen Mann in Erinnerung behalten, der Großes vorgehabt hatte. Ausgerechnet in diesen Sekunden fiel ihr ein, dass Sam gerade dann Zeit mit ihr verbracht hatte, als er bei Joshua hätte sein sollen, damals am Strand, als sie ihn beinahe verloren hatten, unbeaufsichtigt, sich selbst überlassen. Der Tag, an dem Sam ihr in der Kleiderkammer einen, wie sie empfand, vollkommen unromantischen Heiratsantrag gemacht hatte. Nun sah sie Joshua wieder vor sich, wie er in viel zu weiten weißen Unterhosen am Strand stand und mit einem Stock eine gigantische technische Anlage in den feinen weißen Sand gezeichnet hatte, mit einer Menge physikalischer Formeln daneben, die irgendetwas mit Energiegewinnung zu tun hatten. Jasmin sah Martin mit einem feinen feuchten Schleier vor ihren Pupillen an. »Gott, wie furchtbar«, stammelte sie. Sie hielt ihre zierliche Hand immer noch erschrocken vor den Mund. Martin wunderte sich ein wenig. Sie muss ihn wirklich gekannt, ja, mehr noch, gemocht haben.

Dann konzentrierte sie sich wieder auf ihren PC. Sie schien nun noch intensiver nach dem Verbleib seiner Daten suchen zu wollen. Bisher war ihre Recherche in den Archiven erfolglos gewesen. Ohne aufzublicken, sagte sie: »Ich kann überhaupt keinen Eintrag zu ihm finden, Herr Pohlmann. Das ist wirklich eigenartig. Als wäre er gar nicht hier gewesen. Wenigstens seine Stammdaten sollten doch zu finden sein, doch auch die sind weg.« Jasmin sah ihn mit ihren rehbraunen Augen an. »Er scheint vollständig aus dem System genommen worden zu sein. Es ist alles gelöscht.«

Jasmin kam hinter der Rezeption hervor. Martin betrachtete verstohlen ihre schlanken Beine, den schwarzen Rock, die hochhackigen Schuhe. Sie wirkte sehr entschlossen, persönlich involviert, nicht mehr in freundlicher Distanz zu ihm. Sie war zu seiner Verbündeten geworden.

»Kommen Sie, wir suchen meinen Mann. Das ist nicht normal, dass ein Klient vollständig aus dem System verschwindet. Es muss noch Back-up-Dateien geben oder Einträge in konventionellen Karteien. Ich weiß genau, dass er bei uns war, ungefähr neun Monate, denke ich. Sam und Joshua waren … wie soll ich sagen? Ja, ich denke, sie waren Freunde geworden.«

Martin folgte Jasmin und nahm ihren betörenden Geruch wahr. Süßlich, mit einer Note von Zimt und Moschus darin. Für Bruchteile von Sekunden schloss er die Augen und dachte an Catherine. Wie eigenartig, dass Gerüche solch eine hypnotische Wirkung haben können, schoss es ihm durch den

Sinn. Menschen müssen sich nicht nur gut verstehen, sondern sie müssen sich *riechen* können, sonst funktioniert langfristig keine Beziehung. Er folgte ihr wie ein Lamm durch die Einrichtung, die abseits des Empfangsbereiches mehr und mehr den Charakter eines Krankenhauses annahm. Sie begegneten Patienten, auch wenn sie hier *Gäste* oder *Klienten* hießen. Jasmin schüttelte die eine oder andere Hand, legte einem anderen, fast nur andeutend, die schlanken Finger auf die Schulter, andere Gesten des Verständnisses folgten. Martin war zutiefst beeindruckt und begann zu verstehen, wie dieses Konzept der Achtung und Menschlichkeit funktionierte.

Dann trafen sie auf Sam. Ein großer und kräftiger Mann, der ihm auf Anhieb sympathisch war. Sein breites Grinsen reichte von Ohr zu Ohr, besonders in dem Moment, als er Jasmin erblickte. Er bewegte sich eher schlaksig, unbekümmert, mit weißen Sneakers an den Füßen. Er hatte blondes lockiges Haar und war vermutlich der Einzige in einem stattlichen Radius, der diese Haarfarbe hatte. Als er die Hand zum Gruß hob, erkannte Martin denselben Ring an seiner Hand, wie ihn Jasmin stolz zur Schau trug. Ein Goldring mit einem kleinen Diamanten in der Mitte.

Sam verlor sich für die Dauer eines gemütlichen Herzschlags in ihren warmen Augen, lächelte sie an und wendete sich erst dann Martin zu. Martin gab ihm die Hand, stellte sich vor, erklärte, warum er hier sei und wonach er suche.

Jasmin berührte Martins Unterarm, woraufhin er sogleich aufhörte zu reden. Sie übernahm das Gespräch und sprach sehr ernst. »Sam, Joshua ist nicht mehr im System. Ich kann seine Daten nirgendwo finden.« Sie verschwieg ihm zunächst, dass Joshua nicht mehr am Leben war. Er würde früher oder später danach fragen. Sie fuhr fort. »Gibt es noch ein Back-up, Sam? Hast du eine Ahnung, wo die Akten geblieben sein können? Hat Rosenberg sie vielleicht …?«

Auch Sam verengte die Augen und dachte nach. Joshua Horowitz war nicht irgendein Patient für ihn gewesen, er war sein Lieblingspatient, an den er gern zurückdachte. Jemand, von dem er ganz unglaubliche Sachen gelernt hatte, wie die Dinge des Universums zusammenhingen. Er hatte behalten, dass man nicht nur Gegebenes als selbstverständlich hinnehmen, sondern es als faszinierend und als Geschenk betrachten sollte. Ganz alltägliche Vorgänge wie Sonnenauf- und -untergänge, Wolkenformationen in unterschiedlichen Höhen, Blitz und Donner, das Meer, die Wellen und die Kraft, die ihnen innewohnt. Und Joshua hatte ihn gelehrt, dass er stets das Verborgene hinter dem Offensichtlichen suchen solle, weil Gott es nur denen offenbart, die es wirklich sehen wollen. Sam war glücklich gewesen, und betrachtete es als Vorrecht, dass er derjenige sein durfte, der Joshua Mut machen konnte, seine erloschenen Träume wieder neu anzufachen.

Sam wirkte ergriffen. »Wenn überhaupt, haben wir im Keller eine Chance. Wir haben damals von allen Dateien zusätzliche Sicherungen auf externen Festplatten gemacht. Mittlerweile landen die in der Cloud, damit Ärzte unterschiedlicher Fakultäten darauf zugreifen können, aber damals waren wir noch nicht so weit.« Sam wandte sich Jasmin zu. Plötzlich fiel ihm das Wichtigste überhaupt ein »Was ist denn eigentlich mit Joshua? Geht es ihm gut? Ist was passiert?«

Jasmin blieb auf dem Weg in den Keller stehen. Solch eine Nachricht gab man nicht beiläufig weiter. »Sam, Joshua ist tot. Der Kommissar sagt, er wurde in Deutschland umgebracht.«

Sam ballte die Fäuste. »Oh verdammt.« Die Worte hallten von den Wänden. »Ausgerechnet Joshua. Welches Schwein tut so etwas?«

»Genau das will ich herausfinden.« Martin schüttelte den Kopf. »Es ist ein Sumpf. Ich komme so schrecklich mühsam voran. Mittlerweile gibt es einen Verdacht, seit heute Vormittag jedenfalls, aber ich muss es beweisen können. Ich muss wissen und verstehen, wer genau Joshua Horowitz war.«

Sam zollte Martin einen respektvollen Blick. »Sie kommen dafür eigens aus Deutschland? Alle Achtung! Klar helfen wir

Ihnen. Joshua war ein großartiger Mensch. Konnte er wenigstens seine Ideen umsetzen? Er hatte so große Visionen.«

Sie kamen im Keller an einem verschlossenen Raum an. Sam hatte den Schlüssel dabei und öffnete die Stahltür, hinter der sich der Server und die alten Karteischränke verbargen. Der Rechner war an einer Stromunterbrechungseinheit angeschlossen, deren Lüfter ein sonores Rauschen produzierten.

Als sie eintraten, nickte Martin und beantwortete Sams Frage. »Ja, ich denke schon. Er hat in Hamburg eine gigantische Anlage gebaut. Eigentlich mehrere. Ich hab sie mir angesehen. Er hat es wohl geschafft, aus allem Möglichen Energie zu produzieren. Er betreibt einen Algenreaktor, die aus Fäkalien und CO_2 Energie gewinnt, er hat ein kleines Wasserkraftwerk an der Elbe gebaut, und er saugt Energie aus dem All. Fragen Sie mich bitte nicht, wie das alles funktioniert, aber es ist absolut genial. Ich habe es mit eigenen Augen gesehen. Es wirkt wie in einem Science-Fiction-Film.« Sam stampfte mit dem rechten Fuß hart auf und schüttelte zornig den Kopf. Er erinnerte sich gut daran, wie er Woche für Woche die sonderbaren Ideen Joshuas verfolgt hatte. Als Joshua in den Wellen stand und sich vor seinem inneren Auge ein Gezeitenkraftwerk entwickelte, oder als er die stinkenden Abwasserkanäle Haifas betrachtete und das saubere Wasser, das durch die Algen geklärt wurde. All diese Erinnerungen trieben ihm Tränen in die Augen. »Verdammt, hat man ihn deswegen umgebracht? Wegen dieser *Formel*, von der er immer geredet hat?«

»Sie wussten davon? Er hatte also schon damals daran gearbeitet?«

Sam setzte sich an die Tastatur des Servers, während Jasmin Schubladen des Karteikartenschranks aufzog. »Ja, pausenlos. Manchmal hat er uns damit regelrecht zum Wahnsinn getrieben. *Den Menschen kostenlose Energie schenken*, das war sein innigster Wunsch. Rosenberg hat sich um ihn gekümmert. Anfangs hielten wir es tatsächlich für einen Wahn. Der Professor hat sich sehr für ihn eingesetzt, hat die Medikamente ständig neu dosiert, Hypnose bei ihm angewendet. Rosenberg war irgendwann vollkommen vernarrt in Joshua und seine unglaublichen Ideen.«

»Rosenberg, Rosenberg. Wer ist dieser Mann eigentlich? Warum arbeitet er nicht mehr hier?«

Sam unterbrach seine Suche auf dem Server und nahm die Finger von der Tastatur. Sein Blick glitt ins Leere, vor die kahle Wand neben dem Server. »Kurze Zeit, nachdem Joshua entlassen wurde, war der Professor nicht mehr der Alte. Er verlor sein Interesse an den anderen Patienten. Joshua und er telefonierten gelegentlich nach seiner Entlassung. Rosenberg bat ihn inständig, die Behandlung fortzusetzen. Er flehte ihn förmlich an. Ich hab mal ein Gespräch mit angehört. Die Tür war nur angelehnt, und als ich den Namen *Joshua* aus Rosenbergs Mund hörte, blieb ich stehen und lauschte.« Sam mimte den Betroffenen und grinste. »Ja sorry, das macht man nicht, ich weiß, aber ich habe Joshua vermisst. Ich wollte halt wissen, wie es ihm geht. Joshua muss ihm am Telefon von seinen Plänen, nach Deutschland zu gehen, erzählt haben. Die Stadt Hamburg wurde erwähnt und Rosenberg rastete fast aus. Von da ab wurde er wütend und brüllte Joshua an. Das könne er nicht machen, er sei noch nicht so weit, er brauche weitere Therapie. Das könne er ihm nicht antun. Er brauche ihn doch.«

Martin hielt inne. »Halt, stopp. *Wer* brauchte *wen*? Joshua Rosenberg oder umgekehrt?«

»Ja, genau das hat mich auch gewundert. Es war schon so, dass sie voneinander profitierten. Rosenberg hatte in den letzten Monaten mehr Zeit mit Joshua verbracht, als mit allen anderen Patienten. Er hat wirklich Großartiges geleistet. Hat die Medikation so hinbekommen, dass Joshua wesentlich effektiver arbeiten und denken konnte. Erst hat er versucht, ihm diese Ideen auszureden, hat ihn eben für verrückt gehalten, wie jemand, der sagt, er sei Kaiser Nero oder Napoleon, bis Rosenberg jedoch erkannte, dass Joshua gar nicht verrückt war, sondern ein echtes Genie in ihm steckte. Sonderbar? Ja sicher, das war er. Aber verrückt? Nein, ganz sicher nicht.«

Martin sah Sam und Jasmin abwechselnd an. »Wozu macht man eigentlich Hypnose? Was bringt das?«

»Normalerweise setzen wir die Hypnose ein, um alte Traumata zu verstehen, wenn Patienten ihre Erinnerungen bei Bewusstsein nicht artikulieren können. Es gibt Menschen, die bekommen keinen Ton heraus, sitzen nur apathisch da und hampeln herum, bis zu dem Zeitpunkt, wenn man sie hypnotisiert. Dann plappern sie stundenlang ihre ganze Lebensgeschichte heraus.«

»Und denken Sie, dass das bei Joshua notwendig war? War er so jemand, der nicht sprach und den man hypnotisieren *musste*?«

»Eigentlich nicht. Am Anfang vielleicht, aber nachdem er Vertrauen zu uns gefasst hatte, war er sehr umgänglich. Ich kam supergut mit ihm klar.«

Martin wurde ungeduldig. »Warum also wurde Horowitz hypnotisiert?«

»Gute Frage. Das hab ich auch nicht begriffen. Ich habe mich sogar einmal mit Rosenberg deswegen gezofft. Ich fragte ihn, warum er sich nur noch um Joshua kümmere, aber er gab mir keine Antwort. Und obwohl Joshua manchmal total erschöpft war, wenn er aus der Behandlung kam, ging er sofort in sein Zimmer und arbeitete stundenlang an diesem Energiekram, bis er beinahe zusammenbrach.«

Martin schüttelte schwach den Kopf. »Das klingt nicht gut. Klingt nach Missbrauch, wenn Sie mich fragen. Aber warum? Was hatte Rosenberg davon? Wollte er sich mit Joshuas Fortschritten rühmen? Was er doch für ein toller Psychiater sei und wie effektiv er psychische Krankheiten heilen könne?«

Sam rieb sich am Kinn. »Das hab ich am Anfang auch gedacht, doch ich merkte, dass es ihm um etwas anderes gehen muss. Wissen Sie, wenn man ein Profilneurotiker ist und nach Anerkennung sucht, dann notiert man sich doch die medizinischen Methoden, führt Buch darüber, welche Methode zu welchen Ergebnissen geführt hat.«

»Und das hat er nicht getan?«

»Doch auch, aber mir schien, ihm sei nicht wichtig, *wie* er es hinbekommen hat, Joshua zu seinen Ergebnissen zu führen, sondern *welche* Ergebnisse dabei herauskamen.«

»Sie meinen, er wollte Joshua die Formel entlocken? Aber Rosenberg hat doch keinen blassen Schimmer von Physik gehabt, nehme ich an. Was wollte er damit?«

»Das weiß ich auch nicht und wir werden ihn auch nicht mehr fragen können. Ein Jahr, nachdem Joshua weg war und auch nicht mehr wiederkam, verschwand Rosenberg von einem Tag auf den anderen. Er kam einfach nicht mehr zur Arbeit. Wir haben versucht, ihn anzurufen. Privat, auf dem Handy, E-Mails geschrieben. Nichts. Rosenberg hatte eine Homepage, auf der er für sein Institut warb. Er war wirklich mit Leib und Seele Psychiater, wir haben ihn alle sehr geschätzt, doch nachdem Joshua weg war, schien sich für ihn der Sinn seiner Arbeit in Luft aufzulösen.«

Martin rieb sich die Augen und verbarg seinen Kopf zwischen den Händen. »Haben Sie die Polizei verständigt? Es kann ihm ja auch etwas zugestoßen sein.«

»Klar, haben wir. Nichts. Er ist wie vom Erdboden verschwunden. Das Haus steht zum Verkauf, die Homepage ist vom Netz genommen, sämtliche Googleeinträge weisen nicht mehr auf ihn hin, die E-Mail-Adresse existiert nicht mehr. Er hat seine komplette Existenz gelöscht.«

»Und mit ihr die Daten von Horowitz«, folgerte Martin.

Auch Jasmin schüttelte den Kopf. Sie hatte jeden Ordner, jede Schublade, auch die anderen Buchstaben vor »H« und danach nach ihm abgesucht, doch es schien, als habe es einen Mann dieses Namens in der Klinik nie gegeben. Auch Sam war nicht fündig geworden. Weder in einer aktuellen noch in einer Back-up-Datei. Da kam Martin ein Gedanke. »Haben Sie noch irgendwo ein Bild von Rosenberg?«

Jasmin überlegte. »Ein Bild? Ja, ich glaube schon. Ich müsste noch eins auf meinem Handy haben. Ich lösche die Fotos so gut wie nie und wechsle meine Handys nicht. Ich meine, es kürzlich noch gesehen zu haben. Es wurde ungefähr eine Woche, bevor Rosenberg verschwand, von Sam aufgenommen. Wir wollten ihn aufheitern, er war immer so ernst, beinahe depressiv. Also hab ich ihn in den Arm genommen, versucht, ihn zum Lachen zu bringen, und Sam hat draufgedrückt. Er wollte das nicht, doch Sam war schneller.« Jasmin suchte in ihrem Handy nach dem Foto und nach einer Weile des Herunterscrollens fand sie die Aufnahme, drehte das Handy zu Martin um und zeigte sie ihm. Martin betrachtete es lange, zog die Stirn kraus und verengte die Augen. Dann war er sich sicher. »Das ist nicht Rosenberg. Ich kenne diesen Mann. Okay, nun hat er einen Bart, und die Haare sind grauer und lockiger, aber die Augen und die Nase sind gleich. Ich bin mir ganz sicher. Das hier ist nicht Professor Rosenberg.«

»*Bitte?*« Sam nahm das Handy in die Hand und sah sich das Bild noch einmal an. »Klar ist das Rosenberg«, beharrte er. »Ich selbst habe das Foto geschossen.«

Martin schüttelte den Kopf. »Dieser Mann auf dem Bild ist zwar auch ein Professor, aber er heißt nicht Rosenberg, sondern Ruben.«

Martin tippte mit dem Zeigefinger auf das Display des Handys. »Dieser hier nennt sich Professor David Ruben und lebt in Hamburg.«

KAPITEL 41

8. November 2013, Israel, Haifa

Martin hob den Blick über den Rand des Handys hinweg und fand sich zwei entsetzten ehemaligen Mitarbeitern jenes Mannes gegenüber, dessen Identität und makellosen Ruf als Psychiater sie für viele Jahre für unantastbar gehalten hatten. Rosenberg galt als Koryphäe auf dem Gebiet der Zwangsneurosen und Schizophrenie, wenngleich seine Methoden nicht bei allen Kollegen Beifall fanden. Für die einen war er ein Guru, für die anderen ein Scharlatan, der mit der Eröffnung der Klinik in der Fachpresse für einiges Aufsehen gesorgt hatte. Fakt war, dass seine Erfolge ihm in den Jahren darauf recht gaben. Rehabilitierte Patienten lobten seine Methoden über die Grenzen Israels hinweg. Rosenberg badete in einer selbstgerechten Aura der Lobhudelei; nicht alle Menschen können mit Ruhm unbeschadet umgehen, ohne die Bodenhaftung zu verlieren.

»Was hat Rosenberg in Hamburg zu suchen?«, fragte Sam irritiert. Er konnte nicht glauben, was ihm hier aufgetischt werden sollte.

»Das weiß ich noch nicht genau, aber für mich gibt es keinen Zweifel, dass sich dieser Mann offensichtlich als jemand anderes ausgibt. Warum er das tut, werde ich herausfinden, sofern ich ihn auftreibe. Er wurde nach einer Vorlesung über die Entstehung fossiler Brennstoffe wahrscheinlich entführt und ist seitdem verschwunden.«

Sam konnte sich ein spöttisches Lachen nicht verkneifen. »Professor Rosenberg hat über Öl referiert? Bei allem Respekt, Herr Kommissar, aber Sie müssen sich irren. Dieser Mann ist Psychiater und noch dazu einer der besten, die ich je kannte. Ich arbeite seit über zwölf Jahren hier und kenne keinen kompetenteren Facharzt. Aber von Öl und dessen Entstehung wird er keinen blassen Schimmer haben.«

Martin wehrte ab. »Ach was. Ich glaube, man kann sich heutzutage alles Wissen in kürzester Zeit aneignen. Dank Internet haben Sie in Windeseile alle Fakten zur Hand, über die man glaubhaft reden kann, ohne wirklich eine fundierte Ahnung haben zu müssen. Die Frage ist aber nicht, *ob* er das hinbekommt, sondern *warum* er das tut! Warum ist er in Hamburg? In der ehemaligen Nähe von Joshua Horowitz.«

Martin kratzte sich am Kopf. Die Sache wurde immer suspekter. Erst hatte er nur Stunden zuvor vollkommen neue Aspekte zur angeblichen Behinderung von Zadek Kotarev herausgefunden, und nun schien der Mann, dem er im Kreise wissbegieriger Studenten in einer Vorlesung gelauscht hatte, nicht der zu sein, der er der Welt glauben machen wollte zu sein. Ihm fiel ein, Aaron und Ruth hatten ihn gewarnt. Doch warum hatten sie nichts gegen ihn unternommen? Waren juristisch gegen ihn vorgegangen? Warum hatte sich Rosenberg als bester Freund von Horowitz ausgegeben? Vor allem, wie konnte er Joshua gegenüber erst als sein behandelnder Psychiater auftreten, und später als *David Ruben, der Freund aus Jugendtagen*? War womöglich Ruben schon immer Ruben und mutierte erst zu Rosenberg, nachdem Joshua dort eingeliefert wurde? Nein, das ergab keinen Sinn. Man konnte nicht einfach Identitäten wechseln wie Hemden. Oder vielleicht doch?

Sam versuchte, sich auf diese Aussage einen Reim zu machen. Er mochte Rosenberg wie einen Vater, schätzte ihn als Chef. »Okay, ich fasse noch mal zusammen. Horowitz wurde überraschend vor der Zeit entlassen, als seine Frau verstarb. Rosenberg bedauerte das über die Maßen. Ein Jahr später verschwand Rosenberg spurlos und tauchte als David Ruben in Hamburg wieder auf.«

Martin nickte. »Joshuas Verwandte sagten mir, Joshua habe in seiner Jugend eine Menge unsichtbarer, eingebildeter Freunde gehabt, habe pausenlos mit ihnen geredet, und David Ruben sei einer von ihnen gewesen. Sie waren doch schon hier, als Horowitz eingeliefert wurde. Hatte er tatsächlich diese Macken?«

»Allerdings. Ja, das stimmt. Am Anfang jedenfalls. Er quatschte mit allem und jedem, am liebsten mit Pflanzen. Aber ich erinnere mich auch daran, dass er von Ruben sprach, dem Einzigen, der ihn angeblich immer verstanden hatte. Ich hatte allerdings nicht den Eindruck, dass Ruben keine reale Person war. Ich hielt Ruben tatsächlich für einen guten alten Freund.«

»War der mal hier? Ich meine, hat er Horowitz besucht? Als ich ihn in Hamburg traf, hat er behauptet, sich um ihn gekümmert zu haben.«

Sam dachte nach. »Nein, nicht das ich wüsste. Horowitz hatte wenig Besuch. Es entsprach auch nicht Rosenbergs Konzept, dass Patienten von allen möglichen Leuten Besuch bekamen. Er fürchtete einen Rückfall in alte Verhaltensmuster, wenn Menschen aus der Vergangenheit, die die Patienten ja loslassen sollten, hier auftauchten.«

Zorn und Ungeduld kochten in Martin auf. »Verdammt. Mal angenommen, es stimmt, und Rosenberg ist Horowitz nach Hamburg gefolgt und gibt sich dort als Ruben aus. Wie kann er es geschafft haben, dass Horowitz ihm das abnimmt?«

Jasmin, die sich die ganze Zeit im Hintergrund gehalten hatte, schaltete sich ein. »Hypnose, Herr Pohlmann. Er könnte Joshua in einer der letzten Sitzungen den Gedanken an die reale Existenz David Rubens implantiert haben, und als sie sich in Hamburg wiedersahen, hat Rosenberg diesen Gedanken in Joshuas Kopf aktiviert. Oder er hat Horowitz mit psychoaktiven Substanzen manipuliert. Er hat eine Menge Experimente mit ihm gemacht. Niemand kannte Joshuas Gehirn so genau wie er. Er hat die Medikation genauestens überwacht, und Joshua hat sich, meistens jedenfalls, genau daran gehalten.«

»Dann wäre es also durchaus möglich, dass Rosenberg sich als Ruben ausgibt und Joshua es ihm glaubt?«

Sam nickte. »Absolut.«

»Das heißt, wenn er in der Lage war, Horowitz zu manipulieren, könnte es ihm auch gelungen sein, die Forschungsergebnisse aus ihm herauszuholen.« Martin griff sich an die Stirn. »Darum also muss es ihm gegangen sein. Darum scheint es überhaupt jedem zu gehen, der sich im Dunstkreis dieses Genies befand. Ich habe den Eindruck, dass sich jeder an ihm festgesaugt hat wie eine Zecke, um diesen vermutlich leichtgläubigen Erfinder auszuquetschen.«

Martin musste sich setzen. Fragen über Fragen schwirrten wie ein Bienenschwarm in seinem Kopf herum. Mehr zu sich selbst murmelte er: »Er hätte doch schon hier in der Klinik an die Ideen herankommen können.«

Sam gab ihm die Antwort auf diese Frage. »Nun, ich nehme an, Joshua war noch nicht so weit. Er hat sein ganzes Leben daran getüftelt, die ultimative Formel zu finden. Alles war noch wie im Fluss, nichts war wirklich fertig. Ständig hatte er neue Ideen. Es waren sogar mal Physiker hier und haben sich Joshuas Aufzeichnungen angesehen. Die meisten hielten ihn für einen Spinner. Sonst würde er hier ja nicht behandelt werden, meinten sie, doch Joshua war nicht ernsthaft krank, er war nur … ein wenig anders.«

Martin ballte die rechte Faust und legte sie an sein Kinn. »Okay. Nehmen wir mal an, dass es stimmt. Rosenberg ist ihm gefolgt, hat sich als sein Freund ausgegeben und versucht, auf diese Weise an die vollendete Formel ranzukommen. Doch warum der Aufwand? Warum ist er nicht einfach Rosenberg geblieben? Unter dem Vorwand, ihn weiterhin zu betreuen?« Martin schüttelte den Kopf. Er glaubte seinen eigenen Schlussforderungen nicht. »Nein, das ist Unsinn. Niemand hätte ihm das abgenommen. Kein erfolgreicher Psychiater verlässt sein Lebenswerk, um einen einzigen Patienten zu betreuen. Niemand hätte ihm das abgekauft. Aber als jemand, der schon immer an Joshuas Seite war, wenn auch nur in dessen Fantasie, das könnte funktionieren. Jemand, zu dem Joshua das allermeiste Vertrauen hat.«

Jasmin war wirklich entsetzt. »Ich wusste schon immer, dass Joshua Großes in seinem Kopf hatte, aber dass es so ausgehen würde, hätte ich ihm nicht gewünscht. Muss es auf dieser verfluchten Welt denn immer so sein, dass mächtige Leute über Leichen gehen, um sich zu bereichern? Das hat er wirklich nicht verdient.«

»Ich muss schnellstens nach Hamburg zurück, um diesen Rosenberg, oder wie immer er auch heißt, zu finden. Und ich muss verhindern, dass diese ominöse Formel in die falschen Hände gelangt, wenn sie es nicht schon ist. Der Mörder von Joshua hat noch einen weiteren Mann auf dem Gewissen, und nach dem was ich heute erlebt habe, ist davon auszugehen, dass er vor nichts zurückschreckt, um sein Ziel zu erreichen.«

Sam sah Pohlmann verwundert an, doch Martin hatte keine Lust auf weitere Erklärungen.

»Ich möchte Sie bitten, über das, was wir besprochen haben, absolutes Stillschweigen zu bewahren. Ich war nie hier und wenn, dann habe ich nichts herausgefunden. Rein gar nichts. Bringen Sie sich nicht auch noch in Gefahr, hören Sie! Der Mann, der Joshua auf dem Gewissen hat, ist gefährlich!«

Jasmin war bleich geworden. Sie war immer noch die schönste Frau, die Martin jemals gesehen hatte, doch das Entsetzen hatte hässliche Striche auf das Gemälde ihrer Schönheit gekritzelt. Sie dachte an Joshua, den friedfertigsten Menschen, den sie je gekannt hatte, und an einen Mörder, der sich einen Dreck darum kümmerte, was man Frieden nannte.

*

Martins Handy erwachte zum Leben. Er hatte wieder einen Balken Empfangsstärke und nahm das Gespräch an. »Pohlmann.«

»Hier ist Aaron Stern. Wo sind Sie denn? Ich versuche Sie schon seit einer halben Stunde ununterbrochen zu erreichen.«

»Ich bin in einem Funkloch. Tut mir leid. Ich bin in der Klinik in Haifa. Ich habe Ihnen doch auf Ihre Mailbox gesprochen.«

»Gut, dann bin ich gleich bei Ihnen. Was ist los mit dem Wagen? Müssen wir ihn zur Reparatur abschleppen lassen?«

Martin zögerte. »Ich denke, das lohnt sich nicht mehr. Wir sprechen darüber, wenn Sie hier sind.«

»Okay. In fünfzehn Minuten dürfte ich da sein.«

»Gut, ich warte an der Straße.«

Martin beendete das Gespräch. Wie würde Stern auf die Nachricht reagieren, dass Martin das Ziel eines Anschlags geworden war? Würde es überdies Ermittlungen nach sich ziehen, die Martin behindern würden? Würde es ihren Aufenthalt in Israel womöglich unnötig verlängern, obwohl er dringend nach Hamburg zurück musste?

Stern hielt, wie verabredet, zwanzig Minuten nach dem Gespräch vor dem Kliniktor und ließ Martin einsteigen. Er war, seitdem er damals Joshua von hier abgeholt hatte, nicht wieder hier gewesen. Flackernde Erinnerungen an diesen Tag ließen sonderbare Gefühle in ihm aufsteigen. Die Trauer über Joshuas überraschenden Tod war noch lange nicht verarbeitet. Noch dazu über einen derart widerwärtigen, gewaltsamen Tod. Ausgeführt von der Hand eines Psychopathen, eines skrupellosen Killers, der noch immer frei herumlief, vielleicht mitten unter ihnen war.

»Was ist passiert? Wo steht das Auto?« Stern hob eine Hand und dachte kurz nach. »Die Reifen. Es waren die alten Reifen, stimmt's? Sie hatten einen Platten. Zu blöd. Tut mir echt leid.«

Sterns Wagen stand noch immer mit laufendem Motor vor der Klinik.

Martin überlegte, wie er Stern die Nachricht beibringen sollte. Er entschied, die Wahrheit möglichst sachlich und emotional unbeteiligt vorzutragen. Immerhin trug er keine Schuld an der Sache. Im Gegenteil, er war froh, dass er noch lebte. »Nein, es waren nicht die Reifen. Es gab eine Explosion. Leider ist ein Mann dabei ums Leben gekommen. Die Polizei wird vermutlich längst die Ermittlungen aufgenommen haben.«

Stern erstarrte und würgte den Wagen ab, als er den Gang einlegte. »Was für eine Explosion? Wie konnte der Wagen explodieren? Die alten Benzinschläuche, meinen Sie?« Stern begriff noch immer nicht.

Martin zog die Brauen hoch. »Ich gehe eher von einer Bombe aus. Ich kann es nicht beweisen, doch der oder die Attentäter hatten Zeit genug, an dem Wagen herumzufummeln, während ich mich nach Kotarev erkundigt habe. Ich denke, es war ein Anschlag, der mir galt. Ich habe Glück gehabt. Der Wagen sprang nicht an, ein Mann kam zu Hilfe, setzte sich ans Steuer. Mir fiel auf, dass ich im Archiv der Klinik mein Handy vergessen hatte, rannte dorthin zurück, holte es, und als ich zum Wagen zurückkam, flog die Karre gerade in die Luft. Ich konnte nichts tun, als mit anzusehen, wie der Mann in dem Wagen verbrannte. Die Polizei kam sehr schnell, gleich danach die Feuerwehr. Niemand suchte mich oder hielt nach jemand anderem Ausschau, als sei die Sachlage völlig klar. Ein Irrer, der sich und andere in die Luft jagen wollte.«

Stern rieb sich nervös die Schläfe, startete den Wagen neu, legte mit einem Krachen den Gang ein und beschleunigte. »Das ist nicht gut. Gar nicht gut. Wir müssen hier weg. Weg aus Israel. Zurück nach Deutschland. Das wird mir langsam zu viel. Nur noch Mord und Totschlag. Ich kann das nicht. So sieht mein Leben nicht aus und Ruth wartet in Hamburg mit unserem Kind auf mich. Ich hätte sie nie allein lassen dürfen.«

Martin versuchte, ihn zu beruhigen, obgleich er wusste, dass Stern genau das Gleiche befürchtete wie Martin. »Machen Sie sich um Ihre Frau keine Sorgen. Sie ist ja nicht allein.«

»Nein, stimmt, Zadek ist in Hamburg geblieben. Wie beruhigend.«

Martin erfasste Sterns Blick, gezeichnet von einer Härte und einer Wut, von der er nicht geglaubt hätte, dass Stern dazu fähig sei.

Stern ballte die Hand zur Faust. »Ich hasse ihn. So, jetzt ist es raus.« Er biss seine Zähne so fest zusammen, dass die Kaumuskeln an den Seiten des Unterkiefers deutlich hervortraten. »Ich hasse ihn schon mein halbes Leben, schon lange, bevor er sich an Ruth vergangen hat.« Stern schloss für einen kurzen Moment die Augen. »Ich mache auf Sie vielleicht immer den Eindruck, als stünde ich über all diesen Dingen. Jeder in der Gemeinschaft blickt zu mir auf und hängt an meinen Lippen, wenn ich philosophische oder religiöse Lektionen über das Leben von mir gebe. Sie halten mich für ihren Leiter und ihr Oberhaupt. Ich sage Ihnen die Wahrheit, Herr Kommissar. Ich komme immer mehr zu der Annahme, dass meine Lebenskonzepte nicht mehr funktionieren. Vielleicht haben sie es noch nie getan. Vielleicht ist alles nur eine einzige Lüge gewesen. Man erwartet von mir, auf alles eine Antwort zu haben, doch mich plagen mehr Zweifel denn je zuvor. Mir wächst die Verantwortung über den Kopf. Ich war schon oft kurz davor, auszubrechen und abzuhauen.« Aaron schüttelte den Kopf. In seinem Blick lag blanke Panik. »Ich bin nicht der souveräne Typ, auf dessen Schultern das Geschick der gesamten Gemeinschaft ruht. Und jetzt noch die Sache mit Joshua und dieser gottverdammten Formel.« Stern lenkte den Wagen abrupt auf einen Seitenstreifen. »Tut mir leid, aber ich kann nicht mehr. Ich habe einfach Angst. Ich krieg das nicht mehr in den Griff.«

Martin betrachtete Aaron Stern mit einer Mischung aus Sorge und Skepsis. Nie im Leben hätte er mit dieser Offenbarung gerechnet. Der Mann, den er im Stillen für dessen Überlegenheit und die Verkörperung einer scheinbar perfekten Lebensphilosophie beneidete, zeigte sich schwach und angreifbar wie jeder andere Mensch auch. Martin musste zu seiner Verwunderung feststellen, dass er enttäuscht war. Doch was hatte er erwartet? Einen Retter und Erlöser, der ihm den Weg aus dem Chaos seines und Catherines Lebens wies? Der über allem in unantastbarer Erhabenheit schwebte und nur einige Minuten zu meditieren brauchte und schon war alles wieder gut? Die Fassade der Perfektion hatte nicht nur Risse bekommen, das Bild eines Gurus oder eines Messias zerbrach in tausend Stücke. Doch was, wenn auch dieser Gefühlsausbruch nur eine perfekt inszenierte Show war? Wem konnte Martin überhaupt noch trauen? Kotarev definitiv nicht und David Ruben oder wer auch immer er war, sicher auch nicht, obgleich bisher die Sache von nur einer Seite beleuchtet worden war. Bisher hatte er keinem der beiden die Gelegenheit gegeben, sich zu den Vorwürfen zu äußern, und solange nicht die Schuld eines Menschen bewiesen war, galt er als unschuldig.

Und was war mit den anderen Verdächtigen, die in Hamburg auf ihn warteten? Der Russe, der den Hinweis zu dem hebräischen Wort NEFT geliefert hatte. Welche Rolle spielte Heinemann in diesem makabren Spiel?

Martin stellte fest, dass Stern einige Minuten später wieder Herr seiner Sinne war. Er sprach ruhig und mit fester Stimme. »Wir sollten die Polizei ihren Job ohne uns machen lassen. Der Wagen ist nicht auf mich oder Sie zugelassen, und bis irgendwelche Hintergründe geklärt sind, sind wir längst weg.«

»Zumal der Verdacht in Richtung eines Selbstmordanschlags gehen wird. Diese Dinge passieren hier ja öfter.« Martin stützte sich auf der Sitzlehne ab und drehte sich zu Stern um. »Ich frage mich natürlich nun, wer die Macht und die Möglichkeiten hat, seine Fäden bis nach Israel zu spinnen? Wer wusste, dass ich hier bin und vor allem, wer wusste, dass ich ausgerechnet mit *diesem* Wagen unterwegs bin, um etwas über Kotarev in Erfahrung zu bringen? Ich habe diese Rostlaube erst heute Morgen von *Ihnen* bekommen.« Martin sah Stern trotz aller Betroffenheit, die dieser an den Tag legte, ernst an. Martin trieb in diesem Augenblick ein gefährliches Spiel, das wusste er genau. »Das wussten eigentlich nur Sie, Herr Stern. Und meine Frau.« Martin lachte aufgesetzt bei dem letzten Satz.

»Das heißt, Sie verdächtigen *mich*, Sie in die Luft jagen zu wollen? Ach, und als Nächstes soll ich meinen Vater umgebracht haben? Ist es das, was Sie mir sagen wollen, *Herr Kommissar*?«

Martin blickte nach vorn aus dem Fenster. Der Nachmittagsverkehr setzte ein. »Das haben *Sie* gesagt. Ich habe nur behauptet, dass Sie der Einzige waren, der wusste, was ich heute vorhatte.«

»Das stimmt nicht ganz. Meine Frau wusste es auch«, ergänzte Stern. »Ich habe heute Morgen mit ihr telefoniert. In ein paar Stunden ist es bei ihr so weit.« Sterns Augen leuchteten kurz auf. »Wir bekommen unser erstes Kind. Ich habe ihr erzählt, dass Sie hier allem auf den Grund gehen wollen, damit die Angelegenheit endlich ein Ende hat. Wir wollen genau wie Sie wissen, wer unseren Vater ermordet hat.«

Martin wurde nachdenklich. »Ihrer Frau? Wer kümmert sich in Hamburg um sie? Ist jemand bei ihr? Zu wem hat sie Kontakt?«

»Herrje, das weiß ich doch nicht. Ja, eine Freundin aus der Gemeinschaft ist bei ihr. Sie hat in Israel als Hebamme gearbeitet und ist in Hamburg Krankenschwester geworden. Sie pflegt auch Zadek, seitdem Ruth es nicht mehr schafft.«

»Denken Sie, Ihre Frau hat es Zadek wissen lassen, was hier los ist?«

Stern spitzte die Lippen. »Möglich wäre es, noch vertraut sie ihm, es sei denn …« Stern ließ den Gedanken unausgesprochen und fuhr weiter. Martin hatte ihm angeboten zu fahren, doch Stern hatte sich wieder gefasst.

Für den Rest der Fahrt sprachen Stern und Martin wenig. Jeder hing seinen eigenen Gedanken nach. Der unausgesprochene Vorwurf stand als schweres Misstrauensvotum zwischen ihnen.

Martin war froh, nicht fahren zu müssen. Jetzt erst zeigte sich, wie tief ihm der Schreck über das misslungene Attentat noch in den Knochen saß. Insgesamt empfand er den Tag als extrem anstrengend. Mit *Urlaub* hatte das nichts zu tun. Mit jeder Minute, die er darüber nachdachte, war er sich sicherer, dass es kein Zufall war, keine undichte Benzinleitung, die durch einen Funken das Auto in die Luft gejagt hatte. Die Experten würden herausfinden, dass er recht hatte, nur dass ihm das vermutlich nicht mitgeteilt würde.

Er hoffte, am nächsten, spätestens am übernächsten Tag wieder in Hamburg sein zu können. Doch gab es *dort* Sicherheit? Hier war er ein weiteres Mal vor dem Tod, dem Koma oder zumindest schweren Verletzungen bewahrt worden, doch was erwartete ihn in Deutschland? Im Verlauf dieses Falles, im Verlauf seines künftigen Lebens als Bulle? Wie oft würde er noch dem Tod ein Schnippchen schlagen können? Zurück in Hamburg würde er sich sofort auf die Suche nach David Ruben alias Professor Rosenberg machen. Sobald er heute allein wäre, würde er mit Werner sprechen. Vielleicht gab es neue Erkenntnisse in Bezug auf Kotarev. Martin schloss die Augen und gab vor zu schlafen. Er legte keinen Wert mehr darauf, die Landschaft, die an ihm vorüberzog, zu betrachten. Israel, Deutschland. Was machte es für einen Unterschied? Überall schien der Terror zu regieren, das Böse, das sich über die Grenzen der Länder hinweg ausbreitete.

Bevor sie ankamen, verbrachte Martin die restlichen Minuten mit dem Nachsinnen darüber, wer ihn verraten haben könnte. So riesig war der Kreis derer, die seine Ermittlungsarbeit boykottieren wollten, nun auch wieder nicht. Aaron Stern hatte sich bestürzt gegeben, als Martin ihm gegenüber seinen Verdacht ausgesprochen hatte. Die anderen der

Gemeinschaft, die an der Beerdigung teilgenommen hatten, kannten ihn kaum, und Catherine – ja, was war mit Catherine? Hatte sie sich womöglich verplappert, als jemand versucht hatte, sie auszuhorchen? Sie würde in ihrer Arglosigkeit vermutlich jedem erzählen, was er wissen wollte. Catherines Herz zu erreichen, war nicht besonders schwer. Zu groß war derzeit ihr Hunger nach Freundlichkeit und Anerkennung, nach Liebe und Freundschaft. Man musste nur die Knöpfe finden, die Einlass gewährten.

Ein weiterer Name schwirrte Martin im Kopf herum. Der Mann, der auch im Flugzeug gewesen sein soll. Jemand, der sich bisher im Hintergrund gehalten hatte: der Bruder Joshuas, Samuel. Der Mann, den Aaron *Onkel* nannte, bisher zumindest. Eine zwielichtige Figur in diesem sonderbaren Schachspiel. Zu welchem Zweck war er mitgekommen? Einzig, um von ferne der Beerdigung beizuwohnen, oder trieben ihn andere Motive an? Welche dunklen Geschäfte hatte er in Israel laufen? Worin war er verwickelt? War es ihm gelungen, eine Klage gegen Modern Energy anzustrengen, oder hatte er erkannt, dass solch ein Unterfangen gegen derart mächtige Konzerne aussichtslos war?

Möglicherweise arbeitete er auch mit ihnen zusammen.

Sie näherten sich dem Gelände des ehemaligen Weinguts, und Martin drängte es, eine Frage loszuwerden. »Haben *Sie* Ihrem Onkel heute erzählt, was ich vorhatte? Wie ist Samuels Verhältnis zu Zadek?«

Aaron bog in die Straße ein, die zum Weingut führte. Er antwortete nicht gleich. Dann wandte er sich Martin zu. »Ich habe Samuel heute noch nicht gesehen, und ich lege auch keinen besonders großen Wert darauf. Nun zu Ihrer zweiten Frage: Zadek und Samuel?« Stern dachte einen Augenblick nach. »Möglich wäre es, doch Sie kennen meine Meinung zu Zadek. Er ist bedeutungslos. Ein vollkommen bedeutungsloser Krüppel.« Stern zischte diese Worte mit jenem unbändigen Hass heraus, den er ihm Minuten zuvor gebeichtet hatte.

Martin nickte und beließ es dabei. Dass Zadek *eben nicht* das harmlose Opfer war, für den ihn alle hielten, wusste Martin seit einigen Stunden.

Er beschloss, es noch eine Weile für sich zu behalten.

KAPITEL 42

8. November 2013, Israel, Golanhöhen

Catherine kam Martin freudig entgegen, als er aus Aarons Wagen stieg. Martin hatte Stern gebeten, ihr und den anderen nichts von der Autobombe zu erzählen. Der Wagen war defekt gewesen und fertig. Das sollte genügen. Catherine gab Martin einen zärtlichen Kuss und strich ihm über die Wangen. Er wirkte erschöpft, das Gesicht blass und faltig unter den Augen. Er erwiderte ihre Zärtlichkeit und freute sich, dass es wenigstens ihr gut ging. »Und?«, fragte er sie. »Wie war dein Tag?«

»Ganz wunderbar. Ich hatte eine tolle Führung, habe eine Menge über Land und Leute gelernt, wir haben gut gegessen, und ich fühle mich wohl wie schon lange nicht mehr.« Martin lächelte gequält. Catherine genoss den Tapetenwechsel, während er nur knapp einem Attentat entkommen war. Dann klingelte sein Telefon in der Jacke, Catherine verdrehte die Augen. Martin sagte ihr, er würde es kurz machen, und nahm das Gespräch aus Deutschland an. Werner rief von seinem Handy aus an.

»Hi, Werner, was gibt's Neues? Ich wollte dich auch gerade anrufen.«

»Ich habe Kotarev den ganzen Tag beschattet. Trotz seiner Behinderung scheint er ein viel beschäftigter Mann zu sein. Gegen drei ist er auf dem Parkplatz aufgetaucht, hat sich in seinem Rollstuhl über eine kleine Hebebühne ins Heck seines Wagens befördert und ist dann ziemlich zügig nach Hamburg gefahren. Der Mann hat einen Fahrstil, das glaubst du nicht. Ich blieb die ganze Zeit an ihm dran, und dann hat er mich bemerkt. Ich stand hinter ihm an der Ampel. Er fuhr einfach bei Rot drüber, schlängelte sich durch den vorbeirauschenden Verkehr und verschwand. Ich bin hinter ihm her, aber er hat mich abgehängt.«

»Du hast dich von dem Kerl abhängen lassen? Das glaub' ich einfach nicht!«

»Warte, warte. Später hatte ich ihn wieder. Er tauchte im Krankenhaus Maria Hilf in Harburg auf, wo Sterns Frau entbunden hat. Ich weiß nicht, ob das ein gutes Zeichen ist oder nicht, aber ich habe ihn zu keinem Zeitpunkt ohne seinen Rollstuhl gesehen.«

»Na ist doch logisch, weil er den Braten gerochen hat. So dämlich ist er nicht. Entweder hat er dich bemerkt oder er muss gewarnt worden sein. Irgendjemand weiß ganz genau, was ich hier treibe. Ich fühle mich sogar jetzt noch beobachtet.«

»Wie ist der Nachmittag verlaufen?«

»Ich war in der Anstalt, wo Horowitz behandelt wurde. Du glaubst nicht, was ich rausgekriegt hab.«

»Nun red schon.«

»Ich hab' dir doch von diesem Professor für Geologie erzählt, David Ruben, dessen Vorlesung ich gehört hab.«

»Ja und?«

»Der behandelnde Arzt von Horowitz ist ein Jahr, nachdem Horowitz entlassen wurde, von heute auf morgen spurlos verschwunden. Ich habe ein Foto von ihm gesehen, und er sieht diesem Ruben zum Verwechseln ähnlich. Bart, Brille, Haare – alles anders, aber ich erkenne ihn trotzdem wieder. Verstehst du, was ich sage? Professor Rosenberg aus Israel ist zu Professor David Ruben in Hamburg geworden, einem angeblichen Wissenschaftler. Mit gefälschten Papieren, was weiß ich.«

Werner nickte am anderen Ende. »Um sich an Horowitz' Fersen zu heften? Denkst du, er hat ihn umgebracht?«

»Keine Ahnung. Mittlerweile bin ich jedoch fest davon überzeugt, dass es sich bei dieser Formel nicht nur um die Spinnerei eines durchgeknallten Genies handelt. Entweder lassen sich Milliarden damit verdienen oder man will um jeden Preis verhindern, dass sie auf den Markt kommt. Das wird die große Frage der nächsten Tage sein. Wie dem auch sei, der Mord an Horowitz hat größere Dimensionen, als wir uns das bisher vorgestellt haben.«

»Vermutlich geht es um beides. Es geht immer um Geld und Macht. Denk an dein Erlebnis mit diesem Jerome. Spätestens seit der Sache mit den Bilderbergern sollte dir das klar sein.«

Martin seufzte. »Das Einzige, was mir immer klarer wird, ist, dass ich diesen Scheiß nicht mehr lange machen kann. Ich bin mit meinen Nerven ziemlich am Ende und dabei immer diese verdammten Kopfschmerzen.«

»Mann, hör auf. Das hatten wir doch schon oft. Du machst deinen Job wirklich gut.«

»Ach, lass mich doch in Ruhe. Nur, weil man etwas gut macht, heißt das doch noch lange nicht, dass man es unbedingt machen *muss*. Ich könnte viele Sachen gut machen, einfach weil es mein Ding ist, etwas richtig oder gar nicht zu machen. Das ist nun mal meine Mentalität.«

»Scheiße, Martin, du hast aber nichts anderes gelernt. Du warst zwei Jahre in Ecuador, und es hat auch nicht geklappt. Du bist nun mal der geborene Bulle.«

»Das ist Blödsinn, Werner, und du weißt das. Ich könnte alles lernen, wenn ich es müsste.«

»Na schön, wir reden darüber, wenn du zurück bist. Lass uns dieses Ding noch zu Ende bringen, dann sehen wir weiter.«

Die Freunde verabschiedeten sich, und Martin folgte den anderen ins Haus.

Den Abend verbrachten alle aus Deutschland Angereisten an einer langen Tafel und aßen. Nur Samuel war nicht dabei. Der Tisch war reich gedeckt mit einer bunten Mischung israelischer Spezialitäten. Kerzenschein von einem siebenarmigen Leuchter und ein guter Rotwein lullten Martin ein und brachten ihm die Erinnerung an den getöteten Rabbi zurück. Martin hatte einen Bärenhunger und aß mit Genuss. Allmählich entspannte er sich. Im Moment konnte er nichts weiter tun, und für einen Tag langte es ihm auch an Erkenntnissen.

Ihm gegenüber, am anderen Ende des Tisches, saß Aaron. Ihre Blicke trafen sich gelegentlich. Er war schweigsam. Was mochte er in seinem Kopf gerade bewegen? Die Autobombe? Den Tod Joshuas? Dass er, wie er eine Stunde zuvor erfahren hatte, frischgebackener Vater geworden war? Aaron rang mit einer Fülle an Emotionen, genauso wie Martin. Zählte Aaron noch zum Kreis der Verdächtigen? Waren sie Feinde oder Freunde? Martin wusste es nicht genau. Er hätte sich gewünscht, in Aaron einen Freund gefunden zu haben.

Gegen zehn verabschiedeten sich Martin und Catherine von der Runde und zogen sich in ihr Zimmer zurück. Es war einfach, aber geschmackvoll eingerichtet, ohne unnötigen Schnickschnack. Ein relativ schmales Doppelbett, ein kleiner Schreibtisch mit Stuhl und ein Kleiderschrank. Es lag am Ende eines langen Flurs, nach hinten zu den ehemaligen Weinreben gelegen. Die Weinreben waren fort, geblieben war die Stille inmitten der Natur.

In dieser Nacht schliefen Catherine und Martin seit Langem wieder miteinander. Erst konnte sich Martin nicht auf sie konzentrieren. Zu viel war an diesem Tag passiert, zu viel hatte er herausgefunden, was der dringenden Klärung bedurfte und eine bleierne Müdigkeit wollte ihn in den Schlaf locken. Er lebte noch, das erfüllte ihn mit einer tiefen Dankbarkeit und Ruhe. Es schien, als gäbe jemand auf ihn acht, und so kuschelte er sich in Catherines Armen, legte den Kopf an ihre Brust und genoss die Weichheit und Geborgenheit ihres Körpers.

Nach einer Weile überkam Catherine der Wunsch nach mehr, als nur zu kuscheln und ihr Drängen war für Martin ein gutes Zeichen. Ein Zeichen der Gesundung, des seelischen Wohlergehens und der Entspannung. Er wollte ihr geben, wonach sie verlangte, und ließ sich auf sie ein. Er bereute es nicht. Es war die unbeschwerteste Nacht seit einiger Zeit. Er fasste Mut und neue Hoffnung, dass der Fall ein gutes Ende nehmen könnte. Dass ihr gemeinsames Leben einen neuen Anfang nehmen könnte, wenn nicht in Hamburg, dann anderswo auf der Welt, solange nur Catherine glücklich war.

*

9. November 2013, Israel, Golanhöhen – Tel Aviv

Am nächsten Tag schien die Sonne über den Golanhöhen. Sie überschüttete das Land mit goldenem Schein, die Temperaturen stiegen auf achtzehn Grad im Schatten. Gleich nach dem Frühstück eilte Martin vor die Tür und sog gierig die frische, klare Luft ein. Er reckte den Kopf zum Himmel und setzte sich auf eine verwitterte Bank, direkt vor dem Haus. Der Rückflug war für den nächsten Tag angesetzt, an Ermittlungen gab es für Martin nichts mehr zu tun. Nun musste er nur noch die Fäden verknüpfen und die Motive klären. Der Kreis begann sich zu schließen. Irgendjemand würde einen Fehler machen, Ruben, Kotarev oder Samuel. Wie waren sie miteinander verwoben in ihrer Gier, ihrem Hass, ihrem Machthunger?

Diesen Tag wollte Martin mit Catherine verbringen, und er bat Aaron, gemeinsam mit ihnen an den Strand von Tel Aviv zu fahren. Sie beide liebten das Meer, es beruhigte sie. Aaron hatte eingewilligt. Sie fuhren zu dritt nach Tel Aviv, parkten den Wagen auf dem bewachten Parkplatz des Renaissance-Hotels und machten sich auf den Weg zum Strand.

Es war elf Uhr, als die Temperatur bereits auf über zwanzig Grad anstieg. Martin zog Schuhe und Socken aus und krempelte sich die Hose hoch. Wie sehr er das Meer liebte, merkte er jedes Mal, wenn er es wieder riechen und sehen durfte. Möwen kreischten, Kinder tollten umher, Katzen streunten zwischen den Steinen am Strand entlang. Sie wurden von einer Frau gefüttert, die wie eine Obdachlose wirkte. Sie hatte zerzauste Haare, ihre Kleidung wirkte zerfleddert und die Schuhe waren fleckig und ausgelatscht. Sie hatte eine weiße Plastiktüte dabei und griff hinein, um etwas hervorzuholen, wonach die Katzen ganz närrisch waren.

Martin hielt Catherine an der Hand, versetzt hinter ihnen lief Aaron. Er hatte den Blick starr auf den Sand gerichtet. Er dachte an Ruth, an das Kind, das sie jetzt vermutlich in ihren Armen wiegte, und daran, dass er nicht bei ihnen war. Er fühlte sich schuldig, ausgegrenzt, unnütz. An so einem Tag nicht bei seiner Frau und seinem Sohn zu sein, war nicht in Ordnung. Zumal sie ganz sicher gewesen waren, nie ein Kind bekommen zu können. Mehrere Ärzte hatten es ihr vor Jahren versichert, immer wieder, und nun sollten sie unrecht gehabt haben, so wie es Aaron in Maro vor vielen Jahren in einer Vision gesehen hatte. Dieses Kind war wie ein Wunder. Und der Mann, der es nicht geschafft hatte, dieses Wunder zu verhindern, Zadek Kotarev, war in ihrer Nähe. Aaron trat vor eine Muschel und kickte sie weg. Er biss fest die Zähne aufeinander, wenn er an ihn dachte. Wie sollte er diesen Groll bloß jemals loswerden, dieses Monstrum, das sich in ihm festgebissen hatte? Er hatte wirklich versucht Zadek zu vergeben, doch Vergebung schien nicht eine Sache zu sein, die einmal und dann für immer funktionierte. Er empfand es eher als einen über Jahre währenden Prozess und einen Kampf, der nicht zu gewinnen war. Zadek bewahrte ihm gegenüber stets eine unterwürfige und dankbare Haltung, machte den Job, den Joshua ihm zugewiesen hatte, gewissenhaft und fleißig, doch ein Rest an Kälte war bei beiden zurückgeblieben. Sie waren nie richtig warm miteinander geworden, obwohl Joshua die Untat Zadeks aus seiner Erinnerung verbannt hatte. Er schien kein Problem mit ihm zu haben, behandelte ihn beinahe wie einen Sohn, klopfte ihm häufig auf die Schulter und lobte ihn für seinen Fleiß. Aaron beobachtete diese Freundlichkeit mit einer Mischung aus Neid und Argwohn. Doch empfand Joshua für Zadek wirklich Respekt und Anerkennung oder hatte er Mitleid mit einem Krüppel, den er nicht mehr fortschicken wollte, so wie er es damals in Israel getan hatte? Hatte er sich an ein Versprechen gebunden gefühlt oder besaß er tatsächlich diese Gabe, Dinge zu vergeben und zu vergessen?

Je mehr sich Aaron bemühte, nicht zu hassen, sondern zu lieben und zu vergeben, umso künstlicher wirkte seine Mission vor den anderen. Er musste sich eingestehen, dass er nicht authentisch war. Die Vergangenheit schien ihn nicht loslassen zu wollen. Umso erstaunlicher, dass es Ruth gelungen war, ihrem Peiniger von damals unbefangen gegenüberzutreten. Als sie noch in Israel waren, wachte sie in vielen Nächten schweißgebadet auf. Sie träumte den immer wiederkehrenden Traum, wie Zadek sich über sie beugte, sich auf ihr niederließ und sie schier unter sich erdrückte. Und nun, wenn auch viele Jahre später, sollte das alles vergeben und vergessen sein, wie weggeblasen, ausgelöscht, nicht mehr existent? Wenn dem wirklich so war, ungeheuchelt und echt, bewunderte Aaron Ruth dafür. Doch er, der nun die Gemeinschaft im Alten Land anführen sollte, der die Geschäfte Joshuas etablieren und vorantreiben sollte, fühlte sich ausgelaugt und schwach. Wo war nur die Vision geblieben, die ihn jahrelang aufrecht gehalten hatte? Dieser Tag würde für lange Zeit der letzte sein, den er in seiner alten Heimat verbrachte. Deutschland war nun seine Heimat, so glaubte er, doch konnte man seine Wurzeln vollständig abschneiden und verpflanzen? Vielleicht würden Ruth und er eines Tages zurückkehren, in das Land ihrer Väter. Doch erst mussten zwei Morde aufgeklärt werden. Morde durch die Hand eines Menschen, der vielleicht in ihrer Mitte lebte.

Martin drehte sich zu Aaron um. Er schien vollkommen in einer anderen Welt zu sein, versunken in Grübeleien, die er mit anderen nicht teilen wollte. »Ich wette, Sie sind in Gedanken bei Ihrer Frau und Ihrem Kind. Sie möchten endlich wissen, wie es aussieht, stimmt's?«

»Meine Frau hat mir ein Foto von meinem Sohn auf mein Handy geschickt. Er sieht aus wie Ruth. Er hat ihre Augen, ihre Nase, das schmale Kinn.« Catherines Lächeln wich aus ihrem Gesicht, als sie Aaron zuhörte. Wie hätte ihr eigenes Kind wohl ausgesehen? Hätte es auch ihre Augen und ihre Nase gehabt? Alter Schmerz wollte in ihr aufbrechen, doch Martin drückte fest ihre Hand, als ahnte er ihre Gedanken. Sie löste sich von seiner Hand und ging einige Schritte voraus in Richtung der Brandungszone.

Martin fragte Stern: »Sind für Sie alle Angelegenheiten hier in Israel erledigt oder müssen Sie am Nachmittag noch einen Termin wahrnehmen?«

Aaron schüttelte kaum merklich den Kopf. »Erledigt?« Aaron spottete über diese Form der Naivität. »Hier wird nie alles erledigt sein. Unser Weinberg liegt verwüstet da, und Modern Energy entzieht sich jeder Verantwortung. Mein Vater ist bestialisch ermordet worden, der Mörder ist vielleicht mitten unter uns, und das Projekt *kostenlose Energie für die Welt* scheint die Welt gar nicht haben zu wollen, außer denen, die sich ein Goldenes Kalb damit gießen wollen. Ich habe mein ganzes Leben dieser Idee gewidmet und nun scheint sie nicht realisierbar zu sein. Nie im Leben hätten wir geglaubt, auf solch einen Widerstand zu stoßen, solchen Mächten zu begegnen, die auch vor Mord nicht zurückschrecken. Natürlich war uns klar, dass wir Gegenwind haben würden, aber nicht, dass man uns gleich umbringt.«

»Wie werden Sie damit umgehen, wenn sich herausstellen sollte, dass es tatsächlich einen Verräter in Ihrer Mitte gibt?« Martin hatte Aaron noch immer nicht erzählt, was er über Zadeks wahren Gesundheitszustand in Erfahrung gebracht hatte.

Aaron reagierte bestürzt auf diese Frage. »Meine Träume von einem Shangri-La werden sich in Luft auflösen, fürchte ich. Nur weil man sich von der Welt zurückzieht, heißt das vermutlich nicht zwangsläufig, dass man das Böse aussperren kann. Es lässt sich nicht von Mauern und Zäunen abschrecken, weil es nicht an Mauern und Steine gebunden ist, sondern an uns Menschen. Man verlässt vielleicht die Welt, nimmt aber die Probleme mit. Die haben sie immer im Gepäck.«

»Jeder ist nur für sich selbst und sein Leben verantwortlich und nur zu einem kleinen Teil für das der anderen.« Martin legte eine Hand auf Aarons Schulter. »Sie tragen keine Schuld am Tod Ihres Vaters.«

»Das habe ich auch vermutlich nicht. Man konnte auf Joshua nicht noch besser aufpassen. Er war ja nicht entmündigt. Er wusste, wie er seine Medikamente zu nehmen hatte, trotzdem war er ein Sturkopf und ein Eigenbrötler. Trotz allen Zuredens machte er, was er wollte. Er war seiner Vision eben treuer als jedem Menschen. Wissen Sie, was mir gestern Abend einfiel?« Aaron sah Martin mit feuchten Augen an. »Mir fiel ein, dass Joshua mal in seiner Werkstatt war und gesagt hat, dass er kein alter Mann werden würde. Davon schien er felsenfest überzeugt zu sein. Ich wusste damals nicht, wie er das meinte oder ob es nur im Wahn dahergeredet war. Gestern Abend war mir, als habe er eine Ahnung gehabt, dass er aufgrund seiner besonderen Begabung mehr Neider am Hals haben würde, als gut für ihn war. Als wäre ihm klar gewesen, dass der Preis für seine Arbeit das Leben sein würde.«

Martin wusste nichts darauf zu erwidern.

»Übrigens ist die Explosion Ihres Autos heute bereits in den Nachrichten gewesen. Man geht tatsächlich von einem Anschlag aus, macht sich jedoch keinen Reim darauf, wer der Mann hinter dem Steuer war. Ich habe heute Morgen gleich als Erstes den Besitzer gebeten, den Wagen bei der Polizei als gestohlen zu melden. Niemand auf dem Gelände will noch mehr Scherereien als nötig. Und noch etwas: Ein Reporter hatte gestern das brennende Auto gefilmt und für einen Moment konnte man ein Taxi sehen, das an dem Wrack vorbeifuhr.« Aaron konnte sich ein Grinsen nicht verkneifen. »Man konnte den Fahrer nicht erkennen, wohl aber seinen Fahrgast, der aus dem Fenster direkt in die Kamera blickte. Sie sind ganz gut getroffen. Ich denke nicht, dass das für die Polizei von Belang sein wird. Ein Tourist, der in Israel unterwegs ist. Solange man Ihr Bild nicht in den Fahndungscomputer eingibt, werden Sie morgen eine unproblematische Ausreise haben. Falls doch, wird man Sie eine Weile festhalten, Polizist oder nicht. Wir sind hier in Israel, da sieht man die Sache mit dem Terror noch ein bisschen enger als im Rest der Welt.«

Martin behielt Catherine im Auge. Sie schlenderte mit den Füßen durchs niedrige Wasser. »Aber ich bin das Opfer, nicht der Täter. Ich habe nichts mit dem Anschlag zu tun.«

»Nur dass er Ihnen galt, das ist der Punkt.«

»Ich werde wegen dieses Mists garantiert meinen Flug nicht verpassen. Ich *muss* morgen wieder zurück.«

*

10. November 2013, Israel, Tel Aviv, Flughafen Ben Gurion

Martin, Catherine, Aaron und die anderen aus der Gemeinschaft schoben sich Zentimeter für Zentimeter in der Schlange vor der Passkontrolle weiter. Der Check-in war ohne Zwischenfälle verlaufen, die Koffer waren unterwegs ins Innere des Wals aus Stahl. Martin hatte in Gedanken verschiedene Szenarien durchgespielt, wie er den Beamten gegenübertreten würde für den unwahrscheinlichen Fall, dass man ihn zwischenzeitlich aufgrund des Fotos identifiziert hatte. Verständlich, dass es Fragen gab, doch der Zeitpunkt dafür war mehr als ungünstig für ihn. Mit jedem Meter wuchs seine Unruhe. Nicht, dass er sich nicht souverän würde ausweisen und verständlich machen können. Doch er befand sich nicht in Deutschland, das erschwerte die objektive Beurteilung seiner Chancen, unbehelligt ausreisen zu können. Die andere Frage, die ihn beschäftigte, war, ob derjenige, der ihn hier in Israel aus dem Weg räumen wollte, noch immer hinter ihm her war. Immer und überall, wo er sich befand, fühlte er sich beobachtet und blickte sich übertrieben oft um. Er hasste es, sich nicht frei und ungezwungen bewegen zu können. Es nahm ihm die Luft zum Atmen. Hinzu kam die Sorge um Catherine. Auch dieses Szenario war denkbar: dass man Catherine kidnappte, um ihn zu erpressen, die Ermittlungen einzustellen. In solchen Sekunden der schlimmsten Befürchtungen suchte er ihre Nähe, ihre Hand, ihr Lächeln, und ließ sie nicht aus den Augen.

Vielleicht wollte der Attentäter auch verhindern, dass Martin das Land verließe, und hatte den Behörden einen Hinweis gegeben. Jede Verzögerung wäre vermutlich willkommen, solange sie den Kommissar daran hindern würde, ungestört zu ermitteln, sei es in Israel oder in Deutschland.

Obwohl Catherine nicht wusste, was Martin zwei Tage zuvor widerfahren war, entging ihr seine Nervosität nicht. Flugangst hatte er keine, also musste es etwas anderes sein. Sie hakte sich bei ihm unter, seine Hand war ihr zu feucht. Irgendetwas trieb ihn um, und sie war nicht in der Lage, hinter den Vorhang seines düsteren Gesichtsausdruckes zu blicken. Martin erwiderte ihren sorgenvollen Blick und bemerkte ihre Bedenken. Er hatte sich vorgenommen, sie nichts von seinen Ängsten spüren zu lassen, er wollte sie abschirmen von allem, was sie belasten konnte, doch es gelang ihm nicht. Sein Herz schlug bis zum Hals, am Morgen hatte er das Frühstück abgelehnt, er brachte nichts herunter. Im Flugzeug wäre noch genug Zeit zu essen, sofern er ungehindert einsteigen könnte. Er zwang sich zur Ruhe, obwohl er unter den Armen bereits klatschnass geschwitzt war.

Er wusste, dass die Sicherheitsbeamten an israelischen Flughäfen bestens instruiert waren, die Mimik und Körpersprache eines Passagiers zu lesen und zu interpretieren. Mimikresonanztrainings ließen die Sicherheitskräfte bereits bei kleinsten unbewussten Abweichungen von der Norm aufmerken, um Terroristen zu erkennen, bevor sie in die Maschine stiegen. Sie waren angehalten, den Verdächtigen von den übrigen Fluggästen zu isolieren und ihn durch spezielle Fragetechniken zu analysieren. In den ersten Millisekunden reagiert die Mimik des Menschen wahrheitsgemäß, erst danach ist der Befragte in der Lage, eine Maske aufzusetzen, um seine Umwelt zu täuschen. Martin ermahnte sich erneut zu einer gleichmäßigen, ruhigen Atmung und bemühte sich, nur gelangweilt nach vorn zu schauen. Er schloss kurz die Augen, konzentrierte sich. Den Puls runterbringen, die Herzfrequenz beruhigen. An etwas anderes denken, an Catherine, an die vorletzte Nacht mir ihr, an seine unausgesprochenen Pläne, mit ihr nach Frankreich zu gehen. Ja, dieser Gedanke gefiel ihm. Er hatte noch nicht mit ihr darüber gesprochen, er wollte sie überraschen. All sein Erspartes für ihren Traum verwenden. Wenn dieser Fall gelöst war und er den Mörder gefunden hatte, dann würde er Schluss machen und mit ihr Hamburg und Lüneburg verlassen. Er würde für sie Französisch lernen und den Plan in die Realität umsetzen, den er seit einer Weile still und heimlich in seinem Inneren bewegte.

Nur noch drei Meter bis zur Passkontrolle. Dann war er an der Reihe. Fast schon zu langsam hob er seinen Ausweis empor und reichte ihn dem Beamten. Er lächelte nicht, schaute aber auch nicht so verkniffen wie noch Minuten zuvor. Er entspannte seine Gesichtsmuskeln so gut er konnte, damit sein Gesicht nichts anderes als Müdigkeit ausdrückte. Alles sollte zu lesen sein, Verdruss über die lange Wartezeit vor dem Schalter, persönliche Differenzen mit der Frau vielleicht, alles, nur nicht die Sorge über eine detaillierte Befragung zu dem Bombenattentat auf dem Klinik-Parkplatz.

Der Beamte nahm sich viel Zeit, er verglich das Bild im Pass mit dem Menschen, den er vor sich hatte. Vor ihm stand ein Mann, der nun um einiges schlanker war als zum Zeitpunkt der Passerstellung acht Jahre zuvor. Der Mann im Pass trug einen sonderbaren Bart, hatte wache Augen, schulterlanges, im Nacken zusammengebundenes Haar. Er schien lebendiger und kraftvoller zu sein als die Person, die ihm nun gegenüberstand. Der Mann, dem er den Ausweis zurückgab, wirkte geschwächt, blutleer und antriebslos, mit einem Wort: um Jahre, eher Jahrzehnte gealtert. Niemand, der Böses im Schilde führte oder in der Lage war, eine Maschine in die Luft zu jagen oder Derartiges geplant zu haben. Er war einer der Guten.

Martin ließ den Pass in die Innentasche gleiten und die angestaute Luft aus seinen Lungen entweichen. Er hatte es geschafft, doch er spürte den Preis für seinen Einsatz. *Ich schaffe diesen Scheiß nicht mehr.*

Das Boarding verlief ähnlich komplikationslos, eine bleierne Müdigkeit ergriff von ihm Besitz. Nachdem er sein Essen hinuntergeschlungen hatte, schloss er die Augen und schlief augenblicklich ein. Ein traumloses Versinken in einer Dunkelheit, die ihn wohlig umhüllte und einlud, zu vergessen, nichts zu wünschen, nichts zu sehnen, nichts zu fürchten, einfach nur zu sein. Selbst, wenn im Hinterkopf der Gedanke lauerte, dass der, der es auf ihn abgesehen hatte, mit in der Maschine saß. Vielleicht ganz in der Nähe, vielleicht direkt hinter ihm.

KAPITEL 43

10. November 2013, Hamburg

Am Hamburger Flughafen wurde Martin von Werner Hartleib empfangen. Er war in Begleitung eines uniformierten Beamten, der die Aufgabe hatte, Catherine nach Hause zu begleiten. Martin wunderte sich über diese Eile, doch Catherine hatte Verständnis, ohne die Hintergründe genauer in Erfahrung bringen zu wollen. Martin sah ihr einen Moment lang nach, wie sie in Begleitung des Beamten ihren Koffer zum Ausgang zog. Auch sie blickte sich zu ihm um, ihre unbestimmten Blicke trafen sich, als seien es die letzten, die sie sich in dieser Welt zuwerfen könnten. Martin hob schnell noch die Hand. Es wirkte, als würde sie abgeführt. Und gewissermaßen war es auch so. Abgeführt und zurückgebracht in ihre alte Umgebung. Wie würde sie die zweite Hälfte des Tages verbringen, nachdem ihr Tapetenwechsel beendet war? Würde sie wieder in ihre Depressionen zurückfallen, kaum, dass sie die Wohnung betrat? Würde sie als Erstes das Kinderzimmer aufsuchen, um mit dem Nichtgeborenen zu reden, oder würde sie einen unbeschwerten, ganz normalen Tag mit Wäschewaschen und Kochen verleben? Würden sich die Krallen der Lebensmüdigkeit erneut in ihr Gemüt graben, kaum dass sie die Klinke der Wohnungstür in der Hand hielt?

Martin war sich sicher, dass er etwas ändern musste, dringend. Sie mussten schleunigst aus der Wohnung ausziehen, den Ort des Dramas für immer verlassen und irgendwo neu anfangen.

Für diesen Tag war eine Besprechung von höchster Priorität im Präsidium angesetzt, hatte Werner ihm gesagt. Was auch immer das zu bedeuten hatte.

Lorenz ließ Martin keine Zeit für persönliche Dinge. Eigenartigerweise war die Abteilung bereits über seine Verwicklungen in Israel informiert. Woher sie es wusste, blieb für Martin ein Rätsel. Nun wollte man ihm Gelegenheit geben, zu dem Tod des Palästinensers Stellung zu nehmen. Was Martin ebenfalls noch nicht wusste, war, dass man *von höherer Stelle* beschlossen hatte, ihn von dem Fall abzuziehen. Ohne viele Worte fuhren Werner und Martin in einem Dienstfahrzeug nach Hamburg ins Präsidium. Die Stimmung zwischen ihnen beiden war ungewohnt beklemmend. Noch Tage zuvor hatten sie im Arkadasch gesessen und einige Bierchen getrunken, und Martin hatte ihn von Israel aus angerufen. Werner hatte sich Sorgen um ihn gemacht und nun brachte er kein Wort heraus.

Werner hatte die Anweisung, noch nichts zu erzählen.

Reinsch hatte die Zeit genutzt, ein Profil zu erstellen, nicht jedoch zu dem Mörder, wie es naheliegend gewesen wäre, sondern über den Kollegen Pohlmann. Er kam zu dem Schluss, dass dieser nicht im Vollbesitz seiner geistigen Kräfte sei und deshalb nicht in der Lage, die Ermittlungen weiterzuführen. Die private Belastung sei offenbar zu groß und überhaupt, Pohlmanns unorthodoxes Vorgehen gebe nicht nur Anlass zur Klage, sondern weise unprofessionelle, bisweilen psychologisch bedenkliche Züge auf.

Reinsch übernahm das Gespräch nach einem knappen Small Talk mit Lorenz und Hartleib. Er setzte sich auf eine Schreibtischkante und verschränkte die Arme vor der Brust. Als Martin die unnatürlich hohe Stimme hörte, stellten sich die feinen Härchen auf seinen Armen auf, als hätte jemand mit einer Gabel über Porzellan gekratzt.

»Herr Pohlmann, ich habe leider die unangenehme Aufgabe, Ihnen mitzuteilen, dass Sie nicht mehr in der Lage sind, im Fall Horowitz zu ermitteln. Sie haben sich zu viele Fehler geleistet. Wir haben beschlossen, Sie von dem Fall abzuziehen.«

»Ihr wollt *was*?«, brüllte Martin Lorenz und Werner an. Reinsch ignorierte er. Er wusste nicht, wem er zuerst in die Augen sehen sollte. »Wieso soll ich Scheiße gebaut haben? Wer sagt denn so was?«

Werner streckte die Hand nach Martins Arm aus. »Martin, hör doch mal …«

»Steckst du mit denen unter einer Decke, Werner? Wir haben gestern miteinander telefoniert. Wusstest du da schon, dass die mich absägen wollen? Seit wann plant ihr das schon? Bin ich etwa suspendiert? Vor allem, warum?«

Lorenz trat vor und legte Martin die gesunde Hand auf die Schulter. »Es ist besser für dich, glaub mir.«

Martin wich ruckartig zurück. »Sagt wer? Wollt ihr euch nicht erst mal anhören, was ich herausgefunden habe?«

Reinsch erhob sich und spazierte selbstgefällig im Raum umher. »Sie haben einen unschuldigen Menschen auf dem Gewissen, Pohlmann. Wie konnten Sie nur zu solchen Mitteln greifen?«

Martin wusste nicht, wie ihm geschah. Er war das Opfer einer Verschwörung geworden. Wer war dieser Reinsch, dass er es wagte, so mit ihm zu reden? Dieser elende Wichtigtuer. Martin ging auf ihn los. Er ballte die Faust. »*Ich* habe doch nicht die Bombe gezündet. Seid ihr eigentlich total bescheuert?« Martin hackte mit dem Finger auf seiner Brust herum. »*Ich* sollte dabei draufgehen, so sieht es aus, aber ich hab Glück gehabt. Stattdessen hat es diesen Typen erwischt. Ich kannte den gar nicht. War zur falschen Zeit am falschen Ort. Hat mir Hilfe angeboten, den Motor zu starten, und als ich aus dem Archiv der Klinik zurückkam, flog die Karre in die Luft. Was, Bitteschön, hab' ich damit zu tun?«

Reinsch drehte sich zu Pohlmann um. »Bitte beruhigen Sie sich, Herr Kollege. Genau diese Reaktion bestätigt mich in der Annahme, dass Sie derzeit nicht in der Lage sind, unbefangen Ihre Arbeit zu verrichten. Sie sind eigenmächtig nach Israel gereist, um einem Phantom nachzujagen. Nach dem, was mir Ihre Kollegen erzählt haben …«

Martin strafte Werner und Lorenz mit einem eisigen Blick und stellte sich Reinsch dicht gegenüber. Er roch den unangenehmen Atem des Profilers. »Mann, jetzt reden Sie doch nicht so geschwollen daher. Sie haben hier gar nichts zu sagen. Kommen hier an und machen einen auf dicke Hose. Profiler aus Berlin mit hundert gelösten Fällen und so ein Scheiß. Dass ich nicht lache.«

Lorenz wischte sich über den Mundwinkel. Die Situation war ihm unangenehm. »Martin, lass gut sein. Der Kollege Reinsch hat recht. Du brauchst eine Pause. Geh nach Hause, lass dich krankschreiben, verbringe Zeit mit deiner Frau, aber lass uns den Fall zu Ende bringen. Erst Horowitz, dann der Rabbi und jetzt der Mann dort unten in Israel. Das ist einfach zu viel des Guten. Außerdem …«, setzte Lorenz an, »… ist das schon von höherer Stelle abgeseg…«

Martin ließ Lorenz nicht ausreden. »Ihr könnt doch nicht *mich* für den Tod dieser Leute verantwortlich machen.«

»Doch, können wir«, beharrte Reinsch. »Ihre Ermittlungsmethoden sind mehr als fragwürdig. Wenn Sie jetzt bitte Ausweis und Dienstwaffe ablegen würden.«

»Wissen Sie was, Reinsch, Sie können mich mal …« Martin verließ, ohne der Aufforderung des Berliner Beamten nachgekommen zu sein, mit hochrotem Kopf und eiligem Schritt das Büro. Die stummen und doch vielsagenden Blicke der Kollegen trafen ihn wie Blitze aus einem Elektroschockgerät. Man hatte ihn also zurück nach Deutschland einreisen lassen, um ihn *hier* aus dem Verkehr zu ziehen. Und wieder stellte sich die Frage: Wer, um Himmels willen, verfügte über solchen Einfluss und Macht, ihn zu suspendieren? Wer hat von wem einen Anruf bekommen, um ihn schachmatt zu setzen? Und glaubte derjenige tatsächlich, dass eine simple Beurlaubung ausreichen würde, um ihn am Nachdenken zu hindern? Der oder die kannten Martin Pohlmann nicht. Ja, er hätte sich krankmelden können – gesund fühlte er sich schon lange nicht mehr, doch dies würde nicht bedeuten, dass er nun aufgeben würde, den Mörder von Joshua Horowitz zu suchen. Er steckte schon zu tief im Sumpf der Ermittlungen. Er war zu dicht dran am Mörder, als dass er jetzt das Ruder einem anderen überlassen konnte, das fühlte er ganz genau. *Jetzt erst recht*, beschloss er, während er mit quietschenden Reifen das Gelände des Präsidiums verließ.

Werner sah ihm aus dem Fenster nach. Die Taktik schien aufzugehen. Reinsch glaubte sich in Sicherheit.

*

Nachdem Martin eine Weile durch die Gegend gefahren war und merkte, dass er sich nicht auf den Verkehr konzentrierte, hielt er auf einem Parkstreifen neben der Außenalster an. Während im Sommer die Alster unzählige Besucher anlockte und zum Verweilen auf den Wiesen einlud, war sie an diesem Tag nur eine dunkelbraune Brühe, auf deren Oberfläche einige Enten dümpelten und der Nebel durch sie hindurchzukriechen schien. Ein alter Mann hatte seine Schirmmütze tief ins Gesicht gezogen. Er war mit seinem Dackel unterwegs. Beide wirkten in gleichem Maße laufunwillig. Dicke Wolken schwammen knapp über ihren Köpfen träge vorbei, es nieselte so fein, dass man die Tropfen nicht sehen, nur spüren konnte.

Martin brauchte einige Minuten, um sich nach dieser Nachricht zu beruhigen. Mit allem hätte er gerechnet. Dass man ihn für seinen Alleingang in Israel rügen würde, von Reinsch mit Arroganz geohrfeigt und verspottet werden würde, aber nicht, dass man ihn von dem Fall abziehen würde. Nach allem, was er geleistet hatte, war dies mehr als nur ein Schlag ins Gesicht. Wie konnte Lorenz ihm das antun? Wie konnte es überhaupt sein, dass er derart devot vor Reinsch kuschte?

Martin legte beide Hände auf sein Lenkrad und ließ den Kopf auf die weißen Knöchel sinken. Nach zwei Minuten hob er ihn und schaute hinüber zum anderen Ufer, das nur undeutlich zu erkennen war. Er kniff die Augen zusammen, sah zu einem Weg, der *Schöne Aussicht* hieß. Er realisierte die menschenleeren Stege, die Abwesenheit der kleinen Boote, die Trostlosigkeit des Winters, die seiner eigenen die Hand reichte.

Was läuft hier eigentlich ab?

Etwas tief in seinem Inneren bestätigte ihm, dass an dieser Suspendierung einiges megafaul war. Die ganze Szene im Büro war viel zu glatt, zu einstimmig, zu gestellt und aufgesetzt, wie kurz vorher ein letztes Mal geprobt. Und wen meinte Lorenz, als er die *höhere Stelle* erwähnte? Unvermittelt drängte sich Martin ein Verdacht auf: Wenn man ihn tatsächlich von dem Fall abziehen wollte, jetzt, in diesem Stadium, wo er kurz davor war, das Puzzle zu einem Bild zusammenzufügen, konnte das nur bedeuten, dass er gar nicht gelöst werden *sollte*. Martin schlug mit der flachen Hand auf das Lenkrad. Die Erkenntnis der Wahrheit traf ihn wie seinerzeit die Ohrfeige seines Vaters. Sie schmerzte, aber sie weckte ihn auch auf. Darauf also sollte es hinauslaufen; diese sogenannte *höhere Stelle* hatte gar kein Interesse daran, dass herauskam, wer alles in diese Sache verwickelt war, weil etwas anderes dabei auf dem Spiel stand. Darum erschien der Mord an Joshua auch nie in den Medien. Alles sollte bleiben, wo es war, in der Versenkung der Mutmaßungen eines ungelösten Falles, damit man ihn zu den anderen ungelösten ablegen konnte.

Den Mord an dem Rabbi hatte ein kleiner Käseblattjournalist nach einer Plauderei mit einem der Gemeindemitglieder beiläufig erwähnt, aber aus Furcht, antisemitische Motive ins Spiel zu bringen, wo keine waren, nicht weiterverfolgt und wieder ad acta gelegt. Es wäre nicht verwunderlich, wenn man ihm von *höherer Stelle* dringend ans Herz gelegt hätte, die Sache auf sich beruhen zu lassen.

Martin schien es zu dämmern. *Der Fall soll gar nicht gelöst werden, und wenn, dann nicht von mir und nicht auf diese*

Art und Weise, vor allem, nicht mit diesem Ergebnis. Einzig zu diesem Zweck muss Reinsch in die Abteilung geschleust worden sein, nicht um als brillanter Profiler den Fall zu lösen, sondern um deren Aufklärung zu verhindern und uns Ermittler zu bespitzeln.

Martin plusterte die Wangen auf und blies die Luft aus seinen Lungen aus, bis die Windschutzscheibe von innen beschlug. Schon oft war man ihm in die Quere gekommen, hatte versucht, seine Ermittlungsergebnisse in den Dreck zu ziehen und seinen Namen und seine Sicht der Dinge zu verunglimpfen. Und wieder schien er irgendjemandem verdammt dicht auf den Fersen zu sein oder bei einer wichtigen Sache gehörig im Wege zu stehen. Und dies würde bedeuten, dass man ihn nicht wieder in den Fall integrieren würde. Er war endgültig raus. Es sei denn, er würde im Hintergrund ermitteln, aus Liebe zur Wahrheit und seinem Beruf.

Zum ersten Mal jedoch nach so vielen Jahren als Bulle überlegte er ernsthaft, es auf sich beruhen zu lassen, nicht mehr zu kämpfen, einfach loszulassen. Wem würde es nützen, wenn er noch weitermachen würde? Ihm vermutlich nicht, Catherine nicht, der Abteilung nicht.

Doch dann dachte er an Joshua Horowitz, den er leider nur vom Hörensagen kannte. Sam und Jasmin drängten in seinen Sinn, Ruth und Aaron und die vielen Menschen, die diesen seltsamen Kauz wirklich geliebt hatten. Und er dachte an die Gerechtigkeit, der zu dienen er einst geschworen hatte. Deshalb war er Bulle geworden, weil es eben nicht nur um ihn ging, sondern um etwas viel Größeres.

Und so traf Martin Pohlmann eine einsame Entscheidung, ein letztes Mal vielleicht.

Vom Auto aus rief er Catherine an. Zu gern hätte er ihr sein Herz ausgeschüttet, ihr seine Verwirrung und die daraus hervorgegangenen Erkenntnisse mitgeteilt, doch er beschloss, diese Sache mit sich selbst auszumachen. Sie wäre derzeit die Letzte gewesen, die Kapazität gehabt hätte, seine Sorgen und

Fragen zu teilen. Er wollte einfach nur ihre Stimme hören, sie spüren lassen, dass er für sie da sei.

»Hallo, Schatz, wie geht es dir? Alles okay bei dir zu Hause?«

»Martin, ja … danke. Alles okay. Wieso? Meine Nachbarinnen sind hier und wollen wissen, wie es in Israel war. Ich zeige ihnen gerade die Fotos von Tel Aviv und dem Beduinenmarkt in Ber Sheeva. Sie wundern sich, dass du nie drauf bist.«

»Und es ist wirklich alles okay, ja?«

»Ja, was soll denn sein? Ist bei dir alles in Ordnung? Du klingst so komisch.«

»Nein, alles bestens, Schatz. Wir sehen uns dann heute Abend.«

»Ja sicher, mach's gut.«

Martin legte auf. Ihre Stimme klang freudig und echt, nicht nach Traurigkeit und Depression. Wenigstens ihr ging es gut. Martin biss die Zähne aufeinander. Seine Kiefermuskeln waren verspannt und die Gelenke schmerzten schon seit Wochen.

»So, jetzt werde ich dem Bürschchen erst einmal einen Besuch abstatten«, murmelte Martin in seinem Wagen. Ein Spaziergänger, der neben dem BMW entlangschlurfte, ging davon aus, Martin würde telefonieren.

Martin hatte entschieden, auf die Suspendierung zu pfeifen, und zwar mit dem Rest seiner Kraft, die noch in ihm war. Die Fragen, die er in Gedanken formulierte, flossen gepresst aus ihm heraus. *Wie kann es ein Mann etliche Jahre im Rollstuhl aushalten, wenn er es nicht unbedingt muss? Wenn er eigentlich laufen, joggen und tanzen und sich ein schönes Leben machen könnte? Was für ein unglaublicher Aufwand! Wie hoch muss die Summe sein, die er dafür kriegt, um diese Scharade aufrechtzuerhalten?*

Martin startete den Wagen und wendete.

Raus aus der Stadt in Richtung Altes Land.

Eine halbe Stunde später war Aaron erstaunt, Martin so schnell wiederzusehen. Er kam ihm in dem Moment entgegen, als Martin das Tor passieren wollte.»Herr Kommissar! Na, hatten Sie Sehnsucht? Irgendetwas vergessen?«

Martin nickte und lächelte schwach. Zeit für lange Erklärungen hatte er nicht. »Ja genau. Wissen Sie, ob Kotarev zu Hause ist?«

»Ja, ist er. Ich habe seinen Wagen gesehen. Kommen Sie alleine klar? Ich möchte zu meiner Frau, und endlich mein Kind sehen.«

»Ja, das verstehe ich. Ich komm' zurecht, danke. Ich finde das Haus. Ihre Frau hat es mir schon mal bei einer Rundfahrt über das Gelände gezeigt.«

Aaron verabschiedete sich und war in Gedanken schon bei seinem Sohn. Er war Vater geworden, ein großartiges und gleichzeitig beängstigendes Gefühl. Würde er als Vater bestehen können? Er wünschte sich, seinen Sohn genauso lieben zu können, wie Joshua ihn geliebt hatte.

Martin bog um die Ecke des Haupttrakts und fuhr zu einem kleineren Haus, vor dem ebenfalls eine Rampe für Rollstühle gebaut war. *Die haben keine Kosten und Mühen gescheut, es diesem Kotarev so richtig gut gehen zu lassen.* Martins Gedanken überschlugen sich. Offiziell war er nicht mehr im Dienst, aber das wusste ja keiner. Erst recht nicht dieser Gauner, den er gern aus vollem Herzen provozieren wollte. Er musste ihn als Betrüger entlarven, doch wie stellte man so etwas an? Ihm ein Messer ins Bein rammen? Das hätte vermutlich den gewünschten Effekt gehabt, ihn selbst aber in den Knast gebracht. Nein, es musste subtiler geschehen.

Martin stieg aus, schloss den Reißverschluss seiner Jacke und ging einige Schritte auf das Haus zu. Sofort begann er zu frieren. Was hatte er doch die wenigen Stunden am Strand von Tel Aviv genossen? Wärme, Sonne, ein freier Himmel, nicht diese kalte graue Decke, die sich auf ihm niederlegen wollte, um ihn zu ersticken.

Er ging die Rampe hinauf, betrachtete vor sich am nassen Boden die Reifenspuren von Zadeks Rollstuhl. Wieder klopfte sein Herz schneller. Adrenalin pulsierte durch seine Venen, doch nicht aus Furcht, sondern vor Wut und aus einer Ahnung heraus, dass Zadek ein mieser Dreckskerl war. Er stand vor der Wohnungstür und klingelte.

Nach einer gefühlten Ewigkeit in der Kälte hörte Martin ein elektrisches Summen. Kotarev hatte von innen auf einen Knopf gedrückt.

Martin drückte die Tür auf und fand sich in einem hellen Flur wieder. Mit schnellem Blick erkannte er die vollständig behindertengerecht eingerichtete Wohnung. Vom Flur führten drei Zimmertüren weg, die offen standen. In dem ersten Raum sah er eine Liege, wie sie Physiotherapeuten benutzten. Ruth oder Aaron – Martin wusste nicht mehr genau, wer von beiden – hatte erwähnt, dass Kotarev regelmäßig Massagen erhielt.

Regale, Kommoden, Schlüsselbretter waren so angeordnet, dass Zadek an die Dinge vom Sitzen aus herankam. Nichts, aber auch rein gar nichts deutete darauf hin, dass hier ein Mensch lebte, der normal laufen und sich bewegen konnte. Dies war definitiv die Wohnung eines Behinderten, oder man hatte peinlich genau darauf geachtet, sie so aussehen zu lassen.

Kotarev blickte aus seiner niedrigen Sitzposition zu Martin auf. »Was kann ich für Sie tun, Herr Kommissar?« Es war die Stimme eines selbstbewussten und sich nicht im Geringsten schuldig fühlenden Mannes.

»Nun ja, ich hatte Sie gebeten, sich noch für ein paar Fragen zur Verfügung zu halten. Erinnern Sie sich nicht?«

»Ich muss arbeiten. Ich wüsste nicht, wie ich Ihnen helfen könnte.« Kotarev wandte sich ab. »Aber meinetwegen. Wenn Sie schon mal da sind … Kommen Sie rein.« Zadek wendete geschickt den Rollstuhl in dem schmalen Flur. Er eckte nicht am Türrahmen oder dem kleinen Board an, auf dem das Telefon stand. Er fuhr zurück in den Raum, aus dem er gekommen war. Martin folgte ihm, es roch nach abgestandener, überhitzter Luft. Arbeitsluft.

Zadek rollte seinen Stuhl wieder zurück vor den Schreibtisch. Vor ihm stand ein Notebook. Zahlen und Grafiken waren auf dem Bildschirm zu sehen. Neben dem Laptop lagen drei übereinandergestapelte schwarze Aktenordner. Ein vierter lag davor und war aufgeschlagen. Martin betrachtete einen englischsprachigen Artikel, in dem wichtige Passagen mit gelbem und orangenem Textmarker unterstrichen waren. FREE ENERGY TECHNOLOGY, las er in der Überschrift. Eine vermutlich neue Technologie, die die sogenannte *Freie Energie* beschrieb, wurde offenbar von Zadek in einer Art Präsentation zusammengefasst. Martin kam dichter an den Ordner mit dem Artikel heran. Er las den Namen des Autors: Joshua Horowitz, Hamburg, Januar 2013.

Zadek ließ sich von Martin nicht stören und tippte, ohne auf die Tastatur achten zu müssen, mit professioneller Geschwindigkeit. Martin überflog die Überschrift des Referates. »*NO* FREE ENERGY TECHNOLOGY ?« Zeit sich zu wundern, blieb ihm nicht. Zadek speicherte den Text ab und klappte den Deckel des Laptops zu. Abrupt drehte er sich zu Martin um. »Tut mir leid, wenn Sie warten mussten, aber das hatte Vorrang. Sie wissen ja, woran wir arbeiten. Ich bin für die Pressearbeit zuständig. Also, wie kann ich helfen? Nehmen Sie es mir nicht übel, wenn ich Ihnen nicht Tee und Gebäck serviere, wie Sie es von drüben gewohnt sind. Mir machen diese Dinge etwas mehr Mühe als Aaron und Ruth.«

Martin reagierte perplex und sprachlos in Anbetracht dieser unverhohlen zur Schau gestellten Bitterkeit, die Zadek gar nicht erst zu verbergen versuchte. Es klang nach echter Verdrossenheit eines Behinderten, der mit Wut und Vorwurf allen anderen Menschen das Laufen missgönnte.

Martin und Kotarev taxierten sich gegenseitig. Sie wägten ihre Siegeschancen ab wie zwei Raubtiere, die jeden

Moment aufeinander losgehen würden, doch Martin musste sich ernüchtert eingestehen, dass ihm die Strategie fehlte. Er hatte wegen seines eigenen Desasters nicht genügend darüber nachgedacht, wie er Zadek aus der Reserve locken wollte. Sein Zorn hatte ihn dominiert.

Unübersehbar prangten an einer Wand die Röntgenbilder von Zadeks Körper. Unübersehbar vor allem die Kugel, die sein Rückenmark zerfetzt hatte, als sollte alle Welt sehen und glauben, was eigentlich gar nicht hätte bewiesen werden müssen. Es waren die gleichen Bilder, die Martin zwei Tage zuvor in Israel gesehen hatte. Nicht zu sehen war hingegen der Name *Gregor Wassiljev* am unteren Rand der Bilder. So blöd würde Zadek auch nicht sein, ihn dort zu belassen. Er musste ihn sauber und akkurat abgeschnitten haben, bevor er die Bilder aufgehängt hatte.

Martin beschloss die Offensive. Was hatte er schon zu verlieren? Er war schon suspendiert. Schlimmer könnte es nicht mehr kommen. Und doch fühlte er sich wie sonderbar befreit von einer schweren Last. »Sie wissen sicherlich, dass ich in Israel war?«

Kotarev legte die Fingerspitzen aneinander. Er strahlte Ruhe und Überlegenheit aus. »Nein. Sollte ich?«

»Nun, ich dachte, man hätte es Ihnen vielleicht erzählt.«

»Nein, hat man nicht. Warum auch? Es würde mich freuen, wenn Sie meine Zeit nicht unnötig stehlen würden. Meine Arbeit ist nicht beendet, ich mache für Sie nur eine *kleine Pause*.«

Martin sah ihn direkt an. Es war ihm eine Genugtuung, dass er auf den Mann herabblicken konnte. Es war lächerlich, das wusste er selbst und doch half es ihm. »Ich war in der Klinik, in der Sie operiert wurden. Hab' Ihre Krankenakte gesehen. Da stand drin, dass Professor Finkelstein Sie wieder hingekriegt hat. Aus den Unterlagen geht eindeutig hervor, dass keine bleibenden Schäden zurückgeblieben sind.« Martin ging im Raum umher, entzog sich den dunklen Augen unter den schwarzen Brauen. Auf dem Schreibtisch lag ein Brieföffner mit einem hebräischen Siegel darauf. Martin nahm ihn auf, spielte damit herum, während er weitersprach. »Ich hab' auch Ihre Röntgenbilder gesehen.« Martin deutete auf die Wand, die Kotarevs Behinderung dokumentieren sollte.

»Na, dann wissen Sie ja schon alles. Nur komisch, dass ich trotzdem im Rollstuhl sitze, finden Sie nicht?«

»Allerdings. Erklären *Sie's* mir.«

»Finkelstein hat mir die Kugeln rausgeschnitten, aber dabei mein Rückenmark verletzt. Hätte mich ein anderer operiert, könnte ich noch laufen. Jeder Assistenzarzt hätte das besser hingekriegt. Weil ihn das aber teuer zu stehen gekommen wäre, hat er in der Akte notiert, dass alles glattgelaufen ist.«

»Sie meinen, er hat Dokumente gefälscht?«

»Na klar, was denken Sie denn, Mann. Sein tadelloser Ruf als Chirurg wäre endgültig im Arsch gewesen.«

»Hören Sie auf, Kotarev. Das glauben Sie doch selber nicht. Wenn es wirklich so gewesen wäre, hätte jeder x-beliebige Gutachter beweisen können, ob Sie tatsächlich recht haben oder nicht. Und was ist mit den Bildern? Warum haben Sie nicht einem Richter einfach Ihre tollen Röntgenbilder gezeigt?«

»Weil man auf Röntgenbildern nicht sieht, ob Nerven beschädigt sind oder nicht. Da sieht man nur Knochen und Metall und noch Knorpel vielleicht. Das ist aber auch schon alles.« Kotarev verzog den Mund. »Sie verstehen nicht viel von Medizin, was?«

Martin hatte noch immer den Brieföffner in der Hand. »Sie haben also überhaupt kein Gefühl in den Beinen?«

Kotarev musterte Martin mit verengten Augen, wie ein Wolf vor dem Sprung. »Nein, hab ich nicht.« Kotarev deutete auf den Brieföffner. »Probieren Sie's doch aus. Na kommen Sie schon. Rammen Sie mir das Teil ins Bein. Vorher geben Sie ja doch keine Ruhe.« Martin betrachtete das schwere Metall in seiner Hand, fühlte das Siegel unter der Haut seines Daumens.

Seine Hand krallte sich um den Gegenstand, den er am liebsten tief in Zadeks Oberschenkel treiben wollte, doch er kam nicht dazu. Kotarev riss ihm den Brieföffner aus der Hand und drückte die Spitze auf den Stoff seiner Hose. Dabei sah er Martin an. Er ließ ihn nicht aus den Augen, während er langsam Druck aufbaute. Er zuckte mit keiner Wimper, als sich die Spitze durch den Stoff bohrte, die Haut schmatzend durchdrang, tief in den Muskel glitt und auf den Knochen stieß. Martins Augen weiteten sich. Wie konnte ein Mann so etwas tun, wenn er nicht gelähmt und gefühllos war? Konnte man vortäuschen, keinen Schmerz zu empfinden? Sich selbst zu verstümmeln, ohne auch nur den Hauch eines erhöhten Pulses zu haben?

»Na, sind Sie jetzt zufrieden? Wollten Sie nicht genau das die ganze Zeit machen?« Kotarev griff an die Räder seines Stuhls. »Wenn Sie mich jetzt bitte entschuldigen wollen. Ich bin verletzt und muss mich verbinden.«

Martin war blass geworden. Der Blutfleck breitete sich auf dem Stoff der grauen Jogginghose aus. Die Hose war ruiniert, der Muskel und die darüberliegende Haut würden heilen. Er sah Kotarev nach, wie er im Bad verschwand. Martin verließ schweigend die Wohnung und zog die Tür hinter sich zu.

In seinem Kopf surrte es wie in jenem Wespennest, das sie vergangenen Sommer in einem Rollladenkasten hatten. Aufgeregt und nervig. Er hatte fassungslos mit angesehen, wie sich Kotarev den Brieföffner ins Fleisch stieß, ungerührt mit einer seltsamen Prise Überheblichkeit. Eine äußerst effektive Demonstration der Gefühllosigkeit seiner Beine.

Für einige verstörende Augenblicke hatte diese Demo bewirkt, Martin glauben zu lassen, Kotarev sei ein unschuldiges, friedvolles Lämmchen. Alle bisherigen Konstrukte bezüglich Zadeks Schuld und Anteil an den Morden brachen auf dem Weg zu Martins Wagen zusammen. Sie schmolzen dahin wie die feinen, vom Himmel rieselnden Schneeflocken, als sie den Boden berührten. War er tatsächlich nur das harmlose und bemitleidenswerte Opfer eines unfähigen Chirurgen, der seinen Kunstfehler vertuschen wollte?

Doch warum nur weckte dieser Mann in Martin solch unbändige Wut und Aggression? Vielleicht, weil Zadek eben doch voll davon war, weil er im Überfluss davon besaß, dass es auf Martin überschwappte. Er konnte diese Aura der Verbitterung nicht für sich behalten. So sehr sich Zadek bemühte, als das vom Leben enttäuschte, einfältige Opfer zu erscheinen, nährte er in Martin den Verdacht, genau das Gegenteil zu sein. Und doch, er hatte ihn nicht überführen können, sondern sich sogar überrumpeln lassen. Er wollte ihn fragen, wie er zu den Vorwürfen seines ehemaligen Kommandanten stand. Ob er dessen Einschätzung teilte, dass Zadek ein gefährlicher Verrückter sei, selbst wenn er es so nicht formuliert hatte. Dass er Waffen- und Sprengstofferfahrung hätte. Womit könnte man Kotarev provozieren? Ihn aus der Reserve locken?

Martin verließ das Gelände und beschloss, nach Hause zu fahren. In diesen Minuten würde er das Problem nicht lösen können. Er wusste, es gab etwas, das nicht in das Bild hineinpasste, das man ihm vorgaukelte. Sein Bewusstsein war nicht in der Lage, das Rätsel zu knacken. Er musste es loslassen und auf den tiefen Grund seines Unterbewusstseins hinabschweben lassen.

Nicht er musste die Lösung finden, die Lösung musste zu ihm kommen.

*

Er hielt spontan vor einem Blumenladen und ging hinein. Türglöckchen hallten nach. Es war in dem Laden nicht viel wärmer als draußen und es roch nach feuchter Erde. Die Floristin kam aus einem der hinteren Räume. Sie trug einen dicken blauen Rollkragenpullover, hatte eine Schürze umgebunden, in deren Taschen sie ihre kalten Hände verbarg.

Martin wählte einen bunten Strauß und fragte sich, woher in aller Welt diese Blumen stammten, wo doch die ganze Natur um ihn herum wie tot vegetierte und sich am Boden duckte. Er blickte sich im Laden um und ließ seinen Fall los. Er war frei zu denken, was immer er wollte. Erheitert, fast schon beschwingt, zahlte er zwanzig Euro, lächelte freundlich und ging hinaus.

Zu Hause angekommen, erzielten die Blumen einen Effekt, den er nicht vermutet hatte: Misstrauen. Wenn Männer mitten in der Woche Blumen kauften, noch dazu am frühen Nachmittag, wo niemand mit ihnen rechnete, stimmte etwas nicht. Dass man es einfach nur aus Liebe und ohne eine Schuld verdecken zu wollen, getan hatte, schien zu abwegig. Martin hatte nicht vorgehabt, Catherine zu beichten, dass man ihn quasi rausgeworfen hatte, dass man ihn auf dem Kieker hatte und interne Ermittlungen gegen ihn eingeleitet wurden. Doch genau dies schien auf dem Papier geschrieben zu stehen, mit dem die Blumen eingewickelt waren. Also gab er sich keine Mühe zu vertuschen, was so offensichtlich war: Er hatte versagt!

»Du bist suspendiert? Warum? Weil du in Israel warst? Das verstehe ich nicht. Was soll daran so schlimm gewesen sein?«

»Na ja, es ist nicht ganz so glattgelaufen dort unten. Ich darf dir nicht alles erzählen, das verstehst du doch. Top secret. Aber sei ganz ruhig, es ist nicht für lange. In ein paar Tagen hat sich der Rauch verzogen, und man wird einsehen, dass ich alles richtig gemacht habe.«

»Du *willst* mir nicht erzählen, was passiert ist. Du dürftest schon, aber du hast Angst, dass ich es in den falschen Hals bekomme.«

Martin war erstaunt, wie treffsicher weibliche Intuition sein konnte. Sie nahm die Blumen und stellte sie in die Vase. Dann ging sie zu ihm und nahm ihn in den Arm. Sie legte ihren Kopf an seine Schulter, schloss die Augen und ließ

Sekunden verstreichen, als gäbe es keine Eile und keine Fragen auf der Welt.

»Ich hab mir was überlegt, Schatz«, begann er. Er konnte seine Gedanken nicht länger für sich behalten.

Sie setzten sich ins Wohnzimmer wie ein altes Ehepaar, das im Ruhestand lebte. »Ich hab mir überlegt, dass wir vielleicht mal was ganz anderes machen könnten.« Martin rieb sich die Hände, Catherine zog eine Braue hoch.

»Wir könnten hier wegziehen. Ich meine nicht nur aus Lüneburg, sondern weg aus Deutschland.«

»Ach Martin, hör doch auf, wie oft hatten wir schon diese Spinnereien. Du wirst *nie* weggehen, du wirst *nie* deinen Job aufgeben. Vergiss es.«

Martin beugte sich vor und griff nach Catherines Hand. »Nein, ich mein's wirklich ernst. Was, wenn wir nach Frankreich ziehen würden? Wir kaufen ein Bistro und machen was ganz anderes. Ich muss nicht mein ganzes Leben lang Bulle sein. Wir haben Geld genug. Ein kleines Häuschen auf dem Land, wir gehen morgens auf den Markt, kaufen frisches Gemüse ein, nur ein paar Gerichte, dafür raffiniert zubereitet. Ich weiß, du könntest das. Du kochst so toll.«

Catherine hielt inne. Dies war nicht die übliche Fluchtfantasie, die sie hinlänglich kannte. Nicht schon wieder eine der vielen Träumereien ihres Mannes, um die Bomben seines Alltags zu entschärfen. Doch so wie er es vortrug, so intensiv und beharrlich, musste es ihm wirklich ernst sein. Sie antwortete nicht gleich, wendete sich sogar von ihm ab und blickte in die ausgesperrte, frühe Dunkelheit vor ihrem Fenster. *Frankreich? Provence? Ein eigenes kleines Restaurant?* Ein feines Lächeln umspielte ihre Lippen, und die Lachfältchen um die Augen vertieften sich. »Das würdest du wirklich tun? Du nimmst mich nicht auf den Arm, oder?«

Martin lachte auf. Der Gedanke belebte, verjüngte ihn. »Ich nehm dich nicht auf den Arm, Chérie. Wenn du wirklich willst, bin ich dabei. Wir lassen alles hinter uns und fangen ganz neu an. Ich lerne Französisch, spiele den Kellner oder regle die Finanzen. Ganz egal. Lass uns einfach abhauen!«

»Ich denke nicht, dass das so einfach gehen wird. Du bist Beamter.«

Martin stand auf. Er hielt es nicht mehr aus auf dem Sofa. »Ach, egal. Ich pfeif auf meine Pension. Ich kündige und wir gehen, genau so einfach wird es sein, wenn wir es nur wollen. Mich hält hier gar nichts, und dir wird es auch guttun.«

Der Gedanke kam für Catherine zu schnell, zu unerwartet. Immer hatte sie davon geträumt, eines Tages zurück nach Frankreich zu gehen und nun überrollte sie Martin mit genau diesem Traum, der für sie längst zu einer Illusion geworden war. Abwehrend hob sie die Hand. »Okay, ganz langsam. Du bist im Stress und obendrein enttäuscht, dass man dich gelinkt hat. Das verstehe ich. Aber lass uns nicht voreilig eine Sache beschließen, die dann doch wieder im Sand versickert. Ich kann das nicht, Martin. Bitte spiel nicht mit mir.«

»Ich spiel nicht mit dir, Schatz. Ich will, dass du endlich wieder glücklich bist, und ich bin bereit, jeden Preis dafür zu zahlen. Wer sagt denn, dass es immer nur geradeaus gehen muss. Einmal Bulle, immer Bulle? Das ist doch Quatsch. Man kann auch mal abbiegen. Irgendwie geht es immer weiter.«

Catherine erhob sich von ihrem Platz. »Das ist wirklich lieb von dir, Martin, aber ich glaube es erst, wenn ich deine Kündigung schwarz auf weiß sehe. Bis dahin bist und bleibst du Bulle.« Sie zischte die letzten Worte mit einer Härte hervor, dass Martin erschrak. Er wusste, dass sie recht hatte. Ohne die entsprechenden Schritte zu gehen, blieben es nur hohle Worte, die mehr zerstören als heilen würden.

KAPITEL 44

11. November 2013, Lüneburg

Catherine war früh schlafen gegangen. Sie hatte zu viel Wein getrunken, in Verbindung mit ihren Antidepressiva eine narkotische Mischung. Martin lag neben ihr im Bett und starrte an die in trübes Grau gehüllte Decke. Ein Flieger rauschte über das Dach des Hauses hinweg. Seine Gedanken trugen ihn nach Frankreich. Wie waren die Franzosen eigentlich so? Würde man ihn, einen Ausländer, akzeptieren? Frankreich war ein Land mit einem sehr hohen Ausländeranteil und so seltsam es klang, er wäre dann einer von diesen. Ein Zugereister, gottlob mit einer französisch sprechenden Frau an seiner Seite. Wie würde sich Catherines Gesundheitszustand entwickeln, wenn sie in ihre Heimat zurückkehren könnte? Wenn sie einschließlich dieser Wohnung mit all ihren düsteren Erinnerungen, vor allem einem Kinderzimmer ohne Kind, alles hinter sich lassen würde? Würde sie den Gedanken an eine Adoption wieder aufgreifen können, oder war ein Kind nur dann ein richtiges Kind, wenn sich die eigenen Gene in den Fasern jedes Haares, der Farbe der Augen, im Charakter widerspiegeln würden?

Martin rieb sich die pochende Schläfe, massierte das linke Auge, hinter dem ein Hurrikan tobte. Der Schmerz zog sich zurück, für eine kurze Weile. Martin überlegte, was er am nächsten Tag tun würde. Könnte er einfach unbeschwert ausschlafen als sei Wochenende? Würde er sich mit den Rentnern im Park treffen und die Tauben füttern?

Gedanken an Kotarev kamen ihm ungerufen in den Sinn. Er ließ es geschehen, drängte sie nicht zurück, beobachtete sie wie die Graugänse, die neulich am Himmel unaufgeregt vorbeizogen und sich gen Süden verabschiedeten. Er sah sich in der Wohnung des Behinderten umhergehen, meinte sogar wieder den strengen Geruch nach Schweiß, Staub und Krankheit wahrzunehmen. Wie in einem fast vergessenen Traum tauchte der Schreibtisch vor seinen inneren Augen auf. Mit den Akten darauf. Der Artikel auf dem Monitor. Martin verharrte bei diesem Bild. Was stimmte nicht damit? Warum verschwand es nicht hinter seinen geschlossenen Augenlidern?

Dann plötzlich riss Martin die Augen auf und schob die Decke beiseite. Er schwang die Beine aus dem Bett, hörte, wie Catherine sich auf die andere Seite drehte, und verließ das Bett. Es war erst zwanzig nach zwölf. Er konnte probieren, ihn zu erreichen. Martin wusste, dass er lange aufblieb. Ein Nachtschwärmer wie er selbst. Jemand, der die ruhigen und wohltuenden Stunden der Nacht genoss, bis der Tag wieder die kranken Probleme ans Licht zerrte.

Martin rannte barfuß durch die Wohnung, stieß mit dem großen Zeh am Bein des Couchtisches an und fluchte leise, aber eindringlich.

Er griff nach dem Telefon, suchte die Nummer auf dem Display, fand sie und wählte. Es klingelte sechsmal, siebenmal, achtmal. Dann nahm jemand ab.

*

»Hallo?«

»Tut mir leid, dass ich so spät anrufe, aber ich muss dich dringend sprechen.«

»Pohlmann? Du Verrückter! Warum schläfst du nicht mal zur Abwechslung?«

»Ich dachte, du bist noch auf, so wie immer.«

»Falsch gedacht. Ich hab morgen fünf Obduktionen, die erste um sieben. Du kannst mir ja gerne die Hand halten, wenn ich zittere.«

Martin zögerte einen Augenblick, unsicher, ob er sein Anliegen tatsächlich vorbringen sollte. »Ich glaube, wir haben was übersehen, Pawel. Dieses Tattoo. Erinnerst du dich?«

»Hast du eine Ahnung, wie viele Leichen ich inzwischen gesehen hab? Von wem sprichst du überhaupt?«

»Na, von Horowitz. Der mit dem Tattoo oder dem Branding auf der Brust. Dieses Wort NEFT!«

Eine kurze Weile war Stille. Martin befürchtete, der Pathologe habe aufgelegt. »Ja, ich erinnere mich. Natürlich. Ich bin noch nicht senil.«

»Vier Buchstaben. N E F T«, betonte Martin eindringlich.

»Ja und?« Schygurski klang genervt.

»Könnte es nicht auch N F E T geheißen haben. Es war undeutlich. Vielleicht ist das E ein F und umgekehrt. Du hast doch Fotos davon gemacht. Schau doch mal nach.«

»Wie? Jetzt?«

»Ja sicher jetzt.«

»Pohlmann, ich hasse dich!« Schygurski legte den Hörer auf den Tisch. Es polterte in Martins Ohr. Nach einer Zeit hörte Martin, wie Schygurski den Apparat aufnahm und ihn mit sich nahm. Vermutlich ins Arbeitszimmer. Martin hörte Finger auf einer Tastatur hacken.

»Ich hab's gefunden. Da steht NEFT, so wie vorher auch.«

»Hast du deine Brille auf?«

Schygurski brummelte Unverständliches. Es klang wie eine polnische Schimpftirade. Woher wusste Pohlmann das mit der Brille? Der Mann wurde ihm unheimlich.

»Ja Herrgott, hab ich. Da steht NEFT.

»Wo ist die Brustwarze? Da war doch die Brustwarze direkt unter dem E, oder was wir für ein E hielten.«

Schygurski rückte den Stuhl vom Schreibtisch ab und setzte sich. Nun war er leider hellwach und fragte sich, wie er den nächsten Tag überstehen sollte. Dann kam er mit dem Kopf und der Brille auf der Nase dicht an den Monitor heran. »Meine Güte, du hast recht. Das ist kein E, sondern ein F mit der Brustwarze darunter. Es heißt N F E T. Ich hab aber keine Ahnung, was das bedeuten soll.«

»Aber ich. Danke Pawel, du bist echt klasse. Du hast was gut bei mir. Leg dich wieder hin.«

Martin verschränkte die Hände hinter dem Kopf und freute sich. »Ich hab's gewusst.«

*

Am nächsten Morgen war doch nichts mit Ausschlafen. Martin stand sehr früh auf, noch vor Catherine. Sie schien nicht bemerkt zu haben, dass er in der Nacht aktiv gewesen war. Geschweige denn, was ihn antrieb, um sechs aufzustehen, obwohl er hätte ausschlafen können. Er duschte, rasierte sich, summte sogar eine Melodie, zog sich an und machte Frühstück für sie beide. Den Tee stellte er für Catherine auf ein Stövchen, die Brötchen beließ er im Backofen auf der Warmhaltestufe. Sie liebte warme Brötchen – Erinnerungen an Frankreich, die er wachhalten wollte. Er hatte nicht vergessen, was er ihr am Vorabend versprochen hatte. Die Sache mit dem Bistro, dem Leben auf dem Land, einem Leben ohne Mord und Totschlag. Visionen, die ihn lächeln ließen.

Um halb sieben rief er Werner auf dem Handy an. Es ertönte die Mailbox. Er hatte es geahnt. Er schrieb Catherine einen Zettel, den er auf ihren Teller legte, verließ die Wohnung und schloss hinter sich wieder ab. Punkt sieben parkte Martin vor der Einfahrt zum Präsidium und wartete. Er hatte den Wagen von der Straße abgewandt geparkt, dass man ihn nur erkennen würde, wenn man langsam an ihm vorbeifuhr. Er jedoch konnte Werners Auto schon von Weitem herannahen sehen. Er wusste, dass auf Werner in Bezug auf Pünktlichkeit und Loyalität Verlass war.

Genau Viertel nach sieben bog der silberne Passat-Kombi um die Ecke, kam direkt auf Martin zu. Martin sprang aus dem Wagen und stellte sich für zehn Sekunden mitten auf die Straße. Es war noch stockdunkel, als seine Silhouette in Werners Scheinwerferlicht erschien.

Werner schien kein bisschen überrascht zu sein, beugte sich zur Beifahrertür und öffnete sie ihm. »Morgen, Martin. Alles klar bei dir?«

»Alles bestens.«

»Woher wusstest du …?« Werner fuhr circa 500 Meter und bog in eine Parkbucht hinter einer Litfaßsäule ein.

Martin nickte. »Zugegeben, ich brauchte eine Weile, um zu kapieren. Irgendwann ist mir klar geworden, was los ist.«

»Gut. Freut mich. Muss hart für dich gewesen sein, gestern. Also, was gibt's?«, fragte Werner.

»Ich denke, ich habe jetzt alle Strippen zusammen.«

»Leg los.«

»Es heißt nicht N E F T auf Horowitz' Brust, sondern N F E T.« Martin lachte. »Scheiße. Nur zwei vertauschte Buchstaben, aber es ergibt einen ganz anderen Sinn. N F E T soll für No Free Energy Technology stehen. Es geht gar nicht um diesen Quatsch mit Öl auf Hebräisch und diese merkwürdige Doppelbedeutung von wegen Geist aus der Tiefe und so. Ich denke, man wollte, dass es genau danach aussieht, um uns auf eine falsche Fährte zu locken. Drauf gekommen bin ich, als ich bei Kotarev war. Er arbeitete an einer Power-Point-Präsentation, sah nach einem Vortrag aus. Daneben war ein Ordner aufgeschlagen, in dem ein Artikel von Horowitz abgeheftet war, in dem es genau um das Gegenteil ging, eben um freie Energie für jedermann.«

Martin blickte aus dem Fenster in die winterliche Schwärze des frühen Tages. Er schüttelte den Kopf, während er Werner ansah. »Du glaubst nicht, was der Typ getan hat.« Martin ließ einige Sekunden verstreichen. »Er hat sich einen Brieföffner ins Bein gerammt, um mir zu beweisen, dass er nichts spürt, dass er wirklich gelähmt ist. Kannst du dir das vorstellen? Der hat geblutet wie ein abgeschlachtetes Schwein, und nicht eine Miene dabei verzogen.«

Werner verzog das Gesicht zu einer Grimasse, die Unglaube verriet. Kaum sichtbar in der Dunkelheit schüttelte er den Kopf.

»Glaub mir, der Kerl ist nicht ganz richtig im Kopf. Bis unter die Schädeldecke mit Hass abgefüllt. Auf alle Fälle habe ich die Kürzel N F E T als Anfangsbuchstaben in seinem Artikel wiedergefunden, und das ist ganz sicher kein Zufall. Somit geht die Botschaft in genau die andere Richtung. Ich verwette meine Pension, dass Kotarev was mit dem Mord zu tun hat, wenn nicht sogar mit beiden. Ich weiß nur noch nicht, warum.«

»Vielleicht hängt es hiermit zusammen: Als du in Israel warst, hat Reinsch deinen Computer gecheckt, alle deine Notizen, deine Protokolle. Er wollte deinen Kenntnisstand ein bisschen abklopfen. Kurze Zeit später hat er mit Berlin telefoniert, nahm Weisungen entgegen, war plötzlich so klein mit Hut.« Werner hielt Zeigefinger und Daumen dicht übereinander. »Das waren die Jungs, die Lorenz mit *ganz von oben* meinte.«

»Weißt du, mit wem er gesprochen hat?«

»Nicht genau, aber es fiel der Titel *Minister*. Irgendein hohes Tier aus der Politik, nehme ich an.«

»Würde Sinn machen. Mir ist nur noch nicht klar, was man genau beabsichtigt. Will man verhindern, dass Joshuas Formel bekannt wird, damit die Ölmultis ihren Job und ihre Kohle behalten, oder will man mit der Formel ins ganz große Geschäft einsteigen?«

»Warum muss das eine das andere ausschließen? Man könnte beides miteinander verbinden, je nach Timing. Zunächst die Formel unter Verschluss halten, solange noch Öl vorhanden ist und danach mit der Sensation rausplatzen, dass es bereits eine marktreife Alternative gibt.«

Martin nickte zustimmend. »Aber mit Sicherheit nichts, was den Menschen umsonst angeboten wird.«

Werner lachte spöttisch. »Davon kannst du ausgehen. So oder so werden einige Leute ziemlich gut daran verdienen.«

»Nur nicht mehr dieser arme Kerl, den man umgelegt hat. Dem eigentlich alles zu verdanken ist.«

Werner behielt die Zeit im Auge, die in seinem Wagen im Cockpit aufleuchtete. »Zurück zu diesem Kotarev. Was ist sein Motiv? Und gibt es noch Mittäter?«

Martin zuckte mit den Schultern. »Motiv? Geld, wie immer. Und ich habe glühenden Hass in seinen Augen gesehen, wie in einem wilden Tier, einem gehetzten Wolf. Und ja, ich denke, er hat es garantiert nicht allein getan. Selbst wenn er doch gelähmt ist, dann ist er vielleicht der Kopf der Bande. *The Brain*. Immerhin ist er Sprengstoffexperte und Scharfschütze gewesen. Er wird genau wissen, wie eine Bombe dimensioniert sein muss, um eine Raffinerie in die Luft zu jagen.«

»Aber warum jetzt? Und vor allem, hat er nun die Formel oder nicht?«

»Ich habe in der letzten Nacht mal ein wenig recherchiert. Nachdem ich Schygurski angerufen hab', konnte ich nicht mehr schlafen.«

Werner unterbrach ihn lachend. »Lass mich raten, er möchte dich lynchen, wenn er dich das nächste Mal sieht.«

»Hm, könnte sein. Na jedenfalls findet in zwei Wochen im CCH eine Weltenergiekonferenz statt. Man konnte die Teilnehmerliste und deren Vorträge als PDF runterladen. Und nun rate mal, wer dort für einen Vortrag angemeldet ist.«

»Ich tippe mal Horowitz, oder?«

»Falsch. Rate weiter.«

»Aaron Stern?«

»Falsch.«

»Mist, nun sag schon.«

»Komm, einen noch.«

»Kotarev?«

»Wieder falsch.« Martin lächelte siegessicher. »Professor David Ruben referiert über das Thema …« Martin kramte in seiner Jackentasche herum. »Warte, ich habe es ausgedruckt.

Hier hab' ich's. Erst ein Vortrag am Samstagvormittag über *Unerschöpfliche Raumenergie. Der Kosmos als energetischer Garten Eden*. Na, was sagst du? Und am Nachmittag will er ein Referat halten über Biokerosin aus Algen. Er deckt also zwei Themen ab, die er, behaupte ich jetzt mal, komplett von Joshua geklaut hat, weil er eben nicht David Ruben ist, sondern Professor Rosenberg, Joshuas ehemaliger Psychiater.«

Werner rieb sich die noch müden Augen. »Also hat Ruben die Formel. Dann ist Ruben der Kopf, und Kotarev hat sie ihm besorgt. Herrje, ist das verwirrend.«

»Leider ist das noch nicht alles. Es gibt noch einen Mann mit Motiv. Den Bruder von Joshua, Samuel Horowitz. Ist mit uns nach Israel geflogen, aber nicht mit uns zurückgekommen. Hat kein Wort mit Stern gesprochen und wurde nur von Weitem auf der Beerdigung gesehen. Ich habe ihn leider nicht erwischen können, sonst hätte ich ihm ein paar nette Fragen an den Kopf geworfen.«

»Zum Beispiel …?«

»Na, ist doch klar. Was er eigentlich in Hamburg wollte. Er war zur Tatzeit in Deutschland.«

»Ach komm. Der hat doch nicht seinen eigenen Bruder umgebracht.«

»Aber es vielleicht gebilligt. Für Geld tun Menschen so einiges.«

Werner schmunzelte. »Kain und Abel. Du hast recht. Wäre nicht das erste Mal gewesen. Motiv Neid?«

»Genau. Der eine ist klug und erfolgreich, gründet eine Firma und hat Ideen, die die Welt verändern können, und der andere ist ein Säufer, Spieler und Loser.«

»Und möchte gern ein kleines Stück vom Kuchen des Brüderchens abhaben.«

Martin nickte. »Nicht nur ein kleines, sondern ein großes. Wie ich das einschätze, sind Joshuas Pläne Milliarden wert.«

»Okay, wie dröseln wir das Ganze auf?«

»Zunächst einmal müssen wir den Spieß in der Abteilung umdrehen. Wenn Reinsch da mit drinhängt, werden *wir ihn* bespitzeln. Wir hängen ihm ein Mikro ins Auto, verwanzen sein Hotelzimmer, verfolgen ihn auf Schritt und Tritt. Denkst du, er ahnt, dass wir es wissen?«

»Garantiert nicht. Der Kerl ist zu selbstverliebt. Der merkt gar nichts mehr.«

»Na, unterschätz ihn mal nicht. Die werden nicht irgendeinen Willi für den Job ausgesucht haben. Es wäre gut zu wissen, wer ihn auf uns angesetzt hat, und wen er unter Umständen decken soll. Immerhin wollte man mich in Israel umlegen. In der Zwischenzeit bleib' ich an Kotarev dran.«

Werner sah auf die Uhr. »Okay, ich muss los. Lass uns telefonieren. Nimm das alte Handy von früher, das mit diesem Schutzprogramm von Jerome.«

»Private Protect.«

»Genau. Ich hab auch noch so ein Teil. Okay, dann bis bald.«

Martin hatte schon den Griff der Beifahrertür in der Hand, als ihm noch etwas einfiel. »Ach übrigens. Was ist eigentlich aus deiner neuen Flamme geworden?«

Werner winkte ab. »Erzähl ich dir ein anderes Mal. Ist jedenfalls schon wieder Schluss. Sie wollte das volle Programm, weißt du? Scheidung, Kinder, zusammenziehen. Und eifersüchtig wie sonst was. Ging mir tierisch auf den Wecker.«

Martin stieg aus. Er freute sich, dass Werner wieder vernünftig war.

*

Die Fahrt ins Alte Land war Martin mittlerweile sehr vertraut. Die Temperaturen lagen um den Gefrierpunkt, und im Radio wurde eine Glättewarnung gemeldet. Martin versank dennoch in Gedanken, fuhr mehr oder weniger automatisch und kam nach fünfzig Minuten vor dem Tor der

Firma zu stehen. Es glitt surrend zur Seite. Er hielt vor dem Haupthaus und schellte bei Aaron Stern. Stern öffnete und ließ Martin ein. Stern nahm Martin die Jacke ab und hängte sie an die Garderobe.

»Wie geht es Ihnen, Aaron? Und Ihrer Frau und dem Kind? Alle wohlauf?«

Stern nickte nicht. Sie gingen in die Küche. »Den Umständen entsprechend würde ich sagen. Sie ist nach der Geburt geschwächt, und ihr wird erst jetzt richtig klar, dass ihr Vater tot ist. Dass sie ihm nicht das Kind in den Arm legen kann. Wir haben darüber gesprochen, warum ausgerechnet jetzt Sterben und Geborenwerden so eng beieinanderliegen. Die Freude über das neue Leben wiegt jedoch den Schmerz über den Tod Joshuas nicht auf. Wir begreifen langsam, was eigentlich passiert ist.«

»Kann ich Ihnen trotzdem einige Fragen stellen?«

»Natürlich. Ja. Möchten Sie einen Kaffee?«

Martin nickte dankbar.

»Wir sind froh, wenn die Sache endlich vorbei ist und wir unser Leben weiterleben können. Es ist, als schwebe eine ganz eigenartige Aura über unserer Gemeinschaft. Man beginnt, einander zu misstrauen. Jeder sieht den anderen mit Argwohn an. Die Leute gehen auf Distanz, weil jeder glaubt, dass der Mörder aus den eigenen Reihen kommen könnte.«

Sie setzten sich an den Küchentisch. Der Duft von Kaffee lag wohlig in der Luft. »Okay, Aaron, ich habe beschlossen, Ihnen gegenüber offen zu sein, Ihnen zu vertrauen. Außerdem bin ich heute quasi als Privatperson hier. Man hat mich von dem Fall abgezogen. Wenn Sie also beschließen, lieber zu schweigen und Ihre Aussagen den ermittelnden Beamten gegenüber zu machen, dann ist das Ihr gutes Recht. Ich schätze, mein Kollege Werner Hartleib wird damit betraut werden.«

Stern ließ die schwarze Brühe in zwei Tassen gluckern. Er dachte einen Augenblick nach. »Man hat Sie, wie nennen Sie das, suspendiert? Wegen der Sache in Israel?«

»Angeblich ist das der Grund. Ich vermute aber eher, dass etwas anderes dahintersteckt. Wie ich das sehe, geht es ja schon lange nicht mehr nur um die Aufklärung zweier Morde, sondern um sehr viel Geld, um Macht und Energiemonopole. Es scheint irgendein Ministerium dahinterzustecken.«

Stern hielt in seinen Bewegungen kurz inne, wog ab, ob es klug sei, mit Pohlmann zusammenzuarbeiten. Man hatte ihn möglicherweise noch aus anderen Gründen suspendiert. Vielleicht gab es in Pohlmanns Leben gravierende Probleme, die diesen Schritt gerechtfertigt hatten. Korruption oder Ähnliches. Doch tief in seinem Inneren beharrte eine feste Stimme darauf, gehört zu werden. Sie überzeugte ihn. »Okay. Stellen Sie mir Ihre Fragen. Ich kann Sie gut leiden und ich denke, dass Sie Ihren Job gut machen. Auch ich habe Vertrauen zu Ihnen.«

Martin lächelte dankbar. »Gut. Sie werden es nicht bereuen. Ich werde Sie und Ihre Frau nicht enttäuschen, das verspreche ich Ihnen. Okay, fangen wir mit Zadek Kotarev an. Wie Sie wissen, habe ich in Israel auch seinetwegen recherchiert.« Martin sah Stern ernst an. »Nun, das könnte jetzt ein Schock für Sie sein.«

Stern hob die Brauen. »Ich glaube, noch mehr schocken können Sie mich gar nicht im Moment.«

»Na schön. Alle Unterlagen, die ich einsehen durfte, lassen nur den einen Schluss zu, nämlich, dass seine Lähmung vorgetäuscht ist. Ich bin mir nicht zu hundert Prozent sicher, aber ich glaube, er spielt ein falsches Spiel mit Ihnen allen. Warum, weiß ich noch nicht, aber wenn jemand über einen so langen Zeitraum einen Behinderten spielt, müssen die Motive dafür gravierend sein. Entweder er bekommt *gewaltig* viel Geld oder er hat *gewaltig* viel Hass und Bitterkeit aufgestaut. Ich denke, es geht um beides.«

Stern hob seine Stimme. »Sie meinen, *er* hat etwas mit den Morden zu tun?«

»Leider ja. Er war Sprengstoffexperte und Scharfschütze in der Armee und wurde nicht ehrenhaft, sondern unehrenhaft entlassen. Sein Kommandant erinnerte sich gut an Kotarev. Er war nicht besonders gut auf ihn zu sprechen. Verstehen Sie, was das heißt? Er kennt sich mit Bomben und Waffen aus. Ich habe den Verdacht, dass er ein skrupelloser Killer ist und schon früher war, und ich glaube, er ist einfach krank.«

»Das sind schwerwiegende Anschuldigungen, Herr Kommissar, die Sie beweisen müssen. Das wissen Sie!«

»Das ist mir schon klar. Die Beweisführung ist schwierig, darüber bin ich mir im Klaren. Ich habe die Krankenunterlagen und die echten Röntgenbilder von Kotarev gesehen und bin mir sicher, dass er eigentlich laufen kann. Um ihn zu überführen, brauche ich vielleicht Ihre Hilfe.«

Stern nickte gedankenversunken. Diese Nachricht musste erst einmal verdaut werden. »Was kann ich tun?«

»Ich brauche hier jemanden, der ihn beobachtet. Ich muss ihn nur ein einziges Mal ohne seinen Rollstuhl erwischen. Zu einem Zeitpunkt, wo er sich sicher glaubt, unbeobachtet. Und ich benötige eine Liste seiner Kontakte. Er wird das alles nicht allein durchgezogen haben.«

»Sie meinen, er hat Komplizen gehabt. Noch jemand von uns? Es wird ja immer besser.« Aaron Stern war entsetzt. Wie lange schon wurde seine Familie hintergangen? Was war aus seinem Traum einer friedvollen Gemeinschaft geworden, einer Insel inmitten von Chaos und Krieg? Hatte es die Schlange geschafft, in ihr Leben einzudringen und ihr Gift zu verteilen?

»Möglich. Leider kann ich das nicht verneinen. Die Rolle Samuels ist auch noch nicht eindeutig geklärt.« Martin kramte in seiner Tasche nach seinem Handy. »Ach und noch etwas. Haben Sie den behandelnden Psychiater Ihres Vaters einmal persönlich zu Gesicht bekommen? Professor Rosenberg?«

»Nein, ich glaube nicht. Als ich Joshua besuchen kam, hatte er eine Sitzung oder war außer Haus. Ich kenne ihn nur von einem Foto an der Wand in der Klinik.« Martin öffnete auf seinem Handy das Bild von Rosenberg, alias David Ruben. »Ist das Rosenberg?«

»Ja, das ist der Mann, den ich auch kenne. Aber ob das tatsächlich Rosenberg ist, kann ich nicht sagen.«

»Haben Sie Joshuas Freund aus Jugendzeiten, diesen David Ruben, mal persönlich gesehen?«

Wieder musste Aaron verneinen.

»Schade. Das hilft mir nicht weiter. Ich hatte den letzten Kontakt zu Ruben, als man ihn nach der Vorlesung abgeholt hat. Er saß in einem schwarzen Wagen und sah mir direkt in die Augen. Möglicherweise wurde er entführt.« Martin lehnte sich zurück und verschränkte die Hände hinter seinem Kopf. Trotz seiner Suspendierung, oder vielleicht gerade deshalb, war er sehr entspannt. »Ich werde Ihnen jetzt die nächste Geschichte erzählen, die ich herausgefunden habe, während Sie meiner Frau etwas von Ihrem schönen Land gezeigt haben. Ich glaube, dass es sich bei David Ruben um Professor Rosenberg handelt, den Arzt, der Joshua neun Monate lang therapiert hat.«

Stern reagierte erregt über diese Enthüllungen. »Sehen Sie, ich habe es Ihnen gesagt. Ich meine, es war immer nur ein Verdacht, so ein Gefühl, wenn Joshua von ihm sprach. Joshua wirkte verändert, wenn er mit Ruben zusammen gewesen war. Manchmal war er verstört, redete totalen Unsinn, brachte kaum einen vernünftigen Satz heraus, dann wieder war er euphorisiert, lächelte nur verklärt. Wir haben uns wirklich Sorgen gemacht. Kurz vor seinem Tod hatten wir beschlossen, Ruben aufzusuchen und ihm den Kontakt zu Joshua zu verbieten, aber wir haben ihn nicht zu fassen gekriegt. Er hat sich immer verleugnen lassen, wenn er unseren Namen gehört hatte.« Stern holte tief Luft. »Denken Sie, *er* hat Joshua umgebracht?«

»Nein, das glaube ich nicht. Ich denke eher, er hat ihn manipuliert, für seine Zwecke eingespannt. Rosenberg hatte viel Erfahrung mit klinischer Hypnose. Er konnte Joshua vermutlich beeinflussen, wie er wollte. Joshua wird wie Wachs in seinen Händen gewesen sein.«

»Aber aus welchem Grund hat er das gemacht? Was hatte er denn davon?«

Martin lehnte sich vor und breitete die Hände aus, als präsentiere er Stern die Wahrheit darin. »Na, um ein Teil von Joshuas Welt zu werden. Um von ihm zu profitieren, um letztlich die Formel aus ihm herauszubekommen. Denkbar ist auch, dass man ihn gezwungen hat, das zu tun. Vielleicht wurde auch Rosenberg von mächtigen Leuten benutzt, um an Joshua heranzukommen. Glauben Sie mir, selten hatte ich es mit solch einem Dschungel zu tun.«

Sterns Gesicht lief rot an. Trotz aller Friedfertigkeit brachen sich Wut und Verachtung in ihm Bahn. »Dieses Schwein! Herr Kommissar, Sie müssen ihn verhaften, wenn er ein Betrüger ist.«

»Ich bin suspendiert, schon vergessen? Aber ich werde meinem Partner den Tipp stecken.«

Stern war fassungslos, brauchte eine Pause. Die Enthüllungen Pohlmanns hatten ihm einen heftigen Schlag versetzt. Sein Lebenswerk schien nicht Stein für Stein, sondern mit einer Abrissbirne zerstört zu werden. Martin sprach seine Gedanken aus. »Mir kommt das Ganze wie ein Wettlauf vor. Es scheint, als wollte jeder möglichst der Erste sein, der es mitbekommt, wenn Joshua der Durchbruch glückt. Haben Sie nicht auch das Gefühl? Alle schienen nur darauf zu warten, wann die Henne das goldene Ei legt.« Für einen Augenblick wurde Martin bewusst, wie unpassend dieser Vergleich war. Immerhin redete er über den Mann, der Aaron Stern aufgezogen hatte.

Stern griff sich an die Stirn. Seine Finger zitterten. »Wie konnte ich nur so naiv sein und an Begriffe wie Frieden, Vertrauen und Glück glauben?«

»Tja, die Welt ist schlecht, wie man sagt.«

Stern sah auf. »*Wir* sind die Welt, Herr Pohlmann.«

»Nein, das stimmt nicht. Wir sind nur *ein Teil* von ihr, aber wir repräsentieren nicht all die Schlechtigkeit und Grausamkeit, die passiert.«

»Wie denken Sie, können Sie in all dieser Verworrenheit je den Mörder finden? Ich sagte Ihnen schon einmal, ich kann es mir fast nicht vorstellen«

»Geben Sie die Hoffnung nicht auf. Jeder Mensch macht Fehler, auch der Mörder hat Fehler gemacht. Es muss einen Drahtzieher geben, auf dessen Mist alles gewachsen ist. Jemanden von außen, der ein paar Marionetten brauchte. Wir brauchen das Leitmotiv, den Urheber des Plans, und das ist meiner Meinung nach weder Kotarev noch Rosenberg. Rosenberg ist vermutlich ein Betrüger, aber dennoch ist er auch ein Mann, der sich in seinem Beruf als Arzt um andere gekümmert hat. So jemand kann nicht von heute auf morgen wegen Geld zum Killer werden. Zumindest hoffe ich das.«

Martin griff sich an die Schläfe. Das Pochen schien ihm einen weiteren Tag verderben zu wollen. Er versuchte, sich zu konzentrieren. »Was ich auch noch nicht verstehe, ist dieser merkwürdige Drohbrief vor dem Bombenattentat in der Raffinerie. Da passt doch nichts zusammen. Wieso Nigeria, wieso islamischer Dschihad? Das ist doch alles Unsinn!« Martin sah Aaron eindringlich an. »Ich habe Sie das schon mal gefragt vor einiger Zeit. Ihr Vater hatte doch gar nichts mit Nigeria zu tun, oder doch?«

»Doch, hatte er, Herr Kommissar. Mir ist kürzlich eine Begebenheit eingefallen, von der ich Ihnen erzählen wollte, aber ich bin nicht dazu gekommen. Es passiert einfach zu viel im Augenblick. Und zwar hat mir mein Vater mal von einem Mann aus Nigeria erzählt, eher beiläufig, so, wie das eben seine Art war. Von einem, wie soll ich sagen, Penner, Vagabunden oder Asylanten, ich weiß es nicht genau. Wir haben das damals nicht so ernst genommen.«

Martin wartete einen Augenblick, bis Sterns Erinnerungen, wenn auch nur bruchstückhaft, zurückkehrten.

»Joshua war von diesem Mann zutiefst beeindruckt. Von seinem Schicksal, von seinem Leiden. Er hat ihn in Hamburg am Hauptbahnhof kennengelernt und sich danach einige Male mit ihm getroffen.«

»Wissen Sie, wie der Mann hieß, und wo ich ihn treffen kann?«

»Warten Sie. Ich glaube, er hieß Obutu. Ayo Obutu. Er war aus Nigeria geflohen.«

»Und warum interessierte sich Joshua für ihn?«

»Weil Obutu Probleme mit Öl in seinem Land hatte, deshalb. Meines Wissens ging es um verseuchten Boden und irgendein Massaker einer islamischen Miliz. Joshua war sehr aufgeregt, als er davon erzählte. Obutu war Arzt in Nigeria und hat wohl eine Riesensauerei aufgedeckt.«

»Lassen Sie mich raten. Joshua wollte ihm helfen, diese Dinge ans Licht zu bringen?«

»Das weiß ich leider nicht. Ich konnte ihn nicht mehr fragen.«

»Verdammt. Das könnte ein weiterer Grund gewesen sein, warum er zur Zielscheibe wurde. Wissen Sie, wo ich diesen Obutu finde?«

»Joshua sprach von einer speziellen Unterkunft im Hafen. Ein ausrangiertes Schiff, glaube ich.«

»'n Wohnschiff bestimmt. Dort werden vorübergehend Asylbewerber untergebracht. Dann mach ich mich gleich auf den Weg.«

»Was kann ich in der Zwischenzeit tun?«

»Benachrichtigen Sie mich, wenn sich Zadek auffällig verhält. Und auch, wenn Sie etwas von Samuel hören.«

»Gut, mach ich. Ich hoffe, das Ganze ist bald vorbei.«

»Das hoffe ich auch, glauben Sie mir.« Martin erhob sich und wandte sich zum Gehen, als ihm noch eine Frage einfiel. »Ach, noch etwas. Dieser Weltenergiekongress in Hamburg, wie wichtig ist der für Sie?«

Aaron begleitete Martin zum Ausgang. Eine neue Traurigkeit befiel ihn, als er darauf angesprochen wurde. »Er sollte eigentlich sehr wichtig für uns sein. Joshua wollte dort der Welt erstmalig seine Ergebnisse vorstellen. Und zwar exklusiv. Die Presse und die Fachwelt werden dort sein. Er wollte es wie eine Bombe platzen lassen, bevor die Energiemafia davon Wind bekommt und auf der Matte steht.«

»Wussten Sie, dass David Ruben dort zwei Vorträge halten will? Einen über die Gewinnung von Raumenergie und einen über Kerosin aus Algen. Müsste Ihnen doch bekannt vorkommen.«

»Ist ja unglaublich. Das wären Joshuas Hauptreferate. In den Programmheften ist aber Joshua noch als Redner benannt.«

»Da vielleicht, aber nicht auf der Online-Plattform, wo man sich als Besucher anmelden kann.«

»Diese verlogenen Trittbrettfahrer. Jeder will uns bestehlen. Es ist doch zum Heulen. Trotzdem: Die eigentliche Formel ist noch immer in unserem Besitz und wird es auch bleiben. Niemand ist ohne den letzten Schlüssel in der Lage, den Raum-Energiekonverter nachzubauen. Wenn überhaupt, werde ich derjenige sein, der sie der Welt überreicht und nicht dieser Scharlatan Ruben, nicht Zadek, nicht Samuel oder sonst jemand. Joshua hat seine Forschungen meiner Frau und mir vermacht. Nein falsch, er hat sie der Welt vermacht, und die soll sie auch bekommen.«

»Dann sollten Sie gut auf sich achtgeben und auf Ihre Familie. Seien Sie auf der Hut, Aaron. Sie wissen doch, die Welt ist schlecht.«

»Wir sind die Welt, Herr Kommissar«, entgegnete er. »Wir sind die Welt.«

KAPITEL 45

12. November 2013, Hamburg-Hafen

Es war erst zehn Minuten nach zwölf und doch fühlte es sich für Martin an wie beginnender Abend. Es wurde nicht richtig hell an diesem, wie an so vielen anderen Tagen – alles blieb grau in grau. Der Himmel verweigerte Martin auch nur den kleinsten Sonnenstrahl. Er fühlte sich müde und erschöpft, bleiern, die Nacht zuvor war unergiebig gewesen. Ihn verlangte nach einem Bier, einem Cognac, ganz egal, nach etwas Stimmungsaufhellendem und Schmerzstillendem jedenfalls.

Missmutig blickte er durch die Windschutzscheibe zu der gefrorenen Welt da draußen, an den hin- und herknatschenden Wischblättern vorbei, an denen die feuchte Luft erstarrte. Feiner trächtiger Nebel erdrückte die Stadt und drohte sie zu ersticken. Martin drehte die Heizung in seinem Wagen höher.

Nach einer Weile fand er eine Abstellmöglichkeit für sein Auto. Keinen richtigen Parkplatz, ein Eckchen zwischen Bordstein und Hafenmauer, mehr oder weniger von der Stadt akzeptiert, eher weniger. Er stieg aus, stellte den Kragen seiner braunen Lederjacke im Nacken auf. Der Blick auf das trübe Gewässer im Hafen absorbierte seine letzte Freude. Er liebte Wasser, jedoch nicht solches. Nicht diese tote, quecksilber- und ölverseuchte Brühe, durch die sich Tanker, Containerschiffe und Barkassen hindurchquälten, als müssten die Motoren die Schiffe durch zähen Schleim vorwärtsschieben.

Pohlmann erreichte das gleichermaßen betriebsame wie ruhige Hafengebiet am nördlichen Rand der City. Betriebsam, weil sich die Geschäfte, die in, zwischen und abseits der Schiffe abgewickelt wurden, nicht von gefrierendem Nieselregen aufhalten ließen. Ruhig, weil es kein Tourist an diesem Tag für erstrebenswert hielt, eine Hafenrundfahrt mit einer Barkasse zu unternehmen. Kein Gejohle der wortgewaltigen Anheizer war zu hören, matschige Krabbenbrötchen und im Licht trübe schillernde Matjes blieben in den Auslagen der Fischverkäufer liegen. Die Promenade war wie ausgestorben. Die wenigen Leute, die sie begehen mussten, zogen die Köpfe ein, schnäuzten sich die roten, erkältungsgepeinigten Nasen und dachten mit Wehmut an den Frühling.

Martin hielt Ausschau nach einem besonderen Schiff. Früher brachte man Flüchtlinge und Asylbewerber in bis zu fünf Wohnschiffen unter. Metallene, versiffte Ungetüme innerhalb eines rechtsfreien Niemandslandes, wie manche glaubten. Ein Jahre zurückliegender Fall kam Martin in den Sinn. Werner und er waren auf der Suche nach einem Mörder. Der Kerl war auf eines dieser Schiffe geflüchtet, es nannte sich Bibby Altona. Ein dunkelhäutiger, verwilderter Mann um die dreißig, mit langen Dreadlocks und zerrissenem, fleckigem Hemd. Es ging um Drogen, um viel Heroin und grausames Meth und eine im Rausch kaum wahrgenommene Messerstecherei. Martin sah sein gehetztes Gesicht vor sich, als sei es gestern gewesen. Verängstigt, nach dieser Sache einer Zukunft endgültig beraubt. Gerötete Augen, in denen feine Äderchen kurz vor dem Platzen schienen. Sie fanden ihn in einer winzigen Kajüte, höchstens acht Quadratmeter groß, in der fünf Menschen mehr dahinvegetierten als lebten. Er versteckte sich zitternd in einer Ecke, doch der Raum bot keinen Platz, um sich wirklich verbergen zu können. Zwei Stockbetten und eine Matratze auf dem Boden. Gestank, nicht Geruch, der sich noch lange in Martins Klamotten festgesaugt hatte, schlug ihm damals entgegen, im Sommer 2005. Körpergerüche aller Art, vergammeltes, schimmelndes Essen, Matratzen, in denen verschiedene Körpersäfte versickert waren und nun Milbenkolonien lebten. Eine beißende Mischung, die einem die Tränen in die Augen trieb, nur nicht diesen armen Teufeln, die sich daran gewöhnen mussten, ob sie wollten oder nicht. Dieses Schiff war ihre einzige Hoffnung für Monate. Fünfhundert Menschen lebten zu Spitzenzeiten auf diesem Seelenverkäufer, fast zu hundert Prozent Analphabeten, die kaum an den Arbeitsmarkt zu vermitteln waren und übergangslos in die Fangnetze der Sozialsysteme und Schattengesellschaften übersiedelten oder einfach wieder zurückgeschickt wurden. Während ihrer trostlosen Monate auf dem Schiff bestand ihr Dasein aus Warten und Bangen. Die Gefahr ihrer Abschiebung wehte wie ein beißender Duft durch jede Ritze der Kabinen, begleitete jeden ihrer Atemzüge. Das Schiff war kurz davor zu bersten wie ein alter Weinschlauch, voll gärender Träume.

Martin schüttelte die trüben Erinnerungen an den Fall von damals ab. Wie kann es auf ein und derselben Welt so dramatische Unterschiede in puncto Lebensqualität geben, fragte er sich damals. Wir sind doch alle Menschen, gehören derselben Spezies an, und doch hausen die einen wie Ratten und die anderen wie Fürsten, obwohl sich die Fürsten wie Ratten benehmen in ihrem Schmutz, ihrem Sumpf, ihrer Korruption und ihrer Gier und die Ratten nichts anderes wollen als einfach nur menschenwürdig, nicht fürstlich, leben.

2006 wurde das letzte Wohnschiff für Asylbewerber geschlossen und seinem Eigentümer übergeben. Nun, 2013, platzte Hamburg wieder aus allen Nähten. Umsiedler aus aller Herren Länder mussten untergebracht werden, sodass manche grünen Politiker auf die Idee kamen, ausrangierte Kreuzfahrtschiffe für die Flut politisch Verfolgter zu nutzen. Das Bundesamt für Migration und Flüchtlinge rechnete in diesem Jahr mit einem Anstieg um weitere dreißig Prozent, sodass fünftausend zusätzliche Unterbringungsplätze gefunden werden mussten. Warum die Menschen also nicht in ein abwrackreifes Kreuzfahrtschiff einwaggonieren, auf dem sich der Duft der Dekadenz und des Wohlstands längst verflüchtigt hatte?

Martin hatte sich auf der Fahrt hierher schlaugemacht und telefoniert. Ja, es gäbe einen Mr Obutu aus Nigeria. Vollständiger Name Ayo Atuanya Obutu, vormals Doktor der Medizin, nun Asylanwärter mit der Nummer 3557, zweites Oberdeck, Kabine 27, innenliegend. Martin betrat das Schiff, das von vielen schönen Reisen hätte berichten können. Von Stürmen, in denen es sich furchtlos gegen die Wellen aufbäumte und die Passagiere um ihr teuer erworbenes Essen brachte, von Flauten, in denen man den Eindruck hatte, über eine mit Diamantenstaub besprühte, glitzernde Spiegelfläche zu schweben, die bis zum Horizont reichte, wo sich beide Spiegel zu einem verbanden. Von Delfinen, die seinen Bug umspielten, von spendablen Gästen, die ihre Rente im Casino verjubelten, von Hochzeiten, Liebe und Sex und von Trennungen, Schlägen und Tränen, von überschäumender Freude und grausamen Tragödien. Keine menschliche Emotion war dieser betagten schwimmenden Lady fremd, als sie für andere Tragödien wieder geöffnet wurde. Nun sollte sie neue Geschichten erzählt bekommen. Geschichten, die um die Ecken krochen und von den Wänden hallend über die Flure getragen wurden. Erzählungen von Folterungen, Morden, Vergewaltigungen und Fluchtversuchen, die eines Tages glückten und man hierhergelangte.

Hier, der Endstation vor einem Neuanfang.

Eine solche Geschichte sollte Martin nun zu hören bekommen, als er sich in den engen Fluren des ehemaligen Luxusliners den Weg zu Obutus Kabine bahnte. Er drängte sich an dunkelhäutigen Leibern vorbei, Klänge fremder Musik fanden ihren Weg an seine Ohren, vermischt mit schrägem Geplärre aus vereinzelten Fernsehgeräten. Es war warm und stickig im Bauch dieses rostenden Ungetüms. Die Leute betrachteten ihn misstrauisch, ein Eindringling in ihrem Revier.

Kabine Nr. 27. Er klopfte. Nur wenige Sekunden vergingen. Ein Mann mit tiefschwarzer Haut und freundlichen Augen, über zwei Meter groß, duckte sich, sah ihn an, abschätzend, voller Erwartung und Hoffnung. Er rechnete mit guten Nachrichten. Sie waren längst überfällig.

Martin nahm die Hand, die ihm entgegengestreckt wurde. Sie war teigig und groß, der Griff schlaff, nicht so kräftig, wie er erwartet hatte von einem Mann dieser Größe.

Obutu lächelte mit weißen, wirklich schneeweißen, makellosen, großen Zähnen. Er zog die fülligen Lippen hoch, entblößte das Zahnfleisch, dunkel pigmentiert mit Linien und Flecken wie die Karte eines unbekannten Landes. Obutu nahm die linke Hand hinzu und umschloss Martins kalte Finger. Große schwarze Hände, die in seinem Land eifrig gedient hatten, Leben zu retten, Tumore herauszuschneiden, feinste Nähte zu knüpfen und über weinende Kinderköpfe zu streicheln. Obutu wusste nicht, wen er vor sich hatte, und was der Mann vor seiner Tür von ihm wollte, und dennoch: Er schenkte ihm gern diese Geste der Herzlichkeit. Er trat zur Seite und lud Martin in seine bescheidene Behausung ein.

Martin blickte sich kurz um, roch überraschenderweise Essenzen erfrischenden Duschgels, nahm die penible Ordnung in der kleinen Kabine wahr und stellte fest, dass der Mann ihm gegenüber ordentlicher gekleidet war als er selbst. Obutu hatte von der Caritas eine tadellose Erstausstattung dankbar entgegengenommen. Die graue Hose war ihm etwas zu kurz, dafür hatte sie Bügelfalten. Ein schwarzer rissiger Gürtel war eng um die dünne Taille geschnallt – diesbezüglich ähnelten sich Martin und Obutu – ein weißes, viel zu weites gebügeltes Hemd in die Hose gestopft, die Knöpfe bis zum Hals geschlossen. Er war gekleidet, als hätte er auf einen hochrangigen Beamten gewartet, jemanden, der ihm sagte, man habe seinen Asylantrag bewilligt.

Martin sah sich einem Mann gegenüber, der sich nicht in Klischees einsperren, nicht über einen Kamm mit anderen Asylbewerbern scheren lassen wollte. Ein Mann, der schnellstmöglich hier rauswollte und doch zutiefst dankbar war, dass er überhaupt noch lebte.

»Pohlmann. Hamburger Kriminalpolizei«, begann Martin mit Bedacht. Es war für ihn unerheblich, ob er suspendiert war oder nicht. *Scheiß auf Lorenz und Reinsch.* »Ich hätte da ein paar Fragen. Verstehen Sie meine Sprache?«

Obutu sah ihn verwundert an. Er musste sich gedanklich umorientieren. Nein, es war nicht der Mann von der Asylbehörde. Es war nur ein Polizist. Doch wer weiß, vielleicht ist es ja so, dass nichts zufällig geschieht im Leben, dachte er. Er versuchte, im Kopf die deutschen Worte ins Englische zu übersetzen. Er nickte, dann schüttelte er den Kopf.

»Englisch, Französisch?«, fragte Martin, obgleich sein Französisch miserabel war.

»Better English, please.«

Martin nickte. Er blickte in das Gesicht dieses ungewöhnlichen Hünen, in die schwarzen Pupillen, die wie kleine Inseln aus leuchtend weißem Schnee hervorlugten. Er betrachtete die grobporige Haut um die wie platt gedrückt wirkende Nase. Der Kopf war beinahe kahl, winzige, sich kräuselnde Härchen wuchsen nach.

Obutu begann in tadellosem Oxford-English. »How can I help you? *Wie kann ich Ihnen helfen?*«

Martin lächelte. Die ersten Hürden waren genommen. Martin kramte den Zettel mit dem Namen hervor. Er hatte ihn schon wieder vergessen. »Are you Ayo Atuanya Obutu? *Sind Sie Ayo Atuanya Obutu?*«

Der Mann nickte eifrig wie ein Schuljunge, der aufgerufen wurde, um sich seine Note beim Lehrer abzuholen.

»Ich bin hier, weil ich Sie fragen wollte, ob Sie einen Mann namens Joshua Horowitz gekannt haben?«

Man sollte meinen, ein Schwarzer kann nicht erblassen und doch kam es Martin für einen Augenblick so vor.

»Man sagte mir, dass Sie aus Nigeria stammen und Kontakt zu Herrn Horowitz hatten.«

»Bitte setzen Sie sich«, sagte Obutu ruhig, mit weniger Enthusiasmus in der Stimme als zuvor. »Kann ich Ihnen etwas anbieten? Einen Tee, Wasser?«

Martin nahm auf einem Sessel Platz. Der grünliche Cordstoff war abgewetzt, aber frei von Flecken. Die Armlehnen bestanden aus Holz, ehemals Mahagoni, jetzt nur noch blassbraun. Martin verharrte zunächst auf der vorderen Kante, mit angewinkelten Knien wie auf dem Sprung, oder als müsse er befürchten, sich mit irgendwas zu infizieren, je länger er damit Kontakt hätte. Er blickte sich um und die Unsicherheit verflog ein wenig. Er entschied, sich entspannen zu dürfen. Es wirkte alles recht sauber. Der Mann wirkte nicht bedrohlich. »Ja bitte, sehr gern. Wasser ist okay.«

Obutu machte einen kleinen Schrank auf und holte eine Flasche Mineralwasser hervor. Es zischte beim Öffnen, sie war frisch, ebenso das Glas, das Obutu ihm reichte. Martin schob sich von der Kante zurück auf die ganze Sitzfläche und lehnte sich zurück. Er nahm einen Schluck Wasser, dann noch einen. Obutu tat es ihm gleich. Niemand sprach. Das Eröffnungszeremoniell war vollbracht. Nun geschah etwas Sonderbares. Es war, als hätte die Zeit, seitdem das Wasser die Kehle der beiden Männer hinuntergeflossen war, ihr sklaventreibendes Diktat verloren. Plötzlich gab es in Martins Seele keine Hast mehr. Er fühlte sich wohl, eigenartigerweise, obwohl er den Mann, von dem man im tiefsten Dunkel nur das Hemd und, sofern er nicht mit seinen schneeweißen Zähnen lachte, die unglaublich weiße Bindehaut sehen konnte, gar nicht kannte. Vielleicht lag es aber auch an diesem Geruch, der in der Luft lag. Es war nicht nur dieses Duschgel, das dominierte, sondern der Eigengeruch des Fremden, der unterhalb der frischen Essenzen einen warmen, versöhnlichen Ton anschlug. Martin war mit einer miesen, beinahe depressiven Stimmung gekommen, und nun freute er sich darüber, die Bekanntschaft mit diesem Fremden machen zu können. Er vertraute ihm, als würde eine unsichtbare Person neben ihm stehen, ihm gütig zunicken und das Okay dafür geben, sich mit ihm einlassen zu können.

»Ja, ich kenne Joshua«, begann Obutu zurückhaltend, als würde er Schlimmes erahnen. Er blickte kurz zu Boden, sah dann aber hoch. Auch er schien sich vor Pohlmann nicht zu fürchten. »Geht es ihm gut? Ich habe ihn eine Weile nicht mehr gesehen.«

Martin zuckte kurz zusammen, als die tiefe Stimme Obutus ertönte und seine Aufmerksamkeit verlangte. »Nein, es geht ihm ganz und gar nicht gut«, antwortete Martin. Die Frage war sehr direkt und doch vollkommen natürlich gewesen. Er dachte kurz nach, relativierte seine Aussage, rieb sich die Augenbraue. »Also, ich weiß es nicht, ob es ihm dort gut oder schlecht geht … er ist tot.«

Während er die letzten Worte aussprach, regte sich in ihm eine bekannte Neugier. Er hatte schon oft Angehörigen, Bekannten und Freunden von Opfern eine Todesnachricht überbringen müssen. Jedes Mal fiel die Reaktion anders aus, abhängig vom Grad der Familienzugehörigkeit oder der Enge der Freundschaft. Aber auch vom persönlichen Standpunkt dem Tod gegenüber, von der philosophischen oder religiösen Betrachtung, ob der Tod das Ende aller Dinge oder nur die Pforte zu etwas Neuem sei. Wie verhielt es sich in Obutus Land? Wie ging man dort mit dem Tod um?

Obutu presste die Lippen aufeinander, sprach endlos lange Sekunden gar nichts, nickte dann wissend, als habe er mit dieser Antwort gerechnet. Vielleicht war er auch daran gewöhnt, dass Menschen überraschend starben. »Gut. Was möchten Sie wissen?«

»Wie war Ihr Verhältnis zu Herrn Horowitz?«

»Bitte nennen Sie ihn Joshua. Er war mein Freund.«

»Wann und wie haben Sie sich kennengelernt? Sie scheinen nicht besonders erstaunt zu sein, dass er nicht mehr lebt.«

Obutu sah Martin beinahe flehend an. »Haben Sie ein wenig Zeit? Ich glaube nicht, dass ich das in fünf Minuten erklären kann.« Er schenkte Martin Wasser nach. »Es würde mich freuen, wenn ich Ihnen meine Geschichte erzählen könnte. Wissen Sie, ich habe hier überhaupt nichts zu tun. Endlich kann ich mal reden. Über Afrika, über Joshua, über all die schrecklichen Dinge, die passiert sind.«

Martin schluckte und sah sich in der mickrigen Kabine um. Er dachte an seine eigene, geräumige Wohnung. Eine Woge des Mitleids trug ihn mit. »Ja sicher, warum nicht. Ich habe Zeit.«

»Okay.« Obutu lächelte, obwohl ihm eigentlich nicht danach zumute war. Tatsächlich verbrachte er die Nächte weinend und betend, hoffte, dass sein Leben bald eine neue glückliche Wendung nehmen möge. »Wenn es Ihnen nichts ausmacht, würde ich gerne in Nigeria anfangen.« Obutu hob beschwichtigend die Hände. Er hatte Sorge, dass es sich dieser Polizist anders überlegen würde und nur schnelle Fakten hören wollte. Vielleicht hatte er doch einen vollen Terminkalender und gab es aus Höflichkeit nicht zu. »Wenn Sie Fragen haben, unterbrechen Sie mich einfach.«

»Okay.« Martin stellte das Glas auf einem Tischchen ab, verschränkte die Hände wie ein Betender ineinander und legte sie auf seinem Bauch ab. Martin hörte Obutu gerne zu, diesem mysteriösen Fremden aus einem der reichsten Länder Afrikas mit der trotzdem ärmsten Bevölkerung. Der Afrikaner hatte eine angenehme sonore Stimme, nicht diese peinigende Fistelstimme wie Reinsch, die ihm beim Zuhören beinahe körperlichen Schmerz zufügte.

»Ich bin ungefähr vierzig Jahre alt und habe Medizin in Lagos studiert. Und das, obwohl meine Eltern arm waren und ich noch sechs Brüder hatte. Seit einem besonderen Erlebnis – ich war gerade sechs, als ich mit ansehen musste, wie mein Freund auf der Straße starb –, wollte ich Arzt werden. Ich war so verzweifelt, dass ich für ihn nichts tun konnte und ich wollte jemand werden, der etwas ändern kann. Also habe ich, als ich älter war, jeden Job angenommen, habe die schmutzigsten Toiletten geputzt, Berge von Tellern gewaschen, auf großen Baustellen Häuser gebaut, alles, nur um studieren zu können. Es gibt so viel Elend in Afrika, davon haben die Weißen ja keine Ahnung.« Martin legte den Kopf schief. Eigentlich mochte er diese Art der Pauschalverurteilungen nicht. Die Schwarzen denken, die Weißen wissen nichts von ihrem Land, und die Weißen halten alle Schwarzen für faul. Er entschied, darüber nicht zu diskutieren. Obutu schien sich eine lange Geschichte von der Seele reden zu wollen, also gab er ihm diese Gelegenheit.

»Nach dem Studium bin ich im General Hospital Lagos Ikeja untergekommen. Vom ersten Tag an musste ich in der Notaufnahme helfen: Verbrennungen, Unfälle und Schussverletzungen. Viele Schussverletzungen, Mr Pohlmann Kommissar. Das Problem war, wir hatten nichts, um den Menschen so zu helfen, wie es nötig gewesen wäre. Ich wusste ja vom Studium her, welche Möglichkeiten es gäbe, doch wir konnten nur gegen Tetanus impfen, einen Zugang für Volumenersatz anlegen, primäre Wundversorgung machen, das war schon alles. Es gab keine Möglichkeiten, ein EKG anzufertigen, zu röntgen oder eine Narkose einzuleiten. Später wechselte ich zur Urologie und Chirurgie. Obwohl das Krankenhaus zur Universität gehörte, konnten wir an nur zwei Tagen operieren, weil keine Materialien vorhanden waren. Später wechselte ich noch einmal und ging in die onkologische Abteilung.« Obutu schüttelte den Kopf, als seine Vergangenheit lebendig wurde. »Noch nie in meinem Leben habe ich so viele unterschiedliche schreckliche Tumore gesehen. Es war furchtbar. Den Menschen wuchsen dicke Geschwüre mitten im Gesicht oder am Hals, sie kamen erst ins Krankenhaus, wenn der ganze Körper von innen zerfressen war. Manchmal waren sie tagelang aus ländlichen Gegenden nach Lagos unterwegs, doch meistens war es dann schon zu spät. Inoperabel. Wir mussten sie zum Sterben nach Hause zurückschicken.« Obutu sah Martin an. Noch immer belastete ihn die

Sorge, seine Geschichte nicht zu Ende bringen zu können. »Sie fragen sich, warum ich Ihnen all das erzähle. Nun, das hängt indirekt alles mit Joshua zusammen. Also haben Sie bitte ein wenig Geduld. Sie werden verstehen, in wenigen Minuten.«

Martin nickte und signalisierte, dass er keine Eile hatte. Er spürte, dass ihm dieser Mann nicht nur eine rührselige Story aus Afrika erzählen wollte, sondern dass er ihm helfen konnte, den Fall zu lösen.

»Wissen Sie, mir fiel auf, dass in bestimmten Gegenden, aus denen die Menschen zu uns kamen, eine höhere Tumorrate vorlag als aus anderen Gebieten. Ich bin ein neugieriger Mensch, ich wollte wissen, *warum* das so ist. Warum gerade diese Menschen und nicht die anderen? Es musste einen Grund dafür geben. Also habe ich mir die Erlaubnis geholt, dem nachzuforschen. Ich tarnte es als Recherchen zu meiner Doktorarbeit. Zu diesem Zeitpunkt war es noch gelogen, später schrieb ich tatsächlich über diese Phänomene. Ich hatte einen zwanzig Jahre alten ausrangierten Jeep und fuhr in die Gebiete, aus denen viele Menschen ins Krankenhaus gekommen waren. Am schlimmsten war es im Ogoniland. Mehr als dreißig Prozent der Menschen, die dort wohnten, hatten Geschwüre aller Art. Schon die Kinder kamen damit zur Welt, lebten manchmal ein oder zwei Jahre und verstarben, aufgezehrt von Metastasen in jeder Zelle ihrer kleinen ausgemergelten Körper. Ich wollte dieser Sache unbedingt auf den Grund gehen und erhielt die Erlaubnis, in einem Lazarett in dieser Gegend zu arbeiten. Wir waren drei Ärzte für siebenhundert kranke Menschen. Zwei der Ärzte kamen aus Europa, einer aus Frankreich, der andere aus Deutschland.« Obutu deutete mit der Hand in die Richtung einer Wand. Er meinte damit die Welt außerhalb des Schiffes. »Der Deutsche kam aus Hamburg, ein Mann mit blonden, fast weißen Haaren und blauen Augen.« Obutu lachte gedankenverloren. »Nie zuvor hatte ich einen Menschen mit so hellen

Haaren gesehen, und er wurde mein bester Freund, bis zu dem Tag …« Obutu schluckte schwer, »… an dem sie ihn erschossen haben. Er war der beste Arzt, den ich je kannte. Ich habe so viel von ihm gelernt. All das, was ich nur in den Büchern gesehen hatte, beherrschte er perfekt. Wir saßen oft noch viele Stunden am Abend zusammen und redeten. Er erklärte mir auch, warum die Menschen ausgerechnet in dieser Gegend so viele Geschwüre haben.« Obutu nahm einen Schluck Wasser. Feine Schweißperlen, über den ganzen Kopf verteilt, suchten ihren Weg hinaus aus seinem Körper, jede Schweißperle für eine Erinnerung, die ausgesprochen werden wollte. Das Gespräch schien ihm Mühe zu machen, und doch befreite es ihn sichtlich. Jedes Wort schien aus ihm herausbrechen zu wollen.

Martin wurde hellhörig. »Also. Was war der Grund? Warum wurde er getötet?« Insgeheim ahnte er die Zusammenhänge bereits jetzt. Das Thema, worum sich alles in den letzten Wochen drehte.

Obutu betrachtete ein kleines Spinnennetz in der oberen Ecke des Raumes ihm gegenüber. Er schien jedoch vor seinem inneren Auge etwas anderes zu sehen. »Mr Pohlmann Kommissar, waren Sie schon mal in Afrika?« Martin schüttelte den Kopf. Obutu sah ihn gar nicht an. Zu versunken war er in seinen Erinnerungen. »Nigeria ist ein schönes Land. Ein buntes Land. Dunkelgrün im Regenwald, grünbraun, wo sich die Äste der Affenbrot- und Johannesbrotzweige berühren, als wollten sie sich die Hände reichen, eingebettet in fruchtbaren Graslandschaften, und dann ist es wieder leuchtend orange, Mr Pohlmann, dort, wo die Savanne der Sahelzone beginnt. Und doch, was nützt dem Menschen all die Schönheit, wenn er nicht darin überleben darf?«

Martin wurde ungeduldig, doch die Antwort folgte unvermittelt.

»Die Menschen waren vergiftet, das war der Grund für ihre Krankheiten. Langsam, über fünfzig Jahre hinweg, hatten sich in ihrem Erbgut Substanzen angesammelt, die sie der nächsten Generation weitergereicht haben. Als ich diese Menschen leiden sah, wusste ich wieder, warum ich Arzt geworden bin. Ich schwor, diesem Unrecht entgegenzutreten, selbst wenn ich einen hohen Preis dafür zahlen müsste.«

»Vergiftet, sagen Sie?«

»Ja, alles, was sie gegessen und getrunken hatten, ihre Früchte, das Gemüse, selbst das Fleisch der Tiere war verseucht. Verseuchtes Wasser, verseuchte Böden in einer der schönsten Gegenden Afrikas mit den größten Mangrovenwäldern. Wir wollten wissen, woher diese Gifte stammten, haben mit den einfachsten Mitteln Bakterienkulturen angelegt und unter dem Mikroskop Keime gefunden, für die es nicht einmal Namen in den Büchern gab. Seltsame stäbchen- und schraubenförmige Bakterien. Täglich starben Menschen und wir mussten geeignete Antibiotika finden. Wir wussten ja lange Zeit nicht, gegen welchen Feind wir überhaupt kämpften. Dann, eines Tages, fanden wir die Ursache.« Wieder nahm Obutu einen Schluck und befeuchtete seine Kehle. Er schien lange darauf gewartet zu haben, endlich die Wahrheit ans Licht bringen zu können.

»Bitte machen Sie es nicht so spannend. Was war es?«

»Es war das Leck einer Pipeline. Es muss unbemerkt seit vielen Jahren, wenn nicht Jahrzehnten, Öl in den Boden gesickert sein. Wissen Sie, die Struktur des Landes und des Bodens ist so geschichtet, dass sich das Öl wie unter einem Teppich ausbreiten konnte. Es gelangte zu unterirdischen Strömungen und verseuchte ein Gebiet von mehreren hundert Quadratkilometern. Die Leitungen wurden nicht instand gehalten, das Land wurde von einer Ölpest heimgesucht, bis es auch in den Flüssen und Seen ankam. Das Öl hat im Boden eine Grundlage für seltsame Keime geschaffen, für neue Krankheiten und Leiden. Ja, Afrika ist bunt, aber überall fanden wir die Farbe, die wir am wenigsten mochten: Schwarz. Heute weiß ich, eine Fläche so groß wie Portugal, ist vom Öl verseucht, und niemanden auf der Welt scheint es zu interessieren. Aber nicht nur das Öl machte uns Probleme, sondern auch die Chemikalien, die für die Ölförderung verwendet wurden und noch werden. Sie sind beißend und ätzend und verursachen massive Hautprobleme.«

»Was haben Sie unternommen, als Sie das Leck gefunden haben?«

Obutu lachte. Es klang wie Spott. »Wir haben es natürlich gemeldet. Was sonst? Immer wieder haben wir die Behörden unterrichtet, doch man wimmelte uns ab. Sie wurden uns gegenüber richtig böse. Wir konnten das gar nicht verstehen. Nach einer Weile begriffen wir, dass sämtliche Polizisten, Milizen und Regierungsbeamte von dieser Sauerei bereits wussten und sogar davon profitierten. Wissen Sie, Mediziner sind manchmal ein bisschen begriffsstutzig und naiv, was die Dinge der Politik und der Korruption betrifft.«

»Wie lange ist das her?«

»Das war vor fünf Jahren. Ich beendete meine Anstellung im Krankenhaus in Lagos endgültig und beschloss, den beiden Europäern in Ogoniland zu helfen. Ich war inzwischen verheiratet, aber ich ließ meine Familie in Lagos, sah sie nur noch selten, fuhr so oft hin, wie ich konnte. Aber die Not der Menschen war einfach zu groß, als dass ich weitermachen konnte wie bisher. Ich hatte etwas gesehen, und das, was ich sah, wurde zu einer Verpflichtung. An manchen Tagen und Nächten lastete sie schwerer auf mir, als ich tragen konnte. Erkenntnis und Wahrheit führen zu Verantwortung, das ist leider so, ob man will oder nicht, ganz gleich, wo man sich auf der Welt befindet.«

»Wie wahr. Wie ging es weiter? Haben Sie genug Medizin bekommen? Woher kamen die Medikamente?«

»François und Helmut wurden von *Ärzte ohne Grenzen* unterstützt. Wir bettelten um Spenden, doch es war immer zu wenig. Wenn wir nicht im Lazarett arbeiteten, organisierten wir Proteste, verschickten Briefe an die Regierung, sogar nach Deutschland und Frankreich. Es war, als wäre Nigeria von einer undurchdringlichen Mauer umgeben. All unser Rufen verhallte vor dieser unsichtbaren Mauer, vermochte sie nicht zu überwinden. Bis zu dem Tag, an dem eine deutsche Delegation der Northern Petrol Ag ins Ogoniland kam. Wir haben gejubelt und dachten, die unzähligen Proteste, Briefe und Appelle hätten endlich Früchte getragen.« Obutu kratzte sich am Kopf und blickte zu Boden. »Wie naiv ein Mensch doch sein kann. Wir glaubten, sie hätten die Aufgabe, sich die Verwüstung und das Elend mit eigenen Augen anzusehen, Berichte anzufertigen, um ihre Bosse zum Aufräumen und Helfen zu bewegen, doch das Gegenteil war der Fall. Wir hofften, Nigeria stünde vor einer großartigen Wende, doch sie kamen nur, um die Lage zu beschönigen. Weiße Männer in schicken Anzügen. Sie stolzierten mit erhobenen Köpfen wie Pfaue durch die Gegend, kamen sich vor wie die Herren der Schöpfung, wie die Herren über Afrika. Dann packten sie ihre Sachen aus. Kameras, Mikrofone, Geschenke, viele Geschenke für die einfachen Leute. Sie stellten ihre Kameras in Gegenden auf, in denen die Natur scheinbar noch in Ordnung war. Sie filmten gekaufte Menschen, denen man Geld gegeben hatte, damit sie vor der Kamera lachten, spielende Kinder in neuer Kleidung. Stellen Sie sich nur diese Arroganz und Verlogenheit vor: Wir verlangten von den Männern, dass sie sich die verseuchten Gebiete und die kranken Menschen ansahen, aber die interessierten sie gar nicht. Sie hielten ihre Kameras nur auf saubere Flüsse und Seen, um zu dokumentieren, dass doch alles gar nicht so schlimm ist. Eine gigantische Vertuschungsaktion, vor unseren eigenen Augen.«

»Mich wundert das überhaupt nicht«, sagte Martin.

»Nein, das allein würde mich auch nicht wundern, aber es kam noch schlimmer. Danach geschah das Furchtbarste, was ich je erlebt hatte und an meinem Land zweifeln ließ.« Obutu öffnete eine zweite Flasche. Diesmal war er nicht mehr so ruhig. Seine großen Hände umschlossen die Flasche und selbst die schien zu schwer zu sein, um sie halten und öffnen zu können. Seine Kraft war mit seinem Bekenntnis gewichen. Zitternd füllte er die beiden Gläser und verschüttete einen Teil auf den fleckigen Boden.

Dann fuhr er fort. »Ich habe mich still im Hintergrund gehalten. Ich kannte die Gewaltbereitschaft dieser Menschen, doch Helmut hielt diese Heuchelei nicht mehr aus und dann ist ihm eine Sicherung durchgebrannt.«

Martin runzelte die Stirn. »Was ist passiert?«

»Helmut war vermutlich übermüdet, hatte zwanzig Stunden harter Arbeit hinter sich. Er war ein guter Arzt, nie hat er an sich selbst gedacht, immer nur an die Menschen, die ihn brauchten. Doch in den Minuten danach war er einfach nicht mehr er selbst. Als sich die Delegation geweigert hatte, die verseuchten Gebiete zu besichtigen und uns die Kameramänner sogar ausgelacht haben, ist er auf einen von denen losgegangen und hat ihn geschlagen. Hat ihn beschimpft. Ein anderer Kameramann bekam Order, die Szene zu filmen, und Helmut nahm die Gelegenheit wahr und fluchte und schimpfte in die Kamera hinein. Er war wie von Sinnen. Dann schlug er dem Mann mit der linken Hand die Kamera weg und mit der rechten Faust ins Gesicht. Wie gesagt, er war übermüdet, reagierte unbedacht. Der Mann lag am Boden und blutete. Sofort tat es Helmut leid, und er wollte ihm aufhelfen. Der Arzt in ihm kam wieder zum Vorschein. Inzwischen war eine bewaffnete Truppe irgendwelcher Söldner hinzugekommen, die für den Schutz der Delegation sorgen sollte. Diese Milizen breiten sich wie Ungeziefer im ganzen Land aus. Islamistische Terrorgruppen, die keine Jobs auslassen und für Geld alles tun. Als sie sahen, dass sich Helmut über den verwundeten Kameramann beugte, dachten sie, er wolle ihn ein weiteres Mal verprügeln. Hinterher behaupteten sie, sie hätten ein Messer aufblitzen sehen.«

Obutu hob die Hände vor das Gesicht. Peinlich berührt wischte er sich eine Träne aus dem Auge. »Sie haben ihn einfach erschossen. Mit sieben Schüssen in den Rücken. Eine Salve aus einem automatischen Gewehr. Die Deutschen waren entsetzt, alles war voller Blut. Der Kameramann lag unter der Leiche, war von oben bis unten mit fremdem Blut bespritzt, er schrie und kreischte wie ein Wahnsinniger. Nachdem er sich befreit hatte, rieb er fortwährend mit den Händen über das Hemd, als könnte er das Blut und die ganze Tat fortwischen, aber es gelang ihm nicht. Die Milizen ballerten noch ein paar Mal in die Luft, um klarzumachen, wer die Macht hatte, während die Bewohner des Dorfes sich langsam umdrehten und in ihren Hütten verschwanden. Niemand wollte der Nächste sein. Sie waren daran gewöhnt, unterdrückt, vergewaltigt und ausgebeutet zu werden.«

»Oh mein Gott, das tut mir sehr leid«, bekundete Martin. Er hatte sich zu Obutu vorgebeugt, wollte keines seiner Worte verpassen, denn seine Stimme war unter der Last des Erlebten immer leiser geworden. »Was ist danach passiert? Er war immerhin ein Deutscher.«

Obutu lachte hämisch auf. »Sie haben ihn wie ein Stück abgeknalltes Vieh auf die Ladefläche eines Jeeps geworfen und mitgenommen. Einer der Anführer sagte zu einem Deutschen, man würde sich um alles kümmern, die Familie benachrichtigen, ihn nach Deutschland überführen lassen.« Obutu schüttelte den Kopf. »Er ist nie in Deutschland angekommen. Ich denke, man hat ihn irgendwo verscharrt oder in einen tiefen öligen Tümpel geworfen.«

»Aber die anderen Dorfbewohner hätten aussagen können. Sie waren allesamt Zeugen.«

Obutu vergrub sein Gesicht zwischen den Händen. Die Geschichte hatte noch nicht den Höhepunkt erreicht. »Nachdem sie Helmut auf den Jeep geworfen hatten und die deutsche Delegation schon vorgefahren war, entbrannte unter den Angehörigen der Miliz ein heftiger Streit. Zwei schlugen sich sogar. Ich hatte mich immer weiter zurückgezogen und konnte sie aus meinem Versteck heraus hören. Jeder konnte sie hören, auch die Dorfbewohner in ihren Hütten. Sie müssen vor Schreck bestimmt erstarrt sein.«

»Wieso?« Martin ahnte Schlimmes.

»Sie kamen ins Dorf zurück. Alle. Bewaffnet bis an die Zähne und haben jeden im Dorf getötet. Ungefähr fünfundvierzig unschuldige Menschen. Sie haben sie abgeschlachtet, Kinder, Frauen, alte Männer, einfach alle. Weil sie Zeugen waren, richtig, aber vor allem, weil sie Christen waren. Die Dorfbewohner gehörten einer christlichen Minderheit an. Wieder hatten diese Schweine einen Grund gefunden, ihren Hass auszuleben. Sie werden den Namen dieser Terrorgruppe schon mal gehört haben: Boko Haram. Sie fallen wie die Heuschrecken über das Land her und verbreiten Angst und Schrecken. Sie wollen einen Gottesstaat aufbauen, die Scharia wieder einführen, rufen in jeder Stadt, die sie einnehmen, ein islamisches Kalifat aus. Es sind Bestien, für die zählt ein Menschenleben gar nichts. Sie töten sogar ihre eigenen Leute, wenn sie nicht absolut linientreu sind.«

Martin stand der Mund offen. Er war zutiefst schockiert, hatte nie wirklich an diese Grausamkeiten geglaubt, bis er es nun von einem Augenzeugen hörte. »Oh mein Gott. Wo war der andere Arzt, als dies geschah?«

»François? Er war nicht da. Er war einen Tag zuvor aufgebrochen, um eine befreundete Missionsstation zu besuchen. Einmal im Monat fuhr François für zwei Tage dorthin, um mit einfachsten Mitteln die Kranken zu behandeln. Wenn er dort ankam, hatten sie bereits seit Stunden geduldig in einer langen Schlange auf ihn gewartet. Als François zurückkam und ihm ein alter Mann aus der Umgebung, der überlebt hatte, von dem Vorfall berichtete, brach er vor seinen Augen zusammen und weinte wie ein Kind. Tagelang hat er sich in seiner Hütte verschanzt, ließ niemanden zu sich, bis er wieder herauskam und die Welt, wie sie einst war, nicht wiedererkannte. Dann wurde er krank. Er bekam Fieber und nahm fünf Kilo ab, obwohl er schon so dünn war.« Obutu machte eine Pause und schluckte schwer. Dann fügte er hinzu. »Und ich konnte ihm nicht helfen.«

»Wie geht es ihm heute? Lebt er noch dort?«

Obutu schüttelte den Kopf. »Nein, er ist kurz danach an einer Infektion gestorben. Ironie des Schicksals, so nennt man das wohl bei Ihnen.«

»Somit sind Sie der einzige überlebende Zeuge dieses Massakers?«

Obutu nickte. »Genau. Und das Problem ist, die wissen es. Noch dazu, weil ich alles aufgenommen habe. Deshalb konnte ich nicht bei François bleiben.«

Martin beugte sich wieder vor. »Sie haben alles aufgezeichnet? Heimlich, aus Ihrem Versteck heraus? Aber das ist doch großartig. Damit kann man die Schweine doch vor Gericht bringen.«

Obutu wischte sich den Schweiß von der Stirn und ließ deprimiert den Kopf sinken. »Ja, theoretisch könnte man das. Aber wer bin ich schon? Ein Schwarzer, der Asyl beantragt.«

»Trotzdem. So etwas darf man nicht unter den Teppich kehren.«

Obutu nickte. »Zumal ich mein Leben riskiert habe, um den Film hierherzubringen. Ich habe einen hohen Preis dafür bezahlt.«

»Hat man Sie beim Filmen beobachtet?«

»Ja, zum Schluss, als noch einer der bewaffneten Männer zurückkam, um eine Tasche zu holen, die der Kameramann in seiner Panik vergessen hatte. Ich stand im Schatten eines Busches, halb verdeckt vor ihren Blicken. Eigentlich war es ein glücklicher Zufall, denn ich wollte meiner Frau mit einem kurzen Film zeigen, wo ich arbeite, warum ich sie und meine kleinen Kinder vernachlässigte. Sie sollte verstehen, wofür ich mein eigenes Leben opferte. Gerade in dem Moment, als ich fertig war, kam diese Delegation. Das war etwas Besonderes, weiße Männer waren sehr selten in dieser Gegend, also hielt ich einfach drauf. Ich versteckte mich, sodass ich *sie*,

sie aber nicht *mich* sehen konnten. Ich filmte zwischen den Zweigen hindurch.«

»Auch wie Ihr Freund und die anderen getötet wurden?«

Obutu nickte stumm. Die Erinnerungen riefen ihm noch immer einen Schauer hervor, doch diese Erlebnisse waren nichts gegen das, was er noch verkraften sollte. »Ich habe alles gefilmt, bis der Mann mit der Waffe mich entdeckte und auf mich zukam. Ich hatte nicht mal Zeit, die Kamera auszuschalten, denn als er mich sah, schrie er laut auf, rief die anderen hinzu, doch da war ich schon verschwunden. Wissen Sie, Mr Pohlmann Kommissar, ich war schon immer ein guter Läufer.« Obutu klopfte sich auf die kräftigen Oberschenkel. »Meine langen Beine. Mit der Kamera in der Hand bin ich losgelaufen, so schnell ich konnte, abseits der Wege. Ich hörte, wie sie den Jeep starteten und dicht hinter mir waren, doch wenn sie glaubten, sie hätten mich, hab ich mich im Unterholz versteckt. Dann bin ich weitergerannt, bis in die Nacht hinein. Die Kamera lief die ganze Zeit weiter, bis der Akku leer war. Zwei Tage später hab ich mich in ein benachbartes Dorf geschlichen und mit dem Stammesführer gesprochen. Leider hatten sie ihm schon einen Besuch abgestattet und ihn sich vorgenommen. Sie haben ihn gefoltert, um in Erfahrung zu bringen, wer ich sei. Jeder in der Gegend kannte mich. Sie liebten mich als ihren Arzt, nie hätten sie mich freiwillig verraten, es sei denn, Ihnen wird ein Finger nach dem anderen abgeschnitten. Als ich kam, war seine rechte Hand verbunden. Es war nur noch der Daumen übrig. Vier Finger für meinen Namen, wo ich arbeitete, wo meine Familie lebte. Und dann haben sie ihm noch gesagt, er solle mir ausrichten, dass, wenn ich mit diesen Aufzeichnungen etwas gegen sie unternehmen wollte, sie meine Familie einen nach dem anderen enthaupten würden, bevor sie das Gleiche mit mir machen würden.«

Martin hoch abwehrend die Hände. Er hielt die Schwere und die Realität der Ereignisse kaum aus. »Ach, kommen Sie. Das würden die doch nicht tun.«

Obutu liefen glitzernde Tränen die Wangen hinunter. »Sie haben es getan. Ich bin sofort nach Lagos gefahren. Ich kam zu spät. Meine Kinder waren erschossen worden und meine Frau lag blutend in der Ecke. Sie lebte noch. Sie hatten sie mehrfach vergewaltigt und dann einfach liegen gelassen. Mir wurde klar, dass sie kurz vor mir da gewesen sein mussten. Ich hatte Panik, dass sie mich vielleicht gesehen hatten oder mir auflauern würden, doch in diesen Sekunden war mir mein eigenes Leben ganz egal. Ich schleppte meine Frau aus dem Haus und konnte sie noch ins Krankenhaus schaffen. Ich bin neben der Trage hergerannt, als sie in den OP geschoben wurde. Sie hielt meine Hand, ganz fest, dann ließ sie los. Sie war tot. Sie hatte zu starke innere Blutungen.«

Martin erwiderte nichts darauf. Was sollte man auch sagen? Dieser Mann hatte seine Freunde, seine Frau und seine Kinder verloren. Und wofür? Weil er zur falschen Zeit am falschen Ort gewesen und Zeuge eines Massakers geworden war? Doch sollte all sein Mut umsonst gewesen sein? War es tatsächlich nur ein Zufall gewesen, dass gerade er dort war?

An diesem Punkt schluchzte Obutu ungeniert. Trotz aller Peinlichkeit konnte er die Trauer nicht aufhalten, genauso wenig, wie man den Lauf des Windes aufhalten kann. Martin gab ihm die Pause, die er brauchte. Er vermutete, dass dies nur die Einleitung zu der eigentlichen Geschichte war. Noch immer war nicht klar, wie Obutu zu Joshua stand. Obutu kramte ein Taschentuch hervor und schnäuzte laut hinein. Dann fasste er sich wieder. Martin lehnte sich vor und legte Obutu eine Hand auf den Unterarm. Auf den Ärmel des weißen Hemdes, durch das die schwarze Haut schimmerte. »Wie ist es Ihnen gelungen, nach Deutschland zu kommen?«

»Ich musste aus Lagos fliehen. Daran bestand kein Zweifel mehr. Ich konnte meinem Land nur dienen, wenn ich weg wäre, wenn es mir gelingen würde zu überleben, doch ich wusste nicht, wie. Ich konnte mich kaum rühren. Mein Schmerz war einfach zu groß, ich war wie gelähmt. Ich konnte nun nachvollziehen, wie es François ergangen war, als er hörte, dass man all seine Patienten im Dorf umgebracht hatte. Es wird jegliche Lebenskraft aus einem herausgesaugt. Man ist wie ohnmächtig, unfähig überhaupt etwas zu tun. Ich habe eine Weile bei einem Freund gewohnt, einem ehemaligen Kommilitonen aus der Uni. Ich konnte ja nicht mehr in die Wohnung zurück. Ich vermutete, sie waren noch immer hinter mir her. Sie wollten die Aufzeichnung, die Beweise, das war sonnenklar. Es ging ja nicht nur um einen x-beliebigen Kerl, den sie getötet hatten, das taten sie ja täglich, sondern um einen deutschen Arzt, der genug Beweismaterial gegen sie und gegen die Petrol Ag zusammengetragen hatte, dass es für einen großen Prozess gereicht hätte. Genug, dass es sehr eng für den Konzern geworden wäre. Die Bewohner des Dorfes waren nur ein Zubrot. Das tun diese Bestien mit Vorliebe. Doch noch nie hatte jemand diese Untaten lückenlos aufgezeichnet. Meine Videoaufzeichnung, die ihre Skrupellosigkeit, ihre Korruption und ihre Menschenfeindlichkeit beweisen konnte, stellte für sie eine massive Bedrohung dar.«

»Was ist daraus geworden?« Martin biss sich auf die Unterlippe. Das Bild, das sich abzeichnete, wurde immer klarer. Das also war mit den sogenannten *Aktivitäten in Nigeria* gemeint. Anfangs hatten die ausführlichen Berichte ihn ermüdet, doch nun war er froh, dem Mann eine Chance gegeben zu haben.

»Ich habe von dem Chip eine Kopie anfertigen lassen, nur für den Fall, dass mir etwas zustoßen sollte. Ich habe mich umgehört, viele Menschen wollen aus Nigeria fliehen, immer wieder hört man jedoch von verunglückten und gesunkenen Booten. Alle haben Angst, nicht am Leben zu bleiben. Verstehen Sie das Dilemma? Wenn sie nicht fliehen, bleiben sie am Leben, vielleicht, wenn auch in Armut und Unterdrückung. Doch wenn sie fliehen und das Schiff ablegt, gibt es kein Zurück mehr. Sie begeben sich in einem miesen Wrack auf hohe See. Es gibt keine Garantie, und die Schlepper nehmen ihnen ihr ganzes Geld ab. Und dann ist es noch nicht einmal sicher, dass man sie nicht wieder zurückschickt, wenn sie heil in Italien ankommen. Unsicherheit und Angst, die sich in jede kleinste Ritze ihrer Seele einnisten.«

»Aber Sie haben es geschafft. Sonst wären Sie ja nicht hier.«

»Ja, das hab ich. Ich danke Gott jeden Tag dafür und doch verstehe ich nicht, warum ich lebe und meine Familie und meine Freunde nicht. Ich würde gerne mit ihnen tauschen. Meine Kinder hatten noch ihr ganzes Leben vor sich. Eigentlich habe ich alles dafür getan, damit es ihnen einmal gut geht und sie nicht in Wellblechhütten leben müssen. Sie sollten eine anständige Ausbildung erhalten und die gleichen Rechte haben wie die Menschen in Europa.«

»Wie haben Sie es geschafft, nach Hamburg zu kommen?«

»Das war eine sehr lange Reise. Ich habe die Hälfte meiner Ersparnisse einem widerlichen Schlepper gegeben. Ein skrupelloser Mensch, der sein Geld mit Menschenhandel verdiente. Eigentlich handelte er mit allem, was sich verkaufen ließ, Drogen, Waffen, Pässe, warum also nicht auch Menschen. Wir waren fünfzig Leute an Bord eines uralten, rostigen Frachters und haben uns zwischen stinkenden Fischen, in Getreidesäcken eingenäht, versteckt. Tagelang durften wir keinen Mucks von uns geben. Tagelang hörte ich meinen eigenen Herzschlag, den des Mannes neben mir, den der Frau, die hinter mir lag, die Herzen aller auf dem Schiff, wie mir schien, denn sie schlugen so laut, so voller Hoffnung, dass man es gar nicht überhören konnte. Dann, eines Nachmittags, hörte ich sie nicht mehr. Nur noch einige von ihnen. Und wir, deren Herzen noch schlugen, merkten es am Geruch. Nicht dem des Fischs, sondern der beginnenden Verwesung von Menschen in einem über dreißig Grad heißen Schiffsrumpf. Dann hörte ich, wie man sie zwischen den Körpern herauszog, ein schweres Schleifen auf dem Schiffboden, dann kam dieses Klatschen, viermal, fünfmal, sechsmal, siebenmal. Das werde ich mein Leben lang nicht vergessen. Man hat sie einfach über Bord geworfen und den Fischen überlassen. Danach war es wieder still. Nach einer Weile ließ man uns aus dem Rumpf nach oben an Deck kommen. Es war so unglaublich hell nach diesen Tagen in Finsternis. Es tat gut, die frische Luft zu atmen, obwohl die Erinnerung an den Gestank im Rumpf mein Leben lang lebendig bleiben wird.« Obutu atmete tief durch.

»Wir bekamen schimmeligen Dreck zu essen und zu trinken, streng rationiert, während die Schlepper die feinsten Sachen schlemmten. Es war ihnen egal, ob wir starben oder am Leben blieben. Sie hatten unser Geld ja schon bekommen. Dann, ich weiß bis heute nicht, wie viele Tage und Nächte wir auf See waren, kamen wir auf der Insel Lampedusa an. Die Küstenwache empfing uns mit Salven aus Gewehren und wollte uns zum Umkehren zwingen. Offensichtlich glaubten sie, dass wir noch kräftig genug waren, um die Rückreise antreten zu können. Die Schlepper diskutierten mit der Polizei und in dem Moment, als der Kapitän Anstalten machte, umzukehren, ist einer der Flüchtlinge durchgedreht. Ich bin ihm bis heute dankbar für seinen Wahnsinn.«

»Wieso? Was hat er gemacht?«

»Er hat mit einem Beil, das er in einer Werkzeugkiste gefunden hatte, ein Loch in den maroden Rumpf geschlagen. Wie ein Besessener hat er auf den Boden des Schiffes eingedroschen, bis das erste Wasser hineinsickerte. Danach schlug er noch fester. Ich habe mich gefragt, woher dieser Mann die Kraft nahm. Wir alle waren hungrig, erschöpft und vollkommen ausgelaugt. Es muss die Kraft der Verzweiflung gewesen sein. Na, jedenfalls hat er es geschafft, das Schiff kentern zu lassen. Die Polizisten waren schon auf dem Rückweg, als sie sahen, dass wir sanken. Einige der Passagiere schafften es nicht mehr rechtzeitig, eingesammelt zu werden. Sie hatten keine Kraft zu schwimmen oder hatten es nie gelernt. Ich hielt mich mit drei anderen an einer wurmstichigen Planke fest. Von den fünfzig, die von Lagos aufgebrochen waren, waren nur noch dreiundzwanzig am Leben, als wir in Italien an Land gingen. Nun ja, die, die noch lebten, dachten, sie hätten es geschafft. Ich wusste, dass die Reise zwar überstanden war, aber noch große Hürden vor uns liegen würden. In Lampedusa blieben wir nur zwei Nächte, dann wurden wir mit einem großen UN-Schiff aufs italienische Festland nach Bari gebracht. Dort wurden wir getrennt. Ich weiß nicht, wohin die anderen geschickt wurden, doch ich wurde mit fünf anderen nach Siena in der Toskana gebracht. Ein Asylbewerberheim, das uns schon bei unserer Ankunft als viel zu voll erschien. Es wurde kurzerhand Platz gemacht für fünf weitere.«

»Ich kenne Siena. Ist sehr nett dort.«

»Für Urlaub mag es ja nett sein, doch Italien steckt bis heute in einer tiefen Krise. Es gibt keine Arbeitsplätze, und man hasst die Schwarzen dort. Wann immer wir durch die Stadt gingen, machten die Leute Platz, als hätten wir ansteckende Krankheiten. Man wollte uns nicht dort haben, das haben wir alle sofort gespürt. Was willst du tun, den ganzen Tag? Du hast kein Geld, findest keine Wohnung, keine Arbeit, du bist nur ein Stück Dreck. Nicht, dass ich mir darauf etwas einbilden würde, aber ich bin Arzt, habe Menschenleben gerettet. Nichts davon war übrig geblieben, außer meiner Würde und dem ganzen Wissen in meinem Kopf. Ich wusste, Italien kann nicht meine Zukunft sein. Ich wollte nach Deutschland. Das stand von Anfang an fest. Also sind wir zu dritt in die Schweiz geflohen. Wir kamen illegal über die Grenze und haben Afrikaner, die dort lebten, angesprochen. Sie haben uns Arbeit auf Bauernhöfen besorgt oder uns vermittelt, damit wir mit niedrigen Arbeiten ein paar Franken verdienen konnten. Doch die Schweiz ist teuer, das Geld verschwand so schnell, wie es gekommen war, also zogen wir weiter. Überall trafen wir auf unserer Reise auf Flüchtlinge aus Lampedusa. Tausende sind von dort unterwegs und schlagen sich durch, auf der Suche nach einem Platz, wo sie ein menschenwürdiges Dasein führen können. Wir sparten das

Geld, fuhren per Anhalter bis an die deutsche Grenze und gingen in der Nacht rüber. Von dem Geld, das wir gespart hatten, kauften wir ein Zugticket und fuhren nach Hamburg. Am Bahnhof trafen wir nette Leute, die uns zur Caritas brachten. Dort trafen wir wieder auf viele Flüchtlinge aus Lampedusa. Einige Leute der Caritas waren schon vollkommen genervt von uns, also brachte man uns hierher. Hier, auf diesem Schiff lebe ich nun seit sechs Monaten, und nichts passiert. Und der einzige Freund, den ich in Deutschland hatte, ist nun auch tot.«

»Sie meinen Joshua?«

Obutu nickte. Ein feiner feuchter Schleier legte sich zum wiederholten Male über seine unergründlichen schwarzen Pupillen und ließ sie seltsam glänzen.

»Wie haben Sie sich kennengelernt?« Martin sah auf die Uhr. Nein, er hatte es immer noch nicht eilig, doch eine Stunde war bereits vergangen, und nun konnte er die Frage stellen, wegen der er überhaupt gekommen war.

KAPITEL 46

12. November 2013, Hamburg-Hafen

Obutu rieb sich mit der flachen Hand über die Wange, als würde er sich selbst streicheln. »Also, es ist so. Ich sitze gern am Hauptbahnhof und beobachte die Leute, die vorbeigehen. Eines Tages dachte ich, ich könnte doch mal einen Topf dorthin stellen, um zu sehen, ob die Deutschen ein Problem mit mir hätten oder nicht. Ich bin kein Bettler, es war nur ein Versuch. Ich weiß nicht, was die Passanten dazu bewogen hatte, mir Geld in den Becher zu werfen, ob es meine ehrlichen Augen waren, oder ob es mein ausgemergelter Körper war, der ihnen leidtat. Jedenfalls haben viele mir Geld gegeben, immer nur wenig, ein paar Cent, manchmal einen ganzen Euro, aber ich konnte davon leben. Einige Leute haben mir auch etwas zu essen gebracht, weil sie nicht wollten, dass ich mir Alkohol von dem Geld kaufe. Ich bekam einen Hamburger von McDonald's, eine Currywurst mit Pommes und solche Dinge. Ich kannte dieses Essen gar nicht, aber es hat mich ernährt, selbst wenn es nicht besonders gesund war.«

»Und dann kam Joshua?«, fragte Martin, um den Bericht zu beschleunigen.

»So ist es. Dann kam Joshua«, wiederholte Obutu langsam und verträumt. »Er machte es nicht wie all die anderen, indem er mir das Geld vor die Füße warf, sondern er setzte sich neben mich. Können Sie sich das vorstellen? Ich meine, ich hätte doch fürchterlich stinken können oder gewalttätig sein, aber Joshua hat diese Gedanken nicht gehabt und empfand keinerlei Ekel oder Abscheu vor mir. Also setzte er sich neben mich. Ich schaute ihn an, er lächelte nur. Ich dachte, na ja, ein sonderbarer Mensch, vielleicht nicht ganz richtig im Kopf. Er hatte zerzauste Haare, war so dünn wie ich, die Knöpfe seines Hemdes waren falsch zugeknöpft. Er sah schon etwas sonderbar aus, aber seine Augen, die waren aufrichtig. Dass er harmlos war, sah man gleich. Ihn umgab eine Aura der Friedfertigkeit, wie eine Glocke, in die keine Gewalt eindringen konnte.«

Martin rutschte unruhig umher. Der Sessel hatte einen ganz entscheidenden Makel. An der Seite stach eine Feder hervor, die es auf ihn abgesehen hatte. Wie er sich auch drehte und sein Gewicht verlagerte, sie kam ihm nach und drückte ins Fleisch. Obutu bemerkte, dass sich Martins Geduld allmählich wie Rauch verflüchtigte, und fuhr fort: »Erst hat mir Joshua zwanzig Euro in die Hand gedrückt und mich gefragt, was ich hier tue. Na ja, ich dachte mir, was für eine komische Frage. Ich sitze hier und bettle, aber er meinte es ernst. Ich habe festgestellt, dass wenn man hier in Deutschland jemanden fragt, wie es ihm geht, dann sagt der andere immer: Gut, danke. Würde er sagen, mir geht es schlecht, so würde der Fragende sich wundern, denn so war seine Frage nicht gemeint. Es ist nur eine leere Hülse, nichts weiter. Doch Joshua interessierte sich wirklich für mich, für meine Geschichte, und als ich sie ihm erzählte, liefen ihm Tränen die Wangen hinunter, als sei es sein eigenes Schicksal, das derart beklagenswert ist. Er saß dort und hörte gar nicht mehr auf zu weinen. Stellen Sie sich mal die Leute vor, die an uns vorbeigingen. Niemand warf mehr eine Münze in den Topf. Sie hatten Angst vor einem weinenden Mann. Als er sich beruhigt hatte, gab er mir noch einmal die Hand und sagte mir, er heiße Joshua Horowitz und er werde sich um mich kümmern. Als ich diese Worte hörte, kamen auch mir die Tränen. Wissen Sie, Mr Pohlmann Kommissar, da war so viel Liebe in diesem Menschen. Sie umgab ihn wie eine wärmende Decke, die auch mich umfing. Ich habe meine ganze Familie verloren und war so viele Monate unterwegs und dann treffe ich diesen Menschen. Er kam mir vor wie ein Engel. So einen Mann habe ich weder davor noch danach getroffen, und ich glaube, so jemanden gibt es auch nur ein einziges Mal im Leben.«

»Wie ging es weiter mit Ihnen beiden? Hat Joshua Ihnen einen Job beschaffen wollen?«

»Ja, er sprach davon, aber er hat mir vor allem Hoffnung gegeben. Hoffnung auf Wiedergutmachung, Hoffnung auf ein Leben in Würde, Hoffnung, eines Tages wieder als Arzt arbeiten zu können. Am nächsten Tag schon kam er wieder. Er setzte sich zu mir, genau an derselben Stelle wie tags zuvor. Er trug noch dieselben Sachen am Leib, gab mir die Hand, sagte, er heiße Joshua, ob ich das noch wisse. Dann erzählte er mir von seinem Leben, von seinem Traum, seinen Erfindungen. Ich dachte, meine Geschichte wäre schon außergewöhnlich, doch ich hatte mich geirrt. Als mich Joshua in seine Geheimnisse einweihte, wusste ich, dass dieser kluge Mann ein ebenso gefährliches Leben führt wie ich selbst, wenn nicht sogar noch mehr.«

Die ganze Zeit über hatte Ayo Obutu nicht gefragt, wie und auf welche Weise Joshua ums Leben gekommen ist, doch nun drängte es ihn danach, genau diese Frage zu stellen. Martin erzählte es ihm. Die Worte kamen nur stockend und widerwillig aus ihm heraus. »Er ist … also er wurde in einem Öltank gefunden.«

»Also ist er erstickt.«

»Nun ja, es war noch ein wenig mehr als das. Ihm wurde die Kehle durchtrennt, somit ist er verblutet, und man hat ein Branding auf seiner Brust hinterlassen.«

»Ein Brandmal? Eine Botschaft? Wie lautet es?«

»Nun, das sind interne Dinge, die ich Ihnen nicht sagen darf.«

Obutu nickte. »Ja, Sie haben recht. Ist vermutlich ja auch gleichgültig.« Obutu wurde von wildem Zorn erfasst. Er ballte die Fäuste und beugte sich zu Martin vor. »Dennoch, falls Sie den Mörder finden, werden Sie ihn fragen müssen, was er sich dabei gedacht hat, meinen besten Freund auf diese Weise umzubringen. Ich will es wirklich wissen, Mr Kommissar. Joshua war etwas ganz Besonderes.«

»Ja, ich weiß, das sagt irgendwie jeder. Bitte, Herr Obutu, sagen Sie mir noch, wie es mit Ihnen und Joshua weiterging.«

»Ja, richtig. Also ich habe Joshua von dem Massaker in dem kleinen Dorf erzählt und dass ich alles gefilmt habe.«

Martin unterbrach ihn. »Wo ist die Datei jetzt eigentlich?«

»Ich hatte den Chip, nun, wie soll ich sagen, in meinem Gesäß versteckt. Wir wurden vor der Abfahrt von Lagos gefilzt und bei unserer Ankunft in Italien. Erst danach habe ich den Chip wieder hervorgeholt und am Körper festgeklebt. Im Zweifelsfall hätte mein Freund in Lagos eine Kopie besessen, doch was, wenn sie auch ihn …?« Obutu mochte nicht aussprechen, was dennoch realistisch erschien. »Joshua war entsetzt von dieser unaussprechlichen Brutalität. Er hat sich den Film auf einem Computer mehrmals hintereinander angesehen und schüttelte fortwährend den Kopf dabei. Er war ganz außer sich vor Wut. Er habe es schon immer gewusst, schrie er. Dies alles würde seinen Verdacht aufs Neue bestätigen, und man müsse sofort gegen Petrol vorgehen. Man müsse sie davon überzeugen, dass die Welt gar kein Öl mehr benötige, dass keine Kriege mehr geführt und keine Menschen belogen und getötet zu werden brauchen. Dieser Wahnsinn müsse jetzt endlich aufhören.«

»Sie meinen, Joshua wollte gegen Petrol etwas unternehmen?«

»Absolut. Er war wohl schon immer ein Gegner dieser Giganten, hatte in Israel auf eigenem Grund und Boden schlimme Erfahrungen mit Modern Energy gemacht, doch dieser Massenmord brachte das Fass zum Überlaufen. Er wollte endlich handeln.«

»Was hat er getan? Er konnte ja nicht einfach zu Petrol hineinmarschieren und ihnen den Film zeigen.«

»Sollte man meinen, doch genau das hat er gemacht. Joshua war nicht besonders vernünftig. Er hatte gedroht, den Film der Presse zu übergeben, wenn sie nicht ihre finsteren Machenschaften in der Welt, speziell in Nigeria, augenblicklich stoppen würden.« Martin erinnerte sich an die Formulierungen in dem Drohbrief. Es entsprach in etwa dem Wortlaut, den Obutu gerade vortrug. Doch wie sollte das zusammenhängen? Joshua war ein Opfer, kein Täter. Nicht derjenige, der eine Bombe installiert und für deren Zündung gesorgt hatte. Oder etwa doch? Oder hatte sich Obutu unwissentlich gerade selbst verraten. War er der Attentäter, der sich an der Petrol Ag rächen wollte? Aber hätte er dann das Leben seines Freundes dabei riskiert?

Martin knibbelte an seinem Fingernagel herum. »Eines ist mir noch nicht ganz klar. Sie sagten, Sie wollten unbedingt nach Hamburg kommen. Warum? Was gibt es hier so Tolles?«

Obutu legte die Stirn in Falten. »Habe ich Ihnen das noch gar nicht erzählt?« Er kratzte sich am Kopf. »Nein, tatsächlich, ich habe es bei der Aufregung vergessen. Das Wichtigste habe ich Ihnen bisher verschwiegen.«

Martin sah auf die Uhr. Vier Uhr am Nachmittag. Längst würde er ein Knöllchen haben, wenn sie nicht sogar den Wagen aus der Halteverbotszone abgeschleppt hatten. Er hatte einen Bärenhunger und konnte sich nicht mehr auf Obutu konzentrieren. Die letzte Bemerkung erregte dennoch seine Neugier. Ein weiteres Puzzleteilchen war hinzugekommen. »Na schön, das Wichtigste zum Schluss. Schießen Sie los.«

»Ich wollte nach Hamburg, weil ich in Nigeria einen Mann kennengelernt habe, der mir ein Versprechen gegeben hat.« Obutu wurde nachdenklich. Ein aufs andere Mal wurde ihm bewusst, wie fragil Versprechen waren. »Ich habe diesem Mann vermutlich das Leben gerettet, und er hat mir dafür versprochen, dass er, wenn ich es schaffen sollte, nach Deutschland zu fliehen, sich für mich einsetzen würde. Er sei eine einflussreiche Persönlichkeit und man würde auf ihn hören. Er hat es hoch und heilig versprochen.«

»Tut mir leid, aber ich kann mir keinen Reim darauf machen. Wer war dieser Mann?«

»Er lag auf meiner Intensivstation in dem kleinen Lazarett.«

Martin lächelte. »Dort gab es eine Intensivstation? Ich dachte, Sie hatten keine Mittel für so was?«

Obutu grinste schelmisch. »Gab es auch nicht. Ich habe eine besondere Ecke in dem Lazarett so genannt, weil ich mich um diese Patienten *intensiv* gekümmert habe, also Tag und Nacht.«

Martin nickte.

»Es war ein Weißer. Er wurde mit akuten Vergiftungen eingeliefert. Es hat vier Tage gedauert, ihn zu entgiften, sein über 40 Grad hohes Fieber runterzudrücken und geeignete Medikamente aufzutreiben. Ich bin seinetwegen extra sechzig Kilometer in ein anderes Krankenhaus gefahren, um spezielle Antibiotika für ihn zu bekommen. Haben Sie eine Vorstellung, was sechzig Kilometer über Stock und Stein in Afrika bedeuten? Ich bin die ganze Nacht gefahren, das bedeutet es. Aber es hat sich gelohnt. Es war knapp, aber er ist am Leben geblieben. Als er nach vier Tagen aufwachte, blickte er zuerst in mein Gesicht und erschrak. Er hatte keine Ahnung, was überhaupt passiert war. Das Letzte, woran er sich erinnern konnte, war dieses Getränk, das er achtlos entgegengenommen hatte. Er hatte starken Durst und hat einfach getrunken. Er wusste nicht, dass das Wasser aus einem der verseuchtesten Brunnen stammte, die es in dieser Gegend gibt. Als er wieder sprechen konnte, erzählte er, wer er sei und was er in Afrika täte. Er berichtete von einer Mission. Ja, genau dieses Wort benutzte er. Ich weiß es noch genau. Er sei von seiner Gesellschaft damit beauftragt zu beweisen, dass alles gar nicht so schlimm sei, wie es immer behauptet wurde. Dass es den Menschen in Wirklichkeit gut ginge und sie keinen Mangel leiden müssten. Im Gegenteil, dass sie von der Situation profitieren würden.«

»Herr Obutu, ganz ehrlich, ich versteh kein Wort. Wer war dieser Mann?«

»Tja, mein lieber Mr Pohlmann Kommissar. Erstaunlich, dass ich Ihnen das nicht schon vorhin erzählt habe. Also, dieser Mann wäre unter normalen Umständen mein Feind gewesen. Er kam von der Northern Petrol Ag Europa und hatte die Aufgabe, Filmaufnahmen zu koordinieren, die beweisen, dass es keine Ölpest im Nigerdelta, in Ogoniland, gibt. Er sollte dafür sorgen, dass ein netter, werbewirksamer Film den Menschen an ihren Fernsehgeräten beweist, dass das Öl, das sie teuer an den Tankstellen erwerben, mit ethisch einwandfreien Mitteln gefördert wird.«

»Moment, Moment. Sie meinen, der Mann, den sie gepflegt haben, wäre, wenn er nicht krank geworden wäre, einer dieser Typen in den schicken Anzügen gewesen? Einer der Kontrolleure, die in Deutschland nur Lügenmärchen erzählen?«

»So ist es. Wissen Sie, wenn man an der Grenze vom Leben zum Tod steht, verändern sich die Perspektiven häufig. Es war wirklich knapp für ihn, ich denke, er hatte die Fratze des Todes bereits gesehen und machte sich Sorgen um seine Seele.«

»Sie meinen, er ist sich seines miesen Charakters bewusst geworden oder so ähnlich.«

»Ja, das denke ich. Und er war mir ehrlich dankbar. Ich habe mich wie ein Freund um ihn gekümmert, habe an seinem Bett gesessen, ihm Flüssigkeit eingeflößt, seinen Puls und seine Atmung überwacht, bis er wieder gesund war. Er sagte mir, er wolle es unbedingt wieder gutmachen. Da sah ich meine Chance. Ich erzählte ihm von meinem Traum, einmal in einem richtigen Krankenhaus mit modernen Geräten und moderner Medizin zu arbeiten. Dass ich mir nichts mehr wünschen würde, als dass meine Kinder in einem guten Land aufwachsen, wo sie gesunde Nahrung bekommen, ein geregeltes Leben führen und einen ehrbaren Beruf erlernen können. So etwas gibt es bei uns in Hamburg, hatte er gesagt. Er bestärkte mich in dem Gedanken, nach Europa zu kommen. An diesem Tag war von Flucht noch gar nicht die Rede. Fliehen muss nur, wer verfolgt wird, doch zu dem Zeitpunkt wurde ich noch nicht verfolgt, erst zwei Tage später, nachdem ich meine Filmaufnahmen machte und die Miliz hinter mir her war.«

»Noch nicht«, wiederholte Martin langsam und begann zu verstehen. »Und? Haben Sie diesen Mann besucht, als sie nach Hamburg kamen?«

»Aber ja, sofort. Das war mein erster Gedanke. Nur seinetwegen habe ich diese Stadt gewählt und auch im Gedenken an Helmut, der hier Medizin studiert hatte. Na ja, sobald man mich ließ, machte ich mich auf den Weg. Ich habe mich durchgefragt, wo die Raffinerie in Harburg ist, bin zu Fuß dort hin gelauf…«

Martin erschrak und unterbrach Obutu. »Augenblick mal. Der Typ arbeitete in der Raffinerie in Harburg?«

»Ja, in der vor Kurzem eine Bombe hochgegangen ist.«

»Um Himmels willen. Jetzt sagen Sie mir doch endlich, wer dieser Mann war.«

»Es war auch ein Doktor. Er heißt Dr. Rolf Heinemann.«

*

Wie versteinert verharrte Martin für zwei, drei lange Minuten dem Arzt gegenüber, der aus Nigeria um die halbe Welt gereist war, um nach Deutschland zu kommen und ausgerechnet dieser vom Unglück Verfolgte, schien den Schlüssel zur Lösung dieses verworrenen Falles in der Hand zu haben. Martin überlegte, wie diese Ereignisse im Kontext der letzten Wochen standen. Nach und nach wurde ihm einiges klar.

»Sie haben ihm von dem Video erzählt? Wusste er von dem Massaker?« Martin unterbrach sich selbst. »Klar wusste er davon, seine Kollegen werden es ihm erzählt haben.«

»Natürlich habe ich ihn zur Rede gestellt. Meine Freunde sind schließlich dort gestorben. Und ja, er wusste davon, aber nur, wie Sie richtig sagen, aus Erzählungen und Mutmaßungen. Seine Kollegen waren ja auch nicht mehr dabei, als das Massaker geschah. Sie haben nur den Mord an Helmut miterlebt. Er hat sich den Film angesehen und er war aufrichtig schockiert. Er wurde so blass, wie Sie es sind. Er sagte, dass kein einziges Wort davon von der Konzernleitung erwähnt wurde, es wurde einfach unter den Teppich gekehrt. Je weniger Leute darüber reden, desto weniger erfährt die Öffentlichkeit.«

»Haben Sie ihm das Video gegeben?«

»Erst wollte ich es ihm nicht überlassen, aber er hat mir versprochen, alles für mich zu tun, was nötig wäre, um mir ein Aufenthaltsrecht zu verschaffen. Er sagte, diese Geschichte sei nicht umsonst passiert, dessen könne ich sicher sein.«

»Hm, fragt sich nur, wen er damit gemeint hatte. Könnte mir vorstellen, es ging ihm in erster Linie um sich selbst. Sagen Sie, besitzen Sie noch eine Kopie?«

Obutu nickte düster. »Ich bin zwar nur ein naiver Arzt, aber die Ereignisse haben mich gelehrt, auf der Hut zu sein. Ich habe zwei Kopien angefertigt, eine trage ich stets bei mir, die andere ist gut versteckt.« Obutu öffnete die obersten beiden Hemdknöpfe und zog eine Kette hervor. Aus der Entfernung konnte Martin den Gegenstand, der daran baumelte, nicht erkennen; ein Amulett oder eine kleine Silberplatte mit einer Gravur darin.

»Dies ist ein USB-Stick. Auf dem ist die ganze Wahrheit gespeichert.« Obutu nahm die Kette ab und gab sie Martin. »Hier, nehmen *Sie* die Kette. Ich bin in diesem Land immer noch ein Niemand, aber Sie … Sie werden die Wahrheit ans Licht bringen, nicht wahr, Mr Pohlmann Kommissar?« Obutu hob die Brauen, streckte die Hand mit der Kette darin zu Martin aus und schenkte ihm all sein Vertrauen, den kläglichen Rest, den man ihm gelassen hatte. Martin ergriff die Kette, verschloss sie in seiner Faust und zog die Hand langsam zurück. Er überlegte, wo er sie verstauen sollte. So ein kostbarer Beweis dürfte nie verloren gehen, die Verantwortung dafür wog schwer. Er entschied, sie sich um den Hals zu legen, wie es Obutu getan hatte.

Dann stand er auf. Geschlagene zweieinhalb Stunden hatte er bei Obutu verbracht und die wohl einzigartigste und traurigste Geschichte gehört, die man keinem Menschen zu erleben wünscht.

Er verabschiedete sich von Obutu, versprach wiederzukommen und verließ taumelnd das Schiff. Draußen regnete es heftig, und er hatte Hunger, so sehr, dass er nicht mehr klar denken konnte. Hinter dem Tresen einer Fischbude wärmte sich eine übergewichtige Frau ihre Hände an einem Gasherd. Die Brötchen in der Auslage sahen nicht gerade nach einem verführerischen Schmaus aus, doch Martin war es egal. Er musste irgendetwas in den Magen bekommen, sonst würde er auf der Stelle kollabieren. Er bezahlte, stopfte das pappige Teil in die Tasche und eilte damit zu seinem Wagen. Wenigstens im Trocknen wollte er es essen. Er schloss auf, riss das Knöllchen hinter den Wischern hervor, zerknüllte es mit der freien Hand und warf es in den Rinnstein, ohne den Bruchteil einer Sekunde darüber nachzudenken.

Er aß hastig, kaute kaum, kramte das Telefon hervor und drückte noch kauend die Nummer von Werners Handy.

»Hi, Werner«, nuschelte er.«

»Martin, ich versteh dich kaum.«

Martin schluckte einen großen Brocken hinunter. »So, jetzt geht's wieder.« Er startete den Wagen und stellte seine Freisprecheinrichtung an. »Du musst sofort zur Raffinerie nach Harburg kommen.«

»Wieso? Was ist denn los?«

»Ja meinst du, ich erzähl dir das am Telefon? Komm einfach hin und beeil dich. Denk dir irgendeinen Quatsch für Lorenz und Reinsch aus und fahr los. Ich habe quasi den Schlüssel zu unserem Fall in der Hand, besser gesagt, um den Hals. Du würdest es mir sowieso nicht glauben. Die Nummer ist um einiges größer, als wir bisher vermutet hatten.« In dem Moment, als Martin das Gespräch beenden wollte, musste er scharf bremsen, ein Lieferwagen vor ihm hatte spontan entschieden, abbiegen zu wollen. Ein Teil seiner Krabben in rosa Cocktailsoße verteilte sich auf seiner Hose. »Scheiße«, brüllte er ins Mikro. »Also dann bis gleich. Zwanzig Minuten, beeil dich.«

KAPITEL 47

12. November 2013, Hamburg-Harburg

Martin und Werner trafen sich vor der Raffinerie und gingen gemeinsam hinein. Auf der Vorderseite von Martins Hose prangte ein unschöner Fleck. Werner entschied, besser nicht näher nachzufragen.

Martin hüllte sich in Schweigen, wollte nicht so schnell seine neuesten Erkenntnisse mit Werner teilen. Immerhin war er suspendiert, was also ging es ihn eigentlich an? Da sie gute Freunde waren, hielt Martin dem Drängen Werners nicht lange stand.

»Ich erzähl es dir gleich. Gönn mir doch den kleinen Vorsprung. Dauert nicht mehr lange, und wir haben die Nuss geknackt, und zwar ohne diese Berliner Flachnase Reinsch.«

»Komm, nun erzähl schon. Hast du eine Ahnung, wie mich die beiden gelöchert haben, als ich sagte, dass ich wegmuss?«

»Bist du sicher, dass dir keiner gefolgt ist? Vielleicht hab ich schon eine Paranoia, aber es würde mich nicht wundern.« Martin blieb einen Augenblick stehen. Auf dem Gelände gingen alle Arbeiten wieder ihren gewohnten Gang. Nur der geborstene Tank stand noch wie ein schwarzes Mahnmal herum. »Na schön, also hör zu. Du kriegst die Kurzfassung. Ich habe einen Flüchtling aus Nigeria kennengelernt, wohnt unten im Hafen in diesem ehemaligen Kreuzfahrtschiff. War mal Arzt in einem Krankenhaus in Ogoniland. Jetzt kommt der Hammer: Dieser Flüchtling, Obutu, hat einen Massenmord gefilmt und die unleugbare Hinrichtung eines seiner ärztlichen Kollegen, noch dazu eines Deutschen. Vielleicht nicht unbedingt im Auftrag, aber im Einverständnis der Petrol Ag. Und nun rate mal, wer zu diesem Zeitpunkt auch in Nigeria war.«

»Komm, lass das Ratespielchen.«

»Unser feiner Dr. Heinemann. Lag, während seine Kollegen ein Heile-Welt-Video drehen wollten, zur selben Zeit im Lazarett wegen einer akuten Vergiftung. Hat Wasser aus einem verseuchten Brunnen getrunken und Dr. Obutu war sein Arzt. Während also Heinemann genesend auf seiner Pritsche lag und schlief, machte Obutu eine kleine Verschnaufpause. Er wollte Aufnahmen der Gegend machen und seiner Frau mitbringen, als eine islamische Miliz nach einem Streit den deutschen Arzt eiskalt umgenietet hat.«

»Und Obutu hat *alles* gefilmt?«

»Warte, es kommt noch schlimmer. Sie waren schon fast weg und Obutu wollte sein Versteck verlassen, als sie noch einmal zurückkamen. Sie hatten sich wohl überlegt, es sei nicht gut gewesen, dass ihnen so viele Leute dabei zugesehen haben, als sie 'nen deutschen Arzt abknallten. Also sind die Schweine kurzerhand zurückgekommen und haben mit ihren Kalaschnikows ein ganzes Dorf niedergemetzelt, nur um keine Zeugen zu haben.«

»Aber Obutu konnte fliehen?«

Martin nickte. »Ja, knapp, aber er hat es geschafft. Mit dem Video im Gepäck.«

»Okay, lass mich raten, ich weiß ja, du liebst das. Er hat es Heinemann gegeben.«

»Genau. Das heißt, dass Heinemann doch nicht der loyale Saubermann ist, für den wir ihn gehalten haben. Er hat seine Finger mit im Spiel, aber ganz kräftig und uns die ganze Zeit belogen.«

»Und du meinst, er sagt dir, welche Rolle er dabei spielte? Und was hat das mit Horowitz zu tun?«

Martin rieb sich am Kinn. »Tja, es gibt schon seltsame Zufälle. Obutu und Horowitz hatten sich in Hamburg am Hauptbahnhof kennengelernt, und irgendwann hat Obutu ihm den Film gezeigt. Horowitz war wohl schon immer ein entschiedener Ölgegner, aber als ihm Obutu seine Geschichte erzählt und er das Massaker und den Mord an dem Arzt gesehen hat, muss er vollkommen ausgerastet sein. Schätze, er ist danach den Leuten bei Petrol gehörig auf den Keks gegangen.«

»Und musste sterben, damit das Video nicht in die Hände der Presse gelangt.«

Sie gingen weiter. Nach einigen Metern blieb Werner kurz stehen. »Das macht keinen Sinn. Er hätte es sofort zur Presse bringen können. Er brauchte dafür nicht die Erlaubnis Heinemanns.«

»Genau das müssen wir klären. Ich habe noch eine andere Version im Kopf, aber lass uns erst mal mit Heinemann reden.«

Martin öffnete die Tür zu Heinemanns Büro und blickte in die betroffenen Augen von Heinemanns Sekretärin. »Hallo, Frau Rademann. Wie geht es Ihnen?«

»Danke, ganz gut. Den Umständen entsprechend. Wenigstens habe *ich* noch meinen Job.«

»Wieso? Wer denn nicht mehr?«

»Dr. Heinemann wurde entlassen und mit sofortiger Wirkung freigestellt.«

»Mist. Das heißt, er ist …«

Rademann blickte auf die Uhr. »… seit einer Stunde wieder zu Hause. Elbchaussee 23. Kennen Sie bestimmt.« Martin nickte.

»Wenn Sie sich beeilen, erwischen Sie ihn noch. Meines Wissens wollte er eine längere Reise antreten.«

»Danke, Frau Rademann. Alles Gute für Sie.«

Werner stieß Martin an der Schulter an und drängte ihn, sich zu sputen. Sie rannten zum Wagen, so kurz vor dem Ziel durfte ihnen Heinemann nicht entwischen. Noch war unklar, welche Stellung er in diesem verwirrenden Geflecht aus Intrigen und Mord einnahm. Klar war, er hatte Dreck am Stecken, das spürte Martin so deutlich wie seine Aversion gegen Nieselregen.

Sie ließen Werners Wagen vor der Raffinerie stehen und stiegen in Martins ein. Der Verkehr verdichtete sich zu einem nervtötenden Bremsen und Gasgeben. Martin ließ das Seitenfenster hinuntersurren und stellte das Blaulicht auf das Dach. Ein kleiner Seitenblick zu Werner verriet, was jetzt käme: Gas.

Tagelang hatte sich nichts getan, der Fall schien undurchdringlich wie dorniges Dickicht, ein angeblicher Profiler tat alles dafür, die Aufklärung zu behindern, und nun gab es endlich wieder einen Hinweis, dem nachzugehen lohnenswert erschien. Martin scherte aus der Blechschlange aus, betätigte das Horn und erschuf eine Gasse, als teile sich das Rote Meer vor ihnen. So ließ es sich fahren. Martin nickte und sah sich einem immer attraktiver werdenden Ziel ein großes Stück näherkommen: dem Ende seines Polizeidienstes, dem Kauf eines kleinen alten Hauses in der Provence und einem gemütlichen Restaurant, in dem seine Frau ein paar Angestellte zur Eile antrieb. Wann immer er diese Bilder vor seinem inneren Auge heraufbeschwor, gewannen sie an Farbe und Details, an Plausibilität und Liebe. *Nur noch diesen Fall beenden, dann kann ich gehen.* Doch er wollte ihn nicht als getretener suspendierter Hund beenden, sondern er hatte die Absicht, ihn zu *lösen*. Er wollte brillieren, an seinen alten Ruf anknüpfen, wollte sein Selbstbewusstsein füttern und von der Bildfläche verschwinden, wenn er auf dem Höhepunkt seiner sonderbaren Karriere angekommen war.

Ohne Martinshorn und Blaulicht hielten sie vor Heinemanns Haus. Leise parkten sie und gingen zur Tür. Ein grauer 7er-BMW neueren Datums stand in der Einfahrt eines stattlichen Bungalows. In dem Moment, als sie schellen wollten, bemerkte Martin, dass die Tür nur angelehnt war. Er hielt Werner am Arm zurück und drückte die Tür langsam auf. Es war still im Inneren des Hauses. Eben wollten sie etwas rufen, um niemanden zu erschrecken. Werner griff intuitiv zu seiner Waffe, doch der Schrecken kam nicht *von* ihnen, sondern *zu* ihnen. Heinemann lag in einer Blutlache, die sich aus seinem Mund ergossen hatte. In der rechten Hand hielt er eine fast leere Flasche Brandy. Martin eilte ins Wohnzimmer, Chaos in Form von auf den Boden verteilten Unterlagen und Papieren ließ auf eine Tragödie schließen. Noch wusste er nicht, woher das viele Blut kam. Hatte es Schüsse gegeben? Wollte Heinemann sich das Leben nehmen? Während sich Werner mit griffbereiter Waffe im Haus umsah, kniete Martin neben Heinemann und legte seinen Finger auf die Halsarterie. Der Puls war kräftig zu fühlen. Ihr Verdacht, Heinemann sei schon tot, bestätigte sich zum Glück nicht. Martin rüttelte an seiner Schulter, sprach ihn an, klatschte auf seine nicht mit Blut verschmierte Wange, bis der Mann zu sich kam. Benommen erhob er sich und erbrach sich sogleich neben Martins Schuhe. Heinemann war zu allem Übel sturzbetrunken. Als er nur noch bittere Galle herauswürgte, lehnte er sich an eine Bücherwand zurück und blickte in die Augen des neben ihm knienden Beamten. Der Blutfleck hatte die Größe einer Pizza und zeugte nicht von einem gesunden Menschen.

»Was ist hier passiert?«, fragte Werner den am Boden kauernden Ex-Manager, nachdem er flüchtig alle Räume des Hauses inspiziert hatte.

Heinemann wiegte den Kopf hin und her. Ihm war nicht nach Sprechen zumute. Nicht nach Leben und nicht nach Sterben. »Es ist vorbei. Es hätte klappen können, aber es ist alles vorbei.«

Martin zog einen Stuhl vom Esstisch zurück und setzte sich darauf. Das Wohnzimmer war in einem Zustand, der Martin anwiderte. Blut und Erbrochenes auf dem Perserteppich. Es stank bestialisch. Er blickte auf Heinemann herab. »Was ist vorbei? Nun reden Sie schon. Brauchen Sie einen Arzt? Woher kommt das Blut?«

Heinemann lallte. »Sie sind doch der Bulle. Finden Sie's raus.« Er lachte kehlig und hustete. Ein Schwall warmen Blutes ergoss sich über seine eigenen Beine. »Das ist nicht fair. Es ist zu früh zu spät. Es hätte klappen können, doch Sie sehen ja selbst … ich werde meinen Sieg nicht genießen können. Ich beiße ins Gras, das ist los.«

Werner kam hinzu. »Sollen wir nicht doch einen Arzt rufen?«

Heinemann winkte ab, als wolle er eine Fliege verscheuchen. »Wozu? Selbst wenn die mich zusammenflicken, krieg ich lebenslänglich.«

»Haben Sie …?«

»Krebs?« Heinemann nickte. »Ja verdammt. ’n Scheiß Lungenkrebs von diesem verseuchten Mistwasser, das ich in Nigeria getrunken hab.« Heinemann lachte spöttisch auf. »Was für eine Ironie. Vergiftet von der Firma, für die ich gearbeitet habe. Wer anderen einen Brunnen gräbt, fällt selbst hinein, so sagt man doch.«

»Grube. Es heißt Grube«, korrigierte ihn Werner altklug. Er erntete von Heinemann einen strafenden Blick.

»Wenn Sie jetzt mal so freundlich sein würden, uns an ihren Rätseln teilhaben zu lassen. Wir können das Gespräch auch gern im Präsidium fortsetzen.« Martin funkte dazwischen. »Sie haben mir doch erzählt, wie toll es in Afrika war, wie paradiesisch und sauber. Warum haben Sie mir diesen ganzen Mist aufgetischt?«

»Was hätte ich denn sonst tun sollen? Alles gestehen und sofort die Katze aus dem Sack lassen, sobald ein Bulle zur Tür reinkommt und ein paar Fragen stellt?«

»Scheiße, Sie sind ein mieser Kerl, wissen Sie das? Also! Erklären Sie uns die Sache.«

»Da gibt es nicht viel zu erklären. Ich wollte mich rächen, das ist alles. Petrol hat mich wie einen Haufen Dreck abserviert. Die geben mir ’ne mickrige Abfindung, damit ich die Klappe halte, und hoffen, dass ich bald verrecke. So leicht wollte ich es ihnen aber verdammt nochmal nicht machen. Wenn ich gehe, sollten die auch gehen. Ich habe nur nicht gedacht, dass mich der verdammte Tumor so schnell umbringt.«

»Okay, fangen wir mal von vorne an. Wir wissen, dass Sie sich in Nigeria infiziert haben, wir wissen auch von dem Massaker an den Dorfbewohnern und dass Sie das Video bekommen haben. Ich nehme an, Sie haben Petrol erpresst.«

»Na ja, so ähnlich. Als ich in Nigeria war, wurde ich am zweiten Tag so krank, dass ich mir fast gewünscht habe, zu sterben. Ich hab ständig auf dem Klo gesessen, und wenn es nicht unten rausgekommen ist, hab ich die Schüssel vollgekotzt. Entschuldigung, aber so war es. Ich hab Krämpfe gehabt wie noch nie im Leben und dann kam das Fieber. In diesem Zustand hat man mich in dieses Lazarett verfrachtet, in dem ich fast draufgegangen wäre.«

»Meines Wissens haben Sie es Dr. Obutu zu verdanken, dass Sie noch am Leben sind, wenn auch nicht mehr für lange, wie es aussieht. Warum haben Sie nach Ihrer Rückkehr die Sache nicht publik gemacht?«

»Zurück in Hamburg bekam ich von der Konzernleitung sofort einen Maulkorb umgehängt. Ich durfte kein einziges Wort erzählen, nicht meinen Kegelbrüdern und erst recht nicht der Presse. Ich wurde acht Wochen unter Quarantäne gestellt. Ich hab Monate gebraucht, um mich richtig zu erholen. Ich will gar nicht wissen, was für ein Zeug ich da getrunken habe.«

»Und? Wie ist es weitergegangen?«

»Trotzdem sind irgendwie Mutmaßungen durchgesickert, aber Petrol hat sich eine weiße Weste angezogen, behauptete in den Medien, sie wüssten von keinen Anschlägen in ihrem Auftrag. Und alles Nötige zur Sanierung der Landschaft sei schon längst in die Wege geleitet worden. In Wahrheit ist bis heute nichts passiert. Zu teuer, wissen Sie?«

»Nein, weiß ich nicht«, erwiderte Martin trotzig.

»Die Profite sind nicht mehr so hoch, wie sie mal waren. Alles schreit doch heute nach schadstoffarmen Motoren,

Emissionsschutz, Elektroautos etc. Der Verbrauch fossiler Brennstoffe ist rückläufig. Die Margen werden geringer.«

»Da ist ja wohl auch genug verdient worden bisher.«

»Das stimmt, aber wer viel hatte, will sich nicht mit weniger begnügen, das kennen Sie doch.«

»Wann ist Ihnen die Idee gekommen, die Petrol Ag zu erpressen?«

»Wieso erpressen? Ich habe sie nicht erpresst. Keinen Cent wollte ich von denen haben. Wie kommen Sie bloß darauf? Ich wollte meinen Spaß haben, bevor ich ins Gras beiße und Petrol ein bisschen leiden lassen. Und die Idee, denen eins draufzugeben, kam … tja, wann eigentlich?« Heinemann hustete und ließ die Ereignisse, die sein Leben veränderten, Revue passieren. »Irgendwie war alles wie eine glückliche Fügung. Erst kam Obutu mit dem Video in mein Büro und bettelte mich an. Ich solle mein Versprechen einlösen und so. Ja, es stimmt, er hat mich behandelt in diesem elenden Lazarett, wo mehr Fliegen auf meinen Körper gekackt haben als auf eine verwesende Kuh. Hat sich um mich gekümmert, sonst wäre ich da schon verreckt. Ich habe mich in meiner Gefühlsduselei hinreißen lassen und versprochen, ihm zu helfen, falls er es nach Hamburg schafft. Wer konnte ahnen, dass er es so ernst nimmt und es tatsächlich packt, von dort abzuhauen? Hab ihm einen Job im Krankenhaus versprochen.« Heinemann richtete sich auf und zuckte arglos mit den Schultern. »Meine Güte, was sagt man nicht alles im Leben? Ich wollte ihn doch nur bei Laune halten, damit er mir meine Medikamente besorgt. Es ging mir echt dreckig damals.« Er griff nach der Flasche und setzte sie an. Werner trat ihn mit den teuren italienischen Schuhen sanft vor das Schienbein. »Nun reden Sie schon weiter.«

Heinemann fluchte lallend. »Halten Sie sich zurück, Mann. Das ist Körperverletzung.« Heinemann nahm einen letzten großen Schluck. »Dann kam dieser Horowitz und hielt mir dasselbe Video zum zweiten Mal unter die Nase.« Heinemann lachte arrogant. »Er verlangte von mir, dass ich mir seine Technologien ansehe, und ging mir von da an pausenlos auf den Wecker, dieser neurotische Idiot. Was sollte ich mit diesen beiden Spinnern denn anfangen? Für den einen konnte ich nichts tun und für den anderen wollte ich nichts tun. Können Sie sich das vorstellen, wie lächerlich das alles klang, was dieser Horowitz mir erzählte? Energie aus dem Nichts! Treibstoff aus Algen und all diesen Unsinn.«

Martin verlor jegliches Mitleid mit dem Mann am Boden. »Na schön, dann haben Sie sich gedacht, so ganz umsonst könne die Sache mit dem Video doch nicht sein und erpressten Petrol damit. Sie wollen mir doch nicht erzählen, dass *Sie* die Sache mit den Bombenattentaten inszeniert haben?«

»Na ja, wie ich schon sagte. Eine glückliche Fügung eben. Obwohl Horowitz ein idealistischer Idiot war, hat er mir doch die entscheidenden Ideen geliefert. Er hat ja nicht locker gelassen, dieser Narr. War völlig verzweifelt, vielleicht weil seiner Firma das Geld ausging. Hat mich eingeladen ins Alte Land und von seinem Raumenergiekonverter, oder wie das Teil hieß, echt überzeugt. Und der Algenkram – auch ziemlich beeindruckend. Nein wirklich, es hat eine Weile gedauert, bis ich kapiert habe, was der Kerl tatsächlich auf dem Kasten hatte. Aber das Beste war, dass er mir den Mann vorgestellt hat, von dem er selbst nicht einmal wusste, welch brillante Fähigkeiten in ihm stecken.«

»Zadek Kotarev«, raunte Martin. »Kotarev hat die Bomben gebastelt?«

Heinemann nestelte an seiner beschmierten Hose herum. Ihm war übel, es drängte ihn, sich erneut zu übergeben. »Kotarev hat mich überredet, hat gesagt, auf diese Weise würden wir beide kriegen, was wir wollen. Ich hab erst nicht gewusst, was er meinte und wie durchgeknallt er tatsächlich war. Der Typ war eine tickende Zeitbombe, das konnte ich nicht einschätzen. Er meinte, ich solle Horowitz' Vertrauen gewinnen und es so aussehen lassen, als habe die Petrol Ag Interesse an seinen Technologien. Natürlich sollte ich mir alle Berechnungen und Formeln von ihm geben lassen. Und dann, wenn die Welt durch die Attentate auf die miesen Machenschaften der Petrol Ag und den anderen Ölkonzernen aufmerksam geworden ist, würden wir ein neues Zeitalter anbrechen lassen. Kotarev versprach mir, Millionen zu machen, sowohl an der Börse als auch mit Patenten, die nur darauf warteten, abgesegnet zu werden. Glauben Sie mir, Herr Kommissar, das klang alles sehr verlockend.«

»Sie sind ein blödes Arschloch, Heinemann. Mehr kann ich dazu nicht sagen. Wieso mussten Sie Horowitz umbringen? Weil er nicht mitgespielt hat oder wieso?«

»Ich habe ihn nicht umgebracht«, ereiferte sich Heinemann. »Gut, okay, ich wollte, dass der Druck auf Horowitz ein bisschen erhöht wird, weil er mir seine Formeln nicht rausrücken wollte. Der Typ war zwar nicht ganz von dieser Welt, aber blöd war er eben auch nicht. Er hat ziemlich schnell geschnallt, dass mein Interesse an ihm nicht echt war. Und die Zusammenarbeit mit Kotarev gefiel ihm auch nicht. Von da an hat er uns ernsthafte Schwierigkeiten gemacht. Er drohte, mit dem Video zur Presse zu gehen, und machte mich für die Verschleierung von Straftaten verantwortlich. Er wollte alles an die große Glocke hängen.«

»Und dafür musste er sterben?«

»Nein, nicht nur. Ich hab Kotarev gesagt, meinetwegen dürfe er Horowitz einschüchtern, obwohl ich mich gefragt habe, wie er das in seinem Rollstuhl bewerkstelligen will. Ich dachte mir, er heuert ein paar Leute an, die das für ihn anonym und elegant erledigen. Mir wäre es recht gewesen, wenn Horowitz endlich die Klappe gehalten hätte. Meinetwegen hätte er ihn verstummen lassen können, doch nicht unbedingt so. Nicht auf diese bestialische Weise. Herrgott, ich bin doch kein Unmensch. Das war eine persönliche Sache zwischen Kotarev und Horowitz, glauben Sie mir.« Heinemann verzog das Gesicht, als er sich an die verstümmelte Leiche erinnerte. »Ich bin doch kein Monster, meine Güte. Ich bin Geschäftsmann. Der Deal war, die Petrol Ag kriegt was auf die Mütze wegen Nigeria, die Leute kapieren, dass es mit dem Öl keinen Sinn mehr macht und schwenken um auf alternative Energietechnologie. Haben Sie eine Ahnung, wie schnell die HORTEC an der Börse abgegangen wäre? Kotarev die eine Hälfte der Anteile, ich die andere oder meinetwegen nur dreißig Prozent und der Rest für die Familie von Horowitz. Es hätte für uns alle gereicht, wäre uns nicht Horowitz dazwischengekommen. Er hat den gesamten Plan gefährdet mit seinem penetranten Gequatsche.«

»Und Gregor Samarov haben Sie auch für Ihre Zwecke eingespannt?«

Heinemann wehrte ab. »Eine unbedeutende Marionette. Er bekam plötzlich Skrupel, wurde rührselig. Ich hab ihn vom Server aus der Mitarbeiterdatei gelöscht. Wäre nicht die blöde Rademann mit ihrem Ordnungsfimmel gewesen…«

»Was ist mit dem Rabbi? Geht der auch auf Ihr Konto?«

»Ich kenn keinen Rabbi.« Heinemann schnaubte verächtlich. »Seh ich aus, wie einer, der 'nen Rabbi braucht?« Heinemann lachte verwirrt. Noch immer sprach der Fusel aus ihm.

»Sagt Ihnen der Name David Ruben etwas oder Professor Rosenberg oder Samuel Horowitz?«

»Kenn ich nicht, kenn ich nicht, kenn ich nicht.«

Werner öffnete sein Sakko und stand auf. Ihn packte die Wut. »Okay, nur um das auf die Reihe zu kriegen. Sie haben Kotarev ermutigt, Horowitz auszuschalten, zwei Raffinerien in die Luft zu jagen und ein paar Menschenleben geopfert, weil Sie von Ihrer Abfindung enttäuscht waren?«

Heinemann hörte sich diese dürftige Zusammenfassung an und fühlte sich ganz und gar missverstanden. Es dauerte eine Weile, bis er seine Kräfte gesammelt hatte, um sich aufzurichten. »Meine Abfindung? Lächerlich, 200.000. Das sind Peanuts. Als wenn es mir darum gegangen wäre. Mann, Sie kapieren aber auch gar nichts. Die haben mich umgebracht, darum geht's. Sehen Sie sich die Scheiße auf dem Teppich doch an. Ich war einer von ihnen, und als ich nicht mehr zu gebrauchen war, haben sie mich einfach in einer Abfalltonne entsorgt. Und Tausende Menschen noch dazu und alles wegen dieses beschissenen Öls und des Profits. Ganz ehrlich. Das schnallt ja keiner von den Leuten, was da alles abläuft. Da muss man 'ne härtere Gangart fahren. Den Nachrichten in den Zeitungen glaubt doch keiner mehr, aber wenn 'ne Bombe hochgeht, dann vielleicht doch.«

»Von wem stammt der Bekennerbrief?«

Heinemann lachte auf. Er hatte wirklich Spaß an seiner eigenen Genialität. »Der war klasse, was? Hab diesem unterbelichteten Knirps auf der Straße zwanzig Euro in die Hand gedrückt, damit er ihn bei der Rademann abgibt. Mein Gott, wie lange ich die Frau ertragen musste. Ich habe mich ins Auto gesetzt und mich gefragt, wie lange es wohl dauern würde, bis die mich endlich mal anruft. Oder der dicke Freddy.«

»Der dicke Freddy ist tot, du Arsch.« Werner trat erneut vor Heinemanns Bein, diesmal fester, sodass Heinemann aufschrie.

»Mann, was soll denn das? Sind Sie bescheuert?« Heinemann rieb sich das Bein. »Das mit dem Freddy hab ich nicht gewollt. Die Bombe sollte doch nur ein kleines Loch in den Tank hauen. War viel zu groß dimensioniert, das Teil. Falsch berechnet, vermutlich. Kotarev hat sich das ausgedacht. Hat rumgetönt, er sei Experte und so.«

»Und dieser Unsinn mit Islamischer Dschihad?«

»Wieso Unsinn? Diese Schweine von der Miliz waren allesamt islamistische Radikale. Terroristenpack. Knallen alle ab, die nicht an ihren Allah glauben wollen. Das geht doch nicht.«

»Jetzt auf einmal spielen Sie Robin Hood, oder wie?«

»Ja, Mann, so ähnlich. Dieser Obutu tat mir ja auch irgendwie leid. Wenn ich ihm schon nicht helfen konnte, dann wollte ich wenigstens seinem Land helfen und der Petrol Ag eins auswischen und gleichzeitig diese Islamisten anschwärzen. Wenn all das über die Bühne gegangen wäre, hätte ich anonym das Video der Presse zugespielt. Glauben Sie mir.«

»Okay. Wie sollte es Ihrer Meinung nach weitergehen? Sie dachten doch nicht ernsthaft, dass man Sie nicht schnappt?«

»Doch. Dachte ich. Denkt sich doch keiner so eine verrückte Geschichte aus. Konnte doch nicht ahnen, dass Obutu mich verpfeift. Er sollte die Klappe halten, und ich hätte ihm einen Job und einen Pass besorgt.«

»Tja, er hat Ihnen wohl nicht vertraut, wie es aussieht.«

»Dieser schwarze Dreckskerl.«

Jetzt war es Martin, der Heinemann seine spitzen Stiefel spüren ließ. »Wer hier wohl der Dreckskerl ist!« Martin wählte die Nummer des Präsidiums. »Lorenz, hier ist Martin. Jetzt keine Fragen stellen, bitte. Schick einfach einen Wagen mit zwei Kollegen zur Elbchaussee 23. Hier hat jemand ein Geständnis zum Bombenattentat in der Raffinerie zu machen.«

»Was soll das heißen? Du bist doch suspendiert?«

»Jetzt nicht, Conrad. Mach nur einmal was ohne Diskussion.« Martin legte auf. Er wandte sich an Heinemann, zog seine Handschellen vor und legte sie Heinemann auf dem Rücken um. Er befestigte sie am Messinggriff einer schweren Schublade »Eine Sache noch. Wie konnte Kotarev die Leiche in die Raffinerie schaffen? Sie sagen selbst, er saß im Rollstuhl.«

Heinemann räkelte sich. Die Handschellen schmerzten an den Handgelenken bei jeder Bewegung, die er machte. Dann musste er husten. »Rollstuhl? Ja, anfangs. Später nicht mehr. Er sagte, er sei wieder gesund.« Heinemann hustete heftig und holte rasselnd Luft. »Und in die Raffinerie reinzukommen, das war leicht …«, brachte er noch heraus. Ein weiterer Hustenschwall förderte so viel Blut aus seinen Lungen zutage, dass das Atmen, von gurgelndem Zischen begleitet, nicht genügend Sauerstoff in den Körper pumpen konnte. Heinemanns Augen weiteten sich. Er wollte etwas sagen. Das Blut sprudelte aus seinem Mund, noch immer starrte er die Beamten an. Werner erwog, die Handschellen zu lösen und einen Notarzt zu holen, doch ihm war klar, dass Heinemann nur noch Sekunden hatte. Er vollendete seine Beichte nicht, nicht in diesem Leben.

»Pech für Lorenz. Doch kein Geständnis.« Martin rief ihn dennoch an. »Lorenz. Ich bin's noch mal. Bring auch noch 'nen Leichenwagen mit. Der Kerl ist tot. Wir erzählen dir alles später.« Pohlmann korrigierte sich. »Ach nein, ich ja nicht. Nur Hartleib. Mich wollt ihr ja nicht mehr sehen.«

»Mensch, Martin, nun sei mal nicht eingeschnappt. War doch nicht meine Idee …« Martin drückte die rote Taste und sah zu Werner, dessen Blick noch auf der nach vorn gebeugten Leiche verharrte. »Komm, lass uns abhauen.«

»Kotarev?«, fragte er.

Martin nickte. »Klar.«

Sie verließen das Haus. »Mann, der hatte es echt verdient«, murmelte Werner. Es glich mehr einem Grollen.

Martin öffnete die Wagentüren per Fernbedienung. »Was? Zu sterben?«

Werner ließ sich auf den Beifahrersitz fallen und nickte. »Vor allem *genau so* zu sterben.«

KAPITEL 48

12. November 2013, Hamburg – Altes Land

Feine dichte Schneeflocken, von den Wischern hektisch an die Seiten der Frontscheiben geschoben, verdunkelten Himmel und Gemüt. Trotz Blaulicht und Sirene kamen Martin und Werner nur mühsam voran. Die Straßen waren hoffnungslos verstopft. Unwillig stoben die Wagen vor ihnen auseinander und bildeten eine Gasse. Die Beamten hingen ihren eigenen Gedanken nach. Selbst wenn sie schon öfter miterlebt hatten, dass ein Mensch vor ihren Augen starb, war ihnen doch neu gewesen, zu sehen, wie jemand in seinem Blut ertrank. Das Bild der aufgerissenen Augen, dieses Gurgeln beim Sprechen und Atmen bescherte Werner eine Gänsehaut und Übelkeit. Selbst wenn er es verdient hatte, der Mann, der aus Rache den Tod einiger Menschen in Kauf genommen hatte, so wünschte man es doch niemandem, unter solchen Umständen diese Welt zu verlassen. Angekettet an einer Schublade, am Boden kauernd, das Leben aushauchend, während zwei fremde Polizeibeamte dabei zusahen. Werner bereute seinen unbedachten Spruch. Wer wusste schon, was Heinemann alles durchgemacht hatte? In Nigeria dem Tod nur knapp entkommen, war er ihm nun doch in sein dunkles Reich gefolgt. Andererseits, was zählt schon ein Menschenleben, dachte er und versank in düstere Betrachtungen. In Anbetracht von Hungersnöten, Seuchen und Kriegen; täglich starben Menschen, verloren ihr Leben wie an der Wand zerdrückte Mücken, wurden in anonymen Gräbern verscharrt, und niemand auf der anderen Seite der Erdkugel schien sich ernstlich darüber Gedanken zu machen, weil es nicht einen persönlich betraf. Nur wenn es um das eigene Wohl ging, war das Leben wichtig. Dann mussten alle herhören, man verlangte nach Aufmerksamkeit, nach Rat und Anteilnahme. Die Schicksale der anderen verloren an Schärfe, an Belang. Man nahm die Nachrichten in den Medien wahr, mehr aber auch nicht.

Sie bogen in die Straße ein, in der sich HORTEC befand. Martin drückte zum dritten Mal an diesem Tag eine Schmerztablette aus der Blisterpackung und würgte sie ohne Wasser hinunter. Die Tablette kratzte im Hals, während sie an den Wänden der Speiseröhre entlangscheuerte, doch nichts konnte mit dem pochenden Schmerz hinter seinem linken

Auge mithalten. Er wusste, in zehn Minuten würde er abebben, in dumpfe graue Watte eingehüllt irgendwo noch da sein, auf ihn lauern und warten, bis die Wirkung der Chemie wieder nachließe. Dann würde er wieder zuschlagen, mit voller Härte, ärger als zuvor, doch bis dahin würde Martin einigermaßen klar denken, seinen Job machen können. Die Sache musste endlich zu Ende gebracht werden, die letzte wichtige Sache, bevor er Schluss machen würde.

*

Der Mann, der kein Mörder sein wollte, stützte die Ellenbogen auf den Knien auf und verschränkte die Hände wie zum Gebet, obwohl ihm Letzteres fremd geworden war. Er überlegte, ob alles zu seiner Zufriedenheit verlaufen war. Mit allem hatte er gerechnet, mit Zweifeln, Gewissensbissen, sogar mit tiefer Reue, nicht aber damit, dass man ihn verraten könnte. Und zu diesem Zeitpunkt wusste er ja auch noch nicht, dass er verraten worden war. Als er es erfuhr, kam ihm dieses Gefühl sehr vertraut vor. Also hatte er keine Eile, verharrte in seinem Stuhl, blickte durch das Fenster auf die Landschaft, die sich unter einem weißen Schleier versteckte und wartete. Sein Blick verfing sich wie eine Fliege in Spinnweben. Er konnte ihn nicht lösen von dem weißen Geäst vor seinem Fenster. Wie einfach die Natur es sich doch macht, dachte er. Duckt sich unter feinen, untereinander vernetzten Kristallen und macht sich unsichtbar. Hüllt sich ein in freches Nichtstun und verwehrt den Menschen, wonach sie sehnlichst verlangten: nach ihrem *Grün*.

Der Mörder musste lächeln. Er dachte an die vergangenen Monate und Jahre zurück. Geplant war, erhobenen Hauptes aus der Sache rauszukommen. Als Sieger, als Gewinner. Er und Heinemann, der jeden Moment eintreffen musste, der schon längst überfällig war. Heinemann mochte andere Motive und Pläne für seine Zukunft haben, er hatte seine eigenen. Heinemann wollte sich absetzen, nach Südamerika oder sonst wohin. Er, Zadek, würde der Welt beweisen, dass es große Dinge gab, für die es sich letztendlich lohnte, zu töten. Ideale, für die der eine oder andere eben ein Opfer würde bringen müssen, ein verschwindend kleines Opfer in Anbetracht des Segens, den die Welt dafür erhalten würde. Er war der Wohltäter, und bekanntlich heiligte der Zweck die Mittel. Seltsam nur, dass sich diese Betrachtungen, dieses Verheddern in Schöngeredetem nicht besser anfühlte. Der Mann schüttelte verwirrt den Kopf. Eine sonderbare Unruhe erfasste ihn. Warum fühlte es sich nicht wahrhaftiger an, sondern hatte diesen ekligen faden Geschmack, als seien ihm Ruhm und Erfolg nicht gegönnt?

Es fühlte sich an, als sei etwas schiefgelaufen. Noch immer war dieser dämliche Bulle am Leben, obwohl er seine besten Beziehungen hatte spielen lassen und einen Haufen Kohle geopfert. Wie viele Leben hatte dieser Mann eigentlich? Einer Autobombe zu entkommen, die, wie man ihm versichert hatte, schnell und einfach unter den Wagen geheftet und auf den elektrischen Impuls der Lichtmaschine beim Start reagieren würde? Es hätte ihn erwischen müssen, stattdessen entkam er, weil die blöde Karre nicht ansprang und weil er sein Handy in dem Archiv hatte liegen lassen. Wie viele Schutzengel hatte dieser Mann?

Und warum, zum Teufel, war Heinemann immer noch nicht da? Er hatte doch darauf bestanden, dabei zu sein, wenn sie den Deal abschlossen? Wollte er der Show denn nicht beiwohnen, auf die er so lange hingearbeitet hatte, für die er so große Opfer bringen musste?

Er horchte in die Stille hinein. Nein, da war nichts. Er meinte, Schritte vor seinem Fenster gehört zu haben, doch er hatte sich vermutlich getäuscht.

Scheiß drauf, dachte er. Dann würde er die Sache eben allein durchziehen. Ein Zeuge weniger, umso besser. Heute wollte er die letzte Phase des großen Plans umsetzen. Heute, wenn alle verletzlich waren, wenn sie unaufmerksam und mit anderem beschäftigt waren, wie mit dem albernen Spielen mit dem neuen kleinen Knirps in der Familie. Unfassbar, wie schnell sie sich über den Tod des einen hinweggetröstet hatten und zur Tagesordnung übergegangen waren. So schlimm konnte es also doch nicht gewesen sein, was er getan hatte. Sie würden schon noch erkennen, dass es genau der richtige Zeitpunkt für Joshua gewesen war, sich zu verabschieden. Platz zu schaffen für neue Ideen, für einen neuen Führer.

Zadek stand aus seinem Rollstuhl auf und streckte sich. Die Vorhänge waren zugezogen, die Türen verschlossen. Er atmete tief ein und aus. Ab heute würde er frei sein, mit oder ohne Heinemann. Eigentlich brauchte er diesen Narren nicht mehr. Der Kopf der Operation konnte abgeschlagen werden.

Zadek trug hellblaue Jeans, der Oberkörper war nackt. Die sehnige Muskulatur kleidete und straffte seinen Körper wie ein Korsett. Es war kalt in seiner Wohnung, doch er fror nicht. Er fror nie seit dieser Zeit.

Er war allein in seiner behindertengerecht eingerichteten Wohnung, doch er war nicht behindert. Nicht im eigentlichen Sinn, nicht körperlich. Er war nicht gesund, doch auch nicht krank in der Weise, die man mit ihm assoziierte. Er war versehrt, das wohl, er war gerissen, er war verschlagen, er war rachsüchtig, er war krankhaft eifersüchtig und er war intelligent – ohne Frage –, doch er war nicht gelähmt. Er war gefühllos in seinem linken Bein, nicht einen Hauch von Schmerz hatte er gespürt, als der spitze Brieföffner tief in sein Fleisch eingedrungen war und nun, nach Jahren des inneren Schmerzes, war er auch gefühllos in seiner Seele. Der Bulle wäre ihm beinahe auf die Schliche gekommen, doch eben nur beinahe.

Unerfüllte Wünsche können einen Menschen in den Wahnsinn treiben, können ihn an die Hand nehmen und in eine surreale Wirklichkeit treiben, die für wahr und echt gehalten wird. Nicht erwiderte Liebe, zerplatzte Lebensträume, vorenthaltener Vaterstolz, zerstückelte Vorbilder, all das hatte Zadek Kotarevs Charakter wie in einer starken, zur Faust geballten Hand erst verformt, später zerquetscht. Sein Menschen- und Feindbild wurde verzerrt. Wer war Freund, wer war Feind, er konnte es nicht mehr auseinanderhalten, konnte es vielleicht noch nie. Eine Seele, verkümmert und verunstaltet wie von Krebs zerfleddertes Fleisch, aber dadurch noch lange nicht ohne Schuld. Auch wenn es jemanden gab und gibt, den man verantwortlich machen konnte, ist Absolution dennoch unmöglich.

Zadek schüttelte die Beine aus, trieb Blut hinein, machte drei, vier Kniebeugen und spannte die Muskeln in der Brust und an den Armen an. Er betrachtete sich im Spiegel. Ihm gefiel, was er dort sah. Wild sah er aus, so wie er sein wollte. Ungezähmt, rebellisch, stark und archaisch. Ein Alphatier. Seine Zeit war gekommen. Er löste die langen lockigen Haare aus dem Zopfgummi und schüttelte sie. Feine graue Strähnchen durchzogen die fallenden Schläfenhaare. Der Bart war noch dunkel, beinahe schwarz, kräuselte sich am Kinn. Für seine ersten öffentlichen Auftritte würde er ihn stutzen müssen. Nicht zu viel, nur so viel, um seriös und glaubwürdig zu wirken. Menschen lieben den Schein des Seriösen, den Deckmantel der Kompetenz. Sie lieben das, was sie sehen wollen, wollen geblendet werden, möchten, dass man ihnen das Denken abnimmt und sie durch finstere Zeiten führt. Und jetzt waren finstere Zeiten. Das Ende des Ölzeitalters, das Ende aller bekannten Regeln, das Ende der herrschenden Energiemafia. Die Zeit zum Wechsel war gekommen. Er war bereit, sich die Formel zu holen, sie als sein Eigentum zu bezeichnen. Es war nicht die Formel Gottes, es war *seine*.

Sie würde ihn zu einem Gott machen.

Kotarev zog eine Schublade auf und nahm die Pistole heraus. Er schob sie im Rücken zwischen Jeans und Haut. Er genoss das kalte Metall. Es gab ihm Sicherheit und Halt, nicht wie die Kugel, die noch in seinem Wirbelkörper steckte und ihm die Schmerzen in dem einen Bein und die Taubheit in dem anderen Bein bescherte. So oft er daran dachte, ergriff ihn die Wut auf den Chirurgen. Er hatte es verpfuscht, dieser Mistkerl. Das Skalpell in der Hand, die Finger waren nicht ruhig, der Alkoholpegel zu niedrig gewesen, zu groß die Verblendung und der Ruhm.

Und doch, in jenen Tagen, als Kotarev in seinem Gipsbett lag, zur vollkommenen Bewegungslosigkeit verdammt, dort neben seinem Freund, der einen Tag später verstarb, war sein Geist hellwach, als hätte dieser in ihm ein Leben lang geschlafen. Als sei er von unzähligen Decken verhüllt gewesen, die nun von ihm genommen wurden. Plötzlich, als hätten Engel oder Dämonen zu ihm gesprochen – vielleicht waren es auch nur die schmerzstillenden Drogen, die ihm verabreicht worden waren –, war eine Idee in ihm geboren worden. Starr dort liegend, blickte er auf die Röntgenbilder seines Rückens. Als würden sie vor seinem Bett schweben. Gleich daneben die seines Kameraden Gregor Wassiljev. Dann erst fiel es ihm auf, in den unzähligen Minuten, in denen seinen Augen nur diese eine Blickrichtung gewährt wurde: Die Bilder ähnelten sich so unglaublich stark, als hätte die Zeit einen winzigen Ruck gemacht und dieselben Kugeln in einen anderen Körper noch einmal geschickt. Bilder wie von Brüdern mit nur winzigen Abweichungen. Weniger als Millimeter betrug die Differenz, die über Leben und Tod entschied. Ein Zufall konnte dies nicht sein, dessen war er sich sicher. Für zwei Freunde, die beinahe dieselben Verletzungen erlitten hatten, für den einen tödlich, für den anderen demütigend, trennten sich einen Tag später ihre Wege. Es stimmte, Zadek hatte sich als Feigling erwiesen, hatte seinen Kameraden vorgeschickt, obwohl es an ihm gewesen wäre, die Flucht zwischen den Häusern zu sichern. Doch geholfen hatte es ihm nichts. Er war zwar am Leben geblieben, doch eigentlich war auch er an diesem Tag gestorben. Hätte er den Befehlen seines Kommandanten gehorcht, wäre nicht Gregor, sondern er im Kugelhagel gestorben, und die Geschichte der Welt hätte einen anderen Verlauf genommen, vermutlich einen besseren.

Bereits in den Minuten, in denen Wassiljev zu Zadek flehend hinübersah und seine letzten Atemzüge tat, war für Zadek klar, was für ihn zu tun sein würde. Wenn ihn schon das Schicksal am Leben gelassen hatte, dann würde er unmöglich unversehrt hinausspazieren können. Unehrenhaft entlassen, ohne Zukunft in der Armee, würde die Gemeinschaft ihn niemals wieder bei sich aufnehmen. Sie würden seine Schuld nicht vergeben, es sei denn, man hätte den Eindruck, dass er seine Strafe, von wem auch immer, bereits erhalten hatte. Dass er durch das Feuer geläutert wurde, ein anderer Mensch geworden war. Wie barmherzige Samariter würden sie ihn versorgen. Es wäre ihnen verboten, ihn abzuweisen, das war ihm klar. Und wenn es eine Zukunft für ihn gab, dann nur dort, wo der Segen offensichtlich auf einem Mann ruhte, den er zeitlebens zutiefst verachtete. Dennoch würde er sich an dessen Genie heften, denn es würde nur eine Frage der Zeit sein, bis die Welt erkannte, wer oder was Joshua Horowitz tatsächlich war und was er der Welt vermachen wollte. Solange würde er bei ihm bleiben, diesem einfältigen, stotternden Tollpatsch. Solange würde er ausharren, sich demütigen, und sobald die Formel zu ihrer Vollendung herangereift war, würde er bereit sein. Jene Berechnungen, von denen er damals schon ahnte, dass sie alles, was man unter effizienter Energieproduktion verstand, auf den Kopf stellen würde. Er wollte ein Lehrling werden, bis zu dem Tag, an dem der Lehrling den Meister ersetzen konnte.

Und dieser Tag war nun gekommen.

Ja, Zadek war ein Wrack. Zerfressen von Hass und Neid, in pathologischem Ehrgeiz getrieben von einem vor Jahren geschmiedeten Plan. Und doch wurde er in einsamen Minuten gepeinigt durch die Stimme seiner grausamen Tat, die sich in das Puzzle der Vision einfügte, die ihn beherrschte, seit dem Tag als sein Freund starb. In so vielen Stunden, Tagen, Wochen und Jahren hatte er sich eine Realität ersonnen, die nur seine eigene war. Es war *seine* Sicht der Dinge. Der Wirklichkeit, wie sie die Welt empfand, war er schon lange zuvor entrückt.

Er betrachtete sich ein letztes Mal im Spiegel, bevor er hinüber*gehen* und nicht, wie bisher, die Rampe hinunter*rollen* würde. »Zadek ist geheilt«, würden sie rufen. »Ein Wunder ist geschehen.«

Zum ersten Mal seit über zwei Jahren bewegte er sich außerhalb seiner Wohnung aufrecht. Er öffnete die Tür und sog begierig die kühle, frische Luft ein. Er hatte sich ein weißes T-Shirt übergestreift und die Jeans an den Knöcheln in seine Armeeboots hineingestopft. Die Luft roch nach Schnee, feinem, alles überdeckenden Schnee. Er stand auf der Türschwelle zu seinem Haus und schritt bedächtig die Stufen hinab. Der kalte Wind spielte in seinem langen Haar. Die dunklen Augen huschten in ihren tiefen Höhlen hin und her wie ein gehetztes Tier. Noch wollte er nicht gesehen werden, nicht zu früh Rede und Antwort stehen müssen. Er würde sich erklären, doch noch nicht sofort. Jetzt war Zeit für die Abrechnung.

KAPITEL 49

12. November 2013, Altes Land

Martin und Werner stiegen aus dem warmen Wagen aus, ließen die Türen dumpf ins Schloss fallen und zogen die Reißverschlüsse ihrer Jacken zu. Es musste circa drei Grad unter Null gewesen sein, als sie das Gelände betraten. Einige der Arbeiter hoben die Hand zum Gruß.

Die Ermittler gingen zielstrebig zu jenem kleinen Haus mit der Rampe davor. Nur das Haupthaus hatte eine noch stattlichere Auffahrt, gewunden wie eine steinerne Schlange, um den erheblichen Höhenunterschied zum Eingang zu überbrücken. Was mochte der Bau dieser Zufahrt gekostet haben?, fuhr es Martin in den Sinn. Liebevoll und behindertengerecht. Es wäre nicht nötig gewesen.

Als sie an Kotarevs Tür klingelten, öffnete niemand. Kein Türsummer war zu hören. Martin rüttelte an der Klinke – nichts. Er trat einen Schritt zurück und trat die Tür ein. Es war Gefahr im Verzug und ein Schloss ließ sich leicht ersetzen, für den Fall, dass sie sich geirrt haben sollten.

Langsam und mit der Hand in der Nähe der Waffe traten sie ein. Martin erinnerte sich an den sonderbaren Geruch von seinem ersten Besuch. Ein Geruch nach … Kälte.

Raum für Raum stießen sie Türen auf, sicherten den Weg mit ihren Pistolen und fanden die Wohnung leer vor. Weit konnte er nicht sein, Kotarevs Wagen stand vor der Tür. Obwohl die Zeit drängte, ergriff brennende Neugier von Martin Besitz. Er wollte wissen, mit wem er es zu tun hatte. Wer oder was war Zadek Kotarev wirklich? Genau jetzt, in diesen Sekunden und Minuten, die ihm blieben, wollte er diese Frage klären. Er steckte seine Pistole in den Holster zurück, um beide Hände freizuhaben. Er erinnerte sich, dass Kotarev bei seinem letzten Besuch an einem Artikel gearbeitet hatte. Wie viel wusste der Mann tatsächlich über die Effizienz der Energiegewinnung? War er kompetent genug, um mit der Formel etwas anfangen zu können? War er nicht nur der Buchhalter und Organisator der Firma?

Martin riss Schubladen auf, wühlte darin herum, schob Bleistifte, Radiergummis, Textmarker zur Seite und sichtete einen Haufen Blätter, auf denen scheinbar zusammenhangloses, wirres Zeug notiert war. Teils auf Hebräisch, teils auf Englisch. Doch ob diese Unterlagen Kotarevs eigene waren oder ob sie aus Joshuas Feder stammten, konnte er nicht erkennen. Martin suchte weiter. Er öffnete den Kleiderschrank, schob die Bügel mit Hemden und Hosen beiseite und fand einen Haken. *Ungewöhnlich*, dachte er. Der Haken war auf einer Höhe angebracht, an den ein Rollstuhlfahrer mühelos hätte dran kommen können, doch wenn Kotarev gar nicht behindert war und sich bei verschlossener Tür normal bewegen konnte, machte der Haken an dieser Stelle keinen Sinn. Martin ergriff ihn, zog daran, nichts passierte. Er drehte nach links, nach rechts, wieder nach links, und als er schon voller Ungeduld aufgeben wollte, ertönte ein Klick und eine Tür an der hinteren Schrankwand öffnete sich. Es war eine Tür zu einem flachen Raum, in dem Zadek Kotarev seine wahre Identität verbarg.

*

Kotarev schritt die kurze Strecke in Richtung des Haupthauses, die er bisher nur sitzend in seinem Rollstuhl zurückgelegt hatte. Er reckte den Hals, erhob stolz und überheblich sein Haupt. Er wurde von Weitem gesehen, aber nicht wirklich wahrgenommen. Die Leute schauten, aber reagierten nicht.

Für ihn selbst wirkte alles … größer, realer, weniger Ehrfurcht einflößend. Bisher hatte er die Dinge aus einer niedrigeren Position betrachtet. Immer nur musste er aufsehen – er hatte es gehasst. Nun begann er seinen Schritt zu beschleunigen, begann zu rennen, der Wind zerrte an seinem dünnen T-Shirt. Seine Beine trugen ihn mühelos. Nicht schmerzfrei, aber er schaffte es. Die Kugel steckte ja noch immer in seinem Rückenmark. Eine weitere Operation zur Entfernung der Kugel wäre mit hohen Risiken und, vor allem, mit hohen Kosten verbunden. Er wusste, so leicht würde sich niemand finden, der sich dies traute, zumal das Risiko bestand, dass er danach tatsächlich querschnittsgelähmt war. Mit jedem Schritt erinnerte er sich: Als er damals aus der Narkose aufgewacht war, spürte er gar nichts mehr in seinen Beinen. Er hätte in beide Beine hineinstechen können, er hätte nichts, aber auch gar nichts gespürt. Doch nach einigen Tagen fühlte er in seinem rechten Fuß ein erstes Kribbeln. Er freute sich, behielt es jedoch für sich. Auch die Zehen konnte er bewegen, einige Millimeter. In jenen Tagen schon wusste er, dass er sich nicht mit einem Schicksal als Krüppel abfinden würde. Die Röntgenbilder von Wassiljev würden ihn als Gelähmten ausweisen, doch die Fortschritte, die er machte, wenn er allein war, verschwieg er jedem.

In Hamburg hatte man einen Wagen für ihn umgebaut, den er ausschließlich mit den Händen bedienen konnte. Eine hydraulisch betätigte, rückwärtige Heberampe konnte seinen Rollstuhl aufnehmen. Joshua und Aaron hatten keine Kosten gescheut, um Kotarev ein Leben in Würde zu ermöglichen. Natürlich gingen diese Bemühungen in erster Linie von Joshua aus, Aaron zog widerwillig mit.

Immer wenn Zadek vorgab, nach Hamburg zu fahren, Materialien zu suchen, Verträge mit Lieferanten zu schließen oder dergleichen, nutzte er die Gelegenheit, um in aller Abgeschiedenheit zu trainieren. Für die anderen war er der bemitleidenswerte, hoffnungslose Fall, doch er wusste, er konnte es schaffen. Das linke Bein, in dem er keine sensorischen Impulse fühlte, war das schwierigere. Zadek musste ihm befehlen, zu gehorchen. Die Muskulatur in den Oberschenkeln war stark geschrumpft, doch nach und nach passte sie sich seinen Anforderungen an. Häufig fiel er hin, wenn er auf dem Elbdeich im Alten Land trainierte, dort, wo keine Menschenseele lebte und ihn hätte überraschen und identifizieren können. Einmal fiel er so unglücklich, dass er einen Abhang hinunterrollte und sich mühsam wieder aufrappeln musste. Er brauchte Monate, um halbwegs gerade gehen zu können. Das Gefühl im linken Bein blieb dennoch aus, und jeder Schritt schmerzte im rechten Bein, als hätte eine Rasierklinge an den Nerven gekitzelt. Aber er lernte laufen, lernte aufrecht zu gehen, lernte stolz und selbstsicher seinen Widersachern gegenüberzutreten. Er, der Verlierer, der Feigling, der Zurückgewiesene, der einsam Liebende würde sein Schicksal selbst in die Hand nehmen. Gleichzeitig stählte er seinen Oberkörper mit einfachen Mitteln, die er von der Armee kannte. Isometrische Übungen, Liegestütze, 80 bis 100 am Ende. Er zog sich an jedem quer hängenden Ast hoch, den er im Wald finden konnte, und trainierte seinen Bizeps. Jeden schweren Stein hob er vor dem Oberkörper langsam mit ausgestreckten Armen hoch, bis er in der Lage war, einen Baumstamm vom Boden über den Kopf zu heben und fortzuwerfen. Einen Stamm, schwer wie ein Mensch. Dann, zwei harte Jahre nach Trainingsbeginn, war es so weit. Unter Schmerzen zwar, doch er war in der Lage, sechzig, siebzig Kilo zu stemmen.

In seinem Wahn war er sich sicher, dass dies Ruth beeindrucken würde. Ein Mann, ein Führer, der eine Familie beschützen könne, der sich durchbeißt. Nun, da sie den Unbilden des Lebens schutzlos ausgeliefert war, ohne Vater und bald ohne den Ehemann. Da musste ein Mann an ihrer Seite sein, der sie beschützen konnte; entschlossen, wild, klug und intelligent. Nun endlich würde er ihr beweisen können, dass er der Richtige für sie war. Das wollte er ihr schon immer beweisen; solange er lebte, gab es nur eine Frau für ihn: Ruth. Viele Huren, das wohl, aber nur eine wirkliche Frau, die seiner würdig war. Sie würde ihm alles vergeben, ganz gleich, was er getan hatte und noch tun würde, das war ihm klar. Vergangenes hatte sie ihm schon vergeben, warum nicht auch Zukünftiges?

Stufe für Stufe drückte er seine Stiefelabdrücke in den frischen Schnee, als er zum Haupthaus emporstieg. Leise steckte er den Schlüssel ins Schloss, öffnete die Tür und verschloss sie wieder hinter sich. Neben der Tür befand sich ein Schalter, der die Klingel mit Strom versorgte. Er schaltete sie aus. Er wusste, die Zeit war günstig wie nie. Langsam zog er die Waffe aus seinem Ledergürtel, nahm aus der vorderen Hosentasche den Schalldämpfer und schraubte ihn auf den Lauf. Er liebte dieses schabende Geräusch, wenn Metall über Metall glitt.

*

»Werner, das musst du dir ansehen.«

Werner kam aus dem Raum, in dem die Liege des Physiotherapeuten stand. Er staunte nicht schlecht, als er Martins Fund begutachtete. »Verdammt. Das sind mindestens zwanzig hochkarätige Waffen.«

Martin deutete auf ein Zielfernrohr. »Damit triffst du auf einen Kilometer Entfernung präzise zwischen die Augen. Mit einem dieser Dinger wurde garantiert der Rabbi getötet. Damit werden sich die Ballistiker befassen müssen.«

»Mein Gott, Martin. Der Kerl ist eine Maschine. Eine durchgeknallte Tötungsmaschine. Vermutlich hat er in Israel bei seinen Kämpfen nicht nur Schüsse in den Rücken abbekommen.« Werner drehte seinen Zeigefinger an der Schläfe wie an einer Kurbel. »Normal ist das jedenfalls nicht.«

»Die Frage ist, was hat er vor? Warum bringt er die Leute um? Ihm kann es doch nicht ernstlich nur um die Formel gehen. Sieh dir dieses Arsenal an.« Martin beugte sich zu einer 8 mm-Waffe und nahm sie in die Hand. Dann sah er, dass es unter den Waffen, die am Boden festgeklippt waren, noch eine Klappe gab. Er zog sie hoch und fand ein Buch darin. Eine handgeschriebene Kladde. Eine Art Tagebuch. Martin öffnete sie und blickte auf Seiten, vollgekritzelt mit Zeichnungen und Berechnungen, aber nicht zum Thema Energiegewinnung und Raumenergie, sondern über Bomben. Berechnungen, mit welcher Sprengkraft eine Raffinerie, wenigstens einige Türme in die Luft gejagt werden könnten. Martin faltete einen detaillierten Lageplan auseinander, auf dem die Harburger Raffinerie zu sehen war. Mit einem Kreuz war die Stelle markiert, wo die Bombe detoniert war. Weiterhin fand er das Bild eines Mannes in diese Kladde eingeklebt, ein Foto, wie er es selbst in seinem Handy abgespeichert hatte. Martins Puls beschleunigte sich. Er blickte auf das Foto des getöteten Erfinders. Wie eine Trophäe prangte es in der Mitte eines Blattes, versehen mit einem Untertitel, dem Namen *Joshua Horowitz*. Martin schlug eine Seite um, vermutete, sie leer vorzufinden, und das war sie auch, bis auf eine einzige beschriebene Zeile, ebenfalls in der Mitte des Blattes. Dort, wo man offenbar noch ein Foto aufzukleben beabsichtigte, sprang Martin der Name Aaron Stern an, nur das entsprechende Foto fehlte noch.

In diesen Sekunden wurde Martin die Absicht Kotarevs klar. Er vermutete, dass dieser Psychopath in seiner Besessenheit plante, alles an sich zu reißen, die Firma, die Führung, die Formel, die grenzenlose Energie verheißen sollte, und, um allem die Krone aufzusetzen, die Liebe seines Lebens, Ruth. Als gäbe es auf dieser Welt keine Regeln, keine Grenzen, niemanden, der ihn dabei hindern und niemanden, der nach seiner Tat Rechenschaft von ihm fordern würde. Martin schüttelte den Kopf, nahm die Kladde heraus und eilte zu Werner, der die Schubladen nach Munition durchwühlte. *Wie kann ein Mensch derart verblendet sein?*, dachte er. Nur ein wahnsinniger, vollkommen gestörter, in den Tiefen seiner Seele verwundeter Mensch konnte so etwas tun. Eigene Rechtfertigungen zu ersinnen und sie über die Wahrheit zu stellen; diese kranke Abart menschlichen Denkens war Martin in Ausübung seines Berufs schon häufig untergekommen. Jene Facette, die er am meisten hasste.

Martin klappte das Buch zu und rannte los. Er stieß Werner an der Schulter an. »Komm, wir müssen uns beeilen. Ich bin sicher, er will Aaron töten.«

Werner blickte auf und schob den Inhalt der Schublade beiseite, bis er eine leere Schachtel Patronen entdeckte. Er nahm sie heraus und hob sie wortlos in die Höhe. Patronen einer Heckler & Koch Modell P 29. Sie kannten diese Waffe, über die alle Bullen im Lande lachten. Eine deutsche Pistole, mit der Polizeibeamte ausgestattet werden sollten, hätte sie nicht des Öfteren Ladehemmungen gehabt. Sie war gottlob wieder in der Versenkung verschwunden.

Erst als sie die Tür erreichten, fiel ihnen fast zeitgleich ein kleines, aber bedeutsames Detail auf. Sie befanden sich in der Wohnung eines Behinderten, doch was, um alles in der Welt, hatte der Rollstuhl in der hinteren Ecke des Flures, also *innerhalb* der Wohnung zu suchen, wenn sein Besitzer nicht zu Hause ist? Martin und Werner sahen sich an und kannten die Wahrheit.

Sogleich machten sie sich auf den Weg, verließen die Wohnung und rannten die glatten Stufen hinunter ins Freie. Beißende Kälte schlug ihnen entgegen. Mit dem Buch in der Hand, dem entlarvenden Geständnis eines geistesgestörten, traumatisierten Soldaten, liefen sie durch die Gassen des Betriebsgeländes, bis sie zum Haupthaus gelangten. Werner rutschte mit seinen für die Jahreszeit vollkommen unpassenden italienischen Halbschuhen aus und schlug hart auf der Schulter auf. Sogleich erhob er sich fluchend und rieb sich den schmerzenden Arm. Martin half ihm auf und rannte weiter, die Stufen hoch. Voller Erwartung drückte er die Klinke herunter. Die Tür war verschlossen. Er klingelte. Keine Reaktion. Nicht einmal der melodische Klingelton war zu hören. Martin sah sich um, der Wagen von Aaron Stern stand direkt vor dem Haus. Er war definitiv zu Hause. Erst dann fiel ihm auf, welch bleierne Stille über dem Gelände lastete. Kein Laut war zu hören, einzig der Wind, der wie eine Katze um die Ecke schnurrte und kalt an seiner Wange vorbeistrich. Sein Atem formte weiße Wölkchen in der Luft, sein Blut pulsierte und hämmerte in seinem Kopf, befeuerte den Schmerz darin, der sich nicht mehr zähmen ließ.

*

Zadek Kotarev rechtfertigte seine, wie er fand, legitimen Ansprüche mit den Qualen, die er erlitten hatte. Schuld waren sowieso immer die anderen.

Zuallererst war es seine Mutter, die sich wunderte, dass sie einen Jungen wie *ihn* aus ihrem Schoß herauspresste. Ein Kind, das nicht schrie und nicht weinte, ein Kind, das im Laufe seiner Entwicklung in allem, was es trieb, bösartiger war als die anderen. Eines, das ihr selbst in nichts glich, als sei sie nicht Zeugin davon gewesen, dass er tatsächlich von ihr geboren wurde.

Dann sein Vater, der schon früh alle Hoffnung aufgegeben hatte, ein Ebenbild seiner selbst aus dem Sprössling formen zu können. Der resigniert akzeptierte, dass nicht immer die Gene von Generation zu Generation weitergegeben werden, sondern sich launisch neu zusammenfügen, um Kreaturen zu schaffen, mit denen sich Eltern nicht rühmen wollen.

Die Winzergemeinschaft, die seine Unfähigkeit, sich die Liebe zu den Reben zu eigen zu machen, mit Gleichgültigkeit quittierte und froh war, als er des Geländes verwiesen wurde.

Das Mädchen, das ihn ablehnte, ihn mit kokettem Blick reizte und dann doch mit Missachtung strafte.

Joshua, das so offensichtlich behinderte, und doch von allen gerühmte Genie. Der, der ihm in allem bei Weitem überlegen war, nur nicht im Töten und Jagen. Der dafür gesorgt hatte, dass er fortgehen musste, weit weg von seiner Geliebten. Der die Schuld dafür trug, dass sie in die Arme eines anderen getrieben wurde. Ja, der für sein gesamtes Unglück verantwortlich war.

Und natürlich Aaron, sein verhasster Nebenbuhler, der an seiner statt alles bekam, was ihm zustand. Der Zögling Joshuas, der Schönling mit dem seidenen Tuch um den Hals. Der Dandy, der sich die Frau nahm, die ihm, Zadek, gehörte.

Die Armee, sein Zufluchtsort für viele Jahre, die seine Talente verkannte und ihn fortjagte wie einen räudigen Köter, obwohl er sich für sie durchlöchern ließ.

Doch heute war der Tag gekommen, an dem seine Rache ihren Höhepunkt finden sollte. Er würde die Formel bekommen, sie entweder meistbietend verkaufen oder selbst vermarkten – so genau wusste er das noch nicht, da sich Heinemann nicht wie verabredet gemeldet hatte. Es würde sich immer jemand finden, der das Potenzial der Formel erkannte, das wusste er genau. Auf alle Fragen hatte Kotarev eine Antwort. Nur die Konsequenzen seines Handelns blendete er aus, als gäbe es keine Ordnung in diesem Universum. Als gäbe es niemanden, der ihm auf den Fersen war. Niemanden, der ihn längst durchschaut hatte. Jemanden, der sein Waffenarsenal und die Aufzeichnungen gefunden hatte, die ihn als erbarmungslosen Mörder identifizierten.

Jemanden, der bereits auf dem Weg zu ihm war.

Zadek schlich durch das Haus. Jeden Winkel kannte er darin, obwohl er nicht darin wohnte. Ihm hatte man ja nur das Nebenhaus zugeteilt.

Dennoch wusste er nicht, wo Joshua und Aaron die Formel aufbewahrten. So viele Zeitpunkte hatte es gegeben, zu denen er Einsicht nehmen wollte. Gelegenheiten, um sie zu kopieren oder zu stehlen, doch als ahnte man intuitiv, dass er nicht der richtige Mann sei, um ihm die Formel anzuvertrauen, hatten Joshua und Aaron sie vor ihm verborgen. Sie gaben ihm einfache Aufgaben, die nur *indirekt* mit der Produktion der gewaltigen und unerschöpflichen Menge an Energie zu tun hatten. Er bekam nur Bruchstücke zu sehen. Maschinen, wie jenen Raumenergiekonverter, den Ruth Martin gezeigt hatte, nicht aber seinen Zugangscode. Die Algenanlage, von der er wusste, dass sie aufgrund einer speziellen Genetik umweltfreundlichen Treibstoff lieferte. Doch er wusste nicht, aufgrund *welcher* genetischen Veränderung. Nie war er in der Lage, ihre genauen Anleitungen zu entschlüsseln, ihre Konstruktionspläne oder ihre Verknüpfung zu den anderen Komponenten der wertschöpfenden Kette zu entdecken. Er betrachtete das große Ganze nur von außen. Sie ließen ihn nur das Nötigste wissen, als hätten sie kein Vertrauen zu ihm, obwohl sie es ihm gegenüber doch immer scheinheilig bekundeten. Er fühlte sich von allen gemieden, obwohl Ruth ihn hingebungsvoll pflegte. Sie, die ihm verziehen und seine Tat an ihr vielleicht sogar vergessen hatte, wurde nicht aus ihm schlau. Nicht, dass er ein hässlicher Mann war, im Gegenteil. Das Problem für jedermann waren diese grauen Augen. Die Art, wie er einen ansah. Die Art, wie er Ruth ansah. Auf diese sonderbare Weise den Kopf zu senken und von unten her aufzuschauen, sodass das Weiße gespenstisch hervorblitzte. Jeder, der ihm tief in die Augen sah, las darin etwas Unheimliches, Dunkles. Als verkünde der rastlose Blick seiner grauen Augen Tod und Verderben.

Zadek schlich durch das Haus, spähte durch die Ritzen angelehnter Türen und kam zu einem Raum, vor dem er ruhig stehen blieb. Er hörte Ruth, wie sie das Kind in den Armen wiegte und leise ein Lied summte. Er verharrte dort wie ein Geist, lauschte hinein, atmete kaum und schloss die Augen, während seine Hand die Waffe umschloss. Er liebte diese Stimme, den zarten erotischen Klang darin. Die Weichheit, die sie ausstrahlte, besonders Menschen gegenüber, die sie liebte. Er sehnte sich danach, eines Tages diese Stimme an seinem Ohr Liebevolles flüstern zu hören. Seine Stärke zu preisen, seinen Mut und seine Intelligenz. Er sehnte sich nach ihren Lippen auf den seinen, ihren Händen auf seinem Körper, die ihn begehrten und nicht nur ihn mitleidvoll pflegten. Er hungerte nach ihrem Blick, der Anerkennung ausdrückte und nicht Verachtung. Vorsichtig schob er die angelehnte Tür ein wenig auf. Er wollte sie vorher noch einmal sehen, ihre Anmut bewundern, ihre Schönheit. Bald schon würde sie seine Frau sein. Nach einer Phase der Trauer würde er ihr beweisen, dass er schon immer der Richtige für sie war, es nur falsch angestellt hatte – damals.

Sie bemerkte ihn nicht, war ganz auf das Kind fixiert. Das Kind, das von ihm hätte sein sollen. Würde er es lieben können, fragte er sich in diesen stillen Sekunden. Gene, die nicht von ihm stammten, sondern von seinem ärgsten Feind, den er ab diesem Tag nicht mehr würde sehen müssen. Er würde noch viele andere Kinder mit ihr machen und dieser kleine Bastard, den sie nach ihrem Vater benannt hatten, würde unter ihm zu leiden haben.

Zadek zog die Tür lautlos wieder zu. Er musste sich beeilen, bevor er bemerkt wurde. Er wusste, dass sich Aaron um diese Stunde in seinem Büro aufhielt und die Gehälter für den kommenden Monat fertigstellte. Leise und zielstrebig eilte er durch das geräumige Haus. Er ging den langen Flur entlang, bog nach links in den Gästetrakt ab und erreichte Aarons Büro. Dicke Wände schluckten den Schall seiner dumpfen Schritte. Mit der linken Hand hielt er die Waffe, mit der rechten öffnete er die Tür so lautlos, wie er gekommen war. Er wechselte die Waffe in die rechte Hand und fixierte mit stechendem Blick sein nächstes Opfer.

Wie lange schon hatte er auf diesen Moment gewartet? All seine Verbitterung sollte an diesem Tag einen Kanal finden, ein Gefäß, in das hinein sie sich ergießen konnte. Niemand würde die Leiche finden. Er würde es schlauer anstellen als bei Joshua. Alles war vorbereitet.

Nur die Reaktion, die Aaron ihm entgegenbrachte, überraschte ihn in diesen Sekunden.

»Ich habe auf dich gewartet, Zadek.«

Zadek gab sich unbeeindruckt. »So, hast du das? Das glaube ich nicht. Du magst ja vieles sein, aber kein Hellseher.«

Aaron wandte sich um und zeigte sich in Anbetracht, dass Zadek vor ihm stand und nicht wie sonst im Rollstuhl saß, kein bisschen verwundert. »Man muss kein Hellseher sein, um zu wissen, dass du ein krankes Monstrum bist und schon immer warst. Niemand wollte mir glauben, damals, als du winselnd auf dem Hof erschienen bist und deine Show abgezogen hast. Doch Joshua und Ruth waren überzeugt davon, dass du dich geändert hast, dass du ein anderer Mensch geworden warst, dem man helfen musste.« Aaron lachte auf. »Ich wollte es wirklich glauben und fast hättest du mich so weit gehabt. Meine Menschenkenntnis hat mich im Stich gelassen. Die meiste Zeit bin ich davon ausgegangen, dass du ein verbitterter Krüppel bist, der aller Illusionen eines normalen Lebens beraubt worden war. Bis vor Kurzem, als du um ein Haar den Kommissar gefoppt hättest.«

Zadek lachte. »Der Kommissar, dieser Idiot. Glaubte mich reinlegen zu können. Du hättest mal seine Visage sehen sollen, als ich mir den Brieföffner ins Bein gerammt habe. Aber der Bursche ist zäher als ich dachte. Hatte schon so eine Ahnung, dass er mir lästig werden könnte.« Zadek schnalzte überheblich mit der Zunge. »Hat leider in Israel überlebt.«

Aaron schloss für wenige Sekunden die Augen. Er hatte es nicht glauben wollen, dass jemand aus ihrer eigenen Mitte seinen Vater getötet haben konnte und mehr noch, dass Zadek hinter dem Anschlag auf Martin steckte. Dass er noch nicht einmal davor zurückschreckte, einen Rabbi zu töten. Und dass er zu allem Überfluss für zwei Anschläge auf Raffinerien verantwortlich war. Er, der Sprengstoffspezialist mit offenbar noch immer intakten Kontakten zur kriminellen Szene. Was ging in diesem kranken Hirn vor? Und wozu das Ganze? Der Sinn seiner Motive erschloss sich Aaron noch nicht. Sein einziger Weg war die Offensive. »Du hast mich nicht verstanden, Zadek. Er hat sie dir nicht abgenommen, deine alberne Scharade.«

»Hat er nicht?« Zadek verengte die Augen zu dünnen Schlitzen, als wollte er die unerwarteten Informationen nicht zulassen. »Hat er doch, oder siehst du ihn hier irgendwo? So, und jetzt red nicht lange rum und gib mir endlich die Formel. Sie wird mir ein hübsches Sümmchen einbringen. Ich werde mich operieren lassen und mit Ruth ein neues Leben anfangen. Wir werden weggehen, weit weg. Irgendwohin, wo es warm ist, wo immer die Sonne scheint. Irgendein Ort, wo wir dich und Joshua und dieses langweilige Scheißleben ganz schnell vergessen werden.«

»Warum sollte Ruth mit dir gehen wollen? Sie hat nichts für dich übrig. Niemand hat das, Zadek. Du bist ein krankes Arschloch, weiter nichts. Ein widerlicher Mörder.«

»Wird sie doch. Sie liebt mich, das weiß doch jeder hier. Du hättest sie sehen müssen, wie sie mich gepflegt hat, wie sie mich angesehen hat, voller Lust und Hingabe.«

»Du bist vollkommen übergeschnappt, Mann. Deine ganze eigene kleine Welt ist verrückt.«

»Und du bist bald tot, wenn du mir nicht sofort die Formel gibst.« Zadek stellte sich hinter Aaron, der noch immer auf dem Bürostuhl saß. Er rammte ihm die Mündung seiner Waffe in den Nacken. Aaron wollte Zeit schinden, er hoffte, dass Pohlmann Wort halten würde, doch warum war er nicht schon längst da? Hatte man ihn zusätzlich zu seiner Suspendierung auch noch inhaftiert? Aarons Bewegungen waren langsam. Er überlegte, ob und wie er Zadek überwältigen konnte, doch er wusste, dass Zadek ihm körperlich überlegen war. Also beschloss er, ihm die Sachen zu geben, die er von ihm verlangte.

»Komm schon. Trödel nicht so lange. Ich hab nicht ewig Zeit.«

Aaron stand auf und ging zu einer Wand, an der ein Bild hing. Es zeigte eine aus der Luft gefertigte Panoramaaufnahme ihres ehemaligen Weinberges, als er noch in voller Pracht die besten Weine Israels hervorbrachte. Aaron nahm das Bild ab und drehte an dem dahinter befindlichen Kombinationsschloss mehrfach nach links und rechts, bis ein hörbares Klicken ertönte. Zadek trat vor und schob Aaron zur Seite. Er achtete darauf, die Waffe auf Aaron gerichtet zu halten, und nahm eine CD und mehrere dünne Hefter hervor. Er trug sie zu Aarons Schreibtisch und schlug sie mit der linken Hand auf. Er erfasste den Reichtum, den er in den Händen hielt: Zeichnungen, Berechnungen, Formeln. Er erkannte die Federstriche Joshuas, seine wirren Linien, die doch irgendwie Sinn ergaben, wenn man das Genie besaß, sie richtig zu interpretieren. Hier nun fügte sich das Puzzle zu einem Ganzen zusammen. Er würde sich die Zeit nehmen, alles zu entschlüsseln, doch er würde es schaffen. Zu lange schon hatte er darauf hingearbeitet, alle Artikel und Vorträge Joshuas akribisch verfolgt, er, der törichte und gescheiterte Zadek Kotarev. Der dumme Schuljunge, den man rauchend zwischen den Weinreben erwischt und auf ein Internat geschickt hatte, wo man ihn misshandelt hatte. Dort, wo er unzählige Schläge erhalten hatte. Demütigungen, die sich so fest in seine Seele gebrannt hatten, dass die Saat, die dort in tiefen Furchen gesät wurde, Früchte des Hasses und des Rachedurstes hervorgebracht hatte. »Ist das alles?«

Aaron nickte stumm. Es entsprach tatsächlich der Wahrheit. Zadek hielt die Essenz von Joshuas und Aarons Leben in seinen Händen. Es gab noch einen Raum, in dem Regale standen, die bis unter die Decke reichten. Dort waren alle Aufzeichnungen Joshuas abgeheftet worden. 27 dicke Ordner, vollgestopft mit Ideen, Entwicklungen, Erfindungen. Wirre Gedanken neben genialen, bahnbrechenden Ideen, die die Zukunft vorwegnahmen. Visionen eines Mannes, den man für behindert hielt. Den Zadek einst einen hirnlosen Idioten nannte. Den nur die wenigsten Menschen wirklich für voll nahmen, außer einigen wenigen, die neidvoll anerkennen mussten, dass die Ideen des Joshua Horowitz eben nicht nur haltlose Theorien waren, sondern Wegweiser in ein neues Zeitalter, die eine komplette *Zeitenwende* herbeiführen konnten.

Zadek blickte mit Stolz auf seine Beute, klemmte sie unter den Arm und schlug Aaron mit der Waffe gegen die Schulter. »Los, vorwärts, Großmaul. Heute wirst du aufhören, zu prahlen, zu lehren und anderen weismachen zu wollen, wie alles zu funktionieren hat. Heute wird das Licht des großen Gurus Aaron Stern verblassen. Ab in den Keller mit dir.«

»Und? Was hast du jetzt mit mir vor?«

»Ich werde dich verschwinden lassen. Nach einem oder spätestens zwei Jahren wird es so sein, als hätte es dich nie gegeben. Man wird sich weder an dich noch an Joshua erinnern. Alles wird mir gehören, von mir stammen und von mir entschieden werden. Auf *mich* wird man hören, und nicht mehr auf *dich*.«

»Niemand wird auf dich hören, Zadek, weil dich alle kennen. Zumindest innerhalb der Gemeinschaft.«

»Pah. Wen interessiert noch die Gemeinschaft, wenn alle Welt auf mich blickt? Ich bin der, der gelähmt war und nun laufen kann. Der Geheilte, der Begnadete, das sichtbare Zeichen eines Wunders, der Messias selbst vielleicht. Von dir indes wird nichts mehr übrig bleiben. Dein Blut wird sich mit dem Blut deines Vaters in der Kanalisation vermischen. Ihr werdet wieder vereint sein, falls dir das ein Trost ist.« Zadek schlug Aaron hart auf die Schulter. »Los beweg dich. Und kein Mucks, sonst bist du sofort tot und Ruth kurze Zeit später. Erst würde ich mir jedoch den kleinen Bastard vornehmen und ihn langsam würgen, bis er keinen Laut mehr von sich gibt. Wenn du das möchtest, dann rufe ruhig durch das ganze Haus nach Hilfe. Ich verspreche dir, dass ich Wort halten werde.«

Zadek trieb Aaron mit der Waffe den Flur entlang, den er bereits auf dem Hinweg gekommen war, doch stieg er nicht dieselben Treppenstufen ins Erdgeschoss hinab, sondern wählte den hinteren Trakt, der noch nicht renoviert war.

Der dunkelgraue Teppich, mit dem der Flur ausgelegt war, schluckte das Geräusch ihrer Schritte. Es war dunkel, doch nicht dunkel genug, dass man hätte Licht machen müssen. Außerdem war Zadek an diese Lichtverhältnisse gewohnt. Diesen Gang hatte er unzählige Male trainiert. War nachts im Haus herumgeschlichen, wenn alle tief und fest schliefen. Des Öfteren, wenn Aaron auf der Couch im Arbeitszimmer schlief, war Zadek in ihr Schlafzimmer geschlichen und hatte vor Ruths Bett gestanden, sie beobachtet, ihr sogar einmal zärtlich eine Locke aus dem Gesicht gestrichen,

Aaron Stern spürte das harte Metall der Waffe in seinem Rücken. Ganz so hatte er sich diese Szene nicht vorgestellt. Er ahnte schon Tage zuvor, dass Kommissar Pohlmann mit seinem Verdacht recht gehabt hatte und dass Zadek ihm früher oder später auflauern würde. Die Energiekonferenz stand unmittelbar bevor, und dass dieser Mistkerl an die Formel herankommen wollte, schien nun vollkommen klar. Er wollte sie für seine merkantilen Zwecke missbrauchen, sich damit profilieren, warum auch immer. Dass Zadek eine gequälte Seele war, war ihm bekannt und er ging stets gleichgültig damit um. Er hatte ihm nie verziehen, seine Frau vergewaltigt zu haben, selbst wenn er ihn auf seinem und Joshuas Gelände geduldet hatte, und dies auch nur, weil Joshua es explizit für seinen Seelenfrieden gebraucht hatte. Nun aber, als er mit der Waffe in seinem Rücken den Ernst, den Hass und den unbändigen Willen seines Feindes verspürte, wurde ihm doch mulmig. Woher um alles in der Welt wusste Zadek von diesem abgesperrten baufälligen Gebäudetrakt? Wie war er hineingekommen und vor allem wann? Wann hatte er zum ersten Mal den Plan gehabt, Joshua zu töten und die Berechnungen zu stehlen? Was ging in diesem verrückten Kopf bloß vor?

Sie stiegen dunkle Stufen hinab, trittsicher und zielstrebig. Zadek schien seinen Weg so genau zu kennen, als sei er ihn schon mehrere Male gegangen.

Dort im Keller befand sich eine stillgelegte Mostkellerei. In früheren Jahren wurden hier Apfel- und Birnenernten zu frischem Obstmost gekeltert. An die sechzig Hektoliter wurden hier seinerzeit gepresst. Nun, wo alles brachlag, wurde der Bereich von niemandem mehr aufgesucht, und Aaron fragte sich, wann und wie Zadek ihn entdeckt haben mochte.

Zadek schob sich an Aaron vorbei und öffnete die schwere Stahltür. Er riss den Riegel nach unten und ließ die Tür aufschwingen. Was auch immer hinter dieser Tür jemals geschehen war und noch würde, sie ließ keinen Laut hindurchdringen. Die Kellerei hatte einen eigenen Ausgang, der über eine Treppe zum Hinterhof führte. Dort stand ein Wagen bereit, ein Firmenwagen der HORTEC, den Zadek einen Tag zuvor dort geparkt hatte. Obwohl Zadek von allen Innovationen nur Bruchstücke verstand, so liebte er die Idee des Algenbenzins tatsächlich am meisten. Einer gewissen Sentimentalität folgend, hatte er diesen Wagen auserkoren, um zu fliehen.

Sie betraten den modrig riechenden, kühlen Raum. Aarons Puls schlug so heftig gegen die Halsschlagadern, dass er fürchtete, sie könnten platzen wie ein Ballon. Es wurde langsam Zeit, dass etwas passierte. Er brauchte Hilfe, und wenn er sie nicht von außen bekam, würde er sich zügig etwas einfallen lassen müssen. In Gedanken wog er seine Möglichkeiten ab. Bis man ihn hier unten vermuten würde, würden Tage vergehen, und er wusste nicht genau, was Zadek genau geplant hatte. Er hatte die Verrücktheit Zadeks unterschätzt. Er hielt ihn für jemanden, der im letzten Moment kneifen würde. Ein Feigling eben, doch er hatte keine Ahnung gehabt von Zadeks brennender Liebe zu Ruth. Zadek wollte nicht nur die Formel, sondern er wollte vor allem Aaron, den großen Meister der Kommune, den Mann, zu dem alle aufblickten, für immer verschwinden lassen. Hier war der Ort, an dem man ihn zu allerletzt suchen würde. Noch ahnte Aaron nicht, dass genau hier der Platz war, an dem Joshua sein Leben lassen musste, dass genau hier der diabolische Plan, der irgendwann in den dunklen Windungen eines kranken Hirns ausgeheckt wurde, in die Tat umgesetzt worden war und nun seiner Vollendung zustrebte. Von einem Mann vollführt, der nie ein Mörder sein wollte, hätte man ihn nicht auf eben diese Weise gedemütigt, seine Liebe verschmäht, seine Talente ignoriert und seinen Drang nach Anerkennung verhöhnt und somit einen anderen aus ihm gemacht.

KAPITEL 50

12. November 2013, Altes Land – Hamburg

Martin schirmte die Augen mit den Händen ab, um das Licht für eine bessere Sicht ins Innere auszusperren. Er wollte irgendwelche Bewegungen ausmachen, doch es war grabesstill. Es war Samstag, der jüdische Feiertag Schabbat, die Arbeit ruhte auf dem Gelände. Nur die automatischen Prozesse liefen Tag und Nacht weiter, doch Maschinen, die ein Mensch hätte bedienen müssen, wurden nicht betätigt. So sah es der Schabbat eben vor. Ein freier Tag, den es zu ehren galt. Die Arbeiter, die von außerhalb kamen, waren bei ihren Familien. Das Werksleben war wie eingefroren. Nur Büroarbeiten wurden gemacht, so wie es Aaron zu dieser Stunde tat.

Martin zuckte mit den Schultern. »Wir müssen da irgendwie reinkommen.«

»Woher willst du wissen, dass er und Aaron da wirklich drin sind? Sie könnten überall auf dem Gelände sein.«

Martin blickte sich um, betrachtete die vielen Werkshallen, die er mit Ruth besichtigt hatte. Weiße schneebedeckte Dächer, die aus trübem Nebel herausragten. Er nickte. »Ja, vielleicht hast du recht, aber mein Bauch sagt mir etwas anderes. Er ist hier. Schau dir das Haus an. Es ist riesig. Es hat mit Sicherheit mehrere Ausgänge. Er will Aaron töten, aber er muss auch für seine Flucht sorgen.«

»Er weiß nicht, dass wir hier sind. Vielleicht hat er es gar nicht eilig zu fliehen. Denk dran, er hält sich für unangreifbar.«

»Trotzdem, jeder, der gemordet hat, hat es eilig, abzuhauen.«

»Es sei denn, er entsorgt die Leiche gar nicht außerhalb des Hauses«, wandte Werner ein.

Martin zog die Brauen hoch. »Ich versteh nicht, was du meinst.«

»Na überleg doch mal. Wenn er Joshua umgebracht hat, woran ja wohl kein Zweifel besteht, dann muss er ihn in einem speziellen Raum derart zugerichtet haben. Er hat ihm das Blut abgelassen, Öl in die Adern gefüllt. Es muss dort Abflüsse für solch eine Sauerei geben. So etwas kann er nur machen, wenn er dabei ungestört ist und bleibt. Ein Raum, zu dem nur er Zugang hat oder kein anderer Zugang haben will. Dieser Gedanke ist mir tagelang nicht aus dem Kopf gegangen. Wo mag der Raum gewesen sein, in dem er Joshua getötet hat? Ich hab mich zu diesem Gebäudekomplex ein bisschen schlaugemacht und beim Denkmalschutzamt recherchiert. Es gab da mal eine Kulturlandschaftsanalyse Altes Land. Ich war sogar im Büro für historische Stadt- und Landschaftsforschung und nun rate mal, welches Haus bis auf die Grundfeste exakt Zentimeter für Zentimeter katalogisiert und registriert ist?«

»Na, wenn du so schon fragst, ist es dieses.«

Werner vollzog eine ausladende Geste. »Das alles hier zählt zum deutschen kulturellen Erbe und ist systematisch auf flächendeckenden Karten verzeichnet. Na jedenfalls hab ich Grundrisse dieses Hauses bekommen. Der vordere Teil ist aufwendig saniert worden, der hintere steht noch aus. Du glaubst gar nicht, wie streng die Auflagen sind. Die meiste Fläche des Hauses ist unterkellert, doch ein großer Teil ist wegen der anstehenden Sanierungsarbeiten und einer hohen Feuchtigkeit im Gemäuer gesperrt worden. In der Vergangenheit wurde der Bereich als Lager und Obstmosterei verwendet. Ein Raum, der perfekt auf Zadeks Bedürfnisse zugeschnitten ist, mit Abflüssen und Wasserhähnen. Vermutlich gibt es auch noch die Stahlkessel, die für die Gärung verwendet wurden.«

»Jetzt werd mal nicht albern. Du glaubst doch nicht im Ernst, dass er Aaron hier an Ort und Stelle in einem Mostkübel entsorgen will.«

»Auf alle Fälle sollten wir nachsehen. Der Typ ist vermutlich durchgeknallt genug für so eine Aktion.«

»Dann sollten wir uns beeilen.« Martin zog die Waffe hervor und entsicherte sie. »Geh einen Schritt zurück.« Er zielte auf das Schloss, doch Werner hielt ihn zurück. »Bist du wahnsinnig? Mach nicht so einen Lärm. Dieses morsche Holz braucht nur einen Tritt oder besser noch einen Dietrich. Werner zog einen Bund verschiedener Schlüssel hervor, probierte einige, bis einer passte. Es klickte. Die Tür sprang auf.

»Na bitte«, meinte Werner. »Gewalt ist nicht immer eine gute Lösung.«

Martin konnte sich ein anerkennendes Grinsen nicht verkneifen und steckte die Waffe zurück. »Hast du einen Plan, wie wir nach unten kommen, zu deinen unterirdischen Katakomben?«

»Hab ich.« Werner griff in die Innenseite seines Sakkos und zog eine architektonische Zeichnung hervor.«

Martin staunte. »Ich glaube, manchmal unterschätze ich dich wirklich.«

Werner grinste und genoss das Lob. So selten, wie man es bekam, musste es ausgekostet werden. »Ja, das tust du leider. Komm, wir müssen uns sputen.«

Sie eilten durch das Haus, Werner mit der Karte voran. Nach kurzer Zeit erreichten sie eine Tür, die in den Keller führte. Man sah die Hand vor Augen nicht, aber einen Lichtschalter schien es nicht zu geben. Martin zog sein Handy hervor und aktivierte die App, die als Taschenlampe fungierte. Zügig gingen sie die steilen Stufen hinab, bogen, unten angekommen, nach rechts ab und schritten durch einen langen Flur. Sie hielten an, um Geräusche auszumachen, doch die dicken Mauern würden nicht mal das Landen eines Jets an ihre Ohren dringen lassen.

»Wir sind gleich da«, flüsterte Werner.

»Er ist hier. Ich kann ihn förmlich riechen. Dieser Geruch

nach Schweiß und Mordlust. Kein Wunder, dass niemand diesen Typen mag.«

Am Ende des dunklen Flures gelangten sie zu einer Stahltür, die zu einem anderen Trakt des Hauses führen musste. »Wenn mich nicht alles täuscht, müssen wir hier durch und dann am Ende des Gangs gleich rechts.«

»Meine Güte, so groß kann doch kein Haus sein. Hier könntest du eine kleine Armee verschwinden lassen. Wer weiß, wen wir noch alles finden. Die berühmten Leichen im Keller.«

Leise, aber mit einem kräftigen Ruck stießen sie die schwere Tür auf. Noch immer dominierte die feuchte Kühle. Es roch nach Fäulnis und Schimmel, nach Tod, als würde in einer Ecke ein Tier verwesen. Feiner Sand knirschte unter ihren Füßen.

Sie eilten den vermutlich letzten Gang entlang und vernahmen alsbald erste Laute. Geräusche, als wollte jemand versuchen, mit verbundenem Mund zu schreien. Die Beamten beschleunigten ihre Schritte. Am Ende des Gangs war eine Tür nur angelehnt. Schwacher Schein drang zwischen Tür und Zarge hervor und peitschte den Puls der beiden empor. Als sie die Tür mit vorgehaltener Waffe erreichten, stellten sie fest, dass sie keine Sekunde zu früh dort eingetroffen waren.

*

Aaron Stern kniete im Dreck der verrottenden Obstmosterei vor einem mannshohen Metalltank. Seine Augen waren verbunden, die Hände hinter dem Rücken gefesselt und der Mund mit einem Knebel zum Schweigen gebracht. Er sah aus wie ein Gefangener, der seiner Hinrichtung harrte.

An den Rändern des Tanks prangte dunkelbrauner Rost, die Flächen hingegen waren in einem erstaunlich guten Zustand. Auf einem Tisch neben ihm lagen diverse Instrumente, bei genauer Betrachtung waren sie dem Werkzeug der Chirurgen zuzuordnen, nur dass sie schon älter und abgenutzt wirkten. Sogar Zangen für die Extraktion von Ober- und Unterkieferzähnen lagen bereit. Martin und Werner erfassten das unbeschreibliche Grauen der Situation und hoben ihre Waffen. Kotarev war so in seine Überlegungen vertieft gewesen, dass er das Kommen der Beamten nicht bemerkt hatte. Er erschrak und zog ebenfalls blitzschnell die Waffe aus seinem Gürtel hervor. In diesem Moment hätten Martin oder Werner schießen sollen. Die Bestie ausschalten, so lange es noch ging. Doch sie taten es nicht, weil sie Fragen hatten, weil sie Antworten brauchten.

Martin brüllte ihn an und ließ den Zeigefinger Kotarevs, der unmittelbar den Abzug berührte, nicht aus den Augen. Ein winziges Zucken von diesem Finger, und er hätte abgedrückt. Er hoffte fast, dass er sich rühren würde. »Stopp, keinen Schritt weiter. Waffe runter.«

Ihre Blicke trafen sich.

Blanker Hass spiegelte sich in Kotarevs Pupillen wider. »Das können Sie vergessen. Ich bin nicht so weit gekommen, um mir von zwei halben Portionen sagen zu lassen, was ich zu tun habe. *Ihr* lasst sofort die Knarren fallen, oder ich erschieße erst Stern und dann euch zwei Abziehbilder. Ob ich nur einen in diesem Tank auflöse oder drei, für mich macht das keinen Unterschied.«

Martin und Werner waren sich im Klaren über die gefährliche Lage. Es war Kotarev durchaus zuzutrauen, Stern jederzeit zu töten. Wie es aussah, hatte er es eh vorgehabt, nur auf andere Weise, als mit einer Kugel. Also galt es Zeit zu schinden, auf ihn einzureden. Werner ließ als Erster die Waffe langsam nach unten gleiten.

Kotarev beobachtete die Szene amüsiert. »Brav, mein Kleiner. Und jetzt schieb sie zu mir rüber.«

Werner legte die Pistole auf dem Boden ab und zeigte Kotarev seine blanken Handinnenflächen. Dann gab er der Waffe mit dem Fuß einen Schubs in Kotarevs Richtung. Sie rutschte bis unter den Tank.

»So und jetzt du, Bulle. Mr Superschlau.« Kotarev klopfte mit der linken Hand auf sein Bein. »Da staunst du, was? Warst dir nicht sicher, ob ich bluffe oder nicht, was? Hättest mal deinen Blick sehen sollen, als dieser scheiß Brieföffner in meinem Bein steckte. Echt cool. Hätte man filmen müssen.«

»Hören Sie auf, Kotarev. Es ist vorbei. Oder denken Sie, wir wären allein gekommen?«

»Genau, das denke ich.« Kotarev deutete mit der Mündung seiner Waffe auf Pohlmann. »So und jetzt runter mit dem Ding.«

Pohlmann hielt nach wie vor die Waffe auf Kotarev gerichtet. Er sah kurz zu Stern hin. Er schien kaum Luft durch den Knebel zu bekommen. »Was hatten Sie vor, Sie irres Schwein? Ihn so zuzurichten wie Sie es mit Horowitz gemacht haben?«

Kotarev lachte irre. »Nein, besser. Für den lieben Aaron habe ich mir etwas viel Besseres einfallen lassen. Viel eleganter. Erst reiß ich ihm die Goldzähne raus und dann schmeiß ich ihn in den Tank. Feinste Salpetersäure wie ein guter Wein. '98er Südhang.« Kotarev lachte wieder. Er war dem Wahnsinn nahe. »Zähne lösen sich so schlecht auf, wissen Sie. Es soll ja nichts übrig bleiben von ihm. Was ist mit Ihnen? Haben Sie auch Kronen oder Brücken? Ich bin gut darin, Zähne zu ziehen. Glauben Sie mir.« Kotarev blickte hektisch von einem zum anderen. Er erwartete tatsächlich Anerkennung für seinen Wahnsinn. »Ich denke, da ist auch noch Platz für euch zwei drin. Wenn ihr euch nicht so dick macht, wird's wohl gehen.«

Martin ging langsam auf Kotarev zu. Er wartete auf einen günstigen Moment, um ihn überwältigen zu können. Es stand ihm ganz und gar nicht der Sinn nach einem Bad in Säure.

Kotarev wich einen Schritt zurück, hob die Waffe aber wieder an. »Sind Sie lebensmüde, Mann? Sie glauben, ich meine es nicht ernst. Na, dann passen Sie mal auf.« Kotarev feuerte ungerührt auf Stern. Die Kugel traf ihn von hinten in der rechten Schulter. Martin riss entsetzt die Augen auf. Seine Hoffnungen hatten sich soeben in Luft aufgelöst. *Von wegen Ladehemmung einer Heckler & Koch Modell P 29.*

Stern sackte stöhnend zusammen. Kotarev riss die Waffe zu Martin herum und legte entschlossen den Finger an den Abzug. »Meint ihr, ich zittere vor ein paar Bullen? Ich hab in Gaza ganz andere Sachen erlebt. Ich hab mehr Menschen sterben sehen als ihr beiden Pfeifen zusammen.«

Martin bückte sich. Er wollte den Schein erwecken, sich ergeben zu wollen, redete auf Zadek ein. »Warum auch noch den Rabbi? Und woher wussten Sie, dass ich Kontakt zu ihm hatte?«

»Halten Sie mich wirklich für so bescheuert? Ich weiß alles über Sie, den tollen Kommissar Pohlmann. Seitdem Sie hier das erste Mal aufgekreuzt waren, hab ich mich an Ihre Fersen geheftet. Und Verräter werden liquidiert, das liegt doch auf der Hand.«

»Dann hätten Sie mich doch jederzeit umbringen können. Sie als Scharfschütze. Warum dieser Aufwand in Israel?«

»Nun, sagen wir es mal so. Es gibt einige Leute dort unten, die mir einen Gefallen schulden. So brauchte ich mir hier nicht die Finger schmutzig machen. Außerdem wollte ich keine unnötige Aufmerksamkeit erregen, bevor ich die Formel habe.«

»Dachten Sie wirklich, Sie könnten mit diesem bescheuerten Plan durchkommen? Fragen Sie sich gar nicht, wieso wir Ihnen auf die Schliche gekommen sind?«

Kotarev zögerte. »Der Plan war brillant. Es ist eben davon abhängig, wie zuverlässig die Partner sind.«

»Ach, Sie meinen Heinemann. Stimmt. Sie warten ja schon sehnsüchtig auf ihn. Tja, da können Sie lange warten. Heinemann ist tot.«

»Unsinn. Heinemann ist nicht tot. Warum auch?«

»Er hatte Krebs im Endstadium. Wussten Sie das nicht? Wir waren bei ihm. Wir sollen Sie schön von ihm grüßen.«

Kotarev legte den Kopf schief. Er sah die Beamten wütend an. »Was soll das?«

Martin zuckte mit den Schultern. »Er hat Sie verpfiffen. Was ist daran nicht zu verstehen? Wollte kurz vor dem Ende noch reinen Tisch machen.«

Kotarev schüttelte den Kopf und senkte für einen Augenblick den Kopf. »Das ist nicht möglich. Wir waren wie Brüder in unserer Rache. Es war seine Idee, die Bomben zu legen. Er wollte der Welt zeigen, was für Verbrecher in den Energiekonzernen schalten und walten, wie es ihnen beliebt. Und er wollte unbedingt Joshua loswerden.«

»Das kam Ihnen ziemlich gelegen, nehme ich an.«

»Joshua war ein Querulant. Es war so …«, Kotarev suchte nach den passenden Worten, »… so gerade in seinem Kopf. So ehrlich und aufrichtig, dass man es kaum aushalten konnte. Er glaubte tatsächlich, dass er die Welt verändern kann, dass er das Böse mit Gutem vernichten kann.«

Martin spuckte auf den Boden. »Warum haben Sie ihn so bestialisch zugerichtet? Hätte nicht ein einfacher Mord gereicht? Sie sind eine Bestie, Mann.«

»Das können Sie nicht verstehen, Bulle. Ihn nur so zu töten, hätte nicht gereicht. Es sollte kein Blut mehr durch seine Adern fließen. Sein Blut stand für seine Ideale, seine Ideen, seine Anschauungen. Ich musste ihn vernichten, nicht nur töten.«

»Sie sind und bleiben krank im Kopf, da können Sie mir so viel erklären, wie Sie wollen.«

Kotarev hob die Hand mit der Waffe darin. »Nehmen wir nur mal das Branding. War das nicht eine geile Idee? Alle dachten, es hätte einen tieferen Sinn. NEFT. Geil. Der Geist, der aus der Tiefe kommt. Was für ein Bullshit. Das war doch nur eine Message von mir an ihn, Leute. No Free Energy Technology. Ich wollte ihm auf seine Reise ins Nirwana mitgeben, dass seine Ideen Unsinn sind.«

»Ich hatte bisher immer den Eindruck, dass Sie hinter den Ideen von Horowitz gestanden haben. Warum haben Sie dann mitgearbeitet, all die Jahre?«

»Mann, sind Sie blöd. Na, um ihn zu beobachten. Ich musste den richtigen Zeitpunkt abpassen. Wenn er fertig war mit dem Ding, sollte er sterben, ganz einfach. Wissen Sie, wie viele Firmen, Politiker und Konzernbosse Schlange stehen, um die Formel zu bekommen? Die einen wollen sie haben, um endlich die Wende im Energiezeitalter einleiten zu können, und die anderen wollen sie haben, um eben genau das zu verhindern. Um alles unter den Teppich zu kehren, um alles für Blödsinn zu erklären. Keine Formel, keine Veränderung. So einfach ist das. Die großen Ölfirmen wollen keine Veränderungen. Mir soll das egal sein. Der Meistbietende soll sie bekommen. Oder ich behalte den ganzen Kram für mich und mache damit eine Menge Kohle. Ganz egal. Geld wird in jedem Fall fließen. Eigentlich haben mich die Leute von Modern Energy draufgebracht. Damals, als sie bei uns auf dem Weinberg waren. Ich erinnere mich noch an den Spruch eines der Bohrleiter. Er sagte, wenn *wir* kein Öl bekommen können, dann wollen wir auch nichts anderes. Die Welt wird nichts anderes haben wollen als das, woran sie glauben und was sie gewohnt sind. Dafür würde ich Millionen verwetten.« Kotarev grinste teuflisch. »Zu dem Zeitpunkt wurde mir klar, welch unglaubliche Möglichkeiten ich hätte, wenn ich Joshua verraten würde. *Millionen* hatte der Mann gesagt. Millionen für mich allein. Eine Art Wiedergutmachung wegen dem Mist, den ich durch Joshua erlitten habe. Ihm habe ich die Kugeln im Rücken zu verdanken.«

»Ach, und Sie glauben, Sie kommen hier heil aus der Nummer raus?«

»Logisch. Was denken Sie denn? Es ist alles vorbereitet.« Kotarev streckte seinen schmerzenden Rücken durch. »So und jetzt halten Sie endlich die Fresse. Runter mit der Waffe. Ich sage es kein drittes Mal.« Martin machte Anstalten, in die Hocke zu gehen. In dem Moment, als er die Waffe ablegen wollte, zielte er auf Zadek und schoss. Im letzten Moment jedoch rutschte er auf dem schmierigen Boden aus und verfehlte ihn. Die Waffe glitt aus seiner Hand. Über den Boden kratzend landete sie ebenfalls unter dem Tank. Kotarev hob blitzschnell die P29 und zielte auf Martin. Unendlich lange Sekunden vergingen. Wieder trafen sich ihre Blicke. Würde er schießen, würde es Stunden dauern, bis man die drei finden würde. Wenn man sie *überhaupt* finden würde.

Kotarev genoss diesen Augenblick, *seinen* Augenblick, sich von der Plage der Verfolger zu befreien. Er kniff ein Auge zu, streckte den Arm und zielte zuerst auf Martin. Die Kugel würde genau zwischen den Augen den Schädel zerbersten. Er wollte zuerst *den* töten, den er nach Aaron Stern am meisten verachtete. Er krümmte langsam den Finger, betrachtete ein letztes Mal seine wehrlosen Opfer, denen im schummerigen Licht der kalte Schweiß auf der fahlen Stirn glänzte und drückte ab. Martin schloss die Augen. Statt eines ohrenbetäubenden Lärms klickte es jedoch nur. Entgeistert drückte Kotarev noch mal ab und noch mal. Er begriff und fluchte. Warum nur hatte er sich auf dem Schwarzmarkt eine ausgemusterte deutsche Waffe andrehen lassen.

Flink griff er nach den Unterlagen. Mit wenigen Schritten erreichte er Martin, der am Boden verharrte und zog ihm mit dem Kolben seiner P29 über den Kopf. Wenigstens dazu taugte sie noch. Ein letzter Blick galt Aaron, der unbeweglich am Boden lag. Mit diabolischer Genugtuung glaubte er, ihn getötet zu haben. Zadek genoss diesen Anblick der Hilflosigkeit. Nun war Aaron der Verlierer. Blitzschnell strömten Szenen aus ihrer Kindheit wie ein Strudel, der giftiges Wasser führte, in seine Gedanken. Hänseleien wegen schlechter Schulnoten, Prügel wegen flegelhaften Verhaltens, Ohrfeigen wegen Faulheit und immer war da irgendwo Aaron in der Nähe, der triumphierte. Aaron, der Bessere, der Klügere, der Nettere. Aaron, der Perfekte, der Zögling Joshuas, des Irren.

Kotarev schloss einen Herzschlag lang die Augen. Er hasste diese Erinnerungen und konzentrierte sich auf seine Zukunft. Er rannte zum Hinterausgang des Kellertraktes und fand einen freien Fluchtweg vor. Mit den Unterlagen unter dem Arm humpelte er die Stufen empor. Das Bein schmerzte bei jedem Schritt, doch nun hielt er das Ticket für seine Flucht ins Ausland und eine baldige Rücken-OP in den Händen. Mit diesen Berechnungen in seinem Besitz wäre er schon bald ein sehr reicher Mann und dann könnte er viele *Ruths* haben. Die Frauen liebten ihn, so glaubte er. Seine raue Wildheit, seine Entschlossenheit und Willenskraft. Er könnte sie alle haben und mit ihnen die Firmen, die er gründen würde, die Aktienpakete, Einfluss, Macht und Ruhm.

Martin rappelte sich auf, rieb sich den Kopf und fühlte die große Beule. Er zischte einen Fluch durch die Zähne. Er hechtete zu Aaron, der wie ein Embryo zusammengekrümmt auf der Seite lag und sich nicht rührte. Martin drehte ihn langsam um und begutachtete die Schusswunde. Rechte Schulter, die Lunge perforiert, aber er nahm schwachen Atem wahr. Aaron lebte. Martin atmete erleichtert auf. »Wir dürfen das Schwein nicht entkommen lassen. Ruf du den Notarzt an, ich schnapp mir den Kerl.«

Martin kroch an den Rand des Tanks, streckte den Arm so gut es ging und erreichte mit Mühe seine Waffe. Der feuchten Kühle entkommend, folgte er Kotarev ins Freie. Er musste sich orientieren, sich erinnern, wo er den Wagen abgestellt hatte. Kotarev floh mit einem mit Algensprit betankten Firmenwagen vom Gelände. Die Unterlagen hatte er auf den Beifahrersitz geworfen. Martin sah ihm nach, roch die sonderbar fischig riechenden Abgase und rannte zu seinem Wagen hinter dem Haus. Für Kotarev gab es nur einen Weg, den er einschlagen konnte. Raus aus dem kleinen Dorf, über die Bundesstraße zur Autobahn, Richtung Flughafen. Zwanzig Kilometer über Land, vorbei an zahlreichen Höfen, die sie seit drei Monaten mit kostenloser Energie belieferten, vorbei an Nachbarn, Freunden wie Feinden.

Martin erreichte seinen BMW, schloss mit der Fernbedienung von Weitem auf und startete zügig den Motor. Er wendete und schoss über das Gelände. Martin schaltete die Sirene und das Blaulicht auf dem Dach ein und hoffte, den richtigen Weg eingeschlagen zu haben. Er wusste nicht, wie schnell der mit Algensprit betriebene Hybridmotor fahren konnte, wie viel PS er hatte und ob er ihn einholen konnte. Er rief Lorenz an und forderte Verstärkung an, für den Fall, dass er Luftunterstützung brauchen würde. Der Vorteil war, dass alle Fahrzeuge der HORTEC eine weithin sichtbare, giftgrüne Lackierung mit weißem Logo aufwiesen. Nach sieben Minuten auf der Bundesstraße meinte Martin am Horizont den Wagen Kotarevs auszumachen. Der Mann fuhr, als gäbe es keine Verkehrsregeln. Martin näherte sich ihm mit einer Geschwindigkeit von 180 km/h und heftete sich an Kotarevs Stoßstange. Er konnte kaum glauben, mit welch wahnwitzigem Tempo der Killer fuhr und machte sich Sorgen um Menschen, die auf Rädern, Traktoren oder zu Fuß unterwegs waren. Er musste diesen Kerl so schnell wie möglich ausschalten, das wurde ihm mit jedem Meter bewusster. Hinzu kam, dass die Straßen bei überfrierender Nässe immer unberechenbarer wurden. Es begann zu dämmern, feuchter Nebel waberte zwischen Wiesen und Weiden. An einer Abbiegung Richtung Hamburg begann der Wagen Kotarevs leicht zu schleudern, doch er fing sich überraschenderweise. Zu gern hätte Martin gesehen, dass er vom Wege abkam und auf eine Wiese rutschte. Er würde nicht zögern, ihn zu stellen und falls nötig abzuknallen. Hass keimte ihn ihm auf. Ein Mann, der mindestens zwei Menschen auf dem Gewissen hatte, hatte seiner Meinung nach kein Recht auf Leben.

Hinter einer lang gezogenen Kurve sah Martin seine Chance, Kotarev abzudrängen. Er begann ein riskantes Überholmanöver vor einer Kurve, musste jedoch schon bald wieder hinter ihm einscheren, da ihm wild mit Lichthupe warnender Gegenverkehr entgegenkam. Er musste Kotarev stoppen, doch wie? Allmählich zweifelte er daran, es schaffen zu können. Er musste verhindern, dass dieser Irre zu einer tödlichen Gefahr für andere Menschen wurde. Bereits seit zwei Kilometern fuhren sie neben Bahngleisen entlang und überholten in rasender Fahrt einen Regionalzug. Die Menschen in den Abteilen gafften aus den Fenstern. Ein blauer BMW mit Sirene und Blaulicht, offensichtlich ein Polizeiwagen, der einen grünen Kleinwagen verfolgte. Offenbar einen getunten Wagen, der mächtig Dampf zu haben schien. Dann nahm die Straße einen s-förmigen Verlauf. Kotarev steuerte mit halsbrecherischer Geschwindigkeit auf ein Dorf zu. Von Weitem sah Martin den zunehmenden Verkehr, der Zadek ausbremsen würde. Die Gefahr für die Menschen in diesem Dorf stieg jedoch auch. Der Zug, der die Pendler aufnehmen oder ausspucken würde, steuerte den kleinen Bahnhof an. Noch hatte er volle Fahrt. Kotarev hatte nur zwei Möglichkeiten, um die Autobahn zu erreichen: Entweder er würde mit viel zu hoher Geschwindigkeit durch das Dorf rasen oder er würde abbiegen und auf einer Parallelstraße weiterfahren. Er würde die Gleise kreuzen müssen. Um dies zu schaffen, musste er jedoch noch schneller fahren, da die Schranken bereits geschlossen wurden. Einen weiteren Kilometer fuhren Martin und Zadek neben dem Zug her. Wie im Zeitraffer konnte Martin die Gesichter der Passagiere erkennen, die der Verfolgungsjagd aus ihren warmen Abteilen heraus zusahen.

Zadek gab Gas. Martin erkannte seine Absicht. Kotarev wollte es schaffen, vor dem Zug über die Gleise zu kommen, anderenfalls würde er durch den Ortskern viel zu langsam vorankommen. Martin trat ebenfalls das Pedal durch, als er das Klingeln der Schranken trotz seiner Sirene hörte. Kotarev war viel zu schnell. Er würde die Kurve vor der Überquerung der Gleise nicht schaffen, es sei denn, er würde stark abbremsen. Was Martin nicht wusste, war, dass die Tankanzeige in Kotarevs Wagen bereits seit geraumer Zeit leuchtete und nun sogar stetig blinkte. An alles hatte Kotarev gedacht, nur nicht daran, den Wagen in der Werkshalle mit Algensprit vollzutanken.

Die Unterlagen auf dem Beifahrersitz rutschten hin und her. Zadek sah zu ihnen hin, der Blick auf die Formel beruhigte ihn, doch nur kurz, denn der Wagen begann zu stottern. Er hatte nur noch weniger als hundert Meter vor sich. Er wollte einen Bahnübergang nehmen, der nicht mit einer Schranke gesichert war. Die Signalleuchten blinkten gespenstisch im Nebel und Kotarev verlangsamte seine Fahrt. Noch war er schneller als der Zug. Letzte Reste des Benzins wurden von dem von Joshua entwickelten Spezialvergaser angesaugt, doch wenn das Benzin ausging, konnte auch ein noch so genialer Erfinder die Situation nicht retten. Martin versuchte, Kotarev zu überholen, doch jedes Mal, wenn er ansetzte, kamen ihm Wagen entgegen oder die Gefahr für Passanten war zu hoch.

Was dann geschah, wirkte auf Martin wie eine Fügung Gottes. Als hätte ein Engel der Gerechtigkeit seinen Job sehr ernst genommen. Kotarev hatte nur noch zwanzig Meter zu fahren, dann hätte er es geschafft, den Bahnübergang knapp vor dem Zug zu überqueren. Er hätte aus dem Wagen aussteigen und sich mit einer Geisel im Schlepptau und der Waffe in der Hand einen anderen Fluchtwagen verschaffen können. Doch es kam anders. Als hätte jemand zwei Schnüre in der Hand gehalten und die Geschwindigkeit des Zuges und des Wagens gesteuert. Der Lokführer riss die Augen auf und sah das Unausweichliche auf sich zukommen. Fast schien es, als böge Kotarev einen kleinen Moment eher über die Gleise als der Zug, als könne er Martin abhängen, doch dann wurden die letzten Tropfen des natürlichen und umweltfreundlichen Algenbenzins in dem fantastischen Automobil der Zukunft in die Düsen des Vergasers gespritzt.

Martin musste vor dem Übergang bremsen und brachte den Wagen am rechten Seitenstreifen zum Stehen.

Er wurde Zeuge, wie es Kotarev nicht rechtzeitig schaffte. Trotz der Vollbremsung, die der Lokführer vollführte, erwischte die Lok den kleinen grünen Flitzer in Höhe der Fahrertür. Die Blicke des Lokführers und Kotarevs trafen sich für den Bruchteil einer Sekunde. Die Zeit beschloss, für einen kleinen Atemzug ihre Eile zu vergessen. Kotarev sah aus dem Fenster, blickte in das Gesicht des Mannes, der die Lok über viele Tausend Kilometer ohne jeden Zwischenfall sicher geführt hatte. Sah den rötlich-braunen Bart in dessen Gesicht, die halb auf der Nase sitzende Brille, die stattliche Mütze auf dem Kopf. Sein Motor ruckelte, das Bein schmerzte und seine rechte Hand griff nach den Akten, die ihm zu Ruhm und Reichtum hätten verhelfen können. Als könne das Ertasten dieser Papiere seinen unabänderlichen Tod hinauszögern. So gern wollte er sich Anerkennung durch anderer Leute Arbeit ergaunern, sich damit rühmen, welch genialer Forscher er sei, doch es sollte nicht sein. Nicht nach all dem, was er auf seinem wahnsinnigen Weg in die Hölle an Kollateralschäden billigend hingenommen hatte. Das Schicksal ließ sich nicht ins Handwerk pfuschen, nicht durch einen noch so genialen Plan und nicht durch die teuflischste Gesinnung.

Die Bremsen des Zuges brachten die Räder zum Stillstand. Sie quietschten, und die Metalle ließen Funken sprühen. Der kleine grüne Wagen, der vom Bug der Lok weitergeschoben wurde, fing vor den Augen des Lokführers Feuer. Flammen stiegen in die Fahrerkabine auf und züngelten an Kotarevs Kleidung empor. Der Lokführer blickte in das verzweifelte Gesicht des Verbrennenden, sah, wie seine Lippen Flüche und Hilferufe formten, sah, aber hörte das Schreien nicht. Die orange-roten Flammen erreichten das trockene Papier auf dem Beifahrersitz und verzehrten es gemeinsam mit Kotarevs Körper. Als der Zug anhielt, war von den Berechnungen, der genialen Formel und dem wahrhaft irrsinnigen Fahrer nicht mehr viel übrig. Der Zugführer wurde noch Wochen nach dieser Fahrt psychologisch betreut. Später schulte er um und wurde Programmierer. Dies schien ihm sicherer und stressfreier.

Martin war dem Wagen Kotarevs so weit wie möglich gefolgt, bis er anhalten musste, als der Zug die Überfahrt über die Gleise versperrte. Er hörte nur das Krachen des Aufpralls, das reißende Kreischen der Bremsen und sah die Flammen in der Dämmerung wie Derwische tanzen. Er wusste, die Fahrt war für Kotarev zu Ende, diese und die Fahrt seines Lebens.

Der Hubschrauber landete auf der Wiese neben schwarzweiß gefleckten faulen Kühen und erdigen Maulwurfhügeln. Feuerwehrleute aus dem Dorf löschten den Brand und bargen die verkohlte Leiche Kotarevs. Es roch sonderbar, als habe man ein Fischfilet in der Fritteuse gebraten. Die örtliche Polizei nahm den Vorfall auf, ohne zu wissen, welcher verrückte Kerl dort in dem Wagen zu Tode gekommen war. Die Strecke wurde für zwei Stunden gesperrt. Der Zug musste von einem anderen Lokführer weitergefahren werden. Die Fotos und Liveaufnahmen einiger Fernsehsender flimmerten bereits eine halbe Stunde später über die Bildschirme.

Martin wendete seinen Wagen. Er hatte dort nichts mehr verloren. Schließlich war er suspendiert. Für ihn war der Fall erledigt, fast jedenfalls.

Eine tiefe innere Leere ergriff von ihm Besitz. Der Fall war gelöst, und doch, es gab noch ein paar ungeklärte Fragen: Wie ging es Aaron Stern? War die Formel nun unwiederbringlich verloren oder gab es Kopien? Wie ging es Catherine und wie würde sein nächster Tag aussehen? Würde er tatsächlich Ernst machen und seinen Job aufgeben?

Während er die Landstraße gemäß der Straßenverkehrsordnung mit 70 km/h ohne Sirene und Blaulicht zurückfuhr, nahm wieder die Vision von einem beschaulichen kleinen Restaurant zwischen duftenden Lavendelbüschen Gestalt an, trotz der Kopfschmerzen, die er täglich zum Teufel wünschte. Er sah Catherine, lächelnd, in einem blumigen Kleid mit herzerwärmendem Ausschnitt, einer Schürze vor dem Bauch und einem Tablett mit Cidre in der Hand ihre Gäste bedienen. Am meisten freute ihn aber ihr glückliches Lächeln in dieser Vision. Dieses Lächeln, mit dem sie ihn vor einigen Jahren verzaubert hatte. Er wollte, dass sie glücklich war. Er würde alles für sie tun, all sein Geld dafür hergeben und nun auch endgültig seinen Job. Was er ihr indes nicht versprechen konnte, war ein langes Leben an ihrer Seite.

KAPITEL 51

12. November 2013, Hamburg-Harburg – Lüneburg

Martin drückte auf die Multifunktionstasten am Lenkrad und wählte Werners Nummer. Es klingelte zweimal.

»Hi, Werner. Wo bist du? Wie geht es Aaron?«

»Ich bin auf dem Weg ins Präsidium. Stern wurde mit dem Heli ins Krankenhaus gebracht. Er wird durchkommen. Glatter Durchschuss.«

»Kommt mir bekannt vor.«

»Ich weiß. Du warst damals schnell wieder auf den Beinen.«

»Ich schätze, das wird Stern auch wollen. In drei Tagen ist die Energiekonferenz. Ich kann mir nicht vorstellen, dass er sich das entgehen lassen will. Wo wurde er hingebracht?«

»Ins *Maria Hilf* in Harburg. Kommt dir auch bekannt vor, stimmt's?«

Martin nickte. Alles schien sich im Leben zu wiederholen. »Tja, ich schätze, ich fahr hin. Ich hab noch ein paar Fragen. Und im Präsidium bin ich ja eh nicht erwünscht.«

»Ach komm, hör auf. Nun sei nicht eingeschnappt. Deine Suspendierung ist bestimmt längst vom Tisch. Wo bist du? Was ist mit Kotarev? Hast du ihn geschnappt?«

»Kotarev ist tot. Von einer Lok beim Überqueren der Gleise plattgemacht und verbrannt. Schätze, die Unterlagen sind allerdings auch futsch.«

»Ganz ehrlich? Ich bin nicht traurig um den Typen.« Werner gab sich keine Mühe, betroffen zu wirken. »Mensch, du hast den Fall gelöst.«

»Ach, ist mir egal, Werner. Ich mach Schluss mit dem Mist. Ich kann das nicht mehr. Sag Lorenz 'nen Gruß. Ich schick ihm morgen meine Kündigung.«

Martin drückte die Stopptaste, bevor Werner versuchen konnte, ihn von seinem Vorhaben abzubringen. Diese Diskussion hatten sie schon oft geführt und Werner hatte es immer geschafft, Martin zu bequatschen. Schließlich waren sie ja auch ein Team, noch dazu ein sehr erfolgreiches. Warum also sollte man etwas daran ändern? Martin wusste endlich die Antwort darauf. Er wollte einfach nicht mehr gegen seine Bestimmung leben. Insgeheim hatte er es schon immer gewusst, selbst wenn er in dem, was er tat, gut war. Das hatten ihm viele gesagt. Zeitweilig hatte man ihm den Titel *Bester Bulle des Nordens* angedichtet. Doch was bedeutete das schon? Nur, weil man etwas gut konnte, heißt das noch lange nicht, dass man es auch tun musste. Die meisten Menschen waren mit vielen Gaben gesegnet, und es war wichtig herauszufinden, mit welchen man sein Leben verbringen wollte. Leichen und Mörder finden, war es für Martin jedenfalls nicht mehr.

Auf dem Weg ins Krankenhaus wählte er Catherines Nummer. Es war bereits stockdunkel, obwohl es erst sechs am Abend war. Wieder drängten sich üppige Lavendelfelder in sein Bewusstsein. Er konnte sie fast riechen. *Wie ist eigentlich in Südfrankreich das Wetter Ende November?*, fragte er sich. Während kahle Baumgerippe an seinem Wagen vorbeihuschten, suchten seine Gedanken andere Bilder. *Glutrote Sonnenuntergänge. Wir sitzen auf einer Bank, Catherine ist neben mir. Sie ist glücklich. Sie hält meine Hand. Das Licht bricht sich in violetten Zweigen duftender Sträucher in meinem Garten. Ich stehe auf, um ihr ein Glas Wein zu holen. Der zarte Wind streift ihre gebräunte Haut, liebkost ihre lockigen Haare. Ich gehe zum Haus zurück, lasse die Arme hängen, meine Hände streichen an duftenden Blütenkelchen vorbei. Ich höre das Summen der Bienen. Sie sind fleißig, so wie wir. Sie lieben ihren Job. Sie tun, was sie tun müssen, nicht nur, was sie am besten können. Wir bauen etwas Neues auf. Es ist noch nicht zu spät. Es ist nie zu spät, solange man lebt.*

Martin nickte im Schein der entgegenkommenden Scheinwerfer. *Ja, ich werde es lieben, dieses neue Leben.*

Das siebte Klingeln brachte ihn in die Realität zurück.

»Pohlmann«, hauchte Catherine gehetzt in den Hörer. Es war ihr keine Zeit geblieben, auf dem Display Martins Nummer abzulesen.

»Hi, Schatz, ich bin's. Geht es dir gut?«

»Oh hallo, Martin. Ja, es geht mir gut. Danke. Ich war grad in der Küche, als es klingelte. Die Dunstabzugshaube war an …« Sie lauschte in den Hörer. Sie meinte, ein feines Schluchzen zu hören. »Martin? Ist alles okay bei dir?«

Martin zog die Nase hoch und rieb mit dem Ärmel die Augen trocken. »Ich wollte dir nur sagen, dass ich dich liebe. Und dass ich zu Weihnachten ein tolles Geschenk für dich hab.«

Catherine lachte. »Jetzt denkst du schon an Weihnachten?«

»Ja, vielleicht geb ich es dir aber auch schon früher. Ich weiß nicht.«

»Ist wirklich alles in Ordnung bei dir?«

»Ja, Schatz. Alles okay. Der Fall ist erledigt. Der Mörder ist tot. Ich fahre jetzt noch zu Aaron ins Krankenhaus und dann komme ich zu dir. Er wurde angeschossen. Ist aber nichts Ernstes. Mach dir keine Sorgen. Mir geht es gut. Wir machen es uns heute gemütlich, ja? Und koch etwas Französisches.«

Catherine nickte und rieb sich mit dem Handtuch die Hände trocken. »Martin, du klingst wirklich komisch.«

»Es ist nichts. Wir sehen uns. Bis gleich.«

»Gut, bis gleich. Fahr vorsichtig. Die Straßen sollen sehr glatt werden.«

Martin nickte. Es war bereits glatt und er fuhr langsam. Er hatte noch keine Lust zu sterben. Nicht so und nicht heute.

*

Martin betrat die Klinik und suchte die Chirurgie. Er schlurfte die Gänge entlang. Wie auf Knopfdruck kam die Angst, immer öfter in den letzten Wochen.

Als hätte er etwas geahnt.

Es waren die Gerüche, die bei ihm diese innere Dunkelheit auslösten. Sie waren so zuverlässig wie der nächtliche Tanz der Gestirne am Himmel.

Angst vor dem Sterben. Angst vor dem Kranksein.

Seine Knie wurden weich. Mit jedem Atemzug wurde es schlimmer, bis er in einem Flur einfach stehen blieb. Schwestern, Ärzte, Patienten und Besucher gingen an ihm vorbei. Er war unfähig, auch nur noch einen einzigen Schritt zu tun. Ihm war, als dürfe er das. Einfach stehen bleiben.

Angst vor Hilflosigkeit im Alter. Angst, nicht mehr allein entscheiden zu können. Demenz, Parkinson, das ganze beschissene Programm. Angst vor dem Danach, wenn man die Augen schließt, wenn man den Raum des Lebens verlässt und die Klinke der Tür in der Hand hält, die in den Raum des Unbekannten führt.

Ist es schön dort? Wird man dort erwartet und wenn ja, von wem? Geht man tatsächlich einen langen Tunnel entlang? Gibt es Engel? Wartet Gott am anderen Ende, oder hat er sich schon vor langer Zeit von mir abgewendet?

Martin ging mit Mühe weiter. Aaron hatte das Zimmer 37. Martin schwitzte, die Handinnenflächen waren feucht, die Schläfe pochte. Er brauchte dringend eine Tablette. Er könnte die Schwester fragen, die an ihm vorbeikam. Die hatten immer so was in der Kitteltasche. Martin öffnete den Mund, verharrte einen Augenblick, hob die Hand. Er brachte keinen Ton heraus und entschied, zuerst zu Aaron zu gehen. Er mochte Aaron, und er war froh, dass er unschuldig war. Ein netter Kerl. Ein Freund vielleicht. Jemand, mit dem man reden konnte.

Aaron hatte die Augen geschlossen. Erst jetzt fiel Martin auf, dass er gar nicht geklopft hatte. Wie unhöflich von ihm. Wie vergesslich er doch war in letzter Zeit. Die simpelsten Dinge vergaß er. Es musste der Stress sein.

Aaron öffnete die Augen und lächelte. Es war ein unnatürliches, seliges Lächeln. Man hatte ihm reichlich schmerzstillende Medikamente gegeben. Martin wurde neidisch auf diesen Zustand. *Schmerzfreiheit, was war das noch mal?*

»Hallo, Herr Pohlmann.«

Martin schlurfte an das Bett und gab Aaron die Hand. Sein Puls raste. Er bekam kaum Luft. »Wenn es für Sie okay ist, können wir ruhig du sagen. Jetzt, wo alles vorbei ist.«

»Das mache ich gerne.« Aaron hob die linke Hand. Die rechte war in einem engen Verband ruhiggestellt. »Ich heiße Aaron, aber das weißt du ja schon.«

Martin lächelte gequält. Das Schwitzen hörte nicht auf. »Wie geht es dir?«

»Eigentlich ganz gut. Ich bin froh, dass ich noch lebe. Der Eintrittswinkel der Kugel hat mich gerettet, sagt der Arzt. Hinten rein und vorne wieder raus. Aber es war knapp.« Aaron deutete auf den Fernseher vor seinem Bett. »Hab's schon in den Nachrichten gesehen. Zadek ist tot, hm.«

Martin nickte schwach. »Ja, und er dachte bis zum Schluss, er hätte ein Recht auf alles.«

»Tja, die alte Geschichte mit der Wahrheit. Aber was man für wahr hält, muss noch lange nicht wahr sein. Das Problem mit der subjektiven Wahrnehmung. Ist doch dein tägliches Brot, oder? Die Leute geben vermutlich nie zu, dass sie schuldig sind, obwohl sie es ganz genau wissen. Wann sagt schon mal einer wirklich die Wahrheit?«

Martin dachte nach. »Wo kein Kläger, da kein Richter; so sagt man bei uns. Bis zu dem Zeitpunkt, wo sich die Leute einer höheren Instanz gegenübersehen, der sie keine Lügenmärchen erzählen können. Dann funktioniert es nicht mehr, ihre Taten mit allen möglichen Ausflüchten zu rechtfertigen.«

»Meinst du Gott?«

Martin schmunzelte. »Ja, den vielleicht auch. Ich meinte eher einen irdischen Richter, der sie verknackt.«

Aaron nickte und sah aus dem Fenster in die trübe Winterluft Hamburgs. Seit einiger Zeit begann er, seine Heimat zu vermissen.

Martin fuhr fort. »Ich habe das schon ziemlich oft erlebt. Die Leute lügen sich ihre Welt so zusammen, wie sie sie brauchen. Manchmal scheint mir, dass es die Instanz des *Gewissens* gar nicht mehr gibt. Es ist unglaublich. Wenn du die Täter verhörst, erzählen sie dir so perfekte und schlüssige Geschichten, dass du nach einer Weile selbst geneigt bist, ihnen zu glauben. Und das Schlimmste daran ist, dass die Leute sie selbst für absolut wahr halten. Sie sind in ihrer eigenen Welt so gefangen, dass sie uneinsichtig sind, bis zum Schluss.«

Aaron griff sich an die Schulter. »So muss es bei Zadek gewesen sein. Ich kann nicht glauben, dass er mich wirklich umbringen wollte.« Er drehte sich zu Martin um. »Ich will mir nicht vorstellen, was er mit mir angestellt hätte, wenn ihr nicht rechtzeitig gekommen wärt. Er wollte mich bei lebendigem Leibe in einem Säurebad auflösen.«

»Nachdem er dir, vermutlich ohne Betäubung, die Goldzähne rausgezogen hätte.«

Aaron verzog das Gesicht. Der Fernseher flimmerte, der Ton war ausgestellt. »Wie kann man nur so krank sein? Ich muss mich ernsthaft fragen, was alles bei ihm schiefgelaufen ist in der Kindheit. Wir sind zusammen aufgewachsen. Nie im Leben hätte ich gedacht …«

Aaron presste die Lippen aufeinander. Etwas Wichtiges drängte sich ihm auf. »Ich verdanke dir mein Leben, Martin.«

Martin wiegelte ab. »Ach, halb so wild. Schade ist nur, dass alle Unterlagen verbrannt sind.«

Aaron verneinte. »Das macht nichts. Ich habe ihm zwar die Originale gegeben, die ich gern für meine Kinder aufgehoben hätte, aber es gibt Kopien. Eine Menge Kopien, sogar auf allen möglichen Speichermedien. Auch eine von Joshuas Macken: *Sicherheitskopien an wirklich schwer zu findenden Orten.* Ich und Ruth kennen diese Orte. Keine Sorge, Martin. Es fehlt nichts.«

Martin lächelte in Gedanken. »Du bist schon der zweite, der mir eindringlich sagt, ich solle mir keine Sorgen machen.«

Aaron kniff die Augen zusammen. Er betrachtete die fahle Blässe in Martins Gesicht. »Na ja, du siehst ja auch besorgniserregend aus. Kalkweiß um die Nase. Dir geht's nicht besonders, hm?«

»Ach, es ist nichts. Vermutlich nur dieser Ort, der mir Probleme macht. Sonst nichts.« Martin rieb sich die Schläfe. »Dieses Wetter, diese Jahreszeit. Vielleicht krieg ich auch eine Grippe, keine Ahnung.«

»Du solltest trotzdem mal zum Arzt gehen. Normal ist das nicht. Ständig reibst du dir die Schläfe.«

Martin nahm die Hand herunter, als wäre er ertappt worden. »Okay, mache ich. Ich fahre jetzt nach Hause zu meiner Frau. Ich werde ihr sagen, dass ich kündigen werde. Ab morgen bin ich kein Bulle mehr.«

»Echt? Du willst wirklich Schluss machen?« Aaron hob nachdenklich die rechte Augenbraue. Schließlich lächelte er. »Finde ich gut. Jeder Mensch sollte sich und seinem Schöpfer treu sein.«

Martin legte kurz seine Hand auf Aarons und zog sie gleich wieder weg. Wie ein freundschaftliches Tätscheln. Es sollte nur eine schnelle Geste sein. »Lass uns ein anderes Mal drüber reden.« Martin wandte sich ab. Aaron sprach mit diesem einen Satz an, was Martins tiefste und drängendste Fragen waren. Ja, er wollte darüber reden, genau darüber, aber nicht jetzt. Über seine Bestimmung, seine Berufung, oder wie auch immer man so etwas nannte. Er wollte mit fast fünfzig endlich wissen, wozu es ihn gab auf dieser Welt. Welche Fußstapfen er hinterlassen sollte, bevor er eines Tages nicht mehr da sein würde. Wenn er schon nicht den Sinn des Lebens im Allgemeinen erkennen konnte, so würde es ihm doch genügen, den Sinn in seinem eigenen kleinen Leben zu erkennen. In seinem und dem von Catherine. Er wollte, wenn er mal alt wäre, rückblickend zu der Erkenntnis kommen, ein gelungenes Leben gelebt zu haben, die richtigen Entscheidungen getroffen zu haben. Doch wer sagt einem, was ein gelungenes Leben überhaupt ist? Sieht das nicht jeder anders für sich selbst?

Und dann waren da diese nagenden Fragen über das Sterben und die Zeit und den Ort danach, die besonders dann laut wurden, wenn er in die Nähe von Krankenhäusern kam. Orte, wo sich diese Fragen häufig ihren Antworten näherten.

So wie Joshua Horowitz zeitlebens auf der Suche nach der ultimativen Formel zur Energiegewinnung war, so hatte sich Martin Pohlmann auf die Suche nach der Wahrheit begeben, nach seiner Identität.

Bevor er Aarons Zimmer verließ, fiel ihm noch etwas anderes ein. »Ach übrigens, hätte ich fast vergessen, was ist eigentlich mit der Konferenz? Wirst du hingehen?«

»Das weiß ich noch nicht. Ist am kommenden Wochenende. Wenn die Ärzte mich weglassen, gehe ich, aber ich werde nicht referieren können. Dieser Betrüger Ruben ist angemeldet oder wie auch immer er sich nennt. Vermutlich hat er Joshua alles gestohlen. Es wird Jahre dauern, ihm das in einem Prozess nachzuweisen und ihm alles wieder abzujagen.«

»Meine Güte. Die Welt scheint voller Psychopathen zu sein. Ich hätte das nicht von ihm vermutet. Wo war bloß meine Menschenkenntnis? Ich habe seine Vorlesung gehört. Alles klang schlüssig.«

»Tja, häufig verhält es sich nicht so, wie es scheint. Wie oft werden wir im Leben von jemandem getäuscht?«

»Ich finde, du solltest unbedingt hingehen. Immerhin geht es um Joshuas Vermächtnis. Ich kann dir zwar keine Polizeieskorte mehr anbieten, aber wenn du Hilfe mit deinem Arm brauchst …«

»Ja, das wär toll. Ruth hat einen Nervenzusammenbruch erlitten. Sie wird zu Hause von einem Psychologen betreut. Ihr kann ich keinen Stress mehr zumuten.«

»Okay, dann abgemacht. Ich fahr' dich hin. Ich freu' mich schon drauf, diesem Gauner Ruben unter die Augen zu treten. Falls er überhaupt kommt. Immerhin habe ich gesehen, wie er entführt wurde. Na ja. Für alle Fälle hab' ich Werner gebeten, auch zu kommen. Schätze, er wird ihm seine Rechte vorlesen.«

»Falls ihr ihn erwischt, wird es nicht einfach werden, ihm was anzukreiden. Es lagen ja noch keine offiziellen Patente vor. Ruben wird sich die Formel beschafft haben, als sie noch in Joshuas Kopf war. Durch Hypnose, du weißt schon.«

Martin nickte. »Schrecklich, wenn jemand die Macht hat, sich der Gedanken und Ideen eines anderen zu bemächtigen. So etwas sollte es nicht geben auf dieser Welt.«

»Da spricht ja noch immer der Bulle aus dir. Bist du dir wirklich sicher mit deiner Kündigung?«

Martin nahm sich einen Augenblick. »Absolut. Das Leben ist kurz. Ich möchte nicht am Ende erkennen müssen, dass meine Träume auf der Strecke verpufft sind. Worauf soll ich noch warten? Noch ist es nicht zu spät.«

»Na ja. Man muss sich einen Ausstieg auch leisten können. Ich würde dir gern meine Hilfe anbieten. Schließlich verdanke ich dir mein Leben.«

»Das brauchst du nicht, danke. Geld war nie unser Problem. Nur es für das Richtige auszugeben, ist im Allgemeinen die Schwierigkeit.«

»Du wirst schon das Richtige tun. Da bin ich mir ganz sicher.«

Martin stand auf. Seine Knie schmerzten vom Sitzen. Zum Abschied hob er die Hand. »Gute Besserung, Aaron. Wir sehen uns dann am Freitag. Ich hol' dich ab.«

»Danke, Martin. Für alles, was du für mich getan hast.«

Martin antwortete nicht. Aus einem ihm unerfindlichen Grund drängte sich ein feiner Tränenfilm über seine Pupillen. Er wandte sich ab und verließ das Krankenzimmer. Eine mollige Schwester kam gerade vorbei und blickte in seine feuchten Augen. Sie lächelte mitfühlend. So etwas sah sie täglich und dachte sich nichts dabei. In Krankenhäusern wurde nun mal geweint.

KAPITEL 52

15. November 2013, Hamburg-Mitte

Martin fuhr seinen Wagen in die Tiefgarage des CCH in Hamburg-Mitte. Das älteste Kongresszentrum Deutschlands vermochte in dreiundzwanzig voll klimatisierten Sälen insgesamt 12.500 Personen Platz zu bieten. Sogar aus der Luft war der über fünfzig Meter breite und siebzehn Meter hohe imposante Schriftzug für Flugzeugpassagiere zu erkennen.

An diesem Freitagnachmittag beherbergte das CCH die

namhaftesten Wissenschaftler aus aller Welt, die federführend an der Pforte zu einer Energiewende standen. An drei aufeinanderfolgenden Tagen sollten Vorträge gehört, Diskussionen geführt und Lösungen gefunden werden. Es war nicht ein x-beliebiger Kongress, auf dem vollkommen banale Themen erörtert wurden, die den Zuhörern ein ausgiebiges Gähnen bescherten, sondern es war eine Zusammenkunft, deren Fragen die Welt brennend interessierten. Fragen wie: Was passiert, wenn der letzte Tropfen Öl gefördert und verbraucht worden ist? Womit werden wir in einigen Jahren heizen? Wie kann Treibstoff bezahlbar bleiben, und womit werden wir unsere Motoren antreiben? Wie retten wir die vergiftete Atmosphäre unserer Erde?

Bereits seit Stunden bauten TV-Sender ihre Kameras auf, Reporter prüften ihre Mikros, und Referenten gingen ein letztes Mal ihre Skripte durch.

Dieser Kongress wurde sehnlichst erwartet, denn die Menschheit hungerte nach Antworten. Plausible Antworten, die in kurzer Zeit umgesetzt werden konnten. Antworten, mit denen Regierungen, Politiker und Konzerne gleichermaßen leben konnten.

Aarons Herz schlug schneller, als sie sich bei der Kongressleitung ein Namensschild anfertigen ließen. Sie wurden als Gasthörer gelistet. Aaron schluckte schwer, als er diesen Titel las. Eigentlich sollte Joshua hier als Referent sprechen, mit ihm an seiner Seite. Selbst wenn Joshua das freie Sprechen gelernt und immer wieder geübt hatte, so hatte er es dennoch von ganzem Herzen gehasst, es sei denn, Aaron hätte neben ihm gestanden, ihn mit seiner reinen Anwesenheit ermutigt und bestärkt. Als Aaron daran dachte, wie sehr ihm Joshua in diesen Sekunden fehlte, wurden seine Knie weich. Das Bild seiner verstümmelten Leiche trieb wie von böser Macht gelenkt an seinem inneren Auge vorbei und peinigte ihn. Aaron wischte sich verstohlen die Augen trocken. Sie hätten es schaffen können, gemeinsam hätten sie die Vorträge durchgestanden und ihre Visionen von der *kostenlosen Energie für jedermann* mit der Welt geteilt. Die Zuhörer hätten Joshua alles verziehen, wenn sie ein wenig Geduld und Verständnis aufgebracht hätten. Zugegeben, Joshua war *mehr* als ein schrulliger Wissenschaftler, der nicht mal einen Schulabschluss hatte. Er verlangte seinen Zuhörern ein hohes Maß an Liebe und Empathie ab. Doch dann, nach einer Weile der Nervosität, hätte Joshua sich gefasst, wäre ruhiger geworden. Vielleicht hätte er die Augen geschlossen. Und wenn er die vielen Leute in den Sitzreihen dort unten gar nicht mehr wahrgenommen hätte, hätte er ausgesprochen, was in ihm war und lebte und die Zuhörer im Saal und die Menschen vor den Fernsehern tief in ihren Herzen erreicht und sie dort angesprochen, wo sie verletzlich waren, bei ihrem Bedürfnis nach Sicherheit. Er hätte sie alle verzaubert und die Fachwelt in begeistertes Staunen versetzt. Nur Konzernbosse, die für den Profit schon lange zuvor ihre Seele verkauft und Politiker, die ihre Ideale für Wählerstimmen verraten hatten, hätten ihre Felle davonschwimmen sehen, denn mit Joshuas Technologie ließen sich keine Milliarden machen. Sie gab dem Volk die Macht, selbst die Energie zu produzieren, die sie für ihr tägliches Leben benötigen. Joshuas Ideen würden die Machtverhältnisse neu verteilen.

Martin und Aaron hatten die ersten zwei Vorträge hinter sich gebracht. Obwohl sich Aaron in dieser Umgebung wohlfühlte, weil er mit diesen Themen aufgewachsen war, empfand er die Referate als fad und realitätsfern. Sie berührten nur die Oberfläche, sie handelten ab, was schon alle wussten. Es war der übliche Kauderwelsch über die Notwendigkeit der erneuerbaren Energien, die Effizienz von Windkraft und Solarenergie. Dinge, die man bereits seit Langem nutzte, ohne damit einen Durchbruch erzielt zu haben. Kein Novum für die Zuhörer im Saal.

Der weitere Verlauf des Nachmittags war eine einzige Enttäuschung. Langweilige Vorträge, weichgespült und aus Vergangenem neu zu angeblich Revolutionärem zusammengepanscht. Nichts davon war wirklich revolutionär und Aaron fragte sich verärgert, was er überhaupt hier sollte. Draußen, im Foyer, platzte es aus ihm heraus. »Es hat keinen Sinn, Martin. Nichts hat sich geändert. Merkst du nicht, was hier gespielt wird? Das Ganze ist eine inszenierte Show der großen Energiefirmen. Selbstbeweihräucherung auf der ganzen Linie. Man will uns für dumm verkaufen. Durchhalteparolen, weiter nichts. Man will der Welt vorgaukeln, alles sei in Ordnung. Der dumme Bürger wird weiterhin zur Kasse gebeten. Ich weiß nicht, wann die Menschen endlich aufwachen. Wahrscheinlich muss der Liter Benzin tatsächlich erst auf fünf Euro hochschnellen, bis man die Faust zum Himmel reckt und dem Staat auf die Pelle rückt.« Aaron ließ den Kopf sinken. Martin legte seine Hand beruhigend auf Aarons Arm. »Nun warte erst mal auf morgen«, versuchte er, Aaron aufzuheitern. »Falls Ruben morgen die Dreistigkeit besitzt, hier aufzutauchen, werden wir ihn uns schnappen. Das wirst du dir doch wohl kaum entgehen lassen wollen.«

»Ja und? Was soll das bringen? Joshua ist tot, und ich merke immer mehr, dass ich keine Kraft mehr für diesen Kampf habe. Alles in mir bricht zusammen. Ich schaffe es nicht ohne ihn. Er ist einfach um so vieles größer gewesen, als ich es je sein werde.« Aaron wandte sich trotzig ab. »Außerdem ist der Welt vermutlich sowieso nicht mehr zu helfen. Soll sie doch selbst sehen, wie sie klarkommt.«

»Kopf hoch, Aaron. Ihr schafft das, Ruth und du. Ich weiß es. Ich habe noch nie Leute getroffen, die wie ihr bereit sind, für eine Idee alles aufzugeben, ihre Heimat, ihr Privatleben, einfach alles. Du bist ein Vorbild, Aaron. Die Menschen würden dir zuhören und dir glauben. Und wenn nicht auf diesem Kongress, dann eben auf dem nächsten. Du bist stark genug für diesen Kampf, ganz sicher.«

Aaron senkte den Kopf. »Schön, dass *du* wenigstens an mich glaubst. Aber ich habe den Eindruck, ich war nie *wirklich stark*, ich habe mich nur immer stark *gefühlt*.« Aaron hob die Hand und deutete auf die Kongressteilnehmer und Veranstalter. »Die da drinnen müssen es kapieren, sonst bleibt alles beim Alten.« Aaron ließ die Kongressmappe auf einen Stehtisch klatschen. »Ich glaub' nicht, dass ich mir diese alberne Scharade morgen ansehen kann. Ruben dort vorn zu sehen, wie er sich mit fremden Federn schmückt und Vorträge hält, die er gestohlen hat, das pack' ich einfach nicht.«

»Doch, Aaron, das packst du. Das bist du Joshua schuldig. Du kannst nicht zulassen, dass ein Dieb eure Technologien als seine eigenen ausgibt und den Ruhm einheimst.«

Aaron schloss seine Jacke und wandte sich zum Gehen. »Davon wird Joshua auch nicht wieder lebendig. Du bist ein prima Kerl, Martin, aber diese Nummer ist für uns beide zu groß. Ich bin nicht der, für den mich alle halten. Gegen Joshua bin ich ein ganz kleines Licht. Nach all dem, was passiert ist, glaube ich, dass es falsch war, nach Deutschland zu kommen.«

»War es nicht!«

Eine vertraute Stimme ermutigte Aaron. Er drehte sich um, nach der Stimme, die er kannte und eine ganze Weile nicht mehr gehört hatte, die er nicht mehr hatte hören wollen. »Onkel Samuel, was tust du denn hier? Ich dachte, du bist in Israel geblieben.«

Samuel Horowitz hob wie ein Zirkusdirektor nach der Vorstellung die Hände. Er war einen Kopf kleiner als Aaron, trug einen kugeligen Bauch vor sich her und hatte nur noch vereinzelte Haare auf dem vom Neonlicht beschienenen glänzenden Kopf. Buschige Löckchen umrankten das kahle Areal wie ein welkender Lorbeerkranz. Samuel winkte ab. »Ach, das ist eine lange Geschichte.« Er verengte die Augen und nahm Martin ins Visier. »Sie sind doch dieser Kommissar, hab ich recht?«

Martin nickte.

»Ja, ich erinnere mich. Sie saßen auch im Flugzeug nach Tel Aviv. Haben sogar in Israel ermittelt. Ungewöhnliche Methoden haben Sie, wenn ich das so sagen darf, aber ich schätze, Sie waren erfolgreich damit.«

»Ach was. Es ist immer Teamarbeit. Einer alleine …«

»Verstehe. Aber Sie sind zu bescheiden. Ich denke, dass, wenn Sie wie die anderen Beamten unbeweglich auf Ihrem Hintern sitzen würden, jeder Verbrecher tun und lassen könnte, was er wollte. Es passiert eh schon viel zu viel Unrecht auf der Welt.« Samuel Horowitz sah sich um und machte Platz für eine Gruppe Zuhörer, die aus dem Vortragsraum herausströmte. »Wollen wir uns nicht ein ruhigeres Plätzchen suchen, wo wir ungestört reden können? Ich habe dir etwas Wichtiges zu sagen, Aaron.«

Aaron zog die Brauen hoch. Nicht im Geringsten hatte er damit gerechnet, Samuel je wiederzusehen und nach seiner letzten Einschätzung war sein Onkel ein Verräter und ein geldgieriges Schlitzohr. Er war neugierig, was er ihm zu beichten hatte. Schaden konnte es ja nicht, ihm einige Minuten zu geben. »Na schön, lasst uns einen Kaffee trinken.«

Martin, Samuel und Aaron fanden einen Dreiertisch in einem offenen Cafébereich. Sie nippten zunächst wortlos an ihren Getränken. Aaron wartete ungeduldig und spürte, dass es Samuel nicht leicht fiel zu sagen, was er ihm zu sagen hatte. Samuel atmete schwer, raufte sich sein schütteres Haar und begann schließlich. »Zunächst einmal möchte ich mich bei dir entschuldigen. Ich habe mich dir und deinem Vater gegenüber sehr schlecht verhalten. Ich war ein Idiot, ein Narr. Das weiß ich jetzt. Ja, es stimmt. Ich bin mit euch nach Israel geflogen, habe ganz in der Nähe in einem Hotel übernachtet und bin zu Joshuas Beerdigung nicht gekommen, weil ich niemanden sehen und sprechen wollte.« Samuel blickte in seine Tasse hinein, beobachtete den Milchschaum, der sich in seinem Kaffee verteilte. Kleinlaut fuhr er fort. »Ich habe mich zu sehr geschämt. Als ich einige Stunden später an seinem Grab stand, bin ich nach vielen Jahren wieder zu mir gekommen.« Samuel schluckte schwer. Es kostete ihn sichtbar Kraft, sich vor Aaron zu demütigen. »Ich habe geheult wie ein Kind, die ganze Last wurde mir einfach zu viel. Mir fielen die Worte unseres Vaters wieder ein, der mich immer wieder gebeten hatte, mich um meinen Bruder zu kümmern, auf ihn aufzupassen, und ich habe es ja auch die ersten Jahre getan, bis ich es irgendwann nicht mehr konnte. Ich weiß jetzt, dass ich zutiefst neidisch war, auf seine Begabung, seine Intelligenz. Ich war eifersüchtig, weil jeder auf ihn Rücksicht nahm und mich ignorierte. Ich habe einen großen Fehler gemacht, Aaron und es tut mir von Herzen leid. Ich möchte dich um Verzeihung bitten.« Samuel blickte zaghaft auf.

»Wie kann ich wissen, dass du es ehrlich meinst und das nicht wieder eine deiner Finten ist? Wie profitierst du von meiner Vergebung?«

Samuel ließ den Kopf sinken. »Ja, du hast recht. Ich habe es nicht anders verdient, als dass du so reagierst, aber ich kann es dir beweisen.«

»Wie willst du denn beweisen, dass du kein Schurke mehr bist? Menschen ändern sich nicht so schnell, erst recht nicht du. Dafür kenne ich dich zu lange.«

Samuel hob die Hände. »Okay, warte. Ich werde es dir beweisen. Also, zunächst einmal habe ich eine Entschädigung für unser Grundstück, genauer gesagt, für den ganzen Weinberg, von Modern Energy erhalten. Ich habe ihnen mehrfach mit den besten Anwälten Israels gedroht, dass alle ihre Machenschaften an die Öffentlichkeit kommen. Der Druck wurde immer größer und dann sind sie eingeknickt. Ich habe eine Summe für die Sanierung des Weinbergs in Höhe von 4,5 Millionen Dollar erhalten. Das ist für die zwar nur ein Taschengeld, aber trotzdem … Na, was sagst du?«

Aaron stülpte die Lippen vor. »Das ist in der Tat ein beachtliches Sümmchen.«

»Ja, und es gehört euch und zwei weiteren Familien, die wir damals in das Schlamassel mit reingezogen haben.«

»Die *du* mit reingezogen hast«, betonte Aaron energisch. »Joshua wollte diese Gangster nie auf unserem Grundstück haben. Er hat dich jahrelang vor ihnen gewarnt und kaum war er im Sanatorium, hast du für diese Verbrecher die Tore weit geöffnet.«

»Okay, meinetwegen. Die *ich* mit reingezogen habe. Aber es geht noch weiter. Das dürfte Sie auch interessieren, Herr Kommissar.«

Martin erwog, Aarons Onkel zu unterbrechen. Ihm die Kurzfassung seiner eigenen Geschichte zu erzählen, nämlich dass ihn eigentlich das Ganze nichts mehr anging. Die Sache mit der Suspendierung, Kündigung seinerseits et cetera, doch er ließ es. Ihm war nicht nach langen Erklärungen und er wollte sich einfach nur anhören, was der Israeli zu sagen hatte. Er wandte sich Samuel mit einem schelmischen Grinsen zu. »Ich bin ganz Ohr.«

»Mein Neffe erwartet, morgen die Vorträge von einem gewissen Professor David Ruben zu hören, doch daraus wird nichts. Ruben wird nicht kommen können.«

Martin und Aaron sahen sich kurz an. »Jetzt haben Sie mich neugierig gemacht, muss ich gestehen«, sagte Martin.

Samuel rutschte auf dem Stuhl hin und her. Er begann die Situation zu genießen. »Das war wahrhaft exzellente Detektivarbeit, die ich da geleistet habe.« Er hob den Zeigefinger. »Da werden Sie nie drauf kommen, wer David Ruben wirklich ist.« Martin und Aaron schmunzelten. Aaron gab Martin mit einem Kopfnicken zu verstehen, dass er Samuel die Show stehlen dürfe.

Martin sagte in bemüht lässigem Ton. »David Ruben ist Professor Rosenberg aus der psychiatrischen Anstalt in Tel Aviv.«

Samuel stand der Mund offen. »Ja, zum Himmel. Woher wissen Sie das?«

»Ich bin Bulle, schon vergessen? Ich bin ihm auf die Schliche gekommen, nachdem ich Ruben hier in Hamburg wenige Tage vorher in der Uni besucht habe. In der Klinik in Haifa wurde mir ein Bild von ihm mit einer Mitarbeiterin im Arm gezeigt. Da hab ich ihn wiedererkannt.«

Samuel presste die Lippen aufeinander.

»Wir waren schon sehr neugierig, ihn hier zu treffen. Wir hätten ihn nach der Veranstaltung ins Präsidium gebeten. Er hat bestimmt eine spannende Geschichte auf Lager.«

Aaron fiel die Bemerkung Samuels wieder ein. »Aber wieso wird er nicht kommen?«

»Weil er gefesselt und geknebelt in meinem Wohnzimmer sitzt. Sie können ihn haben, wenn Sie wollen, Herr Kommissar. Wann haben Sie ihn das letzte Mal gesehen? Können Sie sich erinnern?«

»Allerdings. Ich habe eine komplette Vorlesung von ihm gehört, bevor man ihn verschleppt hat.« Dann plötzlich erinnerte sich Martin an den schwarzen Wagen, den geheimnisvollen Abgang Rubens. »Moment mal, das waren Sie?«

Samuel nickte langsam. Er genoss seine Überlegenheit. »Na ja, meine Wenigkeit und zwei, na sagen wir mal, kräftige *Freunde*. Ich habe den Wagen gefahren.«

Martin lehnte sich vor. »Okay, jetzt müssen Sie den Rest der Story auch noch erzählen. Wie sind Sie dahintergekommen?«

»Ich habe ihn auf Schritt und Tritt verfolgt. Ich habe mir in derselben Klinik, in der Sie waren, seine Veröffentlichungen ausdrucken lassen. Ein paar ältere habe ich in Jerusalem in der Bibliothek gefunden und auch im Internet gibt es einige. Nun ja, ich bin dahinter gekommen, dass seine Forschungen überwiegend die Frage behandelten, ob es tatsächlich möglich ist, tief in das Gehirn eines Menschen vorzudringen. Vor allem sich seines Willens zu bemächtigen, dass der Proband im Grunde genommen seine komplette Persönlichkeit an den Hypnotiseur übergibt. Es ist eine intensive Form der Hingabe, einem anderen gegenüber vollkommen ausgeliefert und hörig zu sein. Rosenberg hatte schon zu Beginn seiner Therapie gemerkt, was für einen Goldschatz er da unter seine Fittiche genommen hatte. Jeder in der Klinik dachte, er würde Joshua einfach nur besonders mögen, sich hingebungsvoll um ihn kümmern, doch in Wirklichkeit erkannte Rosenberg die einzigartige und vor allem profitable Möglichkeit, alle wissenschaftlichen Erkenntnisse aus Joshua herauszuextrahieren, ohne dass der es merkt.«

»Moment, nicht so schnell«, unterbrach ihn Aaron. »Sich die Formel zu schnappen ist eine Sache, aber eine neue Identität anzunehmen, ist eine andere. Er musste damit rechnen, dass Joshua gegen ihn juristisch vorgeht, ihn als Lügner und Betrüger entlarvt.«

»Diese Option existierte von vornherein nicht mehr. Auch ein Ergebnis der Hypnose. Joshua war in diesem Punkt nicht mehr Herr seiner selbst. Er war Rosenberg gegenüber absolut gefügig und loyal. Er hätte nichts gegen ihn unternommen, im Gegenteil, er hätte Rosenberg bestätigt.«

»Er wird seine Approbation als Arzt verlieren«, mutmaßte Martin.

Samuel schlug mit der flachen Hand auf den Tisch. »Er wird noch mehr als das verlieren. Er wandert in den Knast. Vermutlich wird er in einer Geschlossenen landen. Nachdem er sich die Forschungsergebnisse Joshuas verinnerlicht hatte, begann er ein neues Leben zu führen. Er entwickelte sich zu einem Gelehrten der Geologie, der mit profunden Kenntnissen über alle möglichen Themen aufwarten konnte. Sie haben in seiner Vorlesung nur einen Bruchteil seines Wissens erlebt. Die abiotische Erdölentstehungstheorie, stimmt's?«

Martin nickte nachdenklich.

»Joshua hatte mir schon in Israel davon erzählt. Ruben hatte sich sukzessive das gesamte Wissen Joshuas angeeignet. In dieser Beziehung war Rosenberg, alias Ruben, ein Genie. Dumm war er keinesfalls. Doch im Grunde war alles, was Sie von ihm gesehen und gehört haben, nur eine Show. Eine Maske, die er nicht mehr ablegen konnte. Nun ja, Genie und Wahnsinn liegen ja bekanntlich dicht beieinander.« Samuel lachte auf. »Mittlerweile hält er sich tatsächlich für David Ruben, den alten Freund aus Jugendtagen von Joshua Horowitz. Er hat Rubens Identität so perfekt angenommen, dass es für ihn kein Zurück mehr gibt. Es muss ihm um der Authentizität seiner Rolle willen gelungen sein, sich selbst autosuggestiv umzupolen. Der Mann ist reif für die – wie sagen Sie hier in Deutschland – für die Irrenanstalt.«

»Und Ruben sitzt jetzt in Ihrer Wohnung? Gefesselt und geknebelt? Das ist Freiheitsberaubung, das ist Ihnen klar, oder? Selbstjustiz wird auch nicht so gern gesehen in unserem Land.«

»Ach, kommen Sie, Herr Kommissar. Sehen Sie es als Geschäft. Ich schanze Ihnen den gelösten Fall zu und Sie lassen mich laufen.«

Martin grinste. »Sie sind immer noch ein Gauner.«

»Na ja, man ist, wie man ist. Aber in dieser Sache, und das musst du mir glauben, Aaron, bin ich aufrichtig zu dir.« Samuel klatschte in die Hände. »Meine Güte, das Wichtigste hätte ich ja fast vergessen. Da Ruben morgen ja nicht kommt, um seine brillanten Vorträge zu halten, habe ich der Kommission gesagt, dass du das machen würdest. Der rechtmäßige Nachfolger von Joshua Horowitz und Firmenleiter der HORTEC.«

»Ich?«, rief Aaron ein wenig zu laut und wurde sogleich unruhig. »Ich soll Joshuas Vorträge halten? Das schaff' ich nicht. Auf gar keinen Fall. Ich bin nicht vorbereitet.«

Samuel sah auf die Uhr. Es war gegen fünf. »Wieso? Du hast noch den ganzen Abend und die ganze Nacht dazu Zeit.« Samuel legte Aaron die Hand auf die Schulter und sah ihm tief in die Augen. »Ich weiß, dass du das kannst, Junge. Das wolltest du doch dein ganzes Leben lang. Zeigen, was in dir steckt. Joshua wird es nicht mehr sehen können, aber der Rest der Welt kann es. Du schuldest es deinem Vater, Junge, und er wäre verdammt stolz auf dich. Tu es für ihn, Aaron.«

Aaron rührte sich nicht vom Fleck. Er starrte in die Weite der Kongresshalle, war wie gelähmt und begann langsam zu nicken. »Na ja, im Wesentlichen ist es das, was ich seit Jahren sowieso jeden Tag mache. Ich brauche nur den Leuten zu erzählen, dass es funktioniert.« Aaron sah Samuel an. »Ja, ich glaube, ich könnte es schaffen. Ich habe Hunderte von Fotos und die Formel ist fertig bis auf den letzten Punkt.«

Samuel gab Aaron einen Klaps. »Na dann los, Junge. Was sitzt du hier noch rum? An die Arbeit.«

Aaron stand auf. »Na schön. Dann sehen wir uns morgen, Martin?«

»Unbedingt. Das lasse ich mir nicht entgehen. Und jetzt schnappe ich mir erst mal diesen Ruben, alias Rosenberg, alias, ach was weiß ich.«

KAPITEL 53

15. November 2013, Hamburg

Martin begleitete Samuel Horowitz zum Parkhaus. Horowitz fuhr einen unscheinbaren silbernen Ford Fiesta. Martin wusste nicht, was er erwartet hatte, doch nach dem, was er von Aaron über ihn und die Rolle von Geld in seinem Leben gehört hatte, rechnete er mit einem teureren Modell. Mindestens einem dicken Mercedes. Vielleicht stimmte es ja und Samuel war ein anderer Mensch geworden. »Ich fahre hinter Ihnen her. Ich werde von unterwegs einen befreundeten Beamten anrufen, mit dem wir uns dort treffen.«

Samuel nickte. »Bitte drehen Sie mir da keinen Strick draus. Ich hab es für den Jungen getan. Das müssen Sie mir glauben. Ich habe ziemlich viel Mist gebaut in Israel und habe einiges gutzumachen an Aaron.«

»Vom Saulus zum Paulus geworden, was?«

»Bitte? Das Sprichwort kenne ich nicht.«

»Stammt aus der Bibel, allerdings aus dem Neuen Testament. Ist Ihnen nicht so geläufig, nehme ich an.«

»Da haben Sie recht.«

»Na ja, wie dem auch sei. Fahren Sie bitte vor.«

Aaron und Martin stiegen in ihre Wagen. Martin wählte die Nummer Werners. »Hi, Werner, wie geht's?«

»Martin, wo steckst du? Ich hab schon den ganzen Tag versucht anzurufen.«

»Wieso, wo brennt es denn? Ich war auf einem Kongress für erneuerbare Energie. Weltenergiekongress im CCH. Mit Aaron Stern.«

»Ich wollte dir sagen, dass du deinen Job wiederhast. Du bist vollkommen rehabilitiert, Martin. Dieser angebliche Profiler aus Berlin ...«

»... wurde vom Energieministerium geschickt. Das weiß ich schon. Er hatte die Aufgabe, ein kleines Störfeuer zwischen unsere Ermittlungen zu schießen, um Zeit zu gewinnen. Falls an der Technologie was dran ist, wollten die in Berlin die Ersten sein, die es in die Finger kriegen. Alle Welt ist scharf auf diese Formel, und ich bin ziemlich neugierig, wie es ab morgen weitergeht. Aaron Stern wird darüber referieren.«

»Cool, du bist schon wieder einen Schritt weiter. Aber woher weißt du, dass Reinsch da mit drinhängt?«

Martin wartete eine Weile. »Hey, kannst du dich bitte ins Auto setzen und losfahren. Du musst kommen und einen Betrüger festnehmen. Ich hab dir von ihm erzählt. David Ruben, ehemals Professor Rosenberg aus Haifa. Er hatte Joshua in einer Art Spezialklinik therapiert.«

»Hey, warum machst du das nicht selber? Du bist mit sofortiger Wirkung wieder im Amt.«

»Nein, Werner, bin ich nicht. Ich bin raus aus dem Laden. Erzähl ich dir später. Also, beeil dich und komm. Ist nicht weit vom Präsidium. Niendorf, Garstedter Weg 27. Los, mach schon.«

»Na schön. Ich meld' mich dann gleich aus dem Wagen.«

Wenige Minuten später nahm Martin das Gespräch an. »Also, was ist los mit Reinsch?«

»Reinsch wusste beinahe jede Einzelheit von Joshuas Fortschritten. Nun, das war auch nicht so wahnsinnig schwierig, da Joshua für seine Forschungen dringend Geld brauchte. Reinsch ist als offizieller Sponsor der Regierung aufgetreten und Joshua hat es ihm abgenommen. Reinsch hat ihm erzählt, dass die Politik nun endlich bereit sei, auf ihn zu hören. Tja, leider war Joshua wohl etwas zu naiv. Glaubte tatsächlich, dass die Politik die Interessen der Bürger schützt und nicht an Profiten seitens der Energielobby beteiligt ist. Er hat in seiner Verzweiflung Verbündete gesucht, und da kam ihm das Ministerium in Berlin gerade recht.«

»Also hat Reinsch ein doppeltes Spiel gespielt.«

»Der Kerl war nur ein Handlanger. Er hatte schon eine ganze Weile in Hamburg zu tun. Hatte die Aufgabe, Joshua zu bespitzeln und sollte im Zweifelsfall verhindern, dass die Formel in falsche Hände gelangt. Der Tod Joshuas kam auch für Reinsch überraschend, also hat er die Lage genutzt, um sich bei uns einzuschleichen. Er musste versuchen, uns einerseits zu behindern und gleichzeitig die neue Technologie für das Ministerium zu sichern, bevor es sich ein Konzern unter den Nagel reißt.«

»Und weil er mich nicht mochte, hat er eine Suspendierung erwirkt.«

»Im Gegenteil, er hatte horrenden Respekt vor dir. Du warst ihm zu dicht an Joshua und der HORTEC dran. Ihm ging alles zu schnell. Er wollte die Lorbeeren für sich allein.«

»Ich vermute, dass er auch zu Kotarev Kontakt hatte. Der Kerl wusste von meiner Suspendierung und von Lorenz und mit Sicherheit noch andere Interna. Ich denke, er hat sich als Pressesprecher der Firma HORTEC bei Reinsch eingeschleimt. Na schön, so ganz versteh' ich das noch nicht, aber ist ja auch egal. Dieses korrupte Netzwerk kann man auch nicht verstehen. Außerdem ist das Schnee von gestern für mich.«

»Du meinst es wirklich ernst?«, fragte Werner leise in die Freisprecheinrichtung.

»Ja, das tue ich, Werner. Es tut mir leid, auch für dich. Wir waren ein prima Team, und wir sind die besten Freunde, daran wird sich nichts ändern, aber ich kann den Job nicht mehr machen. Ich brauche eine Arbeit, wo ich mich mit Positivem umgebe. Ich sehne mich irgendwie nach Frieden. Hört sich blöd an, nicht?«

»Nein, tut es nicht«, gab Werner zu.

»Und vor allem muss ich mich um Catherine kümmern. Ich muss auf sie aufpassen, damit sie keine Dummheiten macht.«

»Mann, du hast dich ganz schön verändert, weißt du das?«

»Ja, kann schon sein. Das war aber auch nötig. Ich war früher ein Arschloch, besonders Frauen gegenüber. Und ich liebe Catherine wirklich.«

Martin setzte den Blinker und reihte sich in den Verkehr ein. Er musste aufpassen, Samuel nicht zu verlieren. »Apropos Liebe. Wie geht es Susanne? Weiß sie schon, dass du fremdgehst?«

Werner verstummte, als er diese Worte hörte. Es klang hart und anklagend, und doch wusste er, was Martin meinte. Diese schonungslose Offenheit kränkte ihn, obwohl es nicht Martins Absicht war, den Moralapostel zu spielen und seinen Freund zu beschämen.

»Ich hab dir doch gesagt, dass es vorbei ist. Und dabei ist es geblieben. Sie arbeitet nicht mehr im Präsidium. Das Praktikum ist zu Ende.«

»Und? Hast du es Susanne erzählt?«

»Herrgott, nein, ich habe es ihr nicht erzählt. Warum auch? Es ist ja nichts passiert. Und sie würde es sowieso nicht verstehen. Außerdem, warum soll ich sie unnötig verletzen?«

»Aber du hattest die Nase voll von ihr und eurer Ehe.«

»Ach, das habe ich doch nicht so gemeint. Susanne ist …

nun ja, sie ist im Grunde gar nicht so schlecht. Sie hat auch ihre gute Seiten.«

Martin grinste wortlos und freute sich für seinen Freund. »Ich bin jetzt übrigens in Niendorf. Wo steckst du?«

»Bin gleich bei dir. Mein Navi zeigt mir noch einen Kilometer.«

»Okay, ich warte auf dich. Der Bruder Joshuas, Samuel Horowitz, hat uns den Hinweis geliefert. Zugegeben, er hat etwas eigenmächtig gehandelt, aber ich denke, wir sollten das nicht an die große Glocke hängen.«

»Was heißt das? Was hat er gemacht?«

»Er hat Rosenberg gekidnappt und bei sich eingesperrt, damit Aaron morgen seine Vorträge halten kann. Er meinte wohl, dass wir das nicht auf die Reihe gekriegt hätten, Rosenberg aus dem Verkehr zu ziehen.«

»Womit er vermutlich recht hat, besonders ohne klare Anklagepunkte.«

»Die kriegst du heute, Werner. Ist vielleicht 'ne Beförderung für dich drin.«

*

Martin brachte den Wagen in einer Parklücke neben Samuel zum Stehen. Wenige Sekunden später sah er den Passat seines Freundes. Sie gaben sich die Hand und sahen sich in die Augen. Vertrautheit lag darin, aber auch der Schmerz, zu wissen, dass Werner seinen Partner verlieren würde. Und seinen Freund, so wie damals, als Martin für zwei Jahre nach Ecuador abgehauen war. Schon damals hegte Martin ernsthafte Zweifel daran, ob er den Job bei der Mordkommission bis zum Rentenalter durchziehen könne. Und nun schien es endgültig so weit zu sein, den Schritt in ein neues Leben zu wagen.

Werner klopfte ihm auf die Schulter. »Na dann zeig mal, wen ihr da habt.«

Samuel hatte sich ein Endreihenhaus gemietet. Es besaß nicht die luxuriöse Klasse, von der er immer geträumt hatte, doch für diese Zwecke reichte es. Er lud die Beamten ein, ihm zu folgen. Er schloss die Tür auf, und man hörte sogleich ein entschlossenes, ersticktes Fluchen und Jammern hinter einem Knebel. Martin war neugierig auf die Begegnung mit Ruben, den er um seinen Einsatz als Geologe für die Belange der Menschheit beneidet hatte. Nur eben, dass er dabei eine schlechte Kopie Joshuas abgab. Es waren nicht seine eigenen Ideen, die er den Studenten vermittelte, sondern Joshuas, der sich jedoch nie im Leben getraut hätte, dort vor versammeltem Auditorium zu referieren. Nicht, wenn es sich hätte vermeiden lassen und nie ohne Aaron an seiner Seite. Trotz aller Medikamente, die Joshua bekam, war er ein Mensch geblieben, der die Öffentlichkeit scheute. Bis zum Schluss.

Samuel ging voraus, Martin und Werner folgten ihm. Werner griff seiner Gewohnheit folgend zur Waffe. Samuel drehte sich nach ihm um und legte eine Hand auf Werners Unterarm. »Das wird nicht nötig sein. Ich habe das Paket gut verschnürt. Ich weiß, wie man so was macht. Er konnte sich nicht befreien.«

»Na schön.« Werner nahm seine Hand von der Waffe und bedachte Martin mit einem fragenden Blick. Ihre Sinne waren geschärft und auf Ungewöhnliches vorbereitet. Ein Mann, der gefangen gehalten wurde, neigte bisweilen dazu, nicht so zu reagieren, wie man es von ihm erwartete. Nicht selten erlitten diese Menschen stressbedingt einen Herzinfarkt oder strangulierten sich bei dem Versuch, sich zu befreien. Dann würde für Samuel auf der Liste der Straftaten noch Mord oder Totschlag zum Kidnapping hinzukommen.

Die Beamten folgten Samuel in den Flur des auf den ersten Blick bürgerlichen Hauses. Ein leises Murmeln war zu hören, als ringe jemand um Aufmerksamkeit und Gehör. Sie betraten das spartanisch eingerichtete Wohnzimmer und blickten auf einen Mann mit zerzaustem Haar. Er war mit derben Schnüren an Händen, Füßen und Hüfte an einen massiven schweren Stuhl angebunden, der sich trotz mühevollen Herumhampelns nicht von der Stelle bewegte. Seine Augen quollen aus den Höhlen hervor, feine rote Äderchen verliefen wie Zündschnüre unter der Haut. Das linke Auge war halb geschlossen und blau unterlaufen, ein klassisches Veilchen. Er hatte sich seit Tagen nicht mehr rasiert und gewaschen. Der Geruch von Angstschweiß und abgestandener Luft waberte in Höhe ihrer Nasen. Martin sah zu dem Mann herab, der nur noch entfernt etwas mit *dem* Professor David Ruben zu tun hatte, den er als eloquenten Redner vor einer Horde Studenten kennengelernt hatte. Er hatte seine Form komplett verloren. Dieses Häufchen Elend hier hatte sich eingenässt, blickte sich panisch mit irrem Blick um und schien erleichtert zu sein, als er Martin Pohlmann erkannte. Sein Gemurmel schwoll hinter seinem Knebel zu einem gewaltigen Stakkato an; er zappelte in dem winzigen Bewegungsradius, den man ihm gelassen hatte und flehte die Beamten mit den Augen an, ihn zu befreien. Gleichzeitig realisierte er, dass an dieser Befreiungsaktion etwas nicht stimmte. Warum war der Entführer mit im Raum, redete entspannt und freundlich mit den Polizisten und warum trug er keine Handschellen? In seinen Augen war Samuel der Böse und er das Opfer. Die drei Männer, die sich ihm gegenüber aufbauten, wirkten eher wie Komplizen als wie Befreier. Er ahnte, dass sein Martyrium noch nicht zu Ende war.

Martin riss ihm den Knebel aus dem Mund.

»Gott sei Dank, Herr Kommissar. Was bin ich froh, Sie zu sehen. Sehen Sie sich an, was dieser Wahnsinnige mit mir gemacht hat. Seit Tagen hält er mich hier gefangen, schlägt mich, ach was rede ich, er foltert mich.« Samuel trat hinzu und gab ihm einen Klaps mit der flachen Hand über den fettigen Haarschopf. »Nun mal nicht übertreiben, Freundchen. Wenn ich dich wirklich gefoltert hätte, sähest du anders aus, das kannst du mir glauben. Und wer hier von uns beiden der Wahnsinnige ist, das ist ja wohl klar.«

Ruben blickte wie ein unschuldiges Kind von unten nach oben zu Martin empor. Er hob seine Stimme um einige Oktaven. »Bitte, Herr Kommissar, glauben Sie ihm nicht. Dieser Mann ist verrückt. Er sagt, ich sei gar nicht Professor David Ruben. Er sagt, ich sei ein gewisser Professor Rosenberg. Ich kenne keinen Rosenberg. Er verwechselt mich mit jemand anderem.« Martin hörte sich das Flehen an und bekam für einige Sekunden Zweifel. War dieser geschundene Mann um die sechzig wirklich jener Professor Rosenberg, der die Anstalt für geistig kranke Menschen in Haifa geleitet hatte? Oder täuschte er sich? Ja, er hatte ihn auf einem Foto zweifelsfrei identifiziert, doch was war schon ein Foto? Mit einer guten Software ließ sich jedes Bild verändern. Reichte ein Foto schon aus, um einen Mann zu verdächtigen und zu bestrafen? Und reichte die Aussage von Samuel aus, einem Schlitzohr und geldgeilen Betrüger, der in der Vergangenheit bereit gewesen war, seine Familie zu verraten und zu verkaufen? Für einen Moment vermochte Martin nicht zwischen Wahrheit und Lüge zu unterscheiden. Er fühlte sich wie in einem Theater. Es klang alles so echt, so ehrlich. Martin entschied zunächst, dem Mann die Fesseln an den Handgelenken zu lösen. Weglaufen würde er nicht können. Er war mit mehr als nur einem Strick angebunden. Viel mehr als nötig, um den Mann an der Flucht zu hindern.

»Danke, Herr Kommissar.« Ruben rieb sich die Handgelenke. Sie waren blutig und wund gescheuert. Ruben machte den Eindruck, als hätte man ihn zu Unrecht gefangen gehalten. Er wirkte so … unschuldig.

»Wasser! Kann ich etwas zu trinken haben? Bitte!« Ruben sah von einem zum anderen. Werner zog Martin für einen Augenblick aus dem Raum in den Flur hinaus. »Was geht hier vor, Martin? Wir können nicht zulassen, dass der Mann noch länger gefangen bleibt. Wir müssen ihn losbinden. Das ist nicht in Ordnung, hörst du!«

»Bleib ruhig, Werner. Es kann nichts passieren. Er ist nicht unmittelbar bedroht. Wir geben ihm was zu trinken und lassen ihn reden.«

»Bist du sicher, dass er *nicht* Ruben ist?«

Martin antwortete nicht. Er sah in Werners Augen, dass er kurz davor war, diesem Schauspiel ein Ende zu setzen. Martin ging in die Küche, nahm ein Glas aus einem der Schränke und ließ Wasser aus dem Hahn hineinlaufen. Er gab es Ruben.

Ruben trank es, ohne abzusetzen, aus. »Danke, Herr Kommissar. Wenigstens einer hier, der noch normal ist. Bitte machen Sie mich jetzt los. Ich bin unschuldig. Ganz egal, was man mir vorwirft, ich habe es nicht getan. Ich bin das Opfer einer globalen Verschwörung.« Ruben sah Martin direkt an. »Ich habe Ihnen doch gesagt, wer dahintersteckt. So, wie man Joshua mundtot gemacht hat, will man mich jetzt auch zum Schweigen bringen. Joshua und ich waren Freunde, das wissen Sie doch. Wir haben an derselben Sache gearbeitet, und dieser Mann arbeitet für die Energiemafia. Denen geht es doch schon lange nicht mehr um Geld. Denen geht es um mein Schweigen. Alles zielte darauf ab, Joshua und mich lächerlich zu machen. Sehen Sie das denn nicht? Man will erreichen, dass die Ölkartelle ihre Macht behalten, dass unsere Forschungen für unhaltbar und dumm erklärt werden. Dieser Mann hier gibt vor, der Gute zu sein, aber er ist ein Teufel, glauben Sie mir.«

Samuel trat erneut vor und zog Ruben mit einer aufgerollten Zeitschrift eins über den Kopf. Es war nur eine Geste, die nicht wirklich wehtat. »Halt endlich den Mund, du Schwachkopf. Wenn es so wäre, wie du sagst, dann würde ich ja wohl kaum Aaron den morgigen Vortrag freiwillig überlassen.«

»Auch das ist nur Blendwerk, Herr Kommissar. Dieser Mann hat seinen Bruder auf dem Gewissen. Er hat ihn verraten und verkauft. Er ist der wahre Judas, so glauben Sie mir doch.« Martin blickte zu Samuel und wurde aus seiner Mimik nicht schlau. In seinem Gesicht war keine Schuld und Falschheit zu lesen, aber auch keine Unschuld und Redlichkeit. Martin zog sein Handy hervor und suchte das Foto, das ihm Jasmin und Sam gezeigt hatten. Es zeigte Jasmin und Professor Rosenberg, der einen Arm um sie gelegt hatte. Er sah tatsächlich ein wenig anders aus als der Mann auf dem Stuhl, doch wenn man eine andere Frisur, eine andere Brille und etwas Schminke benutzen würde, könnte die Verwandlung durchaus gelungen sein. Martin drehte sein Handy um und zeigte es Ruben. »Hier, schauen Sie sich dieses Foto an. Das sind doch eindeutig Sie auf dem Bild.«

Ruben sah sich das Foto genau an und verengte angestrengt die Augenlider. »Verdammt nein, wer ist die Frau auf dem Bild? Und wer ist dieser Mann? Soll das dieser Rosenberg sein? Ich kenne den Mann nicht. Was wird hier bloß gespielt?«

»Sie behaupten also immer noch, David Ruben zu sein, der beste Freund von Joshua Horowitz, den Sie seit über vierzig Jahren kennen?«

»Himmel, ja. Das sagte ich doch. Ich kann es Ihnen beweisen. Ich kann Ihnen erzählen, wann und wie wir uns kennengelernt haben. Es war in einer Bibliothek in Tel Aviv. Ich weiß es noch wie heute. Joshua suchte ein Buch über Quantenphysik, genau wie ich auch, und ich sprach ihn an, was er damit wolle. Joshua wirkte so … hilflos und wirr, und doch leuchtete etwas Geniales durch den Schleier des Stotterns und Stammelns hervor. Er erzählte mir von seiner Vision einer großen Gabe Gottes, der größten vielleicht sogar, und dass wir Menschen sie nur anzunehmen bräuchten, ohne zu fragen und zu zweifeln. Alles sei im Grunde ganz einfach. Man bräuchte nur die göttliche Formel zu entschlüsseln und sie der Welt zu überreichen. Ich hielt ihn damals für einen absoluten Naivling. Trotzdem wurden wir Freunde und haben uns regelmäßig in dieser Bibliothek getroffen. Ich kann Ihnen noch viel mehr erzählen, Herr Kommissar, alles von seinen geliebten Weinreben, von seiner Familie und vor allem von seinem missratenen Bruder. Nun machen Sie mich schon los und verhaften Sie diesen Mann. Sehen Sie denn nicht, was hier gespielt wird? Er hält Sie alle doch nur zum Narren.«

Martin schüttelte den Kopf. Er meinte, sich auf sein Bauchgefühl verlassen zu können. »Alle diese Informationen hatte auch Professor Rosenberg, Joshuas Psychiater und Analyst. Sowohl in ganz normalen Gesprächen, als auch unter Hypnose hatte er ihm alles erzählt. Denken Sie nicht, dass es ziemlich einfach sein wird, Ihre und Rosenbergs Identität zu vergleichen und in Übereinstimmung zu bringen? Wir werden Schriftproben von Ihnen und Rosenberg vergleichen. Wir werden Ihre Gene und seine ermitteln. Irgendwas von Rosenberg werden wir noch in der Klinik finden, selbst wenn es nur ein einzelnes Haar ist. Es gibt Zeugen, die Ihre Stimme identifizieren können et cetera. Fingerabdrücke, Retinaabgleich. Für wie bescheuert halten Sie uns? Wir werden alles tun, um Sie als Scharlatan und Betrüger zu entlarven.«

»Herr Kommissar, Sie wissen nicht, was Sie tun. Die Dinge liegen nicht so, wie Sie glauben. Ich und dieser Rosenberg haben nichts miteinander gemein, außer, dass wir beide mit Joshua viel Zeit verbracht haben. Da kann es schon mal zu Übereinstimmungen kommen. Mehr aber auch nicht.«

Samuel ballte die Hand zur Faust. »Nehmen Sie ihn mit, Herr Kommissar. Ich habe das jetzt lange genug ertragen. Je länger ich diesem Schwein zuhöre, desto mehr verspüre ich Lust, ihm noch eine zu verpassen.« Samuel Horowitz wandte sich ab, entspannte sich und trat zum Fenster. Von allen abgewandt betrachtete er seine Erinnerungen. »Ich erzähle Ihnen jetzt mal etwas. Es hat Zeiten in meinem Leben gegeben, da hab ich auf meinen Bruder wirklich aufgepasst. Das können Sie mir glauben. Damals, als wir noch jung waren, habe ich ihn gegen die anderen verteidigt, gegen alle, die ihn gehänselt haben, ihn angespuckt oder auf den Asphalt geschubst haben. Kinder können grausam sein, wissen Sie?« Samuel drehte sich um und sah den Beamten in die Augen. Er hob den Zeigefinger wie eine Warnung. »Ich sage Ihnen, warum dieser Mann ein Lügner ist.«

Martin nickte und sah Samuel an. Er kam ihm zuvor »Ja, ich weiß schon. Weil es nie wirklich einen David Ruben gegeben hat.«

»Genau«, betonte Samuel. »Das kann dieser Kerl nämlich gar nicht wissen. Er redet nur über Dinge, die Joshua ihm erzählt hat, und für Joshua war David absolut real. Er war einer von Joshuas vielen Freunden. Vermutlich der beste. Nachts, wenn wir in den Betten lagen, hat Joshua nach mir gesehen, und wenn er sich absolut sicher war, dass ich schlief, fing er an, mit seinen Freunden zu plaudern. Dann setzte er sich auf seine Bettkante und gestikulierte, als wären sie tatsächlich im Raum. Für mich war das ein Phänomen, aber ich ließ ihn gewähren. Wir alle taten das. Er war eben, wie er war. Die Ursache war vielleicht seine Einsamkeit. Er hatte keine richtigen Freunde, dafür war er den meisten einfach zu schrullig, zu schlau, zu besserwisserisch. Also schuf er sich einen eigenen Freundeskreis, und der beste und liebste von allen war ihm David Ruben. David war so, wie er sich einen richtig guten Freund gewünscht hatte und da er über eine ungewöhnlich ausgeprägte Vorstellungskraft verfügte, nahm David Ruben immer mehr Gestalt an, wurde älter als er selbst, heiratete sogar, wurde Wissenschaftler und war aus seinem Leben nicht mehr wegzudenken. Für Joshua gab es ihn wirklich, nur dass er ihn nicht anfassen konnte. Ansonsten war er so real wie die Luft, die ihn umgab, wie der Duft der Blüten, den man nicht messen kann, wie der Glaube an Gott und seine unsichtbaren Engel.«

Samuel wandte sich wieder ab. Die aufsteigenden Erinnerungen strengten ihn an. Er atmete schwer, nach einer Weile fasste er sich wieder. »Ich gebe zu, später dann, als wir Teenager wurden, habe ich begonnen, mich zu verändern. Ich wurde meinem Bruder gegenüber ein gemeiner Mistkerl. Ich wollte cool sein, wollte eine Freundin haben, habe ihn verspottet, wenn die anderen dabei waren. Das war falsch von mir, das weiß ich heute. Es muss ihm unglaublich wehgetan haben. Aber man muss auch mal meine Position verstehen.«

Samuel rieb sich über das unrasierte Kinn, als wolle er Zeit schinden. Dann wurde seine Stimme drängend, seine Augen waren gerötet, als erlebe er alles von damals noch einmal. »Er war der Lieblingssohn meiner Eltern, Joshua hier, Joshua da. Alles ließ man ihm durchgehen. Ich konnte irgendwann nicht mehr ertragen, nur die Nummer zwei zu sein. Können Sie das verstehen? Doch selbst, wenn ich ihn die meiste Zeit nicht unterstützt habe, so habe ich ihn doch insgeheim bewundert und geliebt. Ich konnte und wollte es ihm nur nie zeigen, doch jetzt, wo er tot ist und nie wiederkommt … Verdammt, ich vermisse ihn, diesen schrägen Vogel, und wenn ich könnte, würde ich all das Unrecht, das ich ihm angetan hab, ungeschehen machen. Heute will und kann ich nicht mehr mit ansehen, wie sich Schweine wie der da über meinen Bruder lustig machen. Das ist der Grund, warum der Kerl ein paar Prügel bezogen hat, das ist alles.«

Werner nahm Martin einige Schritte zur Seite und kam dicht an ihn heran. »Was ist? Vertraust du diesem Samuel?«

Eine Weile herrschte Stille. Martin blickte zu Boden, scharrte mit seinen Schuhspitzen über den hellbraunen Teppich. Er hob den Kopf. »Ja, das tue ich. Ich weiß auch nicht, warum. Ist einfach so.«

Sie gingen wieder hinein. Die ängstlichen Blicke des gefesselten Mannes lasteten schwer auf ihnen. Martin ignorierte ihn und klopfte Samuel auf die Schulter. »Ich glaube Ihnen. Wir buchten diesen Spinner ein. Ich schätze, er wird eine Weile in der Klapse landen.«

Werner bückte sich und löste die Fußfesseln hinter dem Stuhl. Danach entwirrte er die Knoten auf dem Rücken, die den Gefangenen vollkommen unbeweglich gemacht hatten. Als er frei war, holte er seine Handschellen hervor und legte sie dem Mann um. »Professor Rosenberg. Ich werde Ihnen jetzt Ihre Rechte erklären. Alles, was Sie sagen, kann vor Gericht gegen Sie verwendet werden. Bitte stehen Sie auf.«

KAPITEL 54

16. November 2013, Hamburg, CCH

Gegen 11 Uhr 30 betrat Aaron Stern das Podium. Ihm war übel, die Knie zitterten weich und am liebsten hätte er den Rückzug angetreten, wäre nach Hause gefahren, zu seiner Frau und seinem Kind und hätte so getan, als bedürfe die Welt seiner nicht, als könne er für sich behalten, was die Menschheit dringend brauchte.

Doch wer war schon Aaron Stern? Hatte die Welt jemals von ihm gehört? Nein.

Joshua Horowitz, den kannte sie, den überaus begabten und findigen Wissenschaftler, wie ihn die Presse in einem Nachruf hervorhob. Aaron Stern versank, während er mühsam die Stufen emporschritt, in einem Treibsand der Furcht, in der Annahme, er sei nur ein winziges, unbedeutendes Staubkorn in diesem Universum. Sein Vater hätte dort stehen sollen, reden und visionieren, gestikulieren und der Welt geben, wonach ihr verlangte, aber nicht er. Er war es gewohnt, im Schatten zu stehen, klein und nichtig im Vergleich zu seinem Vater, der trotz aller Widerstände, die man ihm aufgrund seiner Andersartigkeit entgegengebracht hatte, seine Berufung gelebt hatte.

Ein Sog wie ein kalter eiserner Griff im Nacken wollte ihn in die Tiefe ziehen, doch nun, da aller Augen auf ihm ruhten, gab es für ihn kein Zurück mehr.

Der Kongressveranstalter trat zu Aaron hinzu und sprach einige Eingangsworte. »Meine sehr verehrten Damen und Herren, wenn Sie in Ihr Programmheft schauen, werden Sie an dieser Stelle einen anderen Redner erwartet haben. Nun, es ist so … Professor David Ruben ist unabkömmlich.« Der Sprecher räusperte sich. Samuel hatte ihm eine wilde Geschichte zu dem angeblichen David Ruben aufgetischt. »Umso mehr habe ich das Vorrecht, Ihnen heute einen Mann ankündigen zu dürfen, der in den letzten Jahrzehnten von der Fachwelt weitgehend unbemerkt geblieben ist, obwohl er und sein Vater Joshua Horowitz aus Israel wahrhaft Großartiges geleistet haben. Ihm und seinem Vater ist es gelungen, eine Revolution anzuzetteln. Sie haben geschafft, was nur wenigen gelungen ist, nämlich alte Denkstrukturen aufzubrechen und sich einer, wie ich finde, ungewöhnlichen Strategie zur Energieproduktion zu stellen. Und zwar äußerst erfolgreich, wie ich sagen darf und wie Herr Stern Ihnen jetzt aufzeigen wird.« Der Sprecher zeigte auf Aaron, dessen Puls bis zum Hals schlug. »Meine Damen und Herren, freuen Sie sich mit mir über diesen Vortrag zur ultimativen und zukunftsweisenden Energiewende.«

Der Sprecher trat zur Seite und ließ Aaron ans Pult treten. Aaron hoffte, nur einen Funken von dessen Eloquenz aufbringen zu können. Er stellte sich zu dicht vor das Mikro, es kreischte durch eine elektrische Rückkopplung. Er nahm den Kopf einige Zentimeter zurück, starrte mit Schrecken in die vielen Gesichter unten im Auditorium und begann zögerlich seine Rede. »Zunächst einmal möchte ich mich für diese freundlichen Worte bedanken. Ursprünglich sollte mein Vater diesen Vortrag halten, doch da er auf tragische Weise ums Leben gekommen ist, stehe ich nun hier vor Ihnen. Ich hoffe, Sie vergeben mir den Umstand, dass ich in Anbetracht seines Todes und unserer Trauer nicht so brillant dastehen werde, wie mein Vater es getan hätte.

Dennoch möchte ich versuchen, Ihnen klarzumachen, warum die Welt – und das sind die Bürger, die Politiker, die Machthaber und wir, die Forscher und Wissenschaftler – vollständig umdenken muss. Im Jahre 1950 hatte die Weltbevölkerung eine Größe von rund 2,5 Milliarden Menschen erreicht. Bis zum Jahr 2000 – also in nur fünfzig Jahren – stieg sie dramatisch auf eine Zahl von rund sechs Milliarden an und bis zum Jahre 2050 soll sie nach Berechnungen der UN auf rund neun Milliarden weiterwachsen.

Wie, meine Damen und Herren, wollen wir all diese Menschen mit effizienter Energie versorgen? Wie wollen wir sie ernähren, wenn bereits jetzt ein großer Teil der Äcker für die Produktion von Mais, Soja oder Zuckerrohr zur Herstellung von Agrosprit verwendet wird? Wir vergeuden wertvolle Nahrungsmittel, anstatt Menschen zu ernähren. Sie werden mir zustimmen, dass dieses Verhalten zutiefst unethisch ist. In den kommenden fünfunddreißig Minuten werde ich Ihnen beweisen, dass es funktionierende Alternativen gibt. Die Bezeichnung *Revolution* ist vorhin gefallen und ja, es stimmt. Wenn alle mithelfen, die Methoden umzusetzen, die ich Ihnen aufzeigen werde, wird es eine Revolution geben, aber eine heilsame, die die Menschheit dahin bringen wird, wohin sie schon immer hingehört: in ihre autonome Selbstverwaltung, frei und unabhängig von Konzernen, die die Menschheit ausbeuten. *Kostenlose Energie für jedermann* ist der Leitsatz unserer Arbeit und in einer halben Stunde wird Ihr Denken nicht mehr das gleiche sein, das verspreche ich Ihnen.«

Aaron sah das Publikum unter sich nicht mehr. Nach dieser Einleitung ging ein Raunen durch den abgedunkelten Saal. Aaron bediente den Presenter und ließ eine Folie nach der anderen vor den Augen der erstaunten Zuhörer aufleuchten. Nach einer anfänglichen Schwäche gewann er nun an Stärke, in seinen Knien, seiner Stimme und in der Überzeugung, dass Joshua ihn gerade jetzt mit Tränen in den Augen beobachtet und stolz auf ihn ist. Sofern dies von dem Ort aus, wo er ihn wähnte, möglich ist.

Aaron hatte seine Armbanduhr abgelegt und sie aufs Pult gelegt, um das gnadenlose Voranschreiten der Zeit im Auge zu behalten. Er hatte in der Nacht davor ein Script zusammengestellt, doch er las nicht davon ab. Er sprach frei, ohne auch nur ein Mal auf seine Notizen zu schauen. Aus ihm sprudelte eine brennende Kraft der Überzeugung, die die Zuhörer mitreißen sollte. Folie nach Folie und Formel nach Formel peitschte er seinen Vortrag durch und doch kam dieses Feuer nicht bei ihnen an. Sie bejubelten ihn nicht, als er geendet hatte, sie klatschten nur verhalten, lächelten höflich, manche verließen den Saal. Die Resonanz, die Aaron zu Recht erwartet hatte, blieb aus. Hilfe suchend blickte sich Aaron im Saal um, als er die Leute ermutigte, ihm Fragen zu stellen. Wie selbstverständlich nahm er an, dass es davon eine Menge geben müsse. Er sah hinunter zu Martin und Samuel, die ihn augenzwinkernd und nickend anfeuerten. Zwei, drei kritische Fragen, eher nur Anmerkungen kamen aus dem Auditorium, ansonsten geschah nichts. Eine dumpfe Grabesstille erfüllte den Raum. Es war, als hätte man in der Pause vor dem Vortrag den Zuhörern ein Narkotikum in den Kaffee gekippt.

Jeder spürte, welch hohe Erwartungshaltung der Referent an sein Publikum hatte, wie er danach lechzte, Bestätigung für seine Ideen und Prognosen hinsichtlich der kommenden Jahre zu erhalten, doch die erwartete Resonanz blieb aus. Diese unerträgliche Ignoranz erschütterte Aaron. Es kam ihm so vor, als stünde er vor einem Alkoholiker, den er kurz vor seinem Ende anbrüllt und schüttelt, um ihn zur Umkehr und Vernunft zu bewegen, doch dieser bleibt stumm, schlafend und uneinsichtig.

Der nächste Referent wurde angekündigt. *Die Nutzung der oberflächennahen Erdwärme für die Gebäudeklimatisierung im Kontext des globalen Klimawandels.* Aaron schüttelte verwirrt den Kopf und verließ das Podium. Desillusioniert nahm er zwischen Samuel und Martin Platz und achtete darauf, ihre Blicke nicht zu erwidern. Er wollte eigentlich niemanden sehen, durch eine Öffnung im Boden verschwinden und nie wieder hierherkommen, nie wieder einen Vortrag halten, nicht zu diesen tauben und blinden Banausen und auch zu sonst niemandem. Er lehnte sich zurück, sackte in sich zusammen und hörte nicht ein Wort von dem langweiligen Vortrag seines Nachfolgers. Diese lächerliche Wärmeausnutzung des Bodens hatten sie schon vor zwanzig Jahren gemacht. Älter konnte ein Hut nicht sein.

Zu Beginn der nächsten Pause strebte Aaron als Erster dem Ausgang zu. Er stellte sich an einen Stehtisch und ordnete seine Unterlagen. Er faltete und knickte sie bis zur Unkenntlichkeit zusammen, als wolle er sie für das Minuten zuvor erlebte Desaster bestrafen.

Martin und Samuel kamen zum Tisch hinzu. Martin legte Aaron die Hand auf die Schulter. »Das war unglaublich, Aaron. Man hat wirklich gespürt, wie diese Sache in dir lebt und wie begeistert du davon bist.«

Aaron schenkte Martin einen Blick der Verachtung. »Ja, aber ich und Joshua scheinen definitiv die Einzigen zu sein, die das Problem der Zukunft verstanden haben. Diese … diese Idioten begreifen gar nicht, wie ernst die Lage ist. Es ist nicht nur fünf vor zwölf, sondern fünf *nach* zwölf.« Aaron hob die Hände. »Aber gut, ab heute kann niemand mehr sagen, er hätte nichts davon gewusst und keine wirklich funktionierende Alternative aufgezeigt bekommen. Ich bin raus aus der Nummer, Martin.«

»Was soll das heißen, du bist raus? Jetzt fängt die eigentliche Arbeit doch erst an. Du musst sie überzeugen!«

Aaron schüttelte den Kopf. »Ich muss hier raus. Ich kriege keine Luft mehr. Komm, lass uns in den Park gehen. Ich brauche dringend frische Luft.«

Samuel hielt ihn am Arm zurück. »Aaron warte, du kannst doch jetzt nicht aufgeben. Lass dich doch nicht so schnell entmutigen. Diese Dinge brauchen mehr Zeit. Der Kommissar hat recht, du musst beharrlich bleiben.« Aaron riss sich los wie ein trotziges Kind. »Muss ich nicht. Ich muss gar nichts, außer irgendwann Joshua in den Tod folgen. Meine Zeit hier in Hamburg ist vorbei.«

»Was soll das heißen? Dein Vater hätte das nicht gewollt, dass du aufgibst. Es ist sein Werk und du musst es weiterführen.«

Aaron blieb unnachgiebig. »Ich bin eben nicht mein Vater. Ich besitze nicht diese übernatürliche Sturheit. Er war der Visionär, nicht ich. Ich bin nicht mal sein Sohn, ich bin kein Horowitz. Tut mir leid, dass ich alle hier enttäuscht habe, aber so ist es eben. Ich für meinen Teil werde jetzt dieses Kongresszentrum verlassen. Wenn jemand mitkommt, ist er willkommen, mich zu begleiten.« Aaron ging schnellen Schrittes zur Garderobe, um seinen Mantel zu holen, streifte ihn über und ließ die zerknickten Unterlagen in einen Abfalleimer gleiten. Martin folgte ihm, so schnell er konnte und holte ihn ein. Zwischen Kongresszentrum und Millerntor schlug Hamburgs grünes Herz: Planten un Blomen. Nun, Ende November, hatte sich das Grün in eine bizarre weiße Landschaft verwandelt, die nicht minder interessant wirkte als im Sommer, wo man verschiedene Themengärten, unter anderem einen der größten japanischen Landschaftsgärten, bewundern konnte. Doch Aaron ging es nicht darum, die Schönheit der Natur zu bewundern, sondern herauszufinden, wer er überhaupt war und was von ihm zu tun erwartet wurde. Diese Reaktion auf seinen Vortrag war mehr als nur ein Schlag ins Gesicht, sie war die unmissverständliche Bekundung, dass man an seiner und Joshuas Technologie nicht interessiert war. Sie bedeutete, *scher dich zum Teufel mit deinen Algen und deiner Energie aus dem Kosmos*. Aaron schien, als würden sie rufen: Geh doch zurück nach Israel, woher du gekommen bist. Wir brauchen euch hier nicht!

Einige Meter ging Martin schweigend an Aarons Seite. Das Wetter war klar, aber kalt. Die Sonne brach sich in funkelnden Kristallen zwischen den Zweigen eines Ahornbaumes. Dann fasste Martin Mut. »Ich weiß genau, wie es dir geht. So, wie du dich fühlst, haben sich alle vor dir gefühlt, deren Ideen zunächst für tollkühn oder idiotisch oder unrealistisch gehalten wurden. Doch später, wenn sie deinen Erfolg sehen, werden sie angekrochen kommen und dir auf die Schulter klopfen. So ist es immer; erst bist du der Spinner, dann plötzlich der Held.«

»Martin, das ist lieb von dir, dass du mich aufheitern willst, aber es hat keinen Zweck. Wir gehören einfach nicht hierhin, das ist mir heute wieder klar geworden. Wir sind geduldete Ausländer, noch dazu Juden, die ausgerechnet den Deutschen erzählen wollen, wie sie zu leben haben. Wie sie Energie kreieren sollen, noch dazu scheinbar aus dem Nichts. Man hat uns schon immer gehasst, wegen unserer Ideen, unseres Fortschritts, unserer Andersartigkeit.«

»Unsinn. Das ist totaler Quatsch, Aaron. Das bildest du dir nur ein. Niemand will euch vertreiben und niemand hasst euch.«

»Ach komm, lass gut sein. Gib dir keine Mühe. Es ist okay. Schon eine Weile treiben mich Gedanken an eine Rückkehr nach Israel um. Ich glaube, unser Sohn sollte in dem Land seiner Väter aufwachsen, dort, wo man uns leider auch nur duldet. Warum nur glaubt jedermann, wir Juden hätten kein Recht auf eine Existenz? Egal, wo wir leben, es wird immer so sein, dass uns die Welt mit seltsamen Blicken argwöhnisch betrachtet. Es reicht schon zu sagen, dass man Jude ist, und schon fallen die Klappen herunter.«

Martin erzürnte, weil er absolut nicht Aarons Meinung war und sie so nicht unkommentiert stehen lassen wollte. »Jetzt mach aber mal einen Punkt. Wir kennen uns noch nicht so lange und vielleicht nehme ich mir zu viel heraus, wenn ich sage, dass du dich gerade in deinem Selbstmitleid suhlst und so verbittert, wie du bist, die Dinge nicht so siehst, wie sie wirklich sind.«

»Ach was weißt du schon? Mein leiblicher Vater ist umgebracht worden, als ich acht war und meinen Ziehvater hat man auch ermordet, noch dazu war es jemand aus den eigenen Reihen. Man tötet meine Väter. Glaubst du, das ist leicht für mich?«

Das war es also, was Aaron eigentlich beschäftigte. Jetzt erst, nach der, wie er es empfand, Niederlage im Kongresszentrum, realisierte er die Leere, die Joshua in ihm hinterlassen hatte, stärker als zuvor. *Er* hätte an diesem Tag neben ihm stehen müssen, hätte die Zuhörer in seinen Bann ziehen müssen, was ihm, Aaron, offensichtlich nicht gelungen war. Düstere Sinnlosigkeit ergriff mit aller Härte von ihm Besitz.

»Haben wir nicht alle auf die eine oder andere Weise unsere Väter verloren?«, fragte Martin leise. »Trotzdem müssen wir weitermachen.«

Aaron wandte sich ihm überrascht zu. Der Kies knirschte unter ihren Füßen. »Stimmt, ich habe dich nie gefragt, was mit deiner Familie ist. Ich kenne nur Catherine, die ich übrigens sehr gut leiden kann. Aber ich weiß nur wenig über dich und nichts von deinen Eltern. Wir haben immer nur über mich und meine Familie geredet, die Firma und die Energieproduktion.« Aaron dachte einen Moment über Martins Bemerkung nach. »Erzähl mir von deinem Vater.«

Martin antwortete nicht gleich, atmete die klare Luft tief ein und ließ den Blick über den auch im Winter gut gepflegten Park schweifen. »Es gibt nicht viel zu sagen über meinen Vater. Wir hatten Streit, er hat mir mein Erbe ausgezahlt, woraufhin ich nach Ecuador abgehauen bin und ein Hotel gepachtet habe. Meine Mutter hat mich angerufen, einen Tag, nachdem er gestorben ist. Ich war nicht auf seiner Beerdigung und ich weiß nicht mal, wo er begraben ist. Ich war bis heute noch nie dort. Warum auch? Da sind nur ein paar Knochen und ein verwitterter Grabstein mit seinem Namen drauf. Was soll ich da? Mein Vater ist für mich ein Unbekannter und ich war es für ihn auch. Ich war Luft für ihn.« Martin schüttelte den Kopf. »Wir wissen nichts voneinander.«

»Vermisst du ihn?«

Martin hielt seine Antwort eine lange Weile zurück. Was sollte man auch darauf sagen? Wie sollte man jemanden vermissen, den man nicht wirklich gekannt hatte? Er blickte zu Boden, zu seinen braunen Lederschuhen, auf deren Oberseite die Nässe eine Karte zeichnete. »Sagen wir es mal so, ich hätte gern einen Vater gehabt oder hätte ihn gern heute noch. Das ist aber mehr diese unrealistische romantische Vorstellung von einem Übervater, der einen Sohn weise und liebevoll begleitet, ihm Tipps gibt, Lebenshilfen und diese Dinge. Ich vermute, in Wirklichkeit gibt es so was gar nicht.« Martin blickte abrupt zu Aaron. »Denkst du, man trifft sich nach dem Tod wieder? Ich würde meinem Alten gern ein paar Fragen stellen. Warum er mir gegenüber so ein Arschloch war, zum Beispiel.«

Aaron schaute in die Wipfel der kahlen Bäume. Stumme Zeugen ihres tiefsinnigen Gespräches. Er schwieg, weil er vermutete, dass Martin noch lange nicht fertig war. Er schien sich etwas von der Seele reden zu wollen.

Martin vergrub seine Hände tief in der Lederjacke und fuhr fort. Fragen wie diese traten nicht täglich auf den Plan. »Wie ist im Judentum euer Verständnis vom Sterben und dem Jenseits? Ich meine, schau dich doch nur mal auf dem Markt der Religionen um. So entsetzlich viele verschiedene Anschauungen. Wer soll da noch durchsteigen? Christen, Moslems, Juden. Alle glauben an etwas anderes. Buddhisten und Hinduisten glauben an die Reinkarnation als Mensch, Tier oder sogar als Pflanze. Hinduisten arbeiten ihr ganzes Leben an ihrem *Karma* und Buddhisten können es gar nicht abwarten, ins Nirwana zu gelangen. Was macht es für einen Sinn, an etwas zu glauben, wenn die Gefahr besteht, dass man am Ende erkennen muss, dass alles nur Unsinn war? Dass alles nur … eine Lüge war.« Martin schlug einen heiteren Ton an, obwohl es ihm sehr ernst war. »Denkst du nicht, dass, wenn man sich schon die Mühe macht, es die Wahrheit sein sollte, an die man glaubt?«

Nun war es Aaron, der schwieg. Eine seltsame Unterhaltung war das. Als hätte man das Gespräch aufgezeichnet und beim Abspielen eine Spanne der Stille zwischen Fragen und Antworten gelassen.

»Das ist nicht so einfach zu sagen. Für uns Juden ist der Tod wie die Nacht zwischen zwei Tagen, dem kurzen Tag auf dieser Welt und dem langen Tag des ewigen Lebens. Aber es gibt natürlich Auslegungen und Anschauungen, wie im Christentum auch. Aber wenn du mich fragst, was ich denke … Ja, ich glaube, man trifft sich wieder, in der einen oder anderen Form. Im Judentum gibt es das Leben und sein Ende, den Tod. Die meisten glauben an eine Auferstehung, an das Gericht Gottes und an eine Ewigkeit. Bis dahin verbleibt der Tote in seinem Grab. Darum verbrennen wir unsere Toten nicht oder geben die Grabstätte nach einer Zeit an andere weiter.«

»Seltsame Vorstellung. Was ist dann mit all den Toten, die im KZ umgekommen sind, die verbrannt wurden oder auf den Meeresboden gesunken sind?«

»Ja, das stimmt. Ich mache mir, wie du dir vorstellen kannst, zurzeit viele Gedanken über den Tod und die Zeit danach.«

Martin nickte. »Ich auch. Ja, ich weiß, es ist sonderbar, aber ich tue es einfach. Weil Catherine mich ständig löchert, wo unser Kind jetzt ist und wo wir mal hingehen, nach diesem Leben. Ob wir es wiedersehen oder ob nach dem Tod alles aus ist?« Martin versuchte, das ernste Gespräch durch ein Lächeln aufzuheitern. »Als wenn ich Experte in Sachen Tod und Jenseits wäre. Ich erlebe nur, wie Menschen wie die Fliegen sterben, als würde ihre Existenz keinen Pfifferling wert sein. Das ist einer der Gründe, warum ich meinen Job so hasse. Ich werde nur gerufen, wenn einer auf unschöne Weise gestorben ist. Gleichzeitig lese ich in der Zeitung oder höre in den Nachrichten von Kriegen, Hungersnöten, Seuchen wie Ebola und Aids. Ganz ehrlich? Es fällt mir oft schwer, an einen Gott zu glauben, der dort oben auf einem Thron hockt, die Beine übereinanderschlägt und mitzählt, wer gerade wieder das Zeitliche gesegnet hat. Ihr redet immer von Gott, als sei er eine real existierende Person und mein alter Freund Alois Feldmann hat das auch getan, aber ich tue mich wirklich schwer damit. Ich spüre, dass ich diesen Punkt unbedingt bald klären muss.«

»Ob es die einzige Wahrheit in diesem Universum gibt? Tja, das wage ich nicht zu behaupten. Aber ich sage dir, dass es wichtig ist, dass du deinem Herzen folgst. Dann kann es nicht so falsch sein, oder?«

Aaron und Martin waren auf dem Rückweg und näherten sich dem CCH. »Ja, das solltest du. Wenn du Fragen hast oder ich dir irgendwie weiterhelfen kann …«

Martin lachte auf. »Ich habe dich durchschaut. Du willst, dass ich zum Judentum konvertiere.«

Auch Aaron lachte, vielleicht zum ersten Mal an diesem Tag. »Nein, das musst du nicht. Wir haben alle denselben Gott. Aber ich würde mir wünschen, dass du Antworten findest auf deine Fragen. Warte nicht zu lange. Das Leben kann kürzer sein, als einem lieb ist und dann sollte man geklärt haben, woran man glaubt.«

Sie stiegen die Stufen zum Kongressgebäude empor, als ihnen ein gut gekleideter Mann entgegenkam. Er schien außer Atem zu sein, hob die Hand von Weitem und freute sich sichtlich, die beiden zu sehen. Als er näher kam, erkannte man seine Kleidung. Er trug einen vornehmen Anzug mit einer roten Krawatte, hatte korrekt gescheiteltes Haar. Gegen die Kälte schützte ihn ein dunkelblauer Kaschmirmantel. Er trug diese Werte an seinem Körper ganz ohne Arroganz.

Zielstrebig schritt er auf Martin und Aaron zu. In gebrochenem Deutsch mit starkem amerikanischen Akzent sprach er Aaron an. »Hallo Mr Stern. Gut, dass ich Sie treffe. Ich habe Sie schon überall gesucht. Ich hatte die Befürchtung, Sie seien schon abgereist.«

»Nein, ich war nur spazieren. Darf ich vorstellen? Dies ist Herr Pohlmann, ein Freund und Sie sind …?«

»Oh ja, wie unhöflich von mir. Mein Name ist Dr. Patrick Jerecky. Ich bin, nun wie sagt man, Unternehmer. Investor, genauer gesagt, und ich war äußerst beeindruckt von Ihrem Vortrag. Ich wollte Sie fragen, ob Sie ein paar Minuten Ihrer kostbaren Zeit für mich entbehren könnten. Ich möchte Ihnen ein lukratives Angebot unterbreiten.«

KAPITEL 55

22. November 2013, Hamburg-Hafen – Timmendorfer Strand

Nachdem nun alles geklärt war, gab es für Martin nur noch Dinge zu erledigen, die mit Abschied zu tun hatten. Lebewohl zu sagen ist eine Angelegenheit, die nicht jedem leicht fällt. Erst recht nicht Martin Pohlmann, außer an diesem Morgen. Er freute sich auf seine Zukunft, auf die Realisierung seiner und Catherines Träume. Es war ein kühler, sonniger Tag geworden, und er hatte viel Zeit. Ein seltsames Gut, das ihm fremd geworden war, und er beschloss, noch einmal den Mann aufzusuchen, der ihm den Schlüssel zum Beenden seines vermutlich letzten Falles geliefert hatte: Dr. Ayo Atuanya Obutu. Er wollte ihm Danke sagen und ihn fragen, ob er schon etwas in Bezug auf seinen Verbleib in Hamburg gehört hatte. Er wollte ihn ermutigen, beharrlich zu bleiben. Martin wusste selbst nicht, warum ihm an dem Wohlergehen dieses Mannes so viel lag. Es zog ihn an diesem Tag magisch zu Obutu hin, als erwarte er etwas Großes, etwas, das ohne ihn vielleicht nicht funktionieren würde. Vielleicht mochte er ihn auch einfach nur.

Oder es war das Schicksal dieses Mannes, das ihn rührte. Eines Menschen, der seine ganze Familie auf grausamste Weise verloren hatte. Wie konnte er noch fröhlich und mit Zuversicht weiterleben, nachdem er erkannt hatte, dass die Welt voller Teufel war?

Martin bestieg die Zugangsplanke des Wohnschiffes und fand dieselbe Situation wie beim letzten Mal vor. Herumlungernde rauchende Männer, die an Deck in fremden Sprachen lamentierten und sich dem Müßiggang hingaben. Manche lehnten über der Reling und sinnierten über ihr Leben. Über ihr vergangenes und ihr erträumtes zukünftiges und sie spekulierten, welcher Abschnitt der bessere, der sinnerfülltere sein würde. Sie harrten der Dinge, die da kommen sollten. Was konnten sie auch anderes tun, als zu warten? Warten auf Integration oder Abschiebung. Alles war möglich. Sie trugen dicke Jacken und Wollmützen, empfanden die Temperaturen für afrikanische Verhältnisse als sibirisch. Martin hob die Hand zum Gruß und lächelte dünn, eine halbherzige Geste des Friedens. Er fühlte sich sonderbar. Er wusste noch nicht so genau, wie er seinen Kopf als Ex-Bulle abschalten, ihn auf Freiheit und Abenteuer eichen sollte, auf unbeschwertes und leichenfreies Leben in deutlich wärmeren Gefilden. Martin erinnerte sich an den Weg zu Obutus winziger Kajüte. Schnell erreichte er sie und klopfte. Als hätte der farbige Mann direkt hinter der Tür gestanden, öffnete er nur Sekunden danach und erschrak, als er Martin sah. Er riss die Augen auf und analysierte Martins Gesicht, die eingefallenen Wangen, und las die pure Erschöpfung in dessen trüben Augen. »Guten Morgen, Mr Pohlmann Kommissar. Das ist ja eine Überraschung. Schön, Sie zu sehen.« Obutu verengte die Augen. »Ich will nicht unhöflich sein, aber ich muss Ihnen sagen, Sie sehen nicht gesund aus. Geht es Ihnen gut?«

Martin nickte schwach und blickte an Obutu vorbei, hinein ins Innere der wie immer aufgeräumten Kabine. Nur dass sie an diesem Tag mehr als ordentlich war. Sie wirkte steril und unbewohnt.

Er wusste nicht, was er auf diese Frage antworten sollte. Einerseits ging es ihm gut, ja, er hatte Catherine von seiner Kündigung erzählt, sie in den Arm genommen und ihr von ihrem gemeinsamen Traum des Bistros vorgeschwärmt. Sie hatte Freudentränen vergossen und sogleich die Zukunft in den buntesten Bildern ausgemalt. Martin hatte sie beobachtet, wie sie aufblühte und ihren Depressionen einen gehörigen Tritt gab. Und doch, irgendetwas an dieser Vision fühlte sich nicht richtig an, nicht stimmig. Dann waren da noch seine Kopfschmerzen, die ihn einfach nicht verlassen wollten. Er hatte sie angesprochen – das hatte er mal irgendwo gelesen, dass man mit seinen Krankheiten reden sollte – er hatte sie angeschrien, sie angefleht, aus seinem Kopf zu verschwinden, doch sie blieben beharrlich, als hätten sie ein verbrieftes Recht, zu bleiben. Sie ließen sich kaum mehr durch simple Schmerztabletten in beliebiger Dosierung zurückdrängen. Sie klopften, hämmerten, zogen unterschwellig in seinem Kopf wie Schlangen umher, gingen mit ihm, wenn er das Haus verließ, und blieben bei ihm, wenn er die Augen schloss. Sie waren ein Teil von ihm geworden, so selbstverständlich und penetrant, dass er geneigt war, sich an sie zu gewöhnen, wie an einen ungebetenen Gast, der, wenn man ihn nur intensiv genug ignorierte, eines Tages schon wieder verschwinden würde.

Martin ging auf Obutus Frage nicht ein. Was hätte es auch genützt? »Was machen Sie hier? Ziehen Sie weg von Hamburg?«

Obutu senkte den Kopf. »Ja, ich gehe weg. Es hat keinen Sinn mehr. Man will mich hier nicht. Man hat beschlossen, mich zurückzuschicken. Ich sei nicht integrationsfähig, hieß es.«

Martin lachte auf. »*Bitte*? Was soll das denn für ein Schwachsinn sein? Wenn einer auf diesem Schiff integrationsfähig ist, dann sind Sie es. Sie sind Arzt, ein netter Kerl und dumm sind Sie auch nicht. Wo, zum Geier, soll denn das Problem sein?«

Obutu zuckte mit den Achseln. »Ich kenne diese Ablehnungsschreiben von den anderen hier. Das bedeutet gar nichts. Es sind Standardabsagen. Die kennen mich gar nicht. Mich hat niemand gefragt, wer ich bin, woher ich komme und was ich für Träume habe. Es ist einfach kein Platz für mich in diesem Land.«

Obutu ließ sich auf sein Bett fallen. Er wirkte wie ein trauriges Kind, das seiner Zukunft beraubt wurde.

Martin setzte sich ihm gegenüber, auf den abgewetzten grünen Sessel, dessen Federn ihn erneut in den Allerwertesten piecksten. »Aber da wird man doch was machen können?«

Obutu schüttelte den Kopf. »Warum sind Sie hier, Mr Pohlmann Kommissar? Haben Sie eine Frage zu Ihrem Kriminalfall? Wie geht es Dr. Heinemann?«

Martin überlegte, mit welcher Frage er beginnen sollte. Er blickte aus dem Fenster. Kleine Schäfchenwolken zogen vorbei und lockten ihn ins Freie. »Waren Sie schon mal in Timmendorf? Sie lieben doch das Meer so. Bevor Sie Deutschland verlassen, müssen Sie *unser* Meer gesehen haben.«

»Timmendorf? Nie gehört. Ist es weit?«

»Nein, gar nicht. Dreiviertelstunde vielleicht.« Martin stand auf. »Los kommen Sie. So eilig werden Sie es schon nicht haben. Für Timmendorf muss einfach Zeit sein.« Martin griff Obutu unter dem Arm, nachdem der keinerlei Anstalten machte aufzustehen. »Kommen Sie, ich meine es ernst. Es wird Ihnen gefallen. Und dann machen wir einen kleinen Spaziergang und Sie erzählen mir von Ihrer Arbeit in Afrika.«

Obutu legte die Stirn in Falten. Er vermutete, es sei unhöflich, der Aufforderung Martins nicht nachzukommen. Er war mit den Gepflogenheiten nicht so vertraut. Überdies war er es gewohnt, einem Polizisten Folge zu leisten. Also stand er auf, schloss seinen Koffer, verriegelte seine Habseligkeiten mit einem Zahlenschloss und blickte beim Hinausgehen in seine Kabine mit solcher Wehmut, als würde er sie in diesem Leben zum letzten Mal sehen.

Obutu trottete hinter Martin her. Er hielt sich die Jacke über dem Hals zu und fror, sobald er das Schiff verlassen hatte. Der eisige Wind zog durch jede Ritze seines Sommerblousons. Martin drehte sich zu ihm um. Er öffnete den Kofferraum und zog eine ältere Lederjacke mit Fell hervor. Er hatte sie in seinem Spind im Präsidium gefunden. Lederjacken hatte er überall gebunkert, im Präsidium, im Sportverein, in dem er vor zehn Jahren einmal war, und zu Hause in jedem seiner Schränke. Ein Tick, wie ihn Frauen, Schuhe betreffend, nachvollziehen konnten.

»Hier, probieren Sie die. Dürfte ganz gut passen.« Obutu streifte die dünne blaue Jacke ab, ließ sie in den Kofferraum gleiten und zog die warme Felljacke an. Er schloss dankbar für Sekunden die Augen und lächelte. Scheinbar unbedeutende Taten der Güte können die Welt retten, zumindest einen kleinen Teil von ihr.

Sie stiegen ein und Martin fuhr los. Bis sie auf der Autobahn waren, sprach Martin nicht viel. Obutu sah sich die vereiste karge Landschaft an. Die Sonnenstrahlen brachen sich in glitzernden Zweigen. Braune Hasen hoppelten über weiße Wiesen, suchten mit zuckenden Näschen nach Essbarem, hoben die Köpfe und störten sich nicht an Menschen und Autos. Bilder, die Obutu von zu Hause nicht kannte. Schnee. Wie er sich anfühlte, wie er zunächst kühlte und später schmerzte, wenn man ihn zu lange in der Hand behielt. Dass man ihn formen konnte, pressen und als Bälle verwenden konnte, all das war neu für ihn gewesen und doch hatte er Heimweh nach Nigeria, nach seiner Frau und den Kindern, die er in diesem Leben nie wieder sehen würde, vielleicht im nächsten, so hoffte er.

Dann, nach einer Weile, begann Martin unvermittelt zu erzählen. »Ich heiße Martin.« Er sah lächelnd zu Obutu hinüber und reichte ihm die Hand.

Obutu ergriff sie. »Ayo Atuanya Obutu.«

Martin hob den Kopf und dachte nach. »Hat der Name 'ne Bedeutung?«

»Ja, es heißt Glück. Unerwartetes Glück.«

Nach einer Pause, in der Martin einen Lkw überholte und sich darüber aufregte, dass der Kerl den Blinker offensichtlich nie benutzte, bevor er die Spuren wechselte, murmelte er. »Schöner Name.«

»Aber die Bedeutung trifft nicht zu. Meine Eltern hatten unrecht. Ich habe kein Glück.«

Martin blickte geradeaus, er hatte bereits vierzig Kilometer hinter sich gebracht. »Das kann man nicht wissen. Das Leben ist ja noch nicht zu Ende.«

»Für mich schon. Wenn ich nach Nigeria zurückgeschickt werde und den Islamisten in die Hände falle, bin ich tot. Sie werden mir triumphierend den Kopf abschlagen und mich dabei filmen.«

»Na ja, noch sind Sie hier, und das freut mich. Wenigstens heute sollten Sie mal alles vergessen. Sie werden sehen, ich verspreche Ihnen nicht zu viel. Vor Jahren habe ich schon einmal eine ältere Frau an die Ostsee gefahren.« Martin blickte mit der Begeisterung eines Jungen zu Obutu rüber. »Können Sie sich das vorstellen? Die hatte in ihrem ganzen Leben noch nicht ein Mal das Meer gesehen. War ihr ganzes Leben in Heimen untergebracht, in geschlossenen Pflegeeinrichtungen, wissen Sie?«

»Sie haben meine Fragen noch nicht beantwortet. Was macht Ihr Kriminalfall?«

Martin erinnerte sich. Hässliche Bilder, die er nicht mehr in seinem Kopf haben wollte, flackerten auf. Blut, in einem Schwall beim Husten über den Teppich ergossen. »Heinemann lebt nicht mehr. Er hatte Krebs im Endstadium. Meinte, es käme von dem verseuchten Wasser, das er in Ihrer Heimat getrunken hatte.«

Obutu schüttelte den Kopf. »Das ist wirklich eine sonderbare Gerechtigkeit. Heinemann hat mich angefleht, ihm zu helfen. Damals in Nigeria, auf meiner Station. Ich habe ihm von weit her die Medikamente besorgt, habe Tag und Nacht an seinem Bett gesessen, als er hohes Fieber hatte. Er hat gesagt, dass, wenn ich ihm helfe, er dafür sorgen wird, dass ich als Arzt in Deutschland arbeiten kann. Ich habe ihm geglaubt. Auch wenn er mich nicht angefleht hätte, ihm zu helfen, hätte ich es dennoch getan. Dafür bin ich Arzt geworden. Nun ist er trotzdem tot.«

»Meinen Sie, es gibt da oben einen, der die Rute schwingt und Gerechtigkeit übt?«

Obutu runzelte die Stirn. »Ich versteh nicht, was Sie meinen.«

Martin überlegte, wie er seine Gedanken auf Englisch zum Ausdruck bringen konnte. »Die Bösen werden mit Krebs bestraft, die Guten leben ohne Probleme und Sorgen?« Martin schaute in den Rückspiegel, als wäre die Antwort dort zu lesen. »Ich kann das nicht bestätigen. Ich habe in meinem Job so viele Menschen sterben sehen und hatte eher den Eindruck, dass die schlimmsten Verbrecher die besten Jahre auf Erden hatten. Ich kann da kein Schema erkennen. Was ist mit Ihrer Frau und den Kindern? Die haben doch auch nichts Böses getan.« In diesem Moment merkte Martin, dass es vollkommen gefühllos war, derart unbefangen darüber zu reden. Er sah zu Obutu hinüber, der den Kopf geneigt hielt und schwieg. Martin legte ihm die Hand auf den Arm. »Tut mir leid. War blöd von mir. Aber ich habe mich das schon oft gefragt und bekomme einfach keine Antwort. Ich möchte es wirklich gerne verstehen. Allein die Sache mit Joshua und dem Rabbi. Wir haben den Mörder gefunden. Es war ein Mitarbeiter aus Joshuas Firma. Aus Habgier, Rache und blindem Hass hat er die beiden getötet und wäre auch zu mehr fähig gewesen. Um ein Haar hätte er Aaron, Joshuas Sohn, auch noch umgebracht.«

Obutu nickte. »Ich kenne diese Fragen, aber ich kenne nicht die Antwort. Ja, ich glaube, dass wir einen gerechten Gott haben, und ja, ich glaube, dass wir diese Gerechtigkeit eines Tages erleben werden, aber vermutlich nicht auf dieser durch und durch verdorbenen Erde. Später vielleicht. Ich hoffe es. Bis dahin müssen wir versuchen, Gutes zu tun, Mr Martin Kommissar.«

»Ich bin kein Kommissar mehr. Ich habe gekündigt. Ich geh weg mit meiner Frau. Darum wollte ich Sie noch mal sehen.« Martin lächelte kurz.

Obutu sah ihn an, als verlöre er einen guten Freund. »Wohin gehen Sie. Ist es weit?«

»Nach Frankreich. Wir ziehen in den Süden. Meiner Frau geht es nicht so gut. Sie leidet unter …« Martin unterbrach sich. *Nein, nicht noch einmal die ganze Geschichte.* »Na, ist ja auch egal. Jedenfalls werden wir ein kleines Restaurant aufmachen und ein ruhiges Leben führen.« Wie, um sich selbst zu bestätigen, wiederholte er noch einmal. »Ja genau, ein ruhiges und beschauliches Leben.«

»Komisch, ich höre Sie diese Sätze mit Ihrem Mund sprechen, aber ich höre sie nicht aus Ihrem Herzen.«

Martin sah ihn verwundert an. Sie passierten gerade Schwartau, einige Ausfahrten vor Timmendorfer Strand. »Doch, doch. Wir wollen das wirklich. Ganz sicher. Das ist für Catherine genau das Richtige. Sie braucht eine Aufgabe. Sie hat … also, *wir* haben unser Kind …«

Obutu verstand. Der Mann am Steuer des teuren BMW hatte auch eine Geschichte, ein Buch voller Seiten, die von

Verlusten handelten. Er mochte diesen komischen Kommissar, der keiner mehr sein wollte. So einen sonderbaren, aber auf seine Art liebenswerten Deutschen hatte er noch nie getroffen.

»Es ist nicht mehr weit. Fünf Kilometer, dann sind wir da. Es wird Ihnen gefallen, das verspreche ich Ihnen.« Martin lenkte den Wagen zielsicher. Wann immer es die Zeit erlaubte, fuhr er hier hoch. Setzte sich manchmal stundenlang auf eine Seebrücke oder an den Strand und blickte aufs Wasser. Es klärt die Gedanken, hatte er Werner gesagt.

Er fuhr auf einen gebührenfreien Parkplatz vor einem Einkaufszentrum, griff nach seiner Jacke, die er auf einen der hinteren Sitzplätze gelegt hatte, und stieg aus. Obutu tat es ihm gleich. Er hob die Nase in den Wind. »Es riecht gut«, sagte Obutu und atmete die klare salzige Luft ein. »Nur ein bisschen kalt«, ergänzte er.

Sie gingen schweigend den Weg zum Strand entlang. Martin überlegte, worüber sie sprechen sollten. Was sagt man sich, bevor man sich nie wiedersieht? »Wenn man tot ist«, hatte sein alter Freund Alois Feldmann einmal zu ihm gesagt, »dann trifft man all die Leute wieder, die, wenn auch nur ganz kurz, deinen Weg gekreuzt haben. Nur dass dann nichts mehr verborgen ist. Alle Gedanken und Gefühle werden offenbar sein, als würde man sie laut herausschreien, und wenn ich jemanden im Leben verletzt, gedemütigt, belogen oder bestohlen habe oder was auch immer, dann kann ich ihn nicht mehr um Verzeihung bitten. Das kann man nur hier, solange wir hier unten auf dem gemeinsamen Weg sind. Wir können uns dann nicht mehr entschuldigen und das wird uns quälen. Das ist traurig, nicht?« Martin sah Feldmanns Gesicht förmlich vor sich. Den grauen üppigen Bart, der rings um seinen Mund wie wucherndes Gestrüpp rankte. Die buschigen Brauen über den gütigen, in tiefen Höhlen liegenden Augen. *Feldmann, auch schon tot. Verfluchter Mist.*

Martin schüttelte die trüben Gedanken ab, als sie auf die Promenade kamen, die einen umwerfenden Blick auf die

Ostsee freigab. Regelmäßig fuhr er hier hoch, suchte sich Strandabschnitte, an denen er allein war. Immer dann, wenn er hungrig war nach der Stille und Einsamkeit, die die Welt ihm weggenommen hatte.

Martin klatschte in die Hände, als sei die Schönheit, die sie sahen, sein Verdienst. »Na? Zu viel versprochen?« Obutu schirmte die Augen vor der grellen Sonne ab. Flirrende Strahlen, funkelnde, auf der Wasseroberfläche tanzende Diamanten. Obutu lachte mit seinen ebenmäßigen weißen Zähnen. »Nein, es ist wunderschön. Danke, dass Sie mich hergebracht haben.«

»Tja«, prahlte Martin, »das sagt irgendwie jeder, dem ich es zeige. Kommen Sie. Gehen wir ein Stück.« Martin massierte sich die linke Schläfe. Manchmal half es, wenn er dort kräftig drückte und knetete, als wollte er die Schmerzen auf der Haut abreiben. In der Regel blieben sie.

»Sie sehen wirklich nicht gut aus, Mr Pohlmann Kommissar.«

»Sagen Sie ruhig Martin. Ist okay.«

»Sie sehen nicht gut aus, Mr Martin Kommissar. Ich meine, ihr Weißen seid ja immer irgendwie blass, aber Sie sind blasser als die meisten. Sie sollten sich mal gründlich untersuchen lassen. So etwas kann böse enden, wenn man sich nicht drum kümmert.«

»Ja, das hörte ich schon. Okay, ich lass mir einen Termin zum Röntgen geben.« Martin wechselte das Thema. »Warum wollen Sie aufgeben? Es gibt reelle Chancen, in Deutschland bleiben zu können. Sie werden vielleicht nicht gleich von Anfang an als Arzt arbeiten können, aber vielleicht in ein paar Jahren. Wenn Sie zu Hause nur Hass und der Tod erwarten, dann haben Sie bitte ein wenig Geduld.« Martin suchte nach weiteren Argumenten. Er wollte, dass Ayo wirklich eine Chance bekam. »Außerdem müssen Sie sich als Zeuge zur Verfügung halten, falls es zu einem Prozess gegen die Petrol Ag kommt. Dieses Massaker in Ihrem Land kann doch nicht ungesühnt bleiben.«

»Ach, Mr Martin, was kann ich schon ausrichten? Ich bin ein Niemand, ein Mr Nobody.«

»Nein, das sind Sie nicht. Für mich sind Sie das nicht. Für mich sind Sie ein tapferer und aufrichtiger Mensch, vermutlich sogar ein sehr guter Arzt. Ich verstehe ja, dass Sie deprimiert sind, aber halten Sie durch. Das Leben hält noch viel Gutes für Sie bereit.«

»Sie sind auch ein guter Mensch, Mr Martin Kommissar. Ich wünsche mir, dass Sie und Ihre Frau glücklich werden.« Martin überbrückte den peinlichen Moment und deutete auf die vor ihnen liegende Seebrücke. »Sehen Sie mal. Das ist alles ganz neu. Da drüben, da müssen wir hin.«

Martin und Obutu betraten die renovierte Seebrücke, direkt gegenüber einem Fünfsternehotel. Ihnen voraus lag das neu erbaute Teehaus, ein nach asiatischem Vorbild errichtetes Seerestaurant. Die Glasfronten schimmerten silbern. Ein gleißendes Meer aus funkelndem Licht. Das Dach symbolisierte zwei sich überschlagende Ostseewellen.

Obutu schritt jeden einzelnen der einhundertfünfunddreißig Meter auf der langen Brücke ab und schaute mal links, mal rechts über die Weite des Meeres. Beim Betreten des Restaurants kam er aufs Neue ins Staunen, denn er erblickte unter seinen Füßen durch einen Glasboden die schäumende See. An Tagen, wo der Wind das Meer aufpeitschte, klatschte es so mit Wucht darunter, dass es einem mulmig werden konnte.

Der Gastraum war in weißes Licht gehüllt, sanft vermischt mit verschiedenen Farben, die in Trennwänden verborgen eine heimelige Atmosphäre schufen.

Martin wählte einen Tisch in der hinteren Ecke aus, so wie immer, wenn er Timmendorf und das Teehaus besuchte. Von hier blickte er ungehindert aufs Meer, er hatte das Gefühl, über ihm zu schweben, als säße er auf einem Schiff, nur dass es nicht schaukelte. Ausblicke wie diese beruhigten ihn, ließen die Zeit für ihn langsamer vergehen, bis hin zu ihrem Stillstand, an dem nur noch der Frieden regierte und alles

Bedrohliche von ihm abfiel. In Momenten wie diesen konnte er glauben, dass es einen Gott gab. Jemand mit einem guten Geschmack, der sich all das Schöne in der Natur ausgedacht und umgesetzt hatte. Dann war es nicht der Zufall, dem er die Schönheiten zuschrieb, sondern einem klugen und liebevollen Geist. Er wünschte es sich so sehr, es so zu sehen, daran zu glauben, auch ohne alles zu verstehen, was rings um ihn her passierte. Eigentlich wollte er es gar nicht verstehen. Was nützte es schon, alles wissen und begreifen zu können, wenn es reichen dürfte, zu glauben, dass es jemanden gab, der trotz aller Widrigkeiten alles in seiner Hand hielt?

Obutu bestellte einen heißen Tee und wärmte seine Hände an der Tasse. Martin hatte wenig zu einer Unterhaltung beizutragen. Er fühlte sich nicht wohl, ein leichter Schwindel befiel ihn. Die Kellnerin kam leise an ihren Tisch. Eine junge Frau um die zwanzig, vielleicht zweiundzwanzig. Niedlich, wie Martin fand. Sie hatte ein schelmisches, spitzbübisches Lächeln. Sie brachte Martin einen Kaffee, schwarz und süß, wie er ihn mochte und als sie das Tablett auf den Tisch stellte und nach weiteren Wünschen fragte, fiel Martin eine Tätowierung auf ihrem rechten Unterarm auf. Ungehemmt sprach er sie an. »Einen tollen Arbeitsplatz haben Sie hier.«

Sie streckte sich stolz. »Ja, nicht?«

Martin deutete auf ihren Arm. »Nettes Tattoo.«

»Oh danke.« Sie hielt es Martin noch einmal hin, obwohl er nicht danach gefragt hatte. Es stellte ein Peace-Zeichen dar, eingebettet in bunte Blumen. Nicht gerade ein preisgekröntes Kunstwerk, doch die junge Frau trug es mit Stolz und Freude. *Frieden*, dachte Martin, als er an dem Kaffee nippte.

Nach einer halben Stunde bezahlte Martin die Rechnung. Er wollte gehen. Eine unbestimmte Unruhe überkam ihn.

»Alles in Ordnung bei Ihnen, Mr Martin? Kann ich Ihnen helfen?«

Martin wehrte ab, spielte den Starken. »Nein, danke, geht schon. Geht gleich vorbei.« Sie gingen den Steg entlang und

Martin fing an zu schwitzen, obwohl eisiger Ostwind die Gischt des Meeres in feine Kristalle verwandelte. Er wankte kaum spürbar, hielt sich bisweilen am Geländer fest, versuchte, sich zusammenzureißen. Er lächelte Obutu an, den schwarzen Mann vor dem Hintergrund des weißen Schaums, der an das Ufer spülte.

Eben hatten sie den Strand erreicht. Es trieb ihn, den Steg zu verlassen und in den Sand zu gehen. Er liebte es, wie er sagte, Sand unter den Füßen zu haben, und sackte in dem Untergrund ein.

In diesem Augenblick, als die weichen Wellen an das Ufer vor seine Füße schwappten, hörten seine Kopfschmerzen auf. Es war, als flössen sie auseinander, wie Öltropfen auf Wasser, die ihre Oberflächenspannung verlieren. Sie ergossen sich in seinen Kopf hinein, stoben auseinander wie eine Herde erschreckter Schafe. Er sank auf die Knie und erinnerte sich an das Tattoo der Kellnerin. *Frieden*.

Obutu blickte bestürzt in erloschene Augen. Er kannte diese Leere darin. Er hatte sie schon oft gesehen. Es waren die Augen eines Mannes, der losgelassen hatte.

Man sagt, wenn Menschen sterben, rollt der Zug des Lebens in rascher Fahrt an ihnen vorbei. Er zieht Waggons, vollgepackt mit Erlebnissen, hinter sich her. Guten wie schlechten, dicht gesäumt von einer Unzahl ungelebter Träume. Abteile, in denen sich bittere Versäumnisse in die Sitze ducken und hinter Vorhängen verstecken. In den Gepäcknetzen darüber drängen sich Sünden mit schalem Geschmack wie Unkraut dicht an duftende Heldentaten in einem einzigen Feld.

Nichts fehlt in diesem Zug, außer der Zukunft.

Martin sah kein Gefährt, welcher Art auch immer, an sich vorbeirauschen. Er hatte nur ein Gesicht vor Augen, das sich ihm zärtlich zuwandte. Ein Gesicht, in dem er Hoffnung und Liebe lesen konnte. Ein lächelnder Mund mit feinen, geschwungenen Lippen wie die Dünen der See, Fältchen um die Augen, wie Rillen im Watt, wenn das Meer seine Tränen zurückruft. Er wusste, wem dieses Gesicht gehörte, diese Lippen, die vier Worte formten: *Bitte bleib bei mir*!

Obutu eilte hinzu und redete auf ihn ein. Martin hörte ihn wie von ferne, durch schweren dichten Nebel hindurch, doch er lächelte, als er hochsah und sich auf einer Höhe mit dem Meer fand. Das Meer und er, sie waren eins in diesem Moment. Dann fiel Martin vornüber in den Sand.

Obutu blickte sich zu allen Seiten um. Er war fremd in diesem Land, diesem schönen Land an diesem traumhaften Strand, den ihm Mr Martin Kommissar unbedingt zeigen wollte. Er hatte alles verloren, seine Familie, sein Zuhause, seine Freunde und seine Arbeit, aber er hatte immer noch das, was er mal gelernt hatte, und das befand sich in seinem Kopf. Er war Arzt, egal wo er sich auf der Welt befand. Er suchte nach Passanten, doch es waren nicht viele zu dieser Jahreszeit unterwegs. Er rief einigen zu: »Ein Arzt, wir brauchen einen Notarzt.« Er kniete sich neben Martin, überprüfte seine Vitalfunktionen. Der atmete, und sein Puls schlug eigentlich ganz normal, und doch war er bewusstlos. Obutu wusste, es musste schnell gehen. Egal, was in Martins Körper passiert war, er brauchte dringend Hilfe.

Ein Passant kam auf Krücken hinzu gehumpelt. »Da vorne gibt es eine Klinik. Zwar nur eine orthopädische, aber immerhin eine Klinik.«

Obutu blickte in die Richtung, die ihm der Passant gewiesen hatte.

»Da, wo das rote Dach ist. Die Curschmann Klinik. Fünfzig Meter vielleicht.«

Obutu bedankte sich und traf eine Entscheidung. Hier zu sitzen und zu warten, machte keinen Sinn. Er griff mit der linken Hand unter Martins Kniekehlen und mit dem anderen Arm unter seinen Rücken. Er hob ihn auf, keine sechzig Kilo wog er mehr. Dann stapfte er mit Martin auf den

Armen aus dem Sand heraus und begann, sobald er die Promenade erreicht hatte, zu rennen, so schnell, wie es ihm mit dem Gewicht möglich war. In diesen Sekunden fühlte sich Obutu stark wie in seiner Jugend, stark wie in der Savanne. Er tat das, was er am besten konnte: helfen und rennen. Die Möwen drehten ihre Runden über ihm und kreischten ihn an, als wollten sie ihn anfeuern.

»Help, please«, rief er, noch bevor er die Notaufnahme erreicht hatte. Es dauerte nicht lange, bis eine Trage herbeigerollt wurde. Obutu erzählte in knappen Sätzen, was passiert war, auch dass er fand, dass Martin blasser gewesen war, als normal und er wohl unter Kopfschmerzen zu leiden hatte.

Nachdem alle Untersuchungen abgeschlossen waren, trat ein Arzt in weißem Kittel zu ihm auf den Flur. »*Sie* haben ihn hergebracht? Den ganzen Weg getragen?«

Obutu nickte stumm.

»Sie haben ihm vermutlich das Leben gerettet, aber er liegt im Koma. Verstehen Sie mich?« Der Arzt konnte die Sprachkenntnisse des Mannes nicht einschätzen.

Obutu nickte wieder und begann mit dem Arzt auf Englisch zu sprechen. »Ich war auch Arzt in Nigeria. Wie ist sein Befund?«

»Er hatte eine Hirnblutung. Ein geplatztes Aneurysma vermutlich. Der Druck im Kopf muss ihn schon eine ganze Weile gequält haben.«

»Er hat eine Frau.«

Der Arzt nickte. »Sie wurde schon benachrichtigt. Er hatte einen Ausweis für Notfälle in der Tasche und zwei Rufnummern. Sehr umsichtig. Von seinem Kollegen Werner Hartleib und von seiner Frau. Wir haben beide angerufen.«

»Wird er wieder aufwachen? Wird er ein normales Leben führen können? Er wollte mit seiner Frau nach Frankreich …«

»Nun, Herr Kollege, das sind Fragen, die ich noch nicht beantworten kann. Er wird, sobald ein Helikopter frei ist, nach Hamburg geflogen. Er muss schnell operiert werden. Je nachdem, wie viel von seinem Gehirn schon Schaden genommen hat, können wir seine Chancen abschätzen. Möglich wäre es, aber es käme einem Wunder gleich.«

Obutus Augen röteten sich. Er nickte bejahend. »Er wird es schaffen. Er glaubt an Wunder, wissen Sie.«

Eine Stunde später trafen Werner und Catherine in der Klinik ein. Sie kannten den schwarzen Mann nicht, der dort auf einer Bank saß und wartete. Doch Obutu wusste, wen er sich vor sich hatte, als er aufblickte: Martins Frau und seinen besten Freund Werner.

Er stand von seinem Platz auf und ging auf die beiden zu. Er reichte Catherine die Hand. »Mein Name ist Ayo Atuanya Obutu. Ich war mit Ihrem Mann hier in Timmendorf. Ich habe ihn hierhergebracht.« Catherine konnte die Situation nicht einordnen. Der behandelnde Arzt hatte am Telefon nur Andeutungen gemacht, nichts Konkretes, worauf sie sich einen Reim hätte machen können. Der Arzt kam aus einer Schleuse hinzu und erklärte mit einfachen Worten, dass Martin eine Blutung im Gehirn hätte und im Koma läge. Er war in Eile. Er bereitete alles für die Überführung nach Hamburg vor. Werner hielt ihn am Arm fest. »Können wir zu ihm?«

»Ja sicher, aber er ist nicht wach. Wenn Dr. Obutu nicht gewesen wäre, hätte Ihr Kollege vermutlich keine Chance mehr, doch so ... In ein paar Monaten vielleicht ... Gut möglich.«

Catherine wandte sich an Obutu. Wenn sie auch nicht viel von der Situation verstand, begriff sie doch das eine, dass sie dem großen farbigen Mann das Leben ihres Mannes verdankte. Sie nahm seine Hand und umfasste sie mit ihren zarten blassen Händen. Schwere Tränen liefen aus den Augenwinkeln und platschten leise auf den grauen Linoleumboden. »Ich möchte Ihnen danken, wer auch immer Sie sind. Denken Sie, er wird wieder aufwachen?«

»Das weiß man nie. Es gibt viele Dinge, die ihm helfen könnten. Zum Beispiel, wenn Sie bei ihm sind. Wissen Sie, falls er wieder aufwacht, wird er eine Menge Dinge vergessen haben, die er wieder lernen muss. Er wird Hilfe brauchen, so wie ein Kind.«

Catherine ließ die schwarze Hand aus ihrer gleiten und drehte sich um. Kurz drehte sie ihren Kopf wieder zu Obutu und sagte ein paar Worte, es war mehr ein Flüstern. Sie lächelte verklärt. »Wir wollten nach Frankreich gehen und ein Restaurant betreiben, ein kleines gemütliches Bistro.«

Obutu nickte. »Ja, ich weiß. Frankreich ist gut. Erzählen Sie ihm davon, wann immer Sie können. Ich denke, er kann Sie hören, irgendwo tief in seinem Inneren.«

»Ja, meinen Sie, es hilft ihm, davon zu erzählen?«

»Aber ja. Er freut sich auf Frankreich. Das ist seine einzige Zukunft. In seinen alten Beruf wird er sowieso nie wieder zurückkehren können. Aber das wollte er ja eh nicht mehr.«

Werner griff Catherine behutsam am Arm und nahm sie mit in das Krankenzimmer, in dem ihr Mann lag, an Schläuchen und Apparaturen angeschlossen.

Gerade ausgestreckt, die Hände über dem Bauch verschränkt, eine Braunüle steckte in seiner Vene. Er hielt die Augen geschlossen, wirkte friedlich und entspannt, wie lange nicht mehr. Alles war mit einem Handstreich von ihm abgefallen: die Sorgen um die Gesundheit seiner Frau, der Stress mit den Mördern, die ewigen Selbstvorwürfe und die Schuld, die an ihm klebten wie Honig, nur dass sie nicht so süß die Kehle hinunterglitten. Die quälenden Gedanken um seine Berufung, seine Bestimmung, seine Zukunft. Nun träumte er vielleicht von dem Leben mit Catherine, das er schon immer leben wollte. Er bewegte sich inmitten duftender Lavendelhaine, grub den Boden in seinem Garten um und pflanzte Neues, ließ seinen braun gebrannten Kopf von Schmetterlingen umflattern, die von einer Blüte zur nächsten tanzten, als gäbe es keinen Krieg unter den Menschen.

Draußen, vor den Toren der Klinik, hörte man das Surren der Rotorblätter erst immer lauter werden, bis es abebbte und schließlich verstummte. Der Helikopter war gelandet.

Rhythmisch klickte eine Maschine neben Martin. Seine Vitalfunktionen wurden überwacht, obwohl er doch schon längst fort war.

EPILOG

25. Juli 2015, Südfrankreich

Werner und Susanne verlebten einen von drei in Arles in Südfrankreich geplanten Tagen unbeschwert. Zumindest hatte Susanne das so empfunden, worüber sich Werner sehr wunderte. Noch nie hatte er seine Frau derart euphorisch erlebt. Zugegeben, das kleine Hotel, in dem sie logierten, war zentral gelegen, bot allen Komfort und hatte einen erfrischenden Pool, den sie jedoch an diesem Tag links liegen lassen mussten.

Werner ertrug Susannes Besichtigungswünsche mit stoischer Gelassenheit. Begonnen hatten sie ihre Tour im klimatisierten *Musée de l'Arles*, in dem sich Susanne mit wachsender Begeisterung die erstaunlichsten antiken Artefakte ansah, die sie, wie sie hoch und heilig schwor, noch nie zuvor gesehen hatte. Werner begriff nicht, was sie an diesen alten Steinen so umwerfend fand, kommentierte es aber nicht. Er hatte innerlich geschworen, den Mund zu halten, selbst dann noch, als sie geschlagene fünfundzwanzig Minuten vor alten, wenn auch schön verzierten Sarkophagen stehen blieb und sie mit einem dreisprachigen Prospekt in der Hand eingehend studierte. Gleich im Anschluss, ohne einen belebenden Kaffee auf einem der zauberhaften Plätze, die zum beschaulichen Verweilen einluden, besichtigten sie bei über dreißig Grad das Amphitheater aus der Zeit 60 – 90 nach Christus. Nur einen kleinen Abstecher entfernt, wie Susanne ihm versicherte, lag die *Abbaye de Montmajour*, die sie um jeden Preis sehen müssten, inklusive aller Felsengräber, romanischer Kapellen und barocker Ruinen.

Susanne hatte vor ihrer Abreise eine beachtliche Liste von insgesamt *27 Sehenswürdigkeiten der Region* ausgedruckt.

Werner hoffte inständig, dass sie nicht jeden Punkt abhaken wollte, denn an diesem Tag stand noch ein Besuch auf dem Plan, der *für ihn* am wichtigsten war und er wollte nicht vollkommen erschöpft und verschwitzt dort ankommen. Somit konnte er Susanne überreden, die anderen Punkte auf ihrer Liste auf einen der nächsten Tage zu verlegen, bevor sie an die Küste in die Nähe von St. Tropez weiterziehen wollten.

Am frühen Nachmittag also fuhren sie von Arles in Richtung Saint-Rémy-de-Provence. Werner hatte sein Fenster in dem betagten Renault Leihwagen heruntergekurbelt und genoss den blumigen Duft abseits von Gräbern, Klöstern und Museen. Susanne nahm die Karte zur Hand, faltete sie umständlich auseinander, während Werner der eingänglichen Stimme des Navigationssystems lauschte und dieser bedingungslos vertraute. Warum auch nicht? Die Software war, gemäß letzter Aussage des Vermieters, auf dem neuesten Stand, und er sah keinen Grund, an der Richtigkeit der Weisungen zu zweifeln, was sich jedoch mit jedem weiteren gefahrenen Kilometer als Fehler erwies. Zum einen, weil damit Susanne recht behalten würde und das fuchste ihn maßlos, und zum anderen, weil sie später als geplant ihr Ziel erreichen würden.

Susanne hielt ihren Blick auf die Karte fixiert und tippte mit ihrem Zeigefinger darauf. »Du hättest an der Abzweigung rechts abbiegen müssen. Du bist in die Avenue de la *Résistance* gefahren, das war verkehrt. Du musst umdrehen.«

»Ja, mach ich. Da vorn kommt eine Wendemöglichkeit.«

»Könntest du bitte das Fenster schließen? Der Wind zerfetzt mir meine Karte.«

Werner schloss das Fenster. Unglücklicherweise war die Klimaanlage defekt. Er hielt den Mund und wendete den Wagen. Er schaltete das Navi aus. Lieber wäre er noch einige Kilometer *ihrer* sanften Stimme gefolgt, als sich vorhalten lassen zu müssen, dass er einen Orientierungssinn wie ein

Knäckebrot hätte, doch die Lady in seinem Navi führte ihn weg von seinem Ziel, und das war auch nicht hinnehmbar.

Nach vier Kilometern erreichten sie ihr Ziel. Sie bogen hinter dem Ortsausgang auf der Rue Daniel Millaud in einen Feldweg ein. Susanne faltete zufrieden die Karte zusammen und bedachte Werner mit einem süffisanten Blick, der ihre Überlegenheit zur Schau stellte. Werner war das egal, welche von den beiden Frauenstimmen, die echte oder die synthetische, recht hatte. Er freute sich auf eine Begegnung.

Für die letzten Meter kurbelte er das Fenster wieder herunter, ließ den warmen, duftgeschwängerten Wind ins Wageninnere strömen und seine Stirn trocknen. Am Ende dieses Weges würden sie zu dem Haus seines Freundes gelangen. Einem alten Backsteinhaus aus der Zeit um 1900, wie ihm Catherine schon vor einer Weile in einem Telefonat erzählte.

Links von ihnen auf dem Weg bäumte sich eine mit wilden Blumen und Gräsern gespickte Anhöhe auf, während die Gegend zu ihrer Rechten einen Blick über das betörende Land wie auf einem Gemälde von Renoir gewährte. Werner konnte sich gar nicht sattsehen. Diese Vision musste Martin damals im Sinn gehabt haben, als er Werner davon vorgeschwärmt hatte. In leichtem Wind schwankende Halme, wie das Zittern von Wasser, das von einem fallenden Zweig verursacht wird. Roter Mohn reckt die an schlanken Stängeln wiegenden Blütenköpfe über die Wiese, dicht gedrängt an weiße und rosafarbene Mittagsblumen. Schmetterlinge drehen hüpfend ihre Runden auf dieser üppigen Wiese, auf der der Oleander neben Ginster und wilden Orchideen prangt.

Alles an diesem Ort schien magisch, in sich versunken und über allen menschlichen Problemen erhaben. Werner spürte dieses Sehnen, das Martin jahrelang nicht in Worte kleiden konnte. Diese besondere Art von Hunger. Nun verstand er, wovon Martin geredet hatte, als er im trüben November des vorletzten Jahres seinen Dienst bei der Kripo quittiert hatte.

Sie parkten den Wagen direkt vor dem Haus, dem einzigen weit und breit in Sichtweite. Ein eingeschossiges Backsteinhaus mit blauen Fensterläden. Sie stiegen aus. Eine tiefe Gelassenheit und Ruhe floss durch Werners Gedanken, eine Ahnung, dass alles genau richtig war, so wie es war. Er schloss kurz die Augen, sog den Duft der Natur ein und riss sie voller Erwartung auf, als sich die Tür zum Haus öffnete.

Catherine erschien im Türrahmen und lächelte freudiger und lebendiger, als Werner sie je zuvor gesehen hatte. Sie trug ein hellrotes Sommerkleid und eine weiße Bluse. Ihre lockigen Haare waren geflochten und mit einer Schleife im Nacken gebunden. Sie wirkte jung und glücklich, als sie auf Werner und Susanne zukam.

Sie begrüßten sich herzlich, als Werner über ihre Schulter hinweg Ausschau nach seinem Freund Martin hielt. Warum kam er nicht zu ihnen raus? *Er kann schon wieder einigermaßen laufen*, hatte Catherine ihm vor einigen Wochen am Telefon versichert, *nur mit dem Sprechen klappt es noch nicht so gut.*

»Wo ist Martin?«, fragte Werner ungeduldig. »Geht es ihm gut?«

Catherine nickte.

Als Werner sie ansah, konnte er nicht glauben, dass sie bereits zwei Suizidversuche hinter sich hatte. Keine Spur mehr von einer Depression. »Ja, es geht ihm gut. Wir sind sehr dankbar. Er macht täglich Fortschritte und es ist nicht mit einem Rückfall zu rechnen, wie uns die Ärzte versichern. Es scheint alles stabil zu sein.« Catherine sah auf die Uhr. »Er ist noch einmal runtergegangen zu *seiner* Kapelle, wie er immer sagt.« Catherine streckte den Finger aus, deutete über die Wiese zu einem Kirchlein, das im Schein der hellen Sonne kaum zu sehen war. Er geht diesen Weg jeden Tag, um seine Beine zu kräftigen. Manchmal verbringt er eine ganze Stunde in dieser Kapelle. Ich weiß nicht, was er dort tut. Er sagt immer, er hätte dort etwas *zu klären*.«

Werner schirmte seine Augen mit der Hand vor der Sonne ab und ließ den Blick erneut über diese Blütenpracht schweifen.

»Wenn ihr wollt, könnt ihr ihm entgegengehen. Ich mache inzwischen Kaffee. Ich habe einen Kuchen für euch gebacken.«

Werner und Susanne machten sich auf den Weg zu der Kapelle. Nach der staubigen Luft in den Museen und Besichtigungsstätten genoss Werner die Möglichkeit, in der Natur umherzustreifen. Ein schmaler Weg, nicht breiter als zwei Fußbreit, führte hinab. Vorbei an Hibiskus und karminrotem Zylinderputzer gelangten sie zu einer Weggabelung, an der sie rechts abbiegen mussten. Hier wurde der Weg breiter und führte wieder einige Meter höher. Ein Schild an einem Holzpfahl lag am Wegesrand zur Seite gekippt. *Sainte-Sixte* stand darauf und sollte ursprünglich den Suchenden den Weg weisen. Dann sahen sie die auf einer kleinen Anhöhe thronende Kapelle, die seit achthundert Jahren allen Witterungen und Winden trotzte. Ihr Putz war längst abgeblättert und zeigte der Welt die nackten Steine, auf denen sie sicher ruhte, umgeben von Zypressen und einer halb verfallenen Steinmauer.

Werner und Susanne kamen näher, die Tür zur Kirche stand offen. Sie sahen einige hölzerne Stuhlreihen hintereinander stehen, in sanfte Dunkelheit getaucht.

Werner schaute sich um. Es führte keine Straße oder befestigter Weg hierher, nur durch Zufall oder wenn man sich verlaufen hatte, würde man den Weg zu dieser Kirche finden. Es war, als hätte man sie vor zweihundert Jahren einfach hier vergessen.

Aus dem Inneren hörten sie eine vertraute Stimme. Sie klang nicht flüssig, sondern kroch angestrengt, mit Pausen zwischen den Worten, an ihre Ohren. Sie konnten das Gemurmel nicht verstehen und beschlossen, sich auf ein niedriges Mäuerchen abseits der Kirche zu setzen und zu warten.

Werner lehnte sich zurück, ließ die Beine baumeln und genoss den beginnenden Spätnachmittag. Die Temperaturen waren auf unter 26 Grad gesunken und ein milder Wind trieb Gerüche von der Art an ihre Nasen, die man in Hamburg zu keiner Zeit wahrnehmen durfte.

Werner freute sich auf das Wiedersehen mit seinem ehemaligen Kollegen und Immer-noch-bestem-Freund. Niemand hätte damals vermutet, dass er eine echte Chance haben würde, in ein normales Leben zurückzufinden. Nach der OP war Catherine ihm nicht von der Seite gewichen, widmete ihm all ihre Hingabe. Sie las ihm Geschichten vor, sang sogar Lieder, spielte Musik seiner Lieblingsband vor und ermutigte ihn aufzuwachen, um mit ihr ein neues Leben in Frankreich beginnen zu können. Dann, drei Wochen nach der OP, als es in den Augen der Ärzte kaum mehr Hoffnung gab, wachte er eines Morgens auf. Einfach so, wie zum Trotz. Plötzlich, ohne äußere Einwirkung, riss er die Augen auf und trieb die Krankenschwester, die sein Kopfkissen ausschüttelte, beinahe in einen Infarkt. Unfähig sich zu artikulieren, seine Arme zu bewegen, geschweige denn, sich an irgendetwas zu erinnern, verfolgte er ihr Treiben mit Skepsis.

Sie rannte aus dem Zimmer und holte die Ärzte.

Lächelnd standen sie vor seinem Bett, einer der Kardiologen überprüfte Puls und Blutdruck und sagte etwas in der Art: »Schön, dass Sie wieder bei uns sind.«

Martin sah sich im Raum um, unfähig das Geschehen zu kommentieren. Er lag da ganz ruhig, unaufgeregt und sicher, wie ein neugeborenes Kind, eine unbeschriebene Festplatte, ein leeres Buch, das neue Geschichten in sich aufnehmen wollte.

Doch die Erinnerungen kamen zurück, langsam, und auch beileibe nicht alle, aber stetig ein paar mehr. Auch die Worte, die er sich vornahm herauszupressen, konnte man nach einigen logopädischen Nachhilfestunden verstehen. Alles musste aufs Neue erlernt werden. Er war zu einem Kind geworden, das Hilfe brauchte und Catherine war da, um sie ihm zu gewähren.

Sechs Monate nach dem Strandspaziergang mit Obutu, an den sich Martin eigenartigerweise ganz genau erinnerte, brachen sie ihre Zelte in Lüneburg ab. Sie fanden ein altes, vor Kurzem renoviertes Haus in Saint-Rémy-de-Provence, in der Nähe von Avignon, wo Catherine die ersten zehn Jahre ihres Lebens aufgewachsen und wo schon ihr Vater zur Welt gekommen war. Finanziell waren sie abgesichert. Zum einen, weil Conrad Lorenz die Kündigung Martins zerrissen und somit nicht weitergeleitet hatte und ihm dadurch eine lebenslange Erwerbsunfähigkeitsrente zugeschanzt hatte. Und zum anderen, weil Martin eine Menge Erspartes besaß, mit dem sie das Häuschen kaufen konnten. Nachdem sie feststellten, dass er bewundernswerte Fortschritte machte, ergab sich die Gelegenheit, wegen derer sie eigentlich hierher ziehen wollten. Im Dorf schloss wegen eines Todesfalles jenes gemütliche Bistro, das Martin in seinen Träumen bereits zwei Jahre zuvor gesehen hatte. Catherine wollte zunächst die Gedanken nicht zulassen, sich nicht rund um die Uhr um Martin zu kümmern, doch er ermutigte sie, es doch zu tun. In der Rue de la Commune, gleich neben dem besten Bäcker des Dorfes, wartete eine unglaubliche Chance auf Catherine und sie beschloss, sie beim Schopfe zu packen. Sie beließ alles darin, wie es war: das Mobiliar, die Bilder an der Wand, den vom vielen Wischen abgewetzten Tresen und alle Gäste, jung und alt, die dieses Interieur genau so gewohnt waren und nicht anders haben wollten. Nach und nach florierte das Bistro, sodass Catherine zwei junge Angestellte beschäftigen konnte und wieder mehr Zeit für Martin hatte. Würde Martin weiterhin so gute Fortschritte machen, wovon er felsenfest überzeugt war, würde er ihr helfen, ihren gemeinsamen Traum zu leben. Doch noch lag ein steiniger Weg vor ihm, auf dem er lernen musste, fließend zu sprechen, Zahlen zu addieren und zu subtrahieren (um im Bistro kassieren zu können), und Erinnerungen länger als nur bis zum nächsten Tag abzuspeichern.

Werner wandte sich um.

Humpelnd trat jemand aus der Kirche heraus. Ein Bein vor das andere schiebend, stakste er heraus. Ein Mann um die fünfzig, den Werner auf den ersten Blick nicht als seinen Freund Martin identifiziert hätte. Das Haar war wieder gewachsen, so wie damals vor etlichen Jahren. Er trug es schulterlang. Er hatte zugenommen, bis auf die Beine, die wie dürre Stelzen den Körper nur störrisch zu tragen schienen. Die Haut war sonnenverwöhnt gebräunt. Ein kurz geschorener Bart mit grauen Anteilen umwuchs die Lippen, die ein Lächeln in sein Gesicht brachten, als lebendige und lebensfrohe Augen den Freund aus Hamburg erblickten.

Sie kamen aufeinander zu, nahmen sich zunächst wortlos in die Arme. Beim Sprechen hätten sie verraten, dass ihnen beiden die Tränen gekommen waren. Also hielten sie sich ungewöhnlich lange fest, klopften sich auf ihre Rücken und sagten nichts.

Werner wischte sich verstohlen ein Auge trocken und trat einen Schritt zurück. »Mensch, Martin, lass dich mal ansehen.« Er taxierte ihn vom Scheitel bis zur Sohle. »Gut siehst du aus, dafür, dass du schon halb tot warst.«

Martin nickte lächelnd, nahm auch Susanne in den Arm und setzte sich auf die kleine Mauer im Schatten einer Zypresse, um zu verschnaufen. »Schön … dass ihr es … endlich mal … geschafft habt. Ihr müsst … allerdings ein wenig … Geduld mit mir … haben.« Werner strubbelte ihm durchs Haar. »Mann, ist das schön, dich zu sehen. Hey, keine Eile. Nimm dir die Zeit, die du brauchst.«

»Gut …«

»Wollen wir zum Haus gehen? Ich platze vor Neugier, zu sehen, wie ihr hier lebt. Das ist ja traumhaft schön hier. Diese Wiesen, unglaublich. Und dieser Geruch, das war es also, was du immer im Kopf hattest.« Susanne fasste Werner am Arm. Er schwadronierte auf Martin ein, seine Unsicherheit kompensierend. Er wusste nicht, wie er sich zu verhalten hatte, wie viel Martin noch von ihm wusste. Was hatte er alles vergessen, was war noch präsent?

Langsamen Schrittes stapfte Martin den kleinen Hügel zu seinem Haus empor. Jeder Schritt musste sorgfältig gewählt werden. Werner hakte sich unter seinem Arm ein, ihm zu helfen, doch Martin wehrte ab.

»Nein, lass ... Muss ich alleine. Danke.«

»Du, bevor ich's vergesse, ich soll dich grüßen, von der ganzen Abteilung. Und natürlich von Lorenz. Er langweilt sich zu Tode zu Hause. Lorenz? Kennst du doch noch, oder?«

Martin nickte und grinste. Wie konnte er den Mann vergessen, der fast dreißig Jahre sein Boss gewesen war?

»Du machst Fortschritte, hat Catherine gesagt. Mensch, ich kann dir gar nicht sagen, wie ich mich freue, dass du noch lebst. Und der Rest, der wird schon. Bestimmt.«

Martin blieb einen Augenblick stehen und wandte sich zu Werner um. »Diese Krankheit ... ist das Beste gewesen, das ... mir je passiert ist«, hauchte er. »Ich hab gefunden ... wonach ich gesucht hab.«

Werner war etwas verwirrt. Wie konnte man eine derart einschränkende Krankheit wertschätzen? »Du, ich gönne dir jeden noch so kleinen Erfolg. Wirst sehen, in ein paar Monaten bist du wieder ganz der Alte.«

»Nein ... Du verstehst mich nicht ... Das will ich gar nicht sein ...«

Werner blickte verstohlen zu Boden. Er wusste nichts darauf zu erwidern. Etwas war anders geworden. *Martin* war anders geworden. Er hatte sich verändert, nicht nur körperlich, sondern tief in seinem Inneren hatte eine Metamorphose stattgefunden, die Werner nicht nachvollziehen konnte.

»Ich bin endlich angekommen ... Werner.«

Wieder gingen sie ein paar Meter weiter, wie eine Expedition, die mit Mühe den Mount Everest bestieg.

Werner empfand eine fast unerträgliche Stille und dachte über die unzähligen im Raum stehenden Fragen nach, die er an Martin hatte. Er würde sich in Geduld üben müssen. Der Abend war noch lang und zwei weitere Tage in Arles würden auch noch zur Verfügung stehen. Werner war entschieden der Meinung, dass sie bereits genug Kultur konsumiert hatten. Das hier, das war viel wichtiger als alles andere. Er beschloss das schwierige Thema, das Martin umtrieb, zu umschiffen. Später, bei einem guten Glas Wein, würde noch genug Zeit dafür sein.

»Okay, selbst auf die Gefahr hin, dass ich dir jetzt Dinge erzähle, an die du dich schon längst wieder erinnerst, oder sie schon von Catherine gehört hast, bringe ich dich mal auf den neuesten Stand. Obutu? Sagt dir was, oder?«

»Klar … Mein Retter.«

»Super. Also, von dem soll ich dich auch unbedingt grüßen.« Werner lachte auf, als er Obutu zitierte. »Please send many greetings to Mr Martin Kommissar. Stell dir vor, er ist immer noch in Hamburg und musste in einem Prozess gegen die Petrol Ag als Zeuge aussagen. Er hatte dir ja das Video von dem Massaker gegeben. Auf dem USB-Stick, weißt du noch?«

Martin nickte gedankenverloren. Dünne Gedankenblitze tauchten auf. Der metallene Stick Obutus an einer Kette, die er sich um den Hals gehängt und wie einen Schatz gehütet hatte.

»Catherine hatte ihn mir gegeben und ich hab das Video an die ganz große Glocke gehängt.« Werner streckte vor Stolz die Brust heraus. »Das volle Programm. Den Wirbel hättest du sehen müssen. Die Presse ist über Petrol hergefallen wie eine hungrige Meute Hyänen. Ich glaube, du hättest es genossen. Na ja, wie dem auch sei. Es kamen internationale Untersuchungen ins Rollen und Petrol musste sich verpflichten, einen Sieben-Punkte-Sanierungsplan in Nigeria, speziell im Ogoniland, umzusetzen. Obutus eigene Geschichte ist im Rahmen dieser ganzen Untersuchungen auch zur Sprache gekommen, die Sache mit seiner Familie, der Boko Haram und so weiter …«

»Gib Martin doch mal eine Pause, Werner«, wandte Susanne ein. »Du überforderst ihn ja total.«

Martin hob beschwichtigend die Hand. »Nein, ist schon gut … Erzähl weiter von Ayo.«

»Obutu wurde nach längerem Hin und Her der Doktortitel anerkannt und er hat eine Aufenthaltserlaubnis bekommen. Letzte Woche, also fast anderthalb Jahre nach dieser Sache mit dir in Timmendorf, hat er endlich eine feste Stelle als Arzt in der Tropenmedizin in Eppendorf bekommen. Er ist total glücklich, dass er nicht nach Afrika zurückgegangen ist, wie er es vorgehabt hat. Er spricht wirklich sehr gern von dir. Er sagt, du hättest ihm Mut gemacht, Geduld zu haben und an seine Träume zu glauben.«

Sie gingen den Weg hinauf, den sie gekommen waren. Die Sonne verlor ihren gleißenden Stich. Sie nahm die gelblich orangene Farbe an, in deren Aura Maler ihre Werke veredelten.

»Wie geht es … Aaron?«, brachte Martin mit Mühe hervor. Er schnaufte, der Weg bescherte ihm kurzfristige Atemlosigkeit.

»Aaron? Hey, du erinnerst dich. Tja, das Letzte, was ich gehört, beziehungsweise gelesen habe, ist, dass er von einem amerikanischen Investor ein großzügiges Angebot bekommen hat. Na ja, er hat es wohl angenommen. Er und seine Familie haben die Anlage, die sie im Alten Land betrieben haben, an E.ON übergeben. Sämtliche Patente wurden in den USA genehmigt. Meines Wissens wird dort eine riesige Anlage gebaut, eine Kombination aus alternativer Ölproduktion aus Algen und die Energie dafür wird aus so einem futuristischen Raumkonverter gespeist. Keine Ahnung. Kürzlich war eine Doku davon im Fernsehen.«

Kurz bevor sie am Haus angekommen waren, eilte Werner zum Wagen, kramte eine Mappe mit Unterlagen hervor und brachte sie Martin. »Du hör mal, ich weiß ja nicht, wie viel du morgen noch davon weißt, was ich dir grad erzählt hab, aber ich habe dir mal alles Mögliche zusammengestellt. Zeitungsartikel über Petrol, über die Sanierung in Nigeria und ein Artikel über Obutu mit einem Bild von ihm. Und natürlich die Geschichte mit Aaron und der HORTEC, die übrigens in den USA ihren Namen behalten hat. Nur für den Fall, dass dich diese ollen Kamellen noch interessieren.«

Als sie zum Haus kamen, stand Catherine in der Tür. Sie hatte sich umgezogen, war beinahe festlich gekleidet, zu Ehren des Besuches aus dem hohen Norden. Je näher sie kamen, desto mehr überdeckte der Duft von frisch aufgebrühtem Kaffee den olfaktorischen Überschwang, den die Natur in die Luft schleuderte.

Catherine nahm Susanne fröhlich schwatzend mit hinein. Bevor die beiden Männer ihnen folgten, hielt Werner Martin am Arm zurück. Eine von Martins Bemerkungen ließ ihm keine Ruhe. »Wie meinst du das, du bist angekommen, du hast gefunden, wonach du gesucht hast?«

Martin blickte zurück zu dem Weg, den sie heraufgekommen waren, deutete auf die kleine Kapelle, auf *seine* Kapelle. »Ich hab die Wahrheit gefunden. Ich hab *Ihn* gefunden, dort unten.«

»Die Wahrheit?«, frotzelte Werner. »Ja nee, ist klar. Die Wahrheit worüber?«

»Meine Wahrheit. Über Ihn, aber vor allem über mich und mein Leben.«

Martin lächelte Werner an. Es war ein ehrliches Lächeln. Ein Mundwinkel hing schief im Gesicht, was ihm jedoch nicht das Geringste auszumachen schien. »Ich hatte einiges zu klären mit Ihm, eine ganze Menge sogar.«

»Denkst du, ihr kommt eines Tages nach Hamburg zurück?«

Martin zuckte mit den Schultern. »Keine Ahnung, was weiß ich.« Martin lächelte versöhnlich. »Möglich ist alles.«

Er klopfte Werner auf die Schulter und nahm ihn mit sich ins Haus. Werner vermisste seinen Freund, daraus machte er keinen Hehl.

Auf einer alten Kommode, gleich neben der grün lackierten, verschnörkelten Garderobe, die Catherine auf einem Flohmarkt erstanden hatte, erhaschte Werner den Blick auf ein altes, zerlesenes Buch. Im Vorbeigehen erfasste er den Titel: *Lost Horizon* von James Hilton. Wie beiläufig nahm Martin das Buch mit und stellte es zurück in ein Regal, hinten, ganz am anderen Ende in einer abgedunkelten Ecke des Wohnraumes, wo Bücher standen, die er nicht mehr lesen wollte. Sie ruhten auf dem Friedhof der vergessenen Seelen.

Sie nahmen am Tisch, den Catherine liebevoll gedeckt hatte, Platz. Sie und Susanne hatten sich fröhlich unterhalten. Sie kicherten und benahmen sich wie junge Mädchen, als hätten sie ihr ganzes Leben noch vor sich.

Jetzt war die Zeit für Wiedersehensfreude, für das Lachen und für Geschichten, die Werner und Martin zusammen erlebt hatten. Ausgeschmückt mit übertriebenen, teils erfundenen Details, um sie zu beleben und in die Gegenwart zurückzuholen.

Martin genoss diese Stimmung, doch er vermisste nichts von diesen Geschichten, von seinem alten Leben. Die Sonne senkte sich und legte durch geöffnete Fenster warme Strahlen auf ihre Gesichter.

Später, wenn sie tief an einem Horizont stand, der für Martin nicht verloren war, würde er Werner erzählen, wie sie funktionierte, diese Metamorphose.

ENDE

DANKSAGUNG

In erster Linie möchte ich meiner Frau für ihre jahrelange Unterstützung, ihre Geduld und Beständigkeit danken. Ich denke, es ist nicht leicht hinzunehmen, dass der Mann gleich nach der Arbeit und an vielen Wochenenden einen großen Teil seiner freien Zeit am Schreibtisch statt mit der Familie verbringt. Für meine Leidenschaft hält sie mir seit vierzehn Jahren den Rücken frei. Liebe Familie, ihr seid klasse.

Ein weiterer Dank gilt Angelika Hoch für ihre großartige Mithilfe in der Phase der Überarbeitung, ebenso wie ich aufrichtigen Dank und Respekt meiner Lektorin Claudia Senghaas zolle für die Disziplin und Ausdauer, ein und dasselbe Manuskript derart häufig aufs Neue zu überarbeiten.

Danke auch allen meinen Erstlesern für ihre Ermutigung und alle kritischen Anmerkungen.

Ein großer Dank geht auch an meine Agentin Anna Mechler für die Vermittlung an den Gmeiner Verlag. Ein toller Verlag mit einem warmherzigen Engagement für seine Autoren.

Mein letztes Dankeschön geht an Thomas Brauer von E.ON Hanse Hamburg, der mit Begeisterung eine großartige Vision von der Energieproduktion der Zukunft aufrechterhält.

Weitere Krimis finden Sie auf den folgenden Seiten und im Internet:

WWW.GMEINER-SPANNUNG.DE

JÖRG GUSTMANN
Schattenmächte

978-3-8392-1425-1 (Paperback)
978-3-8392-4163-9 (pdf)
978-3-8392-4162-2 (epub)

»Außergewöhnlicher Hamburg-Krimi. Mysteriös und spannend mit internationalem Format!«

Der Sohn des Polizeipräsidenten wird tot in der Hamburger Außenalster gefunden. Er hatte die Aufgabe, die Einführung eines Überwachungschips voranzubringen, der allen EU-Bürgern implantiert werden soll. Dann wird die Stadt durch ein Bombenattentat erschüttert, bei dem der Verteidigungsminister ums Leben kommt. Kommissar Pohlmann ermittelt und kämpft dabei gegen eine Schattenmacht.

Das Neueste aus der Gmeiner-Bibliothek

Unsere Lesermagazine

Bestellen Sie das kostenlose KrimiJournal in Ihrer Buchhandlung oder unter www.gmeiner-verlag.de

Informieren Sie sich ...

www ... auf unserer Homepage:
www.gmeiner-verlag.de

@ ... über unseren Newsletter:
Melden Sie sich für unseren Newsletter an unter www.gmeiner-verlag.de/newsletter

f ... werden Sie Fan auf Facebook:
www.facebook.com/gmeiner.verlag

Mitmachen und gewinnen!

Schicken Sie uns Ihre Meinung zu unseren Büchern per Mail an gewinnspiel@gmeiner-verlag.de und nehmen Sie automatisch an unserem Jahresgewinnspiel mit »mörderisch guten« Preisen teil!